道昭

――三蔵法師から禅を直伝された僧の生涯

石川逸子

コールサック社

道昭——三蔵法師から禅を直伝された僧の生涯　目次

◎歴代大王・天皇系図（欽明～聖武）

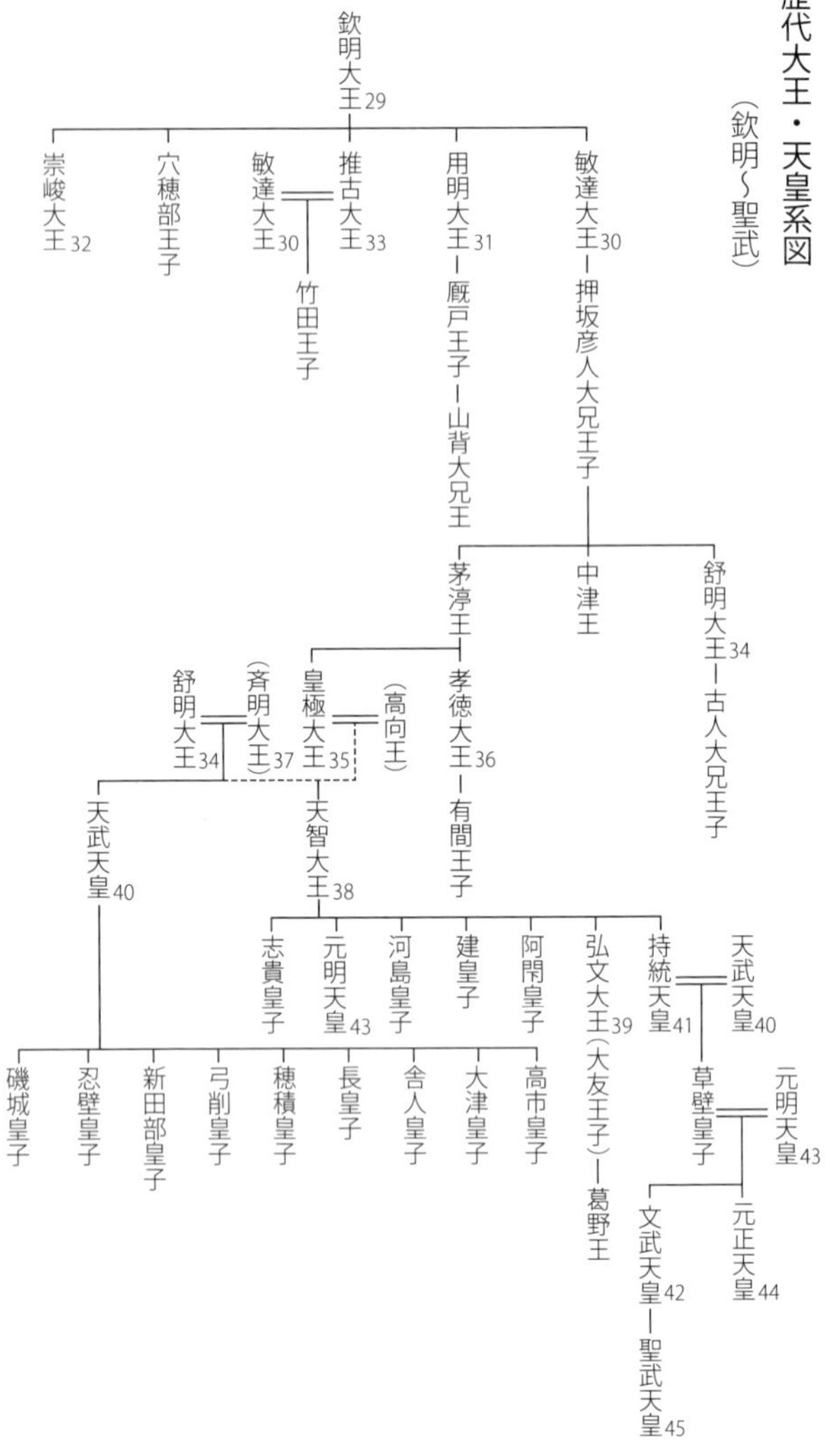

◎道昭系図

※王辰爾以前の系図は、延暦九（七九〇）年条の百済王仁貞の上表文による。

百済貴須王―○―辰孫王―太阿郎王―…―王辰爾（船史）―…―船恵釈―道昭

道昭——三蔵法師から禅を直伝された僧の生涯

石川逸子

1　「異神」の渡来

『続日本紀』の文武《もんむ》天皇四年（七〇〇）三月十日に、その日、死去した道昭《どうしょう》について、生前の業績をたたえる長い文がある。

はて、知らなかったな、と思いながら読むと、どうしてなかなかの人物なのだ。

なにしろ六五三年（白雉《はくち》四）、遣唐使に随行して入唐したとき、かの『西遊記』、悟空のお師匠さまのモデル、玄奘三蔵《げんじょうさんぞう》に会い、えらく可愛がられて同じ部屋に住まわせられたというのだから。

前掲書によれば、道昭は河内国丹比《たじひ》郡のひと。俗姓は、船連《ふねのむらじ》、父は少錦下（従五位相当）の恵釈《えさか》。

その祖は、王辰爾《おうじんに》。百済《くだら》の王の末裔と称し、百済から渡来してきている。

六世紀前半といえば、現在の奈良県桜井市金屋のあたりに金刺宮《かなさしのみや》を建てた倭国の大王《おおきみ》、欽明《きんめい》のもとへ、新羅《しらぎ》と争い劣勢な百済の聖王が、ともに組んでほしくて、さまざまな贈り物攻勢をかけてきている。メコン川上流の宝物やクメール人までも。

さらに、金銅の釈迦仏一体を、幡蓋《ばんがい》・経巻などとともに「もろもろの法のなかでもっともすぐれている妙なる法です」と贈ってきた。このとき、釈迦入寂から千年余の歳月を経て、ようやく東の果ての倭国に仏教がとどいたのだ（五三八年）。

王宮で、ていねいに梱包された仏像を取り出したとき、並み居る諸豪族たちは、あっと驚いたことであろう。かつて見たこともない金銅の〈神〉。

蓮華の花の上に乗った釈迦誕生仏は、顔も胴体も、きらきらと輝き、それでいて閉じているようにも開いているようにも見える両眼は、静寂で重厚な空気を発し、挙げた右手は、対するものに何事かおごそかな気持ちをいだかせる。

倭国のそれまでの〈神々〉は、山であり、蛇であり、樹木や巨石であり、かつてヒトの姿をしたことなどなかった。この仏像によって、倭国のひとびとははじめてヒトの姿をした〈神〉に接したのである。おおかたのものは、とまどい、違和感をおぼえる。

その点、欽明大王は若いゆえに好奇心に富み、仏像を見て、大いによろこび、怖じることはなかった。

「なんと端正なお姿の神であろうか。このような神はいまだかつて拝んだことがないぞ。」

すなおに思ったことを吐露する大王に、蘇我稲目《そがのいなめ》大臣は、わが意を得たとばかりに、頬を紅潮させて言う。

「はかりなく限りもない御法でございます。遠く天竺から韓三国にいたるまで尊び敬う御法が、ようやくわが倭国にもたらされたのでございます。どうして、倭国のみ背くことがありましょうぞ。」

(ひょっとしたら、これからの倭国を牛耳ろうと思っている蘇我稲目が、そのための強力な後ろ盾として、百済の大王に頼んで、こんな怪しいものを贈ってもらったのかもしれぬぞ。)

物部大連尾輿《もののべのおおむらじおこし》などは、そう疑っている。

欽明大王は、われに返ると、よろこんでばかりはおれないと気付く。

長く八百万の神々を祭る祭祀をつかさどることが役目であった大王としては、たやすく異国の神を受け入れるわけにはいかない。

諸豪族はそれぞれの神を奉じており、その諸豪族に推されてこそ、大王でいられるのだ。かといって、諸豪族に屈して、退けるには、しのびない〈神〉ではないか。

友好関係にあってさまざまな新しい文物を贈ってきてくれる百済の聖王《せいおう》や、近ごろとみに勢力を増してきた蘇我稲目に対しても、すげなく拒絶するわけにはいかない。退けたときの、この〈神〉の怒りも、恐ろしい。アジア各地において、すでに認められ、敬われている〈神〉というではないか。

欽明は、諸豪族たちに決定をゆだねた。

物部尾輿を筆頭に、おおかたの豪族たちが、反対する。

「倭国は、長く八百万の神々を春夏秋冬祭って、穀物の豊作、国の繁栄を祈って参りました。

いまこのような得体のしれぬ蛮神を拝まば、国神のお怒りが怖ろしうございます。」

だが、稲目もゆずらない。

豪族たちは協議し、「異国の神は蘇我稲目に授けて祭らせよう」と温厚な意見にまとまった。

はじめ顔色を変えて反対していた大連物部尾輿らも、欽明大王の意中がどこに在るかを察すると、蘇我氏が私に異神を祭ることまで否とはいえず、しぶしぶ同意したのである。

稲目は大いによろこんで、飛鳥に在る邸を清めて堂舎を建て、釈迦像を安置し、経文を納め、日々敬い拝んだ。

ところが、しばらくすると、疫病がまん延し、死者が多く出た。

高熱を発し、体のどこもここも、痛み苦しみ、喘ぎながら死んでいく。

さあこうなると、諸豪族もだまっていない。

「蘇我稲目らが私に祭る神といいえ、国に災いをなす神を放っておけようか。」

怒った尾輿らは、大王にせまった。

「疫病は、あの異神がもたらしたものでございます。一刻も早く、投げ捨てねばなりますまい。さすれば、今ならまだ、八百万の神々もお許しくださりましょうぞ。」

欽明も、一言もない。

かくて、役人たちが、堂舎に踏みこみ、きらきらした金銅の釈迦像を葛のツルでしばって難波に運び、ざんぶと海に捨ててしまった。造りたての堂舎も焼かれた。

その間にも、倭国の精悍な兵力、戦闘にふさわしい良馬、精巧な弓矢を一刻も早く送ってほしいと、百済の聖王が使者をよこして急かせてくる。

いったん高句麗《こうくり》からとりもどした漢城（京畿道《けいきどう》広州）と、平壌《ピョンヤン》を、新羅にうばわれてしまったのだ。

欽明はよい機会到来とばかり、まず良馬二匹、戦闘に使える多くの木材を接合して造った船二隻、弓矢少々を使者に持たせ、代わりに医学、薬学、暦学にくわしい人物、書物、薬剤などを贈ってほしい、と返事する。

百済からは打てばひびく早さで、すぐれた僧侶、薬学、暦学、医学、易学の各博士らが、書物や薬剤をたずさえ、やってくる。楽人までもやってきた。

その到着を見とどけ、欽明は、一大軍団を百済に出陣させる。勇猛でしられるものたちで組んだ軍団だ。

ところがそのころ、聖王は、群臣らの反対を押しきって新羅に攻めいり苦戦している王子余昌《よしょう》を案じて、自ら新羅に攻めいっていた。そしてあろうことか、とある村の馬飼いやっこに捕まり、はかなく首斬られてしまう。

新羅の真興王《しんこうおう》は、百済王が自ら攻めてくると聞いて、国の若者全てに立ち上がって防ぐよう、呼びかけたのであった。

余昌王子は、辛くも逃げかえったものの、一匹の馬も助けられなかったといわれるほどの大敗北であった。余昌は、威徳王となる。

この戦争の前年、真興王は、新たに立てようとした王宮を仏寺にすることにし、皇龍寺を造営している。黄色い龍が、その地にあらわれたためだとか。

そのような時代、道昭の祖、王辰爾が、『日本書紀』に登場する。

すなわち、

「(欽明十四年) 秋、七月の一日に、大王さまは、樟勾宮《くすのまがりのみや》に行幸なされた。蘇我稲目が、ご命令を承って、王辰爾をつかわし、船にかかわる税を調べ、記録させた。そこで王辰爾を船の長に任じ、姓を授けて船史《ふねのふびと》とした。今の船連《ふねのむらじ》の先祖である。」

蘇我稲目は、同じ朝鮮半島からの渡来者であり、数理に明るく、すぐれた事務能力をもち、航海にも明るい王辰爾に着目、この男は使える、と思ったのだろう。

稲目の祖父の名は高麗《こま》、父は韓子《からこ》というように、百済か加羅か、高句麗か、いずれにしてもその祖は朝鮮からわたってきて、飛鳥の豪族のヒメを娶って、倭国に足場をきずいたのだから。

王辰爾は、稲目の期待にこたえて、以後、公私にわたって、渡来人が乗ってくる船にも、輸入品にもきちっと税を課し、倭国に大きな収入をもたらした。

王辰爾はよほどすぐれた知恵があったようで、欽明大王の次の大王、敏達《びだつ》(欽明の第二子) が即位した年にも、大王ならびに大臣となった蘇我馬子《うまこ》(稲目の長男) らを感心させている。

欽明大王三十一年、高句麗の使者が越の海岸に漂着したことが発端であったが。

漂着した使者たちを邸に引き取った越の豪族ミチが、われこそ倭王であると偽り、大使一行が持ってきた贈り物を受け取り、欽明には知らせなかったのである。

ミチと対立する豪族エヌ・モシロが、欽明の王宮まではるばるやってきて、高句麗の使者の到来を告げたので、大騒ぎになった。

「木津川のほとり、相楽 (京田辺市精華町) に館を急ぎ造り、おいでねがおう」と定まり、カシワデ、カタムコらが、まず越につかわされて、高句麗の大使らをもてなす。

高句麗大使は、かねてミチが倭王と称するのを疑っていたところ、使者に過ぎぬカシワデらに、ミチがおずおずと平伏するのを見て、「やはり無役のものに過ぎなんだか。」と肯き、ミチが贈り物をうばったことを告げる。カタムコはただちにミチに返却させ、大和にもどって欽明らに逐一報告したのであった。

その間にも、迎える館が猛スピードでできあがっていく。

完成するや、ただちに役人が越につかわされ、大使らを丁重に迎えいれ、饗応した。王辰爾らがみごとに仕立てた飾り船。その船に乗って、一行は琵琶湖をわたった。

翌年、欽明は死去、後を継いだ敏達大王は、即位式や宮造りが終わったあと、ふと高句麗の使者のことを思い出す。

「そういえば高句麗のお使者は今、いずこにおられるのか。」

「相楽の館でございます。」

「おう、そうか。申し訳ないことをしたな。先王が達者でいまさば、早くに使者を送られたであろうに。」

かくて役人らを相楽の館に送り、厚くもてなすとともに贈り物を受け取り調べ、国書も受け取る。

国書を受け取ったものの、敏達は読めない。読み解くように馬子が命じられた。馬子も読めず、大和と河内の文官たちを全員集め、読み解くように命じたが、三日かかってもだれ一人読めなかった。いずれも渡来人であったり、渡来人の子孫であったりするのだが。

ひょっとして、と思い、王辰爾を呼び出して見せたところ、たちどころに読み解いてしまったではないか。

敏達大王、馬子大臣、ともに大いに感じ入った。

「ようく努めたぞ、王辰爾。よきかな、王辰爾。もしそちが学んでおらなんだら、だれが読み解くことができたろうか。今よりのちは王宮内に勤めよ。」

文官たちは叱られる。

「なにゆえ怠けておるか。王辰爾ただ一人にあまたのそちたちが及ばぬとは！」

高句麗の国書は、カラスの羽に書かれていた。黒い羽に書いてある文字ゆえ、だれも読めなかったのである。

王辰爾は、羽を湯気で蒸し、やわらかい上等の絹布で羽を押して、ことごとく字を布に写したのであった。ひとびとは怪しみ、呆れるばかりであった。

なお余談になるが、こののち、高句麗の大使は、副使らを叱って、「越の豪族ミチにだまされ、献上品まで渡したのはおまえらのせいだ、国へ帰ったらきっと咎められるぞ。」と脅したところ、副使らは、（なに、大使自身もだまされていたではないか。国に帰って咎められてはかなわぬから、いっそ殺してしまおう。）と衆議一決、乱暴にも闇討ちにしてしまった。

　大使が見えないのを怪しんだ倭国の役人が、副使に尋ねてみたものの、あやふやに答えるだけ。真相はあらかた察知したものの、すでに死んでしまった以上、事を荒立てるのはやめて、ただ丁重に使者をほうむったのであった。


　これは道昭が、生まれる六十年まえの話だ。

　道昭の誕生は、西暦六二九年（欽明の曾孫、舒明大王二年）。

　仏教が倭国に伝わってから百年近く経っており、奇しくも同じ年に、やがて彼の師となる唐の僧、玄奘三蔵がひとりインドへ向けて出発している。

　その百年間のうちには、倭国においても、中国・朝鮮においても、さまざまな出来事があった。

　道昭は、可愛がってくれた豊浦寺《とゆらじ》の老いた尼から、この国に寺ができるまでの紆余曲折をいくたびも聞かされたものであった。

「この国ではじめて僧となられたお方は、善信尼《ぜんしんに》さまと申されるえ。百済からわたってこられた司馬達等《しめだちと》さまの娘御にて、おん年十七歳、利発な方でおわしました。」

　道昭は老尼がぽつぽつと語る仏教にかかわる昔語りが好きだった。

　寺の師たちからは習わない昔語りによって、仏門に入ったことがとりわけ嬉しく感じられるのだ。

　十歳で、飛鳥寺に入り、僧となったのは、父、恵釈が定めたことであり、その父はまた、仕える主人、蘇我蝦夷《えみし》に命じられたのである。

（大王家をめぐっての怪しい空気のなかでは、賢いこの子は、仏門に入れ、政治の外に置いたほうがよさそうだ。）恵釈は、ひそかに考え、よろこんで蝦夷の命に応じていた。

　道昭にはそんなことは言わず、ただ、言い渡す。

「船氏は、本をただせば百済王族のながれを汲む筋正しき出自。ゆえあって倭国にわたって来られ、世にも聡明な王辰爾さまが出て、功をとどろかした。いずこにあっても、その誇りを忘れるでないぞ。」

そんな道昭にとって、倭国ではじめて僧となった善信尼が、同じ百済からの渡来人、司馬達等の娘であるのが嬉しく思われる。

老尼は言う。

「もともとはの、百済からわたってきたコウガという豪族が、弥勒の石像一体を持参され、また新羅に遠征した武将、佐伯なにがしが仏像一体をぶんどって参ったと聞くえ。

コウガも、佐伯も、おのおの仏像を馬子さまに奉ったによって、さあ馬子さまは四方に使いを送って二体の仏像にお仕えする修行者をつのったのじゃ。

何はともあれ、還俗しておった播磨に住まう高句麗の老いた比丘尼《びくに》、恵便《えべん》さまを師とし、司馬達等さまのおん娘、嶋《しま》さまを出家させた。それが善信尼さまじゃ。

百済からの渡来人ヤボさまのおん娘、豊女《とよめ》さまは禅蔵《ぜんぞう》尼《に》に、同じく百済からの渡来人、錦織ツフさまのおん娘、石女《いしめ》さまは恵善尼《えぜんに》となられまいた。

このうら若い女人、三人にて、篤く仏法を学ばれたのでありますぞよ。

馬子さまは、仏法を信じられるによって、三人の尼君を崇められ、達等らに命じて、丁重に衣食をさしあげる。かの仏像二体は、蘇我氏の邸の東に仏舎を建て、安置申しあげ、三尼をまねいて日々、供養礼拝申しあげた。

法会に供せられた食事を達等さまが召し上がっておられるとき、なんと勿体なくも釈迦仏の舎利があらわれて、達等さまは驚き、馬子さまに奉った。

馬子さまはなかなか信じられず、件の舎利を鉄の台に乗せ、鉄の槌にて力いっぱい打ってごろうじた。その勢いに台も槌もことごとく砕け散ったれど、舎利は砕けなんだ。馬子さまはなお疑い、次には池に投げ入れてご覧になった。とみれば、舎利は悠然と浮かび沈み、また浮かぶではないか。

かくて馬子さまらは、ますます深く仏法を信じ、修行なされるようになったといいますぞえ。

敏達大王さま十四年（五八五）、釈迦仏涅槃の日に、豊浦崎に建てた塔の心柱にかの舎利を納め、法会を盛大にいとなまれたそうな。」

仏教にますます馬子が傾倒するほどに、物部氏ら諸豪族の反撃もきびしくなっていく。

あいにくその年は疫病がはやり、死者が多く出た。

これは蘇我一族が異国の神を祭っているせいだと、諸豪族は大王にせまり、大王もその意見にしたがう。

ただちに物部守屋は、仏舎に向かい、どっかとそのまえにすわると、引き連れてきた役人たちに仏舎を焼き払わせる。みるみる仏舎も塔も、灰となってしまった。

と、雲もないのに、にわかに突風がおこり、ざんざんと雨が降りだす。かねて予見していたものか、守屋は油を引いた衣服を着ているため、少しも濡れず、あわてず、濡れしょぼる仏舎の守護人たちをあざ笑い、驚きあらわれた馬子を責め、尼たちをさしだすよう命じる。

大王の命と言われれば、はじめ抗っていた馬子もやむなく三人の尼たちを守屋に引き渡すしかなかった。

「はて、善信尼さまの法難は、かくてはじまったのでありますえ。

あわれ、役人どもに引き渡された善信尼さまらは、つばき市の駅舎で、あろうことか、あられもない姿にさせられて、卑しい役人たちに白いおん肩白いおん尻を、笞にて激しく打たれなされまいた。

衆人環視のなかですえ。おう、もったいなや、もったいなや。南無阿弥陀仏、南無阿弥陀仏。

そののち、傷ついたお体のまま、駅舎近くの外から丸見えの獄舎につながれ、とおり過ぎるひとびとから唾吐かれ、石ぶつけられなされたとよ。」

老尼の真にせまった語り口に、少年の道昭には、うら若い女人であられる善信尼さまらが、あられもないお姿を恥じつつ、必死に経文を唱えていられる様子が目に見える気がするのだった。

「したがの、そのような辱めを受けても、善信尼さまらの信仰心は、いささかも揺るがれなんだ。ろうたき若き尼さま三人が、肩に頬に、腕に血をながされつつも、互いに労わりあい、毅然として一心に経文を唱えられるお姿に、いつか頑迷なひとびとの心も、変わって参りましたのじゃ。

あのような方々に石投げたものは天が怖ろしい罰を下そうぞ、今度はそのようなうわさが飛び交うようになり、獄舎の三人にひそかに頭を下げ、手を合わせてとおり過ぎるものが増えていきましたとよ。」

三ヶ月経って、敏達大王はにわかに病む。天然痘になったのだ。国中に病はみるみる広がっていった。

体ごと炎に焼かれ、砕かれ、ばらばらにされるような苦しみを舐めつつ、多くのひとびとが死んでいき、生き残ったものも、斑点の跡が無惨にのこった。

善信尼らを叩いた役人の一人が、同じ病にかかって死んでいくと、〈やはり天が罰をくだされたのじゃ、仏舎を焼き、塔を焼き、善信尼さまたちへあまりにひどい仕打ちをしたせいぞ。〉ひとびとはささやきあい、物部守屋への風当たりがにわかに強くなっていく。

時こそ来たれ、と馬子は病む大王に、以前のように自分たちが仏法に仕えることをねがい出た。

今度は物部一族以外おおかたの豪族たちが、善信尼たちへのふるまいを悔い、蘇我氏が私に異国の神を祭ることを認めた。

馬子はよろこび、尼たちをただちに獄舎から救い出し、新たに大急ぎで建てた仏舎に迎えいれ、労わり仕える。


敏達大王はほどなく死に、欽明大王の第四子、用明《ようめい》大王が即位する。

姉であり、敏達の后であったカシキヤ姫（のちの推古《すいこ》大王、父は欽明、母は稲目の娘キタシ姫）の推挙であり、その背後には馬子がいた。

ひ弱な用明より自分のほうがよほど大王にふさわしいと考えたのが、用明の異母弟、穴穂部《あなほべ》王子（母は稲目の娘オアネ君）。その背後には物部守屋がいる。

カシキヤ姫を味方につけようと思った穴穂部は、思い切った戦法に出た。

先王の霊柩を安置してある仮宮で過ごしているカシキヤ姫のもとへ忍び入って、むりやりわが物にしてしまえば、姫は自分のいいなりになると思ったのである。

美貌で、それまで言い寄った女たちに肘鉄砲を食らったことのない王子の誤算で、カシキヤ姫はそんな男をさげすんでやまない、誇り高い姫であったのだ。

しかも、姫を慕い、姫のためなら命を落としても悔いない、三輪君逆《みわのきみさかう》が、仮宮を守っていた。

門を開け、との王子の七度の厳命を、逆は七度こばむ。

「こしゃくな奴めが！」

立腹した王子は、物部守屋ひきいる軍隊とともに、仮宮を囲んだ。

姫に迷惑がかかってはまずいと考えた逆は、自分の本拠である三輪山に逃れていき、そこも危うくなると、カシキヤ姫の別宮にひそんだ。

しかし、王子と守屋はどこまでも追っていき、ついに王子自ら逆を射殺してしまった。

王族は、罪人に近づいたり、わが手で罰したりしてはいけないのに、カシキヤ姫を籠絡できなかった恨みから王子は禁忌を犯してしまったのだ。

自分を守ってくれた逆が、そのために殺されてしまったとわかって、カシキヤ姫は怒り心頭に発する。

（どうあっても、穴穂部王子だけは王座につけさせぬぞ！）

理知的ながら感情ゆたかでもある姫なのだった。

穴穂部に味方して、逆を殺すために大軍を発した守屋も憎い。

また、信仰とはかかわりなく、善信尼らへ守屋が行った残酷な仕打ちも、同じ女として許せぬ思いがある。

故大王の后であり、美しく聡明な姫を手籠めにして味方につけようとした穴穂部王子の行為は、諸豪族たちにも疎ましい。

守屋に対抗している馬子としては、そんな姫や諸豪族の心のうごきを一も二もなく利用するわけで。

かくて、カシキヤ姫が強く推す用明が即位したものの、もともと病弱であり、在位期間はごく短かった。

即位の二年目、病に倒れ、あといくばくの命と悟った用明は、諸豪族を病床に呼び、仏教に帰依したいと嘆願する。きらびやかと聞く仏土へ死後おもむきたい、とねがったのだ。

私的な帰依であっても、八百万の神々を主宰してきた大王ゆえ、諸豪族の許しが要る。

用明の枕もとで、馬子と守屋が盛んに争う。

その最中に、仏教に帰依し、医術にすぐれた渡来人トヨクニが入ってきた。

守屋は目をむき、難詰したが、もはや命いくばくもない大王を仏教徒の医師が看取るくらいよかろう、さすが豪族たちは考え、かえって守屋をいさめる。

憤慨して退去した守屋は、これでは戦って馬子をはろぼすしかないと心定める。戦争すれば勝つ、と思いこんでいたのである。

守屋をいさめた豪族たちも、大王の帰依については慎重だった。

八百万の国神を祭ってきた大王が、異国の神に帰依することは大事件であり、おいそれとは許せない。

そのうちにもいよいよ終焉がせまってきた大王に、司馬達等の子、鞍作《くらつくりの》タスナが申し出た。

「やつがれが、大王さまのために出家し、仏像と寺を建立いたしましょう。」

そうか、今生ではわが帰依はかなわぬか、このまま死んでいくしかないのか、用明は慟哭しながら、亡くなったのである。

その用明の心中を察したように、善信尼らは馬子に、百済にわたって正式に戒師について受戒したいと切望する。

還俗の老比丘尼、恵便を師としただけの身分が、負い目であり、二度と辱めを受けないためにも、きちんとした師について学びたい。

折よく、百済から倭国への使者がやってきていて、馬子が相談すると、尼になるためのシステムを使者は教えたものだ。

「まず、尼寺に十人の尼の師をまねき、本戒を受け、次に法師寺に行って住人の法師から本戒を受けねばなりません。これを如法の受戒と申します。

しかるに倭国にはいまだ法師寺もなく、法師もいないありさまです。

まず法師寺を建立なされよ。

わが国では法師寺と尼寺は鐘の音が聞こえあう位置にあり、たやすく往還できまする。半月ごとの白喝磨《びゃくかつま》（受戒・懺悔の作法）のさいの往還に、どうしても必要なのですよ。」

早速、馬子は法師寺の建立をめざし、使者にも相談して、飛鳥の真神原《まかみのはら》に在る飛鳥衣縫造《あすかきぬぬいみやつこ》の祖である樹葉《このは》の縫い女たちの仕事場が最適と考え、樹葉の同意をえて、仕事場を取り壊しはじめるのであった。

法師寺が建立できそうなのを見とどけ、百済の使者は帰っていった。善信尼らのねがいを国王に話すことを約束して。

「ほどなく百済の威徳王さまは、令照さまほか六人のお坊さま、寺づくりに長けた工人ら首真さまほか四名、また金堂の模型を送ってこられまいた。

ちょうどかの国では、威徳王さまが、早くに亡くなられた王子さまの菩提を弔うため、みごとな王興寺を造営なされたばかりであったとか。

有難いことに、その造営にたずさわった方がたが来られたのじゃ。

したが、お坊さま六人だけでは正式の受戒はできぬとわかっている善信尼さまらは、また強く百済にわたることをねがわれ、ついにお坊さまらを送って来られたお使者に付いて、百済へとわたられたのでありますえ。

受戒を果たされてご帰国なされたは、二年後。三名ともみごと正式な尼となられたまい、この豊浦寺に住まわれまいた。

お留守のうちに、大きな戦がおこっておったのでありましたが。」

(なんと勇敢な女人たちであられることよ。いくらあこがれの父祖の国とはいえ、海をわたってはるばる、倭語がいっさい通ぜぬ国におもむくとは!)

若い道昭は、この国ではじめて異国の神、仏教を信仰しようとした年若い女性たちの一途さに胸打たれ、自分も励まねば、と思うのであった。

2　馬子とウマヤト

用明の死後、だれを大王にするかで、ついに戦争が勃発する。蘇我・物部の宗教戦争として知られる一大戦争（五八七年）。

道昭も、生まれる四十数年まえのこの戦争について は、幼年時、祖父からしばしば聞いたものだ。

大連物部守屋は、次期大王に穴穂部王子を擁立。霊柩が置かれた仮宮に押し入り、敏達大王の后だったカシキヤ姫を手籠めにしようとした王子だ。

一方、大臣蘇我馬子は、そのカシキヤ姫が次期大王を指名することを主張。

馬子の行動はすばやかった。

夜半、穴穂部王子の宮殿を、屈強の部下、佐伯ニフテらに囲ませ、王子を高殿に追いつめる。肩を射られた王子は、転げ落ち、近くのまっ暗な部屋のなかに逃れこんだものの、ニフテは兵士たちに薪に火を点けさせて隈なく探させ、なんなく王子を見つけ、殺害してしまうのである。

翌日には穴穂部王子と仲がよかった宅部《やかべ》王子も殺害される。

この形勢を見て、大方の豪族が蘇我氏がわに付いた。

両軍の合戦は、蘇我氏が大王家の諸王子や諸豪族をひきい、河内にねじろを持つ物部氏のところに攻め入ってはじまる。

若くして合戦にくわわった祖父は、ため息をつきながら言ったものだ。

「まこと凄まじき戦であったよ。物部軍は強かったからのう。」

馬子の妻は守屋の妹であり、馬子の長男である蝦夷にとっては、守屋は伯父に当たる。骨肉の戦いでもあったのだ。

物部一族は、私有する奴隷たちをよく訓練して精悍な軍団に仕立てており、その軍団が祖父の目から見ると、河内一帯に満ちあふれているように見えた。

守屋は、自ら巨大な朴《ほお》の木の枝に登り、そこから雨あられと矢を射る。

その勢いに蘇我方はたじろぎ、ばたばたと倒れ、危うかった。

「ここで命を落とすのか、わたしは思うたよ。」

劣勢な蘇我方を勝利にみちびいたのは、用明大王の長男、ウマヤト王子であったという。父は用明、母は穴穂部間人皇女であり、カシキヤ姫の甥に当たる。

「まだ少年であられたが、頭の上で振り分けていた髪をぱっと放ち、ヌデの霊木にすばやく刻まれた、四天王の像をその髪に包んで頭部に置かれたのだなあ。

そして全軍にひびきわたる高らかに澄んだお声で、言われたものだ。

『み仏よ、もし、この戦、勝たせてくださるなら、四天王のために必ず寺塔を建立いたしまする。』

と、馬子さまもまた、われ鐘のようなお声にて、誓いを立てられたわ。

『諸天王・大神王さまよ、われらを助け、勝利にみちびきたまわば、必ずおんために寺塔を建立し、三宝を伝え申そう。』

なに、戦というは、勢いよ。

お二人の力強い誓いに、われらはにわかに勢いついた。

そこへ、敵軍は奴隷軍ゆえ、主人である守屋さまを射落とせばたちまち崩れる、と見切った馬子さまが、弓の名人イチヒに、朴の木に登っている守屋さまを討て！と命じられたのだ。

イチヒの矢は、みごと守屋さまの心の臓をつらぬき、それからあとはわが軍の思うがままよ。

敗れた物部の奴隷たちは、目立たぬ黒い服にあわてて着替え、逃げ散っていったなあ。」

ウマヤト王子の姿に感激した難波吉士《なにわのきし》イワカネ（祖は新羅人）は、難波に四天王寺を建てようと発奮する。

勝利した馬子をはじめ諸豪族たちは、カシキヤ姫の同意も得、ハツセベ王子をかついで大王にした。

崇峻《すしゅん》大王、欽明大王の第十二子である。

崇峻は、倉椅《くらはし》（現桜井市倉橋）に王宮を建てた。

一方、馬子は誓いを守り、先に百済の使者に指摘された法師寺の造営に精を出す。飛鳥寺《あすかでら》と呼ばれ、あるいは法興寺《ほうこうじ》、のちには元興寺《がんごうじ》となる寺。わが主人公、道昭が入った寺である。

先述したように、樹葉に仕える女性たちが、王族や諸豪族の衣装をもくもくと縫っていた粗末な小屋。その小屋を取り壊したあとは、荒涼とした一面の原。夜ともなれば、狼の遠吠えが凄まじく聞こえてくるような原野に、それまで倭国のだれもが見たこととてない、巨大な寺が、塔が、建っていったのだ。

先に百済の威徳王は、六人の僧侶のほかに、仏舎利、画工や瓦博士、露盤博士《ろばん》（露盤は塔の相輪《そうりん》）、寺大工などを送ってきてくれている。彼らの指揮のもとに、大和・河内の渡来人氏族とその領有民が動員され、大がかりな造営作業がなされていった。

倭国がわを束ねるのは、渡来氏族の東漢氏《やまとのあや》。

露盤博士のハクマイジュン、寺大工のモンケコシは、イラン系胡人《こじん》であったらしい。

完成には長くかかったから、やがて高句麗から来倭した恵慈《えじ》の智恵もくわわって、倭国ではじめての寺塔が建立されていくのである。

幸い、寺地の南がわは、鬱蒼とした槻《けやき》の木の樹林帯で、いくらでも木を伐りだすことができた。

そこにはとりわけ大きな槻の木があり、まわりの樹木を取り除き、広い聖地にして、渡来してきたひとびとは、故国にいたときのように、神にささげる宴を開き、舞い踊っていたものだ。

今その聖地近くから伐りだす木で、故国からもたらされた新しい〈神〉を祭る。馬子も、樹葉も、指図する博士たちも、感慨深いものがあったろう。

現在の調査では、塔中央の舎利孔に、舎利容器がていねいに納められており、容器の外がわは青銅製、なかは銀製、一番内がわの器は金製。器のなかに百余粒の仏舎利が納められていたことがわかっている。

舎利容器のまわりには、ヒスイ他の宝石、金銀の装身具、金銀の粒・延べ板などがびっしり詰めこまれ、水銀朱でおおって四角い石蓋がしてあるという。

田村圓澄は、『飛鳥・白鳳仏教史』で、法興寺造営の費用は、物部守屋から没収した資材が充てられたのだろうと類推している。資材だけでなく、かの黒衣をまとった奴隷たちも、あらかた捕らえられ、きつい使役をさせられたのではなかったか。

五九〇年（崇峻三）、善信尼らが受戒を終えて帰ってきた。もといた豊浦の小堂に住んだものの、法興寺に見合う寺にするためには、ここも新たに造営せねばならない。豊浦寺の創建である。

完成のあかつきには、法興寺の西門からそのまま、飛鳥川の川原の先に在る豊浦寺へ。

百済と同様に僧尼たちは、半月ごとに往還して、勤行をいとなむこととなろう。

馬子はいそいそと両寺の造営作業をながめる。

その間に、善信尼らのもとめに応じて、渡来人の若者や娘を出家させていく。

司馬達等の子タスナも出家した。善信尼の弟に当たる。

そのころ、中国では大きな変化が起きていた。

五八一年、初代文帝（楊堅《ようけん》）が、北周をうばって、隋帝国を開いたのだ。

七年後（五八八年）には南朝の陳を一気に攻め、あっけなくほろぼして巨大帝国が成立する。

巨大な領域を支配していくために、文帝は行政改革を断行し、開国二年目の五八二年には開皇律令を発布して、その後の東アジアに多大な影響を与える律令をしいた。

三省（政策を立案する内史省、行政全般にたずさわる尚書省、政策全般をチェックする門下省）のそれぞれに逸材を置き、軍事面では府兵制をしいている。

犯した罪にきちんと対応する処罰が明文化され、笞《むちうち》・杖・徒（懲役）・流・死の五刑が確定する。それまでは刺青、鼻切り、足切り、去勢などの刑罰が行われていたゆえ、当時としてはすすんだ刑法といえるだろう。

農業においては、均田制によって農民に農地を支給、農民はそのかわり勝手な移動を許されず、租庸調を納めるか、府兵制による兵役を負担しなければならない。

地方政治は、長官以外の役人も中央から派遣し、在地勢力を排除、派遣した役人と地方有力者との癒着を危ぶんで、本人の出身地には行かせず、文官三年、武官四年の任期を定めた。

広く人材をもとめるため、五八七年には毎年州ごとに試験を試み、三名を中央に推薦させた。

皇帝の力を誇る都、大興城《だいこうじょう》（のちの長安）の造営にも着手する。

その宗教政策は、倒した北周の武帝が仏教弾圧を行ったのに対し、信者たちの出家を許し、経典・仏像をつくる自由を認め、都の寺や朝廷内にも一切経をそなえさせている。

『隋書』の文帝誕生説話にも、仏教がからんでいる。

般若寺で生まれた文帝。そのとき、智仙尼なる尼が東方からあらわれて、俗界で育ててはならぬと言い、あずかって別棟で養育する。実母がやってきて文帝を抱くと、頭から角が生え、体中がウロコでおおわれた。実母は驚いて取り落し、尼は、これでこの子の天下取りは遅れたと嘆いた、と。

実際には、文帝の出自は、内モンゴルで北辺の固めについていた家がらで、モンゴル系、匈奴《きょうど》系など、北方他民族の血がまじっていたようだ。

なにしろ、文帝の父、楊忠は、身長二メートルを超えた大男で、あるとき猛獣と戦って、左腕でその胴体をかかえ、右腕でその舌を抜いて倒したほど。しかも、彫りが深い見目うるわしい男であったとのこと。

六〇〇年（開皇二十）、文帝は宰相であった高熲《こうけい》を高句麗遠征失敗の罪で失脚させ、高熲が推していた皇太子楊勇《ようゆう》を廃して、次男の楊広《ようこう》（煬帝《ようてい》）を皇太子にしている。

その折、高熲が熱心に信心していた新仏教（三階教）を弾圧、一方では諸州に舎利を分けるといい、全国百十一ヶ所の寺院に石塔を建てさせ、分かち与えた舎利を埋納させる。

仏像と道教の尊像を壊し盗んだりしたものは、極刑に処する、との詔勅を下し、宗教は国家の政治事業になっていった。


新帝国隋が成立した年（五八一）に、朝鮮半島では、百済、高句麗がいち早く使者を送っている。

新羅の使者が隋に行くのは、五九四年。こちらは隋が南朝の陳をほろぼしてから六年後だから、かなり慎重だ。

高句麗のうごきは複雑で、百済と同年（五八一）に祝いの使者を送って、「高麗王」を与えられたのに、四年後には南朝の陳に入貢し、陳がほろびるとまた、隋に入貢する、という具合。ようやく隋との関係がおちついたかと思えば、五九八年には、ツングース系の靺鞨《まっかつ》の二部族をひきいて遼水の西に侵入している。

隋の朝鮮政策は、百済・新羅・高句麗の三国鼎立維持であったようだ。

高句麗としては、西方には突厥《とっけつ》がいて、隋を後ろ盾に勢いづこうとしている不安、かといって南下しようとすれば隋の百済・新羅温存策とぶつかる。

隋と和平をたもっていても、いつか陳のようにほろぼされるのではとの不安が、隋に侵入する道へと向かわせたのだろう。

怒った文帝は、水陸三十万の大軍で、高句麗を攻める。しかし、この第一次遠征は、まったくの失敗に終った。陸軍は、大水、疫病、食料不足、水軍は暴風にあって大半が転覆、ぞくぞく死者の山を築き、逃げ帰ったものはわずか一、二割に過ぎなかった。以後、隋に代わった唐が、平壌を占領（六六八年）し、高句麗の息の根を止めるまで、実に隋唐の高句麗遠征は十回を超える。

これら中国の動静は、百済と親しい蘇我一族の耳には、いち早く伝わってきたろう。

（ここは倭国としては、じっとうごかずにいて、隋のうごきを見極めねば。）

馬子がそう思っているとき、崇峻大王は軽率な行動に出た。

大部隊を組織して朝鮮半島に出兵させ、新羅にはろぼされた金官加羅の国再興をねらうというのだ。

「今はその時期ではありません。」

馬子はもとより、国際情勢にくわしい諸豪族もこぞって反対したが、せっかく大王になったからにはハデな行動で、倭国ここに在り！と大陸からも注目されたい崇峻は、いっかな聞かぬ。

蘇我稲目の娘オアネ君を母にもち、馬子と従兄弟であればこそ、大王になられたに過ぎぬ、と諸豪族から軽んじられている気がして口惜しく、なに、大王になったからには馬子とて臣下、なにするものぞ、心中いきまいているのだった。その崇峻を、馬子の台頭が苦々しい古くからの豪族たちが後押しする。

とうとう崇峻は、紀スクネ、巨勢《こせの》サル、大伴クイ、葛城ナラら諸豪族を大将軍に任命して、筑紫に出動させてしまった。

（これでは消えていただくしかないようだな。）馬子は決意する。

巨勢らの筑紫出陣をだまって見送ったのは、崇峻を煽っているような彼らを大和から遠ざけるよい機会だ、と考える馬子の遠謀であった。

大きな戦いはもうこりごりでもあり、渡来系（百済）氏族の東漢直駒《やまとのあやのあたいこま》に命じて、崇峻を殺害させる。

駒は、王宮になんなく忍びこみ、就寝中の崇峻をたちまち絞め殺してしまった。

　そしてゆきがかりの駄賃よろしく、崇峻の妃になっていた馬子の娘、蘇我カワカミ君をかっさらい、妻にしてしまう。

　馬子は激怒して、駒を殺害させる。いくら主人の命とはいえ、大王を恐れ気もなく殺してのけた駒は、生かしておくには危険に思えたのかもしれぬ。

「お釈迦さまは殺生を禁じておいでだ。仏教を篤く信仰される馬子さまの所業を、み仏はどのようにご覧であろうか。」

　道昭の幼い胸にきざす疑い。

　もとよりそんなことを知る由もない祖父は、うっとりしたまなざしになって語った。

「崇峻大王さまの思いがけないご逝去により、次の大王さまにはカシキヤ姫さましかない、と衆議一決した。

　崇峻大王さまとは異母姉弟、欽明大王とキタシ姫（蘇我稲目の娘）を父母にもたれ、おん年十八歳から三十二歳まで、敏達大王さまの后として祭りごとに力を尽くされた。

　即位の際は、おん年三十九歳。ゆったりとおちついた物言い、ふっくらとゆたかなお顔は、はるかに仰ぎみても若々しく、まこと輝くばかりであられたなあ。」

　五九二年、推古大王の誕生である。

　推古は、飛鳥豊浦に王宮を建てた。

　造営中の法興寺、豊浦寺の南方に当たる。

　用明大王の長男、ウマヤト王子を太子とし、馬子が大臣の体制。

「推古大王さまは、即位のあくる年、仏法を興し、盛んにせよとの詔を出された。

　大王さまご自身が、帰依されたわけではないが、あの善信尼らへのむごい仕打ちへの怒りが、お心に強くあって、再びあのようなことが起こらぬよう、出された詔であったろうな。

　霊性を持った女性に男たちが勝手なふるまいをすることは天が許すまい、そうお考えであったろうよ。

　馬子さまもますます胸を張って、両寺造りに励めるというものじゃ。

　完成のあかつきには、どのような建物となるのか、日々造営がすすむ寺をながめている諸豪族たちは、他国の神にしだいに畏敬の念をもち、渡来人のみならず、国神を崇めていたものさえ、おのが支配地に仏寺を建立するようになっていったのだ。」

五九三年(推古四)、ついに法興寺の骨格ができあがる。

(わたしが生まれる三十六年まえに、このお寺は地上にお姿をあらわしたのだなあ。)

祖父の話を思い出しながら、道昭は感慨深い。

一塔三金堂様式。

東西約二百メートル、南北約三百メートル。

「伽藍は南面しており、塔をとり巻く形で北方正面に中金堂が、また塔の左右に東金堂と西金堂が置かれる。塔の南に中門があり、中門の両傍から出た回廊は、塔と三金堂をとり囲む。中門の南には南門があり、両脇から築地が延びている。」(田村圓澄『飛鳥・白鳳仏教史』上・一一五頁)

寺建立のために渡来してきた百済人主導の造営でありながら、伽藍配置が高句麗の清岩里廃寺・定陵寺と同じなのは、依頼者の馬子の指示であったのか。

六〇九年(推古十七)、司馬達等の孫に当たる鞍作《くらつくりの》止《と》利《り》が制作集団をひきい、心魂をかたむけて完成させた、丈六の金堂釈迦如来坐像及び繍像が、中金堂に安置される。こちらは百済様式の坐像だ。

大きいために運びこむのが大変だった。

「二万三千斤の銅、七百五十九両の金をついやして造られた坐像は、さて金堂にお入れしようとすると、戸より高くてどうにもお入れできぬ。

工人たちが、堂の戸を壊してお入れするしかあるまいと騒いでいると、止利さまが、巧みに仏像をうごかし、なんなくお入れ申したそうな。

さすがは止利仏師よ、と、だれもが誉めそやしたものであった。」

中金堂に安置された釈迦如来坐像は、千四百年の歳月を経た今、一一九六年の雷火にもめげず、ほぼそのまま、飛鳥大仏と呼ばれ、安居院(飛鳥)に静かに在る。

二十一世紀、一人の詩人が飛鳥大仏を訪ね、次のような詩を読んでいる。

柿　　石原　武

半世紀ぶりに
飛鳥寺を訪ねた

大仏さまは歳をとられても
ふくよかな指を触れてくださった

お堂のあかりがゆれて
お顔に映ると
頬をえぐった傷跡が
いたいたしく
首のあたりに
黒衣の遠いときが
息をつめていた

蘇我入鹿の首塚を
時雨がたたいて
さっと入日が熟柿を散らせた

高句麗の大興王は、祝いになんと金三百二十両も贈ってきた。

「馬子さまのたってのねがいにより、高句麗から恵慈さま、百済からは恵聡《えそう》さまが飛鳥寺に来られ、三宝の棟梁といわれなされたのよ。
高邁なお二人をまねくことができた馬子さま、豊浦寺の善信尼さまらは、どんなに感無量であられたかのう。」

そう聞けば、馬子の手が血にまみれていることも許せる気になってくるから、ふしぎである。

百済と親しくしつつも、いま勢い盛んな高句麗から恵慈をまねき、寺の様式も高句麗式にしたところに、東アジアの情勢を見据えた馬子の政治力があるだろう。

朝鮮半島のどの国々とも友好関係をたもつなかで、各国の文明を吸収し、倭国を強くしていきたい馬子は、百済と敵対関係にある新羅とのパイプをつなげておくことも考える。

パイプ役を頼まれたのは、ウマヤト太子。

高句麗僧の恵慈に心酔し、師と仰ぐウマヤト太子は、恵慈の話を聞くなかで、新羅仏教にも興味を持った。

新羅仏教は、はじめ高句麗僧の指導があったものの、青年貴族から選ばれた花郎《かろう》という集団が、大いに活躍しているという。

集団で武術をみがき、精神をきたえ、深山幽谷を巡って風流の道もきわめる。新羅の国土とひとびとを救うためにあらわれた弥勒仏の化身だといわれて、国の中核として活躍しているとか。

いったいどんな活動をしているのだろう、知りたい！と考えるウマヤト太子は、馬子に勧められるとよろこんでパイプ役となることを承知したのだった。

かねてウマヤト太子のために四天王寺を造営中だった新羅系の難波吉士イワカネに使者を命じると、イワカネはたちまち新羅に向かい、倭国にはいないカササギを、土産にもらって帰ってきた。

そのあとを追いかけるように、さらに新羅からは、倭国にわたるものに頼んで、世にも珍しい鳥、クジャクを大王に贈ってくる。

百済からも対抗するように使者が贈り物を持ってあわれる。ラクダ、ロバ、羊、キジなどを贈り、新羅と戦うときは助太刀してほしいとの頼みである。

「新羅の間諜、ウカミなる男が、対馬に侵入してきたと知らせがあったのは、そのころであったなあ。

わたしが束ねる対馬の船長から連絡が入って、わたしはすぐ捕らえよ、と命じたよ。

馬子さまにお知らせすると、すばやいご決断で、ようやく捕らえた、遠い地にながせ、とのお達しだ。

早速ぐるぐる巻きにしばって、船に乗せ、遠い地へ捨てるように命じたよ。海が荒れ、船中で病んで死んだとの知らせが入ってきた。まことは、わたしらの意を汲んで、放り捨てたかもしれぬがの。

思ってもみなんだウカミの潜入に、推古大王さまはえらく腹立ち、怯えなさった。

この際、新羅に倭国の強さを見せつけておかねば危うい、かように思われたのだな。

ウカミの潜入が、推古さま九年（六〇〇）九月。

二月経った十一月には、神のご託宣があった、と言われ、新羅攻めをお決めになられた。

翌年二月には、ウマヤト太子さまの同母弟、クメ王子さまを大将軍に任ぜられ、諸豪族それぞれが、おのが軍団をひきいて筑紫に向かわれた。

わたしは新羅に向かう船団をととのえるよう、大王さまじきじきに命じられた。たかぶり、頬を紅潮させた大王さまは格別にりりしく、麗しい。この君のためなら命も捨てようぞ、わたしは武者ぶるいして仰せにしたがったものであった。」

百済のほうから助っ人の出兵を頼んできたわけでもな

いのに、新羅を攻めるなど、馬子も、ウマヤト太子も、反対だ。しかし、神の託宣だと言う推古に向かっては、表向き逆らえない。

両人はやむなく、ひそかに打ち合わせて非常手段をとったようだ。

「秘中の秘だがの。」

だれが聞いているわけでもないのに、声をひそめて祖父は道昭にささやく。

「クメ王子さまは、馬子さまとウマヤト太子さまの密議のもとに毒を盛られなされたようだ。

駒の時のようなハデハデしい殺しではなく、遠い筑紫での出来事でもあり、大王さまは疑いをもたれなかったようだがの。

で、クメ王子さま病死、の知らせがとどくと、ただちにウマヤト、クメ王子さまの異母兄に当たるタギマ王子さまを大将軍に任じられた。

難波からにぎにぎしくお発ちなされたのも束の間、このたびは、ともにご出立なされたお妃、トネリ姫が明石で亡くなられてしもうた。

おそらくこの姫にも魔の手が伸びたものであろう。

その後、わたしはさまざま考えたがの。

大王さまのお言いつけにそむき、大それた殺人までなされたご両人は、いかにも悪人のようじゃが、果たしてそうか。

わたしのように単純なものばかりで、新羅に攻めいっておれば、倭国はどうなったか。

たとえ一時の戦に勝ったにせよ、民の費えは計り知れぬ。彼我の死者も数知れなかろう。

それよりは、倭国を新しい国にしていくために、やるべきことは山とあろうではないか。

ましてウマヤト太子さまは、仏教をとおして、新羅と親しい関係であられる。

そう考えたとき、あのときのお二人の怖ろしいご決断は、あやまりとも思えなくなったのだなあ。」

そのような秘事まで告げる祖父は、船氏が倭国で生き抜くためには、どのような政治の内幕も、この賢く思える幼い孫には知らせておくべきだ、との判断だったのだろうか。

「ただ……。」

と、祖父はますます声をひそめ、

「やむない仕儀とはいえ、殺生を禁じたみ仏にそむいて、肉親二人をほうむったことを、ウマヤト太子さまは心中深く悩まれたに違いない。

やがて仏教への帰依をますます深くされ、実際の政治からしだいに遠ざかっていかれたのはこの傷ゆえではなかったかのう。」


ついに新羅攻めを断念した推古は、馬子やウマヤト王子の勧めにしたがって、国の力をつける改革をはじめる。

「国のかたちをととのえていかねば、アジアのなかで後れを取りましょうぞ。」

王宮に仕える諸豪族に対して、冠位十二階を定める。もちろん高句麗や百済の制度が手本だ。

徳・仁・礼・信・義・智という徳目を、それぞれ大小に分けて、大徳以下、十二階とし、色の違うあしぎぬ（太糸で織った粗製の絹布）で縫った冠をかぶらせるのだ。儀式のとき着る衣服も、冠と同色にさせる。

王族、大臣である馬子は、与えるがわなので、十二階には入っていない。

また、推古は、歴代大王の王宮にくらべれば、はるかに大がかりな王宮、小墾田宮《おはりだのみや》（飛鳥村雷）を建立する。

「王宮の門を入るときには、両手で土を押し、両脚でひざまずくように。門のしきりを越えるときは立って越えてよろしい。」

以前は、這いつくばって越えたのだった。

ウマヤトの提案で、大王出御のときには、その背後に立てる儀仗《ぎじょう》用の大盾もととのえる。

「恵慈さまとウマヤト太子さまが智恵をしぼって『いつくしきのり』をつくられたとのうわさが、伝わってきたのはあのころであったかのう。」

祖父は言う。

そのなかみのあらましを道昭が聞いたのは、ずっとのち。歴史書の編さんに終生たずさわった父、恵釈《えさか》からである。

「ウマヤト太子さまからじきじきに渡していただいたのだ。

『こののりが、陽の目を見るのは、恐らくわたしの死後であろう。どうか、大事に持っていてほしい。』そう言われた。だから、蘇我本宗家がほろびたときにも、この『いつくしきのり』だけは、懐にだいていたものだった。」

「王法即仏法」を説く中国北方仏教の影響を強く受けている高句麗の恵慈と、実際に政務にたずさわってみて諸役人たちのなかに渦巻く妬みやもろもろの悪事や権謀術策にうんざりしていたウマヤトが、かくあらまほしいとねがってつくった、『いつくしきのり』は、推古大王、馬子のどちらからも、ひんしゅくを買った。

八百万の神々を祭る大王は、その神のなかに〈仏〉という異国の神も入れただけであり、『いつくしきのり』の二条、「篤く三宝を敬え。三宝とは仏法僧なり。」あるいは「万の国の極めの宗なり。いずれの世、いずれの人か、このみのりを尊びずあらむ。」などと宣言するわけにはいかない。

馬子の考えも同じだ。

（ゆるゆると、ゆるゆると改革はやっていかねば。）レアリストの馬子は思っている。

（「官のために人をもとめて、人のために官をもとめず。」と言い、「賢しきひと官に任すときは、ほむる音すなわち起こる。かしましき者官をたもつときは、禍乱すなわち繁し。」と言っているのは賛成だが、実際にそう政治をうごかしていけばよいので、正面から言いきってしまってはたとえ能力が劣ろうと代々、定まった職にたずさわってきたものは、不安にかられるだろう。

へつらい欺くものは国をくつがえす器であるといい、妬み媚びるものはひとびとを絶つ鋭い剣であり、これらのものは国の乱れのもとだというが、大方の人とはそのような弱さを持っているものだ。その弱いものたちをうまく操縦することこそ、上に立つものの腕のみせどころではないか。堅物ばかり集めても、どうにもならんわい。

大事を定めるときは、「必ず衆とあげつらうべし。」だと。ま、たしかに大事はこれまで、いつも諸豪族らの話し合いで決めてきたが、こうはっきり定めてしまうのはどんなものか。それを盾にとられてはかなわんからな。

それに「民を使うに時をもってするはいにしえの良き典なり。ゆえに冬の月に間《いとま》あらば、もって民を使うべし。春より秋にいたるまでは、農桑のときなり。民を使うべからず。」とは何だ。民を思いやるのもよいが、それでは古墳、寺の大工事、人工池造営にも間に合うまい。心すればよいことで、決まりにしてしまうことではあるまい。）

このとき、ウマヤト太子が提示した「いつくしきのり」には、十七条もの条文はない。

三条の「勅を承りては必ず謹め。君をば天とす。臣をば地とす。」や、十二条の「国に二の君非ず。民に両の主なし。率土の兆民は、王をもって主とす。」などは、のちの権力者がおのれの都合で、太子信仰に便乗してはさみこんだもので、ウマヤトが生きていたら、目をまわしたのではなかろうか。

ウマヤトが政治に望んだのは、一つにはなべてのものが仏心を持ってほしいとのねがいであった。

「和なるをもって貴し」とか、「忿を絶ち、瞋を棄てて、ひとの違うことを怒らざれ」あるいは「われ既にひとをうらやむときは、ひとまたわれをうらやむ。うらやみ妬む患い、そのきわまりを知らず」のように。

二つには、国を治めるものが民を苦しめてはならぬ、との切なる思いであった。

道昭は、のちに「いつくしきのり」を諳んじていた父からその中身を教わったとき、聡明でしられた太子が、われをも「凡夫《ただひと》」と考えていることに特に心打たれるものがあった。

「われ必ずひじりにあらず。彼必ずおろかにあらず。共にこれ凡夫ならくのみ。良く、悪しき理、たれかよく定むべけん。あい共に賢く愚かなること、鐶《みみかね》（金属製の耳飾り）の端なきが如し」とは！

（自分と相手をそのように見られるようになるまでには、太子さまはどれほどか苦い体験を重ねられたに違いない。自分もいつかそのような心境に達することができるだろうか。）と心細くもなる道昭である。

父、恵釈は、農民のことを気遣った太子に驚いたと、告げた。

「何不自由ないおん身でありながら、よう農民の苦しさを思いはかられたものよ。

たしかに漢書には、民を使うに時をもって努めるは、農桑を勧むるに在り、と記されてあり、そこから思いつかれたと言われているが、『農せずば何をか食らわん、桑せずば何をか着ん。』と言い切られたのは、実に鋭い。

いやはや、当たりまえに思うていたことを、ズバリ民あってこそのわれらであることを改めて思い知らされた気がしたのう。」

しかし、馬子からみれば、なべて当たりまえのこと、麗々しく大人の豪族たちに説教することではないだろう、とウマヤトが子どもっぽく見えてならない。

一方、心血を注いだ『いつくしきのり』が日の目を見そうもないことを知って、ウマヤトは落胆し、大王からも馬子からもしだいに離れていくのである。

「ウマヤトさまが、飛鳥からかなり離れた斑鳩《いかるが》に王宮を建て、一族移っていかれたのも、そのころであったなあ。」

せめて、自分たち一族だけでも理想の暮らしに近づきたい、そうねがったのか。

あまたのお妃、諸王子たちと、王宮にともに暮らすというふしぎな生活様式をとったもので、後年、紫式部は『源氏物語』の主人公、光源氏の暮らしに、この方式を踏襲している。

祖父は、述懐する。

「斑鳩は、ウマヤト太子さまのお妃、ホキキノ姫さまの本拠でもあり、大陸への船が出入りする難波に出るためのタジヒ道(竹内街道)をおさえた蘇我本宗家に対して、ウマヤトさまは大津道（奈良街道）をおさえられたともいえようなあ。

ま、初手は馬子さまのてのひらのなかでうごかれていたウマヤトさまが、しだいに離れていかれたのだなあ。」

王宮の近くには、父の用明大王の発願であったと称して、法師寺（若草伽藍、消失前の法隆寺）を建立し、対のところに、尼寺（桜井尼寺、現中宮寺）を、恵慈の助言を入れて、高句麗様式で建てだす。

仏教の真の拠点にしたい、とのねがいだ。

なお、中宮寺の完成は、太子死後となる。

ウマヤト太子のうごきが不安になった推古大王と馬子は、相談して、ウマヤトを王宮にまねき、勝鬘経《しょうまんぎょう》、法華経の講義を受けることで、和解をはかった。

このとき、ウヤマトは、仏の慈悲があらゆるひとを救う、と説き、女性への差別がない二つの経典をえらんで講義した。恵慈の助言もあったろうが、ウマヤトのなかに女性への深い敬慕があったからだろう。

それに、女性である推古大王に、仏教がすぐれていることを認めてもらうためには、勝鬘夫人を中心にすえた勝鬘経こそふさわしい。

コーサラ国の王女で、アヨーディヤー王国のヤショーミトラ王の妃となった勝鬘は、実家の両親のすすめで、十の誓いを立てる。戒律を守る、目上のひとを敬う、怒りや憎しみの心を持たない、財物は全て弱いものを救うために用いる、などなど。

　全ての生きものは煩悩にまとわれて不完全に思われても、実は清浄無垢で如来の本質をそなえている、とさながら獅子が吼えるようにも説き続けた勝鬘夫人。

　それは女性の霊性を認め、その霊性にすがって農耕をいとなんできた、倭国本来のありかたにも沿っている。

　女性の力を大きく認めたウマヤトの講義に推古大王は満足し、播磨の水田百町を斑鳩寺に与えたものだ。

　みごとな仏像を造った鞍作止利をほめて、近江に在る水田二十町を与え、感激した止利が、推古のために飛鳥の坂田に金剛尼寺をつくったのも、このころであった。


　ほつれかかった仲が、何とかおさまったところで、ウマヤトは、次なる提案をする。

「東方に倭国あり、王宮もあり、法師寺、尼寺も在る、これまでの蛮国とは一味も二味も違ってきております よ、と、はるか中国に知らせようではありませんか。

　さらに真の仏教を、新たな学問を、かの国から学びとう存じます。この際、大がかりな遣隋使を出そうではありませんか。」


　実は推古の代になってから、六〇〇年（推古八）に、遣隋使数人を送ってみたのだが、うまくいかなかった。未開の小国が、わけもわからずにやってきた、と蔑まれ、ろくな扱いをされなかったのである。

　ウマヤトのこの提案には、推古も馬子もよろこんで賛成した。

　六〇七年（推古十五）、隋に使者を送る。

　隋の皇帝へのとりなしをウマヤトは、新羅にたのんだ。一行は新羅にまず行き、新羅の使者にともなわれて中国の地をふんだのであった。

　馬鹿にされないように、第二回の遣隋使には大いに力を入れた。

　遣隋使には、古くからの豪族で、おおがらで容貌が見栄えのする小野妹子。ゆったりとした人柄が、皇帝のまえでも怖気づくまい、と選ばれた。馬子の外交面の片腕としてこれまで活躍もしてきている。

　通訳には、百済からの渡来人で、漢語にくわしい鞍作フクリを付ける。中国語を話せる僧もあまた付いていった。

「隋書」の倭国伝には、倭国王、「多利思比孤」が、朝貢してきたこと、使者が、「海西の菩薩天子が、重ねて仏法を興されたと聞きましたので、朝拝にまかりでました。兼ねて僧数十人を連れて、仏法を学びにやって参りました。」という口上を述べたことが記されている。

「多利思比孤」は、だれを指すのか。

いまだ仏教に帰依しているわけではない推古が、諸豪族からあらぬ疑いをもたれぬために、太子のウマヤトに、国書のサインを任せたのではなかろうか。タリシヒコは、ウマヤトであったと思われる。

ところが、倭国伝は、そのあとに、倭国からの国書がきわめて無礼であったため、時の皇帝煬帝が立腹、返事は要らないと鴻臚卿《こうろけい》（外務大臣）に告げた、とある。

倭国の国書には、「日出るところの天子、書を日没するところの天子に致す、つつがなきや云々」と記してあったというのだ。

使者の口上、留学僧をあまた送ったことと、非礼な国書はあまりに不釣合いであり、はじめて大国に持っていく国書に、いくら対等であると肩をそびやかせたといえ、非礼な文書を書いていったりするだろうか。

馬子とウマヤト太子、どちらも国際常識を持っている二人が、そのような失態をするとはまず考えられない。

倭国と隋を接近させたくないものがいて、途上で、国書をすり替えたのではなかろうか。妹子ら遣隋使は、独力で中国にわたったわけではない。まず新羅にわたり、新羅の遣隋使一行に付いて、隋に向かっている。

その間に、倭国が隋と直接交流することを好まぬものたちから命じられた手だれのものが、長い道中の隙をねらい、国書をすり替えたに違いない。

煬帝は怒ったものの、ま、蛮人ゆえ仕方あるまいと考えたのか、そこは大らかで、妹子には「蘇因高《そいんこう》」という漢名を授け、妹子の帰国に同行させて、裴世清《はいせいせい》以下十二人の使節を倭国に向かわせたのであった。

「あのときはえらい騒ぎであったぞ。筑紫に一行が着いたとの知らせがあり、さあ大変だ。

新しい館を急きょ難波に建てると、中国語が堪能の難波吉士オナリさまを接待係として筑紫に向かわせて、難波までご案内申しあげた。

わたしら一族は、大王さま、馬子さまのご命令により、飾り船三十艘を何とか仕立てての、遠くからの客人らを淀川の川口にお迎えしたのであった。まちがいがあってはご先祖の王辰爾《おうじんに》さまのお名を汚すゆえ、いや、まことに必死であったなあ。」

「筑紫に着かれたが四月、難波に六月にお迎えし、いよいよ八月に飛鳥豊浦の王宮に使節をお迎えした。

飾り馬七十五匹をそろえて、選ばれた役人たちが、つばきの市にお使者たちを迎え申しあげ、豊浦王宮にご案内する。

王宮にあっては、諸王子、諸王族、名だたる豪族らが、おのおの金銀でつくったきらきらとまばゆい飾りを髪に挿し、それぞれの冠の色に合わせた衣服をお召しであられた。

何にもまして、大王さまがあくまでゆったりと臆することなく、隋のお使者たちに接せられたが、誇らしいかぎりであったよ。

隋からの賜り物が、庭に山と積まれていってのう。

そののち、隋のお使者、裴世清さまが、大王さまに再拝され、皇帝からの書をお読みであった。

一時の怒りに妹子には国書を賜らなかったものの、おそらく家臣にたしなめられ、考え直され、おだやかな書をくだされたものであろうな。

やはり、大国ぞ。

倭国がよく国を治め、深い誠をもってはるばる朝貢してきたことを心から嘉し、授けものをいたすぞ、おおよそ、さような内容であった。」

隋の使節、裴世清らは、王宮近くに在る蘇我氏の氏寺、法興寺、豊浦寺にも案内される。馬子の得意思うべし。

一行は、九月には帰国していった。

再び小野妹子が、大王の返書をたずさえて隋まで裴世清らを送っていき、それに便乗するかたちで、留学生四名、留学僧四名が、隋に向かう。

妹子に付いて隋に行ってきた僧たちが、口をそろえ、わずかな滞在では学べない、是非、留学僧をつかわすべきだと盛んに主張したのが利いた。

留学生、留学僧、八人とも、父祖が朝鮮三国からの渡来者か、本人が渡来してきた（今来《いまき》の人と言われた）ばかりの人物たち。中国語も自在に話せる逸材をそろえた。

（そのなかにわが師、慧隠《えおん》さまもおられた。

師の祖は、中国人。朝鮮半島が中国に直接統治されていたとき、漢からつかわされていた役人で、高句麗に追われたとき、倭国に逃れ、琵琶湖のほとりに住みつかれたと聞いた。

それからもう三百年以上経つのに、代々、中国語を伝え、師も、流暢に話されることで、選考に選ばれなされたとか。数百年経て、祖の国への帰国は、どんな思いであられたろう。

しかし、きっと師にとって、もはやこの倭国こそ、故郷であったに違いない。

そして、師は、なんと三十七年の長きにわたって、かの国の仏法を学び、かの地にとどまることなく、帰ってこられたのだ！）

道昭はそう思うと、いつの日か自分も、中国にわたって真の仏法を学びたい、師が見た国を自分の目で見たいと、切望せずにはいられない。

慧隠らが隋へ向かった年から二十二年目に、生まれた道昭。

そして、隋へわたって十二年目、慧隠らは、大国隋があっという間にほろび、新しい国、唐を、山西省《さんせい》にいた李淵《りえん》が建国していく動乱の時代に立ち会うこととなる。

3　大王の座

「高句麗嬰陽王《えいようおう》の仰せを受けられ、曇徴《どんちょう》法師さまがござったのは、いつであったかのう。」

ぽかぽかした日差しのなかで、老尼は遠くをみつめるまなざしになる。

「法興寺に住まわれた曇徴さまは、さまざまな経をもたらされただけでなく、みごとな絵の具をご持参され、真っ白い紙に、さっと如来捨身図をお描きなされたものよ。ほれ、あの若草伽藍の壁画なあ、曇徴さまが原画を描かれたのに沿って、大勢の画工が描いたものだわな。

良い紙のつくり方も、良い墨のつくり方も、水力を用いた臼で米をつくることも、なべて曇徴さまが教えてくだされたことを忘れてはならぬぞえ。

新羅からのお使者たちが、はるばる王宮に参られて、馬子さまたちより盛んな接待を受けられたも、同じ年であったかのう。もとよりお使者たちはこの寺にも足をお運びくださった。」

蘇我馬子と推古大王のチームワークはこのころ良好にたもたれ、六一二年（推古二十）正月、宮中の宴では馬子はみごとな推古の宮殿をたたえ、推古の世が万代も栄え続くことをねがい、「畏《かしこ》みて仕えまつらん」と祝いの歌を献上している。推古も、「蘇我の子ら」は、すぐれた日向の馬、よく切れる呉の名刀のようにりっぱに自分を助けてくれる、との歌を返したものだ。

「そう、難波から竹内街道を経て飛鳥にいたる大きな道がつくられたのもあのころであった。

馬子さまは、干ばつにそなえて、あちこちに溜め池もお造りであられたなあ。

わきがみの池、うねびの池、わにの池。

早くに亡くなられたお妃のため、ご自分のためにも、だれもが目をむくほどの大層な墳墓もおつくりなされた。

墳墓のなかの壁には、画工たちが腕によりをかけ、お付きの若い女性たちをしたがえて、春風のようにそよりと歩かれる、在りし日のお妃のお姿を描いたとか。

さりながら、さしもの馬子さまも、寄る年波か、時、病まれ、ご本復を祈って千人も出家させたものじゃったよ。わたしらも勤行の日々であった。その甲斐あってか、お元気になられた。まこと強運のお方であられた。

高句麗からお使者が来て、なんと百十三万の大軍で攻めてきた大国隋の軍を完膚なきまでやっつけたと言うて、捕虜にした隋の将軍や、勝利に貢献した大弓、石はじきなどを大王に贈られたも、あのころであったか。

また、病の床に在る馬子さまを見舞われたウマヤト太子さまは、基礎が固まってきた倭国の歴史書、諸豪族のものたちの由来など、なべて書にあらわしたいとの企てを相談なさり、馬子さまも大賛成なされたのであった。

新羅では、はるか以前、真興王さまの代に、国史の編さんに取りかかられていることを知っての、お企てでありましたろうな。しかも、内実は、政治の実権をにぎっておいでだった故法興王《ほうこうおう》さまの王妃、王太后のご命令であったと知り、同姓であられる大王さまは、ことのほか乗り気になられたことでありましょう。

残念なことに、ほどなくウマヤト太子さまは病まれ、あっけなく逝かれてしまわれた……。南無阿弥陀仏、南無阿弥陀仏。」

老尼の話はだらだらと続き、(高句麗の戦については、お祖父さまも目を輝かせてお話であった。)と、道昭はおもいだしている。

「イッシブントクさまといわれる英雄がおられたのじゃ。

隋軍来る、の知らせを聞くや、どういう手を打ったとおもう。全ての民に、一粒の米、一枚の布とて残すことなく持って山にこもれ、と命じ、さて、きれいさっぱりになった地で、城々で、隋軍を迎え撃ったのじゃ。

高句麗の将兵はわが家族を襲われる心配なく、わが故郷を守る戦ゆえ、勇敢に戦う。

かたや隋軍といえばどうであったか。

百日分の米や粟、よろい、槍、矛の武器や、衣料、テントをそれぞれかついで行軍せねばならぬ。米、粟を捨てたものは斬る、との軍命に、その重さにたまりかねた兵士たちは、テントの下に穴を掘って埋めてしもうたゆえ、出発してほどなく食糧は絶えてしまったのよ。

飢えた兵士たちが、高句麗に攻めこんだわけだ。敵地にはいくら家探ししても、米一粒とて見当たらぬ。寒さを防ごうにも布一枚だに見つからぬ。数日で落ちるとおもうた城が、二ヶ月たっても一向に落ちぬではないか。

都の平壌までできたときには、士気はすっかり低下し、兵士たちはふらふらになっておった。そこを見すまし、イッシブントクさまは和平を申しこまれ、隋の将軍は一も二もなく応じて引き上げていったそうじゃ。しかも、その敗軍に近い部隊に高句麗軍は襲いかかり、清川江で大方の隋の将兵が溺れ死んだ。

都に帰れたものは、わずか二千七百人であったというぞ。」

（隋の皇帝は仏教を篤く信仰されたというに、なぜそのような無謀な戦を仕掛けられたものか。見も知らぬ異郷で骨となった兵士らはなんと哀れな。）

そんなことを幼い孫がおもっているとは、気付かない祖父である。

このあと、煬帝はさらに二度も高句麗を攻め、いずれも失敗する。

六一三年（推古二十一）、「万乗の天子が、なぜ小敵を相手にするのですか、石弓は、二十日ねずみを打つために用いるものではありません。」との部下の諫言にも、煬帝は耳かたむけず、遠征を強行する。

「こたび隋軍は、遼東城（遼陽市）を囲んでの。さまざまな手を使って攻め立てた。車付きの高い楼をつくって城中をうかがったり、あるいは撞雲梯と名づけた鉄製の撞木を車に吊るし、城中から飛んでくる梯子を突き砕いたりもしたという。地の下から城中にもぐりこもうと地中に道も掘り出していたそうじゃ。

それでも、二十日経っても城は落ちぬ。

ついに隋軍は、布袋百万あまりをつくり、袋にそれぞれ土をいっぱい詰めて城壁と同じ高さに積みあげ、そこに兵士を登らせて攻め立てたゆえ、さすがに城も危うくなったところ、楊玄感《ようげんかん》が反乱をおこしたとの緊急の書状がとどいて、煬帝皇帝はあわててこっそり引き上げていったのじゃな。

楊玄感と日ごろから仲がよかった斛斯政《こくしせい》将軍は、不安になり、なんと軍を抜けだして高句麗に逃れてきたそうな。」

六一四年（推古二十二）三度、高句麗遠征をくわだてる煬帝に、もう忠告するものはいなかった。

いくら徴発しても、兵士たちはなかなか集まってこない。ようやく出発しても、逃亡するものが後を絶たず、去らずにいた兵士たちも飢餓と悪疾に苦しんだ。

この状態を見ていた高句麗は、講和をもとめ、ついに煬帝も渡りに舟と応じて引きあげていった。

高句麗も疲弊したものの、隋軍は、遠征に次ぐ遠征で、百万に近い将兵・人足たちが、戦死、病死、あるいは餓死し、その死体で道のいたるところはふさがってしまうほど。

臭気が道いっぱいにあふれ、働き手をうしなった農村も荒れはてた。

農民たちはついに立ちあがり、全国いたるところで一揆をおこす。

六一六年（推古二十四）、長安の都から江都《こうと》の離宮に向かった煬帝は、せめて江東だけを維持し、形勢を見ようとしたが、六一八年、朝臣《あそん》の宇文化及《うぶんかきゅう》らが反乱、死をもとめられる。

せめて天子らしく、ちん酒（毒鳥の羽をひたした毒酒）をあおって死にたい、との望みも、こばまれ、煬帝は自ら縊れて死んでいった。わずか四十年足らずで隋帝国はほろびたのである。

隋に代わって一大帝国を樹立したのが、貴族出身の李淵（のちの高祖）・李世民《りせいみん》父子。

次男の李世民（のちの太宗《たいそう》）は、「今、主上は無道であり、百姓は困窮している。下は一揆であふれ、対するに上は厳刑でのぞむのみ。これでは隋は日ならずしてほろびよう、民の心にしたがって義兵をおこすべきだ。」と、父に進言、父を励まして、六一七年（推古二十五）七月、晋陽で蜂起し、長安をめざす。

途上では隋の将軍の攻撃を受けたり、突厥《とっけつ》が隙をねらって晋陽を襲おうとしているとの情報もはいったりして、気弱になった李淵はもどろうと言いだす。

世民は、「すすめば必ず勝つ！　退けば軍は離散し、日ならずして壊滅しよう、これは正義の戦いなのだ。」と父を説得した。このとき、世民、わずか二十歳。

十一月には、長安を占領、煬帝が行った虐政をいっさい廃止した十二ケ条の暫定憲法を公布、民心を得る。

翌六一八年（推古二十六）、李淵は皇帝になり、国名を唐とあらためた。

同年、高句麗では、嬰陽王が病没、異母弟の栄留王《えいりゅうおう》が即位すると、翌年早々、唐に使者を送り、朝貢する。さらに、六二一年、六二二年と立て続けに使者を送り、誠意をしめしたことで、高祖はよろこび、「代々、中国の藩屏《はんぺい》であれかし。」と詔書を送った。

文中に、互いにそれぞれの民を失い、骨肉を分離し、家族を分散させてしまったことをいい、「もはや恨みは遠のき、二国は和親したので、友誼をはばむものはいない。当方にいる高句麗人捕虜はすでに集め、送り返そうとしているゆえ、そちらにいるわが国のものも還してくれるように。」と記してあるのを見て、栄留王はただちに中国人捕虜を探し集め、送還、高祖をよろこばせた。

送還した中国人は、一万余人にもなったという。


ウマヤト太子のもとには、存命中、この大陸のすさまじい激動は、どの程度、伝わったものか。

「ウマヤト太子さまはのう。」

目を細め、老尼はいとしいひとを追憶するようなまなざしになる。

「ウマヤト太子さまのお心は、しだいに馬子さまから離れ、わが心の内面へ、と向かっていかれたようであったのう。

み仏がくり返し戒められた、不偸盗、不殺生、不妄語、不邪淫について考えられ、きびしくおのれのこれまでを見つめておいでであった。

この寺にも、たびたびウマヤトさまは、おいでであった。ここに来ると、心が安まります、と言われ、ある日など、静かに読経するわたしらのだれにともなく、つぶやかれたものであった。

『ブッダは、王族の子として生まれながら、城を捨て、父母・妻子を捨て、求道の旅に出られた。以後、一度も定住されることなく、旅の途上で、はかなくなられた。

同じ王族の子であるわたしは、いくたびもこの手を血に染め、道に飢え倒れる貧しきものたちには目をそむけ、仏教をこの国に興すためといいつつ、寺や仏像建立のために民の労苦をいや増させている始末じゃ。

わが大伯父、馬子さまにしても、み仏を信じると言われつつ、おのがため、ただ一人の妃のために、あまたの民を使役して、巨大な墳墓を、宮殿を築かれる。

一体、このままでブッダのみ心にかなうであろうか。み仏とはよほど遠いところに、おるのでは？』

もったいないこと、わたしら尼たちは、悩めるウマヤト太子さまが、愛しくおもわれてならなんだ。

気の強い若い尼がいて、

『いえ、少々それは違うのではありませぬか。馬子さまは民のためには溜め池をたくさんおつくりくださいました。それにあの高い塔を仰ぐと、なぜか生きる力がふつふつと沸いてくる、どんな教えより有難いことだ、と申しておるものもございます。太子さまはお考え過ぎのようにもおもわれます。』

かようにずけずけと申し上げ、わたくしなどはらはらいたしましたが、ウマヤト太子さまは、にっかりほほ笑まれて、『まこと、世のことは一筋にはいかぬ、悪のなかにも善があり、善のなかにも悪があろう。だからこそ、悩みは深く、道は遠くおもえてならぬのだ。』かように申されます。

ああ、そんな頼りないといえば頼りない、若者でもないのに青臭いあの太子さまが、ここ豊浦寺の尼たちは、それはそれは好きでございました。」

ウマヤト太子が死去したのは、六二二年（推古二十九）。生きていれば煙ったいところもある甥ながら、亡くなってみれば、慕わしく、なつかしく偲ばれて、推古大王は、鞍作止利に命じる。

太子の氏寺、若草伽藍の金堂に、釈迦三尊像を造り、安置するように、と。

現法隆寺の金堂に安置される釈迦三尊像がそれだ。

太子の妃、橘大郎女《たちばなのおおいらつめ》は、悩み多かった太子が、死後は天寿国で、おだやかに暮らせるようにと、推古の許しを得て、二張の繍帳《しゅうちょう》をつくり、造営成った斑鳩《いかるが》尼寺《にじ》へ供える。

椋部《くらべの》ハタクマをかしらに、百済人、高句麗人、百済系の画工三名が、下絵を描き、その下絵へ、王宮に仕えていた女性たちが、太子を悼みつつ、刺繍していく。

今、中宮寺に現存する繍帳は、鎌倉時代に補い、復元したものの断片を、張りまぜたものだ。

色あざやかな鳥が舞い飛び、蓮の花の上には、浄土を守る執金剛神。あまたの供養の僧に囲まれた礼装の人物は、蓮の枝を持って船に乗り、あるいは壮麗な建物のなかにある。

猛々しいところがなかった晩年の太子。人と人が争いあうことを悲しみ、女たちにも優しかった彼が好きで、王宮の女たちは一針一針に心をこめ、図案の新鮮さをよろこびながら、根を詰め、縫いあげていったのである。

二年後に、ウマヤトと親交があった新羅の真平王《しんぺいおう》は、その死を悼んで、みごとな弥勒菩薩像、仏舎利、金塔、灌頂《かんじょう》のさいの幡《ばん》などを贈ってきた。

王子の若草伽藍に納めねばならないところながら、止利がもう推古の命を受けて、銅像の釈迦三尊制作にとりかかっているから、そうもいかない。

そこで、祖が新羅から渡来してきた秦氏《はた》が、弥勒菩薩像を領地の九条河原里に建ててある蜂岡寺（現広隆寺）に安置することを申し出る。秦氏はすでにウヤマト太子存命中、ウマヤトの頼みに応じて、倭製の小さな弥勒菩薩思惟像をもらい受け、蜂岡寺を建立し、氏寺にしていた。

新羅からの贈り物、金塔など他は、太子とかかわり深い難波吉士《なにわのきし》氏が、氏寺である四天王寺に納める。

鉢岡寺の弥勒菩薩半跏像を、道昭は間近に拝んでいる。飛鳥寺に入るまえに、父が、仕事にかこつけて九条河原里へ連れていき、秦氏にたのんで拝ませてくれたのだった。

法興寺のきびしいお顔の仏像とはまるきり違った、慈愛をたたえた弥勒菩薩像に、道昭は衝撃を受けたものであった。

釈迦滅後、五億七千六百万年後の末法の世にあらわれ、衆生を救うといわれる弥勒菩薩。今は兜卒天《とそつてん》なるところで機を待っていられるとか。なんという慈愛に満ち満ちたお顔であられることよ。

「ようく拝んでおくがよい。ウマヤト太子さま追悼のために新羅の王さまからもたらされた仏像じゃ。」

「はい。どうしてこんなにも、やさしく慈悲深いお顔であられるのでしょう。」

「これから仏門にはいるそちだ。懸命に学ぶなかで、見えてくるものがあろうかもしれぬ。ただ、このお像だけはどうしてもおまえに見せておきたかった。」

父はそう言って笑ったのだった。

（ああ、このみ仏をウマヤト太子さまはご覧になることなく、逝かれてしまわれたのだ。もし、ご覧になったら、どんなに有難くおもわれたことであろう。）そう思うと、申し訳ないような気にさえなってくる。

以後、道昭は、心中、法興寺の釈迦仏と広隆寺の弥勒菩薩像の異なる二つの顔を棲まわせ、事あるごとにその顔に向かって問いを発するようになっていく。

弥勒菩薩像を運んできた新羅の使者とともに、中国につかわされていた留学僧、留学医師らが帰ってきた。

彼らの話、また新羅の使者により、かの隋がほろび（六一八年）、今度は唐という、いっそうの大国が誕生したのを、つぶさに大王も馬子らも知ることができた。

留学僧、留学医師らは、口々に言う。

「あちらで学んでおるものは、なべて学問を習得しましたので、召還なされたがよろしゅうございましょう。

かの国は、まこと礼式とののった珍しい国でございます。これからもひんぱんに往来し、もっぱら学ぶに足りる国でございます。」

広い大陸から帰ってきた彼らの目には、倭国はあまりに小さく、大王の王宮も、ただ、いじらしく見える。

でも、飛鳥川のほとりを散策するとき、山ともいえないほど低い、やわらかな山々の緑が目に映ると、それは、いかにもやさしく、心和んでくるのだった。

「ウマヤト太子さまが亡くなられてから、二年目ころであったかのう。」

うつらうつら老尼は話を続ける。

「ある寺の僧侶が祖父を斧でなぐるという事件があって の、大王さまが甚《いた》く怒られ、どこの寺でも同じことが行われているのではないかと疑われて、糾明のために、わたしら各氏寺の僧尼全てが飛鳥寺に集められたのであった。」

「僧官制度のはじまりですね。」

「そうじゃ。

悪逆を行っておった僧尼が、どの氏寺にもあまたおることがわかり、大王さまは立腹されて、当人らのみでなく、監督不行きとどきとして、全ての僧尼を罰しようとなされた。もうあのころには、道心堅固でないものが出世を望んで僧尼になろうとしておったのじゃなあ。

わが豊浦寺では、さような不心得ものはおらなんだが。もともと推古大王さまご自身は、仏教に帰依されているわけではないからの。この際、寺そのものがつぶされるかも知れぬ、わたしらも動揺したものぞ。」

「そのとき、百済から渡来され、法興寺におられた観勒《かんろく》さまが、上表を出されたのですね。」

「そうよ。

上表は次のようであった。

『それ仏法が、天竺より中国にいたりて三百年、それより百済に伝えられること、わずか百年。わが百済の王が、倭国の大王が賢いことを聞いて、仏像、経典をさしあげてから未だ百年にもなりませぬ。

ゆえに、僧尼は戒律をはっきり習わぬために、たやすく悪逆を犯しております。

そのためもろもろの僧尼たちは、畏れ怖じてどうしてよいかわからずにおる有様です。どうかねがわくは悪逆を犯した当人らのほかは、ことごとくお許しくださいますように。さすれば大いなる功徳でありましょう。』

大王さまはしたがわれ、やがて仰せがあった。

『道を行うものまでが、戒律を犯す。これでは俗人をどうしてみちびけようか。以後は、僧正・僧都を定め、僧尼を監督させようぞ。』

かくて、観勒さまを僧正、在家ながら仏教に深く帰依する鞍作徳積《とくしゃく》さまを僧都とされて、全ての寺々を統率なされたのであった。」

「おう、観勒さまには一度お目にかかったことがあります。間もなく入定なされてしまわれましたが。」

道昭が会ったとき、観勒はすでに八十歳を超えていたのではなかろうか。

長身で細長い顔、白い髯を長く垂らし、新月のように細い目が、自分を見るとき、キラッと一瞬、稲妻のように光ったかとおもうと、痩せばった手がふいと伸びて道昭の頭を撫で、

「良い相をしておる。精進なされよ。」

ささやいているだけなのに、なぜか、へその辺りまでひびいてくるようにおもわれた。

（ああ、このお方が、百済から、暦本、天文地理の書、さらには占星術、神仙術の書までもたらされたのだ。

渡倭されてからは、それぞれの学問を惜しげもなく、倭国の若者に伝えてくだされたお方だ。

この細長いお顔のなかに、どれだけの智恵が詰まっておられることか。）

感激して仰ぎみている道昭に、水のようなほほ笑を浮かべ、観勒が言ったこともまた、忘れられない。

「いつか、中国へ参られ、すぐれた師に巡り合われることになりましょう。それまでは、精進なされよ。」

道昭の心中など気付くこともなく、老尼は語り続ける。

「事件の翌年には、高句麗の王さまが恵灌《えかん》さまをつかわされ、早速、法興寺に迎えられて僧正に任じられ、観勒さまとお二人僧正となられましたのじゃ。」

高句麗、百済、二人の僧を並べて僧正にしたのは、朝鮮全方位外交をとる馬子の智恵であろう。

唐はといえば、ようやく朝鮮三国がそろって冊封体制におさまったことで、それぞれ平らかに国をたもってくれれば言うことはない。

しかし、六一〇年（推古十八）に即位した百済の武王は、容貌すぐれ、気力充実した王で、盛んに新羅を攻める。六二四年には新羅の六城を攻めとり、六二六年には使者を唐に送って、高句麗が道をふさいでいて朝貢を許さないのだと訴える。

高句麗と隋が戦ったときには、どちらにも味方の顔をして国を守った、武王の二重外交を見ていて、馬子もまた、百済一辺倒に偏る危うさを感じ、高句麗王に懇願して、僧正に相当する高僧を送ってもらったのではあるまいか。

このころ、観勒らが行った調査では、諸豪族がつくった氏寺は四十六に達し、僧侶は八百十六人、尼は千三百八十五人にまでなっていた。

こうなれば統制が必要にもなってくるわけで、祖父殴打事件は、馬子にとって勿怪《もっけ》の幸いだったかもしれず、方術の智者である観勒がしくんだ企てに、推古大王が乗せられたのかとも考えられる。

「恵灌さまが来られた次の年の五月であったのう、ついに馬子さまが逝かれまいた。おん年、七十六歳であられた。いつになく肌寒い年であったえ。

あの年はのう、馬子さまが亡くなられてのちは、怪しいことばかりでのう。

馬子さまの墳墓の総仕上げのため、大がかりな動員がなされていったがのう、なんと六月に雪が降りましたえ。そのあとも雨は降り続き、夏になっても止まぬ。

さあ、ひとびとは飢えた。

道ばたの草々も食いつくされ、目のまえをあるいていた老人が、ふらふらと倒れたかとみれば息絶えておじゃる。何日も食べぬために母親の乳も出なくなり、あわれや、空っぽの乳に吸いついたまま、赤ん坊も母親も死んでいったのじゃ。

寺に行けば食料が得られるであろうと、ひょろひょろとやってくる女子たちもおる。

そのようなとき、飢えたものには、少しでも堅いものをやってはならぬ、空っぽの胃に、にわかに堅いものが入れば、胃が驚き、暴れだして、苦しみながら死んでいってしまうのじゃ。そんなことを学んだのも、あのときであったえ。

巷には、強盗盗人が出没して、この寺も存分に荒らされた。

年が明けても、怪しいことは続いた。

冬、遠い北の地で、ムジナが人に化けて歌を歌うという。かとおもえば、ハエが集まって凝り固まり、大きな塊となったまま、ごろごろとうなり声をあげ、信濃坂を越えていったというではないか。

とうとう気丈な推古大王さまも、お気を病まれたか、翌年には倒れられ、あと幾日のお命となられまいた。」

推古大王の心を悩ましたのは、世相ばかりではない。

次期大王の座をだれに定めるか、絶対的権力者だった馬子に先立たれたために、大王の座をめぐって争いが起こるのは察知しながら、どうにもならずにいる。

諸豪族は、二派に分かれ、大王家の血を引いた王子、田村王子（敏達大王の孫）、山背《やましろ》王子（ウマヤト王子の長男）を、それぞれに擁立してゆずらない。

あとのことに心を痛めつつ、推古は死んでいった。（六二八年）

仏教に帰依することはなく、僧尼たちに読経も頼まず、八百万の神々のもとへと帰っていったのだ。

終始、推古大王があこがれのヒメであった、道昭の祖父は言う。

「推古大王さまは、飢えた民にお心をかけられてのう、ご遺言は、民がかように飢えているときに、わがために墳墓を築き、手厚くほうむってはならぬ、竹田王子の墓へ埋めよ、かよう仰せであった。

仰せにしたがい、竹田王子が眠ります地にほうむり申したのであった。」

「竹田王子さまとは？」

「おう、もはや知るものは少なかろう。物部との大戦のときに、敵の矢にあたって亡くなられまいた。大王さまと敏達大王さまとのご長男におわします。

大王さまは、いまわの際に、もしわが子、竹田王子の世にあらば、太子の座に悩むことはあるまいに、と、しみじみおもわれてござったろうの。」

推古の死後、馬子という強烈な個性が不在になった倭国は、次期大王をめぐって混乱する。

二候補の王子をめぐって、馬子の長男、蝦夷は、故大王が、田村王子を推していた、といい、ウマヤトの長男、山背王子は、いや、自分こそ大王になるように言われたと主張し、両者は真っ向から対立してしまった。

蝦夷の弟、マリセと、山背王子の異母弟、ハッセ王子は山背王子を推し、困惑した蘇我倉山田石川麻呂は、中立を宣言する。

田村王子は、敏達大王の孫であり、敏達の長男で大王位を予定されていた彦人《ひこひと》王子の子。母は敏達の娘だから、大王家の血は濃く、蘇我の血はながれていない。

蘇我系でない王子を推した蝦夷の度量に、諸豪族は共感し、自分こそが王位継承者だといいだして紛争の種をまいた山背王子が、おぞましい。

飛鳥から離れて斑鳩にこもる上宮一族（ウマヤト一族）に対しては、なにがなし違和感もある。

蘇我一族の内紛ともいえる、次期大王の座をめぐる綱引きは、蝦夷の勝利となって終った。

このとき、蝦夷方に付いて、がぜん頭角をあらわすのが、物部氏に代わって祭祀・軍事をつかさどるようになっていた中臣《なかとみ》氏だ。この神に祈れば勝利まちがいなし、という軍神カシマ大神を奉じ、もともと関東の一角で勢いをのばしていた中臣氏は、大和の豪族たちが失った荒々しさを武器に、乱れてきた倭国政権の中枢へ参入してきたのだった。

やがて奈良・平安を牛耳ることとなる藤原氏。その祖がようやく倭国政権に食い付いてきたのだ。

老練な中臣ミケと、その長男、鎌子《かまこ》。どうやら養子らしいとも言われながら、わずか十四歳の少年は、養父ミケに助言できるほど、才長けた頭脳の持ち主であったらしい。

老尼のそばで、縫い物をしていた一人の尼が、珍しく口を出す。

「あのとき、蘇我一族のおおかたは、馬子さまの墓所に集まって、蝦夷さまにしたがい、田村王子さまを大王にすることを誓いあわれたが、マリセさまはそこへは行かずに、ご自分の領地にもどってしまわれたのでしたなあ。

あくまで山背王子さまを信じ、山背さまを王位につけようとのご所存であられた。」

　別の尼が、

「蝦夷さまは、マリセさまのもとへ、諸豪族をつかわし、このままでは国が乱れ、後世のひとびとはわれら二人のためだと爪はじきしよう、後世に悪名を残さぬため、ここは私にしたがってほしい、るる伝えられたといいますえ。

　マリセさまは聞き入れず、斑鳩の宮の山背王子さまのところを頼られ、怒った蝦夷さまは、山背王子さまにマリセさま引渡しの使者を出されたのでしたなあ。」

「さあ、あのときの山背王子さまの対応が、わたしは腑に落ちませぬ。

　マリセさまを守られるでもなく、

『叔父さまが、わたしを大王に推してくださるのは嬉しいけれど、父ウマヤト王は、悪しきことをしてはならぬ、ただ良きことのみ行え、と言われましたれば、このさい私の情は忍ぼうとおもっております。ですから、叔父さまも、どうか諸豪族にしたがってください。ここへ匿うことはできません。』

　かように突っぱねられてしまわれた。

　そのように言われるくらいなら、はじめから元大王さまが自分を推していたなど、はじめから言われなければよかったのではありませぬか。」

「いえ、悪しきことをしてはならぬ、ただ良きことのみ行え、とのウマヤト太子さまのご遺言は、み仏の仰せそのまま。山背王子さまは正しい選択をなされたのじゃ。」

「ならば、初手から大王位を望まれねばよかったに。」

　老尼は首を振り、

「山背王子さまはなんと言うても、お若い。

大王になりたいお心と、現世の欲に目もくれず、仏道一身に励め、との亡きウマヤトさまのご遺戒とのあいだで、お心が揺れられたのでありましょうなあ。」

「それでは、マリセさまは梯子を外されたようなものではありませぬか。行き場を失い、失意のうちに家にもどられた。そこへお味方だったハツセ王子さまが病死なされたとの知らせがとどき、もはやここまで。おもい定められたマリセさまと長男さまは、蝦夷さまひきいる大軍勢を、どっかとあぐらをかいて門前で迎えられたと申しますよ。

　たちまち押し寄せた大軍勢に捕らわれ、絞め殺されてしまわれた。おう、いたわしや、南無阿弥陀仏、南無阿弥陀仏。」

「次男の毛津《けつ》さまが、この尼寺に逃げこんでこられまいたなあ。若く、りりしくて、いらした。毛津さまに焦がれておった若い尼たちは、飛びこんできた窮鳥を、なんとか隠してさしあげようとし、よろこんだ毛津さまは、複数の尼たちと睦びあわれましたとか。」

「許されることではない、と妬み怒った堅物の尼さまが、蝦夷さまのもとへ毛津さまが豊浦寺に隠れておることを知らせてしまわれた。

たちまち大軍勢がこの寺に押し寄せましたなあ。

毛津さまは、畝傍山《うねびやま》に逃れたものの、ほどなく見つけられ、あわれや、頚《くび》を刺され、あえなくなられた……。

毛津さまを慕う尼たちは、いたく悲しみ、悼みの歌を歌ったものでありましたなあ。」

「はい。こういう歌でございました。

畝傍山　木立薄けれど　頼みかも　毛津の若子の　籠らせりけむ。」

「ほほ、そうじゃった。哀しい歌よなあ。」

きれいな声で歌を口ずさみ、縫い物の手を休めて、ふっと追想にふけるらしい尼は、もしかして毛津をいとしく思い、匿おうとした尼の一人であるかもしれなかった。

老尼の頬も、ふと赤らむのを見て、これまで老いた尼さまとばかりおもってきたひとが、十も二十も若い女人になったようで、道昭はとまどう。

（髪を剃っているから老いておられるように見えるだけで、本当は案外お若いのかも。）と、ふしぎな気がし、（もしかして、この尼さまも、寺に逃げこんできた若者を、ひそかに匿いたい、と思われたのではなかろうか。）と疑い、でも、みだらな気はしないのだった。


「推古大王さまの後は、田村王子さまが即位し、翌年（六二九年）冬に、飛鳥の岡本に王宮を建てられた。」

回想する祖父に、

（そうだ、その年にわたしは生まれたのだった！）と道昭はうなずく。

田村王子、舒明《じょめい》大王の統治は、十三年。

年表を繰ってみれば、次のような具合だ。

六二七年七月　（百済の武王、新羅の二城を落とす。唐

の太宗、和睦を命ずる）

六二九年三月　高句麗、百済の使者来倭。

同年　遣唐使（犬上君《いぬがみのきみ》三田耜《みたすき》ほか）の派遣。

同年　難波に外交用の庁舎、朝鮮三国用の館建立

（高句麗の栄留王、長城を築く）

六三二年八月　唐の使者、高表仁《こうひょうじん》ら、新羅の使者にともなわれて来倭。（僧旻《そうみん》ほかの帰朝）

六三三年正月　高表仁ら帰国。

六三三年八月　（百済、新羅の西谷城を落とす）

六三四年二月　（百済の王興寺完成）

六三五年六月　百済の使者来倭。

六三六年三月　（百済、新羅の独山城を襲おうとして、途上で皆殺しにされる）

岡本宮焼け、田中宮（橿原市）に仮宮。

六三八年　百済・新羅の使者来倭。

（高句麗、新羅を攻めるも敗北）

六三九年九月　百済宮、百済大寺建立。

新羅の使者来倭。（使者にしたがって留学僧慧隠《えおん》、恵雲《えうん》帰朝）

百済川のほとりに九重の塔建立。

六四〇年正月　慧隠を宮にまねいて、無量寿経を説法させ、宮に阿弥陀如来を安置。

（高句麗の世子《せいし》、唐に朝貢）

十月　新羅の使者来倭。（使者にしたがって留学僧南淵《みなぶちの》請安《しょうあん》、留学生高向玄理《たかむこのくろまろ》、帰朝）

百済の使者も来倭。

百済宮に移る。

六四一年三月　（百済の武王、死去）

十月　舒明大王死去。

（唐、世子を送る使者、陳大徳に高句麗の内情をさぐらせる）

かんたんな年表をたぐっても、このころ、百済と高句麗が、新羅の領域を侵して、盛んに戦いをしかけている情勢が読みとれる。

守勢に立っているのは、新羅であり、三国鼎立《ていりつ》を望んでいる唐を後ろ盾にする外交を、以後行っていくこととなる。

一方、うっかりすれば百済がわに立ちかねない倭国をけん制し、味方につける必要もあるわけで。

なんといっても、舒明大王治世中の大きなできごとは、大国唐から、使者、高表仁が、やってきたことであろう。

　唐の二代皇帝となった太宗が、「貞観《じょうがん》の治」といわれるすぐれた統治を行っていた時代だ。

　三十二艘の船をひきいる責任者であった祖父は、その日の感激を事あるごとに話したものだ。

「折悪しく風が激しく吹き荒れる日であってのう。船の飾り立てには難儀したものよ。

　江口にお迎えしたのだが、お使者さま一行があらわれなさると同時に、船に居並んだ楽人らに合図し、いっせいに歓迎の楽を奏させた。笛を吹き鳴らし、鼓を打たせてのう。

　あいにくの突風に幟がひゅるひゅるとはためき、お使者さまらはどのように思われたか、気が気でならなんだが『風寒き日にみごとに装える船団でお迎えくだされたこと、感激のいたり。』かように言うてくだされた。面目をたもち、王辰爾《おうじんに》さまのお助けであったかとおもうたものぞ。」

　しかし、祖父の話はそこから歯切れが悪くなる。

　礼式でのもつれにより、高表仁は王宮にまねかれなかったのだ。

「残念なことよのう。」

　国書も渡せずにおめおめと帰ってきた高表仁らは、唐の皇帝太宗から、「才がなく、王と礼を争い、朝命を述べずに帰る」と手きびしく評されている。

　以後、二十年間、唐の使いがやってくることはない。

舒明には、唐といえども臣従せず、との気概があったのだろうか。いや、そのようなむずかしい外交問題に断固、断をくだせるのは蘇我蝦夷しかおるまい。

　礼式でもめたというのだから、高表仁は、舒明大王と対等のかたちでの会見を主張したのだろう。

（それでは倭国が唐にあまりに屈したかたちになり、朝鮮三国に対してもしめしがつかなくなるぞ。

　わが国の威厳をここでしめしておかねば、三国とも対等につきあっていけまい。）

　蝦夷は、そのように考え、心配する舒明を押しきったのだろう。

　蝦夷に屈して、唐の使者に会うこともかなわなかった舒明は、腹いせのように、このあと、僧旻の意見を重く用い、百済王宮を築き、さらに百済大寺を築くのだ。さながら蘇我本宗家の法興寺に対抗するように。

高表仁らは、新羅の使者に案内され、新羅経由で倭国にやってきた。

その一行にしたがって帰ってきた僧旻、慧隠らは、新羅の都慶州でなお造営中だった真興王発願の大寺、皇龍寺の威容を目にしたことであろう。

蒙古襲来で焼かれた寺は、いま礎石を残すのみだが、総面積約二万坪、高さ一丈六尺の巨大大仏を安置し、九層の木塔は高さ八十メートルにおよんでいた。

真興王が新しい王宮を建てようとしたところ、その場所から龍があらわれたため、護国のねがいをこめて五五三年着手された大寺が完成したのは、実に九十三年のち。

使われた銅の重さは三万五千七斤、めっき用の金の重さは一万百九十八分。

その壮大さに旻たちは、驚き、圧倒されたことであろう。

（なに、新羅にあっても百済の王興寺と同じく、大王自らが大寺を建立されているというのか。）

旻、慧隠からその話を聞いた舒明は、大いに心うごかされ、百済大寺造営と王宮造営を思い立つ。

日本書紀に「西の民は宮を造り、東の民は寺を造る。」と記されているような一大工事であった。

王宮の名からして、「百済宮」。その立つ場所は、百済川（現曽我川）のほとり、また、はじめての国の大寺の名は通称、「百済寺」。

渡来百済人が多く住む地に、王宮を建てるかたわら、旻たちの指導を受けて、唐、新羅文化に強く影響された大寺、また九重の塔が造られていったのだ。

百済大寺の寺主には、唐文化を吸収してきた僧旻が任ぜられる。

（そして慧隠さまは、法興寺に入られたのだ。

わたしが、法興寺に入ったのは、そのすぐ後であった。そう、わたしは十歳になっていた。

そしてそれから六年間の倭国の変わりようを、幼いわたしが予想できるはずもなかった。）

乙巳の変のあと、そう回想している道昭は、十六歳。唐に向かうのは、それから八年後のことだ。

4　上宮一族のほろび

体調をくずして伊予・道後温泉の王宮に前年の暮れから滞在していた舒明大王は、六四一年（舒明十二）四月、大和の王宮にもどってくると、翌月には大がかりな法会をいとなみ、法興寺の慧隠《えおん》をまねいて、無量寿経を講義してもらっている。

入門したて十歳の道昭も、他の僧侶たちとともに慧隠に付き添っていき、末座でその講義を拝聴した。

（あのとき師は、無量寿経に説かれてある、仏国土のみごとさを、るる説かれたのであった。

「そこでは、紫色をおびた黄金の樹が生え、茎は白銀にて、枝は瑠璃《るり》、小枝は水晶、葉は珊瑚《さんご》、咲く花は瑪瑙《めのう》にて、実はいまだ見たこともなきみごとなシャコという貝が生りまする。

あるいは、茎は珊瑚、枝は瑪瑙、小枝はシャコ貝、葉は紫金、花は白銀、実は瑠璃という水晶の樹もあり、そこに清らかな風が吹けば、妙なる音声を発しまする。」

そう、渋い声で師が説かれると、たちまちわたしの耳にも水晶と瑪瑙が摺《す》れる妙なる音色がひびいてくるようであったなあ。

師は、高さ四百万里、枝葉が二十万里にもひろがる仏国土の道場樹についても説かれ、また、七宝で荘厳された講堂・精舎・宮殿、甘美で香りよく清らかな味がする八種の水について説かれ、七宝の池、その岸に香る栴檀《せんだん》の樹についても語られた。

そして、仏国土の菩薩にくらべれば、現世の帝王の卑しく劣ることは、百千万億と、数えきれないほどである。きっぱり説かれ、はらはらしたものであった。)

慧隠は、そのとき、僧侶でもなく、もろもろの功徳もほどこさずにいたものたちは、どのようにして仏国土に往生できるかを説いた。

「さよう、もろもろの功徳をほどこさなくとも、無上菩提の心をおこして、無量無数の諸仏、世尊、無量寿仏の功徳名号をくり返し念じて、仏国土に生まれることをねがわれますように。

もし、この無量寿経を聞いて歓喜信楽《しんぎょう》して疑わず、一念にまことの心もて仏国土に生まれることをねがうのであれば、いのち終わるときにいたって、夢のごとくにかの仏を見奉り、往生を得ることでありましょうぞ。」

道昭は回想する。

（それから師はさらに声を励まし、言われたのであった。

「み仏は、五悪をなすなかれ、かように説かれます。

一悪とは、強きものが弱きものを屈服させ、殺戮し、狼のごとく噛むことを申します。これぞ悪逆無道、報いを受けることとなりましょう。

命終わりてのちの報いは、この世での極刑よりはるかに深く、激しいものでございます。

ただ独り、大火に焼かれるごとき痛み、また、憎みあった相手と互いに報復しあい、苦しみ、いつまでも逃れることができませぬ。

報いを怖れ、もし、わが心を制し、身を正し、行い正しく、独りもろもろの善をなすならば、大善をなしたこととなりましょうぞ。」

あのとき、ひょっとして、師は二年後のウマヤト太子一族の滅亡、さらに四年後の乙巳《いっし》の変をも見とおしておいでだったのだろうか。

あの年の秋には、南淵請安《みなぶちのしょうあん》さま、高向玄理《たかむこのくろまろ》さま、お二人が、新羅のお使者、百済のお使者とともに、帰っておいでだった。

そして、明くる年には、大王さまははかなくなってしまわれた。

大王さまは、果たして仏国土に行かれることができたであろうか。

もうあのころには、蘇我蝦夷さまのご長男、若い入鹿《いるか》さまが父君を助けて、政治にくわわっておられるようになっていたのだ。ぱっと太陽のように明るく、聡明な方でいられた。入鹿さまの母君は、仏教への信仰厚い鞍作氏。入鹿さまも、仏心篤くおわしました。）

舒明大王のあと、諸豪族たちは、一致して、舒明の后として、祭りごとを行ってきたタカラ姫を、大王に推す。

皇極《こうぎょく》大王（のちの斉明《さいめい》）の誕生である。

舒明と同じく、蘇我氏の血を引いていない大王だ。

タカラ姫は、敏達大王の曾孫であり、父は敏達の長男であるチヌ王、母は欽明大王の孫キビツ姫。

蘇我蝦夷としては、甥に当たる舒明の長男、古人《ふるひと》王子（母は馬子の娘ホテノイラツメ）を推したいところだが、同じ蘇我の一族、ウマヤト太子の長男山背《やましろ》王子の存在が厄介だ。

ここは、蘇我一族同士の争いをひとまず避け、霊性をもち、諸豪族の信望厚い姫を大王にすることが、次善の策と考えたのだろう。

一方、大王となったタカラ姫には、だれにも告げていない野望がある。

舒明の后になるまえに、百済の王の血を引く高向王《たかむくおう》との間に生まれた葛城《かつらぎ》王子（のち、中大兄《なかのおおえ》王子ともいった）をゆくゆくは大王にしたい、とのねがいだ。

高向王は、母の出自が低いために、百済ではろくな扱いを受けられず、ひそかに倭国にわたってきて、タカラ姫とむすばれたのだった。

相思相愛の仲であったのに、高向王は病におかされ、早く世を去っていってしまった。

かねて自分にぞっこんだった舒明に求婚されたとき、タカラ姫は、葛城王子を実の息子のように扱ってくれるならば応じると言い、舒明はその条件を飲んだ。

だから表向きは舒明の第一子として扱ってもらっているものの、いわば公然の秘密だから、葛城王子がいくらとびきり聡明でも、なかなか大王の座につくことは困難なことがわかっている。

そのねがいを達成するためには、大王になった今、これまで倭国をりっぱにしてきた蘇我氏の上に立つ霊力があることを見せねばならない、とひそかに思っている皇極である。

大王になった年の秋に、機会が来た。

日照りが続き、ひとびとは雨を待ち望んだのである。

蝦夷はまず、東漢氏に命じて、中国から伝わってきた雨乞いの行事を行わせた。

村々で、祭りを指導しているものの教えにしたがい、牛馬を殺して神々にささげ、河の神に祈る。あるいは市場を移してそれまでの市の門を閉じ、ひとを入れずに祭りを行ったりしたものの、さっぱり効き目はなく、作物はしおれていくばかり。

蝦夷は、これはいよいよ、仏にすがるしかない、と法興寺の南の大庭に、釈迦仏、諸菩薩、四天王の像を並べ、あまたの僧侶を集めて、「大雲経」を読ませる。

道昭なども、そのなかにくわわったものであった。

蝦夷は、手に香炉を持ち、香をくゆらせて願をかける。

翌日わずかに小雨が降ってきたものの、三日目にはカンカンに日が照り、蝦夷はあきらめる。

（あのとき、慧隠さまは、苦笑なされて言われたのであった。

「もともと、み仏の教えは、邪教とは異なる。雨乞いなど、おろかなことぞ。雨は降るときは降り、降らぬときは降らぬ。」

のちに、旻《みん》さまは、違うお考えであったと聞いたが、あのときは、では、作物が傷んで困っている民に、僧侶はなにをなしたらよいのか、わたしはとまどい、悩んだものであった。）

蝦夷がお手上げになった次の日から、今度は皇極大王が、飛鳥川上流の南淵（明日香村稲淵）に出かけていき、ひざまずいて四方を拝み、天を仰いで祈ったところ、なんと雷鳴とどろき、雨がざんざんと降りだし、五日間降り続いたではないか。

ひとびとは歓喜し、皇極大王の霊威をほめたたえる。

勢い大いにあがった皇極は、蝦夷とも相談し、近畿の東西から働き手を動員し、諸国から木材を運ばせ、大規模な王宮の造営をはじめた。

翌年完成する、飛鳥板蓋王宮《あすかいたぶき》がそれだ。

舒明のとき、造営しはじめ、まだ建設途上の百済大寺の完成も急がせる。

近江・越の豪族に命じ、働き手をさしださせた。

皇極に対抗する気持ちもあったろうか、蘇我蝦夷もまた、みごとな祖廟を葛城に造営し、自分たち父子の墳墓も造営しはじめる。

唐の使者をも、礼にたがうと言って大王に接見させなかったほどに、愛しみ育ててきた倭国。その国の人臣にふさわしい祖廟、墳墓を造ることで、来倭してくる朝鮮三国の使者たちを、あっと言わせたい。

こちらは、蘇我一族が私有する地のひとびとをならべ使役するため、ウマヤト太子のヒメの部民にも召集をかけ、墳墓造営に使う。

さあ、ヒメはすっかりつむじを曲げてしまった。

斑鳩《いかるが》に王宮を建てたウマヤト一族は、上宮《かみつみや》のひとたちと呼ばれるようになり、すでにウマヤト在世中に蘇我本宗家から離れだしていたのである。

ウマヤト亡きあと、馬子が、山背王子より田村王子を選び、大王にしたこと、山背を大王にしようとしたマリセが殺されてしまったことで、誇り高いヒメの心には大きなしこりがある。

「まあ、蝦夷も、入鹿も、あまりに上宮のわたしたちをばかにしていると思いません？　兄さま、しっかりしてくださいませね。」

しっかりものの妹からどやされると、山背王子は弱い。一旦あきらめた王位であっても、未練はある。

もともと、父ウマヤトが早く死ななければ、大王になっていたはずだった、と思い、皇極のあとの王位をねらいたくなってくる。

俗世に心をわずらわして、み仏の心から遠ざかるな、との晩年の父の戒めを守っておとなしくしているには、まだまだ、青く若いのだ。

そこへおのれの利益がらみで、ひそかに反乱をそそのかす輩も出てくる。

「今から思うとなあ、山背王子さまに反乱をすすめたものはだれだったか、見えてくるような。」

そう言ったときの、父、恵釈《えさか》の暗い表情を、道昭はときどき思い出さずにはいられない。

ウマヤト太子が発案し、蘇我馬子も賛成してはじめられた大事業、倭国の歴史書、諸豪族の歴史書の編さんに、その才を買われてたずさわっていた父であった。

そのために造られた蘇我邸の一角の広い家屋にこもって、しこしこと地味な仕事を続けていた父たち。

その父は、蘇我本宗家滅亡ののちに、道昭を法興寺から連れ出し、だれもいない山道をともに歩きながら、表には出ていない、さまざまな出来事を語った。

『山背王子さまたちが、奴隷の若者たちに武術を盛んに学ばせ、やがて飛鳥に攻め入ろうとなさっておられます。』

かような知らせが、ぞくぞく入ってきたればこそ、入鹿さまは斑鳩を攻められたのだ。

特に、中臣鎌子さまが、けわしい顔をして入鹿さまのもとへ参られた日のことをわたしは覚えている。あちらはご存じあるまいが。

密談のあと、入鹿さまは、わたしを呼ばれ、言われたのだ。

『鎌子が注進して参ったのだが、山背王子がここへやがて攻めてくると言う。彼の占いにも出たと申すのだ。

そちは、どう思う。』

賢い入鹿さまだ。わたしの意見などお要りにはなるまい。ただ、自分の考えをまとめるのに、わたしが好ましく思われたのであろう。わたしなら口が堅く、だれにも漏らしなどしまいと、信じておいでだったからな。」

「父さまはなんと答えられたのですか。」

「わたしはただ、ふとふしぎに思ったことを申し上げた。『鎌子さまは、斑鳩の動静をどうしてくわしくご存じなのですか。』

入鹿さまはうなずき、

『鎌子はなんと上宮家に手下のものを入りこませているそうな。その手下の急な知らせで、事態が近いのを知ったというのじゃ。』

「鎌子さまが、独断で、上宮家に間諜を入れておいたのでしょうか。」

「いや、恐らく葛城王子さまと相談の上であろうな。山背王子さまご存命であれば、葛城王子さまが、百に一つも大王の座を得られることはあるまい。で、道昭、わたしはいま思う。」

（父さまは、あのとき格別きびしいお顔になられたのだった。）

「のう、道昭、上宮家に入りこんだ鎌子さまの手下は、単に忍びの役目だけではなく、山背王子さまに取り入って、飛鳥を攻め、大王位をうばうことまでも焚きつけたのではあるまいかの。わたしはいまそう考えているのだ。」

入鹿さまは、じっとわたしを睨むようにご覧になりながら、低いお声で、言われた。

『ウマヤトの息子一族を殺すは、情においてしのびぬが、事ここに至っては已《や》むを得まい。攻められるなら、先手を取らねば。おう、出撃するのみぞ。』」

「すると、父さまは、鎌子さまが、かたや山背王子さま、かたや入鹿さまを焚きつけて、山背王子一族をほろぼさせたと、言われるのですね。」

（背筋がぞっとしながら、あのとき、父に言い、でも、あり得ることと思っていたのだった。）

「蘇我一族をほろぼすためには、まず何といっても、精神的主柱である上宮一族を失くしてしまったほうがやりやすかろうと、そう思われたのではなかろうかの。

もちろん、鎌子さま、葛城王子さまだけのもくろみではあるまい。僧旻さまのお知恵もあろうな。旻さまは、百済大寺を、ゆくゆくは倭国の寺の総本山になさりたい野望をもたれている。最も古くからある法興寺はその場合じゃまでもあろう。

　唐からもどられた方々も、高表仁《こうひょうじん》さまを追い返した蝦夷さまの外交は面白く思われまい。

　それにの、舒明大王さまの代に人質として倭国に来られておいでの余豊《よほう》王子さまも、智恵を授けておいでかもしれぬぞ。

　馬子さま同様に朝鮮三国と友誼をむすんでいこうとする蝦夷さまの外交は、余豊王子さまから見れば好もしくはあるまい。」

「ああ、そういえば、葛城王子さまも、父君は百済でおわします。」

　道昭は、父も自分も出自は百済王族だというのに、蘇我氏の外交をむしろ好ましくおもっている自分たちは妙なのだろうか、と、ふと、とまどう。

（蘇我氏に引き立ててもらったことで、倭国で活躍できる職を与えられたからだろうか。

　いえ、父君は、高句麗、新羅、百済、中国、倭国と出自はさまざまの歴史編さんの役所で、わたしは法興寺で、中国語、朝鮮語、倭語があたりまえのように飛びかうなかで暮らしている。

　それゆえに、せまいお国意識から抜け出しているのかもしれないなあ。

　ああ、慧隠さまもそうだ。）

　そう思うと、ますます師の慧隠を敬いたくなってくる道昭である。

（いずれにしても、上宮一族をほろぼした首謀者は、入鹿さまというより、強力に策を押しすすめた鎌子さまだったのか！）

　六四三年（皇極二）、道昭十四歳のとき、上宮一族はあっけなくほろびる。

　蘇我蝦夷・入鹿父子が、五人の豪族たちを将軍に命じ、山背王子の王宮を急襲させたのだ。

　そのなかには、皇極ののちに大王になる軽《かる》王子（孝徳《こうとく》・皇極の弟）も入っていた。恵釈の話では、これも鎌子が煽ったためらしい。

　現大王の弟といえ、仏法を尊び、八百万の神をさげすむ言動をしたことが災いして、諸豪族から見向きもされずにいた軽王子。そこへ近づいた鎌子のまめまめしさに王子は、ぞっこん気に入ってしまい、彼がやってくると、寵妃のオタリ姫に命じて酒食をととのえさせ、盛んに歓迎したという。

その席で、もし山背王子がいなくなれば大王の座も夢ではなくなることを鎌子はささやき、その蜜の言葉にうごかされ、軽王子は攻撃の一味にくわわったものであろう。

さりながら、かねて用意があったと見え、山背王子がわの守りも、なかなか頑丈であった。

奴隷の三成というものが特に勇敢で、攻め手の将軍の一人、土師サバは、彼の矢に射殺され、鋭い矢がぶんぶん飛んでくるので、攻め手はみな、しりごみする始末。

その間に、山背王子は、馬の骨を取って、寝殿に投げこむと、斑鳩宮をあとにする。

「おいたわしや、あのとき、王子さまは、お妃、お子たちを連れて、生駒山にお逃れなさいましたのでしたなあ。」

豊浦寺の尼たちは、だれもがほろびた上宮一族に肩入れする。

栄えるものより、ほろびていったものに、それも民に迷惑をかけぬようにと、反撃の機会を自ら絶った山背王子の死に様に、哀愁と共感を抱く尼たちであった。

「生駒山に逃れられたあと、王宮を急襲したものたちは、とうとう、火責めにしようとて、宮に火を放ったのでしたなあ。」

「みごとな王宮であったものをなあ。」

「それにしても、王子さまのかしこさ。寝殿に骨を投げ入れておいたゆえ、灰のなかから出てきた骨を見て、攻め手はてっきり王子さまは亡くなられたと思いこみ、囲みを解かれたのじゃもの。」

「したが、山中に入ったはみたものの、食べるものは尽きてくる。寒さは増してくる。いつまでもいられますものか。」

「三輪文屋君《みわのふんやのきみ》が、まず深草におわす秦氏を頼り、そこから馬に乗って、東国にある上宮家の私有地に向かい、再起をはかろうと申しあげたげな。」

「文屋君は、さすれば必ず勝つ、とも申されたとか。」

「それに対する王子さまのご返事に、わたしはしびれましたえ。」

「そうそう、何て格好よいお言葉でしたことか。」

うっとりする尼たちに、道昭は尋ねたものだ。

「山背王子さまは何と言われたのですか。」

「おう、こう言われたのじゃ。」

一人の尼が、胸を反らし、芝居めいた表情になって、道昭に答える。

「文屋よ、そちが言うごとくにすれば、たしかにわれらは勝てるであろう。

さりながら、かねて、疲弊している民を十年は使うまい、と心に決めておった。だというに、われ一人の身のために、あまたの民を煩わすことがどうして出来ようぞ。

後の世にも、われゆえに、民の多くが父母を失ったと非難されとうはないのだ。

戦いに勝つことだけが、ますらお、と言うのであろうか。いや、わが身を捨てて国固まるならば、それもまた、ますらお、と言うべきではないか。」

「おう、男子の身にて、よくも、よくも仰せられたものよ。」

尼たちが口々に誉めそやし、老尼が、うなずく。

「ぐらぐらと揺れておられた王子さまも、土壇場に来て良い覚悟をなされましたえ。」

「山にお隠れなされたのを、ほどなく大臣さまらが気付かれたそうな。」

「大臣さまは、山に刺客を放たれたものの、とうとう見つからずじまいだったとか。」

そうこうするうちに、生駒山での逃亡が限界に達した王子たちは、山を降りて、死を覚悟で、建立途上の斑鳩寺に入った。

山中にいるときから見張っていたこととて、たちまち入鹿に命じられた将軍たちが、寺を囲む。

「お最期のお言葉もりっぱでありましたなあ。」

「そう、門前に出てきた三輪文屋君を通じて、かように仰せあったのじゃ。」

先ほどの尼が、また、胸を反らせる。

「われ、軍を起こして立ち上がらば、入鹿ごときなにほどのことあらん。

さりながら、わが身一つのことがため、多くの民の命を失わせ、苦しみを味わわせようとは思わぬ。

そのゆえに、わが身一つ、入鹿に与えてやろうぞ。」

「王子さま、お子さまたち、お妃たち、みながみな、寺のお堂で、縊られたもうた！　南無阿弥陀仏、南無阿弥陀仏。」

尼たちは話し続けるなかで、悪気はないままに、うわさに尾ひれをつけていくようでもあった。

「お隠れになりまいたとき、五つの色の幡と絹傘が寺に垂れかかり、くさぐさの妙なる音楽が鳴りましたとか。」

「入鹿さまが見られたときには、幡も絹傘も、黒い雲に代わっておったと聞きましたぞえ。」

道昭は慧隠に、尼たちのうわさ話を告げたことがあった。

慧隠はほほ笑み、

「民の説話はそのようにしてつくられていくのだ。有難いこと、み仏の心にかなうことだ。」

「尼さまたちの語りをわたしは好きですが、事実とずいぶん違っていくようにも思えます。」

「なに、事実と違う話のなかにこそ、まことの心が隠れているかもしれぬぞ。学高き、法興寺の僧たちは、おそらく豊浦の尼たちにかなうまいのう。」

他の僧たちと違って、道昭の話にやさしく耳かたむけ、よくはわからないものの、大事なことを言ってくれているような慧隠が、故人となった祖父の代わりに思えてくる道昭である。

（上宮一族がほろぼされたあと、わずか二年後に、今度はなんと蘇我一族がほろぼされてしまったのだった！）

世の移り変わりの速さは、驚くばかりである。

乙巳のクーデターと呼ばれる事件が勃発したのは、六四五年六月。

まさに寝耳に水の道昭たちであった。

六月八日、蘇我氏の氏寺である法興寺、あまたの僧侶が寝起きしている寺全域は、青白い顔で抜き身の剣を片手にかざした、葛城王子ひきいる軍団によって、だしぬけに占領される。

王子の剣は、血を帯びており、そのときはまだわからなかったが、たった今、王子が斬った、蘇我入鹿大臣の血であったのだ。

（いったい、入鹿さまはなぜほろぼされねばならなかったのであろう？）

ようやく寺に平安が訪れてから、道昭はいくたびもわが胸に問うたものだ。

葛城王子らが到着して間もなく、諸王子、諸豪族、彼らがひきいる部民たちもぞくぞくやってきたから、さしも広い法興寺の各坊も、境内も、ひとびとがひしめき、ごったがえす騒ぎとなっていった。

折から小雨が降りだし、暗い空が、だしぬけの変事に照合しているかに見えた。

（あのとき、葛城王子さまのかたわらには、寄り添うように中臣鎌子さまが立っておられた。

鎌子さまが、ひきいていた軍団は、荒々しく聞きなれない言葉で話すものが多く、東のものたちであった。

軍神タケミカヅチさまが付いておわすゆえ、戦には必ず勝利する、あのものらの一人がそう申しておったな。

葛城王子さまは、慧隠さまに僧侶一同を講堂に集めることを命じられ、わたしたちは如何なる事態が起こったか、見当もつかぬまま、講堂に参集したのであった。

常と変わらぬ温顔の慧隠さまは、不安げなわたしらに、これから葛城王子さまが大事なお話をなさるゆえ、静粛にお聞きするように、と仰せであった。

次に、葛城王子さまに向かっては、『ここにはみ仏がおわします、どうか、その剣はお仕舞いくださるように。』と、静かに、だが、気迫をこめて言われたのだった。

葛城王子さまは、慧隠さまのお頼みに、はじめて気付いた、という面持ちをされ、すなおに、血塗れた剣をそのまま、鞘《さや》に収められた。

色白く、鼻高く、丈すらりと高く、まこと気品にあふれた王子さまのお姿と、血塗れた剣はひどく不釣合いで、それゆえかえって、王子さまが怖ろしくおもえてならなんだが……。

さて、それから葛城王子さまが話されたことは、まことわたしたち法興寺の僧侶にとっては、驚天動地の出来事であったのだ。）

葛城王子は、蒼白な顔をじっと僧侶たちに注ぎ、たった今、皇極大王の王宮で自分たちが行ったことを端的に話したのである。

「よく聞け。

われらは、ただ今、王宮において、倭国に大罪をはたらいた蘇我入鹿を成敗して参った。」

おう！と呆れたような僧侶たちのざわめきは、キラリと鋭く光った葛城王子の視線に、たちまち静まる。

「蘇我入鹿は、恐れ多くも王位をねらい、倭国を乗っ取ろうとしたゆえ、ここにわれらは立ち上がり、彼を大王さまのみまえで、成敗いたした。

入鹿はもはや、王宮の庭で、冷たいむくろとなっている。したが、その父の蝦夷ら蘇我本宗家一族は、邸にこもっているゆえ、彼らが討伐されるまで、この法興寺に陣を置く。

もし、われらに手向かうものあれば、僧侶であっても容赦せぬぞ。よいか。」

（なんと！　明るくほがらかで、学問にも秀でておられた入鹿さまが、あの剣で斬られてしまわれたのか。

大臣としてこの国を新しくすることに熱意を持って取り組んでおられた入鹿さまが、謀反人とはまことであろうか。

あのとき、わたしたち僧侶のだれの胸にも兆した疑い。ただ、口に出して言うわけにはいかなんだ。

ただ、あのときの慧隠さまの態度は、ご立派であったなあ。）

慧隠は、たった一言、王子に言ったのだ。

「われらみ仏に仕えるもの。われらの主人は、ただみ仏のみ。この寺の主人は、おのおのの金堂におわす、み仏たち。

そのことはお忘れなきように。

われらはいつもどおり勤行に励みますゆえ、われらにお構いなく、寺のいずこをも、どうかお使いなされませ。」

僧侶は、占領者に手は貸さない。

占領者は好きなように寺のどこも使ってよいが、金堂にだけは立ち入るな、仏法修行には介入するな、こう慧隠は主張したわけであった。

かくて、しばらくの間、僧侶たちは、僧房の大部分を将兵にゆずり、ひしめき合いながら、勤行にいそしむこととなる。

それでも、水を汲みに行ったり、食料を蔵に取りに行ったりするなかで、しだいに事件のあらましは僧侶たちの耳に入ってきた。

聞いたものが、金堂にもどってきてひそひそと伝え、ほどなく蘇我本宗家をほろぼした葛城王子らが、寺を離れるころには、それぞれが聞いた話を綴り合わせるなかで、少年の道昭までもが、事件当日のあらましをつかんでいた。

クーデターは、どうやらかなりまえから周到に用意されていったようだ。

そこには蘇我一族ながら、入鹿たちとは疎遠でいた蘇我石川麻呂までもくわわっていたのである。

「葛城王子さまが大きな経済力をもつ石川麻呂さまをお

味方につけるため、石川麻呂さまの次女のオチ姫を妃になされたそうな。」

「仲立ちしたのは、中臣鎌子さまとか。」

「わたしが聞いたところでは、はじめ葛城王子さまが妃にされようとしたのは、長女のサチ姫であったそうですよ。石川麻呂さまも承知し、縁ととのったところで、なんとサチ姫さまを、飛ぶ鳥を落とす勢いの蘇我ムサシさまがうばっていかれたそうです。」

「サチ姫さまのお心も、ムサシさまにあったとか。」

「さあのう、ともあれ、これでは葛城王子さまに顔向けできぬ、となげく石川麻呂さまに、まだ年若い妹君のオチ姫さまが、お嘆きなされますな、代わりにわたしが参りましょう、けなげに申されたげな。」

「オチ姫さまは、お小さいながらに葛城王子さまに懸想《けそう》しておられ、かねて姉君をうらやましく思っておいでだったとか。」

「いや、そうではあるまい。お父君思いであられただけであろう。」

「いずれにしても、石川麻呂さまは、大いによろこばれ、サチ姫さまにこだわる王子さまに、鎌子さまが大事のまえの小事と説得なされたとか。かくして、ようやく縁ととのい、石川麻呂さまの膨大な経済力を葛城王子さまらは、手中になされたのよ。」

「それにしても、法興寺にあっても、常に葛城王子さまのおそばに参謀のようにおられた、中臣鎌子さまとはそも何びとで、いつ王子さまと気脈を通じられたものかのう。」

「隋から帰られた南淵請安先生の塾、旻法師さまの塾で、ともに学ばれておいでだったようじゃが。」

「いや、法興寺境内の大槻の木の下で、よく行われておった蹴鞠の仲間と聞きましたな。」

「そもそも中臣氏とは、物部氏に代わって、祭事をとりしきるようになった氏族じゃが、鎌子さまの出自ははるか東の地。東の地でも勢力をふるっておった物部氏を先ごろの乱のときに追い落とし、蘇我氏にいちやく認められたそうな。タケミカヅチという軍神を奉じ、戦に熟達した氏族よ。物部氏にせん滅された先住民の蝦夷も手なずけ、戦士に育てておると聞いた。」

「鎌子さまはその逸材で、百済にわたったこともあるとのうわさもあります。年は三十歳足らずながら、よほど権謀にも長けているようす。ここだけの話ですが、今は倭国に臣従したふりをしながら、倭国を乗っ取る野望を抱いている、とみるものもありますよ。」

事件の詳細を、だいぶ後に道昭は父から知ることになるのだが、長いこと、夜、床につくときになると、葛城王子がさげた血塗れた剣が目にちらつき、悪い夢を見てうなされたりした。

先輩の僧たちがうわさしていた三年まえの高句麗のクーデターも思い出されてくる。

「高句麗ではの、ヨオンゲソムンという残虐なお方がの、なんと栄留王《えいりゅうおう》さまを殺してしまわれたそうな。

もともと粗暴なふるまい多く、民に非道も多かったゆえ、捕らえようとの、王さまがわのくわだてを察知し、まず酒宴に大臣たちをまねいて殺し、軍をひきいて王宮に攻めこみ、あっというまに王さまを殺してしもうたとか。

その上、あわれ、王さまのお体をずたずたに切り刻み、溝のなかに放りこんだといいますぞ。

王さまのお子を位につけたものの、名ばかりで、自身は馬に乗るにも、貴族や武将まで地に伏せさせて踏み台にしておると聞きましたがな。」

「ふるふる怖ろしいことよなあ。」

「いやいや、それは違う。高句麗をほろぼそうとねらっている唐の侵入にそなえ、北方に千里の長城を築造された逸材、名将軍と聞きましたぞ。栄留王さまほか貴族たちへの殺害も、やたら唐にへつらい、我欲に走るばかりの王さまほかの売国の所業にたまりかね、立ち上がられたのがまことのようですぞ。」

「さよう、まつりごとと軍事を一手におさめ、安市城の城主で名将の楊萬春と力を合わせ、攻め来った唐の大軍をみごと撃退されたとか。」

葛城王子さまたちは、そのヨオンゲソムンの例に習ったのだろうか。

でも、入鹿さまは、我欲にのみ走るお方ではなかった。唐にへつらうお方でもなかった。

葛城王子さまは、あんなに美しいお顔をしていられるのに、そのお心に夜叉を住まわせておいでであろうか。それとも救国のお心ゆえの殺戮をなされたというのか。

いずれにしても、僧でいてよかった！　そう思い、深々とため息をつく道昭であった。

5　血したたる刃

乙巳の変（六四五年六月八日）。

葛城王子は、いったいどのようにして蘇我入鹿大臣を殺害できたのか。

そのあらましを道昭が知ったのは、蝦夷も死に、クーデターが勝利に終わって、葛城王子たちが雄たけびをあげつつ、法興寺を引きあげたのちのことであった。

まだ、門の外には、幾人かの兵士たちが終日立ち、出入りするひとびとへ、鋭い目を光らせていた。

それでも外出が許されるようになって、先輩僧侶たちは、あちこちから集めてきた情報を、互いに交換しあう。道昭も末座でそのひそひそ話を聞いた。

「大臣さまは、百済の王さまから大王さまに宛てた親書が読まれるからと、にわかに呼ばれ、王宮の正殿に行かれたげな。」

「古人王子さまも同じく呼ばれなされたとか。」

「さ、石川麻呂さまが、一役噛んでおられたゆえ、できたことよ。親書を読むお役は、もともと石川麻呂さまであったからの。」

「大王さまは、すでに正殿におでましであったそうな。」

「大臣さまがもし、日ごろのように剣を帯びておられたなら、頼もしい勇者であられるゆえ、刺客にも堂々立ち向かわれ、たやすくは討たれなさることはなかったでしょうに。正殿に上がられる際、葛城王子さまに籠絡された俳優が、『あれ、お腰の剣のみごとな。お式のあいだ、私めにも是非持たせてくださりませ。お力が私めに少しでも乗り移りまするように。』と言葉巧みにたばかり、取りあげてしもうたそうな。」

「いいや、いきなりの不意打ちでは、たとえ剣をもたれていても、かなわなんだのでは。」

「なんでも、大臣さまが正殿に入られるやいなや、葛城王子さまは、諸門の警備をしていた役人たちを、褒美の物を授けるとだまして一ところに集め、諸門にはかねて手配していた屈強の私兵を配置されたそうですよ。」

「その私兵というは、実は中臣鎌子さまが東国から呼び寄せておった勇猛果敢な兵士たちだとか。」

「ああ、この法興寺でも見かけた兵士たちでありますな。」

「そのなかでも特に勇猛の剣士、かねて鎌子さまがこの日のために鍛錬させておいた二名が、入鹿さま殺害を命じられましたとか。」

「佐伯コマロ、犬養アミタという奴婢だそうで、うまく事を行えば奴婢の身分でなくして、良き位も授ける、と言われていたそうです。」

「おん自ら長い槍を持って正殿のかたわらにひそまれた葛城王子さまは、かねて用意の、よく斬れる二つの剣を、その両名に授けられ、『瞬時に斬れ』と命じられたとか。」

「両人は、元気を出すために、飯に水をかけ、かきこもうとしたものの、怯えて吐いてしもうたそうですて。血気盛んな剣士であっても、相手が倭国を牛耳る大臣。しかも、卑劣で大義のない殺人とあれば、怯えもしたでありましょう。」

「鎌子さまは、『不甲斐ないものどもめ。そのような弱気で大事がつとまるのか。気をしっかり持て。』低いお声ながら、はげしく叱咤され、コマロらも、その気迫ににわかに奮い立ったと申します。」

「おう！」

「正殿で起きたことを、わたくしは古人王子さまのおそば近く仕えるものから伺って参りました。」

そう言ったものがある。

古人王子の父は舒明大王、母は蘇我馬子の娘、ホホテ。入鹿にとっては、従兄弟に当たる王子だ。

斉明大王のあと、大王の座に推挙されるはずの王子であった。

「古人王子さまも、正殿におわしたのか。」

「はい。一部始終を目の当たりにされ、危うく逃れ帰られたそうでございます。」

「おう、ならば、そちの話を、何はともあれ、聞こうではないか。」

「はい。」

まだ若い僧侶が告げた正殿内のできごとを、一同身を乗りだして聞いたものであった。

「百済の親書を、石川麻呂さまが大王さまのおんまえで、読みあげられたそうでございます。

ところが、古人王子さまも不審に思われたのは、日ごろ重厚でおちついておいでの石川麻呂さまが、読みあげられるとき、お声が震え、親書をにぎる手もふるふる震えなされていたそうな。

入鹿さまは目ざとくその様子に気づかれ、『どうなされました？』と問われました。

親書を読みあげている最中に、刺客が飛び出す手はずになっていたらしうございまして、石川麻呂さまとすれば、終わり近くなっても刺客はあらわれず、さては事が露見したかと不安になられたのでありましょう。

入鹿さまに問われ、石川麻呂さまは、『今日はことさら美しくおわす大王さまを仰ぎ見て、年甲斐もなく恐れおののいてございます。』かように答えられましたとか。

そのとき、『やあ！』という裂ぱくの声が正殿にひびきわたり、いきなり葛城王子さま、佐伯コマロらが、飛びこんで参られたそうでございます。

あっという間の出来事で、気づいたときには、葛城王子さまの剣が、入鹿さまの肩に向かって振り下ろされ、同じくコマロの剣は、入鹿さまの頭をざくっと斬り、たちまちどくどくと血がながれだすなかで、気丈にも入鹿さまは、『おのれ！　聖なる正殿で、なんという狼藉ぞ！』と、葛城王子さまをはげしく叱咤なされましたそうな。

したが、それで事を止めるような方たちではありませぬ。葛城王子さまは、『王位をねらわんとした蘇我入鹿め！覚悟いたせ！』かように申され、さらに剣を振りまわされたと申します。

『なに、簒奪者はあなたさまではありませぬか！』

かように途切れ途切れに申され、渾身の力をこめて、全身血だらけで立ちあがられたものの、おみ足の片方を、コマロが斬り払い、さしもの入鹿さまも、ばったと倒れられたそうでございます。

正殿には血が吹き飛び、世にも怖ろしい光景であったと申しまする。

大王さまは、顔色を変え、だまってお逃げなさいましたそうな。

呆れて、凍った柱のようになられていた古人王子さまは、倒れた入鹿大臣さまに、葛城王子さまおん自らが、止めを刺されるのをご覧じて、はっとわれに返り、脱兎のように正殿から逃れ、王宮のはしに在る邸宅へ無我夢中で走り、おもどりなされたそうでございます。」

「おう、なんと怖ろしい！」

「おもどりあって、一息吐かれた古人王子さまは、かように申されましたとか。

『韓人が、大臣さまを殺してしもうたのだ。無惨な、あまりに無惨なことよ。』」

「はて、韓人とは、だれを指すのかのう。」

がやがやと私語が交わされるなか、

「おう、韓人、かように申されたか。」

一人の老いた僧がうなずき、

「いったい、だれを指して言われたのでしょう。」

一同の問いに、

「葛城王子さまは、葛城氏の女性が乳母となり、葛城の里で養育なされたゆえ、葛城王子さまとお呼びするものの、実は舒明大王さまのお子ではあられぬ。舒明大王に嫁がれるまえ、今の皇極大王さまが睦みあわれた方との間にできたお子じゃ。母君が卑賤の出自ゆえ、お国の百済ではどうもならず、倭国へわたって来られた王子さまがあっての、高向王《たかむくおう》さまといわれるが、その方との間に生まれられたお子が葛城王子さまよ。そのお方は早くに亡くなられてしもうたがの。

大王さまには、愛しい方との間に生まれ、とりわけ聡明な葛城王子さまをいずれ何とかして、王位に即《つ》りたいお気持ちがあられよう。今度の事態に、ひょっとして大王さまも一枚噛んでおられるやもしれぬのう。

古人王子さまとしては、同じ王族の葛城王子さまが、殺人をなさったとはあからさまに言えぬゆえ、わかるものにはわかるように、韓人、そう申されたのであろうな。」

「では、親書を届けた百済のお使者も、一口噛んでおられましょうか。」

「さ、そこまではわからぬ。まことの親書であったかどうかものう。ただ、これからは朝鮮三国と同じ距離を置いて付き合いなされてきた、馬子さま以来の外交は、百済の国中心へと、大きく変わるやもしれぬ。

それより蘇我本宗家の氏寺であったこの寺を、葛城王子さまはどうされるおつもりか、それが心配だて。」

老僧のつぶやきに、事件の成り行きに興味津々だった僧たちは、わが身の危うさにあらためて気づいたようで、三々五々散っていってしまった。

（たった一日、たった一日で、大臣として崇められておいでだった、あの陽気な入鹿さまは、うつろな遺骸となり、王宮の庭に放り捨てられてしまった。

折からの雨に、遺骸はずぶずぶと濡れ、それでも哀れに思ったものが、汚れたむしろで辛うじて覆ったとか。）

道昭の心は、ひえびえとしてくる。

数回、声を掛けられただけながら、明るく、かっ達な入鹿大臣が、道昭は好きだったのだ。

「おう、道昭ぼうず、精進しておるかや。」

そう言って頭を撫でられたこともあった。

「学問の道は深く、果てしないでの、ま、時々は悪さし、迷うてみることも大事であろうぞ。」

一人うなずいて、はっはと呵呵大笑し、すたすたと歩いていってしまう後ろ姿が、きびきびと気持ちよかった。

学問好きな入鹿は、若くして大臣の重職をにないながら、諸豪族の子弟にまじって、僧旻《そうみん》、南淵請安《みなぶちのしょうあん》らの新鮮な講義を、すすんで受けていた。

請安も、旻も、もともと出自は中国。

請安のほうは、父祖の代にやってきたため、倭国で生まれ育っているが、旻のほうは幼年時、両親とともに倭国へやってきた「今来の漢人」だ。

唐への留学は、いわばあこがれの「里帰り」のようなものだから、地に水が浸みこむように新しい文化を吸収するわけで。

南淵請安は儒教を説き、旻は、仏教学のほかに、天地間の万象を陰陽二元で説明する周易によって、自然現象のみならず、政治上のことをも説明する。

両人とも、その目でみてきた唐の文化、律令制度などについても、熱をこめて語る。

いずれの学問も、長年、唐にあって研鑽を積んだものの重みがあり、〈この倭国も新しく変えていかねば！因循なままではアジアのなかで取り残されてしまうぞ〉、と若者たちは考えるようになっていくのだ。

僧旻は、弟子のなかで、聡明さ、人としての度量の大きさにおいては、入鹿をもっとも買っていた。

「わが堂中、蘇我太郎にしくものはおらぬ。」

と弟子たちが居並ぶなかで、言っている。

そのとき、僧旻は、ふっと年かさの鎌子をかえりみ、

「もっとも、見識と奇相においては、そちが、だれよりも抜きんでておるようだの。自愛せねばならぬぞ。」

半ば憂わしげに言ったという。旻のいる百済大寺へ鎌子が足しげく通いだしたのは、それ以後のことだとか。

雨でじゅくじゅくに腐りかけた入鹿の遺骸は、やがて蘇我蝦夷のもとへ、とどけられる。

その姿を見て、ひとびとは泣き悲しみ、悲嘆に暮れた。

蘇我氏に忠実に仕えてきた東漢《やまとのあや》氏は、切歯扼腕《せっしやくわん》し、一族を集めて早晩攻めてくる葛城王子らの軍と一戦をまじえるらしい、との情報が、法興寺の僧たちにも入ってくる。

（父さまは、どうしておられようか。蘇我蝦夷さまに殉じて、亡くなられてしまうのか。）

道昭にとっては、何よりそれが心配だ。

父の恵釈《えさか》は、蘇我本宗家の邸宅の一角で、国記などの編さんを任され、怠りない日々を送っていたのである。

蝦夷さまご一族とともに、亡くなられたのでは、と不安でいる道昭に、皮肉たっぷりに告げた僧がいる。

「おい、道昭。おまえの父の恵釈は、どうしてなかなか、ちゃっかりもののようだな。何でも、延命のために蝦夷さまを裏切り、蝦夷さまが焼こうとされていた史書を火中から取り出して、葛城王子さまに献じたと聞いたぞ。」

（いいえ、わたくしの父はそのような仁ではありませぬ。）心中であらがいながらも、証拠がないため、罵倒にだまって口をつぐんでいるしかない。おのれよりずっと後に僧となりながら、中国語も朝鮮語も経文もまたたくまに習得している若い道昭を妬んで、かねて意地悪が多かった僧侶の言うことだ、気にすまい、とおもいつつも、気にかけずにはいられない。一方では、（そのようなうわさが立っているのであれば、きっとご無事で逃れられたのだ。）とも思う。

そんな折、父、恵釈が元気な顔でひょっこり、法興寺にあらわれたときには嬉しかった。

道昭を早々に寺から連れ出し、草茂る山道を登りながら、恵釈は、蘇我滅亡のときの出来事についても、知るかぎりのことを伝えてくれた。

「あのとき、東漢一族は、老いた蝦夷さまのためにあくまで戦おう、と勇ましく意気盛んであった。しかるに高向《たかむくの》クニオシさまが、水をさすように申されたのだ。

『入鹿大臣さまが殺されてしまった今、いったいだれのために戦うというのですか。このままでは、われらは賊軍となって死ぬか、罰せられるばかり、それではあまりに空しいではありませんか。』

と、説き、

『わが氏族は、ここを去りまする。同じ心の方たちは、ともに参られよ。』

言うが早いか、なんと剣を折り、弓を捨てて、逃れていかれたではないか。

と、雪崩を打ったごとくに、多くのひとびとは逃れ去っていってしもうた。巨大な一家がほろびるときは、まこと、はかないものよなあ。

クニオシさまは、唐から帰られた高向玄理《たかむこのくろまろ》さまとはご一族。今回の変で、玄理さまは、僧旻さまとともに国博士になられた。

お二人は、葛城王子さまらの影の参謀であられたのかもしれぬ。とすれば、玄理さまとクニオシさまが、通じあっておられても、ふしぎではない。」

恵釈はひとり肯き、

「蝦夷さまはといえば、宝物のように慈しまれてきた入鹿さまの遺骸をご覧じられてからは、全てを達観なされたごとく、おだやかに見えた。

そして、憤怒に怒り狂い、戦闘準備ととのった、東漢氏一族を集め、言われたのだ。

『入鹿を失ったわたしには、もう何もいらぬ。み仏は、人の血を見るのがおきらいじゃ。

今にして、ウマヤト太子さまが、亡くなられるとき、〈世間虚仮《せけんこけ》、唯仏是真《ゆいぶつぜしん》〉と申されたことが、しみじみ肯かれてならぬ。

俗世のことは、もはや、葛城たちに任せておこう。あれらによって、この倭国がゆがもうと、もはやわたしには知らぬこと。今は一刻も早く、一人淋しい思いをしている息子のもとへ参りたいばかりだ。

戦によって、尊い命がこれ以上失われることがないよう、ねがうばかりぞ。

蘇我一族のほかは、どうかここを立ち去り、葛城たちに服してくりょう。』

蝦夷さまのご決心を伺い、やむなく東漢一族も立ち去っていくしかなかったのだ。

それでも、わたしは、最期のお供をしたいと考え、だまって控えておった。

と、蝦夷さまは、わたしをまねかれ、申された。

『恵釈、頼みがある。俗世に未練はないと言うたが、そちたちが精魂かたむけて編んでおった倭国の史書、あれだけは灰にしとうない。わたしは、これからこの邸に火を放ったのち、自害するのだ。わが首をやつらに渡さぬために、珍宝もろとも、邸を焼き尽くすのだ。

そのまえに、そちたちが手がけた文書を、少しでも運びだしてはくれまいか。あれは、わが父とウマヤト太子によってはじめられた大事業。人はいずれ死ぬが、史書が残れば、志は残るというもの。

よいか、頼んだぞ。』

必死のお頼みを、わたしはこばめなんだ。

手下のものたちを急がし、少しでも多くの文書を、その背に負わせて運びだそうと夢中になった。

すでに、葛城王子たちの軍勢は到着し、ひしひしと門の外を取り巻いている様子。わずかな時しかない。

結局、いくらも運びだせなんだよ。

びっしりと邸を囲んだ葛城王子の軍隊に、わたしは怖さも忘れて叫んだものだ。

『通せ、通せ、この国の大事な成り立ちを記した文書類がもし灰となったら、おまえらは蛮人となろうぞ。』

わたしの大声が、指揮をされていた鎌子さまの耳に達したのだな。

『そのものらをとおしてやれ。』

こうお達しが出て、わたしは手下のものたちを邸外へ誘導することができた。

大声を出したは、一つには、文書の存在を多くのものに知らしめ、鎌子さまらが闇にほうむることをむつかしくするためぞ。

わたしらが邸外へ出るか出ないうちに、蝦夷さまがいられた場所から火の手があがり、攻め手はどっと八方から邸へ踏みこんでいった。

目的は、蝦夷さまのお首と、あまたの珍宝よ。

欲のためには、少々の火傷など恐れず、火のなかへ突っこんでいくものがあるのだ。

その文書か。

鎌子さまを通じて、葛城王子さまに献上したよ。

その後の行方まではわからぬ。いつ日の目を見るかわからぬとはいえ、とにかく灰にだけはさせずにすんだ。

蝦夷さまの最後のお頼みを、辛うじてかなえることはできたと思うしかない。」

父の話を聞き、道昭は内心ほっとしている。

信じていたとおり、父は、やはり卑劣漢ではなかった。

その心中を察したように、父は言う。

「わたしはあのとき、蝦夷さまにお供できなんだのがどんなに悲しかったか。だが、蝦夷さまは正しかった。わたしなどが死んだとて、何になろう。倭国の史書、倭国に貢献した蘇我一門についての文書を残す事のほうが、よほど必要なことだったのだ。

だからな、道昭、わたしはひとがわたしをどう言おうと一切気にせぬ。わかったな。」

（焼かれずにすんだ史書は、今どこに眠っているだろう。その史書はそのまま書き換えられずにすむだろうか。いや、おそらく勝者の手で、おおかた書き換えられてしまうだろうが、それでも真実のはしはしは残り、後世に伝わっていくだろう。）

そうおもい、（全てはみ仏のままに。わたしがあれこれ考えることではなさそうだ。父を誇りに思えるだけでよいではないか。）と、わが心に言い聞かせる道昭であった。


愛しいわが子、葛城王子が、あろうことか正殿で行った、なまなましい殺人。その惨劇を、目の当たりに見た皇極大王は、さすが平安な気持ちではいられなかったか、「大臣を失った今、位にとどまることなどできない。」と言い捨て、ただちに位を降りる。自分も一枚からんでいるとの疑いを避ける気持ちもあったろうか。

葛城を王位に即けたい本心ながら、現職の大臣を事もあろうに自らの手で斬殺した、欽明の実子でもない王子を、諸豪族が大王として認めるはずは全くない。

そのことは、クーデターがわでもわかっていて、次期大王の候補は決まっていた。

皇極の実弟である軽王子だ。

クーデターを考えたときから、鎌子は葛城とも相談し、この王子を当面の大王にするために、近づき、よくよく信用させたのち、もくろみも匂わして、味方につけていた。

軽王子にとっては、棚から牡丹餅のうまい話。クーデターがなければ、次期大王の座は、蘇我系の古人王子に決まっていたのだから。

皇極が、葛城の指示にしたがい、軽王子を指名すると、軽王子は、一応、辞退する。

舒明の長男であり、年長でもある古人王子をさしおいて、自分が受けることなどできない、と。

かたや、目前で、異母兄弟の入鹿がむごたらしく殺害されるのを見た古人王子は、自分も、いつ殺されるか、と怯えきっている。

軽王子の心にもない辞退に、全身そそけだち。

「とんでもないこと。

自分は出家して吉野に入り、仏道修行して、影ながら大王にお仕え申しましょう。」

言うが早いか、身に帯びていた剣を地に投げ打ち、仕える舎人《とねり》たちの刀もただちに捨てさせ、法興寺へ飛びこんだのであった。

（あのときの古人王子さまのお顔といったらなかった。

わが師、慧隠《えおん》さまに必死の頼みをされ、即座に髪を剃り、袈裟をまとい、にわかお坊さまになられてしまわれた。

世が世なら、大王さまになられたお方。

明日をもしれぬ命と知りつつ、急いで剃られたお頭が、あわれ、寒々しげに、ことのほか侘しく、見えたものだった。）

軽王子は、古人王子が出家すると、六月十四日、ただちに即位。

孝徳大王である。

即位の式のときには、まだ心配なのか、屈強の将軍、大伴馬飼《おおとものうまかい》と犬上建部《いぬがみのたけべ》が、金の靫《ゆき》（矢を盛って背に負う武具）を負って、大王の左右に猛々しく立っているのが異様ではあった。

即位と同時に、朝廷の新メンバーが発表される。

葛城王子は、大兄《おおえ》（皇太子）となる。

左大臣、阿部内麻呂。

右大臣、蘇我倉山田石川麻呂。

居並ぶ諸豪族が目をむいたのは、中臣鎌子が、内臣《うちつおみ》という聞きなれない官職をえたこと。

中国、高句麗ではまれにある職らしく、高向玄理、僧旻の入れ智恵であったろう。

その両人は、国政の顧問として、国博士となる。秦・漢であった官職だ。

もっとも買っていた弟子、入鹿殺害の陰謀に、果たして僧旻はからんでいたのか。

唐の使者、高表仁《こうひょうじん》を非礼だからと大王に会わせなかった蝦夷・入鹿の外交がなんとしても許せず、入鹿の聡明さを知ればこそ、入鹿がいてはその政策をくつがえせないとおもったのか。

法興寺を訪れることもない旻は、道昭にとって近づきがたい雲の上の僧であった。

（慧隠さまと対照的なお方だ。）

なんとなく感じている。

退位した皇極は、皇祖母尊《すめみおや》となる。

さて、新メンバーを発表したものの、なお心配な葛城王子や鎌子たちは、孝徳大王に助言して、即位の同日、法興寺に近い川原に群臣を集め、一本の巨大な槻の樹のもとで、大王へ忠誠を尽くすことを、天神地祇に誓わせた。

葛城王子が、大王のまえで、群臣を代表して高らかに誓う。

「天、手をわれに借りて、暴虐を殺し誅せり。いま共に心の血をしたたらす。

今よりのち、君は二つの政なく、臣は朝に二心あることなし。

もし、この誓いにそむかば、天災いし、地妖いし、鬼誅し、人伐たん。明らかなこと日月のごとし。」

実際に入鹿大臣を一太刀で殺害した人物の誓いだから、群臣は恐れおののかずにはいられない。

そして、果たしてこの若者が本当にあの大柄な大臣を一気に殺害したのだろうか、と疑いたくなるほど、川原にひびきわたる葛城王子の声は清らかで、長身の姿態はりりしく華やかに、それでいて威厳があるのだった。

このセレモニーは、もともと蘇我一族の聖地であった川原で行われたことに大きな意味があり、もはや蘇我の世は終ったことを、群臣らに骨の髄まで知らしめた。

法興寺にも、葛城王子に呼応した群臣たち一同の誓いの言葉は、うおうんとひびいてくる。

銅鑼がひびき、笛が奏され、その音は、高らかに蘇我本宗家のほろびを天に告げているようだ。

(自分たちは、果たしてこのまま無事にお寺にいられるのだろうか?)

不安がる僧侶たちを鎮めて、ひたすら勤行に励め、と慧隠は、寺内をまわって歩いた。

隋が倒れ、唐が成立するまでの大動乱のときを、身をもって体験してきた慧隠であれば、このたびのクーデターなど、さほど驚くことではなかったろうか。

(古人王子さまのお気持ちはどんなであろう。)

そう思いやらずにはいられない道昭である。

法興寺にいても身の危険を感じる王子は、間もなく、妃や子たち、ごく少しの舎人を連れて、吉野の山中へ逃れていった。

「かしこにも、ひそむ岩かげ、したたる水はありましょう。そこで、読経三昧に暮らす所存でございます。」

袈裟姿も身についてきた王子は、寺へ飛びこんできたころにくらべると、降りかかってきた不運を受け止める覚悟ができたように見え、その分、見送る僧侶たちには、より哀切に思えたものであった。


新政権による、僧尼たちへの沙汰が出たのは、八月に入ってからである。

法興寺に全ての寺の僧尼が集められ、孝徳大王の使者が、勅を伝えた。

勅は、百済の聖王が、仏法を倭国に伝えてくれ、蘇我稲目が一人、法を受けたこと、その子の馬子がまた仏法を信心し、大王のために丈六の繍像《しゅうぞう》、銅像を造ったことをあげ、これから、自分はこの仏法を大いに盛んにしようと思っている、と述べていた。

仏教に大きく貢献した蝦夷・入鹿の名は、一切省かれてしまった。

勅は、十名の僧侶の名をあげ、「十師《じっし》」に任命している。

その一人、恵妙《えみょう》は、百済大寺の寺主に任命される。

これまで寺主だった僧旻は、「十師」の一人ながら、国博士となったため、恵妙に代えたのであろう。

勅は言う。

「この十師たち、よくもろもろの僧を教えみちびき、釈教を行うこと、必ず法のごとくならしめよ。

およそ大王より伴造《とものみやつこ》にいたるまで、造るところの寺、経営困難ならば、朕、助けつくらん。」

新政権はまた、僧侶のほかに、諸寺の修理・造営・資材管理に当たる寺司、諸寺の僧尼たち、奴婢、田畑を調査する法頭《ほうず》という役人を新設した。

法興寺からは、五名が十師に入っている。

ただし、筆頭の狛大法師は、高句麗人であり、山背王《やましろ》子の息子弓削《ゆげ》王子を、その手で縊り殺したといわれる生臭い僧侶だ。

百済大寺は、寺の恵妙と旻の二名。

他の寺に所属していない三名は、唐に留学（旻もそうだが）、クーデターまえに帰国してきている。

どうやら十人の大半は、法興寺の鞍作恵至をのぞいては、新政権の息がかかった僧侶たちであったろう。

勅は、蘇我本宗家が支配していた諸豪族の私寺を、新政権の支配へと変えるため発せられたようである。

慧隠は、十師に入っていない。

法興寺の寺主であり、当代一の学識を誇る慧隠を、いくら老いてきたとはいえ、十師から外したことに旻たちの意図が感じられる。

今後、法興寺を経営するのは、怪僧狛大法師になっていくのではないか。

いくら蘇我本宗家の氏寺といえ、倭国においてはじめて建立された法興寺をつぶすわけにはいかないようで、寺地も、寺田も、所有する奴婢も、そのまま、削られることはなくてすんだ。

慧隠は淡々としていた。

留学先の中国では、隋という大国がほろび、唐となった。その過程での戦乱時にも、おおかたの僧たちはゆるがず、腹をすかしながらも仏道修行に専念していた。その腹のすわり具合を見てきた慧隠には、倭国の血なまぐさい政争も、さしたることには思えない。

そして、狛大法師らがやってきても、長く僧たちの精神的支柱だった慧隠の影響力が弱まることはなかった。

日々、講堂に集まって経を説くのは、変わらず慧隠であり、狛大法師もそういうことにはさして興味がないようだ。

十一月、ついに古人王子が、殺害された。

王子と格別に親しかった先輩の僧侶が、道昭をそっとまねいて、教えてくれた。

「慧隠さまから今うかがったのだが、吉野の王子さまがお討たれなされた。」

「まことでございますか。」

「謀反をなそうとしたというて、葛城王子さまが、阿部コソへ、佐伯コマロに命じ、四十人の兵士をひきいて、吉野を急襲したそうな。

たちまち王子さま、お子たちは討たれ、お妃たちは首吊ってはかなくなられたというぞ。おう、南無阿弥陀仏、南無阿弥陀仏。」

道昭は悲しい。

僧侶になって吉野にこもり、せめて命だけはたもとうとなされた古人王子さまも、葛城王子さまらの目から見れば、なお油断ならぬ敵、ほろぼさねばならぬひとであるのか。

（み仏よ、打ち続く殺生を止める手立てはないのでしょうか。)

その夕方、慧隠は、道昭ほか幾人かの僧侶を寺近くの小山に連れていった。

その山上から寺の彼方にしずんでいく夕日をながめ、観想する修行だ。

(あ、師は、ここで、古人王子さまの菩提を弔おうとされているに違いない。)

道昭は聡く感じている。

夕日は、ほおずきのように真っ赤だ。

道昭は、その赤さが、古人王子がながした血のように見えてしまう。

法興寺に乗りこんできた葛城王子の剣にしたたっていた入鹿大臣の血。このたびはだれの剣が、僧形姿の古人王子の首を刎ねたのか。

(ああ、そのお首を刎ねられるとき、どんなに痛く、どんなに悲しくあられたろう。もう大王の座につくことなど、ゆめ望んではおられなかったのに。

これまで宝石のようにも育てられておいでだった王子さま、姫さま、お妃さまは、どんな思いで、自ら首を縊られたことか。)

しずみゆく日輪は、ますます真っ赤に大きくなってゆく。

(血は怖ろしい、げに怖ろしい。)

そう思っていると、ここへ来る途中、水を運んでいた女奴隷が転んで、膝から血を出していたことを思い出す。

「おう、大丈夫か。」

驚いて声をかけると、女奴婢は怖じ震えてしまい、ただへこへこと頭を下げて、遠ざかっていった。

(おもえば、わたしは、生まれてこのかた、田を一度も耕すことなく、米を炊いたこともない。田鍬で、指を切ったこともなければ、笞でなぐられ、血だらけになったこともない。

それは、わたしが僧侶だから? 王辰爾《おうじんに》の末裔だから?

わたしそのものの力ではなさそうだ。

そういえば、あの女奴婢はどうして奴婢になったのか。倭国の王たちがこの地を攻めるまで、ここで暮らしていたものたちのうち、歯向かったものの末裔が奴婢にされたとも聞いたような。

み仏は、かつて王子さまであられたのに、その一切を投げ捨て、出家なされた。

わたしらは出家しても、ぬくぬくとおいしい食事をいただき、そのことを疑ってもいない。

無用にながれる血を、止めることもしていない。

これでよいのだろうか。)

日がすっかり沈むのも忘れて、道昭は、考えにふけっていた。

慧隠が、声をかけなかったら、いつまでも、そうしていたろう。

いつのまにか、他の僧侶たちはいなくなっていて、慧隠だけが残っていたのだった。

慧隠は、道昭の心のうごきを見とおしているかのようであった。

「怠るなよ。学ぶ道は遠く、深いのじゃ。中国語の学びも怠るなよ。」

「はい。でも……。」

口ごもる道昭に、慧隠は思いがけない言葉を発した。

「わたしは、いずれそちを大唐に留学に行かせたい、そう思うている。

したが、そちが励まねば、推挙はできぬ。」

なんと!

若い道昭の胸はにわかによろこびで高鳴り、古人王子の惨死への悲憤も、奴婢を置いていることへの疑問も、吹っ飛んでいってしまっていた……。

6　謀反人

道昭が、遣唐使一行にくわわって入唐をはたすのは、乙巳の変から八年経った六五三年（孝徳四）五月である。

その間の大きな出来事といえば、第一に、孝徳大王が、難波の長柄豊崎《ながらとよさき》に、一大王宮を建てはじめたことであろう。完成には八年かかっている。

大阪市中央区法円坂にあった王宮は、巨大で、北に内裏があり、内裏の南北に前殿、後殿を配置、内裏前殿の南には、南門（東西七間、南北二間）。南門の南には、朝庭を囲んで十四堂〜十六堂の朝堂。

朝堂には、要職の群臣たちが待機して、大王の命を待ち、あるいは外国使節の応対などを行っていたらしい。

巨大王宮の造営は、蘇我本宗家の資産の相当部分を孝徳が手中にしたことで、可能となった。資産のなかには、蝦夷・入鹿父子らが所有していた部民、奴婢もふくまれるから、作業人も事欠かないのだ。

諸豪族の目をはばかり、飛鳥の地と古人王子の資産を押さえたほかは、葛城大兄は、鎌子の助言にしたがい、蘇我本宗家の資産は、全て孝徳大王に献上する。

その鎌子はといえば、鎌足と名を変え、関東の蘇我氏の支配地を治め、さらに上毛野《かみつけの》氏ほか関東諸豪族を新政権にあらかた臣従させる大仕事をやりとげ、さらに東北へ倭国の支配地をのばすことにまで心をくだいている。

一方、難波に王宮を建てたのは、孝徳の強い意志であり、葛城大兄や鎌足にとっては予想外のできごと。

孝徳は、いち早く飛鳥の聖地をぶんどった十九歳の葛城大兄らを警戒し、王宮を難波に置き、朝鮮三国との外交を密にするなかで、葛城や鎌足の力をおさえようとしたのである。

即位時、四十九歳になっていた孝徳。それまでは、さしたる政策もない、ただ野心だけは人並みに持った男、と鎌足らは甘くみていたところがある。

孝徳は大王の座を射止めるまでは隠忍自重していて、研いだ爪を隠していたのだ。

百済の王子を父に持った葛城には、朝鮮三国中、百済と特別に親しくしていたい望みがある。

入鹿の政治に抗した理由も、その一つだった。

その葛城に対抗するように、孝徳は、新政権の誕生を知らせるとともに、真徳《しんとく》王即位の祝いもかねて、国博士である高向玄理《たかむこのくろまろ》を新羅に送った。最高級の人物を送ることで、新羅と友好的に交わりたい意志をしめしたのだ。

玄理は翌年（六四八年）、新羅王がつかわした名臣、金春秋《きんしゅんじゅう》とともに帰国する。金春秋は、孔雀、オウムを土産に持ってきた。玄理は、謁見できた真徳王が、見目うるわしい女性で、驚くほどの長身、ゆたかで貫禄があったことを報告したことであろう。

同年、孝徳は、高句麗・新羅・百済三国に、留学僧を送った。

蘇我入鹿以上に、堂々と三国と平等につきあっていこうとのメッセージである。

葛城らはあわてた。かついだ御輿が、かついだものとはかかわりなく、自分の意志でうごきだしたわけで。

孝徳は王子時代の優柔不断がうそのように次々と勅を出す。

唐から帰ってきたものたちの意見にあらかた拠っている。

六四七年には、まず礼法を定めた。位があるものは、寅の刻（午前四時ごろ）、南門の左右に並び、日の出とともに庭に入って拝み、仕事に励むように。遅く来たものは、仕事の場に入ることを許さない。

午前十二時、中庭の台に吊るされた大きな鐘が鳴るのを聞いたら帰ってよろしい。

鐘を撞く役人は、赤い頭巾をかぶっていること。

群臣の冠位も十三階に変えた。

余裕の孝徳は、その間に、神戸の有馬温泉に湯浴みにも行っている。左右大臣らをしたがえての悠々の歓楽である。

孝徳の世が、順風満帆に見えるうちに、飛鳥の葛城大兄の宮殿が火事で燃えてしまった。

（蘇我本宗家の恨みが、火となって燃えたかのう。）

と、世間のうわさはかまびすしい。

法興寺の道昭たちは、王宮が難波に移ったあとは、静寂をとりもどした寺で、粛々として修行に励んでいる。

寺主の大狛法師は、難波に行ったり、各地の寺々をまわったりと、飛びまわり、留守がちで、法興寺は依然と変わらず、慧隠《えおん》が事実上の長なのだった。

大波をかぶった倭国の朝廷も、ようやくおちつきをとりもどしたかに見えた矢先、道昭たちはまたぞろ大変事に震えねばならなかった。

六五〇年(孝徳五)三月、右大臣の阿部内麻呂が病死し、盛大に喪をとむらう儀式が行われたとの知らせがあってから、わずか三日目、左大臣でクーデターに大きな功績があった蘇我倉山田石川麻呂が、謀反をくわだてたと軍を向けられ、大和・桜井に在る氏寺の山田寺で、一族自害してしまったのだ。

道昭が事のあらましを父、恵釈《えさか》から聞いたのは、のちのこと。

蘇我本宗家滅亡後、しばらくひっそくしていた恵釈は、その才を買われて、朝廷のこれからの歴史を記述していく仕事を命じられていた。

「むつかしい仕事だて。何もかも真実を書いていくわけにもいかぬ。首が飛びかねぬからな。

ぎりぎり良心に照らして、真実が嗅ぎあてられる方法で、書いておくつもりだ。何としても書けぬところは、そちに話しておこう。何かの足しにはなろう。」

道昭も、もう二十一歳。世間知らずといえ、立派な青年だ。父の苦渋を察して、だまって聞く度量はある。

その父は、石川麻呂の謀反についてはこう語った。

「何もかも怪しいことばかりだて。

第一に、事が起こったが、右大臣さまが亡くなられてから、たった三日しか経っておらぬこと。まるで厳正、硬骨な右大臣がいなくなるのを待っていたかのように思えてしまうのだなあ。

事は、蘇我一族のムサシというが、三月二十四日、『異母兄の石川麻呂が、葛城大兄さまが海辺で遊んでいるときをねらって、闇討ちしようと謀っております。謀反はほどなく起こりましょう。』

こう申し出たことからはじまった。さ、このムサシが、問題ぞ。先に葛城大兄さまと婚姻定まっていた、石川麻呂さまのご長女姫をさらっていってしまった男だ。葛城大兄さまにとっては、一時は首をはねたいとおもった仇敵のはずではないか。

そんな憎い男の言うことを、葛城さまが何の疑問ももたず、信じてしまわれたのが、ふしぎの第二。

葛城さまは、左大臣さまを呼ばれもせず、ただちに将軍の大伴狛《おおとものこま》、三国《みくにの》マロ、穂積《ほづみの》クイを、左大臣さまのもとへつかわされた。なぜ、じかに胸を割って話されなかったか、第三のふしぎじゃ。

三将軍は、さながら罪人と定まったごとくに左大臣さまを詰問したという。葛城さまの指示あればこそよの。

左大臣さまは、一言、答えられたそうな。

『大王さまの御許へ参ってお話申しましょう。』

しかるに、この時点で、葛城さまは、左大臣謀反、と、大王さまにお知らせあった。

大王さまは、葛城大兄さまの決然たるお顔を見て、国政を私心なく助けてきてくれた左大臣といえど、守ってはやれぬ、とやむなく判断なされたのではないか。

何せ、飛ぶ鳥を落とす入鹿大臣さまさえ、ためらいもなく、一刀両断に斬り捨ててしまわれた葛城さまだ。

大王さまは、葛城さまの助言にしたがい、三国、穂積二将軍を再度左大臣さまのもとへつかわし、糾問なされた。

左大臣さまは、再び、

『大王さまの御許へ参ってお話し申しましょう。』

とのみ、静かに言われたそうな。

帰ってきた二将軍の報告を受けるや、たちまち、左大臣さまを討て、との勅が決まった。終始、大王さまのおそばで、一切を取り仕切っておられるは、葛城大兄さまだ。

左大臣さまのお邸にむけて、軍隊が発せられる。

なんと、ムサシの密告があった、その同日というすばやさぞ。

にわかに謀反人とされた左大臣さまは、二人のお子たちを連れ、難波をぬけだし、大和へ向かう道へと逃れて行かれた。

左大臣さまのご長男、興志《こごし》さまは、左大臣さま一族の氏寺、山田寺（桜井市山田）にござったが、難波からの急の知らせを聞くや、今来《いまき》の槻の巨樹のもとで、お迎えなされたという。

そこが、朝鮮から渡来されたご一族の聖地であったのだなあ。

左大臣さまは、山田寺に入られる。

興志さまは、父君にねがわれたそうな。いま手もとにいる兵士らをひきい、すすんで大王軍を迎え討ちたい、と。

左大臣さまは、頑として許されなんだ。

興志さまはその夜、兵士たちをあちこちから急きょ集められる。

夜が明け、六月二十五日、左大臣さまは、興志さまを呼び、お尋ねあった。

『そちは、わが身が惜しいか。』

『惜しくなどありましょうか。ただ、無実の罪をかぶせられ、おめおめ死ぬはあまりに無念でございます。』

『さらば、わが存念を聞かそうゆえ、一族、衆僧、なべて集めよ。』

こう命じられ、集まった一同に、かく申された。

そう、わたしは、その場におった僧の一人から、じかに聞いている。

『人の臣たるもの、いずくんぞ、君に逆らわんや。この寺は、わが一族のために建てしにあらず。大王さま並びに葛城大兄さまを敬い、その栄えを願うて建てし寺ぞ。

今、ムサシにそしられて、謀反人と疑われて誅されることは無念なれど、黄泉の国に参ろうとも、なお真っ白な忠の心を持って果てようとの所存じゃ。

寺まで参ったは、逃れんためでもなく、一戦交えんためでもない。終わりの時を心静かに迎えたいためであった。』

話し終わるや、金堂の戸を押し開き、天を仰いで、次のごとくに誓われた。

『世々に君を怨みなどいたしませぬ。』

誓い終わるや、仏前にて、縊死なされた。

お妃たち、興志さまはじめお子たち、八名がともに死出の旅に向かわれた。

のう、道昭、どう思う。

わたしは、これくらい大王さまや葛城さまへのきびしい異議申し立てはないように思うぞ。

爪の一指ほども逆らったりせぬことで、おのれの潔白を死と引き換えに証そう、となされたのだ。

一族自害なされたとも知らず、大伴狛、蘇我ヒムカ、二将軍が、大勢の兵を引き具し、山田寺をめざした。

河内の黒山郷に着いたところで、左大臣さまに仕えていた朝廷の役人らが、山田寺から駆けつけ、すでに左大臣らが縊死してしまったことを告げたそうな。

わたしらは、謀反人の一味ではありませぬ、と認めてもらいたかったのであろうよ。

将軍らは、では出向くまでもないと難波にもどっていった。

二十六日、難波では、山田寺に随従しなかったお妃たち、お子たち、供のひとびとが、あまた縊死していかれた。

同日、左大臣さまに加担したとて、蘇我田口臣ツクシらを引っ捕らえ、首かせを付け、後ろ手にゆわえ、三十日にはツクシら九名の豪族の首をよじって窒息死させ、十五名を流刑にした。このうち、高田シコは高句麗人じゃ。

同じ二十六日、ムサシほか将軍たちが、命により、山田寺に軍をひきい、どおっと侵入、倒れていた左大臣さまのご遺体を滅多切りにし、お首を斬る。

二田塩《ふつたのしお》というものが、まず剣を抜いて、すさまじい声をあげ、斬りつけたそうな。

のう、ムサシが密告してから、わずか三日目のことぞ。

ツクシらは、訊問さえされておらぬ。

さながら、何かに怯えるがごときお裁きではなかろうか。これぞ、第四のふしぎ。

ムサシは、筑紫大宰師に任ぜられた。

忍びながしともっぱらのうわさだ。栄転に見せかけての左遷ということよ。

ムサシもまた、使われただけではあるまいかの。」

言い終わると、父、恵釈の目は怪しく光り、道昭を見る。

「倭国で生き抜くことのむつかしさよ。

蘇我本宗家と対立し、葛城大兄さまに賭けられた左大臣さまが、そのお方たちに殺められてしまわれた。

葛城大兄さまのお心は、わたしにも、のぞけぬ。

それに、葛城さまは、左大臣さまの娘ご、オチ姫さまを妃にしておいでゆえ、舅に当たる方を殺めたことになるのだなあ。」

(ああ、また、血がながれた！

どこまでながれ続けるのか。このわたしには、み仏に祈ることしかできない！)

夕焼けでもないのに、聞いている道昭の胸には真っ赤な夕日が落ちていくようだ。

山のふもとで、腰をかがめ、米づくりに精を出す農民たちが見える。もし近づいてみれば、その顔は日に焼けてどす黒く、汗にまみれ、手のひらは厚く豆だらけになっているだろう。

(あのものたちは、人も殺さず、朝早くから日がしずむまで営々とはたらき、わたしたちが食べる米までつくってくれている。

あのものたちがいなければ、わたしらは明日の食べ物にも困ってしまうだろう。

ひょっとして、大王さまより大兄さまらよりわたしら僧侶より、あのものらのほうが、み仏に近いのではあるまいか。）

道昭の胸にそんな疑問がふいに湧いてくる。

「日ならずして、左大臣さまの資材没収に葛城大兄さまが、使者をつかわされた。わたしも、その一人として難波の邸におもむいた。

珍しい百済の書物もあってなあ。

驚いたことは、その書の上に、『大兄さまの書物』と左大臣さまのお手で、大書してあったのだ。

世に珍しい宝玉もあった。そこにも、『大兄さまの宝玉』と記されてあった。

赤誠の証として、軍に囲まれようとしたとき、書かれたのか、あるいは以前より、さしあげるつもりで特別にしまってあったものか、わたしにはわからぬ。

ただ、かようなものが出て参りました、と葛城さまに奉った。

葛城さまは、

『ああ、あたら忠臣を讒言《ざんげん》によって失ってしもうたか。』

と、よよと泣かれた。

その嘆きようがどう見ても、偽りと見えぬからふしぎだ。ともにその場におったものたちは、あれが葛城さまのお心、悪いのはムサシめじゃ、と息巻いておったなあ。

左大臣さまを遮二無二たくらんで亡きものにされたのは葛城さまでありながら、わが手でほうむった舅ごを、心底悼むお気持ちも決して偽りではなく見えるのだなあ。

凡人には、計り知りえぬお方じゃ。

思うに、これは全くの推測だがな……。」

だれも聞いているものなどいないのに、恵釈はぐっと声を低くした。

「葛城さま、さらに皇御祖母の皇極さまも、今の大王さまの良き助け手であり、倭国の国庫をにぎっておられる左大臣さまが目障りになられたのではなかろうか。

どうも、目的は、孝徳大王さまの手足をもぐことに思えてならぬのだ。

孝徳大王さまは何と思われたか、左大臣さまの資産を葛城さまにそっくり与えられた。

お妃のハシヒト姫さまの助言にしたがわれたとか。

乙巳の変までは、いわば裸一貫であられた葛城さまは、わずか数年のうちにぼう大な資産を手中にされたのだ。

左大臣さまは、国庫の経営もなされておられたが、内臣の鎌足さまが代わりをなさることとなった。

ふむ、鎌足さまこそ、こたびの事件の陰の仕掛け人であられるかもしれぬて。

ま、時が経てば、さらに見えてくるものもあろうな。」

恵釈が述べたように、石川麻呂の次女、オチ姫は、葛城大兄の妃となっている。

もともと長女の姫が嫁ぐ約束ができていたのを、ムサシがさらっていってしまったのだった。葛城にすまないと律儀な石川麻呂は嘆き、その父の急場を救うため、姉の身代わりに葛城に嫁ぐことをけなげに申し出たのが、オチ姫。

それだけ父を大事に思っていた姫だ。父の死にどれだけ驚愕、悲嘆したことか、想像に難くない。

葛城大兄とのあいだには、大田姫、ウノ姫（のちの持《じ》統《とう》天皇）、建《たける》王子の三名が生まれている。

愛しい夫が、父を死に追いやった首謀者であるとは！

愛しい父が、いわれもなく、わが夫によって自害させられたとは！

姫の心は二つに裂け、どうにもならなかったろう。

姫の苦衷とその後の哀切な挿話を、道昭は、豊浦寺の尼たちから聞いた。

しばらくぶりで豊浦寺へ出かけた道昭を見かけるや、尼たちは有無も言わずに、僧房に引っ張りこんだ。

「ちょうど良うございました。

今、このものが、オチ姫さまのことを話してくれるところでございました。」

尼たちに囲まれて、頭の剃り跡も初々しい若い尼が恥ずかしそうに道昭を見上げる。

「つい先ごろまでオチ姫さまにお仕えしていた花信尼《かしんに》でございますえ。」

「姫さまの菩提を弔うため、剃髪したばかりのお方ですえ。」

（なんて可愛い尼さまであろう！）

道昭は、ぽっと頬を赤らめた若い尼の、目も口も鼻も小さな手も、剃りたてのつるつるの頭も、何から何まで愛らしいのに、（食べてしまいたいような）と思い、そんなことを思った自分に呆れていた。

花信尼は、一礼すると、悲しげに語りだした。

「姫さまは、左大臣さまの思いがけないご訃報を知られてより、泣かれ続けて、お食事も咽喉をとおらなくおなりでした。

それはそれは、左大臣さまを敬い、愛しておいでだったのです。

謀反などありえぬことを、固く信じておいでした。

ムサシの讒言を頭から信じた夫である葛城さまに疑念もお持ちでしたでしょう。

潔白を主張し、山田寺の金堂で縊死された左大臣さまのご遺体までが辱められたと知るや、なんでそこまで！とはげしく憤られました。

ご遺体に大声をあげて真っ先に斬りつけたものが、二田塩と申す男と聞いて、塩が憎い、いかにも憎い、と仰せあって、ついには、塩という言葉を口に出すこともお仕えするものの禁句となりました。

もちろん姫さまとて、悪いのは手を下した二田塩だけではない、塩は命令にしたがっただけ、とはご存じでいられます。

したが、命令したものを恨めば、わが夫を恨まねばなりませぬ。でも、可愛い三人のお子の父であるだけでなく、それは葛城さまを愛しく思うておられるゆえ、憎むこともおできになりませぬ。

いえ、あるときは憎み、あるときはそれでもどうしようもなく愛しく思われるのか、お心は千々に乱れるばかり。鬱々とおふさぎになられて、どうしてさしあげようもございません。

あるとき、わたしをお呼びでございました。

『仇がこの世でもっとも愛しいひとであり、この世でもっとも愛しいひとが仇となったら、そちならどうしますか。』

『姫さま……。どれだけお辛うございますことか。』

わたくしは、ただ泣くばかりでございました。

そんな日々が続き、とうとう姫さまは狂うてしまわれたのでございます。

わたくしどもが気づかぬうちに素足のまま、庭に降り、足をすべらせて庭の池にはまってしまわれました。ご覚悟の入水であったか、たしかめようもございません。

でも、打ち上げられましたとき、静かなお顔になっておられまして、ああ姫さまはもうお苦しみなさらなくてよいのだ、妙な言い方と思われましょうが、ほっと安堵いたしたのでございました。」

「葛城大兄さまは、姫さまを失ってひどくお悲しみと聞きましたが。」

「はい。それはそれは、悲嘆なされました。姫さまを真実愛しく思うておいでだったのであられましょう。

慟哭される葛城さまをお慰めするため、川原史満と申すものが、歌を奉られました。

かような歌でございます。

山川に　鴛鴦《おし》二つ居て　遇《たぐ》ひよく　遇へる妹《いも》を　誰か率《ゐ》にけむ
本毎《もとごと》に　花は咲けども　何とかも　愛《うつく》し妹が　また咲き出来ぬ

葛城大兄さまは、わが気持ちをよく表わしてくれた、とおよろこびで、琴を授けて歌わせ、ご褒美に、絹四匹、布二十端、綿二葉、お授けになりました。」

聞いている尼たちは特に何も言わぬまでも、葛城の悲嘆にくらべ、姫の悲嘆のくらべようもない深さを思わずにはいられない。

語る花信尼の目からも、つうーっと涙がこぼれ落ちていた。

その花信尼の面影を、その日から忘れられなくなった道昭であった。

よほど晩生なのか、それまで愛しいと思う女人に遭うこともなく、恬淡とすごしてきた道昭である。先輩僧侶のなかには、道昭の美貌に欲念を燃やし、言い寄るものもないではなかった。でも、煩わしいとしか感じず、巧みに避けてきたのだった。

とうとう、矢も盾もたまらず、花信尼に会いたくてたまらなくなった道昭は、豊浦寺へ出かけていってしまった。

戒めを破ることだ、と思うゆとりもない。

そして、何という幸運か、一本道でこちらに向かってくる花信尼に出会ったのだ。

後から考えても、何といって声をかけたかわからない。花信尼がどんな顔をして、道昭の後に続き、丈高い草の茂みに入ってきたかもわからない。

何を真剣に話し合ったかもおぼえていない。気がつくと、二人は言い合わせたように互いに口を吸い、抱き合い、ついにはまぐわいあったのであった。

日がかんかんと照っていたように思う。茂る草が二人を隠し、むっとした草の匂いが、二人を祝ってくれているようにも思えた。

道昭はいささかも悪いことをしたとは感じなかった。この世をかぎりなく美しいと思い、怯えていた血の匂いにも、今ならしっかと立ち向かえそうな気がした。

道昭、二十一歳。


もし石川麻呂の惨死が、恵釈が推理したように、孝徳大王の力をもぐという葛城大兄や鎌足の遠謀に発しているとすれば、孝徳大王も負けてはいなかった。

左大臣の代わりに、僧旻《そうみん》を盛んに重用し、鎌足らをけん制する。


新羅との交わりは、ますます深く、この年、新羅王は、金多遂以下三十七名という大使節団を送ってきた。機織りほか、貴重な技術を持ったひとびとだ。

翌六五〇年、はじめて白雉《はくち》という年号を置く。

二月九日、山陽・長門の豪族が、麻山というところで白いキジを捕まえたと献上してきた。

舒明大王三年（六三一）から渡倭しており、故事来歴にくわしい百済の王子、余豊《よほう》に尋ねると、後漢書には、明帝の永平十一年に、白雉、麒麟、醴泉《れいせん》がめでたく見つかった、と書かれてあるという。

百済寺の僧侶たちに尋ねると、口をそろえて、白いキジなどこれまで見たこともなく聞いたこともない、罪人を許して天下万民をよろこばすべきでしょう、と。

法興寺の道登《どうとう》法師も、難波に呼ばれ、意見をもとめられる。

高句麗に留学していたことがある道登は、

「高句麗では、昔日、寺を造営しようとして、あらゆるところに役人をつかわし、良き場所をもとめました。あるところに、白鹿がゆったり歩いているのを見つけ、その地に伽藍をつくり、白鹿苑寺と名づけました。

また、ある寺の所有地では、白雀が飛んできたため、吉兆だとひとびとは言い合いました。

また、唐につかわされた使者が、死んだ三本足の烏を持ち帰ったところ、これも吉兆だとひとびとはよろこびました。

白鹿、白雀、三本足の烏、このようなものでも、吉兆と見なされますのに、まして白雉を吉兆と見なさぬことがどうしてありましょうか。」

孝徳がもっとも信頼する僧旻は、るる、吉兆の理由を述べる。

王者が潔白で飾り気なく、その仁の恵みが四方にあまねく聖なるとき、山に白いキジがあらわれるのだ、と、中国の周の成王、晋の武帝の例などをあげる。まことに祥瑞であり、天下に知らしめ、大赦を行うべきである云々。

かくて、白雉を王宮の園に放ち、正月元旦の儀式に匹敵する儀式をとり行う。

「いやあ、大層な儀式でありましたわ。」

儀式一切を記録する係だった恵釈は、そのあと、法興寺にやってきて、道昭ほか僧たちに話したものだ。

「中庭には、威儀をととのえた大王さまの護衛兵たちがずらりといかめしく並び、左右大臣以下群臣たちは四列になって門外に並ばれました。

粟田臣イイムシさまほか四名の豪族たちが、白いキジを入れている輿を持ち、先頭に立たれます。

そのあとから、左右大臣以下の群臣、百済の王子余豊さまと弟の塞城さま、叔父の忠勝さま、高句麗人で侍医の毛治さま、新羅人の王宮付学士さまらが、しずしずと中庭にすすまれました。

そこからは、ご身分の高い三国さま、三輪さまら四名が、輿をかついで御殿のまえまですすまれます。

次に、左右の大臣さまが、輿のまえ。伊勢王さま、三国さま三名が、輿の後ろをそれぞれ自らかつがれ、御殿でお待ちの大王さまのまえにぐっとすすまれます。

大王さまは葛城さまを近くへまねかれ、白いキジを手に取ってしげしげご覧あられました。

葛城さまが、退き、再拝されたのち、巨勢《こせ》左大臣さまが、おもむろに賀詞を述べられます。

『大王さまが清平なるいきおいをもって、倭国をお治めなされますゆえに、西方より白雉があらわれました。

どうか、大王さまには千秋万歳にいたるまで、わが倭国をお治めなされまするように。わたくしども一同、忠誠を尽くしてお仕え申しまする。』

そのあと、孝徳大王さまのお言葉がございました。

古今東西の聖王のとき、白雉、龍馬、鳳凰などの祥瑞があらわれたことを言われ、卑しい自分がかかる祥瑞を受けるのはうしろめたいものの、これ一重に群臣らが誠を尽くして新たな制度にしたがってくれるゆえである。どうか、これからも清き心を持って、神祇を敬い、天下を栄えさせてほしい。

吉兆により、罪人らの大赦を行い、元号を白雉にあらためる、とかように仰せでありました。

白雉があらわれた地で鷹を放つことが禁じられ、下っ端の役人にいたるまで頂き物を賜わりました。

白雉を献上した長門の豪族は、冠位が一足飛びに上がり、長門からの税は三年さしださずにすむこととあいなりました。」

法興寺から帰っていくとき、送ってきた道昭に、恵釈はささやく。

「白雉出現は、大王さまのご威徳を見せつけんがために、おそらく故事来歴にくわしい旻さまが仕組まれた大芝居であろうな。葛城大兄さまや鎌足さまに向かっての、けん制かもしれぬぞ。

儀式にくわわった方たちのなかには、朝鮮三国の方たちがおられるゆえ、この儀式をもって孝徳大王の世は安泰であると知らせもされたかったろうか。

いやはや、まことこのまま、何事も起こらねば有難いが……。

今の大王さまは、仏心も篤くあられるからの。

近ごろは、姉の皇御祖母さまや十師の助言を入れて、百済大寺に安置する丈六の繡像ほか三十六像を造ることを命じられ、東漢《やまとのあや》系の山口直《やまぐちのあたい》オオクチに命じて千仏像を彫らせておいでだ。

蘇我本宗家とともにほろんだ東漢系のオオクチに命じられたのは、蝦夷・入鹿父子への怨念を鎮めたいお心もあるだろうよ。」

翌年（六五一年）、大晦日には、難波王宮ができるまでの仮の王宮、海辺の味経《あじふ》王宮に二千百人の僧尼を招集し、一切経を読ませる行事があり、道昭たちも参加する。

内庭に二千七百余の灯明を灯して、僧尼たちにいっせいに読経させる。

明くる正月から完成成った難波王宮にいよいよ移るので、地鎮のための仏事である。

難波から飛鳥への帰途、道昭はひさしぶりに花信尼と会うことができた。

尼になってから一年経とうというのに、はじめ会ったときと変わらず、初々しい尼姿である。

「今宵の勤行には、お可哀想なオチ姫さまのお心が鎮まられますよう、お祈りいたしました。遺されたお子たち三人がすくすくとお育ちなさいますようにとも。」

凍てつく道で、まじめに話しかけてくる花信尼を、まるで（月の精のようなおひとだなあ）と、道昭は見とれてしまう。

唐に向かう日が、一年後にやってくるのを二人ともまだ知らない。

7　遣唐使船

　六五三年（白雉四）五月十二日、道昭は留学僧の一人として、ついに唐へ向かって旅立つ。ときに二十四歳。

　遭難事故にあう恐れと、百済・新羅両国への二面外交から、遣唐使船は、北路を行く第一船、南路を行く第二船に、それぞれ大使、副使をつけて送っている。

　新羅道すなわち北路を行く第一船は、難波三津浦を発つと、瀬戸内海をとおって、壱岐《いき》、対馬沿岸を通過、朝鮮半島西岸に沿って北上、黄海を横断して山東半島の登《と》州《しゅう》にいたる。そこから延々、斉州《さいしゅう》、汴州《べんしゅう》、鄭州《ていしゅう》を経て長安に達する。こちらの道案内は新羅人。

　百済道すなわち南路を行く第二船は、百済人の先導で、長江河口をめざす。百済はもともと南北朝時代から南朝と縁が深い。そこから揚州《ようしゅう》にむかい、大運河を船で一路、長安をめざす。

　二年まえ、遣唐使派遣のもくろみを成功させたい国博士の旻《みん》と高向玄理《たかむこのくろまろ》は、長い航海に耐えうる百済船二隻を、安芸《あき》国で建造させていた。

　中国山地の樹林が、船材に適しているのだった。

　船造りに長けた渡来人の子孫、白髪部《しらかべの》アブミほか三名が仰せを受けて長となり、良い材木を山から伐りだして営為、船を造っている。

　白髪部たちは、推古大王二十六年（六一八）、船造りにこの地に派遣された蘇我氏の同族、河辺臣《かわべのおみ》の名高い逸話を思い起こしたことであろう。

　大王の命で、安芸国につかわされた河辺臣が、山に入り、これぞ船材に最適という良い樹木を見つけて伐採しようとしたところ、現地のひとたちから「その木は、雷が急撃して樹木と化した雷神の木だから伐ってはいけない。」と反対される。

　河辺臣は、かまわず、「雷神の木だとて、大王さまの命に逆らおうか！」といい、幣帛《へいはく》をささげ、祭りを行い、伐採のため現地から徴発した男たちに伐らせる。

　と、にわかに氷雨が降りだし、稲光がして雷が鳴りとどろいた。河辺臣は、剣をぐっとにぎり、「雷神よ、この男たちを襲ってはならんぞ。それならわれを襲え！」と叫んで、天をあおいで雷神の襲撃を待った。

十回あまりも雷は鳴りとどろいたが、ついに河辺臣を襲うことはできなかった。とうとう最後には小さな魚になって、樹の股にはさまる。河辺臣は、その魚を取って焼いてしまい、伐り倒した樹木で、無事に船を造ったとか。

逸話はおそらく、森林の奥深くまで侵入してきた渡来人たちと先住民との抗争を物語っているとおもわれる。先住民たちが大事に祭っていた神樹も、彼らにとっては航海用の船材にふさわしい樹としか映らず、必死の抵抗もむなしく、神樹は伐り倒されていったのではなかろうか。

ともあれ、安芸国から瀬戸内海をとおって難波津に泊められていた新造の百済船に、道昭たちは勇躍、唐をめざして乗りこんだことであろう。

道昭が他の学問僧とともに乗りこむことを許されたのは、第一船、つまり新羅道（北路）を行く船である。大使、副使はともに古くからの渡来氏族である吉士《きしの》ナガニ、吉士コマ。留学僧は、法興寺からがもっとも多く、道嚴《どうごん》、道通、道光、道昭ほか十五名。留学生三名。総勢百二十一名。

留学僧のなかには、鎌足の長男でわずか十一歳の定《じょう》恵《え》（真人《まひと》）もいて、やや不安げに陸からはなれていく海をながめている。

三年まえ、八歳で法興寺の僧となった定恵は、その怜悧さで、慧隠《えおん》を驚かせ、よろこばせた。やはり若くして法興寺にはいった道昭は、いくら聡明といっても子どもらしさが抜けない定恵の気持ちがわかるようで、何かと面倒を見てやり、定恵も道昭を兄のように慕った。

長男を法興寺に入れてしまった鎌足の真意はなにか。そして、今度は留学生として唐へ送る。定恵の又従兄弟に当たる僧、安達《あんだち》が、さして優秀ではないのに留学僧となっているのは、定恵が心配で、鎌足がむりむり留学僧に押しこんだものだろうか。

百済道（南路）を行く第二船の大使は、高田首《たかたのおびと》ネマロ、副使は掃守《かにもり》オマロ、こちらの留学僧は道福、義尚《ぎきょう》の名がのこっている。総勢百二十名。

時代ははるか下って『延喜式』に載っている使節団の構成は次のようだ。（東野治之『遣唐使』）

使節
　大使・副使・判官・録事・史生《ししょう》（書記官）・雑使《ぞうし》（庶務）・
　傔人《けんじん》（従者）
通訳
船員
　知乗船事《ちじょうせんじ》（船長）・船師（機関長）・柂師《かじし》（だし・操縦手長）・水手長《かこちょう》（水夫長）・水手（水夫）
技手
　主神《しゅじん》（神主）・卜部《うらべ》・医師・陰陽師・画師・射手・音声長《おんじょうちょう》・音声生・船匠
技術研修生
　玉生（ガラス・釉）・鍛生（鍛金）・細工生（木工・竹工）
留学者
　留学生（長期留学）・学問僧（長期留学）・傔従（従者）・
　還学僧《げんがくそう》（短期留学）・請益生《しょうやくせい》（短期留学）

道昭たちのころは、ここまでしっかりの編成ではなかったとはいえ、あらましはほぼ相似であったろう。水手や柂師は一般公民であり、三年間の税を免除されている。

ここに省かれているが、荷役の運搬などに奴婢がたずさわっていたと考えられる。およそ人とみなされていない彼らは、ただ数としてしか記録されなかったのではあるまいか。

ところで、道昭が、第一船に乗ったのは、実は大変な幸運であった。

なぜなら、第二船は、薩摩半島を出てまもなく竹島付近で転覆、百十五名は海の藻屑と消え、わずか五名のみが壊れた船の板にすがって、無人島の竹島にたどりつき、難波にやっともどれたのだから。

五名のなかに、門部金《かどべのかね》という手先の器用な男がおり、竹でつくった筏に四名を乗せ、巧みに漕いで、上甑島《かみこしきじま》にたどりついている。その間、実に六日六夜、飲まず食わずであった。

この知らせが難波に伝えられ、門部金は大いにほめられ、位も上げてもらった。

第二船の不運を道昭たちは知らない。

ほとんどのものが船酔いに苦しみながらも、あこがれの大陸へ向かううれしさで、はずんでいる。

礼式の不一致で、唐の使者高表仁《こうひょうじん》が舒明大王に会えずに帰ってから、とだえていた外交の復活でもある。

遣唐使を出すことを孝徳に力説し、実現させたのは、僧旻の執念ともいえる。倭国に新羅大使として滞在しており、旻と親交厚い、金タスイの後押しもあったろう。

「みごとな王宮がととのいました今こそ、大唐に使節団を送る時期かと存じます。

それには、わが倭国に滞在中の金タスイさまに頼み、唐におもむいたことがあり、かの地の消息に明るいお方を案内役につけていただき、皇帝のもとへと案内してもらいましょうぞ。

万一の遭難を考え、かつは百済に疑念をもたれないためにも、第二船にも第一船と同格の大使・副使を乗せ、こちらは百済人に案内してもらうが、上策かと存じます。

使節を送るだけではなく、この倭国をさらに発展させんがため、すぐれた若者たちを選んで、かの国の文化、仏教を学んで来させましょうぞ。」

僧旻を、煙たく、何かうろんに感じていた道昭は、何のことはない、彼の発案でようやく念願の唐留学を果たせることがいささか面映い。

第一船の遣唐使一行が、王宮の庭前に並び、孝徳大王に拝謁し、勅をたまわったときのこと、大王のそばに控えていた旻は、おもむろに立ち上がり、御殿のはしまですすみでて、一行をぐっとにらむようにして、告げたものだ。

「留学僧、留学生よ。よう聞け。

その眼を開きに開き、その耳を、その頭を、ようく働かして、倭国のために精進して参れよ。

そちらがおもむく唐国は、学ばんとすれば、はてしなく深く学ぶことかなう国ぞ。研鑽せんとするものには、どこまでも広く門を開いてくるる国ぞ。

ただ、学びつつも、唐人にはなるな。先ごろより新羅は衣服を唐服にあらため、臣従してしもうた。その衣服で、筑紫にあらわれたゆえ、追い返したことはそちらも知っておろう。

したが、それはそれ。新羅国には、学ぶべきものも山とあることを忘れてはならぬ。唐への道中も、新羅人の世話になるのだ。帰国のおりには新羅に寄り、その礼も述べ、新羅によく学べ。よいか。

では、そちらの健闘と無事を祈る。み仏のご加護が、そちらの上にあることを！」

（あのとき、これまで常にひややかで熱くなられることなどないように見えた旻さまの目が、泣いておられるようにも見えたなあ。

ひょっとすると旻さまの権謀も、術策も、私心からでなく、この倭国を栄えさせたい一途なお心からだったのでは。ちまちました倭国にいては見えてこないものを、わたしたちに学ばせ、考えさせよう、との強いねがいから、唐へ送ってくださるようだ。

新羅の使者を追い返したのは、葛城大兄さまの意を体した巨勢《こせ》左大臣さまの申し出で、大王さまはしぶしぶしたがわれたと父さまから聞いた。

王宮のなかは、新羅寄りの大王さまと百済寄りの葛城大兄さまとのあいだが、うまくいっておられぬのではあるまいか。)

とつおいつ考え、(ひとを、感情で、簡単にきらったりしてはいけないのだな。)今さらのように感じている。

遣唐使一行を送り出してほどなく、旻は、死去する。もっともやりたかった仕事をやり終えて安堵したのであろうか。

壮行の儀式のあと、旻は体調をくずし、寺主をしていた摂津の安曇寺で療養していたが、病は悪化する一方で、ついに遷化したのであった。

船中の道昭らはもとより彼の死去を知らず、その報を耳にしたのは、登州に上陸してのちであった。

新羅王の命で、彼ら一行に合流し、唐へみちびくため、他の船で追いかけてきた新羅の使節団が、いち早く倭国の動静を知らせてくれたのだ。

「孝徳大王さまは、それはそれは悲しまれ、おん自ら安曇寺を訪ねられ、法師さまのお手を取って、『そちが逝ってしまえば、明日よりだれを頼りに生きていこうぞ。そちが逝けば、われも、そちにしたごうて死なんとのみ思うぞ。』かように仰せられたそうな。」

「危ういところであったの。もし、われらが旅立つまえに旻さまが亡くなられれば、われらの旅立ちは取り止めになったかもしれぬぞ。」

「お気の毒に、大王さまはまえには石川麻呂さまを失い、こたびは旻さまを失い、いわば手足をもがれたようなもの。これからの倭国は、葛城大兄さま、鎌足さまの世になっていくのではないかのう。」

「それにの、ここだけの話だが、孝徳大王さまの正妃、ハシヒト姫さまは葛城大兄さまと昵懇であられるそうではないか。」

「ご兄妹といいつつ、まことは異父兄妹であられるからの。もとから好きあうておられたお仲というではないか。」

旻の死去を知ったとき、一行の僧たちはひそひそと話し合い、それは道昭の耳にも入ってきた。

僧たちのひそひそ話は、的を突いているところがあって、旻の死去ほどなく、葛城大兄は、都を難波から飛鳥にもどしたいと提言。

孝徳大王が拒絶するや、さっさと母の皇御祖母（皇極）、孝徳の正妃ハシヒト姫まで引き連れて、飛鳥の川原に仮に立てた王宮へ引っ越していってしまった。

もともと飛鳥に郷愁のあった諸臣たちは、それまでの鎌足らの巧みな誘いもあったのだろう、さながら笛吹き男の笛に誘われたようにぞろぞろと付いていってしまい、難波の王宮はひっそりと廃墟のようになった。ネズミさえ飛鳥に引っ越していったとうわさされる。

最愛のハシヒト姫にさえ裏切られ、気落ちした孝徳大王は、刺客を恐れたか、王宮をわれから去り、京都・山碕のにわか造りの粗末な宮殿に移っていった。


それから一年もたたぬうちに、孝徳大王は死去。病気ではなく、毒を盛られなされたらしい、とのうわさも立つ。

ハシヒト姫に去られたとき、孝徳大王が詠んだという歌が、ひとの口から口へ、歌謡になって歌われていった。

鉗《かなき》着け　吾が飼ふ駒は　引き出せず　吾が飼ふ駒を
　人見つらむか

ハシヒト姫を、駒（馬）に見立てての哀歌である。


新羅は、旻の死去の知らせに、早速、旻の死を悼む使者を、供え物とともに送っている。

新羅との友好関係に力を入れていた旻の死は、新羅にとっても他人事でない。

その新羅の王、真徳女王も、病がちとのことで、「もっぱら金春秋《きんしゅんじゅう》さまが代わりに政務をみておられる、やがて王となられよう。」と、登州から一行を先導する新羅の遣唐使一行中の留学僧、慈通《じつう》は道昭にささやく。

同じ年ごろであり、生来ひとなつっこい道昭と、あけっぴろげな性格の慈通は、道中をともにするうち、すっかり仲良くなってしまっていた。

金春秋は、金タスイのまえに、倭国に使者としてやってきて数ヶ月滞在したことがあり、その並外れた美貌と風格、才気煥発さで倭国のひとびとを驚かした人物だ。

「金春秋さまというお方はのう。」

父、恵釈《えさか》がしてくれた話を、道昭は思い出す。

「十五歳で花郎《かろう》になられ、十八歳でその代表になられたほどの、文武に秀でたおひとよ。

乙巳の変の少しまえ、百済が新羅をしきりに攻め、新羅はたくさんの城を落とされたことがあっての、そのときの善徳女王さまは、援軍をもとめるため高句麗に使者を出された。そのとき使者となられたが、金春秋さまであった。

高句麗の都、平壌に向かい、宝蔵王さまに拝謁をねがい、援兵をもとめられたところ、王は、新羅の弱みにつけこみ、竹嶺という地はもともと高句麗のものだといい、その一部を返すなら、援軍を出してよい、こう言われたそうな。

金春秋さまは、憤然とし、隣国の難儀を救う気持ちがなく、難題をもちかけられるなら、死すともそのような条件は飲めない、きっぱり言われたものじゃ。

さあ、宝蔵王さまは烈火のごとく怒られ、春秋さまを館に閉じこめてしまわれた。

この知らせが新羅の善徳女王さまにとどくや否や、女王はどんな犠牲をはらうとも金春秋をうばい返して参れ、と、名将金庾信《きんゆしん》さまに命じられ、一万の将兵をつけて高句麗へと向かわせられたという。

金庾信さまは名だたる名将、しかも金春秋さまは庾信さまの妹御を妃にしておられるから、お二人は姻戚でもある。そのお方が怒って攻めてこられたらこれは大事だ、宝蔵王さまは驚き、たちまち金春秋さまを釈放してしまったそうな。

一万の兵に代えても惜しくないほどのご仁であられる。いや、お見かけしたばかりでも、まことほれぼれする風格のご仁であられたよ。」

「金庾信さまが名将であられるとは、父からも聞いたことがありますが、どのような功績がおありなのですか。」

道昭が尋ねると、慈通はよくぞ聞いてくれたとばかりに、金庾信について誇らしげに語りだす。

「つい八年まえのことですが、百済の大軍が侵入してきて国境地帯を荒らしまわりました。善徳女王さまから大将軍に命じられた金庾信さまは、そのとき、他の方面の百済との戦争から帰られたばかりでしたが、ご命令を聞くや、久しく帰っていない家にも立ち寄らず、再び出陣して、百済軍を二千人もやっつけ、破ったのです。

ほっとして帰還したのも束の間、家におもどりにならないうちに再び百済の侵入の急報がもたらされます。

女王さまは、ただちに金庾信さまをお召しになり、『わが国の存続はあなたのはたらき一つにかかっています。どうか、苦難を惜しまず、出陣し、わが国を守ってほしい。』と真心こめて頼まれました。

金庾信さまは謹んでお受けになり、昼夜わかたず、軍隊を訓練なさり、出陣されました。

王城の西の道をすすんでいかれるとき、わが家の門のまえをとおられました。お妃はじめ一族一統ずらりと道に並んで、声をかけ、涙をながされましたが、金庾信さまは一度も顧みられることもなく、粛々と馬をすすめていかれました。それだけのお覚悟ゆえ、百済にみごと打ち勝たれておられます。


七曜の精気を受けて生まれられ、お背中には七曜の文様があるそうだ、と民はもっぱらうわさしています。」

僧である慈通の話が、もっぱら百済・高句麗との戦に終始するのを、道昭はいささか悲しいおもいで聞いていた。

慈通は、殺生をきらう仏陀の説く道と、自国を守るためといえ、度重なる戦争による殺戮の矛盾に、さっぱり気づかないようなのだ。

道昭ら一行が、唐に向かった翌年、新羅では真徳女王が死去、慈通がいったとおりに金春秋が王位につき、武《ぶ》烈《れつ》王《おう》となるのだが、それはのちのこと。

登州に着く以前、黄海めざしてひたすら北上する船のなかにいる道昭を、さかのぼって観察してみよう。

道昭はなぜか船に強かった。

で、甲板に出てみるみる遠ざかる倭国の山地をながめながら、さまざまな感慨にふけるのであった。

まず、ぼっと海面に浮かんでくるのは、愛らしい花信尼の姿だ。

「お気をつけて行っていらっしゃいませ。水が変わるとひとは具合悪くなると申します。くれぐれもお気をつけて。」

花信尼は、夜も寝ずに織ったという小さな袋を渡してくれた。

「このなかにわたくしが大事に持っておりました、小さな木製の釈迦誕生仏を入れておきました。出家するとき、母からもらったものでございます。きっとこの可愛らしいみ仏が、道昭さまを護ってくださるでしょう。」

「そんな大事なものをいただくわけには……。」

「わたくしの心の平安のためなんです。どうか、持っていってくださいね。」

真剣な思いつめた表情を見ると、断ることはできなかった。

花信尼の面影は、次に母へと飛んでいく。

唐への留学が定まって、両親に別れを告げることをゆるされた道昭は、ひさかたぶりに実家である船氏の邸に帰ったのだった。船氏は、現在の羽曳野市一帯（丹比郡野中郷）が根拠地、野中寺《やちゅうじ》（南北朝の内乱で全伽藍焼失）を氏寺に持っていた。

やさしい母は、もう二度と会うことはないだろうとでも思っているのか、ただ子どものように道昭を抱きしめ、声をあげて泣いた。

「水が変わると体をいためることがあるから、くれぐれも気をおつけ。」

胃を痛めたときはこれを、熱が出たときはこれを、脚が痛んだときはこれを、と、袋のなかの薬を一々出して、説明する母の髪のなかに白髪がまじっているのを見たときは、たまらない気持ちになったものであった。

父はといえば、わが子が留学僧として選ばれたことがいかにも嬉しいようで、

「よくよく励んで学んでくるのだぞ。なに、こちらのことなぞ、一切気にすることはない。われらの出自は百済ながら、新羅にも、唐にも学ぶべきことは山のようにあろう。巷のうわさを聞くことも大事だ。急ぐことはない。あれこれ見極めて良き師を選ぶことが肝要だぞ。」

（師もそのように言われたなあ。）

道昭の思いは、やさしく見送ってくれた師、慧隠へと飛ぶ。

中国での留学が長かった慧隠は、そこでの暮らし方、良い師の見つけかたまで、こまごま教示してくれた。

「長安には、長く西域に旅され、ナーランダ寺で学ばれ

た玄奘三蔵さまがおられるはず。訪ねていってみるがよい。幾度こばまれようと、懲りずに門を叩くのだぞ。」

その一言が、自分にとっていかに大事な勧めであったか、後になって気づいたのだったが。

（あの昨年の王宮での講義をみごとに終えられてから、師は一気に老いられた。

おそらく今生でお会いすることはないだろう。）

そう思うと、悲しくなってくる。

昨年四月、つやつやと輝くばかりの出来立ての王宮で、堂々、無量寿経を講義した慧隠のひびきわたる声が、波の向こうから聞こえてくるようでもある。

内殿にまねかれ、孝徳大王以下、皇御祖母、葛城大兄ほか諸王子が控えるなかで、十師の一人である法興寺の恵資《えし》を論議者とし、僧侶千人を聴衆として、五日間続いた慧隠の講義。

恵資が問い、慧隠が答えて講義するのを大王以下が聴聞する形式。十師には入れなくても、経文の解釈において当代屈指の僧侶は、慧隠であることをだれもが認めているわけで。

（あのとき、師は法蔵比丘《ほうぞうびく》とは、いかなる菩薩にてましますぞ、との恵資さまの問いに、涼やかに述べられたのであった。）

「釈迦如来のおわします地に、一人の国王がおわしました。如来の説法を聞いて、こよなく心に悦びをおぼえ、大菩提心をおこされ、国を捨て、王位を捨て、修行者となられたのでございまする。

号して法蔵と申され、才知すぐれ、かつ雄渾なこと、世の人より超越されておられました。」

恵資さまは、その法蔵菩薩が、四十八願を立てられたことについて、お尋ねであった。

慧隠さまは、答えられた。

「さて、法蔵さまが、仏土を荘厳する清浄の行を体得されたことを釈迦如来に告げたもうと、如来は、ならば、一切の大衆が、〈仏国土へおもむきたい〉と、悦ばしい気持ちになるよう、述べてみるがよい、こう仰せになられます。

そこで、法蔵さまは、如来さま、並みいる菩薩さまたちのまえで、四十八に及ぶ所願を述べられたのでございまする。

では、その所願のいくつかを、これより申し上げましょう。」

（あのとき慧隠さまのお声は、一段と澄みとおり、聴いているわたしには、ただ、有難く、法蔵さまご自身が述べられているようにも思えたのであった。）

慧隠は、無量寿経に記された、法蔵の所願のいくつかを、ゆっくりと述べていった。

「たとえ、われ、仏となることを得んとき、国に地獄、餓鬼、畜生あらば、正覚《しょうがく》を取らじ。」

「はて、正覚とは何ぞ。」

「梵語にては三菩提と申し、仏に成ることでございます。この世に、地獄、餓鬼、畜生あらば、まことの覚りを覚ったことにはならぬと仰せられたのでございまする。

次には、われ、仏となることを得んとき、国中の人・天、命終わりてのち三悪道にもどらば、正覚を取らじ、かように言われました。

また、われ、仏となることを得んとき、国中の人、天、不善の名ありと聞かば、正覚を取らじ、かようにも言われました。

四十八願を法蔵さまが述べ終わられるや、大地はあまねく震動し、天より妙なる華が雨のごとく降り散ったそうでございます。

天から音楽が聞こえ、『汝、必ず無上の正覚を成さん』と、法蔵さまを称える声が聞こえてきたそうでございまする。

かくて、法蔵さまは、万人を救いたまう阿弥陀仏となられたのでございます。」

（それから慧隠さまは、仏国土の妙なる世界をくわしくお述べになり、しかるに世のひとびとは善悪の業報の道を知らず、身をほろぼすのだ、と三毒のうちでも特に、肉親関係の不和について説かれたのだった。

「父子、兄弟、夫婦、一戸の家、父方、母方の親族は、互いに敬い愛し、憎み妬むことなく、あるいはむさぼり、あるいは惜しむことなく、言葉も顔色も常にやわらかに、相手に逆らわぬよう、なさねばなりませぬ。

今生にて、心中に、腹立ち、怒り、憎悪するならば、後世にてはまことどんなにか激しく大きな怨みとなることでありましょう。

なぜならば、互いに心に傷をつけあうとき、ただちに大事にいたらぬといえ、互いに毒をふくみ、怒りをたくわえ、憤怒を心にむすび、その傷は深く刻まれ、おさまることはありますまい。

さすれば、死後、再び同一の世に生まれ、報復しあうことでありましょう。

人は、世間の愛欲のなかに、独り生まれ、独り死し、独り去り、独り来るのです。苦楽は自ら受けるしかなく、代わってくれるものなど一切ありません。」

葛城大兄さまはあのとき、どのようなお気持ちで、慧隠さまの説教を聴いていらしたろうか。葛城大兄さまが殺害されたは、舅の石川麻呂さま。そのためにお妃のオチ姫さまは狂い死になされた。

殺害された古人大兄王子さまとて、血はつながらぬといえ、葛城大兄さまにとっては大恩ある養父の舒明大王さまのご長男だ。

あのときは、いつ、『説教もう止めい！』とのお声がかからぬか、びくびくであったよ、と先輩の坊さまたちも、のちに言うておいでであったなあ。）

実は、慧隠が肉親関係の不和の毒に焦点をあてて説いたのは、過去のできごとを指弾したいためではなかった。

僧旻を失い、にわかに力をなくした孝徳大王の失脚を、葛城大兄らがたくらんでいるのをうすうす気付き、なんとか説法で止められないかとねがったゆえである。

そのことに道昭が気付いたのは、はるかのちのこと。

慧隠の祖は、中国の役人として朝鮮半島の楽浪郡に赴任、その滅亡時にどうやら倭国にわたってきたようだ。倭国に生まれた慧隠自身は、倭人とはもちろん、百済僧とも新羅僧とも親しく交わり、留学僧として母国にわたっては三十六年もの間、仏教一筋の勉学に励んできている。隋と唐の交代も目の当たりに見てきた、たぐいまれな国際人なのだ。

仏教を倭国に伝えた蘇我本宗家を倒すことに加担し、政治に情熱を燃やす旻とは、気質的には相容れないものがありながら、旻の外交には賛成であり、孝徳大王を廃してもっぱら百済寄りにかたむこうとしているかに見える葛城大兄らの外交方針に、危うさをおぼえていたのだった。

（それにしても、はじめ如来は十大弟子の一人、常におそばにあった阿難に呼びかけて説かれていたのに、途中から弥勒菩薩に向かって説かれたのはなにゆえであろうか。

いつか師は、弥勒菩薩は、如来より先に亡くなられ、五十六億七千万年のちに、仏法が衰えた世に出現し、一切の衆生を救われるのだと言われたことがあったなあ。

　そうだ、秦氏の蜂岡寺で拝観したみ仏は、弥勒菩薩であられた。なんという温顔であられたろう。この世のなべての悪も人の弱さも、許していただけそうな、有難いお顔であった。

　あのような菩薩をきざめる仏師が、新羅にはおわすのだ。

　かの地では、慈通さんもいっていたが、花郎という眉目秀麗な豪族たちの子弟が、文武両道、きびしく修行を積み、あらゆる悪を行わず、あらゆる善を行って、さながら弥勒が出現したようだ、と言われていると聞いた。

　唐から帰国の途上、新羅に寄るおりには、その一人にでも会ってみたいものだ。）

　倭国からずんずんと遠ざかる船上で、師、慧隠を思い出し、波頭をながめながら、感慨にふけっている道昭に、鎌足の長男、十一歳の定恵が声をかけてきた。

「道昭さん、私は心細くってたまりません。」

「大丈夫、そのうち珍しいことをいっぱい見聞きすれば楽しくってたまらなくなりますよ。あなたのお父君は、倭国にいては味わえぬ、わくわくする出来事をあなたに体験させたくて、旅にお出しになったのでしょうから。」

「本当にそう思われますか。」

　怜悧な定恵の目がちょっと鋭くなった。

「もちろんですとも。」

「道昭さん、実は、わたしはそう思えないのです。わたしは体よく捨てられたのだと思っています。」

「定恵さん、とんでもないことを言われる。」

「道昭さんもご存じでしょう。わたしのまことの父がだれであるかを。」

　いきなり飛んできた言葉に、道昭は、うっと詰まった。

　定恵は、鎌足ではなく、孝徳大王と車持国子の娘キビ姫とのあいだに生まれた子であろうとは、僧尼たちのあいだでももっぱらの評判であったから。

　孝徳大王の寵妃であったキビ姫は、鎌足の妃に払い下げられている。それは当時、大王から寵臣への、心のこもった贈り物であるとされていた。もちろん、キビ姫の意向とはかかわりない、男同士のやり取りである。

「キビ姫さまはのう、そのとき、お腹に六ヶ月のお子があったそうな。」

「姫さまを下げ渡されるとき、大王さまは言われたげな。生まれくる子が女子ならば、われの子にしよう。もし、男子なれば、そちの子とするがよい。かように言われたといいますぞえ。」

「生まれられたは、男子ゆえ、鎌足さまのお子となった。したが、近ごろ、鎌足さまと大王さまのお仲は以前のようには親密でなくなった。とすると、いっそ定恵さまを疎ましく思われるのではあるまいか。

それに、キビ姫さまは大王さまを愛しくおもわれておいでだったゆえ、鎌足さまのもとへいかれるのを初手はお厭いなさったとか。それを知れば、鎌足さまとて面白くはありますまい。」

「はて、難儀なことよのう。」

「長男を僧侶にしてしもうたも、わずか十一歳のわが子を、危うき旅に出せるのも、血が通わぬゆえ、さらにはキビ姫さまをも鬱陶しく思われるゆえではありませぬか。おいたわしいことじゃて。」

そんな豊浦寺の尼たちのうわさも、道昭の耳に入っている。

「道昭さんだから本当のことを言いますが、わたしは父が怖いのです。心通いあうものがなく、愛された記憶がないのです。

それどころか、時おり、父がわたしを見る目にはひやりとした冷たさがあって、そんな目で見られるとわたしの心は凍ってしまいます。あれが、父が子を見る目でしょうか。

さればといって、大王さまははるか遠きお方。親しくお会いしたこととてありませぬ。出立のとき、留学僧の一人として、遠く平伏したばかり。わたしのことを気にかけ、ひょっとしてこのさい声をかけていただけないかと望んでもおりましたが、そのようなことはなかった。母さまといえば、いつも鬱々としたご様子にて、明るいお顔をついぞ見たことがありません。わたしが唐へまいると聞いて、よよと泣かれるばかり。

わたしは、この波のようにも、よるべない身なのです。慣れない異国で、いっそ病死でもしてくれれば幸い、そんなふうに父は思っていないでしょうか。」

いま飛ぶ鳥を落とすほどの勢力をもちだしたように見える鎌足。その長男であり、聡明で聞こえる定恵が、そんな悩みを心中に抱いて船に乗ったとは。道昭は、つぶらな目をした少年があわれになる。

「考え過ぎは五体を壊します。なに、定恵さん、あなたは若い。これから行く国で見聞きしたことが、きっとあなたを癒し、あなたをたくましくしてくれますよ。

　大人の思惑など、若いあなたが気にかけることなどありません。み仏は、きっとあなたを助けてくださいますよ。」

「そう信じてよいのでしょうか。」

「もちろん！」

　道昭がきっぱり答えると、定恵は一安心したようで、そこは子どもだ、ぱっと明るい顔になって、

「あ、もうじき食事ですね。なにが出るのかしら。」

　走り去ってしまった。

　鎌足らが孝徳大王を難波に遺棄して飛鳥へ去り、やがてその翌年の大王の不審な死が、道昭らに伝わってきたのは唐の都長安に着いてからはるかのち。

（そんな企てがあったからには、大王さまのお子である定恵さんを、国外に出したのも道理ぞ。）僧たちはささやきあったものであった。

8　先住民族の歌語り

船上の道昭に、いま一つの出会いがあった、と想像してみる。

おびただしい荷物の運搬係として、一行にくわわっている、奴婢の若者との出会い。

その名を、エオルシとしよう。

おおかたのものたちが船酔いするなかで、一向に平気で、飽かず海をながめていた道昭は、船が大揺れしようとかまわず、きびきびと雑役にいそしむエオルシの姿に目がいくようになっており、小休止しているエオルシを見つけて近寄り、声をかけたのだった。

聞けば、法興寺の仕丁《つかえのよぼろ》としてはたらいていたといい、向こうは道昭の姿を時たま見かけたことがあるという。道昭のほうは、単なる働き手としか見ておらず、奴婢の一人ひとりに気を配ることなどなかった。エオルシのほうも、法興寺の境内であったら、いくら声をかけられても警戒し、必要以外のことはしゃべらなかったろう。

それが、国外に出たことで、エオルシの心も解き放たれたところがあったのだろう。はじめはちょっとした会話を交わし、ぽつぽつと道昭の問いに答えるようになり、やがて笑顔を見せるまでになっていった。

仲間と話すときには、およそ聞き取れぬ言葉でしゃべったりしているエオルシに、何語なのかあらためて尋ねると、いま倭国を牛耳っているものたちがあらわれるまえから使っていた言葉だ、という。

すると倭国といい、倭人というも、そもそもこの列島にはじめからいたものたちではなくて、あとからわたってきたものたちが、エオルシたちを征服し、奴婢にしたというわけか。

道昭にとっては目からウロコが落ちるおもいである。奴婢がいることは、いわば空気のように当たりまえで、なんの疑問も持たなかったのだ。

意味不明の言葉にしても、卑しいものたちが使う卑しい言葉だとの認識しかなかったが、どうやら違うようだ。

道昭はエオルシたちの会話に耳をかたむけ、たちまちその言葉を使いこなすようになった。

倭語のほかに、船氏の母国である朝鮮語は自然に話せ、法興寺で習った中国語は、慧隠《えおん》も舌をまくほど短い期間で自在に話せるようになった道昭であり、いったん関心をもてば習得は早い。

エオルシたちが使っている言葉は、先住民族の言葉、アズマ言葉、ヤマト言葉、それらがちゃんぽんに入りまじっていることもわかってきた。

そんな道昭に、エオルシもしだいに心の内を見せるようになっていき、おのが出自について語った。

自分の母方の祖父母はアズマで生まれており、アズマの豪族の奴婢であった。豪族がヤマトにやってきたときに、ともに雑役のために一行にしたがい、旅の途上で二人はむすばれ、ヤマトに着いてほどなく母が生まれた。

母がまだ幼いころに、奴婢のかなしさ、祖父母は引き離される。祖父は豪族の屋敷の警備にたずさわっているのに、そんなことに頓着なく、豪族は蘇我氏にとりいるため、縫い物が巧みな祖母を法興寺の奴婢にさしだしてしまったから。祖母に付いて法興寺に入った幼い母も、法興寺の奴婢となった。

祖母も、母も、美しいひとである。

成人した母に目をつけたのが、法興寺所有の田畑の農民であった父だ。

かねて目をつけていた母が、寺の仕事で外を歩いているところを父が森に連れこんで手篭めにし、自分が生まれた。

良民の男と奴婢の女との間に生まれた子どもは、奴婢となる定めである。かくて、生まれながらに自分は奴婢の身分であった。

「父といいましても、母とは別に正式の妻がある男。ろくに顔を見たこともありましねえ。」

しかし、と、エオルシは、大きな目を光らせる。

その自分が卑屈にならずにすんだのは、幼いとき、母が語ってくれた寝物語によってである、と。

「もともとこの土地は神さまのもの。だれのものでもないの。

わたしたちのご先祖さまたちはね、海に出ては魚をとり、森へはいっては木々の実を拾い、山へはいっては獣たちを捕らえ、日々生きられることに感謝して、つつましく暮らしていたのよ。

それがあるときから、大きな船に乗ってふいにあらわれた獰猛なひとびとが、ご先祖さまたちを追い出し、広い土地を、森を、海を、わがものにしようとしたのよ。

　ご先祖さまたちは、りりしく戦われた。でも、海をわたってきたものたちは、狡猾だった。

　真っ向勝負ではかなわないと見ると、仲直りしよう、と持ちかけてきたわ。ああ、疑うことなど知らなかったご先祖さまたち。共に暮らしていけるとよろこんで、仲直りの宴を張った。武器をからりと投げ捨ててね。

　でも、奴らは、祝いの酒に眠り薬を入れ、ご先祖さまたちを酔わして、前後不覚になったところをねらい、殺していったのよ。

　男たちは、おおかたやられ、女たちは奴らの餌食となったわ。はげしく逆らったものは、男と同じに殺されていった。おおかたの女たちががまんしたのは、自分たちの血を絶やさないため、このできごとを生まれくる子たちに伝え続けるためだったわ。

　で、今、おまえに伝えるのよ。

　おまえはまた、おまえの子に伝えねばならない。

　奴婢にされたのは、おまえたちのご先祖さまが真っ正直だったため。まっすぐで勇敢だったため。

　だから、奴婢であることを卑屈におもってはいけないわ。

　いつか、奴婢からわたしたちを解き放つものがあらわれるでしょう。

　それまで、わたしたちの言葉、わたしたちの慣わしを、そっとたもち続けていくことが、倒されていったご先祖さまに報いることなのよ。」

　熱心に聴いてくれる道昭を見て、エオルシは、問う。

「おまえさまは、ミカボシさまについて聞かれたことがありますかや。」

　道昭が首をふると、ミカボシさまは自分たちの英雄だとエオルシはいい、彼についての歌語りを幼かった自分はよく老いた祖母から聴いた、と告げた。

　その歌語りを道昭が所望すると、エオルシは厚い胸を張り、よい声で歌いだした。

「地底にしずんでおられてもよう　アイヤアイヤ
どかりと重たい巨石を体に乗せられておられてもよう
わしらがよう　ミカボシさまはよう
いつもぱっちり目を開いて
われらを守っておられるよう　アイヤアイヤ」

かつて東端の、海に面した広い大地にご先祖さまたちは暮らしておいでだった。
　そこはカムイ（神）が、鳥獣とともに住むことをご先祖さまたちにお許しくださった土地。なれば海や川や湖沼でとれる魚介、海草も、森でとれる果実や野草も、鳥や獣と分け合うて暮らしておったと申します。
「われらのカムイ（神）はよう
　樹に　川に　海に　火にかまどにも　おられてよう
おごそかな神々ではなく　ひとに叱られるカムイ
へまするカムイもおられてよう　アイヤアイヤ」
　大王というものはおらず、智恵あるもののなかでも智恵あるおひとが、ミカボシさまと呼ばれ、慕われ、ご先祖さまたちを統率しておいでだった。
　星を見て、天候も占えるお方であられた。
　薬草を見分ける術にも長けたお方であり、ひとびとを慈しみ、あれやこれやのいざこざも難なく解決なされるお方であられた。
　すらりと丈高く、筋肉質の体、その目は大きく星のように光って海の彼方まで見とおし、鼻高く、走れば鹿よりも早く、高い木々の上をなんなく飛び越え、よく透る声は遠い船の上にまでひびいた。

　そのようにも万人よりすぐれた力をお持ちながら、七つの子どものなにげない言葉にも、さながらカムイの言葉にしたがうようにうなずかれるお方であった。

「ではその御仁を、大王といってよいのではないか。」

　道昭が口をはさむと、エオルシは呆れたように首を振った。

「いんや、大王さまではねえです。

　ミカボシさまは、ほかのご先祖さまと全く同じ洞窟に暮らされ、ほかのご先祖さまと全く同じ食べ物、同じ衣服を着ておいでだったで。

　軍隊も、奴婢も、お持ちではなかっただ。」

　そんなミカボシさまを若者たちは慕い、いつかはミカボシさまのごとく成りたいとねがったという。

　幾百年が経ったのか、おだやかな地に、あるとき、大きな船団を組んで、侵入者の一行があらわれた。

　彼らが奉ずる神は、われらの神とは違い、戦に強い神であり、カシマの神と言うた。

「カシマ族はよう　アイヤアイヤ
　先からいるわれらに一言の挨拶もなくてよう
　陸に上がるやよう　アイヤアイヤ

いきなりわれらを攻め　容赦なく殺戮し
カムイの土地を　わがものだと言うて
遮二無二　うばっていったがよう　アイヤア　ヤヤ」

ミカボシさまは、ご先祖さまたちをひきい、精巧な武器を持った侵入団に、敢然と立ち上がられた。

獣を捕るための毒矢が、落とし穴が、武器に代わった。

女たちも子どもも、侵略者カシマ族と戦うために、火のような塊まりとなって、うごいた。

われらは土地のすみずみまでも知り抜いている。われらを殺し尽くし、カムイの土地をまるごとうばおうとするカシマ族はどう猛であり、よく切れる鉄剣を開発して幾多の戦いに勝利してきたといえ、われらの高い士気にはかなうべくもなかった。

ついにカシマ族は、ミカボシのところに使者を立て、おまえたちにはかなわぬ、もう武器を捨て、戦争はやめるゆえ、これまでのことは水にながして仲良くしてほしい、と頼んできた。

半信半疑だったミカボシたちも、カシマ族が川べりにずらりと武器を並べ捨て、友好のしるしに女たちが船上で踊り舞うのを見て、カシマ族を信じた。

「あでやかな衣服で　女たちは笛を吹き　舞うたよ
嫋嫋《じょうじょう》と哀しく　沁みいるような笛の音にはじまり
明るく　体ごと跳ねたくなるような　笛の音
ヒュルルルル　ヒュルルル
女たちは　さながら鳥のよう
船べりで拍手していた男たちも　釣られて踊りだす
ハアッ　ヒュルル　アイヤアイヤ

最初の日は　まだ彼らを疑っていたよ
でも　踊りは七日七晩続く
カシマ族は　ともに踊ろうと笑いながら
ミカボシさまたちを手まねきするよ　アイヤアイヤ

女たちの吹く笛の音は　ときに悲しくときに朗らかに
戦いの愚かさを　語っているかに聴こえる
力ずくで　彼らに屈服させられた
女たちであったことなど　だれが知ろうか

ミカボシさまは言われたよう

彼らに戦意がなくなれば　何の言うことがあろうや
仲間たちが殺されたは悲しいが
この地でともにやっていくと言うなら
許してやろうぞ

おう　ミカボシさま　わしらもそうおもうぞ
いくらひとをだます奴らであろうと
七日七夜　踊り続けはすまい

だれも　かれも　武器を放り出し　無我夢中で踊った
女たちも　編みかけの籠　頭に載せた壺を放り出し
しなやかに踊った
踊りだ　祭りだ　世は平らかだ　それそれ
アイヤアイヤ　アイアイ

ああ　だが　なんということかよう
ひとびとが他愛無く踊っているあいだに
隠れていたカシマ族の精鋭部隊は
硬い岩で固めた　半地下のわたしらの住まいに
駆けていったよう　アイヤア　ヤヤ

なかの全ての武器を壊し　用意していた巨石で
入り口をふさいだ
もはやどうあがこうと
わたしらが入れぬようにしたよう　アイヤア

全てをし遂げたとき　鋭い笛が鳴りひびき
キエエイッ　裂ぱくの声をあげて
奴らは　無心に踊っている　わしらの仲間に
背後から襲いかかったよう　アイヤアイヤ　アイアイ

船上の男たちも　飛び降り
わしらの仲間に向かってきた
おう　殺し尽くされた　わしらの仲間よう
川も　地も　草も　血潮に染まり
一人の死骸の上に次々　あまたの死骸が重なる

死骸になった体が　憎さげに槍で突かれ
女たちの死骸の上に子どもの死骸が放られ
カシマ族は　勝利の雄たけびをあげたよう

ヒエー　アイヤア　ヤヤ

最後は　ただ一人になられた　ミカボシさまよう
素手で幾十人やっつけられたことかよう
やがて満身に傷を受け
体中の血は失われ　どうと倒れられる　アイヤアイヤ
すでに息のない大きなお体を　へっぴりごしの奴らが
幾人も総がかりで　ぐるぐると縄でしばり
彼らの王　タケカシマのもとへ運んでいったよう

彼らの王　タケカシマ
でっぷりと肥え太り　どう猛な目つきをした男
息絶えたミカボシさまを指さして
あざ笑い　罵ったよう　アイヤア　ヤヤ
『愚かな奴め！　わしらの智恵にはかなうまい』

唾を吐きかけ　部下たちに命ずる
『大きな穴を　いくつも掘れ
頭　手　足を　ばらばらに千切り
それぞれ放りこみ
上から巨石で押しつぶせ
永久に出てこられんようにするのだ！』

おう　わしらのミカボシさまの遺骸は
頭を　手足を　ばらばらに千切られてしもうたよう
海岸近くに掘った　大きな深い穴々に　放られ
何十人で運んできた巨石が　どかんと落とされたよう
アイヤアイヤ　アイアイ

わしらのミカボシさまを恐れる奴らは
彼らの神　カシマの大神をそのそばに祭ったよう
アイヤア　ヤヤ　アイアイ

おう　わしらの偉大なミカボシさまよう
地底にしずんでおられてもよう　アイヤアイヤ
重たい巨石の下におられてもよう
いつも　ぱっちり目を開いて
いつも　われらを守っておられるよう

アイヤアイヤ　アイアイ

アイヤアイヤ　アイアイ　アイーッ」

全て実際にあったことだ、と祖母は言っており、自分もそうだと信じている、エオルシは言う。

話のなかに、カシマの大神が出てきたので、道昭は少したじろいだ。軍神カシマの大神を奉じて倭国政権の中枢にはいってきたのは、かの中臣鎌足たちではないか。では、平穏に暮らしているエオルシたちの先祖を殺戮したタケカシマは、鎌足たちの先祖なのか。

さりげなく聞くと、エオルシは首をふって、鎌足たちの祖はカシマの大神を奉ずるタケカシマに仕える豪族の一人であり、もっぱら神事を受け持っていたようだ。タケカシマは、物部氏の一派とも、その物部氏に倒された豪族だとも聞いている。中臣氏が頭角をあらわしたのは、物部氏が蘇我氏に敗れてのちのこと、ほんの五～六十年のことにしか過ぎない、と答えた。

エオルシは、倭国の宮殿が在る地域でも似たことが行われたのを知っていますか、と道昭に尋ねてきた。

今、船べりで、荷を積み直している、あの小柄な若者カマイソは、忍坂《おしさか》村で暮らしていたヤソタケル一族の末裔だと聞いています。

カマイソは、エオルシと違い、なかなか道昭にうちとけなかった。仕事しながら、ちらと道昭を見る丸い目には気のせいか、憎悪がたぎっているようにもおもえた。

そのカマイソが道昭に心を開いたのは、高熱に侵され、倒れてしまったのを助けたからで。

奴婢が倒れればもう役立たずだから、単にぽいと海上に放られるだけだ。

あわてたエオルシは、道昭に、カマイソをなんとか助けてほしいと頼みにきた。道昭が、奴婢たちの寝室に降りて行ってみると、ぎちぎちに魚のように並んで寝ている奴婢たちの間で、熱に浮かされたカマイソが息絶え絶えに唸っていた。

幸いにも、道昭は法興寺にいるとき、薬学もいささか学んでいたから、てきぱきとエオルシたちに指示し、母が渡してくれた薬材を湯にとかして飲ませ、夜中介抱してカマイソを治したのだった。

「おまえさまたちなんぞ、くそ食らえとおもっておりましただが、おまえさまのおかげでワシあ、助かっただあなあ！」

カマイソは、つくづく言ったものだ。

それまでカマイソにとって、倭国人とは、おだやかに暮らしていた里に攻めてきて、汚いやりくちで里人たちを殺し、征服し、その富をうばっていった憎むべきやからでしかなかったのだった。

カマイソもまた、いい声で、道昭に、連綿と伝えられてきた先祖来の歴史を歌語った。エオルシの歌語りとおおかた似ているようであり、微妙に違ってもいた。

「ウハイ　ウハイ　ウハイヨウ
ワシらが祭りの日によう
カムイに川魚や鹿の肉をささげる祭りの日によう
女も男も　夜まで歌い踊り　酒に酔う日によう
ウハイ　ウハイヨウ
くそったれのやつらは　まぎれこんできおったあー

ウハイ　ウハイ　ウハイヨウ
ひとを疑うことをしらぬワシらやでえ
知らぬ顔のものでも　ともに手を取り合い
心ほどけて酔い　踊ったでえ

ウハイ　ウハイ　ウハイヨウ
カムイのまえでは　だれもかれも兄弟姉妹やんかー

ウハイ　ウハイ　ウハイヨウ
宴たけなわで　背の高いひとりの男が
すくっと立ち　高らかに歌ったよー
みつみつし久米の子らが　エミシの頭撃ちてし止まん
ウウ　ウウ　ウハア　ヨウ
ワシらを殺す合図の歌やった　合図の歌やったー

ウハイ　ウハイ　ウハイヨウ
まぎれこんでいたやつらは　いっせいに立ち上がり
剣を抜き　したたか酔っているワシらを
片端から　殺していったようー
ウウ　ウウ　ウハア　ヨウ
エミシの頭撃ちてし止まん　撃ちてし止まん

ウハイ　ウハイ　ウハイヨウ
折り重なる　ワシらの死骸のまえで
くそったれ　やつらは笑い　手を打って踊ったようー

エミシの頭撃ちてし止まん　撃ちてし止まん
ウウ　ウウ　ウハア　ヨウー
忘れまいな　忘れまいな　わがはらからよっー

ウウ　ウハイ　ウハイヨウ
ウウ　ウハイ　ウハイヨウ
うるわし　わが里　うるわし　わが里
その里に積もる怨み　積もる苦しみ
いつの日に　晴れんかなー
ウウ　ウハイ　ウハイヨウー」

聴いていて、道昭はぞっとした。

カマイソの里をほろぼしたものたちが、合図に歌った歌には聞き覚えがあったのだ。

（そうだ、お祖父さまが、酔ったおり、歌われたことがあった。あれは、物部氏との戦いの話のときではなかったろうか。たしか、大伴クイほかヤマトの豪族たちが一大軍勢をひきいて、河内の物部氏の邸宅を囲んだときのことであった。

「大伴氏は、意気盛んで、久米歌を歌い、それを聞くとわたしらも何がなし武者震いするようであったなあ。」

かように言われ、あらかた次のような歌を朗誦されたのではなかったか。

みつみつし　久米の子らが　人多《さわ》に来おりとも　みつみつし　久米の子らが　頭《くぶ》つつい　石つつい持ち　撃ちてし止まん

大伴氏は、倭国の古くからの豪族。はるか昔、大王の先祖とともに朝鮮半島からわたって来たと聞いている。

では、わが倭国は、今、奴婢にされているものたちの里をほろぼして建てられた国であったのか！）

道昭は、ただ祈ることしかできない。

エオルシに、その名は、ほろぼされたひとびとが話していた言葉に由来しているのか、尋ねると、これもうべない、ご先祖さまのことを忘れないように母が付けてくれた名で、水中から屹立している断崖という意味だと聞いている。そのようにもしっかりしろ、と母は言いたいのだろう、カマイソの名は、平たい岩という意味らしいが、と付け加えた。

そのあとも注意して聞いていると、ミカボシを称える歌を、荷運びしながらエオルシたちは平然と歌ってい て、言葉がわからないからだれにも咎められないのだった。

文字をもたないながら、歌語りによってほろぼされた「くに」や里の歴史と言葉を、世々伝えていっているエオルシたちに、道昭は畏敬の念をおぼえた。

エオルシの語るミカボシたちの暮らしが、金銀宝玉に満ち満ちた〈仏国土〉の世界より美しくおもえてくる。

み仏は、阿難に、〈仏国土〉は、金・銀・瑠璃《るり》・珊《さん》瑚《ご》・琥珀《こはく》・瑪瑙《めのう》などの宝玉が集まって、さまざまに合成しているといい、たとえば水晶を茎とした瑠璃の樹木があり、その枝は瑪瑙、小枝はシャコ、葉は紫金、花は白銀、実は瑠璃だと語られている。

エオルシが語る土地からは、ありとある魚、アワビ、ホタテ、ワカメ、塩が採れる海草などの海の匂い、コイ、フナ、ウナギなどが採れる湖沼、鹿、イノシシ、オオカミなどが捕らえられる山の匂い、栗の実、栃の実、キノコ、クズが取れる森の匂いがして、道昭にとっても、金銀、瑪瑙、珊瑚などより、それらの匂いのほうが、なじみ深く感じられる。

（そういえば、慧隠さまは、仏陀が語られた〈仏国土〉は、ひとびとを納得させるための比喩であり、いがみあいも争いも飢えの苦しみもない世界を述べておられるのだと、言われたことがあったなあ。）

してみれば、エオルシが語った、かつて実在したらしいミカボシたちの〈くに〉が、〈仏国土〉におもえてくるのも、あながちわたしの蒙昧ともいえないのではあるまいか。

それにしても、海をわたってきたわがご先祖たちは、そのような〈仏国土〉に近い暮らしをしていたひとびとを追放し、殺戮し、生き残ったものたちを奴婢にして、倭国を造ったのであろうか。だとしたら、なんという罪深さ。

ひょっとして、晩年のウマヤト太子さまは、そのことにお気づきになられたのではなかろうか。慧隠さまが、学べと言われているのも、このことではあるまいか。

道昭は、無量寿経中で、仏陀にむかって法蔵比丘がとなえた所願をおもわず、口ずさんでいた。

「たとい、われ、仏となるをえんとき、国に地獄、餓鬼、畜生あらば、われ正覚《しょうがく》を取らじ。
たとい、われ、仏となるをえんとき、国中のひと、天、寿《いのち》終わりてのち、また三悪道にかえらば、正覚を取らじ。
たとい、われ、仏となるをえんとき、国中のひと、天、ことごとく真金色ならずんば、正覚を取らじ。」

四十八所願をのべて、決意された法蔵比丘。

そのとき、大地はあまねく震動し、天からは妙なる華々が雨のように降り注ぎ、どこからともなく音楽が鳴りひびいて、比丘を「なんじ、決定して必ず、無上の正覚を成ぜん。」と称えたのであった。そして、長い長い時を経て、ついに初一念を貫徹し、法蔵比丘は阿弥陀仏となられ、わたしらをお守りくださっている。

仏陀さま、阿弥陀仏さま、どうすれば倭国から醜い戦争がなくなり、エオルシたちは奴婢の身分から解き放たれるときが来るのでしょうか。わが父祖の国である百済は、なぜ新羅、高句麗とあい争わねばならないのでしょうか。これからおもむく大唐帝国の仏教は、わたしにそのことを教えてくれるのでしょうか。

翌日、道昭はエオルシに、ミカボシの上に載せたという巨石は、アズマのどこかの地に実在するのか、と尋ねてみた。

エオルシは、曽祖父が仲間と深夜、そこに拝みに行ったことがある、巨石のまえで祈り、大きな力をもらってきたようだ、と祖母が語ったことがあるといい、自分にアズマに行ける日があるかどうかわからないが、アズマに行けたら真っ先にそこに行くだろう、行けなくても歌語りはやがてわが子に伝えるから、幾百年のうちにはわが子孫がその地を尋ねあてるだろう、なんの衒いもなしに答えるのだった。

幾百年の単位、幾千年の単位で、世を見ているエオルシたちに、道昭は少し励まされたような気もした。

法蔵比丘さまさえ、思惟に、五劫《こう》という長い長い時間をついやされた。凡夫の僧のわたしがあせってどうなろう、要は〈仏国土〉をねがう志をもち続けることが大事なのではないか。

〈仏国土〉へ至る道の遠さを、萊州《らいしゅう》へ着岸した時点で道昭はしたたかに思い知らされた。

待ちかまえていた唐の役人が、そこからは許可したもののしか陸路をたどって都・長安に行けないことを告げたのである。舵取りも水主《かこ》も、長安に入ることは許されず、遣唐使の帰りをその地で待っていなければならない。

荷物運びを担うエオルシたち奴婢も、莱州にとどめられた。そこからは唐の奴婢たちが荷物運びを行い、エオルシたちは奴婢小屋に放りこまれ、遣唐使が帰還するまで、きびしい監視のもと働かされるのであった。

あこがれの長安にやっと着いて、よろこびでいっぱいの道昭が、ふとエオルシたちについて思いやったのは、はるか後のことであったが……。

9　朝鮮高僧譚

西暦六五三年五月、倭国を発った遣唐使一行は、新羅の使節団にともなわれて、無事、唐の都長安にたどりつくことができた。

それから八年間、道昭は唐で学ぶこととなる。

二十四歳から三十二歳まで。なんでも吸収する多感な青春期を唐で過ごしたのであった。

慧隠《えおん》から流暢な中国語を教わり、中国人の慣わしなど教わっていったことも、異国での慣れない暮らしをずいぶん楽にし、道昭はつくづく師に感謝したものであった。

唐にむかう道中、親しくなった同年の慈通から、昨今の唐・新羅の深い交わりや、最近の新羅の名僧たちについても知識を得る。

唐との深いかかわりを築いたのは、なんとこれもまた、金春秋《きんしゅんじゅう》であるという。

「真徳二年（六四八）、金春秋さまとお子の文王さまは真徳女王さまのご命令で、朝貢のため唐に行かれました。唐の皇帝、太宗さまは、春秋さまのすぐれた容姿を愛でて、手厚くもてなされました。

国が建てた学校での講義・祭礼・討議などを見たいという春秋さまのねがいも全て許し、皇帝自作の詩や碑文、このころ編さんされた歴史書なども、惜しげなく与えられたそうです。これは破格の待遇で、めったに許されるねがいではないのです。

あるとき、太宗さまは春秋さまをひそかに呼び出し、『おまえの胸のうちに鬱屈したものがあると見たぞ。気遣いなく言うてみよ。』

かように言われました。

春秋さまは、はっとひざまずき、申されました。

『隣国百済の勢いが強く、新羅にたびたび侵攻し、唐へ向かう道をふさいでしまおうとしております。もし、唐から援軍を出していただけないなら、遠からず新羅の人民はことごとく百済に捕らわれ、新羅が唐に朝貢することもかなわなくなりましょう。』

春秋さまのねがいを聞いて、太宗さまは援軍を出すことを約束なされました。

春秋さまは感謝し、新羅の礼服をあらためて唐の制度にしたいと申し出られたので、太宗さまは大そうおよろこびになり、珍しい服を春秋ほか従者たちに与えられました。

　帰国にさいしては、勅命を出して、三品以上の貴族たちが列席する送別の宴が開かれております。優雅で礼式にかなった宴でありましたとか。

　その席で、春秋さまは太宗さまに申されました。連れてきた子どもたちを、おそばに置いて、日夜守衛させましょうと。太宗さまはお聞き入れになりました。

　ところが、春秋さまは帰国の途中、高句麗の巡邏《じゅんら》兵に見つかってしまわれました。従者の温君解が、影武者となって、背の高い冠をかむり、正装して上座にすわっておりましたため、春秋さまは小船に乗り移って、危うく難を逃れられたのでございます。身代わりになった温君解は、官位を追贈され、子孫は篤くもてなされております。

　かようなわけで、真徳三年正月から、唐の衣服を着用することになったのでした。」

　慈通は、金春秋を深く敬慕しているようであった。

（そうか、何としても百済に敗れないために、唐と組もうとして、苦肉の策としてなされた唐服着用であったのか。）とはじめて知る道昭である。

（わが出自は百済。でも、こうして新羅人と親しく交わり、ともに唐におもむこうとしているわたしだ。ああ、新羅も百済も高句麗も、ともに立ち行く道はないのだろうか。それこそ、み仏のねがいであろうに。）などと思っている道昭の胸の内にいささか気づいたのか、慈通は、

「あなたと話していると、あなたの出自が百済だということを忘れてしまいそうです。あなたの故国の悪口をついしゃべってしまうことをお許しください。異なる国に生まれていようと、あなたには胸襟を開けるから、つい、うち割った話もしてしまうのですよ。」

「わたしが故国と呼べるのは、今は倭国です。でも、その倭国の枠からはみ出して世を見たいから、こうしてはるか唐までやってきています。何でも話してください。何でも知りたいのです。」

「はは、ほんとに知りたがりやの道昭さんだなあ。」

　慈通は安心したらしく、また話しはじめる。

「ところで太平歌を知っていますか。いまの真徳女王さまが即位なされたとき、自らつくられたお歌で、その歌を文様にして錦に織りこみ、唐の皇帝に献上されていま

す。」

その太平歌が気に入っているらしく、慈通は朗々と朗誦してみせる。

唐の建国をことほぎ、戦争が止んで兵士は安らぎをえたこと、文治を尊ぶ政治をたたえ、皇帝の深い仁徳は日月にもくらべられるほどだ、と。

「ひるがえる天子の旗の輝かしさよ。

うるわしい鉦鼓《しょうこ》の音の快いひびきよ。

天子にしたがわぬ外夷は、刀刃に倒れて天罰を受けよう。」

朗誦を聞いていると、地続きではりあっている朝鮮三国のきびしい情勢、唐とのせっぱつまったかかわりが、倭国にいたときよりひしひしとせまってくる気がする。

それにみごとな歌を自らつくる真徳女王の教養にも目をみはらずにはいられない。

道昭は、自分たち一行を新羅人の先導で唐に送りたかった、僧旻《そうみん》の存念が、やっとわかった気がするのだった。

倭国では善信尼ほか三人のうら若い女性が、まず僧になったものの、大変な迫害を受けたのだ、と道昭が話すと、慈通は、目をみはり、自分の国に仏教が伝わったのは、朝鮮三国のうちではもっとも遅く、法興王の時代であり、国の教えとするにあたって、やはり群臣が大反対して並大抵なことではなかった、と正直に語った。

「そのとき、仏教に帰依した熱心な朝臣、異次頓さまと申されるお方がおられましてね。国を乱す悪人として処刑が決まったのですが、異次頓《いじとん》さまは顔色も変えず、み仏のお加護があるなら、わが死後、必ずや異常なことが起こるであろう、かように申され、ついに斬殺されたのでありました。ところが、斬られたお首から涌きでた血は、なんと乳のように白く、空からは花の雨が降って参ったと申します。

かかる奇跡を目の当たりにしては、もはや、仏法をけなすものは無くなり、国の教えにすることができたのでした。

法興王さまは、異次頓さまの功績を追慕されて、慶州に栢栗寺（ペンリュルサ）というみごとな寺院を建立なさいました。」

聞けば、百済から仏像ほかがはじめて倭国にもたらされた時より、ほんの少しまえのことであるらしい。

「当代では、今から七年ほどまえ、唐から帰朝されたわが師、慈蔵《じぞう》さまが新羅仏教をととのえられたといえましょう。

いや、たいしたお方であられます。

み仏が誕生された日にお生まれになりました。

世俗に一切染まらず、虎狼が住むような地で、修行に励まれました。新羅王族のお子であられたので、大臣に欠員が生じると、国王さまに召されましたが、出ていかれません。応じねば首を斬る、との詔勅が出されても、『戒を守って一日で死のうとも、戒を破って百年生きながらえようとはおもいません。』かように返答されたため、国王さまもやむなく出家をお許しになりました。

深く仏教を学ぶことを望まれ、善徳女王さまのお許しを受けて、門人十余人とともに入唐、中国山西省の五台山、夏なお炎暑を知らないため清涼山ともいうそうですが、その断崖で修行に励まれました。

山に帝釈天が工匠を連れてきて彫ったと言い伝えがある、文殊菩薩塑《そ》像のまえで祈祷し、冥想されていると、夢に像があらわれ、慈蔵さまの頭を撫でられ、梵語の偈をたまわったそうです。

夢から覚め、文意がわからずにいると、ふしぎな僧があらわれ、偈を解いてくれ、袈裟や舎利などを授け、たちまち姿を消してしまったと申します。

唐の都に入られると、かねて慈蔵さまについて聞いておられた太宗皇帝は、よろこばれ、数々のもてなしをされ、厚遇なさいました。

しかし、都にとどまることなくねがい出て、長安の南、終南山《しゅうなんざん》の雲際寺《うんさいじ》の断崖の岩に架けて一室をつくられ、三年住まわれて霊験は日ごとに増していかれました。

終南山は、北周武帝によって断行された廃仏の法難（五六九〜五七七）で、長安を追われたさまざまな宗派の僧侶たちが難を避け、多数住まわれたことにはじまります。唐になっても、すぐれた僧侶たちのきびしい修行の場となっていたのですね。

三年後、都にもどられた慈蔵さまに、皇帝は、衣服の費用にと絹二百匹を下賜されています。

そのうち、国にとっても大事な人物、帰ってこなくなるのではないか、と心配された善徳女王さまが、皇帝に特産物を贈ってねがい出、帰国なさいました。

皇帝からはあまたの贈り物、また皇帝の許しをえて、先の仏舎利、袈裟、大蔵経《だいぞうきょう》一部ほか布教に役立ちそうな品々を船に積んで、持ちかえられました。

ご帰国のおりは、国中あげて歓迎したことが、つい昨日のことのように思い出されます。

わたしは当時十四歳でしたが、どうあってもこのお方のところで修行したいと思いつめ、縁あって弟子にしていただくことができたのでした。」

そのときの興奮をあらためて思い出すように、慈通の頬が紅潮するのを見て、(きっとこのひとにとって、その師は、わたしにとっての慧隠さまのようなのだろうな。)と道昭は推しはかっている。

「慈蔵さまのお仕事で後世にも特に大きく残るのは、皇《こう》龍《りゅう》寺《じ》に九層塔を建立されたことでありましょう。

長安・終南山の高僧、円香禅師のもとへ行かれたとき、国が百済、高句麗から攻められ、累卵《るいらん》の危うきにあることを嘆かれますと、禅師は『わが心眼をもってそなたの国を見るに、皇龍寺に九層の塔を建てれば、周辺の国々はそなたの国に降るであろう。』と仰せられたそうです。

そこで帰国された師は、善徳女王さまにこの旨を申し上げ、九層の塔の建立がはじまりました。

ただ、わが国にはその技術がないため、くさぐさの宝石を持って百済に頼みに行き、阿非知というすぐれた工匠がやってきてくれました。彼の指導にしたがい、金春秋さまのご父君、龍春さまが工匠二百人をひきいて作業に当たられました。

今より八年まえのこと、あらかた建立されましたから、道昭さん、あなたが帰国の際、わが国に寄られればその威容をご覧になれましょう。」

「百済王はよく頼みを聞き入れて、すぐれた工匠をあなたのお国につかわしましたね。」

「道昭さん、実は、百済には、塔を建てる趣旨は伏せてたのんだのです。仏教建築については一日の長があるかの国は、優位に立っていることが嬉しくて、阿非知をよこしたのですよ。」

あけっぴろげに語る慈通も、道昭に語らなかったことがある。隣国の侵攻を鎮める九層の塔の第一階は、倭国を指していたのであった。

「朝廷は、慈蔵さまを大国統に任命なさり、僧尼のあらゆる規律を僧統に任せるようになさいました。

そこで、慈蔵さまは、半月ごとに戒を説かれ、冬と春に試験をして、持戒と犯戒《ぼんかい》をはっきりさせ、さらに巡回使を都の外寺にもくまなくつかわして、僧侶の過ちを警戒させ、仏像を厳重に飾るなど、指導なされました。

かようなお力により、仏教はきわめて栄え、僧を希望するものも増え、それらのものを受け入れるために、慈蔵さまはいくつもの寺を建立なされました。

ご生家も、寺になさり、また通度寺《つうどじ》（慶尚南道梁山郡）を建てて、戒壇を築かれました。」

「戒壇とはなんですか。」

「おう、お国にはまだ戒壇はありませんでしたか。僧尼に戒律を授けるために設けられた場所で、四方に目印として石を置くのです。戒壇の四隅には、四天王像が彫られました。いつか、お国でもつくらねばなりませんね。」

ちなみに戒壇が日本列島に置かれるのは、このときから百年のち（七五四年）。唐からはるばる渡来した名僧、鑑真が、東大寺大仏殿まえに設置したのがはじめである。

「通度寺を建てた地は、もともと大きな池だったのです。慈蔵さまが埋め立ててお寺を建立なさろうとしますと、住んでいた龍が暴れだし、手がつけられないありさま。そこで、慈蔵さまは法力で池の水を沸騰させ、熱くてたまらなくなった龍は、五頭は五龍洞へ、三頭は三洞谷へ逃れていったそうです。

一頭のこった目の見えない龍が、寺を守るのでここに置いてほしいと懇願しましたゆえ、慈蔵さまは九頭竜池をつくって龍の居場所にしてやり、残りは埋めて寺を建立なされました。寺の蓮池は、ごく浅いのに、干ばつで水が減ることはないそうですよ。

通度寺に慈蔵さまは、唐から持ち帰られた、釈迦如来さまの舎利四枚、頂骨を納める舎利塔を建立なさいました。その手前には同じく持ち帰られた大蔵経を納めた大雄殿を建てられました。正面に、金剛戒壇の額がかかげられております。」

道昭は知るべくもないが、このときから千年ほどのち、倭寇の度重なる侵入により、通度寺も襲われ、そのたびに住職は、仏舎利や頂骨を持って山中やソウルへ逃れて、辛うじて守り抜いている。

秀吉の侵略のおりには、仏舎利は守れたものの、金剛戒壇はむざんに破壊されてしまい、現在の戒壇はその後建立されたもの。唯一、羽目石の一つ一つに蓮の花が刻まれている基壇の石壇のみが、新羅時代のものだ。

「慈蔵さまは、金春秋さまと組まれて、唐服の採用や唐の年号使用にも一役買っておいでです。」

「慈通さん、そういえば、わが国には、百済から観勒《かんろく》さまという秀でたお方がおいでになり、戒律を定められました。暦も、天文地理も、占星も、このお方が倭国にもたらしてくださったのです。わたしは少年のおり、一度お会いし、頭を撫でていただいたことがあります。」

(そう、「あのとき、いつか漢土に参られ、すぐれた師に巡り合われることになりましょう。」と予言してくださった。その予言どおりに今、唐の国土を踏んで都へ向かっているわたしだ!)

道昭の胸はふるえてくる。

慈通はなお、語りやまず、

「慈蔵さまはわが師ですが、ほかにも頭を垂れたい、お方があります。

そのお一人は、つい先ごろ亡くなられた円光さま。

学問をきわめたくて、二十五歳で出国され、当時、文教の国であった陳の都、金陵(南京)に行かれました。

そこで、仏法を学ばれ、帰依されたのです。比丘がそなえなければいけない戒律をほどなく受けられ、すぐれた講義をもとめて陳の各所を歴訪され、やがて高山に入って一心に念仏されました。

名声はあまねく広まり、険峻な道をかきわけ、その講義を聴きたいとやってくる僧の列が、絶え間なかったといわれます。

しかるに、隋の威光が南にもおよんできて、ついに隋の軍隊が陳の都、揚都に侵入、たまたま、都の寺におられた円光さまのお命も危ういこととなりました。

そのとき、隋の将軍が、塔が燃えているのを見て、消そうとして走っていったところ、塔も寺も少しも燃えておらず、ただ、円光さまが塔のまえでしばられ、殺されかかっておられるではありませんか。

将軍は霊威に打たれ、ただちに円光さまの縄を解いて、無礼を謝したと申します。

円光さまは、その後、仏法が起こったばかりの隋の都に行かれ、仏法を説かれました。

新羅を出てから十二年、ようやく円光さまも望郷の念絶ちがたく、皇帝の許しが得られると、隋のお使者とともに、帰国なされたのでした。

ひとびとはよろこぶこと限りなく、ときのわが国の国王、真平王さまは、円光さまを敬い、仰がれました。

高句麗が侵入してくるのに常に頭を悩ましていた国王さまは、隋に援軍を頼もうとして、円光さまに依頼し、円光さまがみごとな上表文を書かれましたゆえ、隋は出軍を定めたのでした。」

「殺生をいとう僧侶が、軍の出動を要請する文を書くのは、よいことでしょうか。」

おもわず、道昭が尋ねると、慈通は、うなずいて、

「円光さまは、大王さまの頼みに、『自分が生き残るために他をほろぼすことは、僧侶のなすべきことではありません。さりながら、拙僧は、大王の土地に住み、大王の水と草で命をつないでおります。ご命令にしたがわぬわけには参りません。』かように答えられたそうです。」

（大王の水と草？　まことは農民たちが植え育てた稲であり、天が与えたもうた水ではないだろうか。）

心中に道昭が疑念を抱いているとも知らず、慈通は続ける。

「円光さまは、ある日訪れた二人の若者に、終生の戒めとなる一言を与えてほしいと頼まれたところ、五つの戒めを授けられています。

その一は、君に仕えるに忠をもってすること、その二は、親に孝行すること、その三に、友と交わるに信義をもってすること、その四に、戦いにのぞんでは退かぬこと、その五は、殺生はえらんで行うこと。かように教えられております。若者たちは大いに得るところあり、五戒を守り、また百済との戦いでは勇ましく戦い、戦功を立てたそうです。」

「えらんで殺生を行えとは、どういうことでしょう。」

「さあ、その二人もあなたのように尋ねたそうですよ。」

「はは、どう答えられたのですか。」

「どう答えられたと思いますか。

円光さまのお答えはかようです。

『一つには時を選ぶこと、六斉日《ろくさいにち》と春・夏の月にはいけない。いま一つは物を選ぶこと、家畜である馬・牛・鶏・犬を殺してはいけない。また、畑作物が育たないうちに殺してはならない。殺す場合も、生きていくにいる分だけ取り、不必要に多く取ってはいけない。』と。」

（はて、どこかで聞いたような教えだな。）道昭はおもい、はたと心中で手を打つ。

（そうだ、カマイソが言っていたことだ。自分たちは鳥

の分、獣の分を残し、真に要るものだけをカムイから頂戴するのだ、と。

　その円光さまの教えも同じこと。遠い昔、天地の恵みだけで暮らしていたひとびとが、ごく自然に守ってきたことが、末世となってすたれ、それをみ仏がよみがえらせたもうた、ということなのだろうか。)


「それはそうと、破格のお坊さま、元暁《がんぎょう》さまのことはご存じですか。

　ちょうど今から八年まえのことですが、元暁さまは、義湘《ぎしょう》さまとお二人で、唐に向かわれたのです。義湘さまはまだ、唐においでですから、わたしはお訪ねするつもりですが。

　さて、いまだお二人が唐に入らぬ途上の、とある海岸で、深夜、咽喉が渇いた元暁さまは、水たまりの水をそれはおいしく飲まれたそうです。ところが夜が明けてみるとどうでしょう。水たまりには髑髏が浮かんでいて、ぶくぶくと汚い泡が吹いているではありませんか。一目見たとたん、元暁さまは昨夜飲んだ水を吐きもどしそうになり、それからハタと悟られたそうです。

　そうか、こころの持ちようで全ては変わる、三界はただ心であり、こころのほかに識はないのだ。

　こう悟られた元暁さまは、唐へ行く必要はない、とそのまま、もどってしまわれました。慶州の芬皇寺（プナンサ）に入って求道を続けておいでです。唐に行かれれば、さらに得るところもおありだったろうに、ちょっと性急な決断ともおもわれますが……。」

　なぜか、この話はとりわけ道昭の心にのこった。

（たしかにこころの持ちようで全ては変わる。もし、この旅に出て、カマイソたちと知りあわなかったら、彼らも人間であり、わたしらと同じゆたかなこころを持ち、自分たちの歴史を語り伝えてきていることなど、どうして気づいたろう。

　なにしろ、一番しんどい仕事を受け持っている彼らは、人数のうちにも入っていないのだから。ただ、わたしはその元暁さまのようなすぐれものではない。これから唐の国でもっともっと多くのことを学びたい。)

　道昭はのちに慈通から、元暁のその後の、さらに破天荒な生き方を聞いた。

　もうそのとき、新羅の国王は武烈王（金春秋）になっている。武烈王は、わが王女に賢人の子を産ませたいとねがい、元暁に白羽の矢が立った。王女もまた、かねて元暁の話を聞いていて、彼の子を産みたいとねがった。

元暁は、こばまなかった。『それもみ仏の心に沿うこと。』そう言って、王宮に行き、王女とむすばれた。

身ごもった王女は、やがて新羅十賢人の一人となる男子、薛聡《せっそう》を産む。

王宮を出た元暁は、破戒僧となったからには寺は持てない、と心を決め、大きなひさごを腰にぶらさげ、歌い舞いつつ、村々を訪ね歩いて仏法をひろめているという。

帰国した道昭が、長い放浪の旅に出ることとなるのは、元暁の生き方に啓発されたことも大きかったのではなかったか。ま、それは九年のちの話。


さて、ようやく都長安に到着した道昭。聞きしにまさる規模の大きさ、壮大さ、華麗さ、賑やかさに、ただただ、たまげたことであろう。

「東西約九・七キロメートル、南北八・二キロメートルというマンモス都市。それにくらべると昔の平安京でも四分の一の面積しかない。

城郭は約五メートルの高さで囲まれ、そのなかに南北に十一条、東西十四条の街路がはしり、各四辻には武候補とよぶ交番があって警邏《けいら》の兵が町の警備を行っている。街路で区切られた区画を坊といい、これも塀を巡らす。

街路は南北街道がいずれも幅百四十七メートル、東西の最もせまい道でも幅七十メートルというから驚く。

路上にはえんじゅ、柳、楡などが植えられ、ところどころに石柱が立っている。暗がりを行く馬がこの柱にぶつかることも多い。道にそって小川もながれている。そうしたひろい道が城壁の端から端まで十キロもまっすぐに通じている有様は、想像するだけでもすばらしい。おそらく古今を通じて世界一大きい、そして最も整備された街路だろう。」(『世界の歴史　6隋唐帝国と古代朝鮮』中公文庫)

道昭は、唐の礎を築いた二代皇帝太宗について、感嘆しつつ、師の慧隠が語ったことを思い出す。

「並外れて聡明な皇帝であられる。

隋の煬帝さまは、気宇壮大であられたが、そのためにわずかな期間で、あまりにどでかいことをやり過ぎたといえようの。

北の防備のために、百万人余を動員してわずか二十日間で万里の長城を修築なされた一方、新都洛陽を造営し、幽州《ゆうしゅう》（北京）から洛陽、江都（揚州）、余杭《よこう》（杭州）までをつなげるという、とてつもない大運河をつくられた。黄河からなんと長江がつながったのだからの。

長江の米が、北の都にらくらくと運ばれるようになったわけだ。仏教にも深く帰依されておられ、総持の法名をもらっておいでじゃった。

ただ、相次ぐ大工事は、民を塗炭の苦しみにあわせることとなった。特に高句麗遠征に失敗してからは、各地で反乱軍が蜂起するにいたったのじゃ。

疲弊し、飢えに苦しむ民は、相食むまでに困窮し、強きものは夜盗となり、弱きものは自らを売って奴隷となっていったのじゃった。

各地でひとびとが蜂起するなか、山西省太原《たいげん》の李淵・世民さま父子が立ちあがり、破竹の勢いで長安に攻めのぼられたのであった。（六一七年七月）

出発時、三万の軍が長安を占領したときには、二十万になっておった。そして、十一月には煬帝さまの孫をかついで皇帝にしたが、これはうわべだけのこと。

翌年三月、江都に滞在中であった煬帝さまは、仕える部下にあっけなく殺害されるや、煬帝の孫皇帝は廃される。形は譲位であったがの。

かくて唐王国が開かれたのじゃが、洛陽にはこれに対抗する二人の群雄がおっての、世民さまの指揮で、なんとか征服したのは三年後。いやはやすさまじい戦いで、汚れきった顔は軍営にもどってきても、だれかわからず、営中に入ることをこばまれたそうな。

世民さまは、洛陽を平定されるや、文学館を工城の西に開き、英明で知られる十八人の学士をまねいて宿を共にし、日々、彼らに学ばれた。ときにわずか二十四歳であられた。

李淵さまが第一代皇帝高祖、世民さまが第二代皇帝太宗さまだ。

まことは、世民さまはご次男。第二代を継ぐのは長男の建成《けんせい》さまであったはずじゃが、玄武門の変というての、命をねらわれた世民さまが逆に建成さまを王宮玄武門で待ち受け、殺害して帝位につかれたのであった。

まこと血なまぐさいことよのう。

ただ、皇帝になられてからの治世は、兄殺しという罪をつぐなってあまりあった、と言うてよいであろうな。

皇帝になられるや、十八人の学士を要職につけて、政治に遺漏《いろう》なきようはかられた。杜如晦《とじょかい》さま、房玄齢《ぼうげんれい》さまをともに宰相になされ、その直言を好み、よく耳をかたむけられたようじゃ。

彼らの助言にしたがい、宮女三千人を朝廷から解き放ち、家に帰らせ、また、全国に義倉をおいて、商人にも富の多寡で等級を設け、義倉米を出させる策をとられた。

太宗さまのふところの大きさは、皇太子であった兄、建成さまに仕えていた硬骨の仁、魏徴《ぎちょう》さまを登用された一事をもっても知られると、ひとびとは言うておったのう。

建成さまを倒されてから、太宗さまは魏徴さまを呼び出し、『なぜ、わが兄弟を仲たがいさせたか。』と詰問なされた。お傍に控えるものたちは、だれも、魏徴さまは殺される、とおもったそうじゃ。

しかるに魏徴さまは平然として、『建成皇太子さまがもし、わたしの忠告にしたがっておられたなら、かような目にあわれることはなかったでありましょう。』と答えられた。

と、太宗さまは、ただちに態度を改められ、皇帝を諫言する役の諫議太夫に魏徴さまを任命され、特別な礼遇をくわえられた。

魏徴さまも良き主を持ったことをよろこび、身命を惜しまず、仕えられた。

太宗さまは、盛者必衰、君主が無道であれば、民は棄てて用いない。民を畏れねばならぬ、と仰せであったとか。

役人は善い人物を得れば、人員は少なくて充分、と施政のはじめに宰相に言われ、少数精鋭で、倹約に心がけられた。

かくて帝位について四年目には、飢えのために浮浪していたものたちは故郷に帰って田畑を耕し、米の値はすっかり下がった。そう、わたしたちが旅するとき、米持参でなくとも、宿で食事ができるようになったのであった。道ばたに行き倒れ、息絶えたひとびとの無残な姿を見ることものうなったのじゃて。

ただのう、太宗さまは、〈道先仏後〉の勅令を出されて、道教を仏教より重んじられたは、難儀といえたが、わたしが倭国にもどってから六年後、はるばる求法のために天竺へわたられた玄奘三蔵さまが、あまたの仏典をたずさえ、帰国なされてからは、仏教もまた盛りとなったと聞いた。

　その太宗さまが、名臣らの反対をおしきり、高句麗遠征の愚を三度もくわだてられたは、いかにも残念なことよのう。」

　いずれも惨憺《さんたん》たる失敗に終わった高句麗遠征。

　三度目の遠征をもくろむ太宗をいさめるため、病の床にあった名臣、房玄齢が提出した最後の上表文のあらましを、道昭は、父、恵釈《えさか》から聞いたことがあった。

「今、無罪の士卒を駆り、これを鋒刃の下にゆだね、肝脳地をふさぐむごたらしい死に方をする。」

　そんな文もあったなあ。以前の意趣返しのために、あるいは新羅に請われたからといって、やみくもに軍を出すのは得るところ少なく、損ずるところは大きい、と、遠征について反対している文であった。

（「皇帝は、諫言にしたがわなかったとはいえ、堂々と臣下が理をもって王をいさめる、この一事をもってしても、大唐は、学ぶに足る国ではないか。」そう父さまはお言いであった。今ごろ、どうしておられるだろう。母さまはお元気かしら。）

　ふと故郷に思いをはせる道昭である。

10　唐王室と玄奘三蔵

道昭が唐に入国したときには、太宗が世を去ってから四年経っていた。後を継いでいるのは、おとなしいだけが取り柄の三男の治《ち》（高宗《こうそう》）。

「貞観《じょうがん》の治」とうたわれ、だれからも賞賛された皇帝、太宗にもアキレス腱があった。

跡継ぎ選びの悩みである。

長孫《ちょうそん》皇后とのあいだには、承乾《しょうけん》、泰《たい》、治、三人の男子があり、本来なら長男の承乾に継がせれば問題ないところ、皇太子の承乾は足に障害があることをひがんでか、素行が定まらず、太宗は、文学好きの次男、泰を寵愛するようになっていく。

父の寵愛が泰にかたむいているのを知ると、ますます承乾の心はねじけてしまう。歌舞にすぐれた楽童を日夜、寝室にはべらせて快楽にふけるかとおもえば、怪しげな道士を重用して呪術を行わせたりもした。

かたや、兄の奇行を幸いに、弟の泰は、あちこちに賄賂を送って兄、承乾の廃位を画策。兄の承乾も負けてはいられないと、大勢の壮士をやとって泰を殺害しようとはかりごとを巡らしはじめる。

そこへ太宗への怨みから承乾をそそのかし、いっそ王位をうばってしまえ、とそそのかす人物まであらわれる。その人物とは、侯君集《こうくんしゅう》という将軍で、高昌《こうしょう》国（トルハン）との戦いでは最高司令官として大勝利をおさめ、高昌王ほかを捕虜にしてゆうゆう凱旋し、大いにほめられるべきところ、高昌国の財宝をあまた略奪し、私したことがわかって、投獄されてしまった。

そののち、「略奪の罪は、征討の功のまえでは小さいはずです。」と諌言したものがあり、太宗は彼を釈放、二十四功臣のなかにくわえたものの、投獄された侯君集の怒りは心中にくすぶり続けており、二王子の対立を知るや、王位をうばい、実権をにぎろうと夢見て、承乾をたきつけたのであった。

「隋の文帝の例をお忘れではありますまい。文帝は、皇太子の勇を、弟の広の讒言《ざんげん》により、皇太子の座から廃し、広を皇太子にいたしました。その広は王位につくや、まず兄の勇を殺害いたしております。

今、承乾さまが、泰さまを殺害なさりましょうと、それがわかれば、泰さまを偏愛されておいでの皇帝は、憤られ、あなたさまはかえって皇帝の座につけますまい。いや、死へと追われるかもわかりませぬぞ。

それよりはいっそ王座をうばわれるがよろしい。起たれませ。」

太宗に恨みを持っているものや承乾皇太子の身内に声をかけ、極秘裏に集まってきたものたちは、王宮の乗っ取りを実行に移すべく、密議を重ねる。

はては承乾の一室で、刀で肘を裂く、出た血を絹でぬぐい、焼いて、その灰を酒に入れて飲み、生死を誓う、という物騒なことになった。

そのころ、斉州都督に任じられていた太宗の第五子、祐《ゆう》（承乾、泰とは異母兄弟）が、謀反するという事件が起きる。

これにはこれでわけがあったのだが、そこは省こう。一網打尽、捕らわれた祐一味は、たちまち処刑されてしまったが、そのなかの一人が、命の保障をとりつけてから、承乾のたくらみを白状してしまった。祐の一味であっただけでなく、承乾の密議にもくわわっていたのだ。

調査の結果、承乾のたくらみは明白となり、捕らえられ、廃位、皇族から庶民に落とされる。

太宗は、そこで、寵愛する次男の泰を皇太子にしようとしたところ、待った、が出た。

その筆頭は、亡き長孫皇后の同母兄、長孫無忌《むき》。

太宗のまえでは、態度をつつしみ、かげでは兄、承乾の失墜を画策している泰を見ていて、皇帝になった場合、おそらく独断専行、じゃまにおもえる自分たち重臣は次々排斥するに違いない、と予測し、第三子の治こそ、温和で徳があり、次代の皇帝にふさわしいと建言したのだった。

同じ考えの重臣たちが、長孫無忌を支持する。

これを知った泰は、驚き、治の住まいにおもむいて、おとなしい治をおどした。

ところがこれがかえって泰の命取りとなる。

おどされてにわかに寝たきりになってしまった治を、太宗がふしぎにおもい、見舞い、なだめすかしながら、わけを尋ねるなかで、泰の脅迫が明るみに出たのだ。

そのうち、泰が、兄、承乾の廃位をたくらんでいたこともわかってきた。

失意の太宗は、なげきつつ、ひ弱で、従順なだけが取り柄の治を、皇太子にする、と宣言するしかなかった。

驚いたのは、泰で、何で自分をさしおいて治が皇太子になるのか、どうか翻意してほしい、と兵百余騎をひきい、王宮に馳せつけたものの、たちまち捕らわれ、幽閉される。

やがて、庶人にされた承乾、王のままの泰、ともに辺鄙な地へながされた。

結局、たよりない三男の治が、皇太子となり、六四九年（貞観二十三）、太宗の死去により、三代目皇帝・高宗となる。

二人の兄にくらべて凡才の自分が皇帝になったことに忸怩《じくじ》たる思いの高宗。なにごとも母方の伯父、長孫無忌の言うままだ。

その高宗皇帝が、おもいきったことをしたもの、と長安雀たちが、驚いた一事がある。

先帝の後宮にいた女性の一人で、他の女性たちともに感業寺の尼となった、照《しょう》（以下武照《ぶしょう》）という女性に、執着して、ひそかに逢瀬を重ね、懐妊するや、後宮に連れもどしたのである。

のち、武則天《ぶそくてん》、と言い、たぐいまれな才によって、唐王朝を廃し、新たな国をつくった女性だ。

道昭が、唐に向かうことになる前年、武照は王皇后の庇護のもとに、男子を産んでいる。王皇后は、高宗の寵愛が蕭淑妃《しょうしゅくひ》にかたむいているのを妬んで、武照をかばうことで、皇帝を自分のほうへひきつけようとねがったのだ。しかし、あとで臍を噛むこととなる。

このことで王皇后に恩義を感じた高宗は、わが子をぜひ皇太子にとの蕭淑妃の切なるねがいをしりぞけ、子がない王皇后が養子にした陳王（生母は身分が低い陳氏）忠を、皇太子に定めたから、皇后はほっと一息ついた。

わずか二年後には、高宗と武照のあいだに生まれた女子殺害の疑いをかけられ、一気に夫から疎んじられてしまうとも気づかずに。

武照を庇護したことを悔やんだ皇后は、それまでは仇のように憎んでいた蕭淑妃と手を組んだものの、所詮、武照にかなうべくもなかった……。

あこがれの長安に着いた道昭は、もちろんそのような唐王室内の紛争など知るべくもない。

華やかな都の賑わいと、丁重な扱われかたに、嬉しく、気もそぞろであったろう。

唐にやってきた使節は、属国からの「朝貢使」だと考えられていたから、おおように歓待される。

もちろん皇帝がよろこびそうな品々を属国がわでも用意していくわけで。

吉士《きしの》ナガニらの遣唐使が皇帝への土産に何を持っていったかは、不明だ。ただ翌年の七月に帰国した吉士ナガニらが、唐からおびただしい文書と宝物をもらってきたことをほめられ、位が上がっているのをみると、持参した品物は、どうやら皇帝をよろこばせたようだ。

そのへんは、唐事情にくわしい旻《みん》や、高向玄理《たかむこのくろまろ》らがそつなく気を配ったことであろう。なめし皮とか、めのう、ふとぎぬ（太い糸で織った粗製の絹布）、きぬわた（屑まゆのケバでつくった真綿）などが贈られたものか。

東国を制覇したことで得られた、かとり（固織りの絹）、望陀布《もうだぬの》（上総国望陀で織られた布）、あるいは吉野産の葛の根を砕いた粉（解熱剤）、海石榴《つばき》油なども持参したであろうか。

持参した品々にくらべ、唐から賜った品々は、はるかに多く、倭国にないものばかりであったろう。

先述の『遣唐使』（東野治之）では、唐からの輸入品を三種類に大別している。

すなわち、

①漢籍（中国の思想・制度・歴史・文学に関する書物）と仏教経典

②仏像などをふくむ美術工芸品

③薬物・香料と動植物

使節団は、役目に応じて、倭国出発のおり、あしぎぬ、綿、あるいは衣服などを支給されている。

唐に入国してしまえば、おう揚な唐は、使節団のあらゆる費用、長安までの宿舎も食事も、受け持ってくれるから心配がいらない。これも「延喜式」によれば、もらった品々は、市場に持っていき、学生ならば漢籍、僧ならば経典などと盛んに交換していたようだ。道昭のころにも、ほぼ同様だったのではあるまいか。

慧隠《えおん》は道昭に話したものだ。

「あれは貞観四年（六三〇）のことであったが、林邑国《りんゆう》（ベトナム南東海岸及びタイの東部を占めたチャム族の王国）の王からの上奏文に、非礼の文言があり、断固攻めて、こらしめるべきだとの意見がおこった。

ところが太宗皇帝は、『言語の問題じゃ。どうして意に介することがあろうか。軍は凶器ぞ。やむを得ず用いるのみ。』と仰せになり、上奏文の用字の非礼をとがめて軍隊を出動させるのは、民を苦労させ、兵の命を失う、得失からいってはるかに失が大きいではないか、と言われたそうじゃ。

相手の風習を重んじ、わが風習をおしつけるべきでない、とも言われたというの。

そのおう揚さがあればこそ、さまざまな国から、交易に、学びに、あまたのひとびとがやってきて、長安は種々雑多な言葉が飛び交うふしぎな都となっていったのじゃなあ。」

そのあと、慧隠は、無念げにつぶやいたのだったが。

「皇帝の勧めも聞かずに、百済が高句麗と組んで新羅を侵し、たびたび攻めることなければ、高句麗遠征もなされなかったであろうに。」

はるか僻地からあらわれた倭国の遣唐使も、太宗没後といえ、同様な国家政策のなかで、大事に扱われたことであろう。

王金林『奈良文化と唐文化』によれば、外国からの使節は、次のように歓待されたらしい。

「通常、遣唐使が長安郊外の長楽駅に到着した時、唐朝廷は使者をつかわしてこれを出迎え、酒と肴で長途の労をねぎらった。それから使者は馬に乗り長安に入城し、四方館におちつき、丁重な招待を受けた。

旅装を解くと遣唐使はたずさえてきた天皇から唐朝廷への贈り物、ならびに大使への贈り物を、唐朝廷監使を通じて唐皇帝に贈呈した。

その後、大使などは麟徳殿で皇帝に謁見し、皇帝は内殿で宴会を催し、使節団のメンバーにおのおの賞と爵を授けた。

使節団が帰国する時は、朝廷監使が詔勅を宣布し、答礼品を贈与、宴会を開いて送別の儀式を行う。遣唐使の贈呈品と唐の答礼品は、実際には一種の政府間貿易の交換儀式であった。」

通常、答礼品のほうが、はるかに立派であったようだ。

ただ答礼の品数の多寡は、おもむいた大使の謁見のさいの態度、表現によって異なり、好感をもたれれば沢山の答礼品をもらうことができた。

吉士ナガニが、いっぱいの答礼品をもらえたのは、単に贈答品が気に入られただけではなく、応対が堂々として気品を感じさせたからであろう。そのことは倭国がわでもわかっていて、帰国したナガニは冠位十位の小花《しょうけ》下《げ》に進級、封戸《ふこ》二百戸をもらい、呉《くれ》氏の姓も得ている。

留学生はといえば、唐の国立学校の最高学府は、国士監で、その下に国士学、太学《たいがく》、四門学、律学、書学、算学の六館があり、外国の留学生は、太学館（四品〜七品以上の役人の子弟）で学んでいる。

国士学、太学、四門学までは、学問を総合的に学び、広い人材を育てるための学校だ。

国立学校なので、外国人留学生も、中国人学生と同じく学費、寮費、衣服、食糧はいっさい国が負担してくれる。教師にはじめて会うときには、本人から束脩《そくしゅう》を渡すものの、酒一瓶、乾肉一束、布一端ほどでよく、さほど負担ではなかった。

道昭のような留学僧は、どうだったか。

彼らをあつかうのは、祠部《しぶ》という役所で、鴻臚寺《こうろじ》に宿ることを命ぜられ、専属の師僧たちに学ぶ。

ある程度、学習がすすめば、学びたい諸国の名山へ自由におもむくことができた。

その間、唐朝廷は絹を支給、また衣服、食糧も支給、そのほかにおもむいた先の地方からも支給があって、衣食住の心配はいっさいなしに、学びに励むことができた。

自由であるぶん、自らおのれを律することがいる。自堕落に身を崩し、長安の雑踏のなかに消えてしまった留学生、破戒僧も少なからずいたろう。

その点、倭国の留学生、留学僧たちは、孜々《しし》として勤勉によく学んだ。食べるものを倹約しても、持ち帰る書物を購入し、僧たちは少しでも多くを学ぼうと、諸国の名山、名僧を訪ねまわった。

かくして唐朝廷からは、倭国（のちには日本国）は、「礼儀之国」「君子之国」として高い評価を受けたのだった。

われらの道昭も、勤勉によく学んだことであろう。

ただ、彼の場合、よく学びはしたが、それだけはなく、しばらく経つと、長安の街を、盛んに見学して歩いたのではあるまいか。

「異国を知るには、書物の山に埋もれてのみではわからぬ。多少の冒険をおかしても、肌で感じ、目で見ることが肝心ぞ。」

慧隠はそんなことも殊更目をかけた道昭に言ってくれていた。

なにはさておいても道昭たちがまず出かけていったのは、かの玄奘が天竺から持ってきたあまたの経典を一心不乱に漢訳している慈恩寺であったろう。

道昭が、倭国を発つとき、師の慧隠から玄奘三蔵について聞かされたことを話すと、いつもはぶっきらぼうな鴻臚寺の僧恵海までが、にわかに笑顔になった。

「そうか、そうか。そなたの国までも玄奘さまのお名は伝わっておるのか。」

「玄奘さまがご帰国のおりは、さぞかし大変な賑わいでしたろうね。」

聞き上手の道昭が水を向けると、恵海は身を乗りだしてきて、

「あれは今から八年まえのことじゃった。貞観九年（六四五）正月七日、長安太守房玄齢《ぼうげんれい》さまのご命令により、玄奘さまはあまたの出迎えの役人たちに奉迎されて長安の中心駅、都亭《とてい》駅に到着され、そこでお宿りになったのじゃ。

朱雀門の南には、玄奘さまがもたらされた貴重な品々数百点がずらりと陳列されての、ひとびとは押すな押すなの騒ぎで拝見したものだ。

いや、なんと沢山の尊い品々であったろう。釈迦如来の舎利百五十粒ほか、金あるいは栴檀《せんだん》に刻まれた七軀の仏像、大乗経二百二十四部ほかさまざまの経律論などなど。どんなにか遠い道のりを、二十二匹の馬に乗せて運んでこられたのじゃなあ。

翌日八日には、早朝、これらの品々を弘福寺にお迎えするので、歓迎のため朱雀門まえに集まるように、とのお達しが出た。

前日の夜は、鴻臚寺でもほとんど寝ずの支度よ。やれ幢幡《はた》はととのえたか、幢蓋《かさ》はどうか、宝輿《かざりこし》は出したか、いやもう、えらい騒ぎじゃが、うれしい騒ぎよ。それまで仏教は道教に押されておったからのう。

指定された朱雀街の場所に宝輿をすえ、そのなかに割り振られた仏像をお入れして、衣服をととのえたわしらがその後にしたがった。

そう、わしらがお運びしたは、あとでわかったことじゃ

が、ナガラハル国という国にあった、毒竜を降伏させて影をとどめた如来の像を模した、梅檀に刻んだ仏像一軀であったよ。

ともかく、しずしずとすすむ、わしら僧侶のあとに、一般のものたちが香炉を持って並び歩いていく。宝輿に飾られた金製の花々が日に映えてかがやき、わしらが身に着けた帯に付いている玉が、歩くたびごとに、えも言われぬ妙なる音を発しておったなあ。

行列は数十里の長さに及び、朱雀門から弘福寺までえんえんと続いたのじゃ。

道の両がわには役人も一般人も、ひと目行列を見ようと並び、天もこの日を祝福されたか、ひとによっては五色の彩雲が北方にあらわれ、まわりながら経蔵の上にまるくわだかまったのを見たそうじゃ。」

聞いている道昭まで、その日の騒ぎが目に見えてくるようだ。

「一月二十四日、玄奘さまは太宗陛下に拝謁するため、洛陽宮に参上なされた。

このとき、陛下は、さまざま質問なされたと聞いている。

なぜ、出国後、一度も便りを出さずにいたか、と皇帝は問われ、玄奘さまは、出国の許しを請う上表文を三度出しても許されず、慕道のあまり、ひそかに出国したことは慚愧《ざんき》にたえないと申されたそうな。

陛下は、一命を賭して求道のため西域に向かったことを感服している、恥じ入ることはない、と申され、ただ、遠くけわしく、風俗人心もまったく異なる国にどうして行くことができたか、それがふしぎだと言われた。全くわしらも同じにおもう疑問じゃ。

玄奘さまは、陛下が国を治められてから、その徳は南海にまで及び、その聖威はパミールの彼方にまでとどいていたゆえ、そのご威光にたよってなんなく往還できたと答えられる。陛下は、それは師が長者であったゆえで、わが力ではない、と仰せられた。

よき問答ではないか。

そのあと、西域・インドについて、陛下が気候・物産・風俗・聖跡などくわしくお尋ねになったのに対し、玄奘さまはいささかの淀みなく、全ての問いに条理正しく答えられた。

皇帝は大いによろこばれ、そばに侍したものたちに、

『前秦の苻堅《ふけん》は、釈道安《しゃくどうあん》を神器だとたたえて、国をあげて尊崇したというが、この法師は、言葉は典雅であり、心正しく、意志強固である。古人に恥じぬどころか、それより遠く出た人物ではないか。』と言われたという。

　そばに控えていた故長孫皇后の兄、長孫無忌趙国公が、『たしかに釈道安は、徳行高く博識でしたが、仏法が伝来して日が経たず、経論も少なく、その論は枝葉であったと申せましょう。法師のように、われからインドにおもむいて、もろもろ妙典の源泉をたずね、涅槃のあとをきわめたわけではありませんから。』

　皇帝はうなずかれ、インド・西域の風俗や霊跡・仏教について書くよう、命じられた。」

「釈道安さまとは、どういうお方だったのですか。」

「西晋の永嘉六年（三一二）、河北省に生まれられ、十二歳で出家された。顔かたちが醜かったため、師に疎んぜられ、三年間田畑に使役されておられたが、乞うて一万言から成る仏典を師から頂くや、一読諳んじられたげな。

　やがて、西域から渡来された亀茲《きじ》国出身の仏図澄《ぶっとちょう》さまのお弟子となられた。

仏図澄さまとは、後趙王の石勒《せきろく》、石虎《せきこ》に軍師として重用され、戦地で数々の予言を行い、凶暴な性格の石虎からも深く信頼されたお方だ。自律堅固な生活態度を君主にもとめ、石虎から『大和上』の称号を授かったお方ぞ。

　八百九十三の寺を建立され、弟子たちからあまたの高僧が輩出した。そのお一人が、釈道安さまというわけだ。

　仏図澄さま没後、五胡《ごこ》の君主が乱立して、混乱のきわみとなるなかで、道安さまは華北を転々となさりつつ、弟子を育て、やがて数百人の弟子をひきいられるようになる。

　湖北省の襄陽《じょうよう》、壇渓寺に移られると、門弟子は数千人、東晋の孝武帝もおびただしい寄進をされている。

　ところが、前秦の符堅王が、襄陽を攻撃するのだな。高名な道安さまを政治顧問にしたいためで、道安さまは要請を受けて長安におもむき、大切に遇されて経典の研究と僧徒の教導に力を尽くされ、あまたの貴重な仕事をなされた。

　西域で高名であった鳩摩羅什《くまらじゅう》さまを中国にまねくよう、進言されたのも、道安さまだ。」

「おう、鳩摩羅什さまのお名は、師、慧隠から聞いたことがあります。そのお方の父君は、インドの方ながら出家して亀茲国に来られ、亀茲国王の妹君と結婚なされ、誕生されたのが鳩摩羅什さまとか。

十七歳で出家されて、西域を歴遊、あらゆる仏典を渉猟なさって、大乗経を会得されたとか。」

「さよう、さよう。さまざまなことがあったが、鳩摩羅什さまが長安に入られるのは、後秦のときであった。姚興王《ようこう》に、国師待遇で迎えられ、西明閣及び逍遥園で、もろもろの経典の訳出を行うことを命じられた。

およそ三百八十余巻を訳されたことじゃ。

門下は三千人、きら星のごとく、名僧が続出しておる。

ご臨終におよんで、わが所伝誤りなくんば、焼身ののち、舌のみ爛《ただ》れ焦げることなからん、と言われた。

逍遥園で、インドのしきたりに則り、火葬を行ったところ、薪が灰となり、お身体は砕け、灰と化したが、舌のみは生前のかたちで残っておられたというぞ。」

えんえんと続いてきている中国の仏教史の一端に、わずかながら触れた思いの道昭である。

「さて、玄奘さまのお人柄をつぶさにご覧になった皇帝は、政治を補佐する力ももたれていることを見抜かれ、俗人にもどって自分を補佐してほしいとすすめられたが、玄奘さまは、それはながれに乗っている船を陸に上げてしまうようなもので、功なく腐敗するのみ、ひたすら仏法を行って国恩に報いることを許してほしいと固くねがわれ、やむなく皇帝も断念されたのじゃ。」

日暮れてきても、太宗皇帝は、もっともっと玄奘の話が聞きたくてたまらず、彼を放さない。

見かねた長孫無忌が、玄奘が宿舎に帰れなくなるから終わりにするよう、奏上するありさま。

太宗は、実は高句麗遠征の計画でいそがしい最中なのだった。そこで、遠征に付いていきて、その合間に話を聞かせてほしいと頼む。

玄奘は、これもことわった。

長年の旅で病気にかかっていること、また、「律」に、軍隊の戦闘を見てはならない、と定められているので理解してほしい、ときっぱり言ったのである。

太宗はやむなく認めるしかなかった。

ただし、人里離れた山中の寺で、訳経の作業を行いたいという玄奘の頼みは、しりぞけ、弘福寺にいるように命じる。その代わり、仕事のさまたげにならないよう、門番を置いてほしいとの玄奘のねがいを聞き入れる。翻訳に必要なものはなんでも房玄齢を通じて上奏するように、といい、上奏した全ては、聞きいれられた。

「用意がととのい、いよいよ玄奘さまが訳経のお仕事をはじめられたのは、その年の六月じゃったなあ。

各寺院から名だたる高僧が、集まり、もろもろの訳経に必要な品々も、ことごとく集まっての。

玄奘さまは、貝多羅葉《ばいたらよう》（シュロの葉に似て葉が厚く固い。干して切りそろえ、竹筆あるいは鉄筆で文字を彫りつける）に刻まれた経典を手に取り、サンスクリット語で書かれた経典の漢訳をはじめられた。

目でサンスクリット語の経を追われ、そのまま、わずかな間もおかずに、すらすらと漢訳されていかれるという。

翌年には早くも、大菩薩蔵経二十巻ほか、八袟の経論を提出されたのだなあ。

その速さに、だれも驚いたものであったよ。

とにかく、天竺の言葉を、自国の言葉と全く同様に読み、書き、話すことがおできなのだな。

経典の翻訳のみではない、皇帝からは、天竺宛に出す手紙の翻訳やら、老子の『道徳経』をサンスクリット語に訳す仕事まで命じられる。カーマルーバ国のクマーラ王に中国のすぐれた思想を誇示したいとお望みなわけで。

玄奘さまは、迷惑そうなお顔一つ見せず、なべて皇帝のお望みを聞き入れておいでであった。持ち帰ったぼう大な経典を訳すには、皇帝の尽力なくして、事はすすまないことをよくご存じであられたのじゃ。

皇帝から命じられた、西域の見聞録、『大唐西域記』もすばやく提出されている。これは玄奘さまが、旅中に記していたメモを若くすぐれた弟子、辯機《べんき》さまに渡し、まとめさせたのであった。」

その辯機がおちいった悲劇について道昭が知るのは、のちのこと。

玄奘のこととなると夢中の恵海は、なお、話し止まない。

「皇太子さまが、早世した亡母の文徳聖皇后(長孫皇后)追慕のため建立されたのが、大慈恩寺よ。

良い土地をもとめて調べまわり、王宮の南の晋昌坊に、曲池に面した古びた伽藍が在るところが最適と定まった。

星を見て伽藍や塔を建てる場所を決め、各地の良木をおもうさま集めて、造られていったのだ。さよう、晋昌坊の半ばを占めておろう。

重楼、複殿、雲閣、洞房など約十余院。なんと僧房三百、僧侶千八百九十七人がつどう大寺院ぞ。

そこにそびえ立つ大雁塔《だいがんとう》は、インドから持ちかえった仏像・経典を保存せんがために、玄奘さまがねがいでて、おん自ら設計なされたものよ。そう、四年まえのことよなあ。」

長安は百十の坊に分かれている。その一つの坊の半ばを占める大慈恩寺。

あらかじめ恵海から知識をえていても、そのまえに立ったとき、その広大さ、華麗さ、峻厳さに、道昭たちは呆気にとられたことであろう。

案内の僧は、大慈恩寺に舎利・経典などが持ちこまれたときの華やぎを、まだ当時の興奮が消えやらない面持ちで、語ってくれたことであろう。

「あれは十二月でしたが、弘福寺から玄奘さまが将来された経典・仏像・舎利、ほかにもこの日のために皇帝の命によって用意された繍画の仏像二百余体、金銀の仏像二体、金糸で刺繍した幡五百枚が、ともに引き出されて、もろもろの車上に乗せられ、大慈恩寺へ向かったのでした。

仏像を安置した車のまえには両がわにそれぞれ飾り立てた大車を置き、車上に長い竿を立て、笠の上には幡が立ちました。飾り立てた宝車五十台には大徳がそれぞれすわっておられます。わたしたち、長安の僧侶全員は香花を持って、讃歌しつつ、その後ろを歩きました。さらにそのあとに文武百官が侍衛をひきつれて行きます。

行列の両がわでは、九部の楽（西涼、天竺、高麗、亀茲、安国、疏勒《そろく》、康国、燕楽《えんがく》、清楽の音楽で、おおかた西域の音楽）が演奏され、役人たちのうしろには錦で飾った山車、鐘・太鼓を打つ軽業師などのにぎやかな行列がはてしないように続いたのでした。

皇帝さまは、皇太子さまやお妃たちをしたがえ、安福門の楼門の上で香炉を持たれ、見物なさっておられました。ちらと拝見するに、まことおよろこびのご様子でありましたよ。見物のひとびとはあふれんばかり、数えきれるものではありません。

そのようにして、はるばるこちらに運ばれた仏典を今、ほれ、あの遠くにちらりと見えましょう、あの翻《ほん》経院《きょういん》で、玄奘さまは一心不乱に漢訳しておいでなのですよ。」

翻経院は、他の建物とは切り離して、玄奘が心置きなく訳経できるようにと皇太子が、特に命じて建てさせた建物。

大慈恩寺に関して発せられた皇太子の布告中にも次のように触れられている。

「別に翻経院をつくり、ここは虹のような梁や藻のある井戸、丹青《たんせい》で描いた雲気文《うんきもん》（雲をあらわすという曲線模様の文様）、玉の礎、銅の沓、金環、花壇などで特に美しく装飾した。ここへ法師に移って翻訳してもらいたい。」

彼方にかすかに姿を見せている、その荘厳な建物からは、なにがなしピーンと張りつめた気が発せられているようで、道昭たちは思わず合掌していた。

その上、境内にそびえ立っている五層、約五十九メートル、四角五層の大雁塔は、まだ湯気が立っているといってよいほど新しい。恵海が言っていたように、インドから帰国した玄奘が、持ち帰った仏舎利、仏像と経典を保存するための塔建立をねがい出、自らの設計のもとに建立したもので、インドの舎利塔をまねている。

内部を土でできずき、外がわにレンガを積んだ。西域の建築法によったのだ。崩れをふせぐために、石片あるいはもち米をまぜる工夫もされていた。

「もったいなや、一刻も早く完成させようと、玄奘さまはおん自ら、日がな一日、重い土や石いっぱいのもっこを背負い、汗みどろになってお運びになられました。それを見れば、わたしらもどうしてじっと見ておられましょうか、はい、重いもっこを背負い、何度もよっちらよっちら運んだことでありましたよ。玄奘さまとご一緒に働けるのが、それはうれしくてねえ。」

五層（約五十九メートル）の楼閣。その各層に仏舎利が納められている。

「そもそも大雁塔と名づけられたわけは、雁に化身したブッダが、飢えた僧たちのまえに身を投げて食われ、僧たちを救った故事があることを、玄奘さまが西方で学ばれ、甚く感激なされて付けられた名なのです。

雁の一羽が収められているとも申します。」

道昭たちから約百年後に、塔に登った感慨を、詩人の岑参《しんしん》が「高適《こうせき》、薛拠《せつきょ》とともに慈恩寺浮図《ふと》に登る」という五言古詩を詠んでいる。もうそのとき、古びて朽ちてきた塔は改築され、四角七層になっていたらしい。

塔勢　湧出するごとく
孤高　天宮に聳ゆ
登臨　世界を出で
磴道《とうどう》　虚空を盤《めぐ》る
突兀《とっこつ》として神州を圧し
崢嶸《そうこう》として鬼工の如し
四角　白日を礙《さまた》げ
七層　蒼穹《そうきゅう》を摩《ま》す
下窺して高鳥を指さし
俯聴して驚風を聞く
連山は波濤の若《ごと》く
奔走　東に朝するに似たり
青松　馳道《ちどう》を夾《はさ》み
宮観　何ぞ玲瓏《れいろう》たる
秋色　西より来たり
蒼然として関中に満つ
五陵　北原の上《ほとり》
万古　青きこと濛々《もうもう》たり
浄理（仏法の清浄な理）了として悟る可く
勝因（すぐれた因縁）夙《つと》に宗とする所
誓って将《まさ》に冠を挂《か》けて去り
覚道して無窮に資《たす》けんとす

（大雁塔の頂きから北方をながめれば、五陵すなわち前漢の高祖・恵帝・景帝・武帝・昭帝の陵がながめられる。権勢を誇った前漢も二百年でほろび、それから七百年の月日がながれて、今は松柏《しょうはく》だけが青々と生い茂っている。なんという権勢のむなしさよ。それにひきかえ命も惜しまず、真の仏法をもとめてインドにわたり、帰国しては天空にそびえ立つ塔を建立して、清浄な生き方を後世のわたしたちに教えみちびこうとしている玄奘法師の尊さよ。ああ勲功をもとめて汲々《きゅうきゅう》と生きる道からもはや立ち去らねば！）

繊細な詩人は、そびえ立つ塔をながめ、またその頂に立つことで、玄奘の仏心に反応したのであろうか。

道昭たちが慈恩寺に足を踏み入れたときは、その玄奘が現に翻経院で訳経に熱中しており、ぴんと張った厳かな雰囲気が境内一帯に敷きつめている。感激もひとしおのわけであった。

鴻臚寺の若い僧にいざなわれて、道昭たちは塔のらせん状の内階段を上がっていったろうか。

寄進したひとびとを入れこんだ仏画が描かれている壁。

当時にあって代表的な画工であったウッチ乙僧《おっそう》が描いたという、生けるがごとき千手観音の姿にも道昭たちは息をのんだことであろう。

現存していないその壁画とウッチ乙僧の腕前について は、朱景玄「唐朝名画録」中の文章があり、陳舜臣『長安の夢』に載っている。

――乙僧、今、慈恩寺塔前功徳、又た凹凸花面中間千手眼大悲、精妙の状、名づく可からず。又た光沢寺七宝台後面に降魔像を画き、千態万状、実に奇縱《きしょう》なり。凡そ功徳人物花鳥を画くに、皆な是れ外国の物像にして、中華の威儀に非ざるなり。

ウッチ乙僧はウテン国の王族で人質として長く長安にあって父とともに郡公に封ぜられており、父子は著名な画家であったと記している。凹凸を感じさせるインドの画風で、中国にはないインドの動植物が、慈恩寺塔の壁画には描かれていたわけであった。

道昭たちは、その規模の雄大さに圧倒されるのみ。くらべれば、法興寺も百済大寺も、玩具のような貧弱さだ。

(この寺のなかの、あの翻経院に、たった今も、玄奘さまがおられ、並みいる僧侶たちを督励して、ぼう大な経典を訳されておいでなのか!)

そう思うと、体が震えてくるようであった。

慧隠には、玄奘に会いに行け、と言われたが、とてもまだその勇気はない道昭である。

「道昭さん、ここへ来てわたしは父の鎌足について考えが変わりました。」

ともに付いてきた定恵が言う。

「わたしを留学僧にした父を、倭国から追放したかったのだと、もっぱら怨んでいましたが、違うのかもしれません。

ひょっとしたら、父はわたしの将来を嘱望して、こんなすごい国で目いっぱい学んでくるように考えてくれたのかもしれない、そう思うようになりました。」

暗かった定恵の目が、ひさかたぶりにキラキラと輝いている。

「わたしは当分お寺参りをしようと思います。そこから何か見えてくるという気がするのです。」

(ほう、定恵は、この地でなすべきことを見つけたようだ。わたしはまだ見つからぬ。それが見つかるまでは、忙しく励んでおられる玄奘さまにお会いするべきではないだろう。)

そう思う道昭である。

11　玄奘との約束

玄奘に会うことをためらっていた道昭を押しだすようにして、玄奘のもとへ連れていったのは、たまたま鴻臚《こうろ》寺《じ》にやってきた、玄奘の愛弟子、基《き》であった。

ふだんは口重い恵海が、

「こやつは遠い倭国から求道にやってきた若者だが、玄奘さまの弟子になりたいそうな。よく学び、よく吸収し、ガリ勉でもない、いや、みどころがある奴だて。」

と、道昭をほめたことに、基が興味を持ったわけで。

慈恩寺で、玄奘の訳業を助け、その教えを受け、のちに法相宗をおこす基は、このとき、弱冠二十一歳。道昭より二年年下だというのに、でっぷりと肥え、ふてぶてしいほどの面構えは、とても若者には見えない。

「ほう、おぬし、倭国から来られたか。倭国にまで玄奘さまのことが伝わっておるとは。」

「貴国に学びに来られた、私の師から教えてもらいました。」

「おぬし、えらく流ちょうな漢語を話すが、どこで学んだ？」

「師の先祖は、朝鮮につかわされた中国人なのです。」

言葉を交わすうち、道昭のほうが年長とわかって、基は大きな体をちぢませて恐縮し、それまでの無礼な態度を許してほしいと率直に謝った。

「いえ、教学においてはあなたのほうがはるかに先輩なのですから。」

かえって道昭が恐縮するなかで、若者二人たちまち意気投合してしまった。眉宇うるわしく控えめな道昭と、豪放磊落な基はどこからどこまで違いながら、なぜか惹きあうものを感じたのだ。

そのうち、基は、どうあっても、道昭を師の玄奘に紹介したいといい、強引に慈恩寺へひっぱっていったのだった。

「お師匠さま、お師匠さま、珍しい男を連れて参りましたよ。」

静かな訳経場に、基の太い声がひびきわたり、道昭は身がちぢむ思いである。

仕事の手を休めて、こちらを静かに見た僧侶が、玄奘であり、その涼やかで奥深く、ひとの心の底の底までやさしく見とおすような独特な目のかがやきに、道昭は打たれ、はっと平伏してしまっていた。

西域を踏破してきたひとだ、基よりさらにたくましくうっかりすれば取って食われそうな活力を持ったひとだろうと勝手に考えていたのに、すらりと長身で色白、鼻筋すっととおり、さわやかな風貌。終始静かな挙措ながら、なんともいえない威厳があり、かつ、会うもののだれをも、なつかしい気持ちにさせる眼をしていた。

「倭国から参ったのか。」

「はい。」

「それはそれはよう参ったのう。」

いたわりのある声が、なんとも快かった。

あこがれのひとに会えて感激し、どきどきしているだけの道昭を見かねたように、基が口をはさむ。

「道昭というそうです。見るからに気持ちよい人体ではありませんか。わたしはもう、兄弟のちぎりをむすびました。中国語は達者なものですよ。荒らぶる海をわたってきて、二つの船で来たものの、今一つは未だ到着せぬそうです。」

「おう、なんと！」

「私の師に、なんとしても玄奘さまの教えを受けて参れ、と言われて参りました。先日、鴻臚寺のお坊さまたちに引率されてこちらへ見学に参りましたが、お目どおりをねがう勇気がなく、帰ってしまいました。」

「私の弟子になりたいのか。」

「はい。」

玄奘はじいっと道昭を見ていた。その時間がひどく長いので、道昭は息が苦しくなってきた。すると、それがわかるように、玄奘はふうっと息を吐いて、言った。

「道昭さん。」

「はい。」

「弟子になりたいと真剣にお望みなら、あと一年後に来られよ。すればよろこんでお迎えしましょうぞ。」

不服そうな声をあげたのは、基であった。

「どうしてですか。遠い国から来たというのに。」

「基さん、いいんです。」

道昭は基をおさえ、玄奘に答えた。

「お師匠さまの言われることはもっともです。一年後に必ず、必ず、参ります。」

「おう、待っていますよ。」

道昭は深い礼をして、訳経場を出た。玄奘が仕事にもどらず、自分の後姿を見送ってくれているのがわかった。

基が、あわてて追ってきた。

「やけにさっぱりあきらめたじゃありませんか。もっともっと粘ればよかったのに、残念だなあ。」

「いいえ、これでよかったのです。お師匠さまは、わたしのあやふやさをお見とおしであられました。一年という試練の時をくださったとわかりました。」

基は、ぽんと手を打った。

「なるほどなあ。たしかにそうですね。いや、それに気づいたあなたはやはりただものじゃない。兄にするに足りますよ。

それに、あんなことを言われたけれど、どうやら道昭さん、玄奘さまはあなたのことを格別気に入られましたね。いつもお傍近くにいますから、それはわかります。ははは、あなたが稀に見る美形だからかなあ。いや、これは冗談です。」

「わたしには、玄奘さまが、何と言うか、精神が人のかたちをしているように感じられました。あのようなお方だから、ナーランダまで行かれることがおできになったのでしょう。お会いして、納得できた気がしています。」

「精神が人のかたちをしているって。道昭さん、うまいことを言われますね。

それでも、道中、危ないときもあったそうです。そうだ、まだ師匠の『大唐西域記』を読まれてはいませんよね。大慈恩寺用のものをお見せしましょう。慈恩寺のわたしの部屋にそっといらっしゃい。読んだら、目をまわしますよ。はは。」

「貴重なものを、いいんですか。」

「長安にいて、文を解するものなら、いまやひっぱりだこの本です。一年のあいだ、あなたは都のあちこちを探索する必要もあるでしょうが、そのまえに先ず、この本を読むことですね。」

道昭を見送った玄奘が、(はて、あの若者は無事に一年後にわたしのまえにあらわれるだろうか。そうあってほしい。)祈るように考えているのを道昭は知らない。

道昭を一目見て、玄奘ははっとしたのだった。

(なんと似ているのだ、玄奘は辯機《べんき》に!)

（辯機！）とおもっただけで、胸が痛くなる玄奘である。ただ、基の様子を見るに全くそうはおもっていないようなので、自分だけの思いこみらしいとわかった。

　つぶさに道昭を見ていると、ひやりと冷たい辯機の美貌と違い、こちらは同じ面立ちながら、目があたたかい。

（それはそれで、長安の女性たちはこの若者を放っておかないだろうな。）と思い、とっさに一年後に来るように言ったのだった。

　すぐさま手もとに置きたいが、もう辯機のときのような嘆きはくり返したくない。

（一年のうちに愛欲の波にさらわれるなら、止むを得まい。でも、この若者はその波を乗り越えてやってくる気もする。み仏よ、この倭国の若者を守らせたまえ。）

　玄奘のそんな思いは知らず、その辯機が、玄奘のぼう大な資料をもとに編んだ『大唐西域記』を、夢中に読み出した道昭であった。

　太宗皇帝のもとめに応えて編まれた『大唐西域記』。

　玄奘が踏破した国々の物産・人口・人情・宗教・産業などなどをつぶさに記した書で、帰国わずか二年後（六四六年）に完成、皇帝に提出し、絶賛された。

　道昭はまず、編者の辯機が記した「讃」を読んでみた。

　次のように如来を称える冒頭。

「如来がこの世に出られたと言うことは実に偉大なことであります。その霊妙な感化は知らず識らずのうちに各所に及び、その神妙な教法は隅々にまで通じ、かくてその肉体はこの世から尽き、その行動は塵界から跡を絶たれました。肉体が尽きた後に機に応じてこの世に出られながらも、肉体をもつ身としては生まれられず、行動は跡を絶ち寂滅をしめされたとは言うものの、その精神は滅することはありません。どうして迦維（劫比羅伐窣堵国・カピラヴァストウ国）に生を受け、娑羅《サーラ》に入滅されるまでの間に止まりましょうか。」

　入滅後は、後継者は出なかったものの、カーシャバ尊者が、すぐれた阿羅漢をえらんで、教法の源流を全て文字化したため、「仏の正法」は現存している。

　しかし、「仏の正法は幽玄、その至理は深遠」なため、それでも多くの意見が乱立、異論が対立流行した。

　まして、中国にあっては、仏教伝来してから久しいといえ、なお真実の教法はよく理解されていない、と辯機は述べ、いよいよ玄奘の業績を紹介してゆく。

道昭は、インドにおもむくまえ、玄奘が中国各地をあまねく遊学していることにも目をみはった。

なにしろ、燕（河北省）・趙（山西省）・魯（山東省）・衛（河南省）・三河（長安付近）・秦中（陝西省）・三蜀（四川省）の各地で、名高い賢者らに教えを請い、会稽（浙江省）にまで足をのばしている。

それだけでも、倭国を何十巡りもするようなものだ。

ところがだれも、わが教義にこだわり、他の教義を嫌悪することから、「仏教の根本義」を明らかにしたくて、ついにインドへと向かったのだという。

インドでの玄奘についても、「讃」は記している。

「自ら梵学を学び賢者に教えを請うたところ、多年の疑問は原文に眼をとおすことにより解明し、教義の奥旨《おうし》は高学のひとに博《ひろ》く問い質《ただ》しました。心眼を開いて教理をきわめ、精神を広くして道を体得し、かくて未だ耳にすることのできなかった事柄を聞き、会得できなかった内容も理解できたのでありました。まことに道を学ぶ場の良き仲間であり、法門の指導者たるひとでありました。さればこそ、法師の人柄も顕著に、徳行もいよいよ高く、学を積むこと三年にして名声は万里に馳せたのでありました。

インドの学者は悉く法師の高徳を敬仰し、或いは経《きょう》笥《し》（博学通達のひとをよぶあだ名）と名づけたり、或いは法将とも言ったりして、小乗の学徒はモークシャデーヴァ（解脱天）と呼び、大乗の法衆はマハーヤーナデーヴァ（大乗天）と名づけましたが、これこそ法師の学徳に敬意を表して美称を伝え、人柄を尊敬して嘉名を口にしたものであります。

三輪の奥義（仏の身・口・意の三業で衆生の惑業を破り挫く）、三請の微言（舎利弗《しゃりほつ》の三度の請願で『法華経』の要義を説く）のようなことにいたっては、その根本理論を深くきわめ、枝葉にわたるまでりっぱに調べて、明確に心に納得し十分に理解が行きとどくようになりました。」

玄奘は、学がすでに博通、徳も盛大になったところで、ようやく「山川を歴覧し都市を巡遊」した。荒れ果てた如来誕生の地にもたたずみ、各所に残る釈迦の故事、史実、風土、異説をも詳しく書きとめる。

このようにして歳月が過ぎ去るなか、望郷の念絶ちがたく、かつ「無上の教法」を広めたくて、あまたの仏像、あまたの経典、経論を請いもとめ、険阻な道を故国へひたすら向かったのであった。出立から十六年の歳月が経っていた。

持ち帰った経典などをずんずんと訳していく玄奘の力量にも、辯機はふれている。

「梵学に精通しているので、甚深の妙経を解明するにあたり、新しい文に接してもすでに見なれたものの如く、音を翻ずるにもひびきに応ずるが如くで、経典の趣旨を素直に尊重して文飾を加えることなく、訳語を当てても意のそぐわぬ方言は梵語をそのまま使うなど、努めて原典の趣を残して経典の語辞を正しく伝えるようにしました。これを推察しますに、原典の記載とくい違うことを恐れてのことでありましょう。」

（なんてスゴイお方なのだろう。）感じいって「讃」を読んでいる道昭のところへやってきた基は、

「とにかく、お師匠さまの勤勉さ、俊敏さには頭が下がるのみですよ。訳経以外にも、あれやこれや頼まれごとがあり、来客もあり、お師匠さまでなくてはかなわぬ雑事もさまざまおありなのを、いやな顔一つなさらずにてきぱきと情意をもって当たられる。

それでいて、どんなにお忙しかろうとその日のうちに予定した訳経は、決して日延べなさいません。夜中までお仕事を続けられ、終るや如来のお像にうやうやしく礼拝、端座され、静かに経を読まれます。

深夜一時に休まれようと、朝方三時にはもう起きだされて、また、如来のお像のまえで礼拝、静座ののち、その日訳されるサンスクリットのお経を、涼やかに朗誦され、朱点を付けていかれます。

意味はわからなくとも、その朗誦を聴いているだけで、愚かなわたしらにも伝わってくるものがありますよ。」

『大唐西域記』の編集に当った辯機の才にも、道昭は舌を巻いた。

「讃」のなかで、辯機はわがことにも触れている。

「わたくし辯機は、遠く隠遁《いんとん》者の血筋を受け継《つ》ぎ、若いころから高踏《こうとう》の人生を送ろうと志し、十五歳で世を捨て、服を法衣に換え、大総持寺に住まわれるサルヴァースティヴァーダ部の道岳法師の弟子となりました。

かのいにしえの名工、匠石《しょうせき》（『荘子』中の鼻を傷つけずにエイ人の鼻はしの白土を削り取った人物）さえ手こずる朽ち木の身でありながら、幸いにも仏門に入ることができ、清貧に安んじてはおりましたが、飽食して日を送り、見聞も広めずに年を過ごして参りました。

ところが幸いに時の巡り会わせによってこの幸運に会し、燕雀《えんじゃく》の身にもかかわらず、鴻鵠《こうこく》の末席にまじわり、ここに凡庸の才を尽くしてこの方志を撰述することになりました。」

へりくだりつつも、編さんのさいの工夫について、辯機はさりげなく記している。

なにしろ玄奘はそれぞれぼう大な記録を残しており、走り書きのようなメモもあって、それらを辯機が要領よく取捨選択し、地域ごとに史跡・仏蹟・風土・習俗・物産・気候・宗教・国民性などにまとめ、太宗が読みやすい体裁にしたわけであった。

玄奘が実際に踏査したものは「行……」、伝聞したものは「至……」と、はっきり分けてある。

玄奘の原資料が豊富で、質問にはたちどころに答えてくれていただろうとはいえ、この編さんをわずか一年足らずでやってのけたのだから、辯機がただものでないことは道昭にもわかる。

さらに聞くところによれば、貞観二十年（六四六）皇帝に提出した「瑜伽師地論《ゆがしじろん》」百巻中、三十巻は辯機が独力で訳したというではないか。

「いやはや玄奘さまはもとより、この辯機さまも大したお方ですね。今はやはり大慈恩寺で、ほかの訳経をなさっておいでですか。お顔だけでも拝したいものです。」

なにげなく道昭が言うと、基は困った顔になった。

「それが、道昭さん、こちらはもうこの世にはいられないのですよ。」

「えっ、どんなご病気だったのですか。まだお若かったのでしょう。」

「それが病気ではないのです。

そうですね、道昭さん、あなたもわたしと同じく二十代。一年後、お師匠さまのところへ無事にいらっしゃることができるよう、いっそ辯機さまのことはお知らせしておいたほうがよいかもしれませんね。ただ、事は皇室にかかわること、めったに他言してはいけませんよ。といっても、長安中知らぬものはない話なのですが。」

一人合点するようで、それからほどなく、基は道昭を勤行後の朝の散歩にさそい、辯機がおちいった無惨を話してくれたのだった。

「まだ慈恩寺は建立されておらず、弘福寺で訳経作業が行われていたころのことでした。そう、世に『房謀り、杜断ず』と、杜如晦《とじょかい》さまとともに名臣と称された、房玄齢《ぼうげんれい》さまがご高齢のため亡くなられてからほどなくのことでしたね。

取るに足りない盗賊が、たまたま逮捕されたことから事ははじまったのです。

盗品のなかに、金銀で飾った、豪奢な女性用の枕がありましてね。金宝神枕といわれ、皇室の方々だけが用いる枕でしたから、騒ぎになりました。どこから盗んだ、と盗賊はきびしく追及され、たちまち白状するのですね。弘福寺の、ある僧房からだと。

それが辯機さまのお部屋だということは、たちどころにわかりました。なぜ、こともあろうに、高貴な女性の枕が若い僧侶の部屋にあったのか、さあ、御史台《ぎょしだい》では大事件となりました。

あのときのものものしさといったら！

深夜、御史台の役人たちが、弘福寺にあらわれましてね。有無を言わさず、辯機さまを引っ立てて行ったのです。いったいどうしたことか、なにもわからず、だれもおろおろするなかで、玄奘さまは顔色も変えず、

『裁きをなさるのは御史台の仕事。われらの仕事は日々の勤行と訳経をなすこと。ただ粛々とはたらきましょう。』

かように励まされ、わたしたちもおちつきを取りもどしたようなわけでして。

辯機さまの俊才ぶりを、目を細めてご覧になることも多かった玄奘さまです。どんな罪を犯したのか、それは今後の訳経にどう影響するのか、お師匠さまとて、ご心配でないわけはありますまい。ただ、徒に心配しようと何の足しにもならないことを先刻ご承知でいらしたのでしょう。」

基の話に、道昭は、葛城王子たちが血刀をふりかざして法興寺に乗りこんできたときの、慧隠《えおん》のおちつきを思い出していた。

（非常なときにこそ、それまでの修行の深浅が問われるのだなあ。）

「ここからは、うわさでしか伝わってきていないことですから、そのつもりで聞いてください。

口を割らずにずいぶんがんばられていたと聞きますが、大層きつい拷問に、ついに白状なさってしまわれたのですね。

お部屋に隠しもたれていた金宝神枕は、事もあろうに、皇帝の皇女、高陽公主さまから、辯機さまがひそかにたまわったものだったのです。

一介の僧に皇女が、枕を与えるといえば、もうそれだけで知れたこと、深い契りをむすばれていた証しです。

高陽公主さまは、母君を早くに亡くされ、正妃の長孫皇后さまに養育され、高陽公主に封ぜられておいでの第十七皇女。それはお美しく、文才もおありの方だったようですが、長じるや、先の名臣、房玄齢さまのご子息、房遺愛《ぼういあい》さまとご結婚することを父皇帝に命じられます。

この房遺愛さまが、いやはや、父とは打って変わったとんだ愚物でしてね。腕っ節が強いだけで学問嫌い。ほかにはこれといって取り柄のない男。

高陽公主さまからすれば、なんの魅力もない夫だったでしょうね。皇女は功臣の子弟に、褒美として授ける慣わしですから、はねっ返りの皇女であろうと、否やはいえないのです。

辯機さまと、高陽公主さまがいつむすばれたかは、定かではありませんが、巷の話によれば、草庵に仮住まいして勉学にいそしんでいた辯機さまのところに、夫ともども狩猟に遊んだ高陽公主さまが、ふと立ち寄られたことからとか。

辯機さまは、それは同性のわたしから見ても、それは凛々しい知的な美青年でしたね。ちょっと冷たい感じがするところも、かえって皇女さまには魅力だったのでしょうね。はは、道昭さん、あなたの男ぶりもなかなかだが、あなたはあったかい感じのところが違うな。」

むすばれてはならない二人ながら、辯機と高陽公主は、互いに惹きあい、一線を越えたのだ。

ふつうなら、まず夫が憤激するところながら、皇女の妻が煙ったくてならなかった房遺愛は、これで大っぴらに浮気ができるとよろこんだ。そして、妻が用意してくれた二人の女性に満足し、妻の不貞をとがめはしなかったという。そのため､辯機と皇女の逢引は、こともなく、長い間続いていったようだ。

玄奘の帰還が思いがけず、二人の運命を変えた。『大唐西域記』選人、という大役を仰せつかったことで、逢引はむりになってしまったのだ。

愛しい男に与えられた大仕事。

(やはり自分が愛した男は、唐代一の僧侶であった！)

逢えない辛さは、その誇りが埋めた。どうか、つつがなく大役をやりとげてほしい。

「あなたなら大丈夫。お会いできない間、お仕事がうまくいくように、祈っています。どうか、この枕をわたしと思ってお傍に置いてください。」

「おう、でもこれは神枕。わたしが持つことなど許されぬ枕のはずです。」

「いいえ、わたしにとっての神はあなた。離れていても、心はいつも、あなたのお傍にいます。」

そのような会話が交わされ、かくて、金宝神枕が、辯機の部屋に置かれる。ひたむきな高陽公主の慕情に応えるためにも、営為、訳経にいそしんだ辯機であったろう。

御史台がつかんだ真相は、ひそかに太宗皇帝に知らされ、皇帝は激怒した。

玄奘の望みに応じて、訳経にあらゆる便宜をはかってやったというのに、事もあろうに、その配下一番ともいわれる僧が、そんな食わせ物だったとは！

房遺愛が、妻の皇女の不貞を知りながら、黙認し、他の二人の女性で満足していたことも、その怒りを煽った。

なんという情けない奴めが！

辯機は、腰斬の極刑にすべし、との勅命が下る。

長安西市場の四辻、柳の古木のもと、物見高いひとびとがわやわやと見物に押し寄せるなかで、辯機は、処刑される。

「腰斬とは大きな俎《まないた》のような台上に、赤裸にした罪人を横たえ、腰の部分から横まっ二つに切断するものであり、世にも凄惨な極刑中の極刑である。」(原百代『武則天』上　二九七頁)

「弘福寺ではその日も粛々と訳経の仕事がなされました。だれも悲痛な思いを胸にしまって、辯機さまを悼みながら、黙々と仕事に励んだのです。

そう、あの日ほど、寺のなかがしいんと静まり返り、僧たちの心が一つにまとまったことはなかったような気もしますよ。」

「皇女さまへのお咎めはなかったのですか。」

「高陽公主さまは宮中出入りを無期差し止め。お傍に仕えていた奴婢が、事をとどけ出なかったとして、宮中の獄舎で数十人ほど斬罪に処されたといわれています。八つ当たりというべきでしょうね。

思えば、『大唐西域記』選人としての仕事を全うされてから、幾月も経たぬうちに、辯機さまは逝かれてしまわれた。み仏が仮にこの世におつかわしになったひとなのかもしれないと思うことがあります。」

僧としての禁忌を犯し、こともあろうに夫ある皇女との交わりを持ち続けた辯機を、基も他の僧侶たちも、どうやら指弾する気はないようである。それだけ辯機が慕われる人柄であったのだろうか。

ついでというように、基は、つい先ごろ起きたばかりの、高陽公主と房遺愛夫妻がからんだ大逆事件、その結末についても簡単に語った。

最愛のひとを極刑にした父、太宗への高陽公主の激しい怒りは、父が死んだあとは、養母長孫皇后の兄、長孫無忌の独裁にいいなりの異母弟、高宗へと向けられていったようだ。

やがて、高宗を廃し、その兄、呉王恪《かく》、弟の荊《けい》王元景《げんけい》を擁立しようとの企てが、両者はじめ無忌政権に不満のものたちで目論まれたものの、かえって無忌の知るところとなり、一網打尽になった。

かかわった皇子、皇女たちは、自死を命じられ、房遺愛らは、西市の刑場で首を斬られる。

呉王恪などは、企てとはなんのかかわりもなかったというのに、高宗以外の王族を消していきたい無忌には好都合だったため、事件にくわわったことにされ、自死を命ぜられてしまう。高宗は無忌にさからえず、ただおろおろと胸を痛めるのみであったらしい。

「高陽公主さまは辯機さまのもとへ早くいらっしゃりたかったのかも知れませんね。」

話をそうむすんだ基は、真顔で、

「倭国にもいいひとはいたでしょうが、ここ長安にはあなたを惑わす女性がごまんとおりますから、道昭さん、気をつけたほうがよいですよ。はは。」

と笑った。

「お寺や、玄奘さまへのお咎めはなかったのでしょうか。」

「それです。これで訳経への国をあげてのご援助がたちどころに打ち切られるのではないか、いや、下々のわたしたちまで心配しましたよ。

なにしろ玄奘さまが持ち帰られたお経は、六百五十七部という大部。いずれもサンスクリット語で書かれているものを訳していくわけですから、たくさんのひとの助けが要ります。

玄奘さまが訳されたものを、まず『筆受《ひつじゅ》』が、訳語の意味を十分にたしかめながら、いそいで筆記していきますよね。

『証義《しょうぎ》』は、筆受が筆記したものに語句の誤りがないかどうか、慎重に検討します。

『字学《じがく》』は、国や人の名前などもとの発音のままの言葉にあてはまる漢字をさがします。たとえば三千世界の中央に立つスメール山は、蘇迷盧山という漢字をあてはめ、パーラミター（彼岸にいたる）に波羅蜜多の字を宛てるという具合ですね。

「証梵語梵文《しょうぼんごぼんぶん》」は、正確を期すために訳し終わったものを、今一度原文にあたって照合します。

最後に、「綴文《てつぶん》」が、これでよいと定まった語句や文を、格調高くはっきりした文章に仕上げます。

それぞれのお役目に、選りすぐりの力が要求されますから、皇帝の勅により、全国からすぐれた僧たちを集められたわけで、とてもとても、玄奘さまお一人でできる作業ではないのですよ。」

そういってから、基はぐいと道昭に顔を寄せてきて、

「これは全くの推測ですがね。先の陛下が、辯機さまを極刑になさったのは、玄奘さまへのいやがらせではなかったかと思ったりするのです。」

「えっ、どういうことでしょう。」

「先の陛下は玄奘さまをまことは還俗させて、軍師になさりたかったのですよ。そのお申し出を玄奘さまはきっぱり断わられた。では、せめて遠征に随行し、西域の話を聞かせよ、と仰せでした。それも、玄奘さまはきっぱり断わられた。それも、仏教においては、殺生は固く禁じられているゆえ、遠征のお供はできない、と遠征を暗に批判されたのですから、陛下がカチンとこられて当然でしょう。

ただ、玄奘さまの威厳には皇帝陛下といえども、太刀打ちできず、許されて、代わりに踏破した西域についての報告を書物としてまとめよ、と命じられたのでした。

玄奘さまは受けられたものの、一刻も早くなさりたいのは、訳経。そこで、辯機にぽいとお任せになってしまった。

提出された『大唐西域記』をご覧になった陛下は、そのことが面白くなかったと思いますよ。

よし、そちらがそう出てくるなら、さほどに優秀な弟子をもぎとってくれようぞ、こう考えられたのではなかったか。たしかに、『瑜伽師地論』百巻中、三十巻を独力で訳すことができる仁は、辯機しかおりません。

いわば、玄奘さまの手足の一部をもぎとらんがため、手足をもぎとっておいて、訳経をあきらめさせ、還俗させて片腕にしようと、たくらまれたのではなかったか。そこで、それまで内々わかっていても黙認していたお二人の情事を荒立てる策を弄されたのでは、と、かように考えられるのでしてね。

もし、玄奘さまがお言いつけにしたがわなければ、辯機の失態に事寄せて、訳経事業への援助の縮小も考えられていたかもしれません。」

聞いているだけで、道昭は、ぞっと鳥肌が立ってきて、大唐帝国ともなれば、陰謀も、それだけ大掛かりなのかもしれない、と思い、平気でそんなことを話す基が少々怖ろしくもなってくる。

そんな道昭の胸の内を見ぬいたように、基は続ける。

「ま、わたしたちは心配するやら、内心憤るやらするだけで。

お師匠さまは違いました。この件で、訳経への皇帝の援護危うし、と気づかれ、絶妙な手を打たれました。

第一に、大慈恩寺の建立です。皇太子さまが亡母長孫皇后さまのために、大慈恩寺建立を思い立たれたわけですが、その影では、玄奘さまの強いお勧めがあったに違いないとわたしは推測しています。先の陛下と違い、皇太子さまは心底、玄奘さまを、敬慕なさっておいででしたから。

果たして皇太子さまは、お寺の建立成るや、玄奘さまを上座にあてるという令旨を出され、また、心地よく訳経が行えるようにしつらえたみごとな翻経院を造られたのでした。

辯機の横死から二年後（六四八年）のことです。

この年の春、太宗陛下は長安の北の玉華宮に行幸されて、六月には玄奘さまをまねかれました。

なんとしても、玄奘さまを還俗させ、片腕として政務に就かせたい、そうねがわれてのお召しでしたが、玄奘さまはこのとき、訳し終わったばかりの『瑜伽師地論』百巻を持参され、陛下に奉呈されたのです。

そして、還俗をせまる陛下に、切々と、情理を尽くして、釈尊の遺法を明らかにしたい、おのが志を述べられたのでした。

あらゆる権力をもたれた地上の皇帝も、道ひとすじの玄奘さまの初一念を曲げることはおできになれず、かえって最後には甚く感心なされて、以前と変らぬ助力を約束なされました。

玄奘さまもまた、陛下の寛大に感謝し、陛下とともに長安にもどったときには、宮中の弘法院に住んで、日中は陛下に侍して経典の講義、政務の助言を行うことを約束され、夜だけ院にもどって訳経をするという、それはそれは忙しい日々を送られました。

そう、さすがにあのときは、かなりお体が弱られましたね。

それでも、両者の歩み寄りにより、お二人はもっとも良い関係になられたといえましょう。

玄奘さまが、それまでに訳し奉呈した経典五部五十八巻への序文を、皇帝・皇太子お二人に書いていただきたいと、切々たる嘆願書を出されたのも、弘法院にお住まいのときでした。」

「ああ、弘福寺境内の石碑に刻まれた、『大唐三蔵聖教序』がそれですね。」

「全文七百八十一字の格調高い序文です。

玄奘さまのおねがいを陛下は快く承知なさり、激務の合間を縫って、陛下おん自ら筆を執られ、凝りに凝った文章を書かれました。

完成するや、玄奘さまを宮中、慶福殿にまねかれ、百官の居並ぶなか、できたての序文を、弘文館学士の上官儀に朗読おさせになったものです。

文中で、厚く玄奘さまの偉業をたたえられ、経典が日月とともに永く世に流布していくことをねがわれています。

辯機の失態、あるいは陛下が仕組まれたかもしれないワナを、玄奘さまは、なんと巧みに切り抜けられたことでしょうか。

私心なく、ただ真の仏法をこの国にひろめんがためのお智慧であるといえます。

その後、皇太子さまの序文もできたところで、弘福寺の上座さまはじめ僧一同が、二つの序文を金石に彫って境内に置きたいとねがい出、あの石碑となったわけです。

唐代一の書家、褚遂良さまが、筆写したものを刻んだのですね。

ちょうどよいことに、年の暮れには慈恩寺が完成し、今の陛下、当時は皇太子さまの切なるねがいによって、玄奘さまは五十人の高僧とともに慈恩寺に入られ、翻経院では、はるかにするすると訳経が、すすむことになったのですよ。」

基の説明のあと、再びその石碑を観に、道昭は弘福寺へ行ってみた。

「大唐　太宗文皇帝」とはじまる序文をつくづくと読んで、西域を踏破し、真の仏教を学んできた玄奘の並々ならぬ度量をあらためて思う。

「玄奘法師ナル者アリ、法門ノ領袖ナリ。幼ニシテ貞敏ヲ懐イテ早ク三空ノ心ヲ悟リ、……」と石碑に刻まれたひとが、すぐ近くで、今も訳経に孜々としていそしみ、あと一年経ったら来るように、自分は言われたのだ、そう思うと、いても立ってもいられないような気持ちに襲われる。

（その間、わたしはなにを学んだらよいのだろう。一年後のわたしはどう変わっているのだろうか。）

怖いような気もするのであった。

12　求法の記

『大唐西域記』には、玄奘が実際におもむいた国は百十国、伝聞した国は二十八国と記されている。

　どれも未知の国ばかり、その一々について気候・行政・風俗・文字・衣服・貨幣・産物・宗教などについてきちんと観察・記録してきた玄奘の能力に、道昭は舌を巻くばかりである。

　倭国では生まれたて、ほやほやの感じの仏教が、国によってはとっくに廃れ、ただ仏蹟のなごりをとどめているだけになってしまっていることを知れば心が痛む。

　読みすすみ、まず、北は雪山（ヒンドゥークシ山脈）を背にし、三方は黒い雪のない山々が国境になっているカーピシー（アフガニスタンのカブールからヒンドゥークシ南麓までの地域）という国の繁栄に驚く。

　あらゆる穀物ができ、アーモンド・あんず・ぶどうがよく取れ、良い馬、インド人が体に塗る香料、ウコン香を産出するため、諸国のめずらしい品々が多く集まってくるのだという。

　智略あり、勇敢な王は、アーリア人。その威光は十余国をしたがわせ、しかも人民を慈しみ、仏教を敬っている。なにしろ伽藍が百以上もあり、僧侶は六千余人いて、多く大乗教を学んでいる。

　毎年、一丈八尺の銀の仏像を造り、無遮会《むしゃえ》（道俗・貴賤・上下の別なく、来集した全てのひとびとに一切平等に財と法をほどこす法会）を行い、貧しいものにもあまねく与え、身寄りのないものたちにも恵み施しているとは！

　それでいて、「ひとの性質はあらあらしく、言葉遣いは下品で、婚姻は乱れている。」とあるのはなぜだろうか。仏教以外を信ずるひとびとも、千人以上いて、体に灰を塗ったり、どくろを連ねて冠の垂れ飾りにしたりしているとのこと。

（そんなひとに会われたときには、玄奘さまは恐ろしくなかっただろうか。）と思う。

　大雁塔を目にしたばかりの身には、釈迦没後四百年目に、ガンダーラ国のカニシカ王が建てたカニシカ大塔について記してある記事を、ことのほか興深く読む。

　その記事によれば、はじめ王は仏教の教えをあなどっていた。あるとき、草野で狩りをしていると、白うさぎがあらわれた。王が追っていくと、ちょうど今、大塔が建っている場所でふと見えなくなった。

代わりに、牛飼いの子どもが、林のなかで小さなストゥーパ（窣堵波）をつくっているのが目に留まる。

「なにをしているのか。」

王が問うと、

「昔、シャカムニが聖明なる智恵をもって『やがて、わたしが涅槃《ねはん》に入ってから四百年後に、カニシカと名乗る国王が、このすぐれた土地にストゥーパを建てよう。わが身の舎利は多くそのなかに集まるであろう。』と予言されました。大王さまはすぐれた徳を前世に植えられ、お名前もシャカムニの予言にぴったり。りっぱな手柄とすぐれた福運でこの時期にあらわれました。そのことをお知らせしたかったのです。」

牛飼いの子どもはそう答え、たちまちその姿は忽然と消えてしまった。

王はこれより深く仏の教えを敬い、小ストゥーパのまわりに石のストゥーパを建て、功徳の力で小ストゥーパを覆いかぶせようとねがった。

ところが石ストゥーパを大きくすると、小ストゥーパも大きくなってしまう。常に三尺、上に出ている。

王は意地になって、どんどんと石ストゥーパを高くし、ついには高さ百五十尺を超え、基礎が立っているところは周囲一里半、基壇は五階に及び高さ百五十尺のストゥーパにして、ようやく小ストゥーパを覆うことができた。

よろこんだ王は、さらにその上に、二十五層の金輪の相輪を立てて、如来の舎利十斗を中に安置し、供養を行った。

ところがそのすぐ後、大きな基壇の東南隅の下に、小ストゥーパが横に半分顔を出しているではないか。

王が落胆していると、もとのところからも小ストゥーパが、出ているのだった。

カニシカ王は、大いに恥じ入り、

「ひとの仕事は迷いやすく、仏のなさることは覆い尽くしがたい。み仏が力を貸されるところには、どんなに腹を立てても追いつくことなどできようか。」

わが咎をわびて、帰っていった。

その二つのストゥーパは、今も現存している、と玄奘は書いていた。

「大ストゥーパの東がわ、石段の南に二つのストゥーパが彫りつけてある。一つは高さ三尺、一つは高さ五尺。つくりと形は大ストゥーパに同じ。

また、二体の仏像がそれぞれつくってある。一つは高さ四尺。一つは高さ六尺。菩提樹の下に結跏趺坐《けっかふざ》する姿を模した像。日の光が照らすと金色に輝き、日の影がだんだんに移ると、石の文様が青紺になってゆく。」

二つのストゥーパに、香を塗り、花をまいて、真心こめてねがえば病気が全治するといい、治癒をねがうひとびとの参詣が絶えない、と。

仏像の成り立ちについても、玄奘は地元の老人たちからふしぎな話を聞いて、書き留めていた。

「数百年まえに石の基壇の隙間に、金色のアリがおりましたそうですじゃ。大きいのは指ほど、小さいのは麦粒ほどでありましたが、同類の仲間が引き続き石壁をかじりましてな。その文様が、さながら彫刻して金の砂子をまぜたようになり、このお像をつくってしまいましたのじゃ。」

大ストゥーパの西南に北面して立っている白石の仏像のふしぎも、道昭は興深く読んだ。

この仏像は、おりおり光明を放ち、あるいは夜の散策に出かけ、大ストゥーパを巡り歩いているのを見たひとがあるとのこと。

また、群盗が大ストゥーパに押し入って盗みをはたらこうとしたところ、白石の仏像が出迎えたので恐れて逃げた。そのあと、仏像は何事もなかったように、もとのところに静かに立っているのを見て、群盗らは悔い改め、村里へ出かけていって、だれかれにこの話をしたとのこと。

辯機《べんき》は、玄奘以前の書物も参考にして「先達」の話として載せており、それが『大唐西域記』をより面白くしているのだ、と、基から道昭は聞いていて、注意して読んでゆくと、たしかにあちこちに「先達」の話が載っていた。

大ストゥーパの石段の南がわに描かれた高さ一丈六尺の仏像についての挿話などもその一つだ。

この仏像は、胸から上が二つに分かれて二つの体、胸から下は一体となっていると、玄奘が記したのに加えて、辯機は次のような先達の話を載せていた。

ある貧乏人が世過ぎに力仕事をしていたが、なんとか一金銭を手中にしたので、仏像を造ろうとねがった。ストゥーパのところに行って、画師に、如来のりっぱな姿を画にしたい望みを言い、

「この一金銭では到底お仕事に報いることはできますまい。いつ願が成就するのか、悩んでおります。」

と告げたところ、画師は彼の真心を知って、値段は言わずに仕上げることを引き受けた。

もう一人、同様な人物がいて、やはり一金銭で、如来の姿を描いてほしいとねがった。

画師は、二人の金銭を受け取り、よい絵の具を買いもとめ、一つの仏像を描いた。

完成を告げられた二人がやってくると、画師は一つの仏像を指して、

「あなたがたが造られた仏像です。」

と言うと、二人は顔を見合わせ、疑いを抱いた様子であった。

画師は、両人の疑念に気づき、言った。

「なにを疑っているのです。受けとったお金は少しも余していません。わたしの言葉に誤りがなければ、この仏像は必ずや、神変をあらわすことでしょう。」

その言葉が終らぬうちに、仏像の上の体は分離し、影を入れまじえ、光が互いを照らし合った。

二人は驚き、画師の言ったとおりだとわかって、心からよろこび合ったという。

（あまたの書物から、よくこの逸話を見つけ出したものだ、たしかに辯機さまはよほどの逸材でおられる。）道昭は嘆息し、その辯機を失った玄奘の深い嘆きをおもいやらずにはおられない。

また、たくさんの仏蹟に満ちたガンダーラ国が、今は王族が絶え、カーピシー国に隷従し、村里は荒れ果て、住むものもまれ、と書かれてあるのを読むと、悲しくなってくる。

「多くのものは異道を敬い、正法を信ずるものは少ない。」

「寺は千余ヶ所あるが、壊され荒れ果て、草が生え放題でひっそりしている。多くのストゥーパもすっかり崩れ落ちている。」

（こう書くしかなかった玄奘さまは、さぞ胸が痛まれたことであろう。）

そのガンダーラ国からウディヤーナ国を経て、インダス川をさかのぼって行く道はいかにもけわしかったと見えて、玄奘は次のように記していた。

「ウディヤーナ国のミンゴラ城から東北へ、山を越え谷を越え、インダス川をさかのぼる。通路は危険で山や谷は薄暗い。あるいは大きな綱を踏み、鉄の鎖をたぐる。架け橋は空にかかり、宙にかけた橋は高々としている。杭をよじのぼり、階段を踏み登る。このようにして行くこと千余里、ダラダ川にいたる。これがウディヤーナ国の旧都である。黄金とウコン香を多く産する。（略）

これより東行して嶺を越え、谷を越えてインダス川をさかのぼる。宙にかかった橋や、桟道など危ない場所を履《ふ》み険阻な地点を渉り、五百里を経てバルラ国にいたる。」

（なんと難儀な旅をなされたことよ。ただ一途仏法の正しい道をもとめんがために。）

道昭はわが甘さを恥じ入らずにはいられない。

基にその箇所をしめして感想を告げると、

「いや、この道をたどられたのは玄奘さまがはじめてではありません。今を去る三百年ほどまえに、すでに法顕《ほっけん》上人さまご一行十一人が、経論をもとめてインドへ旅立たれ、この道も歩いておいでです。」

というので、呆れてしまう。

聞けば法顕は、長安出発時、六十余歳だったというではないか。無事インドに達し、帰国したのは十四年後、七十半ばを過ぎていた。同行十一人中、途中で死去したもの、インドにとどまったものもいて、帰ってきたのは法顕だけであったという。

「『法顕伝』では、ここのところは次のように記してありますよ。ええと、『その道はただ石のみで壁立すること千仞《じん》。のぞめば目はくらみ、すすもうとしても足を置くところがない。』とね。もちろん玄奘さまは、この書を読まれておいででしょうから、苦しいときには法顕さまを偲ばれ、ぐっと耐えられたことでしょう。

なんと玄奘さま以前にそのようなお方がおられたとは！

道昭は驚き、鴻臚寺《こうろじ》にもあった『法顕伝』を借り出し、読んでみる。

たしかに東晋時代の僧、法顕は、隆安三年（三九九）、六十歳を超えてから正しい律蔵をもとめて同学の僧侶たち六名とともに長安を出発、六年がかりで中インドに達していた。

仏蹟を巡礼、あちこち戒律をもとめて北インドにまで旅をしたものの、口伝のため、写すべき書がない。マガダ国の都、パートリプトラの寺にもっとも多くの律があることがわかり、もどって、サンスクリット語を学び、サンスクリット語で記された律について学び、会得すると三年がかりで写本していったのである。

そこまで法顕に同行していた僧、道整は、祖国の僻地では戒律がまったくそなわっていないことを嘆き、「仏となるまでは辺地に生まれませんように」と誓って、中国へ帰ろうとしない。

ついに法顕たった独り、帰国の途につく。その初一念。

他の五名はどうしたかというと、三名は、プルシャプラ（ペシャワール）国まで来たところで帰国。慧応という僧は仏鉢寺で病没している。

残る法顕、慧景、道整三名が、ナガラハーラ国から小雪山（スレーマン山脈東北部）を越え、インダス川をめざすこととなったが、慧景はナガラハーラ国で病におかされる。二人に労わられ、何とか歩き出したものの、小雪山は夏でも積雪がある山。北がわを登りだしたところで、骨まで凍らすような風が猛烈に吹きつけ、一歩も歩けなくなり、口から白い泡を吹き出し、倒れ伏してしまう。

「私はもはや助かりますまい。どうかこのまま行ってください。共倒れになってはいけません。」苦しい息の下から必死に言うと間もなく、息絶える。

その慧景の遺体を撫でて、法顕が「わたしたちの真の目的はまだ少しも達していないのに、こんなところにあなたを残していくとは！　一体どうしたらよいでしょう。」号泣し、語りかけた、と記してあるのに、道昭の目頭は熱くなる。

かくして独り、法顕はガンジス川の河口から船で帰途につくのだが、なんと昼夜十四日かかる師子国（セイロン島）に寄り、二年間滞在、ほかにはない経典を写している。

多くのめずらしい宝石を産出している、気候おだやかで寒暖の差がない島。玄奘も行かなかった島だ。

ブッダがやってきて悪竜を帰依させたというい われのある城北の足跡の上に、国王は金銀で飾った大きなストゥーパを建て、塔のほとりの伽藍には五千人の僧がいる。

また、同じく金銀をちりばめ、全身七宝で光りかがやく青玉の仏像を安置した仏殿もある。

ある日、法顕はこの仏像に参拝、かえりみれば中国人は、われただ一人。山川草木なべて、異国の光景。

（ああ、ここに小雪山で倒れた慧景がいてくれれば！道整がともに帰国してくれれば！）思わず、愁いに沈んでいると、この地の商人が扇に供物を載せて玉像に供養している。みれば、おう、なんとなつかしい中国製の白絹の扇ではないか！

ぐっとこみあげてくるものがあって、恥かしさも忘れ、滂沱として涙をながした法顕であったという。

（玄奘さまも異国の地でここを読まれ、涙されたこともあったのではなかろうか。）思いはかる道昭である。

ついに国をめざしてからの法顕の船旅も、楽でない。

（倭国から唐に来るさえ、第二船は沈んでしまった。まして、気が遠くなるような地から、今よりはるか昔によくもどられたことよ。）と、感嘆している道昭自身、やがて帰国の途次、遭難の危機にさらされることになることを、まだ知る由もないわけで。


法顕が乗った船は、大風にあい、船は右に左にかたむき、水がどんどん入ってくる。船が沈んだら大変だと、商人たちは大きな宝物をやむなく海中へ放りこむ。法顕は大事な水瓶や口すすぎに使う洗面器も捨て、ただ、経典・仏像を捨てよと商人たちに言われないよう、ひたすら祈っている。

そののちも、暴風雨に見舞われることいくたびか、あるときは見も知らぬ島に捨てられそうになったりもして、実に三年がかりでやっと、青州（山東省東南）に漂着する始末であった。

（先人のご苦労の多さ、尊さよ。そのようなご苦労を経て、わが倭国まで、み仏の教えはとどいたのか。）

法顕のスゴサは、帰国後、齢七十半ば過ぎというのに、『法顕伝』なる旅行記をくわしく記し、持ち帰った経典をいくつも中国語に訳しているのだ。

僧たちへの講演では、次のように述べ、参集した僧たちを感嘆させる。

「いま顧みて、たどったところを思い返してみると、おもわず心はうごき、汗はながれます。危ういところをわたり、峻険な道をふんでも身体を少しも惜しまなかったのは、恐らく堅い志があって、愚直をもっぱらにしたからでありましょう。それゆえ、命を必死の地に投じて、万々一の希望を達しえたのでありましょう。」

（恐らく玄奘さまは、いかなるときもこの書を懐中に抱いておいでであったろうな。そして、お辛いときにはこの書がさながら灯の役目を果たしたことであろう。）

道昭は肯き、また、『大唐西域記』にもどっていった。

はじめ忠実に書物を読みすすんでいた道昭は、玄奘さまが長く学ばれたというナーランダ寺とはどんなところだろう、と気になってならず、思いきって飛ばし、ナーランダ寺について記してある章をめくってみた。

寺は、ガンジス川南方のマガダ国の領内にあり、かつて栄えに栄えていた国はこのころすっかり衰えていたものの、ナーランダ寺を中心に仏教は盛んであるらしかった。

寺の沿革は、さすがにくわしく出ている。

寺の南方の林に池があって、そこに住む竜の名をナーランダといったところから、付けられた名であると。

もと果樹園だったところで、五百人の商人が十億の金銭で買いもとめ、仏陀に寄進し、仏陀はこの地で三ヶ月説法した。

仏陀の涅槃《ねはん》後ほどなく、シャクラディティア王が、仏教を厚く信じ、三宝を敬い、よい土地をえらんでナーランダ寺を建てた。

工事をはじめたところで、竜の身に傷をつけてしまう。占いをよくするものが、次のように予言した。

「ここはすぐれた土地だ。寺を建てれば必ず盛大になり、いよいよ栄えよう。後進の学者たちは学業がみごとに成就しよう。血を吐くものも多いだろうが、それは竜を傷つけたためである。」

王の子、ブッダグプタ王が即位すると、やはり仏をあがめ、先の寺の南にも寺を建てた。

その子のタターガタグプタ王は、さらに仏教を手厚く崇め、また寺を建てた。完成すると祝賀の催しを行った。有名・無名を分かたず、全てのものに真心をあらわし、凡夫・聖者をわけへだてせずに招待した。

ひとびとの座がすでに定まったとき、二人の僧が遅れてやってきたため、三階に案内した。

あるものが彼らに問うた。

「王が会をもよおされようとして、第一番に凡聖をともにまねかれましたが、大徳はいずこから最後に来られましたか。」

「チーナ国から参りました。師の僧が病気になられ、お世話をしておりますところへご招待を受け、遠方より参りました。」

尋ねたものは驚いてすぐ、王に知らせた。王は、聖者に違いないと考え、自ら挨拶に出かけたが、階上にはだれもいなかった。

王は一層信心し、ついに国を捨てて出家した。ところが僧のなかの末席にいることになったので、鬱々と面白くなく、ついに僧たちに心のうちを話した。僧たちは話し合って、受戒が終わらないものは年齢で席次を定めることにした。この寺だけの制度である。

王の子のヴァジラは信心固く、西に寺を建てた。

中インド王は、北に大きな寺を建て、まわりに垣を高く巡らして、どの寺も同じ門から出入りできるようにした。

かく歴代の王が世々、盛んに寺を建てたので、それぞれの彫刻の精巧さは、まことに壮観である。

ことにシャクラディティヤ王創建の大寺は、今も仏像を安置し、衆僧から毎日四十人の僧を選び、この場所で食事を接待して、施主の恩に報じている。

ついで記されたナーランダ寺の学問のみごとさにも目をまわすしかない道昭である。

「僧侶は数千人おり、みな才能高く学殖あるひとびとである。

徳は当代に重んぜられ、名声を外国にまで馳せているものは、数百人以上もいる。

戒行は清潔で、規則作法も純粋。

僧にはきびしい規制があり、みな固く守っているため、インドの諸国は模範として仰いでいる。

教義の研究は日を尽くしてもなお足りず、朝に夕に互いに戒めあい、若いものも年長者も互いに助けあっている。

もし三蔵（経・律・論）の幽玄な趣旨を口にしないようなものがあれば、自らを恥じることとなる。

このようなわけで、異郷の学者で声誉を得たいものは、ことごとくこの寺へ来て、疑義を質し、はじめて名声を称えられる。

そのためナーランダ寺に留学したと、偽りの肩書で諸方に遊んでも、どこでも丁重に遇されるのだ。

外国・異郷のひとで、論議に入ろうとするものは、詰問され、屈して本国に帰っていくものも多い。学殖が古今に深く達しているひとで、はじめて入門できるのである。

そのようにして留学でき、学芸にくわしいものでも、退散していくものは十人中、七、八人はいる。残りの二、三の博識のものでも、衆僧らに次々問いつめられ、矛先をくじかれて名声を失墜しないものはいない。」

異郷から来たものの大方をそのような目に合わせるナーランダ寺の僧侶たちの水準は、そんなにも果たして高いのか、道昭の疑念に答えるかのように、次なる章は、「ナーランダの学者」となっている。

「学者にして才高く、智ひろく、博識多能で、徳秀でた哲人であれば、光輝をはなち、伝統を継ぐこととなる。たとえば護法（ダルマパーラ・南インド、ドラヴィダ国カーンチープラ城の大臣の子）や護月（チャンドラグプタ）のようなひとは、仏陀の遺《のこ》した教えに立派な業績をさらにくわえ、徳慧（グナマティ・南インド）や堅慧（仏滅七百年後に生まれ、「法界無差別論疏」を記す）は、当時名誉をたたえられ、光友（プラバーミトラ）の清純な論議や勝友（ヴィセーシャミトラ）の高雅な談論、見識明敏な智月（ジュニャーナチャンドラ）、高徳寂静な戒賢（シーラバドラ）などの上人たちは、いずれも衆人によく知られ、徳は諸先達より高く、学は過去の書物に精通し、経典の論釈を十数部もおのおの著作し、そのどれもが世間に流通して、当代珍重されている。」

（そのようなナーランダで、玄奘さまは修行され、崇められるまでになられたのか。）

嘆息している道昭に、基が教える。

「マガダ国で、お師匠さまがまず行かれたのは、仏陀が悟りを得られた聖地でした。

瞑想してすわっておられたピッパラの樹は、悟りを開かれたことから、菩提樹と呼ばれるようになったそうですが、その樹についてしばしばお師匠さまは話してくださいましたよ。
四、五丈あり、幹の色は黄白色で、枝葉は緑色でつややか、冬も夏も葉をいつもつけているのに、涅槃の日にはいっせいに落葉し、すぐまたもとどおりになるそうです。

毎年、涅槃の日には、諸国の王たちが家来とともに樹の下に集まり、香乳で樹を洗い、供養のために数多くの灯をともし、花を散らし、落葉を集めて帰るとも話されました。

菩提樹は、ブッダガヤ大塔中央の金剛座のわきにあるそうで、金剛座は天地開闢のはじめ、天地とともにできたもの。もろもろの仏はここにおり、世界がかたむき揺らいでも、ここだけは絶対にうごかない、金剛で形造られた座だというのに、ここ一、二百年は菩提樹の下でも金剛座を見ることができないのだそうです。

金剛座の南北に、二体の観自在菩薩像が東向きにすわられており、その身体が没して見えなくなったら、仏法は亡びるとの言い伝えがあること。

『わたしが訪れたとき、南がわのお像は、胸まで地中に没しておいででした。』玄奘さまは、悲しそうに言われましたよ。

菩提樹のほとり、慈氏菩薩（弥勒）がつくったという如来像のまえで、玄奘さまは、ようやくここへやってきた、という感極まった思いと、如来が悟りを開かれたころ、一体自分はどこで、どのような生を送っていたのかもわからない、との頼りなさに、自分はなぜ、かくも罪業深いのか、と胸を打って、はげしく泣かれたそうです。ちょうど夏安居《げあんご》（一定期間、部屋にこもって修行すること）が解かれる日で、僧たちが数千人も集まっており、玄奘さまの悲嘆にみな、もらい泣きなされたとか。」

読みすすんでみると、玄奘は、ナーランダ寺にわれからおもむいたのではなく、寺のほうから四人の大徳をつかわし迎えにきたと記してある。

目連尊者の生誕地、ナーランダ寺の荘園に着くと、二百余人の僧、千人以上の信者たちが、旗やら日傘やら花、香料をもって出迎え、玄奘をほめたたえ、まわりを囲みながら、ナーランダ寺へと誘った。

ナーランダ寺で、玄奘は、寺のシンボルともいうべき百六歳の正法蔵《しょうぼうぞう》（戒賢《かいげん》法師）に拝謁する。インドの作法にしたがい、膝と肘《ひじ》ですすみ、足を鳴らし、額を床につけて礼拝し、丁重に挨拶と尊敬の言葉をのべたのだ。

正法蔵は、どこから来たのか、と問い、玄奘は、チーナ（支那）の国から『瑜伽《ゆが》論』を学びたい一心で来たのだと答えた。

正法蔵は涙をながし、甥で七十四歳のブッダバッダラを呼んで、三年まえまでの自分の病気の因縁について玄奘に話すように言った。

「ブッダバッダラさまは、かように話されたそうです。

正法蔵はもとリューマチを患われ、発作のたびに手足が痛んで、さながら火に焼かれたり、刀で刺されたりするようであられました。にわかに治ったかとおもえば、また発病する、そんな状態が二十余年続きました。

三年まえことにひどく、苦痛のあまり、断食して自殺しようとなされましたところ、ある夜、夢に三人の天女があらわれ、正法蔵に近づいてこられました。一人は黄金色、一人は瑠璃色、一人は白銀色で、うるわしく、輝いておいでです。三人は正法蔵さまに言われました。

『経典には身に苦があることは説いているが、身を捨てよとは書いていない。そなたは過去に国王となって多くの国民を悩ませたので、今、その報いを受けているのです。いまこそ、過去の罪業を悔い、誠を尽くして懺悔すべきときです。苦しいときは安んじて忍び、つとめて経論をひろめ、自ら罪業を消すべきでしょう。今、身を厭うて死んでも、苦は永劫に尽きますまい。』

聞き終わった正法蔵さまがうやうやしく礼拝すると、金色の天人は瑠璃色の天人を指し、

『この方こそ観自在菩薩ですよ。』

といい、白銀の天人を指して、

『この方は、慈氏菩薩（弥勒）です。』

と言われるので、正法蔵さまは慈氏菩薩に礼拝し、

『いつも御身もとに生まれ変わることをねがっておりますが、ねがいは達せられましょうか。』

『正法をひろく伝えたならば、後世にはねがいは達せられましょう。』

金色の天人は答えられ、

『わたしは文殊菩薩です。わたしたちはそなたが空しく身を捨てようとしているのをみて、翻心《ほんしん》をすすめに来たのです。

わたしの言葉にしたがい、正法『瑜伽論』などをあまねく知られていない地域に及ぼしなさい。すれば、そなたの身はしだいに安らかになりましょう。使者を送れないことを嘆くことはありません。チーナ国に、一人の僧がいて、大法をひろめんことをねがい、そなたに学びたいと心から望んでいます。

そなたは待っていて、そのものに教えればよいのです。』

聞き終わった正法蔵さまが、礼拝し、教えにしたがうことをつつしんで述べ、顔をあげると、三人の姿はもう見えなかったのです。でも、以後、正法蔵さまのご病気、苦痛は忘れたように消えてしまいました。」

ブッダバッダラが話し終わると、座にいた全ての僧たちは、なんと稀有なことよ、と感嘆するばかり。それまで正法蔵は、甥のブッダバッダラにしか夢のことを話していなかったのだ。

道昭に話して聞かせるなかで、玄奘からこの話を聞いたときの感激が再びこみあげてきたような面持ちの基は、

「玄奘さまのおよろこびはいかばかりだったでしょうか。

『お話のとおりであれば、全力を尽くして学びます。尊師よ、どうかお慈悲をもってお教えください。』

再び礼拝してねがわれ、さらに何年かかってここまで来たのかとの問いに、『三年です。』と答えられましたが、これも天人の言ったとおりだったのでした。

どうです、道昭さん、わたしはどちらかというと、疑い深いほうですが、この話はまるごと信じますよ。」


そのあと、玄奘に支給されることとなった品々を聞いても、ナーランダ寺が彼に寄せる信頼の大きさが、道昭にも汲みとれた。

毎日与えられる品々。

キンマ菓（胡椒に似た低木で、葉をビンロウジと共に噛んで嗜好とする）百二十枚、ビンロウジュの実二十個、龍脳香一両、マハーシャーラ米（大きく美味で、ほかの地では採れないので、国王・博識の大徳のみに供する）一升。

バター、必要なだけ。

毎月、油三升。

付き人、清掃人一名。バラモン一名。

免除されるもの、もろもろの僧の務め。

外出時、象の輿に乗ることができる。

こんな待遇を受けられるのは、ナーランダ寺でも、玄奘を入れて十人だけだったという。

「留学僧もふくめて全部で一万人いるなかの、たった十人なんです。

寺のなかでは毎日講座が百ヶ所以上開かれ、厳粛な空気のなかで僧たちが寸暇を惜しんで学んでいるというの

ですからすごいじゃないですか。大慈恩寺など目ではありません。それに、なにしろ建立以来七百年も経つのに、一人の犯罪人も出ていないそうですよ。」

　こう言って、辯機をふと思い出したか、少し暗い表情になってしばらく沈黙してしまった基は、気を取り直したように、玄奘が話してくれたナーランダ寺の壮観についても語った。

「代々、六人の国王が寺を建て、やがてレンガでまわりを囲み、大きな一つの構えにしたのですね。

　それぞれの院、僧房は四階建て、その棟木や梁は七彩の動物文で飾ってあり、柱は朱塗りで彫刻がほどこしてある。礎石は玉製で、美しい文様が刻んであるとか。

　庭もそれはみごとで、緑の池がゆるやかにながれているとか。ああ、じれったい。慧立《えりゅう》さまなら、お師匠さまの話をそのまま再現できるのでしょうが。」

「それにしても、玄奘さまの弟子になれば、この西域記には出ていないあれこれをじかに教えていただけるのですね。あなたがうらやましい。早く一年が経たないかしら。」

「わたしは凡才ですから、お師匠さまのしてくださった話のほんのさわりしか言えませんが、博識・直言で並ぶものない慧立さまは、お師匠さまの一言一句を胸に刻みこみ、記録し、清書していられます。

　あなたのことも、きっと気に入られるでしょうから、お師匠さまに弟子入りされたとき、いろいろ聞かれればよいでしょう。」

　のちに道昭は、その慧立から、玄奘が学んだもろもろの経学について教わった。

「お師匠さまは、正法蔵さまから『瑜伽』を三遍聞かれ、『順正理』は一遍、『顕揚』『対法』おのおの一遍、『因明』『声明』『集量』などは各二遍、『中』『百』は各三遍聴講なさり、すでにカシュミーラ諸国で聴講されていたので、『倶舎《くしゃ》』『婆沙《ばしゃ》』『六足阿毘曇《ろくそくあびどん》』などは、問点だけを尋ねられました。

　お師匠さまは、さらにインドの古典学や言語学も深く研究されています。天地開闢《かいびゃく》の昔に、梵天、ブラフマン神が天人に伝授したものを梵書といい、『声明記論（ヴァーカラナ）』という言語学の書物は、しだいに略され、ガンダーラ国の言語学者パーニニが八千頌にしたものを学ばれたわけですが、そのあらましを説明していただいても、いやはや理解するのが大変、まあ、あなたは知らなくてもよいでしょう。」

玄奘の話はなんであれ、細かく諳んじている慧立は、ナーランダ寺で五年間学んだあと、諸国を逍遊した玄奘が、イーリナパルヴァダ国におもむく途中、カポータ寺に近い、とある山頂の観自在菩薩像に祈願した話も聞かせてくれた。

「その高くそそり立った山は、緑あくまで美しく、泉や沼は鏡のように澄み、花々が馥郁《ふくいく》とした香りを発している名勝の地だったそうです。

山の真んなかに、白檀の観自在菩薩像が立ち、霊験あらたかということで、常に数十人のひとが、食事を何日も絶って祈願をしています。

心から熱心に祈ったものには、菩薩さまが威光をかがやかせてあらわれ、ねがいをかなえてくださるとあって、参詣者は増すばかり。

お師匠さまが参られたときには、お像が汚れるのを恐れて、四方八方に木の手すりを立てたため、お像にささげる香花も、柵外から投げるしかなくなっておりました。

お師匠さまは、いっぱい花を買って、花輪をつくり、お像のまえで心をこめて礼拝され、三つの願をかけられたそうです。

『一つ、この地で学び終わって国へ帰る途中、旅が平安無事であれば、花よ、お像の手に止まってください。

二つ、修めえた福慧によって、いつか慈氏菩薩に仕えさせていただけるなら、花よ、お像の両肘にかかってください。

三つ、衆生のうちには一分の仏性もないものがあるそうです。もしわたしに仏性があり、修行して仏となりうるなら、花よ、お像のおん頸《くび》にかかってください。』

かように祈って、はるか彼方から花を投げられたところ、なんと三つともねがったとおりになったそうです。お師匠さまは、それはよろこばれ、参拝に一緒に来たひとびとや、お寺を守るひとびとも、このようなことは例がないと、足を鳴らし、指をはじいて感嘆したといいます。」

玄奘のもとへおもむくまえに、おおよその中国仏教をマスターしたいと意気込む道昭は、それこそ寝る間も惜しんで鴻臚寺にそなえられた経典を読み、わからないところは教師たちに聞きながら勉学に励むのであった。

13　長安を歩く

久しぶりに道昭のもとへやってきた基は、刻苦勉学のあまりすっかり色白になって一まわり痩せてしまった道昭を見ると、首を振った。

「道昭さん、経典の勉強だけが勉学ではありますまい。

この唐という大国にいらしたからには、もっともっと、そう、長安だけでもじっくり見学していってくださいよ。

一年経って、玄奘さまのところに行かれたら、その暇はありますまい。あと一年経って、と玄奘さまが言われたのは、巷の見学もして来い、という意味もふくまれていると思いますよ。」

行動的な基は、次にあらわれたときには、中年の風格ある男を連れてきて、鄭宇遠《ていうえん》という商人だと紹介し、言ったものだ。

「はるか倭国からやってきた方です。私とは兄弟同様な方。都の足の裏まで教えて上げてください。」

「倭国。それはまた、遠いところからいらしたのですなあ。」

鄭宇遠は、いとしそうに道昭を見、次にあらわれたときには、黒い瞳が宝石のように光り、ぷっくらとゆたかな頬、色白の利発そうな娘を連れてきた。額の中央には、近ごろ流行のあざやかな紅が打ってある。

「木蘭《もくらん》といいます。どこにでもご案内しますから、この娘にお言いつけください。」

と言うのだった。

つつしみ深い倭国の娘と違って、木蘭は初対面からハッキリものを言う女性であった。

「東の果てからいらしたんですってね。よく船が沈みませんでしたこと。」

「二手に分かれて来たのですが、もう一船は、いまだに行方がしれません。」

「わたし、おねがいして、あなたの案内役にしていただいたんです。アジアの外れの倭国なんて国から来た、お坊さまを、一目見てみたかったんですもの。」

「木蘭。言葉が過ぎるぞ。」

呆れたように鄭宇遠がたしなめても平気で、

「ねえ、あなたのお国では、お魚を生のまま、むしゃむしゃ召し上がるんですって。」

「はい、たしかに。わたしは僧ですから、生ものは頂きませんが。わたしどもの国ではまだみ仏の教えが定まっていないんです。それで、こちらへ学びに参りました。」

「お坊さまなら、むつかしいお経を、勉強していらっしゃるだけでいいのに、なぜ街なんか見たいんでしょう。女遊びでもこっそりなさりたいんではないでしょうね。」

挑みかかるように言ってくるのに道昭は困って、

「違います。せっかく大唐帝国の都に来たからには、その裏表を知っておきたいんです。国のお師匠さまにも言われてきました。それに、大慈恩寺の玄奘さまにも、一年経ってから来るように言われました。」

「あら、玄奘さまがそう仰ったのですか。」

木蘭の漆黒な目は、じっと道昭を見るとき、にわかに湖水のように緑がかって、いつになく道昭はもやもやした心地になった。

鄭宇遠はほほ笑みながら、

「やんちゃ娘で驚かれたでしょう。でも、この娘は長安のすみずみまで知っていますから、ご案内にはうってつけでございましょう。」

一言言うと、立ち去っていった。

鄭宇遠は、鴻臚寺《こうろじ》の僧たちが手に入れたい品々を、比較的安価で売りにくるばかりでなく、広い人脈を持っていて、人と人をつなぐのも仕事の一部らしかった。

「まず都の全貌をつかまれるとよいでしょう。」

木蘭はと言うと、机の上にさっと紙をひろげたと見るや、しなやかな細い指が筆をにぎり、みるみる長安の都の地図を描いてゆく。

「もともとこの都は、隋の文帝のとき、造られたものですの。それ以前、漢の劉邦が建ててから国は変わっても都であり続けた長安を、徹底的に壊し、地形まで変え、竜首原というなだらかな郊外に大興城《だいこうじょう》という新都を建てたんですね。でも、だれも昔のままに長安と呼んでいます。隋がほろび、京城《けいじょう》と呼ばれるようになっても、だれも長安といっています。

宇文愷《うぶんがい》という西域出の天才が設計した現在の長安が、百十の坊市から成っていることはご存じでしょうか。

宮殿、官庁、寺院は小高いところ、一般の民家は低地に造られています。どの坊のまわりも高い壁で取り囲まれ、夜になると閉じられることはご存じですよね。

朱雀門を出て西へ、金光門まで行かれたことはおありですか。玄奘さまはこの門からひそかに西域をめざされ、先にはこの門から華々しくご帰還なさいました。

その途上の醴泉坊《れいせんぼう》は、かすかに甘味がする好い水が湧いたところから名づけられた坊ですが、ハシ胡寺がいくつもあります。火の神をおがむひとびともあり、景教(キリスト教)を信ずるひとびとの寺もあります。

東南のはしにある曲江池はいらしてないのなら、今度ご案内しましょう。あ、基さまと逍遥なさいましたか。

慈恩寺の北東、昌平坊の楽遊原《らくゆうげん》には登られましして?

城中随一の小高いところですから、四方がたちどころに展望できますの。特に、日暮れどき、あの高原からながめる夕日はくらべるものもない美しさ。今度、ご一緒いたしましょう。」

河南のひと、李商隠《りしょういん》が、楽遊原に登り、次の詩をつくるのは、八十年ほど、のちのこと。

楽遊原　　　李商隠

晩に向かえば　意適《かな》わず
車を駆り　古原に登る
夕陽　無限に好けれど
只　是れ　黄昏に近し

道昭も、とある日の夕暮れ、一人、高原に登り、刻々と変化する空の妖しいありさまに、師の慧隠《えおん》とともに日没の西方を透視した飛鳥での日を思い出し、ふと望郷の念にかられたのではなかったか。

地図の上での説明が終わると、次にあらわれた木蘭は、挨拶も早々に道昭を外へ連れ出した。

「東市、西市はどのくらい、見物なさいまして。ま、勉学にお忙しくてろくに見物なさっていないんですね。そう、今日あたり西市に行ってみましょうよ。」

そう言うやいなや、さっと立ち上がった木蘭は、道昭が応諾する暇もなく、外へ飛び出し、すばやく歩き出す。大路を闊歩してゆく姿が大胆で美しい。

長安の街路は、あきれるほど広く、楊柳、エンジュ、ニレなどの樹が天を突くいきおいで、並んでいる。

西市は、東市と広さはほぼ同じながら、西市の通路は東市の半分くらいの幅であるぶん、店数が多く、ごちゃごちゃとにぎやかなのだ、と木蘭は道昭に教える。

さまざまな店が並ぶなかを、店主に時折声をかけながら、すいすいと魚のような身軽さで、木蘭はすすんでゆき、道昭はあっけに取られながら、後に続いた。

市の中央にひときわ広い広場があり、商談でもしているのか、ざわざわとあちこちに商人らしいものたちが群れている。

「おだやかな広場に見えますでしょう。でも時としてここは処刑場にもなりますの。あの『大唐西域記』をまとめられた辯機《べんき》さまが、腰斬の刑にあわれたのもこの広場でした。」

そう聞けば、にわかに広場の地中から無念のものたちの恨みが、血しぶきとなって噴出してくるような気がする。

「南無阿弥陀仏、南無阿弥陀仏。」

合掌して、辯機の後世を祈らずにはいられない。

だまって見ている木蘭の目が、常より緑がかっていることに道昭は気づかない。

「もう少し行くと、見世物小屋が並びます。いまは、刀を呑んだり、火を吐いたりする西域の奇術師が人気で、貴公子の方たちもお忍びでやってこられます。

ええ、その方たちを、そっとご案内するのも隊商団の仕事ですの。道昭さんも、ご覧になりたければ、いつでも仰ってくださいな。」

次の機会には、木蘭は東市を経て、春明門まで道昭を引っ張っていった。

青く塗られているため、春明門は青門の呼び名でひとびとは呼んでいるのだと言い、昔、秦の滅亡後、一介の庶民となった邵平《しょうへい》(元東稜侯《とうりょう》)が、青門の外に植えたウリが、極めておいしかったので「東稜瓜」あるいは「青門瓜」と称えた故事も、木蘭は語った。

「ここに柳の樹が茂っておりますでしょう。長安から去るひとを見送りに来たものは、この柳の枝を折って環をつくり、再び還って来られるように、と去ってゆくひとに送る慣わしがありますの。」

木蘭にいざなわれるままに道昭は、由緒ある寺々や名勝地をはじめ、活気に充ちた長安の隅々まで歩きまわり、さまざまな民族、さまざまな衣装、さまざまな言語が雨あられと飛び交う都の顔に触れた。わいざつな言葉が飛び交う見世物小屋や、地方から出てきた大衆を魅了する西域のみごとな雑技も観た。

その若さで、ひややかといってよいほど冷静で、一歩さがって物事をながめているような木蘭に、道昭は日々惹かれてゆく自分を感じていた。それは、倭国で、花信尼に対しておぼえたほのぼのとした恋情とは違い、なぜか危険な匂いがする。

(危ないぞ。基さんはわたしを試すために、鄭宇遠に言ってこのひとをわたしに付けたのではないだろうか。) そんな疑問が胸をもたげるときもある。

「木蘭さん、長安のことはずいぶん教えてもらいましたが、あなたのことは何にも聞いていませんよね。」

「わたしのこと? ふふ、わたしのことなぞ聞いてどうなさいますの。」

「いや、どうもしませんが、こうして色々教えていただいていると、つい、あなたのことがもう少し知りたくなります。」

「陳商団にやとわれている娘、それだけの女ですわ。」

そのときは、そっけなく言った木蘭の胸のうちにひそんでいた悲嘆。それを道昭が聞かされたのは、陳商団が経営している茶店の奥で、甘く舌ざわりのよいぶどうジュースをふるまわれたときのことであった。

「玄奘さまも飲まれた飲み物ですから。」

そう言って杯に注いだ白い飲み物は、馥郁《ふくいく》とした香りを放っていた。ためらう道昭に、

「これをお飲みになったら、わたしの秘密をお教えしますわ。大丈夫、お酒ではありません。ぶどうでつくった飲み物ですから。」

と木蘭はほほ笑んだ。

口にふくむと、甘く、えも言えない香りで陶然とした心地になる。ぶどうで造ったというのに、赤くはなく、乳のように白い。

「ぶどうは赤いと聞いていますが、これは白い。一体なにかしら。」

問う道昭には答えずに、

「ところで、道昭さま。『大唐西域記』をひもとかれたと伺いましたけれど、玄奘さまが訪ねられた国で、省かれている大事な国があることをご存じ?」

「実は全部読みきってはいないのですが、さて、そんな国があるのでしょうか。」

「ありますとも。でも、今はなくなってしまった国ですから、玄奘さまとてお書きにはなれません。ぶどう酒も、この飲み物も、その国の特産物でしたわ。今は、樹々はそっくり引き抜かれ、皇帝陛下の庭園に植えられていますけれど。

音楽を好む国でもありました。道行くものはなべて楽器を抱き、猛暑の夏には、琵琶とハープを鳴らしてひとびとは踊り明かしたという国ですわ。」

木蘭の声がしめりやかになるのを聞いて、道昭ははっと気づき、

「ああ、では木蘭さん、ひょっとして、あなたはそのなくなってしまったという国の方なのではありませんか。なんという国だったのですか。」

「さすが感がよくていらっしゃるのね。高昌国といいます。」

その名をいかにも大切そうに木蘭は告げた。

「もしこの国がなければ、あの玄奘さまの旅も、どれほど困難になったか知れませんのよ。」

「今はない国だ、と言われましたが。」

木蘭はふっとため息をついた。

「わずか十三年まえに唐によってほろぼされました。その五年後に、玄奘さまは唐へもどられましたから、別の道、南路をとおって帰られたのです。高昌国を発たれるとき、玄奘さまと兄弟の縁をむすばれていたキクブンタイ王さまは、ご帰還の日には、高昌国に三年とどまって、供養を受けてほしいと切にねがわれ、玄奘さまはご承諾なさっています。でも、ご帰還のまえに、わが国はほろぼされてしまったのでした。」

「兄弟の縁をむすばれたとは、どういうことでしょう。」

木蘭は、自分は子どもだったので、玄奘と高昌国の深いかかわりは、王宮の酒造場ではたらいているカラータイ老人に今度、話をさせようと言った。

「このぶどうの飲み物も、カラータイ爺やが、造ったものなんです。亡き皇帝、太宗陛下に、醸造法をお教えしたのは、爺やなんです。聡明な陛下は、ご自身工夫なさって、新しく八種のぶどう酒を発明なさっています。でも、私は、爺やのつくったこのぶどう酒の味が、一番好き。」

今はほろびた高昌国と玄奘とのあいだに生まれた縁をやがて、同じ茶店で、道昭は白髪で小柄なカラータイ老人から聞いた。彼は木蘭のことを、お嬢さま、と呼んで

いて、どうやら木蘭の出自は、亡国の貴族につながるものであるらしかった。

　唐人に話すことはおもんばかられる、玄奘と高昌国との深い縁を、木蘭が心を許しているらしい倭国の僧、道昭になら遠慮なくしゃべれることで、カラータイ老人は嬉しげであった。

「玄奘さまが、高昌国においでになるまえは、まことにたった一人、なにしろ禁令を破っての出国でしたから、それは危険にさらされた道中であられました。玉門関を越えるまでは、監視兵にみつからないよう、昼は寝て夜歩くという日々であったそうで。その先には五つののろし台があり、監視兵がそれぞれおりますが、各のろし台のあいだは百里へだたっていて、途中には水も草もないのです。」

　赤い痩せた老馬にひょろひょろと乗った玄奘は、はてしない砂漠を、あるときはうず高く積もった白骨や馬糞をながめ、あるときは数百隊の軍隊がゆれうごく妖怪（蜃気楼）を見つつ、すすんでいった。怯えたときには、空中から「恐れるな、恐れるな」という声が聞こえてきて、気持ちがおちついた。

　ようやく第一ののろし台が見えたものの、密出国の身は、監視兵に見つかりたくない。

　砂漠のくぼみに日が暮れるまでひそみ、夜になるのを待って歩き出し、のろし台の西にある泉に下っていって、乾ききった咽喉をうるおし、手を洗った。

　次に皮袋に水を入れようとすると、さっと一本の矢が飛んできて、危うく膝に当たりそうになった。身がすくんでいると、次の矢が飛んでくる。

　これは正体を明かしたほうがよいと考えた玄奘は、大声で叫びつつ、馬を引きながらのろし台に向かう。

「都から来た僧ですっ。怪しいものではありませんっ。」

　門を開いて出てきた監視兵は、たしかに僧形の玄奘を見て、なかに入れといい、校尉《こうい》（指揮官）の王祥に会わせた。

　王祥は火を焚かせ、その明かりで玄奘の顔を見る。そして、この辺の僧ではなく、都から来たようだとわかり、なぜやってきたか、尋問する。

　玄奘は、法をもとめようとして、バラモン国にむかっているのだと言い、名を告げた。

　王祥は、玄奘についてのうわさは聞いていたが、東方へ帰ったはずなのに、なぜここにいるかと問う。

　玄奘が、皇帝に提出したものの認めてもらえなかった請願書を見せたので、ようやく本人だと納得したものの、さて、国法を破ろうとするものをとおすわけにはいかない。

　自分は敦煌出身である。敦煌には、賢人を敬い、徳を尊ぶ僧がいるので、玄奘に会えばよろこぶだろうから、敦煌に送ってやろう。どのみち遠いインドへなど行けるわけはなく、出国の罪を認めるわけにもいかないのだ。

　王祥の説得に、頑として玄奘は、応じない。

「玄奘さまはかように仰せられたそうです。

『中国の経典には欠けているところがあり、それを尋ねんがため、生命の危険をおかしてインドへ行こうと誓ったのですから、罪を問うというなら捕らえ、刑罰に処してください。どんなことがあろうと、私自身、東方へは一歩たりともどることはいたしません。』

　固い信念は巌をもうごかすと申します。そのときの玄奘さまはまさにそのようであられたのでしょう。

　その信念にうごかされ、ついに王祥さまも、国法を犯すことより、玄奘さまのねがいを聞き入れないほうがよほど問題であろう、こうお考えになられました。

　お会いできたことは随喜のいたりです、と玄奘さまに言われ、疲れきった玄奘さまを、朝になるまでゆっくり休ませてさしあげます。

　朝になると、食事をさしあげ、部下に包ませたナン（小麦粉を練って焼いた薄いパン）と水を携帯用にさしあげ、ご自身、十余里ほどもお見送りなさったのでした。

また、そのときに、その道からまっすぐ第四のろし台に向かってください、そこの指揮官は伯隴といって自分の一族だから便宜をはかるでしょうと言い、泣いて玄奘さまを拝み、もどっていかれたそうでございます。」

　果たして第四のろし台では、指揮官の伯隴が大いによろこんで玄奘を泊め、大きな皮袋や馬麦を手向けに持たせてくれたのであった。

　伯隴は、第五のろし台の指揮官は粗暴だから気をつけるように、ここから百里ばかり行ったところに、野馬泉があるからそこで水を補給するように、と忠告してくれた。

　見送られて行く先は、はてしない砂漠。

　飛ぶ鳥、走る獣とて、一切、見当たらない。

あたりを見まわしても、あるのはわが影のみ。

玄奘は一心不乱に、観世音菩薩と『般若心経』を念じた。

道昭はこの件については、基から聞いたことがあったのを思い出す。

「お師匠さまは、砂漠でさまよわれたとき、一心に般若心経を唱えられたと聞いております。そもそも、お師匠さまが蜀においでだったときのこと。体中できものだらけで、衣服も破れ汚れた病人がいたのをあわれんだお師匠さまが、寺に衣服・飲食を施させたところ、慙愧した病人が、このお経を、お師匠さまに与えられたと申します。

それからというもの、お師匠さまはこの般若心経をよく暗誦されておいでだったようです。砂漠にあって、観世音菩薩を念じても去らなかった悪鬼は、なんと般若心経を唱えるとみな消えてしまったそうですから、はて、体中おできだらけの病人はみ仏の化身であられたのかもしれません。

砂漠で、お師匠さまが唱えられたのは、鳩摩羅什《くまらじゅう》さま訳の般若心経だったでしょうが、インドへ行かれて、原典に当たられたのち、ご自分で新訳なさっておいでです。また訳せないパーリ語、たとえば涅槃などは、パーリ語のニッバーナの音訳だそうです。安穏と訳してしまえば、意味が矮小化してしまう。大乗仏教では、菩薩は安らかな状態に安住されるのでなく、ひとびとの救済のために苦しみ悩みながら、隠れた心の底は静かで安らかであられるから、ニッバーナは音訳にしたのだとお師匠さまは言っておられましたっけ。

道昭さんは、もう般若心経は読まれましたか。」

「はい。こちらに参ってから教えていただき、諳んじはしましたが、さて、意味となると一向にむつかしく、いくら考えても途方にくれてしまいます。」

「はは、たしかに私も同じですよ。諳んじ、諳んじ続けるなかで、少々見えてくるものがあるだけで。ま、私たちは若い身、あせる必要はないでしょう。」

基との話を思い出している道昭にも気付かず、カラータイ老人は、話し続ける。

玄奘が、百余里すすんでも野馬泉は一向に見つからない。道に迷ったのであろう。やむなく皮袋の水を飲もうとしたところ、疲れていたせいか、袋が重くて手から落ち、ひっくり返してしまった。

ただ、同じところをぐるぐるまわっている気もしてくる。やむなく東方の第四のろし台に向かって帰ろうと、十余里ほど引き返していったところで、はっと気づく。

「玄奘さまは、『先に願を立て、インドに到達しなければ一歩も東へ帰るまいと誓ったというのに、なんで引き返しているのか。それなら西に向かって死ぬべきだ。東へもどっていっておめおめと生きようというのか！』心中かように叫ばれ、もっぱら経を唱えつつ、西北へすすまれたそうでございます。

ひとはもとより鳥も樹も見えないなかで、怪しい火があちこちでちらちらし、昼ともなれば砂あらしが猛然と砂を巻き上げ、吹き散らす。

実に四日四晩、飲まず食わず、ついに意識は失せないものの、一歩もすすめなくなり、馬もろとも、砂のなかに倒れ伏し、ひたすら観世音を念じられたそうでございます。」

五日目の夜半、ふいに涼しい風が吹いてきた。その風に癒されて目が開き、馬も立ち上がった。

よみがえった心地で、快く眠っていると、夢に、天までとどくほど長身の神があらわれ、玄奘をさしまねくと、なぜすすまずに寝ているのか、と責めた。玄奘は驚いて目が覚め、ただちに出発した。

十里ばかり行くと、馬は違う方向へ歩き出した。玄奘が制止しても止まらず、ずんずん行く。数里行くと、青草が生えた草原があるではないか。

よろこんだ玄奘は馬を下りて、存分に草を食べさせ、それから十歩ばかりすすんでみると、池があった。しかも甘く澄みとおった水だ。これぞ菩薩のご加護とおもいつつ、存分に水をのみ、人馬もろとも甦ったのだった。

「この青草、この池は、昔からあった水草ではないそうでございます。ひたすら求道の道を行く玄奘さまの熱誠が天にも通じ、菩薩のお慈悲で、生じたものでありましょう。この草原で一泊なさり、皮袋にたっぷり水を入れて出発なさったのでありました。」

カラータイ老人の話は、なかなか肝心の高昌国に行き着かないものの、『大唐西域記』よりはるかに詳しく、玄奘がおちいった辛酸を語り聞かせるので、道昭は息を呑む。

それからさらに二日間、砂嵐にまみれながらひたすら砂漠をすすみ続け、ついに大きなオアシス、伊吾《いご》国（天山東端のハミ地方）に着いた玄奘。

伊吾国は当時名だたる仏教国であり、たくさんの寺院があった。

とある寺に、玄奘が宿を乞うたところ、僧たちのなかに中国人の僧が三人いて、一人の老僧は、帯もむすばず、はだしのまま飛び出してきて、玄奘に抱きつき、泣いた。

あの長く苦しい砂漠の道のりをおもえば、この地に同国人の僧があらわれるなど夢のようであったのだ。老僧の心境をおもい、玄奘ももらい泣きせずにはいられなかった。

たった一人、老いさらばえた馬に乗って砂漠を越え、インドへ向かうという尊い僧がやってきたと聞いて、近隣の僧たちがことごとく挨拶に訪れる、
伊吾の国王は、王宮にまねき、ていねいに供養する。

「ちょうど、この伊吾に高昌王、キクブンタイさまのお使者が滞在しておられたのでございます。

玄奘さまに会われると、ただちに高昌国へ出発、キクブンタイさまに、急ぎこの旨お知らせしましたから、さあ、大変。是が非でも高昌国に寄っていただかねば、とのキクブンタイさまのご命令で、玄奘さまをお迎えするお使者の一団が数十人、馬に乗って伊吾へ向かったのでございました。

お使者たちは、玄奘さまに拝謁、いんぎんに高昌国へお寄りくださるよう、幾度も幾度も、ねがわれました。かくてついに玄奘さまもねがいを聞きいれられ、六日かかってわが高昌国へ着かれ、王城へ参られたのでございました。お着きになったときは、鶏鳴のとき、門はまだ閉まっておりましたが、勅命により門を開かせ、あかあかと灯火を並べ、城に入れられた玄奘さまを、キクブンタイさまは侍臣とともに自ら丁重に出迎えなさいました。

道のりを考え、その時刻にきっと着かれるだろうと考え、王妃さまや侍臣どもども経を読み、寝もやらずに待っておられ、二階建ての豪華な楼閣の帳幕《とばり》へとご案内され、うやうやしく礼拝なされたのでありました。」

「そのうち、早くインドへ向かいたい玄奘さまと、高昌国へとどめておきたい王さまとのあいだで、揉め事が起きたと聞いていますけど。」

木蘭が口をはさむ。

「そうなのです。キクブンタイさまは中国にも先の王さ

まと行かれたことがあり、多くの名僧にも会われたが、心からお慕いする方はいなかった。玄奘さまにお会いして、これぞ自分が望んだ方、高昌国へ生涯とどまっていただいて、国中のひとびとを玄奘さまの仏弟子にしたい、かようにおもわれ、インド行を断念するよう、ねがわれたのです。

高昌国を治めているキクブンタイさまは漢族ながら、太子の妃は、西突厥《とっけつ》王、統葉護可汗《とうようごかがん》の妹。かたや、お妹君は、統葉護可汗の長男の妃。

国内には突厥の重臣が常住し、上納金を国王がちょろまかさないか、目を光らせています。

住民にはトルコ系もいれば、モンゴル族もおり、イラン人もいるという具合で、他民族を束ね、西突厥に押さえられながら、大国唐の機嫌をうかがうむつかしさに苦心されておいでです。玄奘さまのすぐれたお力にすがって国をまとめたかったのでしょう。」

「玄奘さまがご承知なさるはずもないでしょうに。」

「幾度のねがいも聞きいれられないのに業を煮やしたキクブンタイさまは、そこはやはり王さま。怒り出し、自分には玄奘さまを力ずくでとどめることも、あるいは国へ送り返すこともできるのだ、かように大声で仰ってしまわれました。」

「そのとき、玄奘さまがなんと言われたと思われます？」

木蘭の問いに、さあ、と道昭は首を振るしかない。

「玄奘さまはこう言われましたの。

『わたくしが参ったのは大法のためです。あくまで行くことを妨げられるなら、体だけはここにとどまることとなりましょう。でも、心まであなたの自由にはなりません。』」

「それで王さまは得心なさったのですか。」

「いいえ、それでもまだ、ご自身自ら食膳を玄奘さまにささげ、供養を増し、玄奘さまが出発なさるのを許されませんでしたの。」

「その難関を玄奘さまはどのように乗り越えられたのですか。」

「断食をなさいましたの。端座なさったまま、水さえ飲まれなかったのです。」

「断食なさっていることが、わたしらのところにまで伝わってきて、もし、お体になにかあったらどうするのか、とそれは心配したものでした。玄奘さまには高昌国にずっといらしてほしい。でも、むりにおとどめすることがまことにみ仏のお心にかなうことなのかと、はい。」

「三日間、飲まず食わずでいらした玄奘さまは四日目にはひどく弱られました。そのお姿を見て、キクブンタイさまはさすがに深く恥じられました。頭を地につけ、礼拝して、インドへ旅立たれてよいからどうか食事をしてください、とおねがいなさいましたの。」

「それでも、玄奘さまは王さまの本心を疑われて食事なさろうとはなさいませんでした。

困ったキクブンタイさまは、道場に入ってみ仏に礼拝され、母君に対して、玄奘さまと兄弟になることを誓われ、自由に求法の旅へおもむかれるようねがわれました。ただ、お帰りの際に、三年高昌国にとどまって弟子である自分の供養を受けてほしい。もし成仏されていたら、さらに一ヶ月とどまって、経を講義してほしいとねがわれ、玄奘さまは快く応諾なさいました。

かくて、ようやくお食事をとられたのでした。

立ち去られるまえに、大きなテントが張られて、講座が開かれました。わたくしのようなものまで、聴講いたしたのでございます。」

そのときの感激をカラータイ老人はあらためて思い出すふうである。

「わたしは八歳でしたけれど、何より驚いたのは、玄奘さまがおいでになると、王さまがご自分で香炉をとり、お出迎えなさったこと。それどころか、法座に登られるとき、王さまが低くひざまずいて踏み台になって、その背の上を玄奘さまがお踏みになったことでした。

今おもいますに、玄奘さまはあのときもまだ、キクブンタイさまのお心変わりを恐れていられて、あえて、そんなことがないよう、背を踏まれたのではなかったか、と。爺やは、どうおもいます？」

「お嬢さまのお考えのとおりでしょう。でも、それは杞憂で、キクブンタイさまは心から玄奘さまに帰依されておいでででしたから、大丈夫だったのです。

お発ちのとき、それは心を尽くして道中不自由がないよう、かずかずの品々を贈られました。

そのときなにを贈られたか、爺やは諳んじておりますよ。」

カラータイ老人は、節をつけて列挙する。

「一つ、法服三十具、二つ、仕える少年僧四名、三つ、寒い西域にそなえ、面衣・手袋・靴・足袋を数個。四つ、金百両、銀銭三万、五つ、うすぎぬ・絹五百匹、六つ、馬三十四、クーリー（下層労働者）二十五人、と言った具合です。」

キクブンタイ王は、側近のものに道案内役を命じて、西突厥のヤブグカガンのもとまで玄奘をとどける手配もし、綾絹五百匹、果物二車を、ヤブグカガンに献上品として送る。

さらに、「わたしの弟は、仏法をバラモン国にもとめようとしています。どうか、わたしを哀れむように、師をあわれんでください。」と書いた手紙も付ける気の配りようだ。

その上、二十四の封書をつくり、一封書ごとにうすぎぬ一匹を贈り物に附けて、クチャほかの国々に玄奘へ便宜をはかるよう、たのんでいる。

高昌以西の属国に対しては、駅馬を用意し、つぎの国まで順々に送るよう指示も行い、痒いところに手がとどくような気遣いであった。

「玄奘さまはいたく恐縮され、謝意をこまごま述べた上表文を提出なさいました。

そのご文章を、高昌国のものなら、だれでも諳んじたものでしたよ。」

「わたしは爺やから教えてもらったのですけれど、お聞きになります？」

是非、と道昭が所望すると、よくひびく声で、木蘭は暗誦しだすのだった。

文の終わり近くは次のようだ。

「ヤール川の水が氾濫しても、この恩沢《おんたく》より少なく、パミールの山を持ち上げても、この恩にくらべれば、けっして重くはありません。インダス川上流ギルギットからダレルへのけわしい道も、ベダル峠の険も、憂いにはなりません。サンカシヤ・ブッダガヤの郷も、巡礼することと晩くはありません。もしまことにインド入りをはたすことができたら、まさしく王のご恩のおかげです。

これから後に、いろいろな師に会い、正法を受け継ぐことができますならば、帰国し、翻訳して、未だ知られていない経典を広め、邪見の林を伐り、異端のこじつけを絶って、教化の足りないところを補い、仏門の指南を定めましょう。どうかねがわくば、わたくしのささやかな功が、王の格別の恩沢に応えられるものでありますように。

　しかし前途ははるかに遠く、久しくとどまることはできません。明日、発とうとすれば、ますます別れの悲しみが増し、とうてい堪えられないほどです。謹んで感謝し、上奏いたします。」

　いよいよ旅立ちの日には、王、王妃、なべての僧たち、大臣、一般のひとびとも、玄奘が立ち去る悲しみに泣き叫びながら、大行列がぞろぞろと城の西へ向かったのであった。

「キクブンタイさまは、郊外に出たところで、王妃、一般のひとびとは帰らせ、大臣たち、高僧たちとともに、馬に乗って玄奘さまを数十里も見送られました。

　いよいよお別れのとき、玄奘さまを抱いて慟哭なされたそうですが、そこまでのお悲しみは、高昌国の滅亡を予感なさっておいでだったのでしょうか。」

14 廃墟の月

高昌国が、唐にほろぼされたのは、玄奘の滞在から十一年後。（六四〇年）

「国がほろびる悲しさは、道昭さんには到底おわかりになりますまい。」

カラータイ老人は目をしばたたかせる。

「わたしたちの都、カラホージョは、それは美しい都でしたの。いえ、長安の都のようにやけに大きいわけではありません。しっとりした王城のたたずまい、賑わう市場、父に連れられて観月の宴に参加し、テラスから大きな大きな象牙色の月を見た日のことは忘れられません。」

ほろぼされるわずか十年まえ（六三〇年）、キクブンタイは、全国統一を成しとげたばかりの唐を訪れていている。しかしながら、かえってその訪問が災いしたようだ。

というのも、実は隋の煬帝の時代に、キクブンタイは父王、キクハクガとともに隋を訪れ、三年も滞在していた。（六〇九〜六一二年）

このときにも、カラホージョには突厥《とっけつ》の重臣が常駐しており、キクハクガの叔母は突厥可汗の娘である。ゆえに隋訪問も彼らの承認を得てのこと。突厥にとっては、中国と高昌国との交流で甘い汁が吸えるからであり、一方、ハクガとしては隋と親交をむすぶことで、突厥の力を抑えようとの思いがある。

ハクガは、そのため高麗遠征のお供までしたから、煬帝は大いに気をよくし、準皇族の宇文氏の女性をブンタイに与える。華容公主である。

匈奴《きょうど》南単于《ぜんう》の末裔である宇文氏は、西魏を倒して周朝（北周）を建て、五五六〜五八一年、足かけ二十六年、中国北朝を制していたが、外戚の楊堅が国をうばい、隋を建て文帝となったわけであった。

はで好きの煬帝は、高昌国王だけでなく、来朝した諸外国の王や使節を洛陽にまねいて、六一〇年正月十五日、元宵節《げんしょうせつ》に、盛大な宴をくりひろげている。

元宵節の起源は、種々いわれていて、漢の文帝が諸呂の乱を平定した日に、宮殿を出て、あちこちに灯りを点し、民衆とともに祝ったのがはじまりともいわれる。道教と仏教と宮廷行事がミックスして、しだいに華やかになっていったようで、南北朝時代、梁の簡文帝が、提灯を連ねて灯し、祝ったさいの詩が残っている。煬帝は、外国の王・使節を招待することで、国威を見せつけようとしたのだろう。

広い会場をつくって、あまたの芸人たちにサーカスその他の演技を競わせ、その周囲で音楽を奏するものは一万八千人。

「声は数十里に聞え、昏より旦（朝）に至り、燈火は天地を光燭し、終月（一月）而して罷《や》む。費す所は巨万」であったと「資治通鑑《しじつがん》」に記される。（陳舜臣氏の書の孫引き）

その壮大さに、キクブンタイはさぞ目をまわしたことであろう。煬帝はさらに東市で大交易会を開き、ずらりと並んだ店舗をはでに飾り立て、珍品を積み上げさせる。外国の客人は、飲み食いも一切タダの、太っ腹なもてなし。

拠るに足る国だと思い、帰国して行ったハクガ父子。だが、わずか六年後には隋はほろびてしまう（六一八年）。豪勢さが災いしたわけで。

隋に代わった唐に、六一九年、いち早く高昌国は使節を送る。これも勿論、突厥の承認をえてだろう。同年に死んだ父ハクガの後、王位を継いだブンタイが送った使節である。

その後、六二六年、太宗即位にさいしては、珍品、黒い狐の皮ごろもを贈り、お返しにブンタイの妻の宇文氏に美しいかんざしが贈られている。宇文氏はまたそのお返しに大理石の大皿を贈ったのだったが。

「玄奘さまを高昌国にお迎えしたのは、皇帝即位の三年後（六二九年）でありましたなあ。

そしてわが王さまが、また入唐なされたのは、明くる年の暮れ近くでございました。はい、私も、ぶどう酒を献じる御用で、お供させていただきました。

隋の折りの華やかさは供にくわわったものたちから散々聞かされておりましたから、よほど目をまわすようなもてなしを受けるぞ、と欲深くも期待して参ったものでありましたが、はじめから期待を削がれてしまいまして。」

カラータイ老人は、苦笑いしながら、国境に着いたところ、迎えに来てくれるはずの長安常住の使者、エンタンキッカン一行の姿がなかったのだと語った。

「聞けば、これまでどおり、キッカンさまが部下をひきい、出迎えに出発したところ、皇帝に、むだな出費は利にならないと、さる大臣が進言なさったそうでして、キッカンさま一行には長安にもどれとのご命令。いやはや淋しくも不便な長安までの旅をいたすことになりまして。われら下々のものまで、これは隋と違って唐という国はなんと渋い国柄であろうか、われらを蛮族とあなどる態度が許せぬ、といきまいたものでありました。

長安に参りましてからも、はでな宴も交易会もございません。

わが王さまは、これは隋と異なり、唐の国力は頼るに足りぬぞ、こうお考えになられたのではなかったでしょうか。」

「帰られてから、追い討ちをかけるように、ウイ国の問題が起こったわけですね。」

木蘭が口をはさむ。

「さようでございます。」

実は、天山北路に在る高昌国の繁栄は、南路で栄えた楼蘭王国の滅亡によっていた。

天山山脈の雪解け水が、孔雀川をとおしてロブノール湖にたっぷり注いでいたおかげを受け、紀元前二世紀から五世紀まで東西の交易で華々しく栄えていた、楼蘭王国。一万四千人も住んでいたといわれるその楼蘭は、湖の水が干上がったことで、はかなくほろびた。

天山南路はほぼ途絶えてしまい、東西の交易は北路におおかた拠ることとなり、北路のオアシス高昌国が、交易都市としてがぜん栄えることになったわけで。

高昌の地は、前漢のころ、皇帝の命により派遣された中国軍が、守備と開拓をかねた軍事基地を設けたのがはじまり。その後、権力者がさまざまに交代、五〇一年ころ、キク氏が国人におされて高昌国を開き、約百五十年間、おだやかに国をたもってきたものであった。

当時の気候は温暖。養蚕、麦作が行われ、赤・白のブドウ、ウリ、塩をゆたかに産していた。

順風満帆にみえた国情だったものが、南路ルートの復活をウイ国が申請、唐が許可したことから危うくなった。

ウイ国としては、北路で唐と交易するには、高昌国と伊吾国二国を通過せねばならず、南路であればまっすぐ唐へ行けるわけだ。

「もう一つ、伊吾国の問題もございました。伊吾国はわが高昌国より小さな国でして、それまでわが国に臣従しておりましたのに、わたしらの入唐よりわずかに早く伊吾国王が唐へ参っておりまして、なんとわが国に相談もなく唐に降ってしまったのでございます。

かの国は、突厥より唐をえらんだわけでございますな。

皇帝はよろこび、伊州と称し、伊吾国王は伊州の城主となってしまいました。」

「小国の悲しさですわね。伊吾国も悲しいし、高昌国も悲しい。西突厥は伊吾国の裏切りに憤激し、伊吾を攻めよ、と言ってくる。突厥も多少の軍は出しましたものの、わが国が主となって伊吾を攻めました。

と、唐の皇帝は怒られ、大臣級のものを長安によこすように言って参りました。

あのとき、大臣級を送ったら国はほろびなかったのでしょうか。キクブンタイさまは、ご自身、入唐されたとき粗末に扱われたことで、立腹もされていましたし、唐の力を見くびられておいででした。ですから大臣級ではなく、それより位の低いキクヨウさまを使者にして長安に送られたのです。」

「そのとき、皇帝は、キクヨウさまに詔書を渡されました。それは高昌国が抑留している漢族を、唐に帰すようにとのご命令でした。隋の末期に突厥が国境深く侵入して漢族をさらっていったのでございます。

突厥が乱れたときに、このものたちは逃れ、無事に故郷へ帰れたものもありましたが、高昌国に捕まってしまったものもありました。

彼らは、国にとって役立つものゆえ、キクブンタイさまは、唐に返したくありません。詔書に返事もなさらなかったのでございます。

それどころか、キクブンタイさまは、唐何ものぞ、と高をくくり、ウイ国を攻められたのでありました。

はい、突厥に相談なしにでございます。」

南路ルートが盛んになられては困る。

「王さまの欲が、国をほろぼしたと言えるでしょうか。玄奘さまがもしおいでなら、矛を持つものは矛によってほろびるとおいさめでしたかしら。」

キクブンタイは、唐の国力を見誤り、西突厥の力を頼って、唐の意にあえて逆らったものの、これが命取りとなった。

ウイ国を攻めたキクブンタイに、太宗は詰問の使者を送る。

「もし、それでも、王さまが謝罪なされば許していただけたかもしれませんが、王さまはきっぱり次のような書を送られましたの。

爺や、言えるでしょう。」

「はい、諳んじておりますとも。

かような文言でございました。」

カラータイ老人は、すっと背を伸ばして、声を張り上げた。

「鷹、天に飛べば、雉は蒿《こう》（ヨモギ）に伏す。猫、堂に遊べば、鼠は穴に噍《か》む。各々其の所を得、豈《あに》自ら生くる能わざらんや。

こういう書を送られ、一切、朝貢をやめてしまわれたのでありました。」

鷹や猫は、悠々広いところで気ままに暮らしている。弱い雉や鼠が、自分の力に合わせた狭いところで生きていこうとしているのにまで口出ししてほしくない、とキクブンタイは居直ったわけであった。

「名文と引き換えにわが王さまは国を失ったというべきでしょうか。愚かな王さまといえますわね。

でも、国はほろびても、文は残ります。キクブンタイさまの気概は、今はない高昌国人として唐で生きていく、わたしの誇りですの。おかしいでしょうか。」

木蘭は、ふっと笑った。

キクブンタイの計算違いはいくつかあり、一つは、唐が攻めてきたときには助力してくれる、と頼りにしていた突厥が全く頼りにならなかったこと。

なにしろ長男の妻は、西突厥の王、統葉護可汗の妹だし、わが妹は可汗の長男の妻になっている。頼りになると思ってもおかしくはなかったわけだが。

さらなる計算違いは砂漠という巨大な壁が、唐軍をはばみ、味方してくれると考えたことであろう。

太宗もやみくもに攻めたわけではない。出陣まえに、歯向かった場合と臣従した場合との禍福をるる説いて、今からでも長安にやってきて謝罪すれば許す、と最後の書簡を送っている。

このとき、キクブンタイは病の床についていた。これもどうにもならない計算違いであったろう。

情理を尽くした太宗の書簡に、ゆれるキクブンタイ。病で心弱くなったこともあって、やはり膝を屈すべきではないか、這ってでも行けば、許されるかもしれぬ、途上で倒れるとも長安に行こう、と言ったが、長男のチセイが止めた。

「今さらお気の弱い。なに、いざとなれば、義兄の統葉護可汗が味方してくれましょう。」

キクブンタイは、重い病気ゆえ、今はどうしても行けぬ。治れば伺うので待ってほしい、との書を太宗に送っている。

これまでのいきさつから、太宗のほうでは、仮病であろう、臣従する気は全くないのだ、と見切った。

となると、すばやく遠征軍を送ることを決断。七千里の砂漠を越える遠征を危惧し反対する大臣たちを押し切って、六三九年十二月、勇猛で聞こえる侯君集を大総管に任じ、一大遠征軍を高昌に送る。

七千里の砂漠を大軍団が、一気に突きすすんだのである。高昌国の豊饒さを熟知している侯君集は、自ら先頭に立ち、

「すすめ！　すすめ！　砂埃の彼方にはどっさりみごとな獲物が待っておるぞ！　えい！　すすめぇい！」

巧みに軍団を叱咤し、疾駆していったのだ。

唐軍来ると聞いて、ウイ国王も、伊州城主も、すわこそ報復の時は来たとばかり、よろこんで唐軍のもとへ駆けつける。

唐が攻めてきても、頼みの西突厥は微塵《みじん》もうごかなかった。かなわないと見て、高昌国を捨てたのである。

唐の軍隊が都カラホージョにせまってきたところで、キクブンタイは嘆息しつつ病死する。城の陥落まえの死は、いっそ幸せだったというべきであろう。

ブンタイの長男、チセイは、父王の葬いをすませると、十二代高昌国王を継いだ。チセイは、罪は故王にあり、自分は位を継いでいくばくもない、そこを哀れんでほしい、と侯君集に書簡を送り、侯君集は、それなら城を出て降服せよ、と言ってくる。

チセイは城から出なかった。西突厥の援軍があらわれるのをまだ期待していたのである。

「お若い新王さまに諫言する臣下がいなかったことを思うと、高昌国はほろびるべくしてほろびたのでありましょうね。わたしの父なども、徹底抗戦派でありましたもの。」

ささやくように木蘭は語る。

「西突厥可汗は、カラホージョからずいぶん離れた浮図城まで軍を送ってきましたけれど、そこから一歩もうごこうとはしませんでした。それどころか、いよいよ城への唐軍の攻撃がはじまると、浮図城からも撤退していってしまいました。城に残された指揮官も、唐軍がせまるとあっけなく降服したのでした。

これを知ってついにチセイ王さまも降伏なさいましたが、そのまえの攻防で、たくさんの将軍・兵士たちが倒れていきました。父もその一人でした……。」

淡々と語りながら、木蘭の頬に涙がつつっとながれた。いたわるようにカラータイ老人が口を添える。

「なにしろ唐軍は、城のまわりに巡らした堀を埋めてしまい、おまけに、ばか高い車の付いた楼閣のようなものに登って城内を見下ろしたり、矢を射たり、石を飛ばしたりするわけでして。はい、とてもとても、かなうものではありません。」

「巣車《そうしゃ》というそうです。それは高い高い楼閣に車が付いておりますから、どこにもするすると移動できるんです。城内に住むものは家から一歩でも出ると、その巣車に上がっている兵士たちからは丸見え。たちまち矢を射られますから、外にも出られません。

父は、出陣していくとき、死を覚悟しておいでした。母とわたしに、いずれ城は落ちるだろう。そのとき、野蛮な唐軍の将卒たちは一斉におまえたちを辱めようとするに違いない。その時にそなえて、あらかじめ顔には墨を塗り、汚れた衣装を着て、彼らの目に留まらないようにしなさい。決して命をわれから落とそうなど早まってはならぬ。こう言われました。

そして父の忠告は当たっていたのです。」

多くの功臣を失うなかで、やっと降伏したチセイ王と王弟チタンや重臣たちは捕らわれ、縄つきのみじめな姿で長安に連行されていった。

太宗は、間接統治は行わず、高昌国をじかに統治すると決め、「西州」と名づけ、ここに高昌国は歴史の舞台から完全に姿を消したのであった。

「降伏し、太宗皇帝のまえでひざまずいたチセイ王さまは、左武衛将軍職を授けられ金城郡公に、王弟のチタンさまは、右武衛中郎将の職で天山県公に封じられましたが、いわば針のむしろの暮らしをなされておいでであリましょう。」

木蘭もカラータイ老人も言わなかったことがある。太宗が死去したとき、その墓、昭陵《しょうりょう》の参道には、降伏した蛮夷の首長の石像がずらりと並んだが、そのなかにはチセイの石像もあって、いわば生きながらチセイは石となって死せる皇帝に臣従させられたわけであった。

陥落後、唐軍の将卒が行った、嵐のような殺戮、略奪、強かんについても、二人は口を閉ざした。

侯君集は、このときおびただしい財宝を私したことで、皇帝の咎めを受ける。略奪、強かんを夢見ることで、炎天下、辛い砂漠の行軍、さらに激しい戦闘に耐えた将卒たちも、財宝の分捕り、逃げ惑う女たちを追いかけることに、さぞ血眼になったことであろう。

「わたしは父の教えのおかげで、いち早く庶民のなかにまぎれこみましたため、将軍たちに弄ばれ、その邸に連行される難からは免れました。取り柄のない奴婢として下働きしていたところを、鄭宇遠さまのお目に留まり、買い取って頂きましたの。」

庶民のなかにまぎれこんでいた木蘭に目を留め、買い取って、商団の一員に仕立てていった鄭宇遠は、さすが慧眼というべきであろう。

生涯、掃除女で終わるかもしれなかった木蘭は、生きていくためには商団にとって欠かせない存在になろうとして努め、長安の裏にも表にも顔が利く娘になっていったのだった。

カラータイ老人は、ふっとため息をついて、

「お嬢さまの怜悧さが、実は心配でもあるのです。高昌国再興を恐れている唐の密偵が、お命をねらうのではないかと。」

「まあ、爺やの心配性はわらってしまいますよね。はは、いまどき、だれがほろびた国を興そうなど、はかない望みを抱くでしょう。」

そう笑いながら、木蘭の表情が陰ったのに、道昭は気づいていた。

そこで木蘭が席を外したときに、カラータイ老人に尋ねてみた。

「もしや、再興のうごきをしているひとたちがいて、木蘭さんをかつぎだそうとしているのを心配されておられるのではないですか。」

「それなのです。」

倭国の若い僧にならら、なにを話しても大丈夫とおもう

のであろう、カラータイ老人は身を乗りだしてきて、

「お嬢さまの父君は、王族の血を引いておられる将軍です。高昌国滅亡のおり、王宮まえで激しく戦われ、満身矢傷をあびて戦死されました。

お嬢さまの母君は、逃亡する途上、病まれ、あえなく亡くなられました。

実は、父君は、側室がおありで、そのお方は、当時、三歳の若君、お嬢さまの異母弟になりますが、その方を抱いて、お逃げになる途上、あわれにも唐の兵士に犯された末、殺されておしまいになりました。

忠実な従者が若君を抱き、なんとか逃れきって、この長安で成長されました。唐の役人にみつかれば恐らく奴婢にされてしまいましょう。

その弟君が、先ごろお嬢さまを尋ねて参りました。前途に希望がもてない弟君は、復讐の一念にかられており、一度あらわれてからは、そのための資金をたびたびお嬢さまにねだりにくるようになりました。

お嬢さまの御身になにか事が起きねばよいがと、ひそかに案じております。」

カラータイ老人はため息をついて、

「反逆の罪は重うございます。女人であろうと、当然、処刑されましょう。その際には、ここの鄭商団にも迷惑がかかります。ですから鄭宇遠さまおかかえの護衛兵が、事が起こるまえ、ひそかに弟君を消されるかもしれないのでして。

お嬢さまはもとより高昌国再興など、ゆめ考えてはいられません。高昌王族の血脈を継ぐものがひとりでも多く生き残っていくことが大事、かように考えておられます。

ただ、カラホージョでもご一緒にお暮らしではなかったゆえ、お嬢さまの言うことを素直に聞かれる弟君ではないのでして。」

一見明るく活発な木蘭がかかえている問題の大きさに道昭は息をのむおもいである。

その夜、道昭は夢を見た。

月が煌々と照っている砂漠の先に、王城の廃墟があり、廃墟を囲む広場で、着飾ったひとびとが宴を開いていた。ガラスの器にたっぷり注がれた白ぶどう酒をゆったりと飲みながら、談笑しているふうなのに、ほんのひと声も道昭の耳には聞こえてこない。

道昭に向かって、静かに歩いてきた女性がいて、近づいてみると、木蘭であった。

日ごろと違い、王族の着る雅やかな衣装をまとい、腕や首に巻いた宝玉の環が月光に照らされてきらきらと光っている。静かにほほ笑みながら、木蘭は尋ねる。

「般若心経に、無明《むみょう》もなく、また、無明の尽きることもない、とありますよね。その意味を教えていただけましてて。」

道昭は恥じ入って答えた。

「その言葉の持つ深い真理を智恵浅いわたしがどうしてあなたに教えられましょう。

ただ、大慈恩寺の基さまからいささか伺ったところによれば、あらゆるものは変化し、定まりないのに、そのことを悟らないでいるのは、愚かである。その愚かさを無明というと、かように申されました。」

「一方、その愚かな行為が世々、尽きることがないとお釈迦さまは申されるのですね。」

「はい。ですから、一切の顚倒《てんとう》した夢想から遠ざかって煩悩を絶て、とお釈迦さまはお言いです。でも、それはとてもむつかしいことだとおもいます。」

「たしかにそうですよね。」

肯いた木蘭に、今度は道昭が尋ねてみた。

「ところで、今開かれている宴は、なんのお祝いなのですか。」

「お祝い？　ほほ、今日はわが高昌国が唐にほろぼされた命日ですの。あれから百年経ちましたけれど。」

「百年ですって。いいえ、十三年しか経っておりませんよ。」

「ほほ、百年はつかの間。無明もなく、また、無明の尽きることもない。老もなく死もなく、また、老死の尽きることもなし、ですわ。そうでしょう、道昭さん。」

木蘭がぐっと杯をかたむけるのと同時に、にわかに空はおどろおどろしく雷鳴がとどろいた。ざんざんと激しく雨が降りだし、ダアアッという足音が聞こえて、騎馬軍団が宴のひとびとにせまってきた。

「危ない！」

いつのまにか、騎馬軍団をふせぐために、道昭も剣を抜いて、懸命に戦っていた。幾人も夢中で倒した。切られた足をかかえ、わっと呻いて倒れていった若い兵士もいた。どこにもここにも、血があふれ、草を赤く染めている。

　すぐ近くで、腹を切られ、歯噛みしながら倒れていく若者は、どうやら木蘭の弟らしかった。

　一人の将校が木蘭の近くにせまってきた。

　なんとして守らなければ、思うのに、突然、金縛りにあったように体が硬直してうごかない。

「木蘭さん！　木蘭さん！」

　自分がだした大声で道昭は目が覚めた。

（夢であったのか！）

　夢とわかっても、あまりにありありと現実に起こったことのようであった。

　僧の身である自分は、葛城王子などと違い、生涯人を殺すことなどないと信じきっていたのに、夢のなかの自分は木蘭を助けるためといえ、夜叉のように、ばさばさと軍人たちを殺していた、と気づき、おののきながら手のひらを開いてみる。いつもと変わらぬ白い手ながら、倒れていった兵士の足から噴きだした血が、臭ってくるような気がした。

　一方、そんなことより、木蘭の身になにか起こったのではないかと、心臓がとどろき、あせって鄭の店に出かけていった道昭であった。

　にっこり笑ってあらわれた木蘭は、日ごろと変わらない快活な表情であった。

「どうなさいましたの。こんなに早く。」

「いえ、なんでもないのです。ただ、明け方妙な夢を見て胸さわぎがしたものですから。」

　そう言うと、木蘭の目はひときわ大きく光った。

「まあ、わたしも明け方妙な夢を見ましたわ。ひょっとして、廃墟になった高昌城のまわりで開かれた観月の宴の夢をご覧になったのでは！」

「えっ、では木蘭さんも、同じ夢を！」

　木蘭は緑がかった目で、じっと道昭を見た。

「道昭さん、おねがいがありますわ。」

「なんでしょう。」

「あのね、このわたしになにか異変がありましたら、剣を取られるのでなく、般若心経をどうか何べんも何べんも私のために唱えて頂きたいんです。」

「異変などあったら困ります。」

（そんなことがあったら、自分は生きていくことも難しいような気がする。）道昭はおもわず胸のうちで言い、いつのまにか木蘭がかけがえない女性になっているのを知った。

その木蘭が、刺されて死んだのは、それから一月ほど経ったころだったろうか。

夕暮れ、カラータイ老人が鴻臚寺《こうろじ》にやってきて、ひそかにそのことを告げた。

道昭を襲ったのは、深い悲嘆と、彼女を刺したものへの底知れない憎しみであった。

「だれなのです。その刺客は?」

「それが……。」

カラータイ老人はしばし逡巡《しゅんじゅん》してから、実はまた金の無心にやってきた弟をいさめたところ、激高した弟に刺されてしまったのだ、と辛そうに告げた。

「弟さんはどうなったのですか。」

「変事が朝廷に知られるのを恐れた鄭宇遠さまが、護衛兵を呼ばれて、捕らえ、頬に焼きごてをあてて、奴婢にしてしまわれました。いずれ辺境の苛酷な仕事場に送られ、苛酷な仕事に明け暮れることとなりましょう。万に一つも長安におもどりではありますまい。」

カラータイ老人は、道昭にあらためて合掌し、

「お嬢さまは信心深い仏徒であられました。そして、あなたさまを慕われておいででした。どうか、お嬢さまのために回向してあげてくださいませ。」

道昭の心はまっ暗になってしまった。

(あのような夢を見たのに、どうして守ってあげられなかったろう。)とも思い、(あのひとが生き返ってくれるのだったら、この僧形を捨てて、生涯、木蘭とともに唐の巷で暮らしていくことになっても悔いはない。)とさえ思う。

木蘭のために、生前彼女に頼まれた般若心経をいくたび唱えても、こころはうつろなのだった。なにより木蘭を手にかけたのが、肉親の弟であることがやりきれない。

玄奘のもとへ行くはずの一年、その半分は過ぎてしまっているのに、そのことも忘れ、ふらふらと山野をわけもなく歩いたりして茫然と過ごしていると、倭国から、高向玄理《たかむこのくろまろ》ひきいる遣唐使の一行が長安にやってきた。

15　中国巡礼の旅

遣唐使の一行は、二つの船に分乗したものの、道昭たちのときの第二船が百済道で沈没したのに懲《こ》りて、このたびはいずれも新羅道をとおってやってきている。それでも途上、海が荒れたりして、道昭たちのときより長い船旅であったらしい。

一行の代表は、高向玄理。大使の上の「押使《おうし》」という最高の位をえてやってきている。

高向玄理は慧隠《えおん》と同じく中国系朝鮮人であり、慧隠や僧旻《そうみん》、南淵請安《みなぶちのしょうあん》などとともに隋の時代から唐の太宗皇帝の時代まで長く留学、乙巳の変以後は、孝徳大王の政治を旻とともにささえてきた人物。

流ちょうな中国語をあやつり、長安に知己も多いとはいえ、年老いての旅は楽ではなかったろう。

それでもあえて唐にやってきたのは、葛城大兄らにそむかれ、大王でありながら孤立してしまった孝徳大王を助けるよるべを、唐の皇帝にもとめようとしたのではなかったか。

高宗皇帝に拝謁した高向玄理らは、倭国の地理や建国の由来、建国を助けた大神の名などについてくわしく聞かれた、と翌年（六五五年）帰還した大使、河辺臣は報告している。

玄理は他の使者ぬきで、皇帝に拝謁し、百済寄りの葛城王子らが勢いづいてきたことをひそかに告げ、なんらかの支援をねがっていたのではなかろうか。

「唐録」に記された、倭国からの、大きな琥珀一斗と、瑪瑙五升などの宝玉は、孝徳大王から皇帝への私の捧げものだったのかもしれない。

高宗は、年老いてからまた、はるばる旅してきた玄理をいたわり、

「そちたちの国は、新羅・高句麗・百済にもっとも近い。もし危急の際には、よろしく使者をつかわしてこれを助けるように。」

と言った、とこれも「唐録」にある。つまり、唐は朝鮮三国並立を望んでおり、その政策に賛成の孝徳大王を支持することを告げたのであろう。

ほどなく、大役を終えた高向玄理が、定恵と道昭を知

り合いの茶亭へ呼んだ。

玄理はまず、定恵には父、中臣鎌足からの文、道昭には、父、恵釈《えさか》からの文を、それぞれ頼まれたので、と言って渡す。

玄理は、

「そなたたちが僧侶でなければ、酒亭でよいのだが。」

言いつつ、力なく咳をしている。

国博士として、乙巳の変以来、亡き旻ともに颯爽と国政を牛耳ってきた玄理が、このたびはなぜか影がうすくみえる。

多少は医学の心得のある道昭は、青白くむくんだ玄理のやつれた顔に驚き、どうしてこんな老いたお体ではるばる唐まで来られたのであろう、また、大王さまも寄こされたのであろう、といぶからずにはいられない。

「お体がよろしくないような。唐にはすぐれた医師がおります。診ていただき、養生なさいますように。」

玄理はふふっと笑って首を振った。

「自分のことは医師よりよくわかる。わたしの命はそう長くはないのだ。

ま、そんなことはどうでもよい。

道昭、そちのほうこそ若いのに、なんでそのようなくたびれた顔をしておる?」

具合が悪いようでもさすが玄理、道昭の精神状態はたちどころに見抜かれてしまったようであった。

（父に妙な報告でもされたら、心配をおかけしよう、それではあまりに申し訳ない。）そうおもった道昭は、さりげなくごまかすしかない。

「いえ、おいでになる少しまえ、いささかタチの悪い風邪を引きまして。」

「フム。」

玄理のほうも、鬱屈することがあるようで、それ以上は追求はしなかった。

定恵は、一刻も早く、父、鎌足の文を見たいのか、老人の相手をするのが苦手なのか、「修行の途中なので」と、ことわって早々に帰っていった。

すると、にわかに安心した顔になった玄理は、顔をぐいと道昭に近づけてきて、

「そなたの父も文で知らせているだろうが、いやはや、倭国はえらいことになっておっての。」

「と申しますと？」

「昨年の暮れ、葛城大兄さまが飛鳥に都を移したいといいだされ、孝徳大王さまはお許しにならなんだに、勝手に皇太后さま、他の王子さま、群臣たちを引き連れ、飛鳥へ行かれてしもうたのじゃ。それどころではない、ハシヒト王妃さままで、大王さまを捨てて、飛鳥へ行ってしまわれた。」

「そのようなことがあったのですか。」

「飛鳥には王宮が建てられ、こなた難波の王宮はネズミさえおらぬありさまよ。

おう、そなたの父も、葛城大兄さまの命で、飛鳥へ行った。前日にわたしをひそかに訪ねて参っての、難波には一族の船氏が入港の管理で居残るゆえ、なにかと便宜をはからいましょう、と言うてくれた。」

玄理は嘆息し、

「旻さまが亡くなられてから、情勢はがらっと変わってしまったのよのう。

全てはあのアズマから出てきた中臣鎌足というやつの策謀から仕組まれたことよ。

やつも、葛城大兄さまも、これまでの朝鮮三国への全方位外交を、百済一辺倒へ変えようとしておるのだ。」

「そのような大変なときに、孝徳大王さまをお支えなさるべき玄理さまが、どうして唐へ参られたのですか。」

「大王さまはその情勢を変えるため、唐皇帝が背後に付いていることを、やつらに見せつけてやろうとお考えになられたのだ。わたしも同意した。

そう、出発のときに、しみじみわたしの手を取られての、たのんだぞ、かように仰せであった。

したが、ひきいてきた一行のなかにも、鎌足が放った密偵はおる。油断はならんのだ。

定恵に鎌足が送った文、あれも、なにが書いてあるか知れたものではない。その文をわざわざ、わたしに託すというも、底知れぬ怖さを持った男よ。」

玄理がため息とともに倭国の情勢を話してから半年後、ひとり難波に取り残された孝徳大王は、恐らくは鎌足たちが送った忍びに、一服盛られ、亡くなってしまうのだが……。

そして大王の死去が唐に伝わったとき、すっかり気落ちしてしまった玄理は、たちまち病み衰え、（もう帰ってもわしのいる場はなくなったわい。）そう淋しげにつぶやいて、客死してしまったのであった。

玄理と別れてから、父、恵釈の文を、道昭は急いで読んだ。

そこにはやはり、倭国王宮で吹き荒れている嵐について淡々と書かれてあり、唐、新羅と親しく交流してきた孝徳大王と、百済一辺倒にしたい葛城王子、中臣鎌足との、し烈な闘いが、今後くりひろげられていくだろう。だが、そなたは留学の身、そのような些事にとらわれず、修行に励むことを望んでいる、と現在の道昭にとって耳の痛い忠告がなされていた。

恵釈は、また、道昭にとっては痛手な二人の人物の死を伝えてきていた。

一人は、法興寺の重鎮であり、道昭の心の師であった慧隠が、道昭たちが出発してからほどなく、入寂したこと。

日暮れ、弟子たちにだれも付いてくるな、と申し渡し、法興寺を出て、林のなかの、大きな槻《けやき》の樹のもとにどっかと座し、合掌しての、静かな、最期であったらしい。

(ああ、なんと師らしいお最期であろうか。)

木蘭の死に動揺し、ゆれ続けているわが身を恥じ入らずにはいられない。

(道昭よ、しっかとせえよ!)

慧隠の叱咤が、胸にひびいてくる気がする。

もう一人は、なんとあの愛らしい花信尼が死んだという。

「花信尼さまは、はやり病に倒れて、病んだ身で、ひそかにわたしのもとへ訪ねてこられた。」

恵釈は、書いていた。

「ほっかりした紅い頰がうそのように青ざめ、別人のように痩せ衰えた姿で、それでもそなたの消息が知りたくて、やって来たのであろう。」

淡々と恵釈は記し、

「花信尼さまは、そなたが出立するとき、小さな木製の釈迦像を持っていってもらったゆえ、そのみ仏がきっと何かの折り、そなたを守るであろう、と言われておいでであった。

きっと、そなたは大成して、苦しむ倭国のひとびとを救う僧となって帰ってくるであろう、そのことを念じつつ、ミヤツコ姫さまのもとへ行くつもりでいます。

そなたのもとへ、わたしが文を送る際には、どうか、ミヤツコ姫さまの後世、自分が死ねば自分のことも、供養してもらえれば嬉しい、そう伝えてほしい、となかようなことをそなたに伝えてほしいがため、衰えきった体で、わたしのところへ、やって来られた。それからいくらも経たぬうち、亡くなられてしまわれた。あたら、若い身で。

ゆめ、そなたを心底おもうていた花信尼さまのねがい、おろそかにしてはなるまい。」

なお、と恵釈は書き添えていた。

「花信さまは、どうやらそなたのお子をみごもっていたようにおもわれる。病に倒れなければ、俗人にもどるつもりでもおりましたが、こう言うておいでであったことから推しはかるだけだが。」

(おう、なんということ!)

道昭は顔から血の気が引いていった。

(それでは、わたしが長安の街々を木蘭と歩く楽しさに酔いしれているとき、花信尼はわたしが衆生を救う僧として大成するのを望みつつ、わたしの子をおなかに宿しつつ、病み死んでいってしまったのか。

わたしは、花信尼の死に罪がないと、果たして言いきれるだろうか。

もちろん傍にいれば、手厚く看護し、助けられたかもしれぬ。が、遠く離れていても、日夜、その無事をねがうことはできたのだ。

木蘭とはまぐわうことなしに終った。だからといって、花信尼を、そのねがいを、裏切っていないとはいえない。

花信尼のことなど忘れたまま、木蘭の死に打ちのめされ、その弟を憎み、いっそ殺されればよかったのに、とまで思い、修行もできなくなっていた自分だったのだから。

たしかにわたしの手は白いまま。花信尼を殺めてなどおらぬ。だからといって、この手は清い、と胸張ってはいえぬ。

木蘭を失って僧侶の道からも外れようとしているわたしを、生まれなかった小さな命はどう見るだろう。)

愛しいと感じた二人の女性が、ともにこの世から去っていってしまったことに、道昭は唖然とし、自分と縁が生じたために、二人とも死ぬことになってしまったような怖れをおぼえるのであった。

ひさしぶりに花信尼が渡してくれた小さな仏像を袋のなかから取り出してみる。

釈迦像は、まだ悪を知らない赤子のように幼顔で、ほほ笑んでいた。

（この像を見せていれば、木蘭の弟も、気持ちが柔らかになったかもしれない。）そんな気もする。

赤子は、ふっと花信尼の顔になってほほ笑み、（道昭さま、しっかり遊ばせ、これから全てははじまるのですから。）と語りかけてくる気がする。

次には、仏像は木蘭の顔になり、（国はほろびても、わが身は消えても、ひとの心に、その国が、そのひとが、残っているかぎり、ほろびてはいません。お坊さんのあなたならおわかりですよね。だから、わたしがもしいなくなったら、お経を唱えてくださいとおねがいしましたのよ。）とほほ笑む。

「トツッ！」

鋭く背中を押される気がして、（あ、慧隠さまのお声だ。だめなわたしをやさしく励ましてくださっているのだ！）と肯き、道昭はなんとしても迷いの海から抜け出さねばならぬ、とひたすら読経三昧に明け暮れる。


やがて道昭は思い立ち、新羅僧の慈通が、こもっているらしい中国仏教の聖地、五台山へはるばる出かけていった。あらかたは黄河、大運河を運行する船旅。

別名、清涼山とも呼ばれる五台山は、文殊菩薩の聖地として知られ、観音菩薩の聖地・普陀山、普賢菩薩の聖地・峨眉山と並び、古くから信仰を集めている霊山だ。

「釈迦の掌」にたとえられる五つの峰は、いずれも三〇〇〇メートル級で、最高峰の北台・葉頭峰は海抜三〇五八メートル。周囲、二百キロ。もっとも栄えたときには、三百もの寺が建立されていたという。

道昭から約八十五年後、天台宗・最澄の弟子、円仁が、苦難の果てに五台山に入り、五つの峰全てに登頂、微細にその感激を記している。

道昭のころには、まだ円仁が書きとめている、みごとな文殊菩薩像や鉄塔、さまざまな寺院も、建立されていなかったとはいえ、山頂からの神韻《しんいん》縹渺《ひょうびょう》たる景観は変わりなかったろう。

ここは中台・碧岩峰について、円仁の筆を借りることにしよう。勝手な口訳で。

「五つの峰は高く他の峰々の上に屹立している。

その周囲は五百里、外の山々は谷をへだてて高く起ち、さながら五台峰を守る壁垣のようだ。

鬱蒼とした樹木のあいだを登っていくと、やがて樹木は生えず、湿地帯となる。

水が湧き、生えている草は長くても一寸あまり、びっしり地表をおおっている。草を踏めば倒れ伏し、足をあげれば起ちあがる。湧いている水は氷のように冷たく、ところどころの小さなくぼみはみな水をいっぱい溜めている。

砂石のなかに、小さな石の塔が無数に立っており、細くやわらかな草は苔をまじえ、びっしりはびこっているので、わらじ履きの足が濡れることはない。

見たこともない花が咲き、ふしぎな香りが、谷から山頂まで満ち、頂に立てば、四面なべて花、錦を敷いたようだ。馥郁とした香りが、衣服にまで付いてくる。

それなのに、五台山にくわしいひとは言う。

『まだ五月で寒いため、花は盛んでありません。六、七月になったら、それはみごとなものです』と。」


円仁は、中台、西台へ、また中台を経て北台、東台へと巡り、南台をめざす。道昭もまた、同じ道筋をとおったのではなかろうか。

武照天のとき大華厳寺と改名される、東台から南台への途上に在る北魏文帝が建立した大花園寺に、道昭も立ち寄り、他の僧たちとともに座主から講釈を聴いたことであろう。

晴れた朝、円仁は五色の雲が空にながれ、くっきり頂上にかかるのをみている。道昭は見ただろうか。

道昭が五台山に入ったのは、ちょうど、夏にさしかかるときであったから、円仁のときよりさらに、寺々のまわりは、一面、ユリ、ラン、フウロほか、可憐な高山の花々が咲き満ちていたろう。

さわやかな風がふきわたり、一歩、山に分け入るごとに、道昭の苦しい気持ちも平らかになり、浄化されていく気がするのだった。

尋ねていった慈通はどこにもおらず、とある寺で、ついい先ごろ、その僧は旅立ち、はるか長安の南、秦嶺《しんれい》山脈の一部、南山と呼んで親しまれている終南山へ向かって行ったと知らされた。

その寺で、しばらくのあいだ、道昭は見知らぬ巡礼の僧たちと修行をともにした。

僧たちは、肌の色も言葉もさまざま、遠く西域からやってきた僧もいた。寺の空気はなべて、峻厳であり、ぴいんと氷のように張りつめ、それが道昭のゆれる心にむしろ心地よかった。

僧でない一般の老若男女、汚い格好をしたものまでも、つぎつぎ登ってきて、仏像のまえで敬虔に五体投地し、経を唱える。

注意して見ていると、施主が斎《とき》（寺で出す食事）を行うときには、僧だけでなく、彼らにも全く同じ食事が出され、皆々、満ち足りた顔になって、山を下っていくのだった。

（ここには生きた信仰がある！）感激していると、親しくなった僧が、五台山にまつわる伝説を語ってくれた。

「昔、この寺である施主が、大斎を行いましたところ、老若男女、乞食も飢えたものも、大勢やってきて、斎の食事を受けたそうです。

これを見た施主が、怒りましてね、『遠く山坂を登ってきて、大斎を設けたのは、山中の衆僧を供養するためであった。しかるに、ちり芥のような乞食たちまでことごとくやって来て、食らうとは！　もしこやつらを供養するなら、何もこの深山で大斎を行う必要はなかったのだ。』こうぼやきながら、僧たちに食事をすすめておりました。

乞食のなかに、妊娠している女人がおりまして、わが分を食し終わってから、胎児のためにもう一膳もとめました。施主は怒りののしって、与えなかったところ、女人は再三申します。

『お腹の子はまだ生まれていないとはいえ、これも人であること、まちがいない。どうしてお与えくださらないのですか。』

『愚かものめが！　未だ生まれて来ぬものに、どうして一椀をやれようか。いったいやったとして、だれが食うというのだ。』

すると、女人は、『わがお腹の子が食を得られないのなら、わたしも食することはできません。』と言い放つと、つと起って、食堂を出て行くではありませんか。

ところが、女人が堂の門を出るやいなや、たちまち文殊菩薩となられ、光り輝き、堂を照らしたのです。

白玉色のお顔となった菩薩は、金色の毛を生やした獅子に乗られ、万の菩薩たちをしたがえられて、空に駆け上がっていかれました。

そこにいたものたちは、走り出て、空を仰ぎ、呆然として地に倒れ、声をあげて懺悔し、涙ながらに文殊菩薩を称え唱えたと申します。しかし、喉が嗄れるほどにお詫びしてももどっては来られませんでした。

以後、施主がこの寺で斎を設けるときは、僧俗、男女、大小、貧富いっさいかかわりなく、供養することになったそうです。少しの斎であっても、わずかずつ平等に分け合うのです。

ご覧なさい、あそこで赤子を抱いている女性にも、赤子の分が大人と同様に配られているでしょう。垢じみた乞食らしいものもいますね。

僧も子どもも、乞食も、一様に床にすわって斎の食事をいただいている、まこと、佳い風景ではありませんか。さあ、わたしらもあそこにすわって、頂こうではありませんか。」

つましいながら、心のこもった食事をして、一心に経を唱えていると、下界での出来事は小さく小さくおもえてくる。

文殊菩薩についての伝説は、ほかにもあった。

熱心な仏徒として知られた北魏第六代・孝文帝が、五台山で遊んだとき、文殊菩薩が僧の姿で一行にくわわり、皇帝に座具(礼拝のとき使う長方形の布製敷物)一枚敷くことの許しをもとめた。皇帝が許し、僧が一枚の座具を敷いたところ、たちまち零凌香《れいりょうこう》が五百里一面に咲き乱れた。

皇帝は怪しみ、『どういうことか。これではともにここに住むわけにはいかない。』と憤慨し、ネギ、ニラを一杯持ってこさせて、山頂にふりまき、山から去った。

しかし、僧が、そのあと零凌香の種を持ってきて、ネギ、ニラの上に撒くと、臭い匂いは消えてしまった。

皇帝は、さては文殊菩薩があの山を気に入られ、霊山にしようとなさったのだ、と気づき、清涼寺、仏光寺などを建立したという。

たしかに、五つの山頂には、どこもネギ、ニラがびっしり生えているのに、臭くはなく、零凌香の香りに満ちているふしぎさに道昭は感じ入った。

ある晴れた日の夕暮れ、勤行を終えた道昭が、ひとり、山頂近く立っていると、谷をへだてた向かいの山の上に、七色の虹にまあるく包まれて、人がぼおっと立っているのが見えた。

目をこらしてみると、花信尼がほほ笑んでいるようであり、ああ、と息をこらしていると、たちまちそれは木蘭の姿に代わり、やはりほほ笑んでじっとこちらを見ている。

どうしたことか、おののきながら、般若心経を一心に唱えていると、まるい虹はしだいに大きくなり、ますます色あざやかになって、なかに立っているのは女性ではなく、まさしく文殊菩薩さまのお姿ではないか。

（倭国からわたってきた若い僧よ、励みなさい！）と語りかけているかに見える。

叩頭《こうとう》し、涙をながしながら、自分に縁あった二人は、今はみ仏に抱かれて心静かに在るのだ、と道昭は覚った。

丸い虹はぼおっと薄くなっていき、今ごろになって、少し下にいる僧たちが、向かいがわを指さし、わいわいさわいでいるのが見える。

消えていく円とそのなかの文殊菩薩を拝みながら、道昭の心はおだやかに澄んでいった。

寺にもどると、あらためて、縁あった二人の女性の後世を丁重に供養し、二人の霊が、俗界の汚濁から離れ、羽のように安らかに天空へ飛んでいくのを見きわめたのであった。

（そう、今は、ここを発って、長安の鴻臚寺にもどるまえに、慈通さんがこもる南山に行こう。）

心決めると、寺の住持に礼をのべ、道昭はまた、遠い道のりを秦嶺山脈めざして南下していった。

五台山で清められた身には、長い道中も軽やかに足がすすみ、ながめる景色もなぜかあたたかい。

甘粛《かんしゅく》省南部から河南省西部にかけて東西に走る秦嶺山脈。最高峰は、李白の詩、「登太白峰」で知られる海抜三七六七メートルの太白山だ。

終南山は、太乙峰を中心に多くの峰や谷をもつ山なみで、良質の樹木が繁り、地下資源もゆたかな地帯。

唐の詩人、孟郊《もうこう》は次のような詩を詠んでいる。

遊終南山　　孟郊

南山　天地を塞ぎ　日月　石上に生ず
高峰　夜も景を留め　深谷　昼未だ明らかならず
山中　人自ら正しく　路けわしくして　心また平らか
長風　松柏を駆り　声　万壑《ばんがく》を払いて清らか
此処に至り　読書を悔やむ　朝朝浮名に近づきたるを

道昭もまた、けわしい道を登るごとに、清められてゆく身を感じながら、悦ばしい思いで慈通を尋ねていったことであろう。

雲際寺という寺で師匠の慈蔵が修行した、と以前に慈通が話していたのを思い出し訪ねてみると、果たして彼はその寺の一隅の小さな庵にこもって修行しており、道昭の訪問を心からよろこび迎えてくれた。

慈通は、何日か食絶ちをしているのだといい、もともと長身だったところにすっかり贅肉がなくなって、ひどく精悍な感じがした。

「わたしの師匠の慈蔵さまは、ここから少し上の岸から向かいがわの岩に、庵を架けられて、三年間きびしい修行をなさっておいでだったのです。」

「そういえば、いつか、あなたのお師匠の慈蔵さまが、この終南山で、お国の皇龍寺に九層の塔を建てるよう、智恵を授かった、と話してくださったことがありましたね。」

「円香禅師さまといわれるお方から、皇龍寺に九層の塔を建てれば、百済・高句麗に攻められ、累卵の危うきにあるわが国の危急を救い、近隣の国々をしたがわせることが心眼に見える、と教えていただいたのですが、三年間のすさまじい修行をご覧になっていればこその、ご教示であったのでしょう。

わたしのような凡なものには、師のような修行はとうてい耐えられませんが、せめて終南山の気を吸いながら、断食によって多少の心眼を得られないかと考えているわけでして。」

（繁栄を誇った木蘭の高昌国はあっけなくほろびた。わが倭国はさまざま王宮内の争いがあるとはいえ、朝鮮三国、さらには唐とは大海をへだてているため、慈通さんのように、国の存亡そのものを憂えることはなくてすむ。海があるゆえに文明から遠のいてしまうとはいえ、海があることで大きく助かることもあるのだなあ。）あらためて知る思いの道昭である。

「ところで、道昭さんは三蔵法師さまのところに行かれたとばかり、おもっていましたが。」

「修行に一路励まれる慈通さんにくらべてまことに恥ずかしいことながら、わたしは罪多い身、このまま僧侶として生きていってよいのか、五台山に登るまで迷いに迷っておりました。

愚かなわたしをお笑いください。」

通された小庵は、夏ながら涼しく風が吹きとおっていかにも心地よい。

はるかにどこまでもひろがる青い空。眼下には、うっすらと白い雲がたなびき、刻々と変化してやまない。

その雲の移り変わりをながめていると、つい先ごろまで悩みぬいていた事どもも、ごくちっぽけなことに見えてくる。

慈通のまえではなぜか道昭はすなおになれ、木蘭のこと、花信尼のことも話せた。

慈通は、真摯に聞き、うなずいた。

「わたしもね、道昭さん。女性のことではあなたにとやかく言う資格などありません。

実は、国にいるときに、わたしも、一人の女性を死へ追いやっています。あなたを慰めるための出任せではありませんよ。

僧になるまえに、互いに言い交わしたひとがいたのです。でも、わたしは、寺へ入ってしまいました。

釈迦如来のように恩愛を捨ててといえば聞こえがよいが、僧となってからも、恩愛断ちがたく、ひそかに会ったりしておりました。

そのひとから見れば、いわばヘビの生殺しのような日々であっただろうと今はわかります。

やがて、とある高官から望まれたとき、そのひとはわたしを思い切れず、かといって、断ることは父母の手前できず、生きあぐんだあまりに心が病み、ついに亡くなってしまったのです。

これほどみ仏の道から外れた行いがあるでしょうか。

一生、わたしが負っていかねばならない罪なのです。

ここで断食しているときにも、そのひとはわたしの夢にあらわれ、わたしを励まします。いっそ責めてくれればよいのに、そうはしないのです。

わたしは頭を垂れ、卑怯で卑しいわたしを、だれよりも知っている、そのひとを思い、あるときはそのひとがみ仏の化身のようにもおもわれたりするのです。

道昭さん、あなたもその罪を背負いつつ、み仏のまえで合掌なさるしかないのではありませんか。」

慈通にそのような過去の過ちがあったとは！

慈通の打ち明け話を聞きながら道昭は、遠い昔に父に連れられていった秦氏の氏寺・蜂岡寺で拝観した、弥勒菩薩の温顔を思い出していた。

(わたしたち凡愚のものの愚かな行いをなべて見とおし、許してくださるお顔であったな。)

と思い、なぜかその顔が花信尼に、あるいは木蘭に似ているようにもおもえてくる。

(そうだ、愚かであるからこそ、み仏にすがり、み仏のお智恵を学ばねばならないのだ。

愚かなのは、わたしだけでなく、おおかたのひとというひとがそうなのかもしれない。愚かであるわたしだからこそ、学べることがあるのかもしれない。

ひょっとしたら、わが弟に刺されねばならなかった木蘭も、わたしの子を宿しながらはかなくなってしまった花信尼も、わたしにとっての菩薩なのかもしれない。)

三ヶ月ほど、道昭は、雲際寺の一隅で、経を読み、あるいは山を駆け、滝つぼに漬かり、冬をその寺ですごす僧たちのために汗だくになって、薪を割った。

いよいよ山を降りるとき、慈通はわらって言った。

「道昭さん、ここへいらしたときにくらべたら、別人のようにお顔がきびしくなられましたね。

降りたら、いよいよ、三蔵法師さまをお訪ねになられるとよいでしょうね。」

「はい、そうするつもりです。」

「あなたに会えて楽しかった。もうお会いすることはないかもしれませんが、あなたのことは忘れません。」

「わたしもです。百済を祖にもつわたしに隔てなく、接してくださいましたね。」

「あなたのお人柄がそうさせたのです。百済人も倭人も、あなたと会ってからは、好きな国になってきた気がしますよ。」

そうそう、ちょっと待ってください、と慈通は言って席を立ったかとおもうと、庵の仏壇の脇に安置してある小さな木彫りの仏像を、道昭のまえに置いた。

「いつぞや道昭さんは、わが国でつくった弥勒像をあなたのお国でご覧になって、大層感じ入ったと話されましたよね。この弥勒像は、そのお像にくらべれば、ごく小さなお像ですが、この山に上がってから、心をこめて私が彫りました。あなたとの友情のしるしにさしあげたいのです。お国に帰られるとき持って帰って頂けますか。」

「なんと佳いお顔をしておられることか。慈通さん、頂いてしまってよろしいのですか。」

もし、と慈通はきびしい顔になって言った。

「いつかあなたのお国と、わたしの国と矛を交えることがあっても、二人の仲は変わらないという証にお持ちください。」

「慈通さん。このみ仏を拝むたびに、あなたのことを、思い出すでしょう。」

道昭は、この良き友に心から合掌した。

終南山から帰る足取りは、行きにくらべてはるかに軽くなっている。道昭のなかでふっきれるものがあって、

（迷わず、玄奘さまのもとへ伺おう。）

固く思い決めていたのだった。

鴻臚寺へもどり、いよいよ大慈恩寺へ向かおうとする道昭のもとへ定恵がひょっこり訪ねてきた。

学ぶべき師を見つけて、熱心に修行するとともに、帰国にそなえてさまざまな経典を買いあさっているという評判も立っている定恵である。

「さすが今をときめく中臣鎌足さまの長男よ。まことは孝徳大王さまのお子であるからして、近ごろの対立では倭国に置いておくわけにもゆかず、唐に出されもしたのだろうが、不自由がないようによほどたっぷり宝玉を渡され、隠し持ってきたのであろうな。」

留学僧のあいだでは、やっかみ半分の陰口もきかれたりした。

「ずいぶん長く長安をあとにしておられましたね。」

「五台山さらに南山に登り、修行のまねごとをしておりました。」

「よい修行をなさったのですね。お顔を見るだけでよくわかります。」

「定恵さんは、河辺オミマロさまとともに帰国されるのですか。」

「そのことです。高向玄理さまが病死され、最高責任者になられた河辺オミマロさまから、ともに帰るよう望まれておりますが、わたしは勉学が板についたばかり。ま

だ帰りたくなどありません。」

「お父君の鎌足さまはなんと言われておいでですか。」

玄理が、鎌足からあずかってきた手紙を定恵に渡していたことを思い出し、道昭が尋ねると、定恵の顔は暗くなり、

「どうしてもとはいわないが、できたら帰ってくるように、と。でも、勉学もさることながら、わたしは倭国に帰っていくのが怖いのです。」

「怖い？」

「ええ、道昭さんは大王さまがただの病死とは思っていられませんよね。いえ、お答えなさる必要はありません。わたしは、わたしの父であるお方が、大王さまをほうむる企みをなさったことはまちがいないとおもっています。

なんのための企みか。百済と手をむすび、新羅に敵対するために、新羅と友好的だった大王さまがじゃまになったからでしょう。

はは、わたしの育ての父が、わたしの生みの父をほうむったことになりますよね。

河辺オミマロさまたちと新羅に寄って帰り、新羅の情勢をさぐってくることを、父はわたしに期待しているようです。」

「定恵さんが考え過ぎているのではありませんか。」

「そうだったらどんなによいでしょう。

それに、殺されたのは大王さまだけではありません。玄理さま一行の留学僧、恵妙さま、覚勝さまが相次いで亡くなられたのは、ご存じですよね。」

「下山してきて、知りました。お気の毒なことでしたね。」

「わたしは、まことは病死ではない気がして仕方がありません。お二人は、いまわの際に玄理さまから、倭国の今後を託されたのではないでしょうか。そのために、消されたとおもえてならないのです。」

定恵が驚くべきことを言うのに、道昭は呆れ、望郷の念が高じて、被害妄想の病いにとりつかれたのではないかと疑った。

定恵は道昭の疑いを察したように、

「やった人物も、わたしは見当がついています。」

道昭はあわてた。

「定恵さん、言ってよいことと悪いことがあります。それ以上、わたしは聞きたくありません。どうか、なにも

言わないでください。それがあなたのためでもあるでしょう。」

そう道昭さんが言うのもわかる。だが、このことを自分の胸一つにおさめるのは、あまりに苦しく辛いのだ、どうか、壁になったつもりで、聞いてくれないか。聞いたらすぐ忘れてくれてかまわない。

勝手な頼みながら、必死に懇願する定恵を見ていると、あわれになってくる。とうとう、では今から壁になりましょう、壁に向かって独り言を言われたらよい、壁はその言葉を吸いこんで、生涯口にしないでしょう、そう言ってやらずにはいられなくなった道昭であった。

で、壁になった道昭は、定恵がささやくのを聴いた。

「お二人を消したのは、今度の遣唐使の大使である河辺オミマロさまと、わたしどもと一緒に来た中臣アンダチさまでしょう。わたしはあの方たちのまえでは味方の顔をしていますから、わかったわけですが……。もちろん、お二人が勝手になさったわけもない、葛城大兄さまや、父、鎌足の指示があることは明らかです。」

五台山や南山の清涼な気にふれて、すがすがしい心地でもどってきた道昭は、定恵が語るなまぐさい話に、なんともやりきれない気がしてくる。

ただ、孝徳大王を父に持ち、鎌足を育ての父に持った定恵には、いくら本人が望まなくても、なまぐさい話がくっついてきてしまうわけだ。

「定恵さん、修行の道半ばのあなたは、唐に残るべきだとわたしも、オミマロさまにお話してみましょう。若いあなたが、政争に巻きこまれるのは、わたしも見ていられませんから。」

「ああ、そう言ってくだされればどんなに助かるか。唐にいたいとわたしがいくら言っても、なかなか聞き入れてもらえないのです。」

定恵はようやく良い師を見つけて修行のトバクチに立ったところだ、若いことではあるし、残って学んでいけば倭国のためにも大いに役立つだろう、道昭はオミマロにそんなふうに話してみた。

唐での留学を続けたい定恵の決意が固いのと、道昭の口添えもあってか、オミマロもそれ以上は強要せず、定恵は唐に居残ることになった。

「押使」玄理は病死、二名の僧も客死してしまったオミマロ使節団は、翌年夏には倭国にもどっているが、帰国途上の船上でも、さらに知聡、智国が亡くなっていることがわかっている。知聡は道昭といっしょに唐へ来た僧だ。

二人の死は、第四次遣唐使に随行した、伊吉博徳《いきのはかとこ》の記録書に、「海にして死せぬ。」と記録されているだけで、病死なのか、定かではない。

この伊吉博徳、中国系渡来氏族のようだが、彼もまた数奇な運命をたどった人物。

その後、白村江の敗戦後、天智大王三年（六六四）には、唐から敗戦国の百済に派遣された役人、郭務悰《かくむそう》と大宰府で応対、天智六年（六六七）には唐に降伏し、唐の使節となって来倭した司馬法聡らの送使となるなど、敗戦処理の際に大いに活躍している。壬申の乱のさいの動向は不明だ。

天武《てんむ》天皇が死去した六八六年、大津皇子（母は持統の姉の大田ヒメ）の「謀反」に連座するものの、その外交手腕を買われてか、九年後には遣新羅使に任命されている。文武四年（七〇〇）には、大宝律令の編さん者に任命され、律令成るや、その功により位も上がるほかに、田十町、封五十戸を与えられた。相当に有能な人物だったのだろう。

伊吉博徳は、死者たちについて、「唐に死す」「海に死す」とのみ、死の原因はあえて記さずにおくことで、後世のものが、その死因を類推できる手掛かりを残しておいたようにおもえてならない。

ひょっとしたら、知聡、智国両名も、恵妙、覚勝と同じく、新羅がわ対百済がわと、しのぎを削っている倭国朝廷のあおりを受け、船上で殺害されてしまったのではあるまいか。

ともあれ、なにか、まがまがしいものが取り付いているような怪しさを残して、オミマロたちは権謀うずまく倭国へ帰っていったのであった。

16　弟子入り

さて、いよいよ道昭は、玄奘のもと、大慈恩寺にやってきた。

長くも、短くも、思われる一年。

その間には、倭国の情勢も変わり、道昭自身も、師、慧隠《えおん》、花信尼、木蘭、と三人の死に遇った。しかし、三人は、自分の胸のなかで、生きている気がしてならない。まこと、死の訪れは、日々尽きることなく、老若男女ひとしく白骨と化すとはいえ、それでいて、死者は生者にとっていつまでも生きたままの姿で立ちあらわれるのであろうか。

唐に来てからは新しいものを吸収するのにいそがしく、さっぱり思い出すこともなかった花信尼が、死んだと聞いてからは、ひんぱんにあらわれ、自分を励ましてくれるふしぎさ。

それになつかしい故国の朝廷で、あいも変わらず、くり返されている政争。その政争は遣唐使一行のなかにまで持ちこまれて、現に血を見ているようでもある。

一族の船氏の出自である百済、唐に来る途上で親しくなった慈通の新羅、紙、墨のつくりかたを懇切に倭人に教えてくれた観勒《かんろく》上人の高句麗、いずれも親しくおもわれる朝鮮三国が、いがみあっているのも悲しい。また、その朝鮮を、唐帝国が虎視眈々とねらい、三国を分裂支配しようとしているかに見えるのも悲しい。

仏教に深く帰依し、玄奘の天竺行に力を尽くした高昌国が、あっけなく唐によってほろぼされたのも悲しい。奴婢にさせられたエオルシたちの、代々続いてきた、もっともな怨念を鎮め、奴婢などという制度を取り払う力がないことが悲しい。

玄奘が砂漠で必死にとなえたという般若心経。そこでは観自在菩薩は、深い彼岸（悟りの岸）にいたる般若（知恵）をはたらかせたまい、心身は全て実体がないと見極められて、あらゆる苦しみ、厄災を超えられた、と記される。凡愚のわたしが果たして唐に在るうちに、その境地のはしっこにでも到達することができるだろうか。そのはしっこにたどりつくことで、倭国にもどったとき、貴賤を問わず、欲界で苦悶するひとびとを少しでも怖れから解き放つことができるであろうか。

新羅系、百済系、高句麗系で、もつれ、いがみあう朝廷のひとびとを少しでも、なごませ、いつくしみあうようにみちびくことはできるであろうか。

天竺の僧たちからさえ、敬慕されたという玄奘さまに、こんなひわひわした求道をお話したら、一笑され、また、出直して来い、と言われるかもしれない。

そんな心配をして、おずおずやってきた道昭に、玄奘はやさしかった。

東の果ての未開な国から、遭難し魚の餌食となるかもしれない危険をおかして海をわたり、はるばるやってきた若者が、毅然として見目うるわしく、巧みに中国語を話し、かつ、人としてのもろもろの悩みを、ためらわず、ぶつけてくることが好ましくおもえる。

「むつかしい経文のかたはしを、意味もわからぬまま諳んじ、高い経典を多く漁り集め、得々として、故郷に錦を飾り、出世をもくろむ僧侶はあまたの国からやってきます。そなたは少々異なるようですね。

なに、責めているのではありません。そなたの悩みは大事なこと。その悩みこそ、仏門の第一の入り口であり、この私が悩んだことでもありました。」

玄奘は、はるかゴビ砂漠を越えていった日のことをふり返ってみるような目つきになっている。

利発なそなたのことゆえ、唐へ来てから一年のうちに、あまたの経や、教説は目にしたであろう、といい、まず、早朝、自分や他の弟子たちとともになにも考えずに端座して、息を吸い、吐いてみなさい、そして、寺のあちこちをのぞいて、掃除などするもよいでしょう、万事はそれからです、玄奘は言う。

唐に来たての道昭だったら、(なに、そんなことをしにはるばる唐までやってきたのではないのに、極東の野蛮国の僧だといって差別なさるか。)不満におもったことであろう。玄奘が一年の猶予を与えたのはその意味でも正しかったのであり、道昭は玄奘や他の弟子たちとともに夜明けまえに起きて、端座し、昇る日に向かうなかで、新しく生まれ変わっていく自分を感じ、すがすがしさと同時に、もとめていることの片鱗を、ほんの少しつかめた気がするのであった。

端座のあと、玄奘は、彼が新たに訳した般若心経を静かに唱え、弟子たちがおのおの唱和する。

そのころ、ようやく日が明けそめ、東から射しかかる光を浴びて、なんともいえず、厳粛でさわやかな気持ちになる道昭であった。

この早朝の端座は、「静慮《じょうりょ》」と言われ、玄奘が、パーリ語の「ジャーナ」を音訳したのだという。

こだわりのゆがんだ心をなくし、軽やかで定まった心になっていくために、玄奘がはるばるインドで学んだ、唯識喩伽（ヨーガ）思想に必要な修行なのだ。

般若心経唱和のあとには、弟子たちに質問させる時間も取り、どんな質問にもほほ笑んで答えた。

あとには極めて忙しい時間が控えているのに、玄奘の話し方は常におだやかで、ゆったりしており、弟子たちにとっては得がたい時間となった。

ある日、道昭が、亡き慧隠にしたがって、夕日を観つつ、端座したことを思い出し、そのことを告げると、

「おう、それはよい師に付かれました。」

「その師が、唐では玄奘さまになんとしても学んで参れと言われました。先ごろ、遷化されましたが。」

「倭国にそのような方がおられましたか。

如来さまは、まだ、シッダールタ王子であられたころから、木陰で瞑想にふけられることが多かったそうです。子ども心にも、なぜ王国間で争いが絶えず、殺し合いがやまないのか、泥まみれになって畑を耕すものの苦はどうしたら取り除けられるのか、などと沸きあがってきた疑問を、瞑想によって解かれようとなさっていたのですね。

如来さまの故郷、カピラヴァストウ国に行ったとき、その樹はもう生えてはいませんでしたが、記念のストゥーパが建っていました。

父王のシュッドダナさまが、樹かげで長く瞑想している王子をご覧になると、日の光が他の場所を照らしているというのに、木陰はそのまま、移ろわないふしぎに、わが子ながら敬愛するお気持ちになられたといいます。」

「ところで、パーリ語とはどこの国の言葉ですか。やはり天竺の言葉なのでしょうか。」

尋ねると、玄奘はほほ笑んで、

「如来さまは、まことの智恵、真言が、万民にわかるようにねがわれて、貴族たちが文語のさい使っていた洗練された言葉でなく、庶民が使っていた言葉で説法なされました。それが、パーリ語です。まこと有難いお心では

ありませんか。

かの地では、仏教誕生以前から、司祭者兼教師で、税も刑罰も免除されているバラモン、戦い、統治し、農民などの税で暮らしているクシャトリヤ、農民、牧畜民、商人などの仕事をしている庶民のヴァイシャ、農業奴隷、家内奴隷、職人、雇われ労働者であるシュードラという四身分ができていました。

如来さまはクシャトリヤ出身であられますが、あえて布教のために貴族たちだけが読めるサンスクリット語でなく、庶民の使うパーリ語で説教なさったのです。

般若心経の般若は、すぐれた智恵という意味ですが、パーリ語ではパンニャーといい、サンスクリット語だとプラジャニャーといいます。それを般若と訳してみたのです。

一切の顚倒と夢想を遠離して、究極して涅槃す、の涅槃はパーリ語ではニッバーナ。涅槃の深い意味はまたの機会にしましょうか。」

インドの貴族が使うサンスクリット語を完全にマスターし、原典にさかのぼって、パーリ語まで自家薬籠中のものにした玄奘の努力と能力に、ただただ頭が下がる弟子たちである。

戒律を厳粛に守り、訳経に文字どおり骨身をけずる玄奘が、弟子たちへはやさしく丁寧な言葉使いで接することにも道昭は打たれる。

言われたとおりに、何か自分が手助けできることはないか、夜昼走りまわり、それが薪割りや、掃除、荷物運びであっても苦にならない。

そんな道昭を、玄奘は忙しいあいまにも、そっと見ていて、この倭国の若者にますます好感を持った。

大慈恩寺にはいってからは、かえって基とも話し合う機会が少なくなった道昭であったが、ある日、その基が、仏前にささげる銅鉢をみがいている道昭のところへやってきて、言ったものだ。

「道昭さん、あなたがここへ来られたおかげで、玄奘さまのお話をたっぷり伺えるようになり、だれもよろこんでいますよ。」

朝の端座のあと、質問がなくても、西域で見聞きしたことを、最近、玄奘は話すようになっていて、それは道昭がつぶらな目をしっかり開き、一々、深くうなずきながら聴き入っているせいだ、ともっぱらの評判だという。

「そんなことがあるでしょうか。」

「あなた自身は気がつかないでしょうが、どうやらあなたは生来の聞き上手のようですよ。おかげでわたしたちも、以前より西域のあれこれについて詳しくなってきました。特に、玄奘さまのことならどんな細かなことでも知っていたい慧立《えりゅう》さまなど、それはよろこんでおられます。」

自分でも気づかないながら、たしかに玄奘は、倭国の青年僧が利発な目で食い入るように自分の話を聴いているのを見ると、自分が西域で体験したあれこれを何でも聞かせてやりたい気持ちになるのだった。

「私が二年間、教えを乞うたジャヤセーナ先生は、人気のない渓谷をどこまでも歩いていった先、竹林に覆いつくされた山林にお住まいでした。それは淡白で清らかなお人柄で、しかもあるとある典籍に通暁しておられました。

そう、経典についてはもちろん、天文、地理、医学、数学、バラモン教の根本聖典であるヴェーダのほか、異系統の三ヴェーダまで窮めつくしておいででした。

マガダ国のプールナヴァルマン王が、何とか国士に迎えたくて、二十の荘園を与えると使者を送りましたが、見向きもなさいません。王の死後、今度はハルシャヴァルダナ王が、八十の荘園を与えるからと、丁重に使者を立てましたが、師は出向いていって、かように言われ、辞退されています。

『ひとの封禄を受けると、そのひとのために心を労さねばならなくなると聞いております。

私は今、生死の問題で苦しんでいるひとびとを救おうとしておりますので、王さまに仕える暇はございません。』

以来、山を出られたことがないそうです。そこで、仏門にあるものはもちろん、外道のものも、大臣や長者・豪族まで、はるばる谷を越え、山を越えて先生のもとへ教えを乞いにやって参ります。

私が伺ったときは、粗末な小屋がずらりと建てられ、どの小屋も弟子たちでいっぱいでした。およそ数百人はおりましたでしょう。

七十歳過ぎてからは、もはや他の学問には目もくれず、ただ仏典を昼夜分かたず、学んでおられるとのこと。

インドでは、香木の粉末を練って高さ五、六寸の小さなストゥーパをつくり、書き写した経文をそのなかに安置する風習があり、法舎利といっています。その数が増えると大きなストゥーパを建てて、なかに入れて供養します。

先生が建てられたストゥーパは、七億にも達しておりました。

ジャヤセーナ先生は、日々、口では妙法を講義して弟子たちをみちびき、手では小ストゥーパをつくって福善を積もうとされていました。夜になると、散策、誦経《じゅきょう》、座禅、思索に務められます。およそ昼夜を通じて怠ることがないのです。かといって、窮屈ではなく、先生のおられるところ、いつも清らかでおおらかな風が吹いていているような気持ちになりました。

私がお訪ねしたときには、先生は百歳過ぎておられましたが、かくしゃくとしておいででした。

私は先生に大事な経典を学び、解けなかった問いにも明快に答えていただきました。

もっともっとお傍にいて教えを請いたかったのですが、帰国をうながす霊夢を見たことで、去らねばなりませんでした。

本来なら私も、山林でもっぱら誦経と読経、訳経に専念したいところ、先生ほどの徳をもたない私が、都でドブネズミのように走りまわっているのを、先生は心眼でご覧になってさぞ笑っておられることでしょう。」

（玄奘さまが師と仰がれるジャヤセーナ先生とは一体どんなお方なのだろう。玄奘さまがおられるところ、まこと清らかな風が吹いている気がするというのに。まこと倭国にあっては到底思いも及ばない、すぐれた方々が各所におわすのだな。）と道昭はため息をつく。

釈迦寂滅のおりの伝説も、道昭の心に深くひびいた。

「クシナガラ城の北、川をわたったところに、ストゥーパがありますが、如来さまを火葬にしたところです。地面は黄黒、灰炭がまざった土なのです。

寂滅のおり、金の棺にお納めし、香木を積んで火をつけても、燃えなかったそうです。

弟子の阿難さまがやってくると、肘を出して『道路をきれいにし、香木を焚きましたか。』と尋ねられた。言われたとおりにしたところ、次には天界からわが子の死を悲しんだマーヤー夫人が降りてきて泣き悲しむのを見て、合掌して起き上がられ、『諸行無常』を説かれ、深く悲しむことのないように諭された。

そのあともまだ、火は燃えません。

如来さまは、十大弟子の一人、大カーシャパさまが五百人の弟子とともに山林からやってくるのを待っておられたのです。

大カーシャパさまがやってきて、阿難さまに『まだお体を拝見できるでしょうか。』と尋ねると、如来さまは棺のなかから両足を出されました。見ると、足の裏に変わった色があるので、怪しみ、わけを尋ねられます。

阿難さまは、『涅槃に入られたため、人天ともに嘆き悲しみ、その涙がながれて染まり、このような色に変わったのです。』と答えられました。

大カーシャパさまは礼拝し、棺のまわりを巡って盛んに賛嘆なさったところ、ようやく香木は大いに燃えさかりました。」

（諸行無常、昨日まであったお身体が、如来さまといえど、みるみる灰となり、骨のみ残ったのだ。そうだ、ひとのかたちのまま、土に埋めるのでなく、火で一挙に燃やしてしまうことで、いま人として在ることのはかなさ、さまざまな愛欲に執着することの愚かさを、身をもって教えられたのに違いない。）

のちに、倭国においてはじめて、わが身を火葬にした道昭であり、このときの玄奘の話から受けた感銘がもとになったといえよう。

ときどきに玄奘が教えてくれたことを、道昭は書きとめ、折々に読み返す。

「如来さまは、言われています。

怨みに報いるに怨みをもってすれば、ついに怨みはとどまることがない、と。」

「如来さまは、言われています。

花の香りは、風に逆らってはながれていきません。梅檀《せんだん》もジャスミンもしかり。さりながら徳のあるひとは全ての方向に香る、と。」

（まこと、玄奘さまの徳の深さよ。どんなことがあっても、荒らげたお声を未だ聞いたことがない。）と思い、（梅檀、ジャスミンの香りの例を、倭国に帰って語る場合には、橘あるいは梅の花の香りになぞらえたらよいかもしれない。）と思い、とりわけ以下の語句には深くうなずく。

「如来さまは、こうも言われています。

全てのものは、暴力に怯え、また全ての生き物にとって、生命は愛しい。ゆえにおのが身に引きくらべ、殺してはならない。殺さしめてはならない。」

「如来さまは、言われています。

壊れた鐘のように声をあらげずにいられるなら、そのものは安らぎに達しています。」

「如来さまは、言われています。

大空のなかにいても、大海のなかにいても、山中の洞窟に入っても、およそ世界のどこにいても、悪業から逃れることのできる場所はなく、また、死の脅威のない場所もありません。」


ようやく道昭が大慈恩寺での暮らしに慣れてきたころ、高宗の命により、世間で評判高かった医学士の呂才《りょさい》と、玄奘が対決する出来事があった。

玄奘が、翻訳のあいまに訳した、インドの商羯羅主《しょうからしゅ》があらわした論理学についての学書、「因明入正理論《いんみょうにっしょうりろん》」は、さまざまな学僧たちが競って注釈書を出し、わけて呂才は俗人ながら、あれこれの注釈書をつまみ食いして『因明註解立破義図』をあらわし、盛んに宣伝して、声望を得ていた。

不審におもった高宗が、彼を大慈恩寺に行かせて玄奘と対決させたものであった。

玄奘は呂才の書のあやまりを、逐一、指摘し、あさはかな知識で「因明入正理論」を解釈してはならない、と諭した。ごうまんな呂才も、玄奘のまえではさながらアリンコのように小さく見え、顔面蒼白となって謝罪した、と同席を許された基は、道昭に語ったものだ。

「玄奘さまのすばらしさは、人まるごとを咎めるのではなく、ただ、論じていることのあやまりを明快に、かつ淡々と指摘なさることでしょう。その間にも、きちんと礼は尽くされるから、批判されたものも恨むどころか、かえって玄奘さまに心から敬意を抱いてしまうのですね。いや、なかなかできることではありません。」

同年（六五五年）、武照の高宗皇帝への働きかけによって、皇后王氏が殺害される。

四年まえ、武照が生んだ第二公女を、王皇后が見舞いに訪れた直後、公女が頓死するという事件があり、殺害の疑いをかけられた皇后は、すでに幽閉同然の扱いを受けていたのだが。

このたびは、皇后が鬼道にふけっていることを武照から聞いた高宗が、宦官たちに捜索を命じたところ、胸と腹に大きな釘が打ちこまれ、「武照」の二字が刻まれている桐の人形が、皇后の部屋から発見される。

怒った高宗は、長孫無忌《ちょうそんむき》、褚遂良《ちょすいりょう》ほか重臣たちの反対をおしきり、武照の望みどおり、皇后を廃し、武照を皇后にすることを決意する。

太宗亡きあと、おとなしい高宗に代わって思いのままに国政を牛耳ってきた、長孫無忌への群臣の反感を、武照はたくみに利用したのだった。

（余談になるが、儒教の立場からとんでもない悪女として男性史家によって指弾されてきた武則天に光をあてたのは、原百代『武則天』だ。もともと津田塾出身で翻訳、エッセーなど英文畑をあるいてきた原百代は、交通事故の被害にあい、一文の補償もえられぬまま、長い闘病生活を強いられる。そのなかで、せめて精神的に立ち直りたいとあがくなかで、武則天が「悠久四千年余の中国史上、空前絶後、唯一人の女帝」であることに着目し、冷静な筆致でその生涯、行った政治にせまっていった。千三百年まえ、「山西の片田舎の貧農出身」である父を持った一人の女性が、徒手空拳、その才知によって女帝となり、「独創的な革新政治を行う」までにいたったことを記し、悪女とされてきた武則天へ讃歌を送った。

なお、一大長編小説『武則天』を原百代が、完成させ、自費出版したのは一九七七年。一九八二年同書により、エイボン女性文化賞受賞。一九九一年八月十二日没。同書三巻〈上中下〉が毎日新聞社から刊行されたのは、一九九八年。）

高宗は、おそらく玄奘には、重臣に反対されても武照を皇后に推したい胸の内を明かしたことであろう。

それが武照のもくろみからきていることを看破しつつ、玄奘には、他の女性たちとは、いや、高宗ともくらべ物にならない武照の帝王にふさわしい資質が、掌を指すようにはっきり見えたに違いない。

玄奘は、いかにも武照さまこそ皇后にふさわしい、と高宗を励ましつつ、廃され、悲惨に殺害されていくしかない皇后や妃たちの運命に、慄然としたであろう。

王元皇后と蕭淑元妃がちん毒でひとを害そうとした

め、笞刑二百に処す、との詔勅が出たのは、武照が皇后になってから間もなくのこと。

容赦なく笞をふるう宦官たちによって、一人の女性はむごたらしく殺されていき、一家は断絶、財産没収の憂き目にあう。

翌年正月早々、王元皇后の子、皇太子忠は、廃され、武照の子、弘が、わずか五歳で皇太子となる。

皇太子を廃された忠は、囚人同様の扱いを受けながら、表向きは現河南省商丘県の刺史《しし》に、ほどなくさらに僻地の現湖北省房県の刺史へ、追われていった。

不死身かとも見えた玄奘が、呼吸器の病で、一時は命も危うくなったのは、その年（六五六年）の五月。

もともと西域への苛酷な旅により、持病になっており、薬を飲んで体をだまし、何とか小康をたもっていたのであった。

そこへ、暑さから体を冷やした上に、王宮の変事。泰然としていても、その心身は傷んだことであろう。

特にみごとな筆使いで、「大唐三蔵聖経序」の太宗皇帝の碑文を書いてくれた褚遂良が、武照の立后に強く反対したことで、蟄居を命ぜられ、地方（河南省長沙市）の都督に追われたことには寂寞の感があったに違いない。

褚遂良は、先帝に仕えた武照を皇后にするとは、もってのほかだとして、内殿の石の階段にはげしく頭をぶつけ、血をながしつつ懇願し、武后はもとより高宗の憤激を買ったのである。

（いたましいかな、皇帝陛下に限りなく好ましく思える女性が、褚遂良さまにとっては悪鬼に見えるのであろう。

おのおのはわが目に映じた事がら、人柄を、万人がそう見える、と思い違え、他のものにも押しつけようとする。

正義は一つではなく、ひとの数だけあることに気づかぬものの哀れさよ。

褚遂良さまは、たかが女性、と一事にのみ捕らわれ、新皇后さまのたぐいまれな資質をご覧でない。

皇帝陛下はあまりにお優しいゆえに、ひとり権勢を誇ってきた長孫無忌さまを野放しにし、いささかもけん制なさらずに来られた。無忌さまにきらわれたゆえに才能をもちながら花咲かせずにきた方々を、巧みに取りこまれた皇后さまの政治力のみごとさよ。おそらくさらに朝廷を変えていかれよう。

その激しい波にのまれて命を失う方々、都から遠く追われる方々が、きっと今後も多く出てこよう。おそらく、褚遂良さまの行く手にもさらに悲惨な運命が牙をむいていることであろう。

皇帝陛下の行く手も、新皇后さまの野心のまえで、お辛いことも起きようが、今はただ、皇后さま愛し、とおもわれるだけ。愛欲のはかなさ、政治の非情さよ。）

玄奘の予想は当たって、翌年、褚遂良は謀反の罪をかぶせられ、はるかベトナムにながされてしまうのだが……。

玄奘の胸の中も知らず、高宗は玄奘の病が重いと知ると、おろおろし、ただちに侍医をつかわし、利くと聞けば、宮中の薬をなべて送るよう、命じた。一僧侶に対して破格の扱いといえた。

侍医は、高宗の意を戴して、玄奘のそばに付ききりでいる。さらに部屋には、これも宮中から病人の扱いに手馴れた看護人が何人もつかわされてきた。

それでも心配な高宗は、日に数回も使者を送り、一喜一憂するありさま。

訳経の仕事がある他の僧と違い、定まった仕事がなく過ごしていた道昭は、これ幸いとばかり、玄奘付の下働きを命じられる。

下っ端の僧はほかにもいたが、ぐずぐずしていたり、年老い、あるいは薬に暗かったりするなかで、若くて気も利き、薬についての知識もあり、体が軽くうごいてしまう道昭は、大いに重宝がられた。

深夜であっても、命じたとおりに、薬をきちっとまぜ合わせ、練りながらとろとろと火にかけて調合してくる、道昭の腕とまごころには、侍医も舌を巻いたようであった。

玄奘が重態を脱したのは、五日後。

侍医から、道昭がまめやかに下働きをし続けたのを聞いて、玄奘の道昭を見る目は、さらに深くなった。

ようやく危機を脱した玄奘は、またいつ死ぬかもしれない身であれば、太宗に頼み、かねてかなわなかったねがいを、何としてもこのさい実現させねば、と思い決める。

これまでは、なにごとも道教優先。道士と違い、僧侶の犯罪は、俗人同様の扱いを受けていた。少々の罪であっても首かせをはめ、杖・笞で打って辱め、また同じく俗法にしたがって、僧一人の罪でも一族おしなべて罰したら、国法。それをぜひ変えてほしいと、まだ病床にありながら、切々と上表文を書く玄奘。

その甲斐あって、高宗は、僧侶・道士の犯罪は、俗法でなく、それぞれの教義の法にしたがって罰するように、との勅を下した。

大病をわずらい、気が弱くなったこともあったろうか、勅をうけたまわったときの玄奘のよろこびようは、弟子たちも驚くほどであった。

宮中に向き、合掌しながら、ハラハラと涙が止まらず、

「これで、いつ死んでもかまわなくなりました。」

と笑い泣き、早速に筆を執って、高宗・武后へ礼状を送る。

このような慈悲をたまわって、僧たちは、ますます深く務めるであろう、「マコトニ法門ノ嘉会ニシテ卒土ノ幸甚ナリ」と。

武后の意向がなければこのような重大な決定はなされないことを知っている玄奘であった。

礼状を受けとった高宗は、玄奘を宮中に呼び寄せ、凝陰殿の西閣で回復供養を行ったあと、そのまま帰さない。翻訳も宮中で行うように命じたのである。

病後、気疲れする勤めであっても、命を救ってくれた高宗への感謝から、玄奘はだまって言いつけにしたがった。

大慈恩寺には、一月に一度しか帰れない。

十月、三人目の子の出産が近づいた武后は、玄奘に安産の祈祷を頼む。

ねんごろに祈祷した玄奘は、生まれる子は、男子であると断定し、無事男子出産のあかつきにはその王子を出家させてほしい、とねがい、許される。

幾人でも男子を確保しておきたい武后は、よろこび、袈裟一着ほかを玄奘に下賜。玄奘は早速、武后の世が栄えることを祈る礼状を書く。たとえようもないほどの恩典であると感謝し、袈裟の生地のみごとさ、縫い方の巧みさにいたるまで丁寧に称えた。

（西域でさまざまな国々の王者とつきあってきただけあって、礼状の書き方もとおり一ぺんでなく細やかで、わたしをよろこばす術を心得ておるようだ。）

悪い気がしない武后である。

十一月五日、ふいに、一匹の背も羽根も腹も足も全て赤い雀が、南から飛んできて、顕慶殿の庭の帳に止まり、なかに入って、玉座に止まった。

（おう、赤い雀はまさに吉祥！）

よろこんだ玄奘がそろそろと近づいていっても、恐れず、ついにはさわっても驚かずにいる。

「皇后さまがまだ出産なさらずにいらっしゃる。どうか平安に分娩なさるように。それをかなえてくれるなら、しるしを見せてくださぃ。」

そう言って、五体投地したところ、玄奘の所作にしたがって飛び、やがて飛び去った。まわりのものたちも、このふしぎを皆見ていた。

玄奘は、安産まちがいなし、と、祝賀の上表文を早速提出する。

と、ほどなく、なんと出産が無事に終わり、男子が生まれたというではないか。

高宗にとっては第六王子。哲である。

誕生三日後に、玄奘は、また上表する。

先の約束を守って、王子を「法王ノ子トナシ、法服ヲ被著シテ法名ヲ」付け、僧数に列させてほしい、そうすれば皇帝皇后は「子福ニ因テ恭春ヲ享ケ」るであろう、と。

高宗も武后も、玄奘のねがいを聞き入れ、仏光王と法名を付け、袈裟を着させ、その居間を玄奘の居室の近くに置いた。

かくして王子は、満一ヶ月になったとき、七人の僧により剃髪、玄奘は、「剃ル所ノ髪ハ即チ王の煩悩ノ落ルナリ」と祝って、法服を進呈する。

五十四歳の玄奘にとって、袈裟をまとった赤ん坊は、そのしぐさ一つ一つが、いかに可愛らしく、邪気なく映ったことであろうか。

玄奘の胸には、「今、無垢なこの王子さまに袈裟を着せ、法名を与えることで、ひょっとして成人されたとき、如来さまのように、この世の苦を悟られ、王宮を捨てて仏門に入り、衆生をみちびかれる道を歩まれないものだろうか。」という期待が芽生えた。

翌年二月、皇帝一行は、長安の東北、洛陽宮に向かう。

保養といいつつ、事実上の遷都ともいえた。隋の煬帝が贅を尽くして建てた王宮が、そのまま、唐王室の手中におさまったこととなる。

洛陽に向かうときも、玄奘は王子哲と同じ車に乗るように命ぜられている。保養といわれても、かたときも翻経をないがしろにしたくない玄奘は、翻訳僧五人、その弟子五人を連れていくことをねがい出、官費で連れていくことを許される。そのなかには基も入っている。

道昭は、玄奘に指名され、玄奘の私費で、一行のなかにくわわることができた。年若く腰軽く、何事にも機転が利き、かつ、聞き上手の道昭をいつのまにか、すっかり頼りにしている玄奘なのであった。

なぜ未開な倭国からやってきた若い僧を連れて行かれるのか、自分も供したい弟子たちから不満が出る。

玄奘の病のとき、いくら表裏なく尽くしたといえ、あまりに破格の扱いではなかろうか。

とうとう玄奘にじかに訴えるものがあり、玄奘はほほ笑んで答えた。

「わたしが西域を旅していたとき、さるところで飲み水がなく、まことに困惑したことがありました。すると、一人の僧が、ブドウを運んできて食べさせてくれたのです。おかげで助かりました。その僧こそ、この道昭の前世の姿だったのです。」

道昭は、あとで知って、恐縮するばかり。

（一刻も多くお傍にいて、師の教えを心に刻まねば！）

あらためて誓わずにはいられない。

洛陽に着いた一行は、積翠宮におちつく。

夏になると盆地の洛陽はたえがたい暑さで、皇帝と武后は、洛水のほとりの明徳宮に避暑し、玄奘らも、また、したがった。

世は泰平、暑い夏には朝見も隔日にすることに決まり、高宗・武后にも、のんびりした日々が訪れる。

「早朝、高宗の朝見のない日には、まだ真珠色の朝靄が辺りをやわらかく包んでいるころ、高宗と武后は太子弘をはじめ潞王賢を連れて、凝碧池畔まで馬車を走らせ、池に龍舟を浮かべ、紅白の蓮花が白露で飾られた花弁が開く様をめでる。調理方の宦官をのせた船上厨房では、御座船からの合図がありしだい、直ちに食膳を奉ろうと用意おさおさ怠りない。傍には朝食を運ぶ小舟十隻ほどが、今か今かと待機する。やや離れて警衛の禁軍将士の船や、辺りの静けさを破らぬほどの抑えた奏楽をする楽師の船等が見える。

昼は蘭湯に浴し、碧簾を垂れた水閣に、高宗と武后は涼風を楽しみ、昨冬十二月氷室に貯えた氷をくだき、瑠璃杯に盛り、葡萄酒を注いで、暑を忘れ、玉杯に午睡の夢を楽しむ。」（原百代『武則天（上）』五三九頁）

随従したものたちも、久しぶりにゆったり時を過ごすことができ、玄奘も、武后の出産が間近になってからの緊張した日々からやっと解放されたのであった。

17　玄奘の四つの危機

道昭は、洛陽に着いてからの玄奘が、なるべく皇帝・皇后に近づかず、だれもいないとき、ふっと吐息をもらすのを見た。

「お師匠さま、またお具合がよくないのですか。」

道昭が声をかけると、玄奘はほほ笑み、

「いや、わたしにとって、今が第四の危機におもえてならないのですよ。」

「では、これまで三回の危機がおありだったのですね。」

「そうです。いずれも西域への旅の途上で起きたことでした。あなたには話してなかったでしょうか。」

「第一の危機は、西域に向かわれる砂漠で、方向を失い、袋のなかの水も落として、渇きと飢えに苦しみながら、さまよわれたときですね、きっと。」

「おう、よく知っていますね。そう、あのときは、ひたすら観世音菩薩と般若心経を念じ、ついには砂中に倒れてしまったものでした。」

「第二の危機は、いつ起きたのですか。」

「シャーカラ城（現シアールコト）を出て、パラーシャの昼なお暗い森のなかを歩いて行ったときのことです。」

森のなかの小道をすすんでいると、突然、五十人ばかりの盗賊が行く手をさえぎったという。

抵抗しない一行から、盗賊らは、財貨はもちろん衣服までもうばいとってしまった。

それならまだよい。

盗賊たちは刀をふるって一行を追い立て、とある涸れ池に着くと、そこで一同を縛り、虐殺しようとした。

イバラやカズラが生い茂っている池であった。

玄奘に付いていた沙弥《しゃみ》が目ざとく、池の南岸に草の茂みに隠れて水溜りがあり、人一人やっととおれるほどの隙間があるのを見つけ、玄奘に耳打ちする。

「お師匠さま、あそこから逃れましょう。」

二人は縛られるまえに、なんとかその隙間から池の外へ抜け出すことができた。あとは無我夢中で、二、三里ほども走りに走った。

そのうち畑を耕しているひとを見つけ、かくかくしかじかと告げると、男はただちに村に向かってほら貝を吹き、聞いた村人が太鼓をたたき、たちまち八十人ほどの村人が刀や槍、薪割りを持って駆けてきた。

村人たちは玄奘を牛に乗せ、猛スピードで池に向かう。武器を持ち、自分たちより多人数であらわれた村人たちに驚いて、盗賊たちは、うばった荷物・衣服をてんにかかえ、ちりぢりに逃げていってしまった。

縛られている一行は縄を解いてもらい、村人たちにいざなわれて村に泊まり、村人たちが施してくれた衣服を身につけて、やっと人心地つくと、愚痴が出る。

「それにしても、何から何まで失ってしまった。ああ、何と言う不運に見舞われたことよ！」

「髪飾りも、みごとな刺繍がほどこしてあった帯も取られました。何かのときには二つを売って旅の足しにしろと言って、親が持たしてくれたものです。」

「懐中に隠してあった貨幣もうばわれ、無一文になってしまった。これからどう、旅を続けていったらよいのか！」

一行のだれもかれも、ぶちぶちと泣き悲しんでいるというのに、見れば玄奘だけはにこにこ笑っている。

「お師匠さま、こんな災難にあったというのに、どうしてそのように笑っておられるのです？」

いぶかしがる一行に、玄奘は言う。

「わたしも皆さんも、一番大事な命が、助かったではありませんか。命を失えば、財宝も衣服も何になりましょう。」

わたしの国の書物には、『天地の大宝を、生という』と記してあります。その大宝をうばわれなかったのですから、これほどめでたいことがありましょうか。」

玄奘の言葉に、一同はっとして、最も大切な命がうばわれなかった幸せをしみじみ噛みしめたことであった。

第二の危機についてまで話してもらったところで、玄奘に来客があり、第三の危機については、基からその後聞いている。

同じく西域の旅の途上で起き、聞けば、さらに危うい事件であった。

基は、

「詳しいことは、お師匠さまからでなく、慧立さまから伺った話なのだが。」

と前置きし、太い目をぐるぐるさせて語ったものだ。

それは、玄奘が、アーヤムカ国へ向かうため、ガンガー川を東に下る船に乗っている最中の出来事であった。船には八十人ほどが乗っていたという。

船はこともなくすすんで行ったが、やがて両岸とも鬱蒼とした林になった。

すると、突然、その両岸近くから十数隻の船に乗った盗賊があらわれ、玄奘の乗った船をすばやく取り巻いてしまった。

どれも巧みに棹をあやつるものばかり、どうにもならない。

泣き叫び、川に飛びこむものもいるなかで、船はまるごと盗賊たちに拿捕され、岸に着くと、ひとびとはいずれも丸裸にされ、財物をうばい取られる。

ところがそれだけでは終わらなかった。

彼らは、玄奘を見て、手を打ってよろこび、言ったものだ。

「シヴァ神様のお妃、ドゥルガー神様の祭が、ほどなく過ぎようとしているのに、今年はドゥルガー様に捧げる見目良い男が見つからずにおった。

なんと、この坊さんはなかなかの美形、この坊さんならドゥルガー様もきっとよろこばれようぞ。もってこいの生け贄が見つかったものよ。」

毎年の秋、彼らは見目良い男をさがし出しては殺し、その血肉をドゥルガー神にささげていたのである。

玄奘は、さわがずに、盗賊たちをたしなめる。

「この汚れた身を生け贄にして、あなたたちの神が満足されるというなら、わが命など惜しくはない。

ただ、わたしがはるばるやってきたのは、如来さまが悟りを開かれた菩提樹や、説法なされたグリドラクータ山を礼拝し、仏教を学び、経典をもとめたいためでした。まだその志半ばで、今、わたしが殺されれば、あなた方にもよいことはないでしょう。」

同船していたひとびとも、

「お坊さまの言うとおりです。真の仏法をもとめて、はるばる艱難辛苦して来られたお坊さまを殺すなど、どうかしないでください。」

と拝み頼み、玄奘にしたがってきたもののなかには、自分を身代わりに生け贄にしてくれ、と頼むものさえいる。

それでも、いつかな盗賊たちは聞かず、首領は生け贄を祭る準備を部下に命じた。

岸辺の、花々が咲き乱れているところを掘って、壇をつくり、汲んできた海水で土をこね固め、できた泥を壇の表面に塗ると、たちまち仕上がった。

さて、ただちに玄奘を壇上に上げ、首領に命じられた二人の男が、刀を振りあげ、今まさに玄奘を斬ろうとする。

同船した一同が悲鳴をあげるなかで、玄奘は、もはや逃れられぬとわかっても、顔色一つ変えず、泰然としている。逆に首斬り人のほうがおびえ、振り下ろした刀を下げてしまった。

そのとき、玄奘は静かに頼んだ。

心安らかに死ねるように礼拝したいので、その時間だけは与えてほしいと。

玄奘の威厳に呑まれた首領が、最期の礼拝を許すと、玄奘は、十方の仏を礼拝、正座して弥勒菩薩をひたすら念じる。

「どうか、来世はかつて如来さまが修行され、今は弥勒菩薩さまが説法されているトゥシタ天に生まれますように。

供養を行い、『瑜伽師地論《ゆがしじろん》』の講義を受け、妙法により悟りを開いたのちは、またこの世に生まれてひとびとを教化し、ひとびとがもろもろの悪行を捨てて、善行を行いますようみちびきたいと存じます。

どうか、あまねくもろもろの仏法をひろめ、衆生一切が安心できますように。」

「そのときの境地を、お師匠さまはこう申されておいでであったと聞きました。」

基は、ささやくように言う。

「ひたすら弥勒菩薩さまを念じておられるうち、いつの間にか身はスメール山にあり、一天、二天、三天を越え、トゥシタ宮の弥勒菩薩さまのもと、妙法台の近くにおり、天人たちに取り巻かれている気がなされたとか。

そのとき、お心は歓喜し、生け贄の壇上にいることも、首斬られるきわにのぞんでいることも、忘れておしまいになったそうでした。

壇の下では、同船したひとびとが、お師匠さまのお供のものはもちろん、他のものも声をあげて慟哭し、『あう、こんなすばらしいお坊さまが、あたらこの地で殺されてしまわねばならぬのか、み仏よ、お救いくださいませ。』と泣き叫んでいます。

するとどうでしょう。真っ黒い風がにわかに四方から吹き起こり、すさまじい勢いで、樹々を倒し、砂を飛ばし、川は荒れ、逆巻き、船をくつがえしてしまったではありませんか。

さすがに盗賊たちは、驚き、

『いったい、この僧はどこから来たのか。何という名だ。』

尋ねます。

『このお方は遠い遠いチーナ国から、求法のために来られたのですよ。もし、このお坊さまを殺してご覧なさい。あなたがたは無量の罪をえて、爾後、あの世へ行っても永劫に苦しむことになりましょう。

あの川の激しい波立ちようをご覧なさい。天の神も怒っておられる。一刻も早く懺悔するべきです。』

盗賊たちは大いに畏れ、壇上のお師匠さまに向かってひざまずき、懺悔しました。

瞑目しておられるお師匠さまに手を伸ばし、許しを乞うものもおります。

身体にさわられたお師匠さまは、目を開け、

『最後の時が来ましたか。』

と、もの静かに尋ねられます。

『いえ、わたしどもは懺悔いたし、こうして許しを乞うております。もう貴方さまを殺すなど、罪深いことは決していたしません。』

首領をはじめ、口々に許しを乞う盗賊たち。

『よく改心してくれました。如来さま、弥勒菩薩さまは全てお見とおしておられます。

殺人、強盗、邪神に仕えること、なべて不善をすれば、未来永劫の苦を受けねばなりません。朝露のようにはかない人生なのに、どうして悪事をはたらいて、永劫の苦の種をわざわざつくるのですか。』

かように説法なされると、盗賊たちは、心から改心し、武器をことごとく川に投げ入れ、うばった財物・衣服も、持ち主に返し、お師匠さまから五戒を諭され、二度と盗賊行為はしないと誓って、帰っていったそうです。

これが第三の危機、そして危機は転じて、不善のものを改心させる幸となったわけですよ。いかにもお師匠さまらしいではありませんか。」

(なんと大変な苦難を乗り越えて、旅をなさったことよ、そして、その苦難を、衆生一切を救おうとの固いお覚悟によって、乗り越えられたのだ!)

道昭は、ただ頭が下がり、(それにしても、旅中での

三つの危機は、いずれも死がすぐそこにせまった危機であった。皇帝の覚えめでたく、仏法も盛りとなった今、なぜ第四の危機などと仰っておられるのだろうか。）不審に思わずにはいられない。

基に話すと、

「そうですか。さようなことを仰っておいでですか。」

基は深々とうなずく。

「基さんにはそのわけがおわかりなのですか。」

「当たっているかどうか、わかりませんが、皇帝陛下、皇后陛下に厚く信頼され、そのお子に法衣を着せることまでできた今、それが果たしてみ仏の心にかなうことなのかどうか、悩んでおられるのではないでしょうか。」

基のするどい洞察は当たっていて、玄奘は、仏法を栄えさせたいあまりに、権力に近づき過ぎた自分が、道を踏み外してしまったのではないかという恐れに、そのころ悩んでいた。

（皇帝のお子といえ、赤子は赤子、生まれてくるときは真っ裸であり、乞食の子であろうと何の変わりがあろう。豪奢な衣服をはいで実相を見ねばならぬ。）

そう思って、哲王子をよくよくながめると、いたって凡な顔かたち。光が射すと見えたのは、まとっている絹の柔らかな光沢から発するものでしかない。

（なんとわたしは愚かであったことよ。「瑜伽師地論」をきわめたと思っておりながら、この目は現世の栄耀にくらみ、欲界の底に沈んでしまっているのではなかろうか。

衆生救済のため、真に学ぶべき事がらは何か、噛んでふくめるようにこまごまと記してある経典を、少しでも多く訳すことのみねがって帰ってきたはずなのに、そのためのやむを得ぬ手段として、王宮にも出入りするようになったはずが、どうだ、現皇帝の寵愛に目がくらみ、哲王子さまを如来さまの再来に仕立てたいなどという、途方もない望みを抱いてしまっているではないか！

これを堕落と言わずして何といおうぞ。）

しばし自分を見つめたい、とねがう玄奘は、洛陽から東七十里に位置する故郷、陳河村を訪れたいと、ねがい出、快く許される。

そもそも玄奘が、洛陽の浄土寺に住んでいた次兄の長捷《ちょうしょう》のもとに行って出家し、修行をはじめたのは十二歳のころ。

ほどなく世が乱れ、居所を転々、さらに求法のために各地の高僧を訪ね歩き、ついに西域まで。かえりみれば四十数年、故郷に帰ることはなかったのだ。

道昭もまた、基たちとともに、この旅に随従する。

「わが父君は、わたしよりさらに背高く、身の丈八尺、常にゆったりと構えられ、気品あるお顔で、四書・五経に通じ、さながら後漢の大学者、郭泰《かくたい》さまの再来だとひとびとから言われておいでてでした。

恬淡として、出世を望まず、官吏になる命を受けても病身であるからと断られ、古典の研究にいそしんでおられました。わたしが学問に興味を持ったのも、父のおかげです。」

なつかしげに、玄奘は弟子たちに語ったものだ。

玄奘の父は、陳慧《ちんけい》。祖先は後漢の官吏、仲弓。玄奘の曽祖父、欽は、後魏の上党太守となっている。祖父、庚は、学問に秀で、北斉の国子博士となり、周南（河南省洛陽県）に封ぜられたため、以後、洛陽郊外の陳河村に住みつくこととなったのであった。

しかし、訪ねた故郷では、もとより父母はとっくに世を去り、見知った親類縁者の姿とてない。

幸い姉が、少し離れたところに嫁いでいたのを探し出すことができた。

「まあ、あなたがほんとに、あの、机にばかりしがみ付いていた、禕《い》ちゃんなの。」

白髪がめだつ姉は呆れ顔で、幼子のように玄奘を抱擁する。玄奘も、姉の胸にすがって、これまた幼子にもどったようにだれはばかることなく慟哭している。

（ああ、なんて純なお心だろうか。このような方だからこそ、怖ろしい盗賊たちの心をも溶かしておしまいになれたのだ。）

ますます師を敬愛する気持が強くなっている道昭であった。

ややあって玄奘が、父母の墓の在り処を姉に尋ねると、

「わたしの足では、一日では行き着けないし、もうずいぶんお参りしていません。でも、場所は覚えていますから、一緒にお参りしましょう。」

用意した駕籠に姉を乗せ、行き着いた墓所は、見る影もなく荒れ果てていた。

「おう、あなたの息子の大不幸をお許しください。お二人のお加護により、無事、西域からも生還でき、

真の仏法をわが国へもたらすことができました。」

ひたと大地に伏して、玄奘は泣き泣き四十数年の無沙汰を詫びる。

隋の末期、このあたりも盗賊たちが跋扈《ばっこ》し、陳家も財物をうばわれ、父母たちは粥をすすりながら、辛うじて生き、それでも住み慣れた村にとどまっていたらしい。

「わたしがほんの少し、米を持ってお訪ねしたときには、お二人ともかなり弱られて、すっかり痩せられたお父さまは、それでも淡々と書物をひもといておられました。

『国の末はおおかたこのようなものだ。やがて新しい世が顔をあらわすことであろう。わたしはもうそのときにはおるまいが。』

そう言われ、あなたたちが、早くにここを出て行かれたことをよろこんでおられました。

ご承知かしら。一番上のお兄さまは、盗賊たちに引っ張っていかれ、命をうばわれておしまいになったのですよ。

ですから、お墓に名前は刻みましたが、お骨はないのです。」

「おう、わたしをそれは可愛がってくださったものでしたが。」

「そうそう、褘ちゃんのことは、でき過ぎの弟だとご自慢でしたもの。」

「成都（蜀）の空慧寺におられた長捷兄さんからは便りはなかったでしょうか。」

「ああ、亡くなられてから、長捷兄さんの手紙をたずさえ、お弟子さんがはるばる訪ねてこられましたっけ。

遠い蜀の地で、余命短くなったこと、ついに墓参りすることなく去っていく不幸をわたしに詫びられ、いまは西域にいってしまったあなたの無事を祈るのみ、と書かれてありましたよ。」

もともと玄奘を出世にみちびいたのは、長捷であった。官吏にならないため、陳家の家計は苦しい。口べらしのためもあり、次男の長捷は早くに出家し、洛陽の浄土寺にいた。長身、みごとな面立ちも、風流でさまざまな学を好む性格も、この長捷が一番父に似ていたようだ。

彼が、父母のもとへ里帰りしたとき、父が、玄奘についてほめるのを聞いた。子どもたちと遊び呆けることもなく、もっぱら書物を読みふけって飽きず、しかも小さいながら父母に何かしら尽くそうとする心根が、誠実であたたかいという。

「そういえば、弟は、お父上に『孝経』を習っているとき、『曾子《そうし》、席を避ける』の文のところで、にわかに襟を正して立ち、『曾子は師の言いつけを聞いて席を避けたというのに、今、父上の教えを受けていてどうして安座していられましょう。』と言ったことがありましたね。」

「そうだ、あれは八歳のときだったな。」

「どうやら弟は、出家し、仏法に励むのが、天性ふさわしいと思えます。きっと、わたし以上のことを成し遂げるでしょう。浄土寺に連れて行ってよろしいでしょうか。」

「わたしの見るところも同じだ。あの子が同意するなら、そうしたらよい。」

かくて玄奘は、兄に連れられて浄土寺で、経典を読み習い、みるみる進歩をとげた。

そのうち、洛陽にいる数百人の僧のなかから、とりわけすぐれた僧を二十七人、度（任命）するための国家試験を行う、との詔勅が出た。

その話を聞くと、玄奘は、十五歳以上という応募年齢には達しない、わずか十三歳でありながら、衣服を正して、役所の門のかたわらにじっと立った。

そこへ、人物の力を見ぬくことが秀でていて評判の選者、大理卿《たいりけい》、鄭善果《ていぜんか》がとおりかかり、若い玄奘を見てハッとひらめくものがあった。

声をかけ、話してみると、心は遠く如来のあとを継ぎ、たしかな教えを中国にひろめたい、そう目を輝かして語るではないか。

鄭善果は、胸おどる思いがして、ただちに度することにする。年齢が合わない、学問もまだまだであろうに、と首を振る他の選者にはこう言った。

「経典の研究よりむつかしいのは、人物を得ること。この子を度すれば、やがて必ず仏門の偉人になり、天高く飛んで羽ばたき、大活躍するであろう。惜しむらくは、そのときは、わたしはこの世にいないだろうが……。」

僧となった玄奘は、ますます熱心に浄土寺の教師たちに学び、ことごとく会得するうち、内乱が近いのを予測して、兄とともに長安へ、さらに蜀の成都へおもむいたのである。

旅立ちの挨拶に来た二人に、父の慧は、淋しそうな顔は少しも見せずに祝福している。

　隋のほろびを悟っており、得がたい二人の才能が動乱のなかで朽ちることを怖れたのだ。送り出せば、永久の別れになることを予感しながら、莞爾《かんじ》として笑っていた、そのゆったりした温顔が昨日のことのように思い出される玄奘である。

「二十歳になったので、成都で戒を受け、雨期三ヶ月間の静座をして律を学びました。やがてその地での経論はことごとく学んだので、長安に行きたかったのですが、それは蜀の法に触れることでしたし、また、動乱を危ぶむ兄にとどめられもしました。

　はは、でも、どうしても他の地へおもむき、高僧たちに学びたい思いはつのるばかり。とうとう商人と組んで船でひそかに揚子江を下って、荊州（湖北省江陵県）へ、さらに各地の、ついには長安の、高僧たちを尋ね、疑問の箇所を探り歩いたのでした。

　そしてとうとう、如来さまの地へおもむかなければ正しいことは不明のままだとわかって、国禁を犯して、出国することを決めたのですよ。

　なに、わたしよりはるか以前に、法顕《ほっけん》さま、智厳《ちごん》さまが法をもとめて旅しておいでだ。行けないわけはないのです。

　さあ、そのときの一途な想いを、皇帝・皇后お二人の寵愛にかまけて、わたしは忘れ去っているのではあるまいか。」

　独り言のようにつぶやき、長いこと長いこと、荒れ果てた墓のまえにぬかずいている玄奘であった。

　その皇帝からは、父母の墓を改装することを許可し、費用も出すことを告げる使者がつかわされてくる。

　一九八四年（玄奘没後千三百二十年後）、玄奘とかかわり深い奈良・薬師寺は、安田暎胤《えいいん》を団長に、百人という大人数で陳河村の陳家を訪れている。

　玄奘直系の陳小順が、村長をつとめており、生家がそのまま残っていた。

「村には何一つ記念碑もなく、貧村でした。しかし陳家の直系の末孫がおられ、また玄奘三蔵が幼少のとき、木の上からすべり落ちてはまったという井戸も残っていたのには驚きました。村人はその井戸の水を飲むと頭がよくなると笑いながら説明してくれました。その後数百人のひとびとを案内して訪れる度に記念碑ができ、さらに

は記念館から大きな観光目的の遊園地までできていました。」（安田暎胤『玄奘三蔵のシルクロード〈中国編〉』二三頁）

千三百年を経て、おもいがけず、観光で故郷の村をうるおすこととなった仕儀を、地下の玄奘は微苦笑しながらながめていることであろう。

墓参をとげたことで、玄奘は初心に返り、華やかな朝廷から離れて、訳経三昧の毎日を過ごすことを切にねがう。ジャヤセーナ師の清廉な暮らしがしきりと思い出され、その思いは、陳河村近くの少室山山頂に近い、少林寺に立ち寄ったことでますます強くなっていく。

隠遁のねがいを懇願する書を、高宗・武后へ、玄奘は幾たびもさし出したが、ついに許されなかった。かえって早く洛陽にもどってくるよう、うながされ、やむなく憂悶の心を抱いて、洛陽へもどったのである。

父母の墓改装の費用を出してもらった礼を述べに、王宮へおもむいた玄奘は、法衣を着せていた哲王子を俗衣にもどすようねがい、これは許された。

「赤子のうちに、法衣を着けたことで、仏心は王子さまの心中に宿ったものと存じまする。この上は大然自然にお育て申すことが肝心かと。」

師父との別れをさせるために連れてこられた哲王子を見て、玄奘ははっとしていた。

欲心をはなれ、生後一年近く経った王子の顔の相をしばらくぶりにながめてみると、（おう、とてもとても大事をはたす仁とはなられぬ。むしろ愚かゆえに身をほろぼされる定めが、成人後、待ち受けておられるようだ。）そう観ぜずにはいられなかったのである。

事実、王子哲（のち顕と改名）は、やがて武后の第一王子弘、第二王子賢が、英邁ゆえに母と事をおこし失脚したために、思いがけず二十五歳のとき（六七九年）、皇太子の座をつかみ、父高宗の死（六八三年）により即位、中宗となったものの、わずか四十四日で廃される。

韋《い》皇后の野望を丸のみ受け入れ、その父、韋玄貞《いげんてい》を僻地の州役所の参軍から一挙に宰相に抜擢しようとし、筆頭宰相の裴炎《はいえん》の反対にあって挫折するや、

「天子はわたしだ。天下を丸ごと韋玄貞にくれてやることもできるはずだ。」

と、わめきちらし、母武后の知るところとなって、たちまち捕らわれ、幽閉されてしまうのである。

玄奘が没してから十九年経ったおりの出来事であったが。

王子哲の顔相をはっきり見定めたのち、玄奘を襲ったのは、王子をシッダルタ王子のごとくに育てたいとねがった、おのが欲のあさましさ、卑しさへの激しい悔恨であった。

(これまでのわが修行はなんであったのか。

わが妄執の恐ろしさよ。

一水四見、人間にとっての水は、魚にとっては住みかであり、地獄の住人には血膿の池と見え、天人にとっては瑠璃の浄土と見える、よくよく心されよ、とひとびとに偉そうに説いてきたことが恥ずかしい。

唐皇室もまた、いつの日にか、高昌国と同じくほろびていき、新たな国が生まれてくることであろう。

飛ぶ鳥を落とす武后さまの世も、その死とともにあっけなく消えよう。

その間、その転変に左右されつつも、あまたのひとびとは生き、死に、赤子が生まれ、老いたものは世を去っていくだろう。

如来さまの目から見れば、はかない、わずかひとときの栄えでしかない皇室にすがり付いて、赤子の王子に法衣を着せ、経を読むことで、仏道の繁栄をねがったわが愚かさよ。あさましさよ。

孜々としてはたらくあまたのひとびとを救うことこそ、わたしのねがいであったはずなのに、利他の行をおろそかにしてしまった恥ずかしさよ。

華厳経普賢行願文の、「わたくしが幼いときから造って参りましたもろもろの悪業は、なべて限りなく遠い遠い古にはじまる、貪り、瞋《いか》り(怒り)、癡《おろかさ》によりまする。それは、この体、この口、この心から生ずるものにほかなりません。これまで犯してきた一切を、今、み仏のまえで懺悔いたしまする。」を、日々、三度唱え、弟子たちにも説きつつ、犯したわが貪りの心、貪りの行いのあさましさよ。

愚かなわたしが向後なすべきことは、如来さまのみ心を解き明かした多くの仏典を、少しでも多くこの国の言葉に訳して後世に伝えるのみ。)

洛陽・積翠宮で訳経に専念しながら、きびしくおのれを責め続けて、玄奘はまた病む。

師の憂悶のわけをあらかた察している道昭は、他の弟子たちとともに親身に看病にあたった。

玄奘病む、と聞いて、高宗も、以前と同じく医師を派遣してくる。

前回と同様、当代一の医師に命ぜられ、さまざまな薬草を、いぶしたり、とろ火でまぜ合わせたりするうちに、薬学にも医学にも長けてきている道昭である。看病をたのんだのは、倭国の医学に役立つことを見越しての玄奘の親心であることを、道昭は知らない。気づくのは、別離のみぎりに玄奘から渡された一梱によってであったが……。

なんとか回復した玄奘は、基を呼び、唯識論を専門に学び、その奥義をきわめてくれるように頼んでいる。

「わたしが持ち帰ってきて、訳さねばならない経典はなお山積みになっています。

したがって、これこそ大事な考えと認識した唯識論をきわめていく暇がありません。

基よ、あなたは若く、心は柔軟で、鋭い頭を持っています。わたしよりはるかに早く、しかも奥深くこの難解な理論を吸収し、発展させることができるでしょう。頼みましたぞ。」

感激し、発奮した基は、やがて中国における唯識の祖となっていくのである。

道昭には、玄奘は告げている。

「労をいとわず、よくわたしの看病をしてもらいました。あなたはそのうち、倭国にもどって如来さまの教えをひろめ、倭国のひとびとに安寧をもたらすひととなりましょう。わたしが犯した悪業も、あなたにとって良い学びとなったに違いない。こまかなことには捉われず、どこへ出向いていってもよい、お国へもどってからでは学べぬことを、たくさん吸収していくとよいでしょう。

毎朝の座禅だけは欠かさずにな。」

とかくするうち、年が明け、六五八年正月、皇帝一家は長安にもどり、玄奘らも後に続く。

七月、広大な寺、西明寺の寺主に命ずる勅が下る。

ここは高宗の次兄、泰《たい》の邸宅があったところ。先述したように、父・太宗の寵愛を一身に受け、王位継承まちがいなしとおもわれていた泰は、長男承乾《しょうけん》の廃位をたくらみ、おとなしい弟の治（高宗）を脅していたことが明るみに出て、都から追放され、生涯幽閉の身となっている。

広大な邸宅も同時に破壊されたのを気に病んだ高宗が、皇帝となるや、廃墟に一大寺院を建立したもので。深く玄奘を敬慕する高宗は、玄奘の徳により、忌まわしいその地を清めてほしかったのであろう。

その意も充分に解する玄奘は、周囲数里、十院四千余室の寺を束ねる仕事に誠意をもってたずさわりながら、少しの合間にも訳経に取り組む。

命をけずりながらの必死の仕事ぶりに、道昭は頭を垂れずにはいられない。

玄奘のはりつめた気が寺全体に伝わって、広い寺域がわずかな間に、さながら奥深い深山の峯にでも在るかのような森厳さを放ちはじめるのにも驚くほかない。ときに玄奘五十七歳。道昭二十八歳。

寺院が森厳な気につつまれたことを知ってほっとした高宗は、ようやく翌年（六五九年）秋、より静かな寺院、もと太宗の離宮だった玉華寺に移って訳経に専念することを玄奘に許す。

この寺で、玄奘はかねて念願の『大般若経』翻訳にとりかかり、心血を注ぎ、四年後に完成させるのだ。

この世の一切の現象はみな因縁より生じ、因と縁から出来ている、全てはあい寄り、あいかかわり、自生無縁なものはない、固定不変の実体などはなく、「空」である。「空」を観ずるのは彼岸にいたる智恵（般若）であり、その力を得れば一人の人間の行いも無量広大なのだ、と告げる教え。

サンスクリット語の「シューニャ」を「空」と訳し、パーラミター（彼岸に至った）はそのまま「波羅蜜多」という漢字を使うなど、一つ一つの訳語にも神経を使う上に、『大般若経』の原典は二十万頌というぼう大なもの。あまりにぼう大なので、玄奘の体が心配な弟子たちはしきりに抄訳をすすめ、さすがに玄奘もその気になった。

ところがその夜、悪夢にうなされる。

崖のきわを歩いていると、猛獣が飛びかかってきて、あわや命をうばわれかかるのだ。

もはやこれまで、と思った瞬間に目覚め、（これは、『大般若経』を抄訳しようとしたわが怠惰をみ仏が戒められたのだ！）気づいた玄奘は、弟子たちに悪夢を見たことを告げ、いささかも省略せず、不退転の志で訳していくことを決然と告げる。

ちなみに、『大般若経』全訳が完成をみるのは、六六三年十月。

『大般若波羅蜜多経』全六百巻である。

玄奘は歓喜し、合掌して、「この経こそまさに国を鎮め、天下の大宝となろう。」と言い、基を高宗のもとへつかわして、翻訳完成を告げ、序文を乞い、快諾を得る。

この事業により渾身の力を使い果たした玄奘は、死の時が近いのを知り、弟子たちに次のように告げている。

「この寺へ参ったのは、『大般若経』翻訳という一事のため。ほどなくわたしの生は尽きるでしょうが、その折には葬儀はごく質素に行うように。屍体は草むしろに包んで山間の僻地に放り捨ててください。」

完成時、そこに道昭の姿はない。

その二年まえ（六六一年）、三十二歳になった道昭は、八年間の留学を終えて、遣唐使一行とともに倭国へもどっていったのだった。

18　ほろびゆく父祖の国

話は前後するが、六五八年秋、倭国の僧二名が、道昭のもとへ訪ねてきた。

二十歳になったばかりの智通《ちつう》、智達《ちたつ》である。

斉明大王の命を受けて、新羅船に同乗、はるばる長安へやってきたのだという。

留学僧だけが単独でやってくるのははじめてなので、どうしたことか、尋ねると、大王の寵愛する孫、建王子が春に急逝し、悲しみ嘆いた大王が、王子の菩提を弔うためにつかわしたとわかった。

茶亭へ二人を案内してもてなしながら、久しぶりに道昭は故国の情勢を聞いた。異国の地で倭人に会えた嬉しさからか、智通はよく喋り、智達がぽつりぽつり口をはさむ。

「孝徳大王さま亡きあと、葛城大兄さまのおん母、かつての皇極大王さまが、斉明大王として王位に就かれたはご存じでありましょう。

大王さまは飛鳥板蓋宮に即位なされましたが、いろいろご難続きで。」

「はて、どのような。」

「小墾田《おはりだ》に大がかりな宮殿を建てようとなされ、火を防ぐために瓦葺にしようとのもくろみで、瓦の重さに耐える材木を探されましたものの、朽ちはて爛《ただ》れた木材ばかり。そのうちに火災にあって断念、飛鳥川原宮に移られ、明くる年には飛鳥岡本宮と申すみごとな宮殿を建てられました。亡き舒明大王さまの宮殿跡でございますが、ここも一部ですが、火災にあっております。」

智通は、宮殿の建立場所を定めたばかりのところへ、高句麗、百済、新羅の使者がやってきたため、その地に紺色の幕をはり巡らして、もてなしたことも語った。

「できあがった宮殿は、それはみごとなものでございます。もちろん、この唐の宮殿にくらべれば、針ほどと申せましょうが。」

「大王さまは、殊のほか、大工事をお好みであられます。多武峰《とうのみね》に石垣を巡らし、頂き近くに生える二本の槻《けやき》の木のほとりに離宮を建てられ、（あまつみや）と名づけられました。飛鳥が一望のもとにながめられますとか。」

「かとおもえば、岡本宮に巡らす石垣を、乾くと白くなる天理砂岩を使うため、まずは香具山の西までモッコで運ばせ、それからの急な勾配は川を掘って、なんと二百隻の船で運んだものでございます。」

「人造の川を、ひとびとは、狂心の渠（たぶれごころのみぞ）なんどとうわさしましたが、むりないことでありまして。」

「費えは多く、死傷者もあまた出まして、恐れ多くも大王さまをそしる声々が巷にあふれました。幸い一部だけだったといえ、岡本宮にも火災が出ましたのも、恨みを抱くものの仕業では、とうわさされております。

それにもめげず、吉野にも離宮を造られておいでです。」

「大王さまお一人のお考えでなさっていることでしょうか。」

道昭が尋ねると、智通は、

「もちろん大工事は大兄さまや鎌足さまのお力添えなければかなわぬこと。どのような批判があろうと、飛鳥を、他国並みのみごとなところにしたいとの、お三人の決意のあらわれではないでしょうか。」

智達が、口をはさむ。

「百済からは、オウムというめずらしい鳥、さらにラクダがもたらされ、かの国のにぎわいも次々お耳に止まりますゆえ、唐には及ばずとも、せめて百済の文化に追いつけないかとお思いなのでしょう。」

あまたの費えをおぎなうためにも、鎌足の提案であろうか、陸奥《みちのく》を新たな領土にすべく、大軍が発せられていることも両人は語った。

「しかるに、あたるべからずの勢いのなか、治世四年の春、大王さまご寵愛の建王子さまが亡くなられました。おん年、八歳。生まれつきお口は利けないながら、美しいお顔、さらにまこと怜悧にあられたと聞き及びます。」

「ああ、たしか葛城大兄さまとオチ姫さまとの間のお子であられましたね。」

「はい、オチ姫さまのお父上、蘇我石川麻呂さまは、謀反の罪に問われ、自死なされましたとか。それを嘆いたオチ姫さまは気が狂われ、池にわれから身を沈められたと聞きました。

しゃべれない上に早くに母を失うとは、なんと不憫なことよ、と、斉明大王さまは仰せられて甚く可愛がられ、ずっと親代わりに面倒を見てこられました。

それゆえ王子さまが亡くなられたあとのお悲しみは一とおりでなく、ご自分が死んだあとにはその墓所に合葬せよとの仰せでありました。」

智達が、斉明がそのとき詠んだという歌を朗誦する。

「飛鳥川　みなぎらひつつ行く水の　あいだも無くも思ほゆるかも」

「今城なる　小丘が上に雲だにも　しるくし立たば　何か嘆かむ」

智通が、したり顔で「いかに貴人であれ、最愛のものを失った悲しみは、金銀・宝玉でも埋まることはないのでしょう。かくて、み仏にすがるお心になられ、わたしどもがこなたへ参ったわけでありまして。」

「そういえば。」

智通はふいに声をひそめ、「大王さま即位の年に、妙なことがあって、うわさになっております。」

話すのを聞くと、たしかに妙なことといえた。

唐人に似た顔をした男が、空中で龍に乗っており、青い絹の油を塗った雨具をはおって、葛城峰から生駒山のほうに駆けて行ったのを多くのものが見たというのだ。

昼ごろになると、今度は住吉の松林の上を西に向かって駆けて行ったとか。

「巷では蘇我大臣のご霊かというものもあります。」

いずれにしても、孝徳大王をしりぞけて新たに船出した葛城大兄らの世も、泰平とはいかないようだ。

智通たちはまだ知らぬことながら、彼らが出発した年の終わり近くには、孝徳大王の長男、有間王子が、謀反の罪で捕らわれ、和歌山の藤白坂で縊り殺されている。

智通たちは、道昭が玄奘に師事しているのを羨み、自分たちも弟子の末座にくわえてほしい、とねがい、道昭はためらった。

衰えた体で、今度こそ訳経に専念しようとしている玄奘をできれば煩わせたくない。

「お師匠さまには引き合わせいたしますが、学問はすぐれた高弟で、唯識論をきわめていられる基さまに学ばれませ。親しい友人ですから、きっと受けてくれましょう。」

華やかな都に放り出され、とまどうばかりだった二人は、ほっと顔を見合わせ、安堵している。

道昭との面識はなく、尋ねて便宜をはからってもらえ、と法興寺の僧侶たちに手紙を書いてもらっても、会ってもらえるかどうか不安だったのだ。

おちついた物腰で、唐の僧侶たちと流ちょうに中国語で語り合う道昭の気品ある姿に驚き、このような方に世話してもらえば留学生活もうまくいくだろう、と頬がゆるむ。

二人を玄奘に紹介すると、道昭の判断に玄奘はうなずき、短い留学らしいので、基について唯識学のみ学んだらよいだろう、と助言し、基は、快く師となることを引き受ける。

智通は帰国後、智達に助力されながら、大和に観音寺を開き、六七三年（天武二）には、僧正になっている。

二人を基にあずけると、道昭は玄奘の許しをえて、旅に出た。

ひととおり経を修め、さて倭国にもどってどのような利他行をなすべきか、日々、座禅を組むなかで、見えてきたことがあったのだった。

（凡なわたしには、経を説くだけで、ひとびとを幸いな境地にみちびけそうもない。政治をうごかす力などもとよりなく、玄奘さまさえむつかしかったことをわたしが行えるはずもない。しからばどうすべきか。

いっそ現に衆生が困っていることを見つけ、少しでもそれを取り除けること、これに尽きまいか。

幸いにして、師の看病をしたことで、唐最高の医学・薬学を身につけることができた。なるべく多くの薬草・医学書を持ち帰り、病に苦しむひとびとを救おうぞ。

まだある。干天で水不足となり、農民が苦しんでいたな。反対に水かさがふえ、川をわたれなくなって、困っているひとびとも見たな。倭国でも同じに苦しむ農民たちがおろう。

大運河は巨大な国家事業でようやく成し遂げられ、引き換えに隋の皇帝は国をほろぼしてしまったといえ、みごとな工事であり、どんなにひとびとを利したかしれない。

あれほど大規模でなくとも、衆生の力を集めることで、倭国でも、治水・橋づくりの事業はなし得、ひとびとを苦しみから救うことはできるのではないか。

それには、その技術をわたしがこの地で学び、身につけて帰ることだ。）

玉華宮に玄奘を訪ね、道昭はこの思い付きを話してみた。玄奘はぱっと明るい表情になり、

「おう、よくぞ思いつかれました。それこそ、あなたに合った利他行といえましょう。『瑜伽師地論《ゆがしじろん》』中の「菩提地」巻三十八には、衆生救済のために学ぶべき五分野があったことをあなたも学んだはず。」

「はい。たしかに。」

「そのなかの医方明、世間工業明処を行うことが、あなたに適していましょう。」

「医学に薬学。そして、ああ、荒ぶる川をなだめたり、水のない地に井戸を掘ったり。」

「そうです。西晋時代に訳された『仏説諸徳福田経』にも、ひとびとの幸せを生み出す七福田として、仏塔・僧房の建立のほかに、堅ろうな船を造ったり、橋梁を設けて老人・子どもへの便をはかったり、道端に井戸を掘って旅人の渇きを癒したりすることなどが挙げられています。

蜀の僧淵さまといわれる方は、錦水江をわたるのに溺死者が多く出ることを知り、吊り橋をかけることを念願され、ひとびとをうごかして、ついに完成されたと聞いています。孤老への布施も絶やさない方だったそうです。


そう、隋の文帝の戒師であられた法純さまなどは、利他行をきわめられた方で、苦しむ民のために法服をぬいで、巷ではたらき、得た賃銭を貧しいひとびとに与えたりなさいました。道がけわしく旅人の往来に難儀なところは、自ら鉄堆をもって、ひとびととともに岩を砕き、ついに平らな道をつくられました。

それらの行為を、『瑜伽師地論』では、あらやしき、すなわちひとの心を、浄化し解脱にいたる道だと言っているのですよ。」

（そうか、すでに、そのような師がおられたのか。）あらためて目が覚めるおもいの道昭を、玄奘は、

「よいことを思いつかれた。ためらわず、おやりなさい。」

膝をたたいてよろこび、道昭のために、どこの地に行っても、「このものに見学と研鑽を許し、便宜をはかるように」との通達を、皇帝に頼み、出してもらったのであった。

また、禅の修行も同時に欠かせないとして、相州・隆化寺の慧満禅寺への手紙もしたためてくれるという破格の扱いまでしてくれた。

感激する道昭に、あなたのためではない。あなたのお

国のひとびとのためにしていることです、と言いながら。

そこで、帰国までの約二年間、道昭は各地をまわりながら、一方では禅の修行、他方では、水利・橋づくりなどを学びに学んだことであった。

さて、智通、智達がこつ然と長安にあらわれた翌年（六五九年）夏、今度は遣唐使の一行が長安にやってくる。

いつもどおり、二船に分かれながら、新羅・百済間の雲行きが怪しいため、朝鮮半島沿岸の新羅道はとおれず、荒海の東シナ海を行くしかない。

さんざんな目にあったのは、坂合イワシキがひきいる第一船で、逆風にながされ、ニカイとかいう南の島に漂着したものの、イワシキ以下ほとんどのものが島人に殺されてしまう。

長アリマ、坂合ナツミら、わずか五人だけが、港につないであった船を盗んで大海に乗り出し、括州（浙江省麗水）にたどりつき、州の役人に保護されて洛陽へ送ってもらうのである。

一方、津守キサひきいる第二船は、強い東北からの風に押され、海上六百余キロをたった三日二夜ですべるように走り、杭州湾舟山群島の須岸島へ、さらに船を走らせて浙江省余姚《よよう》に着き、帰還まで船や調度品をあずけると、以後、用意してもらった駅馬で長安へ、皇帝が洛陽滞在中とわかるや、急ぎ東都の洛陽へ向かったのであった。

久しぶりの遣唐使到着を知って、道昭も急ぎ、洛陽へ向かい、一行に会う。

父、恵釈《えさか》とも付き合いのある、博学で名高い伊吉博徳《いきのはかとこ》に会うと、まず知らされたのは、亡き孝徳大王の第一王子、有間王子が、反逆の罪で殺害された変事。

孝徳大王生きてあれば、大王位に一番近いといえる王子であり、言葉を交わしたことはないながら、道昭も、仏事の際、父王のそば近くに控えていた、一見、神経質そうで怜悧な少年を、（この方が大王となられたら、果たしてどのような政治をされるであろうか。）などと思いながら、見ていたことを思い出す。

「大王さまたちが、紀の国の湯崎温泉に湯治されておられた留守をねらい、大王さまの失政を三か条あげて決起なされる寸前、くわだてを察知した蘇我赤兄《あかえ》さまによって、宮を包囲され、舎人たちとともに捕らわれて、湯崎温泉に護送、尋問ののち、藤白坂にて縊られなされました。」

「おう、南無阿弥陀仏。反逆はたしかなのですか。」

伊吉博徳の顔がすっと白くなり、

「いろいろ申すものはあります。蘇我赤兄、守君大石《もりのきみおおいし》、坂合部《さかいべ》将軍らが、大王さまの失政をあげて決起をそそのかし、ワナにはめた、と申すものもありますが、定かではありません。

葛城大兄さまに尋問されたとき、『天と赤兄だけが存じておろう。われはなにもわからぬ。』かように申されて一切だまってしまわれたとか、かようなうわさも立っておりますが、さて何とも。」

「有間王子さまの母君は、どなたでしたろうか。」

「阿倍クラハシマロさまの娘、オタラシヒメさまでございます。」

「三か条の失政とは？」

「大きな倉を建てるため民に多大な税をかけたこと、長い長い溝を掘るために公の財をむやみについやしたこと、先に申しましたように二百隻もの船で運んだあまたの石で宮殿の垣をつくられたこと、この三つだと巷のうわさですが、まことのところはなんとも。」

父の孝徳大王を遺棄し、ひょっとしたら毒殺したかもしれない、いわば仇ともいえる現朝廷を、王位につくこともかなわなくなった有馬王子が、いつの日か、くつがえしたいのは、もっともであり、一方、葛城大兄らがわにとっては、彼の存在は邪魔でしかないであろう。

蘇我赤兄が、そこを忖度してワナをかけたのが、真相に近いのではあるまいか、道昭は思う。

伊吉博徳は、すっと顔を寄せて、

「有間王子さまが、捕らえられて行かれる途中、詠まれたお歌が、巷では口伝いに口ずさまれております。」

そう言うと、よくひびく声で、誦ずる。

磐代《いわしろ》の　浜松が枝を　引き結び　真幸《まさき》くあらば　また
還り見む

『万葉集』には、長忌寸《ながのいみき》オキマロの挽歌が載っている。

磐代の　岸の松が枝結びけむ　人は帰りて　また見け

むかも相も変らぬ故国の血なまぐさい政争。道昭は、般若心経を唱えることしかできない。

　道昭が次に驚いたのは、一行が、高宗皇帝への珍しい見世物として、陸奥の「蝦夷」、男女二名を伴ってきたことである。

　その折の皇帝とキサとの一問一答を、伊吉博徳は、おのが書に、くわしく記している。

高宗「このものらの国はどんなところにあるのか。」

キサ「陸奥にございます。」

高宗「幾民族あるのか。」

キサ「三種類ございます。倭国から遠いものをツカルと名付け、次に遠いものをアラエミシ、もっとも倭国に近いものをニキエミシと申しております。毎年、倭国に朝貢いたしております。」

高宗「その地には五穀はあるのか。」

キサ「ございません。獣の肉を食しております。」

高宗「家屋に住むのか。」

キサ「いいえ、深山のなか、樹のもとで暮らしております。」

　高宗は、倭人とは明らかに違う「蝦夷」人を見て、大いによろこんだとある。

　蝦夷人たちは、白鹿の皮と、狩猟に使う弓矢を献上している。

　道昭は、エオルシたちのことを思い出し、一行中の難波吉士《なにわのきし》に頼んで、二人のところへ連れていってもらった。

　難波吉士は、道昭の祖と同じく百済からの渡来人で、居所も難波にあり、船氏一族とは親しい間がらなのだ。

　不安そうな二人の「蝦夷人」に、エオルシから習った言葉で、道昭が話しかけてみると、何とか通じて、みるみる世にもうれしそうな表情になった。

「これはどうしてわしらの言葉をご存じで？」

　道昭がエオルシたちとの出会いを話すと、ますます二人は手を打ってうれしがった。

「わしらの言葉を話せるお方は、鎌足さまばかりとおもっておりましたが、まさか、お坊さまがご存じとは！」

「なに、鎌足さまも、そなたたちの言葉を話せるというのか。」

道昭のほうが驚く番である。

あとで難波吉士に聞けば、とにかく鎌足はアズマにいたにしては、中国語、朝鮮語を自在にしゃべり、それだけでもふしぎなのに、「蝦夷」の心をつかむには、彼らの言葉をしゃべれねばならぬ、と言って、投降した蝦夷人を呼んで師とし、わずかなうちに蝦夷語を習得してしまったのだという。

今、朝廷は、陸奥の「蝦夷」を懐柔あるいは征服して領土を増やそう、と躍起になっており、ある程度成功をおさめているらしい。

「それも、鎌足さまの進言によるようだ。

昨年には、水軍百八十艘という大がかりな編成で攻めていき、秋田、能代を征服してしもうた。

秋には、早くから帰順し、内通してくれたもの二百人が、ヤマトまでやってきて、大王さまは、それは盛大に宴を開かれ、歓迎されたものよ。

位を授けるやら、鼓や弓矢を授けるやら、いやあ、まことににぎやかなことだった。

そのあと、鎌足さまが主だったものを集め、蝦夷語で、倭国の大王さまに真っ白な心で、仕えてくれ。貢ぎ物を絶やさず、彼らの地に入って耕作する倭人をおびやかさなければ、彼らが支配する地の安堵を保障すると言われたようだ。

もらった位より、倭国の大臣が蝦夷語でしゃべってくれたことが、あのものらにはよほど嬉しかったらしい。

あの二人も、そのとき、やってきたものから選ばれたのだが。」

わざわざ選ばれただけあって、二人ともエオルシらと違い、倭人への敵意をむきだしにしたりしない。

しかし、道昭だけになったとき、二人は唐に来てからの鬱屈に耐えかねたかのように言ったのだ。

「鎌足さまには、大唐帝国を目の当たりに見ることも、そちたちの助けになろう、と言われましたが、唐皇帝がわしらを見る目は、めずらしい珍獣でも見るような目つきでありましたで。そして、倭国の役人さまも、珍獣をご覧に入れた、とばかりの様子で。

倭国に仕えることになったといえ、それは同じひととしてですだ。珍獣になったわけではない。」

そんな二人のおもいも知らず、難波吉士は道昭に言う。

「しかし、蝦夷人はあの二人のようなものばかりではないのだな。」

「蝦夷」はなかなか手に負えない。この春には帰順した地域のものたちが不穏なうごきを見せ、また、水軍百八十艘が、同じ地域に出動するはめになった、と言い、「阿倍将軍が、今度も指揮を執り、大勢をとりこにして、やっと秋田・能代を再びしたがえたようではあるが、蛮族はなかなか気が許せぬ。」

道昭はひそかにため息をつく。

(なぜ、静かに、おだやかに暮らしているところに、倭国は踏みこんできて、自分たちを支配しようとするのか!)エオルシたちの憤怒の叫びが聞こえてくる気がするのだった。

難波吉士たちは、連れてきた二人は、すっかり倭国に帰順し、唐まではるばる連れてこられたことを感謝している、と思いこんでいる。

一行のだれ一人、彼らの言葉を覚え、親しくなろう、と考えるものはいないことが、とりわけさみしく思われてならない。

道昭は、百済・新羅間の不穏なうごきについても、難波吉士に尋ねてみた。

吉士はため息をつき、近年、百済の義慈王《ぎじおう》は、盛んに新羅を攻め、一見国情盛んに見えるものの、もはや人心を失っているという。

「義慈王さまは、ご即位なされるまでは、勇猛で肝っ玉太く、かつ孝心深くあられたゆえ、『朝鮮の曾子』(曾子は孔子の弟子で、孝行のひと)とひとびとは称えていたのです。ところが、どうでしょう。皇帝になられてからはひとが変わったようになられましたとか。

豪華な宮殿を建てられたのちは、たえまなく酒を召され、おもねる寵臣に囲まれて快楽にふけり、女色に溺れられるありさま。

そして人心を外にそらすため、新羅を目の仇にして盛んに攻めておられますが、そのため重税をかけられた民は飢え苦しみ、よほど皇帝を恨んでいるそうでして。

これは世の末だ、と倭国に参った百済人もひそかに吐息をついております。」

道昭は、近ごろ会った新羅の僧侶が、百済では、世の末をあらわすような怪異が、続いているようだ、と語った話を思い出す。

「今年のはじめ、百済の都に在る烏会寺という寺に、大きな赤い馬があらわれて、昼夜六回も寺のまわりをまわり、二月には、沢山の狐が宮中に入って、白狐一匹が首都の長官の机上にすわったそうですよ。五月には、長さ三丈もある死んだ大魚が錦江に浮かび、食したものはみな死に、ある川では十八尺もある女性の死体が浮かんだそうです。

はは、百済も末路を迎えていると見えます。」

道昭の出自が百済とは知らない僧は、愉快げに語ったのだった。そのようにあざ笑われる父祖の国の衰退が、道昭にはまことに残念におもわれ、また僧の身でありながら、いくら攻められているとはいえ、隣国の衰退をあざ笑い、怪しげなうわさをふりまく新羅の僧に、ちらりと敵意をおぼえもしたのだったが。

(では、あれは単なるうわさではなかったのか。)

なんということか、義慈王はさきごろ、首都の長官で硬骨の忠臣、成忠がたびたび諫言するのに憤怒、投獄してしまった。以後、皇帝をいさめる家臣はいなくなったそうだ、と難波吉士は道昭に告げた。

獄中で病に倒れ、成忠は亡くなる。

死を目前にしても、国をおもう心はいささかも衰えず、病み細った手で、次のような上書を提出していた。

「忠臣は死すとも主君を忘れませぬ。一言申し上げて死にとうございます。

世の成り行きを推しはかりますと、近々戦争が起こりましょう。

その折、用兵にはよくよく地理を選ばねばなりませぬ。川の上流に陣を取って敵を迎え入れれば、勝利しましょう。外敵が攻めてきたときは、陸路では要害地を越えさせてはならず、水軍は錦江の下流に入ってこさせないようにし、けわしくせまいところに拠って防ぐなら、万事うまく参りましょう。」

だが、この大切な軍略の提言にも、義慈王は耳をかたむけることなかった。

倭国の国政を牛耳る葛城大兄と鎌足が、人心を失って衰えていく百済に、諫言することなく、まるごと身を寄せていっているのも心配だ、と難波吉士はささやく。

「まこと百済を立て直すには、戦争などもってのほか、むしろ新羅と当面でもよいから交誼をむすび、内政を立て直すべきなのです。それこそ、わが百済が生き延びる唯一の道とおもえるのに、わが朝廷もそうは思っていられぬ。歯がゆいことでして。」

遣唐使一行のなかには、「新羅からの唐援軍要請が、どのようになされているか、唐は出兵を行うかどうか、くわしく探れ。」と、鎌足から命じられた密偵、韓智興《かんちこう》がくわわっていることに気付きながら、さすがに難波吉士は、道昭には告げずにいる。

百済人の父、倭人の母との間に生まれた、韓智興。

実は、先の高向玄理《たかむこのくろまろ》一行にも、同様の目的でくわわっており、なかなか貴重な情報を持ち帰ってきたことを見こまれ、今回も鎌足に唐入りを命じられている。

二度目の唐。前回で大物級の唐人とも付き合いが生じた智興は、胸を叩いて「お任せください」と請けあって出発してきたものの、なんと部下の西漢《かわちのあや》大麻呂に、密告されてしまった。

大麻呂の父祖は、新羅からの渡来人。新羅と親しかった孝徳大王を亡きものにし、実権をにぎった百済一辺倒の現政権に、恨みを持っている。

で、ひそかに主君韓智興の動静を怪しみ、唐へ来てからもしつこく主君を見張っていて、唐と新羅のうごきを探ろうとしている証拠をつかむと、「恐れながら」と、年の暮れに上書を唐朝廷にさしだしたのである。

このころ、皇帝高宗に代わって、政治の実権をにぎりかけていた武后は、最後の大物、高宗の伯父であり、長く朝廷を牛耳ってきた長孫無忌《ちょうそんむき》ら一族が謀反をくわだてていたとして、一気に官位をうばい、左遷、やがて殺害あるいは自害させるという大仕事をやってのけていた。

一方、そのような唐の内部事情が十分つかめていない新羅の武烈王は、百済の度重なる国境侵犯にたまりかね、盛んに出兵をねがう使者を唐に送っている。

次のような話が、『新羅本紀』の武烈王六年（六五九）十月に記してある。

武烈王はいくら援軍を要請しても返事がないため、憂い顔で、朝元殿にすわっていた。すると不意に二人の人物が目のまえにあらわれる。先に死亡した二人の将軍、長春と罷郎に似ている面立ちで、

「私たちは枯骨ではありますが、なお報国の気持はあります。昨日、大唐に行ってわかったことがあります。

皇帝陛下は大将軍の蘇定方《そていほう》らに命じて、軍をひきい、

来年五月に百済討伐に来るそうです。大王さまがこの報告を待ち望んでおられるので、報告に参りました。」

　こう言い終わると、二人の姿は消えてしまった。

　果たして唐の大軍は、蘇定方将軍にひきいられ、五月、唐の都を出発、新羅を助けにやってくる。

　二人の言どおりになったことに感激した武烈王は、両家の子孫を厚く待遇、宮城近くに寺を造って二人の冥福を祈っている。


　さて大麻呂の密告を受けた唐の対応はすばやかった。別途に調査し、まぎれもなく韓智興が、倭国が送りこんだ密偵であることをつかむと、ただちに捕らえ、都から三千里外の流刑に処す、と定まる。

　密偵は絞首刑に該当し、流刑に減ぜられたのは、むしろ情状酌量といえた。遣唐使一行も流刑とほぼ決まったところで、伊吉博徳が大いにがんばった。

　韓智興以外の自分たちは、いかに唐王朝を崇拝しているかをるる述べ、自分たちを帰国させてくれれば、百済に肩入れすることの愚を朝廷に説き、百済に援軍を送ることを止めさせて見せる、と記した上書を、みごとな筆跡と文体で提出したのである。

　佳い書に、唐人たちは弱い。

　伊吉博徳の上書に皇帝も心をうごかされ、他の一同は無罪と定まる。

　それでも、帰国は許されず、長安に幽閉されてしまう。「わが国は来年、かならず朝鮮に派兵する。事が終わるまでは帰すわけにはいかぬ。」と言われ、獄ではないものの、固く錠を着けた家屋に閉じこめられ、外には常住見張りの兵士たちが目を光らせているありさま。外界と一切の関係を絶たれたまま、なんと一年有余を過ごす羽目となったのであった。

　道昭も心を痛めたが、どうしようもなかった。倭人でありながら、玄奘の高弟ということで、何の咎めもなく、自由に歩きまわれることを感謝するしかなかったのだ。

　果たして（六六〇年）三月、新羅の要請に応じた水陸十万の唐の大軍が、百済に向かう。大将軍は、武烈王の夢のとおりに、蘇定方。兵法をきわめた軍人である。

　新羅からは、名将、金庾信《きんゆしん》が、五万の精鋭部隊をひきいて山東半島から船で、百済をめざす。

　これより先、百済は先に引き続き、さまざまな怪異が起きていた。

　都の井戸の水が血の色になったかと思うと、ガマが数万匹樹の上に集まる。都の市場ではひとびとが何もないのに激しく走りまわり、倒れ死ぬものが百人余も出る。あるいは一匹の鬼が宮中に入り、大声で「百済がほろびる。百済がほろびる。」と叫び、地中にもぐったので、義慈王がその場所を掘らせてみると、一匹の亀がいて、背に「百済同月輪、新羅如月新」と刻まれていた。

　巫女に尋ねると、「百済は満月ゆえ欠けるのみ。新羅は新月なので満ちてくる。」と解いたので、怒った皇帝に殺される。へつらうものが、「百済は盛んになり、新羅は微弱になる」意味だと解いたので、義慈王はよろこんだものの、この戦争で、百済軍は大敗。降伏した王以下は、縄にくくられ、あわれな姿で長安に連行されてしまうこととなる。

　百済軍は、戦略の立て方もまずかった。

　義慈王ほか取り巻きたちの重臣たちは、獄中から百済が勝利する戦略を教示して死んだ忠臣、成忠の上書を無視したのだ。

　また、流刑の憂き目にあっていた将軍、興首に作戦を尋ねると、成忠と同様に、「勇士をえらんで、唐軍を白江に入れず、新羅軍に難所の炭峴をとおらせない」ことが大事だといい、さらに「皇帝は籠城し、敵軍の物資・食糧が尽きるのを待って、その後討って出れば必ず勝利します。」と提言した。それでも、重臣たちは耳をかたむけようと一切しなかった。

　かえって、「長く獄に入っているため、王さまを怨んでいるに違いありません。そんなものの提言は採用できません。それより唐軍を白江に入れてしまい、ながれに沿って船を並べることをできなくし、新羅軍は炭峴に登らせ、馬を並べることができないようにさせるべきです。」と、正反対の主張をして、義慈王も賛成する。

　『三国史記』の義慈王二十年（六六〇）の項には、この戦について、次のように書かれている。

「（王は）唐と新羅の軍隊が、すでに白江・炭峴を通過したのを聞いて、将軍の堦伯《かいはく》を派遣し、五千人の決死隊をひきい、黄山に進出して、（新）羅軍と四度戦い、みな勝った。（しかし、わが軍は）数が少なく、力尽きて、ついに敗北し、堦伯は戦死した。

　そこで諸軍を合流させ、熊津口で防ぐため、江に臨んで布陣した。（蘇）定方（は）左がわの川岸に進出し、山によって陣をしいて戦った。わが軍が大敗し、王師（唐軍）はあげ潮に乗って、舟をつらねて前進し、太鼓をたたいて喚声をあげた。定方は歩兵や騎兵をひきいて、真都城に直進し、一舎（三十里）のところでとどまった。

わが軍は全力をあげて防戦したが、また敗れ、一万余の死者（をだした）。唐軍は勝ちに乗じて、（泗沘《しび》）城にせまったので、王は逃れることのできないのを知り、『成忠の言葉を信用しなかったことが悔まれる。』と嘆いた。」

百済の名将、堦伯が四度戦って勝ったものの、ついに力尽きて敗北、戦死、と史記に記されている。相手の将軍は、これも名将、新羅の金庾信であった。

はげしい攻防戦は、新羅がわの史記、武烈王七年（六六〇）にも記されている。

「堦伯は、要害の地に三つの陣をかまえて、三道に分かれてすすんできた新羅軍を待ち受けて防ぎ、新羅がわは気力も失せようとしていた。

新羅将軍欽純《きんじゅん》は、子の盤屈を呼び、『国の危機にさいして命を投げ出すのは、忠孝二つを全うすることだ。』と士気を高めるため、敵陣深く突入することを命じ、盤屈は命にしたがって突入、奮闘して戦死する。

負けてはならじ、とおもったのであろうか、左将軍の品日《ひんじつ》も、子の官状（十六歳）を呼び寄せ、全軍の模範となれ、と命ずる。

官状はただ一人槍をひっさげて敵陣に突入、暴れまわったが、生け捕りにされてしまう。

堦伯のまえに引き出され、さて兜《かぶと》をぬがせてみると、紅顔の少年である。堦伯は「新羅は少年でさえ、かくも勇敢だ。壮士はどんなに豪胆であろうか。」と感嘆し、そのまま許して新羅の陣営に帰している。堦伯の人柄が偲ばれる。

ところがもどってきた官状は、敵陣のなかに突入しながら敵将を斬ることも旗をうばいとることもできなかったが、決して死を恐れたわけではない、と言ってのけ、井戸の水を汲んで飲み干し、再び敵陣へ突入していった。

再び生け捕りになった官状を、このたびは堦伯も許さず、首を斬って、馬の鞍につないで新羅軍に返している。

（えい、あたら若い蕾を生かしたいと思ったに、またぞろ突っこまして生け贄にし、士気を高めようとは、おぞましき戦術よ。）怒りゆえの仕打ちであったろう。

父の品日は、わが子の首をもちあげ、袂を血で濡らしながら、『見よ、さながら生きているような顔と目だ。皇帝のために死ぬことができ、まことに幸せである。』と全軍に向かって叫んだ。一同、憤激、決起して、鼓を打って進撃、ついに百済軍を大敗させ、堦伯を戦死させた。」

はげしい戦中の高揚期にあっては、寵愛するわが子を死へ追いやったことに、さほどこたえなかった二将軍も、全ての戦いが終わったあとでは、じいんと胸に辛くひびいてきたのではなかろうか。

恩賞を手中にしたときには、（今さら賞など何になろうか。）空しい思いに駆られたことであろう。

かたや、唐の蘇定方は、伎伐浦《きばつほ》（論山郡江景邑あるいは忠南舒川郡長項邑）に着いたところで、白済軍に遭遇、戦って大勝利を得る。

堦伯軍との死闘を制した金庾信の軍が、ようやく、そこへ駆けつけたところ、蘇定方は、新羅軍が定められた時刻にあらわれず、戦闘に間に合わなかったではないか、と大いに怒り、督軍《とくぐん》の金文永を斬ろうとした。

さあ怒ったのは、金庾信。

「黄山の激戦を知らずに、罰すると言うか。それなら私も同罪、辱めを受けたこととなる。よし、こうなれば唐軍と戦いを決したのち、百済と戦おうぞ。」

と叫んで、軍門のまえで、マサカリを杖にし、怒りに髪を逆立てて、立つ。怒りのあまりからか、腰にたばさんでいた宝剣が、自然に鞘《さや》から飛び出してしまっている。

事情を知っている唐軍の将軍が、蘇定方に、黄山の戦いがまさに死闘であったことを、つまびらかに述べ、納得した蘇定方は、金文永を罪なしとして、釈放する。

唐・新羅両軍は、義慈王らの王宮を四方から包囲、かなわないと見た義慈王らは近臣とともに、深夜ひそかに王宮を脱し、旧都の熊津《ゆうしん》城に立てこもったものの、五日後には軍をひきいて太子とともに降伏。

勝利した武烈王は、王城で、兵士たちをねぎらう一大酒宴を開く。

このとき、降伏した義慈王と太子を近くにすわらせ、酒の酌をさせたため、百済の降臣たちは声をあげて泣いたのだった。

蘇定方は、義慈王、王妃、太子以下の王族・重臣九十三人、その他百済人一万二千人を引き連れて意気揚々と唐へ帰っていった。

劉仁願《りゅうじんがん》将軍に兵一万人をあずけ、新羅の兵七千人をひきいる仁泰王子とともに、占領地を守らせる。

かくて紀元前一世紀ごろには建国していたといわれる百済は、あえなくほろびた。

蘇定方らが、降伏した義慈王らを連行して都に帰ってきたときは、大騒ぎ。何しろ七百年も続いてきた百済を短期間でほろぼしてしまったのだから。

珍しもの好きの群集が、あまたの捕虜をひきいて元気よく帰ってきた軍隊を、沿道で、やんややんや喝采して迎える。

道昭も、深く笠をかぶり、凱旋してきた軍隊の行進を群集の背後からながめた。

「見ろよ、徒歩で引っ張られていく中心の男が、元百済の王さまじゃないかな。情けねえ姿だなあ。」

「衣服は汚れているものの、何となく気品のある、あの女性はお后さまかねえ。」

「これまで朝鮮に攻めていっては負けていたのに、ようやっと勝ったなあ。」

「さすが蘇定方さまはお強い。大したものよ。」

勝手なささやきあいを聞きながら、たまらなく辛い。船氏の父祖の国。み仏の教えをはじめて倭国にもたらしてくれた国。自分たちにとっても、宝のような国が、このようにもあっけなくほろびてしまったとは!

(一体義慈王さまは、前世にどのような悪行をなされて、かような憂き目を見られることになったのか。)

それにしても、一国がほろびるほどの戦争だ。彼我どれだけのひとびとが、激しい戦のなかで、殺されていったことであろうか。幼い子もいよう。老い先短かった年寄りもいたろう。

(おう、南無阿弥陀仏、南無阿弥陀仏。観自在菩薩　行深般若波羅蜜多時　照見五蘊皆空　度一切苦厄　舎利子色不異空　空不異色……。)

いつの間にか、般若心経を一心に唱えている道昭であった。

蘇定方らが堂々の行進で、捕虜をしたがえ、王宮に到着すると、高宗皇帝は重臣とともに、洛陽宮の正門、則天門楼上にのぼって、凱旋部隊を笑顔で出迎える。

勝利の報告をする蘇定方らを賞賛、縛《いまし》められている百済の大王たちの罪をきびしく責めたのち、許す。

義慈王はほどなく病み、かつての重臣たちが高宗の許可をえて、臨終に立ち会うなか、異郷でさびしく死んでいった。

そのような折にも、遣唐使一行は、幽閉されたまま、外の賑わいを、さみしく聴いているだけ。帰国できる日が何時ともわからないでいた。

19　波乱の帰国

道昭が、幽閉されていた遣唐使一行とともに帰国の途についたのは、西暦六六一年正月。百済をほろぼした唐は、もう彼らを幽閉する必要がなくなったわけであった。

ここでちょっと、智通、智達が唐へやってきてからの、倭国の様子をのぞいてみよう。

『日本書紀』には、斉明大王六年五月の項に、次の記述がある。

「皇太子、初めて漏刻《ろうこく》を造る。民をして時を知らしむ。(略)石上池のほとりに須彌山《すみのやま》をつくる。高さ廟塔の如し。」

二〇一一年十一月はじめ、飛鳥資料館を訪れ、漏刻(水時計)の復元模型、屋外に置かれた巨大な須弥山石《しゅみせん》(三段の石の積み重ね)、石造の道祖神像(翁《おきな》・媼《おうな》が抱き合う)など噴水施設のレプリカを見た。

はるかな古代、よくもこんなに大きな石をどこからか運んできて、精妙な噴水施設をつくったものだ、と感嘆したことであった。

二十世紀後半、さまざまな発見があった。

一九八一年十二月、甘樫丘《あまかしのおか》の東、水落《みずおち》遺跡で、漏刻の遺構が、見つかり、書紀の記述は史実を伝えているとわかり、以後、次々の発掘調査で、斉明の岡本宮に付属する施設も明らかになっていった。

一九八一～二〇〇〇年、水落遺跡北の石神遺跡で、外国使節をもてなす大規模な宿舎があったとわかる。

一九九二年、岡本宮の東の山に築かれた石垣発見。(酒船石遺跡)

一九九八年、飛鳥池東方遺跡で、幅六～七メートル、深さ一メートルの大きな溝発見。「狂心の渠」と推定され、約一キロに及ぶこともわかる。

一九九九年、岡本宮跡で、飛鳥川右岸の川辺近くから広大な苑池発見(南北二百メートル、東西八十メートル)という具合。

二〇〇〇年、飛鳥寺南の酒船石遺跡丘陵から、亀形石槽(亀の口から入った水を水槽にたくわえ、尻尾から溝に注ぐ)の発見。丘陵自体が、人工であることもわかる。

酒船石は、花崗岩で造られ、長さ五メートル、幅二・三メートル、厚さ一メートルの石造物。表面にはふしぎな模様が刻まれ、水が引かれていたことはたしか。

朝鮮半島で、新羅・百済・高句麗がし烈な戦いを行っているとき、海をへだてた倭国では、斉明大王はじめ葛城、鎌足たちが、その間に、少しでもあこがれのアジア諸国にひけをとらない国造りをしたいと懸命にがんばっていたのだろう。

戦乱の世から逃れるべく、倭国にわたってきた、今来《いまき》の渡来人もあまたいる上に、倭国の蛮力を味方につけたいため、朝鮮三国が送りこんできた学者たちの知恵も借りながら。

そのなかの一人は、言ったろう。

「中国では古から皇帝が、時と暦を支配しております。近ごろ、唐では呂才《りょさい》なる傑物が出て、みごとな漏刻を設計していたと聞いております。

四つの漆塗り水槽を階段状に置き、その下に円筒状の水海を置きます。一番上の水槽に貯められた水が順次に落ちていって、水海（水槽）に注ぎます。水海に人形を置いておくと、水が増すともに浮き上がって参ります。で、その人形に、目盛りを刻んだ板矢を持たせておき、経った時間をはかる仕組みです。

時ごとに、鐘を打つようにも工夫できましょう。

上の水槽に溜める水は、これは人力にたよるしかありませんが。

倭国でも、漏刻をつくってこそ、蛮国とあなどられずにすみましょう。」

「よし、なんとしてもそれをつくろうぞ。工夫してつくってみよ。われも考えよう。」

貼石を敷きつめ、なだらかに盛り上げた中央に、水時計を設置した四間四方（十・九五メートル）の建物が建っている飛鳥水落遺跡。

基壇のなかの花崗岩の台石に、建物の南北中軸線と一致するかたちで、大きな漆塗木箱を置き、そのなかの北がわ半分に、四段の水槽がきちっと収めてある。周囲を漆で固めた小導管は、木箱の西がわから北辺の貼石をくぐって基壇の外へ抜けていっている。

よほど科学に明るい学者たちや、応用力を持ち合わせた技術師たちが、呂才の図面を唯一のよりどころに、知恵をしぼり、試行錯誤しながら完成させたものだろう。

それゆえ、漏刻が完成したときの葛城のよろこびはいかばかりであったことか。

（ついに！　ついに！　われは時を支配した！　蛮国から抜け出せたぞ。）実はその「時」は、唐の暦にしたがっていたのだけれども。

だが、そのよろこびは束の間。まことの父の国、百済が、ほろぼされるという大事件が勃発したのであった。


さて、六五三年に二十四歳で唐入りした道昭も、すでに三十一歳。壮年の僧となっている。

いよいよ出立も近くなり、万感のおもいをこめて、合掌礼拝、最後の教えを請う道昭を見て、玄奘はいとしげにうなずき、大事に所持していた舎利や経典を惜しげもなく与えたあと、告げる。

「論語の衛霊公篇に、『人間がよく道をひろめるのであって、道が人間をひろめるのではない』という孔子の教えがあります。この言葉をあなたに贈りましょう。」

さらに、大きな鍋を一つ取り出し、これも持って行けという。

「西域から持ち帰ったものです。この鍋で薬草を煎じれば、霊験がありましょう。」

去っていく倭国の若者を見送ることが、辛くてたまらない玄奘。生来、感情ゆたかなひとなのであった。

（唐に来ても、もし、この師に会わなかったら、座禅の妙味を知ることもなく、実り少ない帰国であったろう。）

今にも泣き出しそうな師を見ながら、道昭の目にも涙がたまっている。

はじめ会ったときより、ますますでっぷり太ってきた基は、自ら筆写した唯識論の一部を手渡してくれた。

「帰っていく貴国の政情も、どうやら波風荒いようですが、あなたの器量は政争なぞには惑わされず、新しいみ仏の道をひろめていかれることでしょう。」

そのあたたかな目は、（なに、どんなに海をへだてようと、わたしたちの友情は変わるものではありませんよ。）と語っている。

もう少し唐にとどまることになった定恵、智通、智達も、見送りにやってくる。

すっかり唐文化に染まった定恵などは、倭国が新羅と一戦を交えるかもしれない予感がしており、それがいやで、まだ学問半ばと称して、強いてとどまっているのだった。

遣唐使一行が幽閉されることがなければ、父、鎌足からの要請を受けたものたちが、執拗に彼の帰国をせまったろうから、その暇がなかったことを幸いにおもっている定恵である。

帰路は、キサたちが、船や調度品をあずけておいた余《よ》姚《よう》をまずめざす。あらかたは運河を船で行き、傾斜があまりない水路は船を水牛に曳かせていく。

余姚に着き、積荷をととのえ、出発を待つあいだに、食べ物が変わったせいか、病むものが続出した。下痢が止まらず、熱が高い。吐くもの、腹が痛いと転げまわるもの、息絶え絶えのもの。

「ようやく故郷に帰れる段になったというのに、ここで死ぬのか。」なげく病人たちを道昭は力づけ、(そうだ、今こそ玄奘三蔵さまから授かった大鍋を使ってみよう。)と思い立つ。

大鍋に米を入れて薬草を散らし、ゆっくりとろとろと煮た粥を食べさせたところ、全ての病人がたちどころに本復してしまったではないか。歓喜して道昭を伏し拝むひとびとを労わりながら、鍋の効き目に実は、道昭が一番驚いているのであった。

(師の法力のなんというみごとさよ。この鍋を持って帰れば、どれだけ病人たちを救えることだろう!)

一同回復したところで、船で舟山群島の頂岸島へ。

いよいよ大海に乗り出すのだ。

風の方角をよく見て、西南の風が吹いたとき、船出するのだが、幸いなことに島に到着した早朝に、西南の風が吹き出し、ころはよしと大海に乗り出す。

新羅道で来た道昭から見ると、困難な帰路。

(百済王が戦争好きでさえなければ、新羅にも寄って、都の様子、仏教の隆盛ぶりも学べたのであったろうに、残念なことよ。)あらためて思わずにはいられない。

帰路は、万事順調だった往路にくらべ、さんざんであった。風に乗ってしばらくは飛ぶようにすすんでいったのも束の間、嵐に襲われ、船は一晩中、大揺れに揺れて、あわや覆るかとおもわれた。

船長の判断で、重いものは海中に投げ入れよ、と指令が飛び、大事な宝物を、やむなくだれも、海中に投げ入れる。道昭も持参の衣類や旅道具をみな投げ捨てた。

かつて読んだ『法顕伝《ほっけんでん》』には、大風にあって船は水漏りしはじめ、東西もわからなくなったまま、十三昼夜すごしたとあり、それでもひたすら観世音を念じて、経典や仏像は捨てなかった、と記してあったことを思い出し、貴重な大壺まで捨てだした役人たちを見て、道昭は、経典・仏像を捨てよ、とだれか言い出したらどうしようと気が気でない。

さすが、仏罰がおそろしいのか、だれも言い出せずにいるらしいうち、夜が明けた。

空は晴れ、一同、「やれ、助かった!」とよろこび合ったものの、どうしたことか、船は同じところにただよい、一切先へすすまなくなってしまった。

風のせいだろう、と待ち続けたものの、風向きが変わっても、情勢は変わらず、七日七夜経ってしまった。食料もとぼしくなってくる。

「このまま、大海のまんなかで、干乾しになって死んでいくのか。」ひとびとの不安がつのるなか、祈祷師が、大声で叫びだす。

「海神竜王さまが一番もとめておられるものを、海中に投げ入れなかったからお怒りで、船をすすめなくしているのです。」

「それは何です?」

祈祷師は、道昭を指差し、はったと睨んで、

「あのお坊さまがお持ちの大鍋です。」

身のまわりのもの全て、海中に投げ入れながら、「これぱかりは」と大事に持っていた大鍋である。道昭は、とんでもない、と首を振った。

「余姚で多くの皆さんを救った霊力のあるお椀です。どうして竜王にあげることができましょうか。」

道昭にはわかっていた。祈祷師がいくら祈祷しても病人たちは回復せず、道昭が大鍋で煮た粥だけが効力あったことで、面目を失墜したと思っている祈祷師が、道昭をねたみ、倭国にもどってから大鍋を使えないよう、そんなことを言い出したものに違いない。

「この大鍋は倭国のひとびとの命を多く救うことが出来る鍋。今、海中に投げ入れるわけには参りません。」

すると、ひとびとは騒ぎ出した。

「倭国のひとびとのためといったって、このまま船が先へすすまないなら、なんになるのです。

どうか、竜王さまにさしあげてください。」

余姚で命を救われたものまで、口をとがらせて道昭を非難するのだから、勝手なものだ。

祈祷師は、ひとびとの怒りに油を注ぐように、

「もし大鍋を竜王さまにさしあげないなら、船はすすまないどころか、ほどなく引っくり返り、皆さんは魚の餌食になってしまいますよ。」

と言い出す。

「お坊さまの欲張りで、わたしたちを魚の餌食にするつもりか。」

だれも彼もさわぎはじめ、手がつけられない。

「もう一時、待てば、船はすすみだします。」

天文も学んでいる道昭はそう言ったが、ひとびとの勢いに押された大使にまで命令されては、どうしようもなかった。

(師よ、お許しください。わたくしの道心が未熟なゆえに、この鍋を故国へ持ち帰れないのでしょう。)

玄奘に詫びつつ、大鍋を海中に投げ捨てたのであった。するとどうだ、たちまち船はするするすすみ出した。

「ほれ見よ、あの大鍋を海神さまが嘉納なさったのよ。」

得意げに祈祷師がいい、一同もうなずく。

道昭は、法顕が、危うく無人島に遺棄されそうになったとき記していたことを思い出していた。

一晩中大荒れに荒れた海は、法顕が観世音を必死に念じたことで、朝には平らかになったというのに、船中の異教徒たちが、

「こやつのせいで海が荒れたのだ。あそこの無人の島に、こやつを下ろしてしまおう。」と騒ぎ出すのだ。

そのとき、法顕に付いていた檀徒の大商人が、

「それならわたしを一緒に下ろすか、わたしを殺しなさい。どうしても、お坊さまだけ下ろすというなら、中国に船が着いたとき、あなたがたの所業を皇帝陛下に申し上げます。皇帝陛下は仏法を信じておられ、お坊さまを敬っておられるから、あなたがたは手痛い目にあいましょう。」

そう口を添えてくれ、辛くも助かったのであった。

(その折の法顕さまにくらべれば、異教徒などいない倭船だ。大鍋を失ったのは、大鍋に頼らず、これまで学んだ医学をさらにきわめよ、とのみ仏の教えなのかもしれぬ。)そう思えば、祈祷師やひとびとへの恨みはなくなった。

船はやがて済州島に寄る。

百済に属していた済州島の王は、百済がほろびたことで寄る辺を失い、倭国との交際を望んでいたため、折りよく寄った倭船によろこび、太子アワキが供を連れ、倭

国の大王に会いに行きたいので、船に乗せてほしい、と頼んできて、大使は承知する。

博多に着くと、何ともものものしい雰囲気があたりを覆っている。

六六一年三月、斉明大王は葛城大兄らとともに、いつでも軍隊を朝鮮半島に送れるよう、臨戦態勢で、博多にやってきていたのである。

五月末、九州に上陸した遣唐使一行は、早速に博多・朝倉宮におもむき、帰朝報告をしたのであった。

斉明大王、葛城大兄らが飛鳥を出て、博多に向かったのは、六六一年正月。難波から船に乗り、沿岸各地で兵を集めながら船をすすめている。

途中、伊予に寄り道し、道後温泉の湯につかった。

寄り道のわけを、斉明は「舒明大王と道後温泉の仮宮ですごした思い出にひたりたくて」と表向きには言っているものの、はるかまえ、最愛の恋人、高向王《たかむくおう》とひそかにここへ来ていたことがあり、思い出の湯にどうしても行きたかったのだ。

かつて、舒明にこの湯の効能をすすめ、仮宮を造らせたのも、過ぎし日が忘れられないためであり、鎌足に命じ、ひとを遠ざけてから、斉明は葛城大兄に言う。

「おまえのお父さまはね、それはやさしいお方であられた。わたくしが倭人でも、さげすんだ目ではご覧にならなんだ。ただ、残念には病におかされておいでであった。この湯が病に効くと知らせるものがあって、参ったのでした。」

（あのとき、二人で湯につかり、わたしの肌をなめらかで美しいと誉めてくださったのであった。）

純朴なひとびとに労わられ、だれにも煩わされることない至福の時間を過ごした二人であった。

「そして、ここの湯に漬かってほどなく、そなたが生まれました。」

当時をしのぶように、老いた斉明の目は、うっとりする。

（玉のような王子を授かり、よろこびはひとしおであったのに、ヤマトにもどると間もなく、高向王さまは、にわかに病状が悪化し、あっけなく亡くなられてしまわれた。おう、乳飲み子の王子を抱き、幾夜泣き明かしたことであろう。

そして忘れ形見の王子を守るためには、いつかこの子を倭国の大王にしよう。そのためには、かねてわたしに執心していた大王のもとに嫁ごう、と決めたのであった。）

「そなたの父は、お母さまが卑属の出ゆえ、故国ではみじめな扱いを受けて倭国に逃れておいでであったとい え、百済王子としての誇りをお忘れにならないお方であった。もし、百済ほろびるとお知りになったら、何はさしおいても、故国にもどられ、力のかぎり戦われたでありましょう。その智略により、勝利し、再興百済の王となられたかもしれぬ。

それがかなわぬ今、そなたは、何としても倭国の大王にならねばならぬ。それには百済人の手助けがいるゆえ、なんとしても、豊璋《ほうしょう》さまに勝っていただき、百済を再興せねば。そなたをかついで倭国の実権をにぎりたい鎌足も力になってくれましょうぞ。

百済が再興し、こなたでは百済王の血を引くそなたが大王になったときには、亡きそなたの父はいかによろこばれることであろうか。」

思い出の地、伊予で、高向王の忘れ形見のわが子に、その出自を肝に銘じてほしいため、わざわざ伊予に寄ることを命じた斉明なのであった。

「わたくしのお父さまは、どのようなお方であったのでしょうか。」

「そなたにそっくりのお顔をしておられた。そなたと同じように長身で、りりしく、鼻すっと高く、威厳があり、なにより聡明なお方であられた。まこと、これまでの倭国の大王など、あのお方のまえでは及びもつかぬ。そう、そなたに渡すものがある。この剣がそれじゃ。そなたのまことの父、高向王さまの形見の剣じゃ。」

斉明は、紫地の錦に緋綾裏の袋を葛城に渡した。うやうやしく受け取った葛城が、袋から剣を取り出してみると、宝剣の銘が刻まれており、柄の飾りには純金がちりばめてある。倭国の大王であっても手中にし得ない逸品の剣だ。

「おう、この剣がわが父のお形見とは！

おう、天地もご覧あれ。」

感激した葛城大兄は、さっと剣を抜き、高く空にふりかざす。

「わが父の誇りをわたくしも引継ぎます。やがて大王になるためにも、百済再興を必ずなしとげることを誓います。」

斉明はよろこび、百済再興の戦いの勝利をねがい、亡き恋人との思い出に胸いっぱいになって、歌を詠む。

熟田津《にきたつ》に船乗りせむと月待てば潮もかなひぬ今は漕ぎ出でな

さすが秘事を知られるのはまずいので、歌人として随従してきている額田王《ぬかたのおおきみ》の歌として、披露させたのであった。

船が博多の港に着いたのは、三月。あらかじめ建てさせてあった港に近い仮宮、磐瀬行宮《いわせのかりみや》におちつき、やがてはるかに奥まった朝倉の地に宮殿を建てる。朝倉橘広庭宮《あさくらのたちばなのひろにわのみや》だ。

あわてて建てさせたため、背後の山の木々を伐り、材としたものの、その山は、古来この地で暮らすものたちの神山であったから、神は怒り、雷光とともにできあがったばかりの正殿を壊す。やむなくまた造り直さねばならず、駆りだされた民の労苦はいや増した。

神の怒りになお逆らうのか、ということであろうか、宮殿にはところどころに鬼火があらわれる。ひとびとはおののいた。さらに、奇病で死ぬ宿直の役人たちが続出する。

そのうち、病は王族にも及び、斉明、伊勢王が病む。遣唐使一行の一人として、斉明・葛城に謁見をゆるされた道昭は、斉明の顔色が青ざめ、みるからに苦しげなのを見た。

（ああ、大王さまはいくばくもないお命と見た。）

そっとその旨を父の恵釈《えさか》に告げる。恵釈は、博多に来て、軍船をととのえる準備をしていたのだった。

斉明は、遣唐使一行と、唐から持参した貴重な品々を飛鳥へ運ぶ任務を恵釈に命じる。

恵釈は、遣唐使一行と荷を船に乗せて瀬戸内海をわたり、難波に上陸、道昭とともに家へ寄ることができた。

道昭は本家に寄るまえに、まず、一族の氏寺、野中寺に参詣する。

そこには、大叔母に当たるアリコノ刀自が、気丈に寺を守っていたから。夫の船氏王後《ふなしおうご》が亡くなってから、二十年も経っているが、よく僧たちを統率し、朝廷から命じられた職務、文書の書付け、整理などを行っているのだった。

アリコノは、『詩経』の「柏舟の操」（夫を亡くした女性が貞操を守る）ということわざが気に入って、野中寺を、柏寺《はくでら》と呼びならわしている。

謹厳なアリコノも、みるからに頼もしい僧となってもどってきた道昭に相好をくずし、抱きかかえんばかり。

「よう、無事にもどってきたなあ。毎日毎日、そなたの無事を祈っていましたぞえ。」

その道昭が、目にしてきたばかりの斉明大王の衰えを話すと、アリコノはみるみる目に涙をため、

「わたしと同じ女の身で、苦労多くこられたからのう。どうか、一日も多くこの世にとどまっておられるよう、小さくとも心こもった仏像をつくり、お祈りしたいものじゃ。

はて、刻み手は事欠かぬが、大事な大王さまのため、よきお顔に刻んでもらわねばならぬ。そなたも良い知恵を貸してくりゃれ。」

と道昭の手をにぎるのだった。

道昭は、慈通からもらった小さな木彫りの弥勒像をアリコノに見せてみた。

「おう、これは弥勒さま。なんと尊いお顔よのう。」

よろこんだアリコノは、早速、仏師を呼び寄せ、この弥勒像に似せて、斉明のため、金銅の弥勒像を急ぎ鋳造するよう頼んだのであった。

完成した弥勒像こそ、一九一八年、寺内の蔵から発見された弥勒菩薩像で、毎月十八日に開帳されている。

七年ぶりに故郷へもどってきた道昭。道昭帰ると聞いて、船一族はこぞって本家に集まり、歓迎の宴を開いた。（歴史編さんにたずさわっておられたはずなのに。）いぶかしむ道昭に、恵釈は苦笑いし、

「倭国の今は臨戦態勢。もっぱら百済再興に力を貸すことに精一杯。船氏の仕事はおまえの兄に任せておったというに、わしの力もいるそうな。何しろ、にわかに新羅討伐戦にそなえて、あまたの軍船をととのえねばならぬのだ。

良い樹木をあちこちから見つけ、急いで伐り倒し、腕の立つものらを使って、船に仕立て、九州へ送らねばならぬというわけじゃ。

幸い、戦乱から逃れてきた百済人らが大勢おる。そのなかの腕の立つものの力を借りて、何とか間に合いそう

なものの、いやはや、目がまわるほどの忙しさよ。」

宴果てての
ち、恵釈から道昭は、百済滅亡後のうごきをつぶさに聞くことができた。

百済はほろび、新羅・唐連合軍が、百済を占領したとはいえ、百済の遺臣たちが、忠清南道《ちゅうせいなんどう》一帯に逃れ、山城（任存城）をつくり、柵をつくって、三万余の兵を集めたとのこと。

唐・新羅軍が攻撃したものの、けわしい地形ゆえ、おもうように攻められない。

そのため、唐将・蘇定方《そていほう》は、劉仁願《りゅうじんがん》に、唐兵一万、新羅兵七千で、旧都・泗沘《しひ》城を守らせ、新たな兵員の追加を皇帝にねがうため、帰国していった。その留守中の城を、百済兵が急襲、外柵まで押し寄せる。

劉仁願は辛うじて内柵は守ったものの、百済の遺臣たちは、城南の山々にまで柵城を築き、旧城を奪回しようと意気盛んになった。このいきおいに力を得た他の遺臣たちも、あちこちで挙兵、あまたの城柵を建てる。

そこで、新羅の武烈王が自ら出陣、劉仁願らを救援して南方の柵城を攻撃したが、王が新羅にもどるや、たちまち遺臣たちは泗沘城を囲み、新羅が送った大軍にも勝利し、兵器多数をうばった。

唐は、劉仁軌《りゅうじんき》に救援を命じ、劉仁軌は新羅軍とともに泗沘城を救い、遺臣たちは任存城にしりぞいたので、戦線はしばらく膠着する。

六六一年六月、新羅の武烈王が病死。太子の金法敏《きんほうびん》が、文武王《ぶんぶおう》となる。

道昭は、新羅僧の慈通が、金法敏について賛嘆するのを聞いたことがある。

「法敏さまは、武烈王さまと金庾信《きんゆしん》さまの妹御、文明王后さまとのあいだのお子です。

文明王后さまは末娘。姉上の宝姫が、かつて慶州・西兄山のてっぺんに登り、すわってお小水をなさったところ、それが巡りながれて国中にゆきわたった夢を見られたそうです。目覚めてこの夢を末娘に話しましたら、その夢を買います、と言って、錦織りの裳をさしだし、夢を買われました。

数日後、金庾信さまが、のちの武烈王、春秋公さまと蹴鞠をなさり、そのとき、庾信さまが春秋公さまの衣の紐を踏みちぎってしまわれました。そこで、庾信さまが、『幸い、家が近いので、わが家で繕ってください。』と言い、妹の宝姫に繕いを命じたのですが、彼女はさわりがあって出て来ず、末娘が代わりにあらわれて繕いをいたしました。

末娘は、薄化粧で普段着を着ているのに、その美しさは辺りを照らすほどの輝き。春秋公は、一目で気に入ってしまい、結婚を申し出られ、婚礼が行われました。

お二人の間に生まれられたのが、法敏さまで、ことのほか容姿すぐれ、聡明で智恵ゆたかであられます。」

憧憬の面持ちで語る慈通に、（わが倭国の葛城大兄さまも、容姿すぐれ、聡明におわすものの、万事鎌足さまに頼っておいでのところがある。そのお二人を並べたら、果たしてどちらがよりすぐれておられようか。）などと、道昭は心中で考えたりしたものであった。

葛城大兄の聡明さ、その容姿の群を抜いたみごとさは、賛嘆に値するものの、蘇我馬子をほうむって法興寺に乗りこんできたときの血刀を思い起こすと、ためらいが起きて、慈通が手放しで法敏太子をたたえるようには、自国の葛城大兄を敬慕できない道昭である。

恵釈は、続けて、百済の遺臣、佐平貴智らが、唐の捕虜百人を連れて、意気高くやってきたことを述べた。


「自分は西部恩率鬼室福信《おんそちきしつふくしん》の使いであります。倭国に滞在している百済王子、扶余豊《ふよほう》さまをかついで百済再興をなさんがため、お迎えにやって参りました、どうか倭国も加勢されたい、とのことであった。

こなたでは、豊璋さまと呼んでいたお方よ。そなたもお顔を知っておろう。

本来なら太子の位にあられた方ながら、実兄の義慈王さまは母君が亡くなられるや、大佐平（首席大臣）の沙《さ》宅智積《たくちしゃく》さまを退け、実の弟である豊璋さまほか四十人あまりを、この倭国に追放するという大ナタをふるわれた。それゆえ、百済健在であれば、生涯帰国はかなわなんだお方じゃ。

福信のまねきは、どんなにかうれしく思われたはず。たちどころに、ならば参ろう、かように仰せであった。困難はあっても、夢にだにかなわなんだ百済王になれるとあれば、慣れ親しんだこの倭国も、たちまち色あせてお見えであったろうな。

それからが大騒ぎぞ。

豊璋さま、お一人、お返しするわけにはいかぬ。お供の倭国兵たちを乗せる大きな船がいる。

いや、それどころではない、情勢によっては、そのあと倭国軍もいずれ海をわたって、戦場に向かわねばならぬかもしれぬ。その兵たちを乗せる船が足らぬ、さあ一刻をあらそうぞ、はやつくれ、はやつくれ、とのご催促だ。

幸いにも、駿河国にの、良き材があることを、以前からつかんでおったゆえ、申し上げると、では、そちが参って差配せよ、との仰せじゃ。早速、駿河に参ったには参ったが……。」

恵釈は、ここまで話すと、えらく悄然としてだまってしまった。

「なにか、駿河でよからぬことがあったのでございますか。」

「のう、道昭よ、僧侶のそちには、言うまでもなきことながら、人はどのように智恵すぐれようとも、いずれ死する定め、しかし、国とて同じではあるまいかの。

わが祖は王辰爾《おうじんに》、百済王室の血を引くもの。百済が永久に栄えるはまことと望ましきことながら、わしはの、いかに福信さまや豊璋さまがあがかれようと、百済の命運はすでに尽きたと見た。」

聞けば、みごとに造りおえた軍船を、伊勢の祓川河口に曳いてきたところ、夜中、わけもないのに、舳先と船尾がともに反り返ってしまった。

（ああ、戦は負ける！）船造りにたずさわったものたちは、顔を見合わせておもったのだという。

「さらに追い討ちをかけるように、信濃国から知らせが参った。ハエが大いにむらがり、西に向かい、神坂峠を飛び越えたというのじゃ。天が見えなくなるほどの嵩《かさ》であったそうな。凶兆としかおもえぬ。

さらに、意味のわからぬ妙な歌がはやっての、子どもらがしきりと歌う。

ええ、まひらくつのくれつれ……かりがみわたとのり……なんとも解釈できぬ言葉がえんえんと続く歌での。」

唐の大国ぶりと、新羅の隆盛ぶりを慈通から聞かされてきた道昭には、父の言ったことがすとんと胸に落ちる。

「わたくしの考えも同じでございます。但し、その奇妙な歌ですが、倭国の意気をそぐために忍びこんだ新羅人が、ながした歌かもしれませぬな。」

「おう、たしかに。」

ところで、と恵釈は、道昭を心配げに見て、

「そちは、これからどうするつもりじゃ。うかうかして

おると、戦の勝利を祈るために軍船に乗せられるやもしれぬ。」

国際人となって帰ってきた道昭には、百済も新羅も唐も、ひとしく親しい国、親しいひとびとが住む土地だ。たとえ父祖の国のためであれ、〈敵〉をつくって、戦いたくはなかった。

「わが師、玄奘三蔵さまは、唐の皇帝のたってのねがいにも、首を振られ、高句麗戦に従軍なされませんでした。死を賭してのお覚悟であったと存じます。み仏はいかなることがあろうとも、殺生を禁じておられまする。み仏は言われています。

全て生きとし生けるものは、暴力におびえ、死におびえ、おのが生命を限りなくいとしく感じる。それゆえに、殺してはならぬ、殺さしめてはならぬ、と。

百済国はたとえほろびようと、そのすぐれた心意気、すぐれた技の数々は、民のなかに営々と継がれていくでありましょう。もちろん、わたくしのなかにもです。

本来、土地は王のものではない、民のものであり、その民をほろぼすことはいかなる王といえど、できますまい。」

「おう、たしかにそうも言えような。」

「わたくしは、師のみちびきにより、利他行に励むつもりで帰って参りました。」

「そちのめざす利他行とはなんだ。」

「法華経比喩品で、み仏は『三界は安きところなく、火宅の如し』、この世はだれにとってもさながら猛火に包まれている家のようだ、と言われ、そのなかで苦悶する衆生はことごとくわが子であり、救わねばならぬ、と仰せです。

愚かなわたしは、いくらあまたの経文を読破しようと一向に悟れず、寺にこもっていては、み仏の足もとに近寄れそうにありません。

せめて、名もなき民と苦をともにし、彼らが少しでも暮らしやすくなるよう、病に苦しむものには医術をほどこし、あらぶる川には橋をかけ、水に困る地には池を掘ろうと存じます。船氏の血を引いたわたくしにふさわしい仕事ではないかと。

国の戦とは無縁でいたいのでございます。」

南河内に在る船氏の氏寺、野中寺の近くをながれ、河内湖と古市をむすぶ大水路、古市大溝も、蘇我馬子の命を受けて船氏が開いたものだと道昭も知っている。

そこで、恵釈は、道昭の覚悟を聞くと、得もいわれぬ嬉しい顔になった。

「そうか、そうか、おう、よう修行してまいった！　良き師に就いたな。」

「はい、玄奘三蔵さまは、国禁を犯して真の仏道をもとめ、はるか西域にまで単身行かれたお方。その西域の学問の中心地、ナーランダ寺で、尊崇されたお方でございます。その玄奘さまに、わたくしは甚く可愛がって頂きました。」

よろこびがおさまると、恵釈は思慮深い顔になって、それなら一刻も早く、持参の経典ほかを法興寺におさめ、諸国に旅立つほうがよいだろう、と忠告した。

「恐らく鎌足さまから、お呼びがかかるであろうからの。修行にどこともなく消えてしまいました。こう申し上げよう。

なに、船氏の一族、さらにこの間、わしが広げた人脈はいたるところにおるゆえ、食べるには困るまい。戦乱を逃れ、海を越えて参った百済人で、医学に長けたもの、橋をかける技術、池を造る技術に長けたものも、あまた知っておる。このものらも、ひそかに力になってくれよう。」

「はい。それはまことに心強うございます。」

かくして、帰国早々、道昭は流浪の日々を送ることになる。広い中国の処々を旅したことをおもえば、何のこともない。

その間に、恵釈が予見したように、倭国を牛耳る葛城大兄らは、百済の再興を望んで、大軍を朝鮮半島に送ることとなるのだが、そのまえに、伊勢王が死に、アリコノのねがいや、葛城の必死の看病も空しく、七月には斉明大王が死去してしまった。

前途の多難をおもいつつ、葛城大兄は、母の棺のあとに付いて磐瀬宮へ向かう。そこから棺を船に乗せ、難波へ、飛鳥へと運ぶのだ。

日暮れ方、磐瀬宮にさしかかるその行列を、背後の山の上で、大きな笠をかぶって鬼が見ていた、とのうわさがたちまち民のあいだに広がっていった。

（ありゃあ、神山を荒らされた神さまが、荒らしたものの末路を見とどけておられるに違いあるまいよ。）

（そうじゃそうじゃ、宮殿を急いで建てろと大勢こき使われ、怠けるな、と笞で引っぱたかれて死んだものもあまたおるのだ、その恨みで大王様は亡くなられたんじゃあるまいかの。)

(はて、こんなことでは、よその国へ攻めていっても、勝てるかどうか。)

そんなうわさが、北九州一帯で、ささやかれているとも知らず、葛城は斉明大王を失った悲しみにうちひしがれて船上にいた。

君が目の　恋しきからに　泊《は》てて居て　かくや恋ひんも　君が目を欲《ほ》り

葛城の絶唱。

気丈な母に死なれてみると、いかに母が自分を守ってくれていたか、はじめて身に沁み、舒明の実子でない自分が、大王になる道のけわしさをおもわずにはいられない。

ふと留守中の王宮を頼むと飛鳥に残してきた、異父弟の大海人王子《おおあま》のことが気になってくる。

舒明大王と斉明大王の実の息子である大海人王子。

葛城が生まれるまえに高向王は亡くなり、舒明に求愛されたタカラヒメ(皇極のち斉明)は、生後間もない子を必ず太子にする、と舒明が約束したことでもとめに応じたのだった。

だから、后になって一年経たないうち、大海人が誕生すると、遠く伊勢の大海《おおあま》氏に養育をゆだねてしまい、一方、葛城は大和の大豪族・葛城氏に養育させている。

大海人が、大和へ呼び寄せられたのは、乙巳の変後。ほとんど年が変わらない異父兄弟は、このときはじめて顔を合わせたわけで。

大海人は、寡黙で政治には関心もないように見えた。葛城はといえば、クーデター後は、かいらいにするつもりで王位につけた孝徳が、難波にみごとな王宮を建てて旻《みん》らとともに新政治に乗り出すのを、さまたげるため、鎌足とともに必死だった。孝徳をほうむり去ることに成功してからは、百済滅亡という大事件のまえに、大海人のことなど、気にも留めずにきた。

(やつは、舎人に慕われ、政治には目もくれず、狩猟に明け暮れているようだったなあ。)と思い、(そういえば、わたしのことを偏愛された斉明大王さまを、大海人はどうおもっていたのだろう)とようやく気づく。

20 倭国敗戦

斉明の棺は、飛鳥川原のほとりの仮宮に置かれ、三日間、祭られる〈もがり〉。法興寺にいた道昭も参加した。

白い麻衣姿で、棺のそばに控えながら、葛城大兄は、斉明が望んだ、百済復興、倭国で大王になること、二つをなんとしてもかなえねば、と改めて誓ったことであろう。

道昭は、このとき、父、恵釈《えさか》から釈道顕《しゃくどうけん》を紹介された。

「史書づくりによう働いてくれたおひとじゃ。高句麗から参られたお方で、今は鎌足さまのよき知恵袋でもあられる。」

わりに小柄で、温厚な目が、ときたまキラリと鋭く光る道顕は、

「倭国に渡って来て西も東もわからぬわたしを、あなたのお父さまはよう世話してくださいました。」

合掌し、親しげに道昭にほほ笑んだあと、ずばり尋ねてきた。

「ところで、あなたは百済救援の軍にくわわり、渡海されますか。」

「いいえ、わたしは戦場に身を置くことだけはしまいともっております。」

「おう、仏徒としてさもあるべきこと。」

道顕はうなずき、恵釈に、

「ご子息は唐の地で、よい師に付かれたようですね。戦場にまで身を置いて、なべてあったことを目に焼きつけ、記さずにおられぬ拙僧の業は、きっとみ仏の道から外れておるのでしょう。」

呵呵大笑しながら去っていく道顕を、唖然として見送っている道昭に、半ば独り言のように恵釈はつぶやいたものだ。

「いかなる事情があって倭国へやってきたかは不明ながら、あのご仁は、仏徒というより史家として生まれてきたおひと。あったことをなべて書かずにはおられぬ性状が禍し、おそらく高句麗にもおられなくなったのであろうな。倭国のうごきについても、国の史書とは別に、おそらく一部始終記録していよう。今後もそうしていくことじゃろうが、さて、それがどこまで許されるかのう。」

果たして道顕は、のちに大著『倭国世記』を著す。但し、朝廷にとって都合のよい箇所だけが、『日本書紀』に、〈道顕『日本世記』によれば〉と採用されただけで、原本は行方不明となってしまっている。

さて、葛城大兄は、臨戦態勢の非常時を口実に、群臣たちが次の大王についてあれこれ言い出しそうなのをおさえ、もがり明け早々、九州、長津仮宮にもどり、白衣姿のまま、執政を行い、水陸軍に命令を発する。

即位しないまま、事実上、最高権力をにぎったのだ。

(次の大王は、出自のはっきりせぬ葛城王子さまより、倭国の血筋を引いた欽明・斉明大王のお子、大海人王子さまこそふさわしい。)

諸豪族のあいだで、そんなうわさが飛び交っていることを、鎌足がつかみ、葛城に知らせていた。

「それに。」

目を光らせて、鎌足は言う。

「新羅を父祖に持つ豪族たちは、ほろびた百済の救援をするなどもっての外、唐、新羅と親しくすべきだと思うており、そのものらが大海人王子さまをかついでいる気配もありまする。」

(たしかに、有りうること。)

葛城はうなずき、だからこそ、何としても百済を復興させ、その勢いで大王位を勝ち取るしかない、亡き真の父高向王《たかむくおう》のためにも、と思っている。

倭国のあわただしいうごきに背を向けて、わが道昭は法興寺を後に、いよいよ利他行の道へと歩みだすのだが、そのまえに、倭国最大の危機となった朝鮮半島への出陣、大敗北について、先ず記しておこう。

葛城が長津宮にもどってほどなく、唐将、蘇定方《そていほう》と突厥《とっけつ》王子、カリキが水陸双方から高句麗に進撃、首都平壌を囲んだとの知らせが入ってきた。カリキは、九歳で唐の太宗に帰順し、抜群の勇猛さで、各地を転戦、連戦連勝した功績で、高宗により左驍衛大将軍に任ぜられていた。

高句麗は、この難局をくつがえすために、倭国の援軍を頼んでくる。

「唐の真のねらいは、幾度となく煮え湯を飲まされている高句麗つぶしでありましょうな。唐軍が高句麗と戦っている今こそ、百済復興をなし遂げるに最適でありましょう。それには唐軍が南にまわって高句麗を攻められないよう、援軍を出されるべきかと存じます。」

道顕の助言を受けた鎌足は、葛城を説いて、軍隊を百済遺臣の根拠地、ソル城に送り、新羅・高句麗をけん制する。

道顕の読みどおり、形勢は百済がわに有利であり、一刻も早く、倭国の軍隊につけて余豊《よほう》王子を渡海させてほしいと、福信からは矢継ぎ早に催促の使者がやってくる。

阿曇《あずみ》ヒラブを前将軍、阿倍ヒラブを後将軍に任じ、二軍編成で、すぐれた将卒たちを付け、いつでも出立できるよう用意させる。武器・食料も積んでいくのだから、一切を準備する恵釈たちも大童《おおわらわ》だ。

鎌足の進言で、葛城は、余豊王子に、冠位十九階の第一位、織冠を授け、さらに鎌足の進言で、多コモシキの妹を娶《めあ》わせる。（余談になるが、コモシキは『古事記』を撰述した太安万侶《おおのやすまろ》の祖父に当たる。）

うまくいけば百済大王となる余豊を、倭国の服属国にさせようと考えている葛城。

（ふむ、こしゃくなことを！）内心、思いながら、倭国の軍隊と物資がどうしても必要な余豊は、うわべはつつましく織冠を押し戴く。（なに、百済大王になってしまえば、このものらも、わがまえに跪くことであろう。）

かくて六六一年九月、余豊王子は、倭軍五千人を載せた軍船百七十艘をひきいて対馬海峡をわたっていった。

港には福信自ら迎え出、余豊を百済王に戴いた。

そんなことができたのは、道顕の分析どおり、このころ唐軍はもっぱら高句麗と一大戦争を戦っており、百済の遺臣たちのうごきをかえりみる暇がなかったためで。

親征を望んだ唐の高宗は、武后の一喝にあって取りやめたものの、各州から兵士を募集。北方諸民族もあわせ、三十五軍編成、四万四千人の大軍を水陸に分けて、高句麗へ進軍していき、八月には蘇定方ひきいる軍が、大同江で高句麗軍を破り、破竹の勢いで平壌を包囲する。

さらに九月にいたるや、大軍をひきいた突厥王子カリキが、鴨緑江《おうりょっこう》の結氷を待って進軍、太鼓を鳴らし、喚声をあげて前進、対岸を死守していた高句麗軍、三万人を殺戮、残りを降伏させてしまった。

あわや高句麗もこれまで。ついにほろぼされるかと思いきや、土壇場でがんばる。

一段落のあとの十二月、倭国に高句麗の使者がやってきて、戦闘の様子がわかった。

使者が、応対した道顕に、つぶさに語ったところによれば、

「寒さが味方してくれました。

平壌を囲んだ唐軍は、雲のように高い車や、物見やぐらを付けた車で、城内を見下ろし、鼓、鉦をはでやかに鳴らし、今にも突入せん勢い。しかし、首都を何としても守りたい、われらの勢いもこれに負けません。砦二つは唐に取られてしまいましたが、これに夜襲をかけ、みごと勝利しました。

寒さに慣れない唐の将兵が、夜ともなれば膝をかかえてがたがた震え、病いに倒れるものが続出、ただただ故郷に帰りたがっているのを、偵察のものが探ってきたためであります。」

使者の知らせを葛城大兄、鎌足に報告しながら、道顕は言う。

「高句麗の報告は、公正で、さながら孔子があらわした『春秋』書のようです。敵をよく見きわめ、おのれの弱みもよくつかんだゆえに、大唐を相手によくぞ勝ちえたといえましょう。百済再興をねがうならば、高句麗の戦法こそよく学ぶべきでありましょう。」

道顕は身びいきで述べたわけではなく、史家として忠告したのであったが、（やはり倭国にわたってさても、高句麗自慢はしたいようだな。）そうしか思わなかったのは、葛城・鎌足たちの限界であったろうか。

このころ、朝鮮半島に進軍した倭の将兵たちは、浜で火を焚いていたところ、どうしたわけか、飛んだ灰が孔《あな》のかたちとなり、かぶら矢が飛んでいくとき鳴るような音が孔から聴こえてきた。

（百済がほろびる前兆ではなかろうかのう。）兵士たちは、ひそかに危ぶみあう。

なんとしても百済を再興してほしい葛城らは、翌年（六六二）早々に、福信に、矢、絲、綿、布、なめし皮、種用のもみを、あまた送り、余豊王に布三百端を贈っている。

同月、高句麗のヨンゲ・ソムン将軍が、唐軍に大勝。唐の将軍龐孝泰は、十三人の子もろとも全滅、平壌をとりまいていた蘇定方将軍は、降り続く大雪になすすべなく、包囲を解いて撤退していった。

五月、余豊の即位式がはでやかに行われ、式典を祝

し、葛城は阿曇ヒラブ大将軍に軍船百七十艘をひきい、参列させる。一行のなかに道顕の姿もある。

余豊を百済王に任ずるとの、葛城大兄の勅をヒラブは持参し、重々しく授ける。福信には、百済再興に励むよう記した黄金の札。何より軍船百七十艘の応援がうれしい余豊と福信。黄金の札を福信に授けるとき、ヒラブはずいと近寄り、彼の背を撫でて、

「そなたの功を倭国の朝廷は、みな誉めそやしておりますぞ。」

とささやく。

（世が世であれば蛮国の倭人ごときに頭を下げることなど有りえなかったろうに。）両人はじめ群臣らが、心中で嘆息していることなど、得意顔のヒラブは知らない。

とにかく、余豊王、福信らは、このころ意気盛んで、倭国が大軍を送ってくれれば、一気に首都も奪還できると考えていた。

葛城は、鎌足と相談、勝負どころであるらしい、と判断し、二万七千人の大軍を送ることとする。

実は、唐が高句麗征伐に血道を上げている間、百済の旧首都・熊津城で、周囲を百済の遺臣らに囲まれ、孤立していたのは劉仁願ひきいる唐の占領軍、一万であった。福信はこれをあざけり、使者を送って、

「大使たちが帰国のおりには、お送りいたしましょう。」

と、揶揄《やゆ》したほどだ。

唐軍が何とか餓死せずにすんだのは、新羅王・法敏が、唐のもとめにより高句麗との戦いに大軍を送りながら、熊津城にも兵を送り、籠城している唐軍に、幾回となく食料を送ったためである。

のち、朝鮮半島を統一した新羅に、唐が難癖をつけてきたとき、法敏王は、いかに新羅が唐の勝利に貢献し、犠牲を払ってきたかを、るる述べた信書を送り、この件についても次のように触れている。

「熊津府の唐兵一千名が、賊徒平定のため出撃しましたが、賊軍に討ち破られ、一人も帰ってきませんでした。この敗戦以来、熊津府は新羅に救援軍をもとめ、朝夕あいつぐほどでした。新羅は疫病が流行し、兵馬を徴発できない状態でいながら、ねんごろの頼みを断りきれず、ついに多くの軍隊を出陣させました。

周留城下に進軍してこれを包囲すると、賊軍はわが軍の兵力が少ないのを知り、さっそく襲撃し、わが兵馬に

多大の損害を与えました。敗れて帰国したため、南方の諸域が、いっせいに反乱を起こし、みな福信につきました。この勝利に乗じ福信は熊津府城を包囲したので、熊津への道はとざされました。

そのとき新羅は、健児を募集し、敵の目を盗んで、塩や味噌までなくなった熊津府に、塩を送り、その苦しみを救いました。」

信書は、その後も孤立して苦しむ熊津城に、備蓄用の蔵の食糧まで出して、おびただしい穀物、種、衣服までもひそかに送ったことを述べ、

「都護の劉仁願は、遠く離れた孤城を守り、四面全て賊軍で、つねに百済軍の侵入や包囲を受け、そのたびごとに、新羅の救援を受けていました。一万名の唐兵は、四年間にわたって、新羅の衣服を着、その食物を食べてきました。劉仁願以下兵士にいたるまで、皮や骨は生国唐のものであるといっても、その血や肉はともに新羅が真心を皇帝に尽くした点で、あわれむに足るといえましょう。」

と記している。

このような情勢は倭国にも伝わってきていて、葛城たちも大軍を派遣すれば、福信らの勝利まちがいなし、と軽く考えていたようだ。

三月、葛城は、さらに、前、中、後と三軍編成の水陸軍二万七千人を送る。

六月、前軍の上毛野《かみつけのの》ワカコラが、新羅の二つの城を占領したとの朗報が入ったのも束の間、道顕が、驚くべきことを知らせてきた。

余豊王と福信の不和がはげしくなり、なんと福信が余豊王に討たれたというのだ。

「なんとも嘆かわしいことでございます。

かねてより、両者の対立はしだいにはげしく、疑い合っておりましたが、福信さまは、病気と称して穴倉の部屋に寝て、もし余豊王さまが見舞いに来られれば、部下に命じ、殺す企てをされました。企てが漏れ、かえって余豊王さまは親衛隊をひきいて福信さまを急襲、殺害、お首はさらされ、酢漬けにされました。

福信さまは、傲慢なところがあるものの、度々の勝利を勝ちとってこられた名将。その柱を失っては百済の戦いはいっそうきびしくなろうかと存じます。」

たしかに福信の死は、新羅・唐にとって朗報であった。

この機を逃さじ、と新羅王、法敏が決起する。

かくて世に言う白村江の戦が行われ、百済・倭連合軍は、あえなく新羅・唐軍に大敗してしまう。

戦の模様を記している『日本書紀』を口訳してみよう。

「秋八月（六六三年）一日、新羅は、百済王が、良将を斬殺したのを知って、ただちに百済に入って、ツヌ城（『三国史記』では豆率城）をうばおうともくろむ。

余豊王は、これを知り、諸将に告げる。

『聞けば、倭軍の将軍、廬原君《いおはらのきみ》（駿河）が、強力な将卒一万をひきいて、海を越えて来てくれるそうだ。

どうか諸将はツヌ城を守ってくれ。

余は、親衛隊をひきい、白村《はくすき》（現・錦江）で敵を迎え討とう。』

十七日、敵軍はツヌに到着、王城を囲んだ。

一方では、唐の軍将らは、軍船百七十艘をひきい、白村江に陣を布く。

二十七日、はじめに到着した倭の水軍と、唐の水軍が戦い、倭が負けて退く。唐は陣を固めて守る。

二十八日、倭の諸将と百済王は、全体の状況を見定めずに、相談した。

『われらが互いに先陣を争えば、その勢いに賊は退くであろう。』

倭の中軍は、どっと隊を乱して、唐の堅い陣に打ってかかったが、唐がわは左右から倭船を囲み、挟み撃ちにしてきて、あっという間に倭軍は敗れてしまった。

水に溺れ死ぬものは数知れない。

舳先をまわしてもどることもできなかった。将軍エチノ・タクツは天を仰いで神に助けをもとめたものの、かなわず、歯を食いしばって憤怒し、数十人を殺しつつ、戦死した。

百済王は、数人と船に乗って高句麗へ逃れていった。」

『三国史記』では、唐・新羅連合軍は、四度戦って全て勝ち、倭軍の軍船四百艘を焼いた、と記している。また、常に唐軍の前方で戦ったとも。

戦が凄まじかったことは、熊津都督府をあずかった劉仁軌が、首都を整理したさいの記述をみても知れる。

「街並みは荒れ果て、埋葬されない屍が、むらがり生えている雑草のように多かった。

そこで、劉仁軌は、まず骸骨を埋めさせ、戸数や人口を登録して村を治め、官長をおいて、道路を開通させ、橋を立て、堤や土手を補修し、農耕や養蚕をさせ、貧乏なひとに施しを与え、孤児や老人を養った。」

唐は、降伏して攻め手の将軍になっていた百済王族の扶餘隆《ふよりゅう》を、熊津都督として旧百済に一時帰国させ、旧家臣たちの登用も許した。

六六五年、唐の勅使、劉仁願は、熊津城におもむき、勅書を読み上げ、今後必ずしたがうことを、新羅王（文武王）、扶餘隆双方に盟約させる。天地の神々、山川の神々を祀り、白馬を生け贄にして、三者互いに血をすすりあい、定めた境界で、百済人・新羅人それぞれが平穏に暮らしをいとなめるように計らったのである。

黄金で象嵌されている文書の一部をあげておこう。

「前百済の扶餘隆を熊津都督とし、祭祀を守り、その故郷を保全させよう。そうして新羅をたよりにし、長く同盟国となり、それぞれ宿縁を捨て、すすんで和親をむすぶようにと、それぞれに勅命を賜った。（両国を）永く唐の藩屏としよう。（略）

犠牲をさいてその血をすすり、つねに積極的に協力し、災難には助けあい、心配ごとには激励しあうようにせよ。その恩義は兄弟のようにし、つつしんで皇帝の言葉を奉じて、それに背かぬようにせよ。

盟約を終えたのちは、協力して乱世にそれぞれの国を保全せよ。もし盟約に背き、その行為をいろいろ変え、大軍を動員して、国境を侵略するようなことがあるならば、神々がこれを監督し、多くの災いがくだされ、子孫は育たず、国家は守るものがなく、その祭祀も消滅し、あますところがなくなるであろう。

それゆえ金象嵌の鉄券にこの約束を刻み、これを宗廟に蔵して、子孫万代違反をしないよう、神々に申し上げよう。これこそ幸福を受ける道である。」

新羅が、百済をまるごと併呑するのは、唐としては望ましくない。新羅はあくまで唐が頼りの弱小国でいてほしい。そこで、百済温存の策を取ったのだが、朝鮮統一を志し、この戦いで常に唐軍より前線で戦い、人も物も、多大な犠牲をはらった新羅だ。百済復活など納得いくわけがなく、しぶしぶしたがったまで。

なに唐軍が帰ってしまえば、百済の地を占領するだけと高をくくり、唐の機嫌を伺わずにすむ強国になっていかねば、と決意を新たにしている。

都督に任ぜられた扶餘隆はといえば、唐の軍隊がいるうちはよいが、いつ新羅に襲われるかわからない地に、のうのうといられるものではない。盛んに嘆願して、劉仁願らが帰国するのに付いて長安にもどり、なんとか百済王朝を絶やしたくない唐の思惑にもかかわらず、最後は高句麗に仮住まいして死去。

　武則天は、彼の孫の敬に百済王朝を継がせたものの、敬の代で完全に王系は絶える。

　白村江から逃亡した余豊王は、どうなったか、定かでない。高句麗に逃れたともいわれるが、唐・新羅連合軍は、彼の宝剣を拾っており、姿をやつして逃亡の途次、崖にでも落ちたか、川に沈んだか、行方不明である。

（ここで、ちょっと筆者の繰言を述べたい。『日本書紀』、『三国史記』に、こんなにはっきり倭軍の敗北が記されているというのに、往時の侵略戦争中、為政者たちは「日本は神国ゆえ神風が吹く。歴史上かつて負けたことはない」と、よくも嘘八百言ったものだ、と。少女の私に、両書を読むことはむりであったけれど、大人の知識人であれば、推奨されていた『日本書紀』を読み、なんだ、大敗北しているではないか、とわかったはず。危うい、と為政者は思わなかったのか、ばれても識者は沈黙しているだろうと高をくくっていたのだろう。口惜しいことではある。）

　百済の遺臣たちは、降伏したもの、高句麗、倭国に逃れるもの、さまざまであったろう。

　戦乱に家を焼かれ、肉親を失い、命からがら国を離れるしかなかった難民は数知らず、そのうちのかなりのものたちが、倭国に逃れてきて、倭国に根を下ろし、倭国文明に多大な貢献をすることとなる。

　『日本書紀』に挙げられている亡命貴族たちだけでも、ざっと次のものたちがいる。

▽佐平《さへい》余自信《よじしん》　（百済官位十六階の一・近江朝で法官大輔）
▽沙宅《さたく》紹明《じょうみょう》　（近江朝で法官大輔、大友太子の顧問客員）
▽鬼室《きしつ》集斯《しゅうし》　（大学寮長官）
▽谷那《こくな》晋首《しんしゅ》　（百済官位十六階の二、のち難波氏に改姓・高句麗系百済貴族・兵法・陰陽学）
▽木素《もくそ》貴子《くくぬし》　（官位十六階の二・兵法、大友太子の

顧問客員）
▽億禮福留《おくらいふくる》（兵法、のち石野氏に改姓）
▽答体春初《とうほんしゅんしょ》（のち麻田氏に改姓・兵法、大友太子の顧問客員）
▽徳頂上《とくちょうじょう》（姓・薬学）
▽鬼室集信《しゅうしん》（薬学）
▽吉大尚《きつだいじょう》（大友太子の顧問客員、医学・文芸・子は吉田姓となる）
▽許率母《こそつも》（易経・書経・詩経・礼記・春秋の五経にくわしい、大友太子の顧問客員）
▽角福牟《ろくふくむ》（陰陽）

もちろん一人で亡命してきたわけではなく、一族・家臣をひきいてきたものであろう。

また、将軍といっても、百済の武人たちは、文にも明るくなければ出世はできないから、文武両道にすぐれた知識人であったろう。兵法のなかには築城術も入っている。

一方、葛城、鎌足がわからすれば、予想しなかった大敗北。ぞくぞく怪我人をいっぱいに乗せて、軍船がもどってくる。船とともに、白村江に沈んでしまった将卒もあまたいる。

わが子、わが父は無事であったかどうか、不安におののくひとびと。胸を叩き、天を仰いで、泣き叫ぶひとびと。

葛城も、鎌足もどんなにか狼狽したことであろう。亡命貴族たちの扱い。難民たちの扱い。怪我人の手当。死者の調査。遺族たちの扱い。

戦いのなかで、唐軍に捕えられ、長安まで連行されてしまったものも数多く、驚き嘆く家族たちの心配もなんとか鎮めねばならない。

やらねばならないことはあまた。

しかも、内には彼らの失敗をひややかに見ている、大海人王子を取り巻く豪族たちもいるのだ。

死傷者をあまた出し、勇敢に戦った前軍、中軍に対し、後軍はほとんど無傷で帰ってきた。戦うまえに敗北が決まってしまい、おびただしい亡命貴族や家族を無事連れ帰るだけで精一杯だったと言っているが、葛城には怪しく思えてならない。（はじめから戦意がなかったのではないか？）

その上、今にも（敵が攻めてこないか）という大きな不安。敗戦処理でその年は暮れる。

葛城も、鎌足も、飛鳥にもどるゆとりなどなく、長津宮に居続けたまま。

飛鳥の動静も気になってきた二人は相談し、留守をあずかる大海人王子に、百済王族の善光を、難波に移すという仕事を命じ、そのまま難波に待機するように計らう。

余豊王とともに、倭国へやってきて、もう二度と母国にはもどれなくなった善光。うかうかすれば、新羅の刺客に襲われる危険があり、遠い飛鳥には置いておけない。

大海人王子のうごきも、飛鳥より難波に置いたほうがつかみやすいだろう。

大海人の機嫌をそこねないため、葛城は鎌足の忠告を受けて、二人も娘をさしだしてもいる。


六六四年五月、ついに、唐の占領軍司令官、劉仁願が使者団を対馬に送ってきた。

代表は、唐の武官、郭務悰《かくむそう》。新羅に捕らわれ、唐に仕えることになった元百済の官人だから、本人もフクザツな気持ちだろう。

葛城、鎌足らは、闊達に朝鮮語を話す僧の智祥《ちじょう》を対馬に送った。

郭務悰は、劉仁願の親書を入れた（木札に書いた書）一函を持ってきたのだった。

さあ、その劉仁願の親書とは、どんな内容であったのか。『日本書紀』は一切記していない。恐らく秘しておきたい中身であったに違いない。

ここは、白村江の合戦から危うく命永らえて帰国した道顕が、ひそかに「世記」に記した文をのぞいてみよう。

「劉仁願からの書状に、どう答えるべきかの会議の末席に拙僧もくわわった。

書状のなかみは、あらかた次のようであった。

このたび、皇帝陛下のご威徳によって、めでたく百済残党が起こした乱は平定された。そこで、降将の百済王族、扶餘隆を、治安を回復した熊津の都督に任じた。

倭国は、速やかに今回の出兵を悔い、降伏の使者を立て、首謀者を伴い、一刻も早く、皇帝陛下の信頼厚い司令官であるわたしのもとへやって来るように。

悔悟の情が真率であれば、わたしとしてはそれ以上に倭国を咎めることのないよう、もともと寛大なお心をお持ちの皇帝陛下に、おねがいするつもりだ。

しかるに逆心を捨てず、皇帝陛下に叛《そむ》く場合には、即刻、倭国の地に進駐、一戦を交えることになろう云々。

みごとな書体で記されてあることに感嘆。残念ながらその妙味を味読できる人物が、倭国にはなお、少ししかおるまい。

その点、亡命してきた百済人たちが、この国でこれから果たす役割は大きかろう。」

郭務悰たちがようやく帰っていったのは、この年の暮れ。まるまる七ヶ月、葛城らは、劉仁願の親書をめぐってああでもないこうでもないと討議していたのだろうか。

揉めたとすれば、差しだす首謀者についてだろう。伊吉博徳《いきのはかとこ》が、淡々と記している外交記録もこのさいのぞいてみよう。

「郭務悰さまの親書で、最も問題になったのは、首謀者を差しだす件。

百済王まで長安に連行されていったのだから、唐はひょっとして最高責任者の葛城大兄さま、あるいは鎌足さまを考えているのではないか、との懸念。

さらにその首謀者をどうするつもりか、長安で処刑するつもりか、奴婢にして生涯足鎖をかけ、きびしい労働をさせるつもりか。などなど心配は底がない。

このところ、鎌足さまの覚えめでたい僧、智祥さまが一案を出される。

『これはあくまで劉仁願司令官の私信。唐の皇帝陛下のねらいが定かでないままに、彼を利するのみかもしれぬ書状に、早々と返答するのは得策とはおもえませぬ。

いっそ、皇帝陛下の勅書でなければ大兄さまにお渡しできぬと突っぱね、長引かせ、一旦、帰ってもらうわけにはいきますまいか。』

この案が採用されたものの、郭務悰さまは一笑され、交渉はゆき詰まった。しかとした返事が得られねば、郭務悰さまもその地位を失うゆえ、必死であろう。

十月、鎌足さまが、公ではなく私に郭務悰さまのもとへ、智祥法師をつかわし、膠着した状況の打開をはかられた。

のち智祥法師に聞いたところによれば、鎌足さまは郭務悰さまにとって笑いが止まらないほどのおびただしい宝玉を贈り、劉仁願司令官が望んでいる首謀者について、聞きだそうとされたらしい。

その際、智祥法師は、このたびの敗戦で、倭国は大いに恐れ入り、降伏に否やはないことを告げたのち、もし葛城大兄さまや鎌足さまが唐へ連行されることとなれば、倭国の状態は大混乱となりましょう。強硬派が亡命百済人らと組んで反唐に固まり、窮鼠猫を噛むにも似て手がつけられない状態になるかもしれません。ここは敗戦の痛手で意気消沈しつつ、必死に国内をまとめている現政権を温存したほうが司令官にとっても得策と考えます、などと巧みに説いたとのこと。

十二月、公の返答は得られぬままに郭務悰が帰っていったのは、この裏でのうごきが一応功を奏したのであろう。」

郭務悰帰国後、このままでは事は終わらず、最悪の場合攻めてこられるかもしれないことを按じて、葛城、鎌足らは、ただちに九州の守りを固める。

対馬、壱岐、筑紫に防人を配し、敵の来襲をいち早く伝えるために烽火台《のろし》をつくり、筑紫には長さ約一キロ、高さ約十メートルに及ぶ大堤を盛り上げてつくり、そこに水を満々とたくわえた。

翌年（六六五）には、答炑春初の指揮のもと、下関海峡近くに城を造り、筑紫には億禮福留、四比福夫が指揮して、大野城、キイ城を急ぎ造る。いずれも、山頂の尾根伝いに土塁・石垣を築いた朝鮮式山城。

道顕は、敬愛する恵釈に、この間の朝廷のうごきをひそかに話したものだ。

「国をたもてなかった亡命百済人らが、城づくりの指揮をしているのは苦々しい限りではありませんか。彼らは〈武〉の後押しをするのでなく、まだまだ劣っているこの国の〈文化〉の底上げにこそ貢献すべきなのに。

新羅の忍びは、あらゆるところに網を張っています。戦いにそなえて堤や山城を造ってしまったことなど、とうにお見とおしでしょう。唐・新羅の連合軍が、筑紫を占領し、倭国をほろぼそうとするのが目に見えるようです。」

恵釈は肯く。

「戦をやられて困窮するのは、民。なに、国がほろびても、民はほろびない。

そういえば、百済からの亡命者には、天文、あるいは鉱山開発、灌漑用水の設置、衣服づくりなどなど、新しい技術を持った人たちが多いようですな。わが子、道昭にも、その旨、伝えましたゆえ、いずれかかわりを持つことになりましょう。

　それにしても、百済、新羅の地では、罪もない民たちがどれだけ命を失い、家を焼かれ、故郷を離れねばならなかったことか。倭国の民も、戦に駆りだされ、異国の川でおぼれたもの、敵の矢に当たり死んだものはどれほどいることか。その遺族たちはもとより、ぼう大な戦費のために、おおかたの民はどれだけ貢ぎ物を差し出し、困窮したことか、いやはや。」

「たしかに。ところで、長安からもどってきたお子、道昭さんは、かかる危急存亡の国難を尻目に、いずこにおられるのですか。」

　道顕の問いに、恵釈はただ笑っている。

　二月、葛城にとっては悲しい出来事があった。どの妃より敬愛する異父妹、間人ヒメが亡くなったのだ。孝徳大王の后となりながら、葛城を慕い、群臣たちの指弾をものともせず、夫の大王を難波に置き去りにして飛鳥へ、葛城のもとへ付いてきてくれたヒメ。

わが背子は　仮廬《かりほ》作らす　草無くは　小松が下の草を
刈らさね

斉明大王の紀の湯行きにしたがったとき、間人ヒメが詠んだ歌が、思い出される。

　途中の宿りに、カヤで臨時の寝所をつくるように舎人たちに命じている自分を見て、小さな松のもとに生えたカヤを見つけ、カヤが足りなければあのカヤを刈りなさい、とは、なんと細やかな心遣いであろうか。夫にも兄弟にも通じる〈背子〉の言葉を使うことで、世の指弾からも身を交わす、まことと賢い女性であった。つくづくなつかしまずにはいられない。

　正后のヤマトヒメ（古人大兄の娘）はじめ、あまたのヒメを妃に持ちながら、おおかたは主要豪族たちを配下におさめるための政略結婚。事実上の妃として、どんな場合にも、常に葛城に味方し、やさしく支えてくれたヒメを失い、葛城の心には大きな穴が空いた。

　倭国滅亡の危機に面しながら、ヒメがいれば、どんな困難も乗り越えていけそうな気がしていたのだった。

せめてもと死後の旅立ちがさびしくないように、ヒメに仕えていた三百三十人の女性を出家させる。

だが、飛鳥にもどって死を悼むことも、その死を長く慟哭していることもかなわず、長津宮で、部下を叱咤し、来るべきものにそなえて、走りまわらねばならない。

このとき、葛城の内心の辛さを、そっと労わった妃が、伊賀采女宅子《いがうねめやかこ》であり、その後、間人ヒメに代わって、ヤカコが目立たぬかたちで葛城を支えていくこととなる。

道顕の予想どおり、山城ができるかできぬうち、精鋭の将卒二百五十四人をひきいた唐の使者、従五品下の山東省臨沂県兗州《りんきけんえんしゅう》の武官長・劉徳高《りゅうとくこう》が、対馬にあらわれたのは、この年の七月末。郭務悰と同じく百済の降将、禰軍《ねぐん》が先導をつとめている。

ここは、伊吉博徳の日記をのぞいてみよう。

「精悍な将卒をひきいた唐の使者団がいよいよやってきたと知って、倭国のなかは鳥が一斉に飛び立つような騒ぎ。いつ戦がはじまるか、特に筑紫の民たちは怖れ、山に隠れるもの、海を越え、対岸の地に逃れるものもいる。

この間ずっと長津宮に詰めておられた葛城大兄さま、鎌足さまは、何があっても、対馬で使者を帰さねばならぬ、戦争の準備中であるのをゆめ知られてはならぬ。対馬の地にて、皇帝の勅書を受け取り、首謀者を差し出してしまおう、こう仰せあった。

首謀者にされたのは、このたびの戦いに出陣した将軍、守君大石《もりのきみおおいわ》さま。もともと孝徳大王さまのお子、有間王子さまにしたがう将軍で、ご謀反に与し、捕らえられ、上毛野国《かみつけぬの》にながされていたお人。

戦争には必要とあって、急きょ呼びもどされ、将軍に取り立てたものの、戦が終わってみれば不要なお方だ。その処遇は未定のままであったから、唐にさしだして惜しい人物ではないわけで。ほかに下っ端の武人幾人かを首謀者に仕立て、唐に長く留学、帰国したばかりで、唐の学者たちに知己の多い坂合部連石積《さかいべのむらじいわつみ》らさまらを同行させる。

これらは、かねてより鎌足さまが考えておいでだったようで、ちゃちゃっと手はずをととのえると、すばやく津守吉祥さま、僧智弁さまを当方の使者に任命。私、伊吉博徳も、同行を命じられた。

劉徳高さまにうやうやしく臣下の挨拶をするや、津守吉祥さまが嘆願なされた。

『お使者たちを迎える準備が、これより先の地ではととのいかねますゆえ、失礼があってはならず、こなたにて勅書を奉戴したいと存じまする。このたびの戦の首謀者もこなたまで連れて参りました。』

しかし、唐の使者たちは、そんなねがいを聞かばこそ。沂州《きしゅう》の武官長だという劉徳高さまは、堂々たる体軀の持ち主。大きなお顔のなかの大きな目で、じろりと当方の使者を見下ろし、きぱっと言われた。

『われらは、倭国が先に差し出した文書にそぐわぬ行いを行っておると知り、やって参ったのじゃ。

降伏したと申しながら、面従腹背、逃亡百済人にいくつも城をつくらせたと聞いた。

われらは、これより長津宮に向かい、そのあたりに都督を置く。どれだけ滞在するかは、その方たちの出方しだいぞ。まず長津宮に案内いたせ。

恐れ多くも、ここで皇帝陛下の勅書を受けたいなど、非礼きわまる。』

どうもこうもない。

倭国がわは一言もなく、冷や汗をかくのみであった。


どだい、降伏しておきながら、一方で軍備の準備をするなどむりなもくろみであったのだ。」

長津宮にさっそうとあらわれた劉徳高司令官。それから約千百年後、パイプ片手に羽田に降り立ったマッカーサー元帥を彷彿させる姿であったろう。

かくて、対馬到着から二ヶ月に満たないうちに長津宮に到着した一行は、葛城大兄に唐・高宗皇帝の勅書をしめす。

〈長津宮が建っている筑紫に都督を置く。

倭国が恭順をしめすまで滞在し、それまで葛城大兄・鎌足たちは筑紫から出ることを許さない。〉

というきびしい達しではなかったか。

否も応もあらばこそ、劉徳高は、部下たちに命じ、手際よくあっという間に、長津宮のすぐ近くに、長津宮よりはるかに大きな建物を建て、都督本部とする。筑紫一帯は完全に唐軍に占領されてしまったわけで。当面、葛城らは飛鳥にはもちろん難波にも行けなくなってしまった。

使者一行を対馬から船で筑紫に運ぶことを命じられた恵釈は、この間のいきさつを、旅の途上にある道昭に書き送っていた。

「ついに倭国は首根っこを押さえられ、葛城大兄さまも鎌足さまも、長津宮にほとんど幽閉の身となられたと言ってもよい。

飛鳥の王宮は、いずれ取り壊しとなるのではあるまいか。

明日はどうなるか知れぬ、まこと難しいこのごろではある。つくづくそなたが、政界から離れ、利他行への道を志したのは正解であった。

船で、唐のお使者たちを先導する役に命じられ、挨拶をしに行ったことで、はしなくも劉徳高将軍とお会いする機会を得た。

そなたが唐で皇帝陛下はじめ多くの方々に世話になったことを話し、お礼を申し上げると、にわかに親しげなお顔になられた。そなたが玄奘三蔵さまの弟子となり、目をかけていただいたことなど申し上げると、それは驚かれ、感嘆された。

『玄奘さまなど凡愚の身には到底近づくことができないお方。そなたのお子は果報者じゃ。今、どうしておる。』

『玄奘さまに及びもつかぬ身を自覚して、民の暮らしが少しでもよくなるよう、それにはどうしたらよいか、修行の旅に出ておりまする。』

わたしは、うっかりそなたのことを話したばかりに、すぐさま筑紫に来させよ、と言われまいかと案じたが、劉徳高さまは肯き、よい心がけじゃ、心して旅せよ、と申すがよい、と仰せで、そなたに宝玉少々を賜った。この書とともにとどける。

私の観測では、劉徳高さまはいずれ葛城さまらを排し、唐・新羅に忠実な王族を大王位に指名されるおつもりかと思われる。

終始、今回の出兵に背を向けておられた大海人王子さまについては、新羅の忍びの情報からご存じであろうゆえ、近く何らかの形で接近なされるのではあるまいか。

ただ、老練で知恵者の鎌足さまのこと。挽回の奥の手をお持ちかもしれぬ。

父は、これまで同様、どちらにも与せずにおるつもりだ。」

道昭が、父からの書簡を読んだのは、あちこちを経まわって、このたびの戦で負傷して帰還したものたち、あるいは流行り病に苦しむひとびとを、ねんごろに治療しているときであった。

（国の行末は、成るようにしか成るまい。ただ、民のことだけを心に掛け、生きていこう。）そう思い定めて旅している身には、父が伝えてきた中身も遠く感じられる道昭であり、返信には、旅先で出会ったある僧についての感慨を書き送っている。

「今、備後に参っておりまする。

その地の三谷郡というところに、できたての寺があり、境内に入ると厳かな気が立ちこめ、玄奘さまのお寺に帰ったようななつかしい気持ちになり、訪いましたところ、なんとこのたびの戦乱で、百済からわたってきた僧でありました。

弘済《ぐさい》さまと仰る禅師で、どのようなご縁をこの地にむすばれたか、伺いますと、この地の郡司が、白済支援のための戦に駆り出されて、百済に渡海せねばならなくなったとき、もし無事にもどってこられたなら、伽藍を建立する、と誓願して出陣したそうです。

百済におもむき、あえなく敗戦、逃れるとき、ある寺が焼け落ちるのを見て、せめてお坊様一人お助けしなくては無事に故郷へ帰れまい、こう思って火中に飛びこみ、み仏のまえでともに焼け死のうとなされていた弘済さまを背負って助け出し、倭国へ無事帰ることができたそうです。誓願により寺を建立するので、立派な仏像を安置した寺にしてほしいと弘済さまにねがわれ、奇特なことと引き受けられました。

弘済さまは自ら山に入られ、よい樹をえらんで伐り、仏像を刻まれました。さて、金箔と朱の顔料が必要となって、郡司からあずかった米を背負って難波におもむき、無事に金箔と朱の顔料を得て、難波から船で帰られようとしたところ、浜辺で漁師が大きな亀を四匹売っておりました。

あわれな、と思い、どなたか亀を買うて海に放してやるお方はおりませんか、功徳がありましょう、と呼ばわると一人のものが、亀を買って海に四匹とも放してくれたそうです。

聞けば、このたびの戦で大事な息子を失い、生き物全て死なせたくないと思うようになっていたところだったとか。弘済さまは、亡くなったその方のお子の成仏を祈っておやりになり、さて、船に乗られました。

そのとき、浜でおろおろ泣いていた孤児二人を見つけ、寺で引き取ろうとお乗せになったそうです。どうやら親と離れ離れになって百済から逃れてきた孤児のようであったとか。

　夜になり、暗闇のなかを船がすすむうち、船頭ほか五人の漕ぎ手が、いきなり子どもたちを海中に投げ入れました。盗賊船だったのですね。

　弘済さまがたずさえていた金箔、朱の顔料をうばい、自分で海に沈め、と命じます。弘済さまがいくら説いても容赦しないので、やむなく海に入られました。

　盗賊の船は去っていき、ふと気付くと、腰のあたりのところまで水に漬かって、その下に石でもあったのか、沈まずにいるのです。そのままの姿勢で夜明けを待ち、明るくなってみると、なんと石の上でなく亀の背に乗っていたのでした。まこと助けた亀の報恩であったかと思われます。

　その後、盗賊たちは弘済さまの寺とも知らず、かの金箔、朱の顔料を、法外な量の米と引き換えに売りに参ったそうです。そこへ弘済さまがひょいと顔を出されたので、大慌てで品物を置いて逃げていってしまったとか。

　そこで無事、仏像に金箔をほどこし、衣に朱を入れることもできましたが、あわれ、かの百済から逃れてきた子どもたちは生き返ることはありません。それを思うとたまらない気持ちになります。かように言っておいでました。

　わたしも、静かにほほ笑まれている木製の仏像のおまえで、子どもたちの冥福を祈って参りました。

　戦いは終わっても、それは尾を引き、幼いものまでも苦しませ、命をもうばう。かの盗賊たちも、戦に駆り出され、人を殺すことをなんともおもわなくなったものたちだったのでは、と考えたことでございます。」

　この息子を僧にしたのはまこと正解であった、と手紙を読みながら、恵釈はひとりうなずくのであった。

21　父鎌足、子定恵

道昭は、倭国の危うい動静にもかかわりなく、戦で負傷したひとびと、病苦に喘いでいるひとびとを訪ねては、薬草の煎じ方を教え、あるいは掌を病む箇所に当てて、気の力で治したりしている。

父が書簡とともに使いのものに託した、劉徳高《りゅうしくこう》からの贈り物も早速、薬剤と病人に食べさせる食料に化けてしまった。使いのものは、いつものように恵釈《えさか》からの食料や衣服をかついでくるので、道昭自身、里人に迷惑をかけることはない。それに、五台山での修行を経た身には、ごく粗末な食べ物を少々口にすれば、充分であった。

どの里に寄っても、そんな道昭を慕って、まめまめしく仕える若者が出てくる。その一人、〈田麻呂〉と呼ばれている若者は、道昭に母をその死まであたたかく看取ってもらったあと、天涯孤独の身ゆえ、懸命に仕えるので傍に置いてほしい、少しでも医学を学び、病むひとびとを助けたいのだ、と懇願し、その熱意に道昭もうごかされてねがいを許し、以後、二人旅となっていった。

若い田麻呂は、骨身を惜しまず働き、なかなか機転も利く。み仏が利他行の旅に、この若者をつかわしてくださったのであろう、有難く合掌する道昭である。

そんな道昭が、ある日、里人への治療をすませ、そのとき宿りを許してもらっていた寺の一室で深夜、静座していると、彼をめざして一心に歩いてくる若い僧の姿が心眼に映った。

（はて、だれであろうか。）思っていると、ほどなく田麻呂が、あらたまった顔で入ってきて、告げた。

「道昭さま、定恵さまといわれる方が訪ねておいでございます。」

（なに、唐に残っているはずの定恵さんがここへ？）

不審に首をかしげながら外へ出てみると、月に照らされながら、すらりと背の高い法衣姿の若者が合掌していて、よくよく見ると、たしかに鎌足の子、定恵ではないか。

「おう、これはまた。もどられていたのですか。」

部屋に案内すると、定恵はうやうやしく挨拶をすませたあと、

「実は劉徳高さまの一行にくわわってひそかに帰国いたしました。」

「なんと！　それで、お父君、鎌足さまには会われたのですか。」

「はい。」

定恵は、学んでいた寺からふいに唐朝廷に呼び出され、唐が送る倭国への使者団にひそかにくわわって帰国するよう、説得されたのだという。

唐は、定恵が、倭国を事実上牛耳っている鎌足内臣の長男であることを知っており、倭国が、すみやかに唐のしめす条件にしたがうよう、裏からの工作を頼んできたのである。

「私自身、大唐帝国のおかげで、み仏の道を深めることができました。かしこでは、唐の僧も、新羅の僧も、倭国の僧も、み仏のまえでは等しく仏弟子。敵も味方もありませぬゆえ、わが倭国がこのたび行った戦は、いたずらに民を苦しめ、死者をふやすのみ、と苦々しく思っておりました。

まことを言えば、政治には一切かかわらず、今少し、かの地で、み仏の道をきわめたい気持ちでありました。ただ、私が鎌足の子となっている現実からは逃れようもなく、いっそ逃げずに、倭国を平らかにすることに務めることが、み仏がこの世で私に課された仕事かもしれないと思い悩んだ末、使節団の一行にくわわることに同意したのでございます。」

「鎌足さまは、驚かれたでしょうね。」

「はい。はじめは、このようなかたちで、そなたと対面するのはまことに残念だ、と申され、倭国の大事に帰国をうながしてももどってこなかったそなたが、倭国にきびしい降伏条件をうながす唐の使者団の一行にくわわって帰ってくるとは、と嘆かれました。

私は申しました。

『このたびの出兵は、無謀であり、いたずらに民の暮しを圧迫する暴挙であったと思うております。

百済も新羅も、まことは倭国を蕃国《ばんこく》としか思うておりませぬ。それは事実でもありますれば、これからは武より文をこそ強くすべきではありませぬか。

大唐では、すぐれたお坊様は数知れず、粛々と修行に励んでおられます。私は懐徳坊、慧日道場におられる神泰法師さまというすぐれたお方に師事し、仏典のみならず、さまざまの書を学び、その奥の深さに驚嘆するばかりでございました。

まこと、長安の都はあきれるほど広く壮大で、種々の言葉、種々の民族衣装を着たひとびとが、闊歩しております。唐の繁栄は、服属した国々の文化を破壊することなく、おう揚に許し、取り入れてしまうところにありましょう。

顧みるに、わが倭国のおおかたの民は貧しく、為政者はといえば、仏法の有り難味も知らず過ごしております。このたびの痛い敗北を教訓として、軍隊が強いのみの蛮国と侮られぬよう、唐の文化を学ぶことこそ大事ではないでしょうか。』

直裁に申し上げると、

『ほほ、唐に送った甲斐が、少しはあったようだな。』誉めてくださったのは意外でした。子としてはじめて慈しんで頂いた気がいたしました。」

うれしくなった定恵は、自分が分析した国際情勢を、とつとつと鎌足に話す。

唐は、新羅が百済をまるごと呑みこみ、勢いづいてしまうことを怖れている。唐がもっとも頭を痛め、ほろぼしてしまいたい、と切にねがっているのは国境を接し、ともすれば牙をむいてくる高句麗。恐らく大莫利支《だいばくりし》（行政と軍事権を掌握した最高官職）であったヨン・ゲソムンの死去をよいことに、唐は高句麗内の分裂をさまざま工作することであろう。

高句麗をほろぼし、新羅もこれまで同様程度の力のままでいてくれることこそ唐が望むところ。

したがって、倭国が完全に新羅の配下にはいってしまえば、新羅は強くなり過ぎ、好ましくない。唐はそう考えているから、この際、降伏条件をすなおに呑み、二度と朝鮮半島へ出兵しないことを誓えば、倭国は存続できるだろう。

「父は肯き、何か熟考するふうで、私は帰ってきてよかった、こんなふうに父と膝を交えて話し合うことができてよかった、とそれは嬉しうございました。」

定恵は、そのとき、倭国のなかだけでなく、父、鎌足が、百済、高句麗の王たちにまで、どんなに敬重されているかを知った。

鎌足も、大きく成長してもどってきた定恵の姿がよほど嬉しかったのであろう。はじめて心が通い合うのを感じた父子であった。

その嬉しさから、鎌足は、やや自慢げに、百済最後の王となった義慈王が、かつて贈ってくれたみごとな厨子を定恵に見せたりもした。

槻《けやき》の材で造られ、赤い漆を塗られた精巧な厨子は、倭国の軍隊をおもうようにうごかせる鎌足の力を、百済王がどんなに頼りにしていたかを如実に物語っていた。

鎌足はまた、その年、死去したばかりの高句麗のヨン・ゲソムンからもらった親しい信書も取り出し、定恵に読んでみよ、と渡す。

「あなたの仁風、威徳ははるかにここまで伝わってきています。あなたこそ倭国の棟梁であり、百姓を船橋（甲板上の一番高い位置）で束ねておられる方。まさに一国の仰ぎ見るところであります。」と、鎌足を盛んにほめ称える文が、闊達な字体で書き連ねてあった。

唐にいいなりの栄留王《えいりゅうおう》ほか唐べったりの貴族たちを殺害し（六四二年）、栄留の甥、ゾウを王位に即けたヨン・ゲソムン、大軍で攻めてきた唐と戦い、四戦四勝、ことごとく唐軍をしりぞけた高句麗の英雄だ。

唐・新羅連合軍が、高句麗を攻めたとき、倭国は援軍をソル城に送って、両軍をけん制し、高句麗を助けている。ヨン・ゲソムンは、そのとき出兵を決断したのが、鎌足であったことをつかんでいたのであろう。

「倭を外からながめることを学んだようだな。

それこそ、どんな武器より大事なことだ。わしも、はじめて大敗北してみて、学べたこともある気がしておる。なに、妙な意地で言うておるわけではないぞ。」

そう言って笑っている父が、いかにも頼もしく見え、いつか長年のひがみも晴れていったのだという。

「あの方が真の父でなくとも、父と呼べるひとはほかにはない、今はそう思えるようになりました。」

道昭には告げなかったが、このとき、定恵は、鎌足自身の出生の秘事を聞いた。

「われのまことの父は、中臣ミケコさまではなく、母も大伴咋子《くいこ》の娘、智仙《ちせん》さまではない。

われは、倭国の豪族たちがさげすむアズマの地で生まれた。われの祖父はかの地に世々根を張る豪族であった。朝鮮半島製の金糸・銀糸で織った布やみごとな装飾の馬具なども、交易により手中にしておられたというぞ。

わが祖父は、一人娘であったわが母を、殊のほか寵愛なされ、才すぐれ、心清らかに育った娘は、それにふさわしい逸材の若者にしか嫁がせぬ、と心決めしておられたものの、一向に候補者は見当たらぬ。

わが母が、婚期を逸していくのが悩みであったところ、ある夜、カシマ大神に頼れ、との夢のお告げを得、早速に、従者をつけて母をカシマ大神のもとに向かわせた。

しかるに、その途次、海辺に倒れていた異国の若者を見つけ、介抱しつつ、大神に仕えるミケコさまのもとへ運んだのじゃ。

そのとき、われの母は、このお方こそ大神が与えたもうた男、と思われたそうな。やつれていても、いかにも気品ある男ぶりであったらしい。

体は回復していっても、漂流のおり、頭をやられたか、若者はそれまでの記憶を失くしてしもうていた。故国の言葉をものう。

そのような若者であればこそ、わが母には、より愛おしく思えたのか。母はやがて子を宿し、元気いっぱいの男子が産声をあげた。それが、われぞ。

異国で父となった若者は、われの一歳の誕生日に、大きな魚を仕留めてくる、と小舟で荒れた海に出かけていったが、もどってこなんだ。

父の死に落胆したか、母もやがて病み、カシマ大神に授かった子であるからと、神官の中臣ミケコさまにわれのことを頼んだ。わが祖父も同意し、大神に多くの捧げ物をしたことであろう。

ミケコさまが引き受けることを約束されるや、安堵したか、わが母は、ふっとほほ笑み、ほどなく愛しい夫のもとへ旅立っていかれたそうな。」

ミケコは考える。

（幼児のときから際立って聡明な鎌子。まさにこれこそカシマ大神が天からつかわしたお子に違いない。残念ながら、かの若者は記憶を取り返せぬまま世を去ったが、帯びていた剣からみて、朝鮮半島の貴人であることはまちがいなかろう。もともとカシマの大神も、朝鮮を祖とする大一団が奉じた神ではないか。

ふむ、この男子を後継者にすることは、大神のみ心に沿い、一族の栄えとなろうぞ。）

ミケコは、鎌子を養子にし、やがては自分の後継者として中臣一族の長とすることを決断する。

西の大国、倭国では、在来の神々を支持する物部氏が敗退し、蘇我氏、蘇我氏が奉ずる仏教が力を得ていた。そのために古来神事にたずさわり、神々に捧げる宝玉、鏡を制作し、管理してきた忌部氏の勢力は衰えつつあったが、〈仏〉という新しい〈カミ〉を得て、倭国自体の力はますます勢いを増すようだ。

ねがわくは、カシマ大神を常陸一地域の神ではなく、その倭国の神にしたいものよ。蘇我・物部の動乱を、倭国中枢に食いこむ機会と考えたミケコは、あまたの知識を身に付けるよう、交易人にたのんで、鎌子を朝鮮に遊学させる。

そして、みごと数々の知識、智恵を身に付けてもどってきた鎌子の軍略にしたがって、野心の実行に移った。

朝鮮各地で、言葉はもとより、天文・土木・算術・史学・文学などなど、なべて学んだ鎌子が、とりわけ興味を持ったのが、中国の代表的兵法書『六韜《りくとう》』。前漢前期には、すでに流布されていた書であり、六巻中、兵法の極意が記されている虎韜（虎の巻）は、暗唱するほど読みこんだものだ。

カシマ大神を、タケミカヅチ神と名づけるよう、ミケコに提案したのも鎌子。

「タケ大王と申される一族が奉じてこられた神と伝え聞きますが、雷光、イカヅチの威力を持つ猛きおん神、タケミカヅチ神として、ヤマトの豪族たちにひろめましょうぞ。」

「タケミカヅチ神か。おう、いかにも猛々しい名じゃわい。そのようにヤマトでは言おう。」

蘇我蝦夷に近づいたミケコは、軍神タケミカヅチ大神の威力について大いに弁舌をふるったのである。

やがて、カシキヤヒメ女王の死後、中臣が世に出る機会は来た。次期大王を指名せずに死去したあと、田村皇子を推す蘇我蝦夷一派とウマヤト皇子の長男、山背大兄《やましろ》を推す一派が争い、いずれが勝利するともおもえない状況がおきたのだ。

鎌子は、田村王子が〈吉〉と占う。

そこでミケコは、軍神タケミカヅチ神のお告げがあった、田村王子こそ次期大王の座にすわるひとだ、と盛んにふれまわり、両者にはさまって揺れていた、あまたの豪族たちを蘇我氏がわに引き寄せ、馬子に大いに感謝される。

かたや、山背大兄方に手下をしのびこませていた鎌子が、巧みに山背大兄、蘇我馬子、双方をあやつり、戦を煽ったことは先に述べたとおり。

かくて、山背大兄一族がほろぼされ、田村王子が、舒明大王となって即位すると、中臣氏は功績により、倭国朝廷の神事を、忌部《いんべ》氏と並んでとり行う地位を得た。

さすがに鎌足は、そのようなことまでは定恵に告げない。

「では、その若者は、いずこの国のお方か、わからないままでございまするか。」

「おう、わがまことの父は、たった一つ、証拠を残された。遭難したおりにもにぎりしめておられたという、錆びた剣がそれだ。

ほれ、この剣よ。ミケコさまから渡されたときは、剣は錆びつき、袋はほとんど千切れておったが、各所にちりばめられた金だけが光っておった。辛苦して製作者に金を積み、復元したのが、この剣ぞ。」

鎌足が、定恵に見せたのは、黒紫地の紬に緋綾裏の袋に入れられた、みごとな宝剣。たしかに飾りの箇所には、全て金がちりばめてある。武器に疎い定恵でも、倭国では鋳造かなわぬ高貴な剣であることは一目でわかった。

「われは、実の父の出自知りたさに、ミケコさまに請い、はるばる海をわたった。ミケコさまは、大陸のすぐれた文化を吸収して参れ、と許してくだされた。」

ますます意外なことをあっさり話し出す鎌足に、定恵は目をみはる。

「それで、何か証拠をつかまれたのでしょうか。」

「渡海するまえ、われは思うていた。わが父は、ひょっとして新羅にほろぼされた加耶《かや》国のお方ではなかろうか。わが父が、漂流なされたころ、新羅と百済ははげしい戦を行っている。その戦に、亡国の武将として父一族も百済方にくわわったのではあるまいか。そして戦い敗れたとき、新羅に屈従するのをよしとせず、ひそかに一族、供のものらともに、ここアズマの地をめざされたのではあるまいか、とな。

加耶は、おのが地で製作した武具や須恵器、装身具のほか、百済、新羅、高句麗の文物を倭の国々に運び、海をおのが身体のように操ったひとびとでもあった。

聞けば、遠くアズマの地では良き馬を産し、海産物ゆたかな湖沼があり、良き布を織れる麻がたわわに茂るとか。

ひとびとは舟を巧みにあやつって、魚を取り、浜辺で塩を産し、森に住む蛮族から毛皮を容易に得るという。

その未開の地で、心機一転、新加耶国を開こうぞ。わが父は、大いなる望みを抱いて、一族ともども船出されたのではなかったか。

荒れる海にも酔わず、父の故郷に向かうわれは、船の上でおもうさま空想をひろげたものよ。

われは、かつて栄えた加耶の地に足を運び、百済に行き、仇である新羅にも出向き、高句麗にまでも足を伸ばした。

そうか、この絢爛たる半島から、大いなる意思をもって、わが父は、旅立たれ、運拙くも、あの淋しい浜辺に息絶え絶えとなって漂いおわしたのか。この剣一つ、しかとにぎられたまま。そう思うたとき、涙がながれた。

それは、わが母とまぐあい、このわれを世に誕生させるための尊い漂流であったのだ。そう得心した。

ひょっとしたらもどらぬかもしれぬとわかりながら、われを父の故国へ旅立たせた養父、ミケコさまの広い度量にも叩頭した。

われが帰るところは、あの淋しい浜辺のある地ぞ。この絢爛たる国ではない。

そして、いつの日にか、わが父が望まれたに違いない絢爛たる都を、倭の土地にわれが築くのだ。カシマの大神はきっと手助けしてくださるであろう、そう思うた。」

かつての加耶のみならず百済、新羅へも、恐れを知らない若者は、尋ねていき、天性の賢さと積極さで、あまたの友をつくりながら、多くを学び、多くの友も得た。

帰るときには、自在に朝鮮語を話せるのはもとより、闊達な書も書けるようになり、兵法に詳しく、三国の政治状況にもすっかり明るくなっていた。

ひょっとしたら二度ともどらぬかもしれぬ、と覚悟を定めていたミケコのよろこびようはなかった。

「われが流浪しているうちに、ミケコさまはわれのために、われの出自を偽装する手立てをなされておいでであった。有難いことよの。」

このころ、神事面で、倭国朝廷に食いこんでいたミケコは、やがて鎌子がもどってきたとき、その出自を怪しまれないよう、彼の〈母〉にふさわしい女性を探し、倭国朝廷に古代から仕える大伴氏に乞うて、智仙という賢い娘を妻にしていた。

「旅立たせた息子が、やがてもどってきます。その母になってくださらんか。

さすれば、大伴氏にも中臣氏にも好き運が巡ってくると、タケミカヅチ大神は申されておいでです。息子は、まめまめしく、生涯あなたを母として仕えましょう。」

鎌足が話す秘事に、（そうか、かつて加耶をほろぼされ、また百済までもほろぼされたとあっては、父君の新羅への憎しみは、援軍を出さずにいられぬ激しさであったはず。）ひそかにうなずく定恵である。

（なれど万物は同じところに止まってはいない。百済滅亡もやむなきこと。あわれなのは、為政者の新羅への憎しみに付きあわされ、異国の地で果てていった、あまたの兵士たち。）と考えるなかで、ふっと思いつく。

（劉徳高さまと父を、たった二人、私的に会わせることで、ひょっとして両国にとって良い道が見つかるのではあるまいか。敵味方といっても、われから見て敬愛できるお二方だ。気が合い、倭国にとって良い行く手が開けるかもしれない。）

そんなこんなの心の内も、少年時から頼りにし、しかも政治に一切かかわっていない道昭には話すことができた。あるいは、話すなかで、なにをなすべきか、われ知らず考えをまとめているのかも知れなかったが。

道昭には、遣唐使船に乗せられて、父、鎌足の真意を疑い、暗い表情をしていた少年が、仏道に励むなかで一まわりも二まわりも大きく成長したように見える。

「怖れず、よいと思ったことをなされればよいでしょう。たとえけわしい道であっても。」

「たしかにそうですね。私にとって、倭国も唐も新羅も百済も高句麗もなべて愛しくてなりません。み仏のまえでは凡愚に過ぎない生き物でしかないのですから。」

定恵はあえて言わなかったが、若者は敵を持つ身になっていた。

「何とも怪しからんことぞ。倭国からつかわした留学僧が、唐の使節団にこっそりまじってきて、反百済の工作をすすめるとは！」

「それが鎌足さまのお子とはどういうことぞ。」

いきり立っている、百済派の豪族たち。戦いで多くの仲間、部下を失っているものほど、唐・新羅への恨み、復讐心は深い。

「鎌足さまのお子といえ、風上にもおけぬ所業じゃ。」

「いいや、あのお子はもともと亡き孝徳大王の忘れ形見。新羅と親しかった真の父王を殺害された恨みから、使節団にくわわってきたに違いあるまい。」

「これは生かしておけぬぞ。鎌足さまがゆらぎ、大海人王子方にも利用されたら大事ぞ。」

うわさは一人歩きして、命をねらわれるようにまでなっている。

まずいことに、うわさを知った大海人王子方からも、よい味方を得たとばかりに、しきりに接触してくる。

「時折、無性に帰りたくて帰りたくてならなかった倭国は、やはりせせこましいところでもありますね。」

苦笑しながら、定恵は、唐の国境近くの城に登ったとき、つくったという詩をさらさらと、部屋にあった布に書いてみせた。

帝郷千里隔　（わが母国は　なお千里のかなた）
辺城四望秋　（国境の城に登り見渡せば　早や秋）

詩も文字も、なかなかの風格である。

「送ってきてくださった方々も、みごとと堪能してくださり、この秀句のあとに付ける言葉は、浮かばない、と言ってくださいました。」

ひろやかな大国からもどってきて、狭苦しい倭国の争いに、和平のためには、敢て身を置く覚悟に見える定恵。それもまた、み仏がしめされる道なのであろう。

哀切な気持ちに駆られながら、道昭は、田麻呂が運んできた一椀のあたたかいくず湯を、もてなすことしかできないのであった。

「政治から背を向かれ、利他行に励まれていると伺いました。私もお供したいところですが、まだ、なすべきことがあります。

ただ、一目お会いし、繰言を聞いて頂きたかっただけです。この国が平らかになったおりには、どうか、私もお供させてください。」

翌朝早く、定恵は旅立って行った。

その後姿が、なぜか薄倖に見え、彼に近づいている死の影を垣間見た気がして、思わず合掌している道昭であった。

いくばくもなく、父、恵釈から書簡がとどき、定恵が何ものかにより、毒殺された、と記してあった。

「おおやけの発表では、にわかに病み、死去されたことになっているものの、私がつかんだ情報によれば、毒殺されたことはまちがいない。

定恵さまは、鎌足さまと劉徳高さまとの二人だけの内輪の会合をおぜん立てなさり、相談を受けた私は、わが船氏が港に停泊させている船を、使われるよう、お勧めした。

定恵さまは大層よろこばれ、お二人を説いて、船上の密談を実現なされた。どちらも衣装を目立たぬように変えて頂いての話し合いであった。

煩いが生じた場合には、ただ、客人を海上で接待したいゆえ、場所を貸してほしいと定恵さまに頼まれたのみ、あくまで言いとおしますが、よろしいか、そう申し上げると一切の責任は私が取ります、そうしてください と仰せであった。

いや、わずか十一歳で唐へ行かれた少年が、あのようにご立派に成長なされるとは思わなんだぞ。

あとで伺えば、波にゆられながらの、お二人だけの話し合いは成功であった。

はじめは中国の詩の話、書の話からはじまって、互いに心通じ合い、勝者、敗者の立場を忘れ、大いに肝胆照らし合われたとか。

鎌足さまは、倭国はこれ以上、〈武〉で出張る気はないこと、亡命百済人の知識を助けに、ひたすら〈文〉を伸ばしていきたい考えである。新羅、唐、いずれの国ともおだやかにつきあっていきたい所存なだけ。もちろん高句麗を助けるため援軍を出すことなど絶対にしないとはっきり約束できます、と話されたそうだ。

劉徳高さまも、気を許されたか、率直に話された。

朝鮮半島の平穏は、唐にとっても望ましい。ただ高句麗はこれまで唐にしたがわず、牙をむいてくるのでどうしようもない。ヨン・ゲソムン死去を機会にわれわれは高句麗を徹底的に叩き、ほろぼすだろう。そのときの倭国の動静が問題だ。私としては、今の倭国をほろぼして新羅政権を打ち立てることは、出来ればやらずにすませたいと考えている。倭国に新羅政権ができれば、正直言って新羅が強くなり過ぎそうで心配なのですよ。ま、これはあくまで私だけの考えだが、と。

百済王室のながれを汲み、新羅憎し、の思いが強い葛城大兄さまらへの巧みな舵取りも、鎌足さまは約束されたらしい。

なお、お二人と言ったが、これこそ秘中の秘であるが、実は、鎌足さまは、(従者)とたばかって、葛城大兄さまのお子、大友王子さまを連れて行かれている。

大友王子さまは、おん年十七歳。伊賀采女さまと葛城さまとの間のお子だが、ご容貌はそなたも存じているようにお父君にそっくり。

目もと涼しく鼻筋とおり、華やかにも凛々しく、若いながらゆったりした挙措、お父君よりさらに背高く、劉徳高さまに引けを取らぬ倭人離れした、堂々たるご体格だ。文武に秀でておられ、殊のほか、葛城大兄さまがお目をかけておられる。というより、葛城さまは大王になった暁には、異父弟の大海人王子さまをさしおき、大友王子さまを太子にしたいお心がおありで、鎌足さまもどうやら同意しておいでに思える。

大友王子さまは、傍の目を偽るため、鎌足さまの傍におとなしく侍しておられたが、隠しても隠しきれぬ風貌に劉徳高さまは目を留められ、

『この方は?』

尋ねられ、王子とわかると、はたと手を打ち、

『おう、何とみごとに光る美しい目をお持ちのことよ。これほどの風骨は、並ではない。倭国においては勿体ない方と見ました。』

嘆息してやまなかったという。

しかも、劉徳高さまが質問してみると、広やかな態度で、堂々と中国語で、老荘の考えや詩文について意見を述べられるため、劉徳高さまはますます感嘆なさり、鎌足さまに、

『この方が倭国をやがて継がれるのであれば、倭国は安泰であろう。唐にとってもよろこばしい。』

とまで言われたそうだ。

大友王子さまが逸材であることを先からご承知であった鎌足さまは、娘の耳面刀自《みみものとじ》を妃に差し出しておられる。

さもあれ、大友王子さまを親しくご覧なされたことで、劉徳高さまは、倭国をほろぼし、新羅寄りの国を建てる作戦は畳んで、現政権を残す方向にはっきり踏み切

られたのではなかったろうか。

　鎌足さまの深い存念も読めず、定恵さま憎しに凝り固まったのが、過激で無思慮な百済派のものたち。

　わけもわからぬまま、影で定恵さまがうごかれているせいで倭国が危うい、新羅派に国を乗っ取られる、あるいは屈辱的な服属をせまられる、と考え、ならば殺してしまえ、とどうやら乱暴にも決めて、作戦を練ったようだ。

　定恵さまは、船上でのひそかな会見を成功させたあと、ようやく劉徳高さまからお許しが出て、なつかしい飛鳥・法興寺にもどられたのであったが、久方ぶりに見る故郷の柔らかな山河の姿を愛でる暇もなく、哀れ、心ないものたちの毒牙にかかって亡くなられてしまった。

　この連中がだれかは伏せるが、是非、数人で唐の話など伺いたい、と言葉巧みに定恵さまに近づき、もてなしの宴席で、毒をまぜた食べ物をすすめたのだ。

　毒を盛られたことがおわかりになったのであろう、法興寺には帰られず、ご実家の大原邸によろよろともどられ、間もなく、苦悶のうちに亡くなってしまわれた。

　お出かけまえには、それはお元気であられたとのこと。

たちまち凶報は、長津宮であれこれと政務をとられていた鎌足さまに伝わり、鎌足さまはわが子の弔いのため飛鳥にもどることを唐のお使者にねがい出られた。

　劉徳高さまは、それは悲しまれ、即刻、鎌足さまの飛鳥行きを許されたゆえ、わが船氏の仕立てた船に、鎌足さまは急ぎ乗られ、難波へ、それからは馬で、飛鳥へと向かわれたのであった。一行のなかには、誄《しのびごと》を頼まれた道顕《どうけん》さまの姿ももちろんあった。

　帰郷ののち、定恵さま、にわかな病で死去、とおおやけに発表がなされ、大がかりな弔いの儀があった。

　わけても、圧巻は道顕さまの誄であった。帰国後、私の紹介で会われたのちは、僧同士でもあり、包まず話し合う間柄となられ、怜悧な定恵さまをわが子のようにも慈しんでおられたから、胸にせまる誄であった。

　唐の国境で詠まれた詩も紹介され、〈ああ、哀しいかな、ああ、哀しいかな〉と幾度もくり返されたのが一同の涙を誘った。

　もちろん、おおやけの場で、毒殺の変事には言及できない。

〈帰国していくばくもしないうち、病におかされ、たちまち果かなくなられた〉と誄では言っていたが、もちろん道顕さまのことゆえ、私用の〈史記〉には、〈毒殺〉という真の死因を書き記しているに違いない。」

　道昭はため息をつく。現在、倭国第一といってもよい人を父にもちながら、むしろそれゆえに命短く終るしかなかった定恵。どんなにかすぐれた僧侶になっていったであろうに。道顕でなくても、（ああ、哀しいかな、哀しいかな。）と嘆かずにはいられない。

　しかし、はじめより穏やかになった唐の使者団が、さしだす首謀者も、守君大石ほか幾人かの官人たちの連行で納得したこと。数々の貢ぎ物を受け取ると、追って沙汰する、と言い置いて、さしあたり帰っていったことを、恵釈からの書簡で知ると、（定恵はわが命と引き換えに倭国の無事、民の平和を勝ちとったのではないだろうか。さながらみ仏が、わが体を飢えている動物に食わしたかのように。彼もまた、みごとな利他行をなしたのだ。）と思えてくる。

　首の皮一枚ほどで、辛うじて倭国がほろぼされずにすんでいる気もする鎌足は、葛城に説いて、劉徳高ら使者団に、今後、おとなしく唐にしたがうことをるる述べた書簡を、唐へ送っている。

　このころ、高句麗は、大きく乱れはじめていた。ヨン・ゲソムン死去のあと、長男の男生《だんせい》が、莫離支《ばくりし》を継いだものの、彼をかつぐ重臣、弟たちをかつぐ重臣たちが、いがみあい、互いに謀略を巡らしあったのだ。

　男生が、都（平壌）を弟の建、産に任せ、諸城を巡回していたところ、男生を快く思っていない一部の重臣たちが、二弟をそそのかす。

「男生さまは、あなたたちが邪魔で、取り除こうと考えておりますよ。先手を打ったほうがよろしいでしょう。」

　一方で、二弟について男生に讒言《ざんげん》する重臣たちもいた。

「二人は、あなたを邪魔に思っていて、都に入れない工作をしています。」

　疑心暗鬼になった男生は、忍びを送って、都の動静をうかがわせる。ところが、忍びは捕まってしまい、それまで半信半疑でいた建も産も、やはり兄は自分たちを討つつもりなのだと確信、そうはさせんぞ、讒言した重臣らと謀り、建が、莫離支の座についてしまったものだ。

　そして王にせまって、巡行中の男生を討伐する軍を出す。窮地に追いこまれた男生は、国境を越えて烏骨城《うこつ》（中国遼寧省丹東市鳳城県）に逃れ、救援をもとめて息子の献誠を長安に送った。その間もまだ心配で、さらに玄菟《げんと》城（中国遼寧省撫順市）に移っている。

西暦六六六年六月、高宗がつかわした軍によって、ようやく長安に逃れることができた男生。

このときから高句麗と唐との、し烈な戦いの幕が切って落とされる。

高句麗の都、平壌が、齢八十歳になる唐の老将軍、李勣《りせき》に攻め落とされ、高句麗がついにほろびるのは、六六八年九月。

紀元前三十七年、朱蒙《しゅもう》の建国から二百十六年間、さしもしばしば唐を苦しめた高句麗も、内紛により、ついにほろびるにいたったわけであった。

『高句麗秘記』には、「九百年におよばぬうち、八十歳の大将にほろぼされる。」と記してあったとされる。

これまで常に失敗に終わってきた高句麗遠征。

高宗皇帝は、今度の遠征についても危ぶみ、李勣が、扶余《ふよ》城（中国吉林省白城扶余県）を攻め落とし、降伏させたときにも、戦勝国の使者として扶余におもむいてもどってきた賈言忠《かげんちゅう》に、今後、勝算はあるのか、尋ねている。

そのとき、賈言忠は先述の『高句麗秘記』の記述をあげ、李勣が八十歳であることを第一に知らせ、さらに次のように述べて高宗を安心させた。

「先帝のときは、敵に隙がまったくありませんでした。しかるに、今、男生兄弟は、恨み争い、そのため、男生はわが軍を先導してくれており、敵の内情がことごとくわかります。

それによれば、高句麗は凶作が続き、地震で地は裂け、強盗が幅を利かし、狼・狐が城内に入り、モグラが門に穴を開けるありさま。人心は、朝廷からすっかり離れているようです。

今回は、必ず勝利し、再び遠征する必要はなくなりましょう。」

そして、賈言忠の分析は、ことごとく当たったのであった。

滅亡まえ、倭国へは、高句麗からたびたび使者が、珍しい品々を持参、盛んに救援をもとめてきていた。

しかし、鎌足は唐、劉徳高と交わした約束を固く守って、軍を送ることはしない。高句麗王室の内紛を知れば、どうやらさしもの高句麗も、ほろびの道を歩いているように思えている。

白村江の敗北以後、それどころではない状況を話し、また、副使としてやってきていた王族、玄武若光《げんぶじゃっこう》には「万一、お国にもし、事があった場合には、どうか倭国にいらしてください。」と、ひそかに耳打ちしていた。若者ながら若光の人物の大きさに敬服し、倭国の将来のために、是非このような人こそ渡来してきてほしいとねがったのである。

このときの誘いが功を奏して、高句麗滅亡時、唐に降服する王族も多いなか、若光は一族ほかをひきいて倭国へ逃れてきた。

鎌足は礼を尽くして迎え、一族のために近江に壮大な土地を提供したが、若光としては、百済人中心の近江より、他の地で亡命高句麗人だけの〈くに〉を築きたい強いねがいがある。ただ警戒されることを恐れ、そのねがいをじっくり長い時をかけて達成していった。

ヤマトの朝廷が東国をさげすんでいるのに、若光は着目、その地の経営を任せてくれれば、これまでより多くの収穫を生み出し、亡命を認めてくれた倭国に貢献できると説き、東国であれば、一族ほかが分散することもいとわないと言い切った。

上総から出てきた鎌足には、もともと東国にも文化の種を播き、育てたい悲願がある。

六六六年十月、百済から逃れてきた難民たち二千人余を東国に住まわせたのも、その一環。自力で暮らしのめどが立つまで、手厚い保護をくわえたが、彼らの農耕、機織ほかのすぐれた技術は、いずれ倭国を大きくうるおすとの遠略ゆえであった。

ここに、鎌足の思惑と若光の悲願が一致し、彼がひきいてきた亡命高句麗人は、いつの日かの再会をひそかに夢みつつ、東国の各地に分散し、その地の経営に真剣にたずさわることとなる。

時の政治には一切かかわらず、新しい技術で入植した土地の生産の向上に力を尽くし、先住の民とも友好をたもった若光の功績が認められて、従五位下だった若光が「王《こにきし》」の姓を授かったのは、亡命から実に三十一年後の七〇三年（文武天皇・大宝三年）。

　それからさらに十三年後の七一六年五月十六日（元《げん》正《しょう》天皇・霊亀二年）、朝廷は若光のねがいに応じ、東国の七カ国（駿河・甲斐・相模・上総・下総・常陸・下野）に散らばっていた高句麗人千七百九十五人を武蔵野の丘陵地帯に集め、高麗《こま》郡を置くことを許す。

　亡命から四十八年の歳月がながれていた。

　老いていたものは世を去っており、若光がはじめて会う若者や娘たちもいれば、赤ん坊もいる。今も夢見る故郷、高句麗のなつかしい風景を知るよしもない世代がすくすくと育っているのだった。

　亡命してきたとき、皮膚つややかな青年だった若光も、白髪白髯のひとだ。

　耐えに耐えた長い歳月、異郷にあって初心をつらぬきとおし、ついに武蔵野の丘陵に〈高句麗のくに〉を築くことを実現した、若光王。その飾らない泰然とした姿に接して、再会できたものたちは涙が止まらず、若者・娘たちはこれまで話にだけ聞いていた偉人をじかに見、これからは共に暮らせるよろこびで、笑いが止まらない。

　それから幾晩、仕事のあとにうれしい宴が続いたことか。歌い、舞い、踊り続けたことか。

　しかし、彼らはただ宴に酔っていただけではない。風水に明るい若光が定めた地の、山林を切り開き、高麗式の王城を建て、自分らの住処を建てていった。

　蛇行した川を堰《せ》きとめて高麗川《こまがわ》と名づけ、内がわにあふれた水を丘陵地帯にみちびいて水田を開き（巾着田《きんちゃくだ》と呼ばれる）、以前から住む人びとにも、鍛冶・建築・工芸の新しい技法を教え、高麗郡を栄えさせていくのである。

　今、川越線「高麗川」駅から徒歩二十分。若光は、祭神となって高麗《こま》神社（埼玉県日高市新堀八三三）に祀られ、若光の三男、聖雲《しょううん》が高句麗からたずさえてきた歓喜天を祀る聖天院境内の多重塔のなかに、静かに眠っている。


　さて、話を葛城の時代にもどそう。

　葛城は、政治はもっぱら鎌足に任せて、大王に即位したときの王宮を近江に造る計画に熱中していた。

　唐の使者団が帰っていって、長津宮からようやく飛鳥にもどることができたとき、一族・従者たちを引き連れて亡命していた百済の貴族たちを、とりあえず近江に住まわせることにしたのち、その智恵を借りると言っては、葛城はたびたび彼らのもとに出かけて行った。

琵琶湖の穏やかで美しいながめは、国を失った彼らの憂愁を、ほのかに慰めているかに見える。

葛城は、倭国の豪族たちといるときより、なぜか百済の貴族たちと一緒にいるときのほうが心安らぐのだった。(わが父、高向王《たかむくおう》も、このように教養深いお方であったに違いない。)と思えてならない。

母の出自が卑しいということで、はるばる倭国に逃れてきて、不遇に終わった父。(父君よ、私は必ず倭国の大王となってみせますぞ。)と誓って必死に歩いてきた。

劉徳高が、わが子の大友王子を見て、「倭国に見られない風骨」とほめたことを鎌足に聞いてから、大海人王子ではなく、何としても次の大王位を大友に渡そうとの思いは強くなっている。(大海人は、新羅がわ。あやつが次の大王になれば、亡命貴族たちの生命も危ういのではないか。)

そんな葛城に、沙宅紹明《さたくじょうみょう》らは、大王となる葛城の王宮は、飛鳥ではなく、近江にこそ建てるべきだ、と進言する。古くからの豪族たちがひしめいている飛鳥では、新たに亡命してきた自分たちはいかにも生きにくい。新王宮の構想も、飛鳥では何かと制限されてしまうだろう。

近江に王宮を建てたい、できれば一代限りでない都にもしていきたいのだ、と葛城から相談された鎌足は、熟慮の末、承諾した。

倭国を、これからは朝鮮半島の国々に劣らない〈文〉の国にしたいとねがう鎌足と、百済貴族たちがもたらす優美で典雅な雰囲気のなかで大友を育てたい葛城の思惑は、一致したのだった。

「これは反対を押し切ってすすめましょう。」

鎌足が放った手のものたちが、下準備に、飛鳥のネズミが近江に移っていくとのうわさをあちこちにふりまく。

六六七年、ようやく斉明大王と間人妃の遺骨をオチノ岡に建てた陵墓に埋めた葛城は、大きな戦争のあと民の疲れを思い、手のかかる横穴式墳墓にはしなかった、と群臣たちに説明したものの、平行して墳墓造営よりはるかに大規模な労力と費えがいる近江王宮の造営を行っていたのであった。

近江王宮の完成は、その年三月。

恵釈は、道昭に書き送っている。

「近江に王宮を置くことを、群臣の多くは、面白く思っていないようだ。

孝徳大王が建てられた難波王宮も好まれず、だから葛城さまらが飛鳥に勝手に移ってしまわれたとき、われもわれもと飛鳥へ向かったのも、飛鳥が多くの豪族たちにとって、親しくなつかしい、祖霊が住む地であるからであろう。

近江王宮について諷する童謡が、あちこちで歌われ、見る見る広がっている。出火がやけに続くのも、近江王宮を神が快く思っていないせいだとの声も聞こえてくる。

ただ、どうやら自然発生というだけでなく、新羅寄りの豪族たちが仕組んでいるようでもある。そのもとに、大海人王子さまがおられる気もするのだが……。」

この年の末、百済の降将、劉仁願《りゅうじんがん》の命令で、熊津都督府熊山県令、司馬法聡《しばほうそう》が筑紫にやってきた。司馬法聡もまた、旧百済の降将。一行は、守君大石とともに唐に連行されていた境部石積《さかいべのいわつみ》を連れてきており、筑紫都督府の役人にするよう命ずる。守君のまじめな人柄、流暢な中国語を話す境部らに、唐への忠誠心を見たのだろう。

司馬法聡は、新たな近江王宮で葛城が即位することも許した。

新王宮建立で、群臣から不満が出ていることもつかんでおり、朝鮮半島出兵で疲弊した倭国の経済が新王宮建立でさらに疲弊するだろうと思い、倭国の弱体化は好ましいことなのであった。

突貫工事でできあがった近江の新王宮（近江神宮駅そば）で、ついに葛城は即位する（以後、天智《てんち》と呼ぼう）。

ときに、六六八年正月。

飛鳥を後にするにさいし、反対勢力をおさえる目的で、高安城《たかやすじょう》（奈良県生駒郡と大阪府八尾市の境、高安山）、屋嶋城《やしまじょう》（香川県高松市屋島）を築いている。

司馬法聡は城築城も許し、いざとなれば筑紫を退いて対馬で一戦できるよう、対馬に金田城《かなたじょう》（厳原の北方）を築かせると、帰っていった。

さて、天智はときに四十二歳。弱冠十九歳で、大王位をめざして鎌足らとともに蘇我入鹿を倒してから、実に二十三年の年月が経っている。

やわらかに波打つ琵琶湖をながめながら、その感慨はいかに深かったことであろうか。

太子は、大友王子にしたいところだが、これは鎌足も同意しない。

「いずれ良い時期が到来いたしましょう。今は、大海人王子さまと発表なされませ。」

本来、舒明・皇極二大王の息子である自分こそ、太子であるべきが、父・舒明の后となった義母は、葛城を太子とし、邪魔な自分を長く伊勢海人族のもとで養育させたのだ、ゆえに天智の次に自分が王位につくのは理の当然。そう大海人が考えていることが、鎌足にははっきりわかる。怖いのは、ひそかに大海人を支持する群臣たちが多そうなことだ。

しかも、天智のがわは、百済に援兵を出して大敗北、唐からなにかにつけ、監視される身になってしまっている。あまたの死傷者たち、遺族たちへの手当も行きとどいていないのに、百済貴族を優遇し、盛んにその知恵にすがっていることへの不満。なにより長年親しんだ飛鳥から近江に王宮を移したことへの不満は、群臣らの間にくすぶっているようだ。

「いくたり姫さまを大海人王子さまに進呈なされても、それくらいで納得される仁ではありますまい。」

鎌足に、ずばずば指摘されれば、たしかに言うとおりで、天智も折れざるを得ない。

大海人の機嫌をとり、かつ動静をさぐるために、天智は、先にさしだした二人の娘、ウノヒメ、大田ヒメのほかに、さらに、大江ヒメ、新田部《にいたべ》ヒメを、大海人王子にさしだしている。

一見快く娘たちを受けた大海人の心中が、婚儀をすすめておきながら、鎌足には不気味にもおもわれてくるのだ。

鎌足が恐れていた事件が、ほどなく起きる。

引越しが一段落したところで、天智は、群臣を王宮に呼び、饗応の宴を大々的に開いた。

琵琶湖には、色とりどりな旗で装わせた船が、幾艘も浮かび、船上からは琴の音がひびいてくる。春盛り、桜の花が王宮の庭には爛漫と咲き誇り、命じられて庭に出た女官たちが、手折った枝から花びらをつまみ、群臣たちの杯に浮かべたりした。

天智が、艶やかな春山の花と秋山の紅葉の彩りのいずれが優るか、群臣たちに競わせ、当代第一の女性歌人といわれる額田王が、「冬ごもり　春さり来れば　鳴かざりし　鳥も来なきぬ　咲かざりし　花も咲けれど　山を茂み　入りても取らず　草深み　取りても見ず　秋山の木の葉を見ては　黄葉をば　取りてそしのふ　青きをば　置きてぞ歎く　そこし恨めし　秋山われは」との歴史に残る名歌を詠んだのもこのとき。

やんややんやとますます宴たけなわになったとき、それまで黙々と杯を口に運んでいた大海人王子が、ふいに立ち上がり、縁に向かうと、いつ持ったのか、長い槍で、どんと敷板を刺しつらぬいたのである。

一同真っ青になった。

ほろほろと酔い加減で、得意絶頂であった天智は、驚き、次には怒り心頭に発して、そばに置いてあった剣をつかむと、

「無礼であろう！」

大海人に斬りかかろうとした。並み居る群臣は、あっけにとられるばかりである。

そこへさっと天智のまえへ立ちふさがったのは、老いた鎌足。

「なりませぬぞ。大海人大兄さまは甚く酔われておいでです。新しい宮殿に、肉親の血をながしてなんとされますか。」

きたえぬいた声での鋭い叱責は、天智、大海人双方を叱咤しているようであり、天智はたちまちおのが大人気なさを恥じたごとく、

「はは、われも酔うた、酔うたぞ。」

席にもどって何事もなかったかのように、杯を口にふくむ。

それまで長槍を持って天智をぐっと睨んでいた大海人は、すっと長槍を敷板の上に置くと、うやうやしく一礼し、静かに引き上げていった。

そのあと、ひとびとは何事もなかったかのように、再びはしゃぎ騒いだのであった。

大海人は後日、止めに入った鎌足の行為を謝し、多大な贈り物をしている。心にしまっておかねばならない天智への敵意を、つい表に出してしまった愚かさを、深く悔いていたのか。

贈り物を受け取りながら、鎌足は（あのとき、もしお二人が戦われれば、大王さまより八歳若い大海人王子さ

まが勝たれたかもしれぬ。そして、群臣たちは果たしてみな大王さまのお味方をしてくれたであろうか。違うからこそ、あえて大海人王子さまはああした挙に出られたのではなかろうか。）危ぶまれてならない。

天智もこのあと、おもうところあると見え、百済貴族に頼み、舎人たちに盛んに新式の武術を学ばせている。

鎌足の心配はさまざまあって、このころ、新羅から来ていた僧の道行《どうぎょう》が、大王の宝剣、草薙の剣を盗み出し、新羅へ持って行こうとした事件なども、心配の種の一つであった。

幸いにも、船が大風にあい、ながれながれて、日本海がわの浜へ打ち上げられたところを、見まわりしていた倭国の役人が見つけ、事なきを得たが。

どのようにして盗み出したか、だれの命令であったか、道行は口を割らず、そのうち近江まで贈り物をとどけにきた新羅の役人が、下手人はわが国で厳重に処罰する、と称して引渡しをもとめ、真相は不明のまま、僧の道行は新羅に護送されていってしまった。

厳重に警備しているはずの王宮から大事な宝剣を盗み出せたのは、王宮内にも新羅の内通者がいることを物語っていよう。

ひたひたと新羅の勢いを感じる鎌足は、現政権がつつがなく続いていくためには、新羅と敵対すべきではない、と考え、膨大な贈り物をするのである。

即位を祝って来倭している新羅の官人、金東厳《こんとうごん》に耳打ちし、新羅からの渡来僧、法弁《ほうべん》、秦筆《しんひち》を使者として、名将、金庾信《きんゆしん》へ、なんと船一隻、別に、布勢耳麻呂《ふせのみみまろ》を使者として、新羅王へも船一隻を、私的に贈ったのだ。

さらに、私的な贈り物だけでは危うい、と考えたのであろう、天智を説得し、倭国からとして、帰国していく金東厳に託して、新羅王へ次の品々を贈る。

絹　五十匹

綿　五百斤

おしかわ（なめし皮）　百枚

22　天智の夢

六六九年、諸国を巡って病者の治療をしている道昭のもとへ、近江王宮から急ぎの使いがやってきた。

鎌足内臣が、重い病に倒れた。鎌足本人の切なねがいゆえ、近江にもどってきて看るように、との天智からの達しである。

夜空を仰いでいて、ひときわ大きく輝いていた星が、にわかに陰りを見せているのに気付いた道昭は、この国を牛耳っていた人物の終焉が近いことを知った。自分が行っても、その命を救うことはできないものの、王命に逆らうことは許されない。

それに、うっかりすれば乙巳の変のあと破壊されかねなかった法興寺が残されたのも鎌足の助言ゆえ、その後も時に訪れて何くれと保護してくれていると、父から聞いていたから、病は治せなくとも、臨終の傍らで、その苦しみを和らげるくらいはしてさしあげねば、と思うのだった。

急ぎ、田麻呂を伴い、近江へ向かう。

鎌足は、王宮から少し離れた山科《やましな》（京都東北部）に建つ、意外に質素な私邸で、病んだ身を横たえていた。

痩せ衰え、骨だけになった姿で、よろこんで道昭を迎え、

「わが命も、一月とは持ちますまい。利他行に励むそなたを長くここへとどめておかずにすみそうだ。」

と力なく笑った。

天智がよこした百済渡来の名医すら、すでに匙を投げてしまった病状を、鎌足本人はだれよりわかっているのだった。

「わたくしの拙い医術では、内臣さまの病をお治しできないのが残念でございます。」

道昭も率直に返した。

道昭には、心許せるのか、処方した痛みを和らげる薬でうつらうつらしながら、目覚めると、鎌足はさまざまなことを語った。

わけて、定恵の横死を語るとき、しみじみと涙を浮かべた。

「まことはあの子は、政にかかわらず、み仏の教えを極

める学者となることを望んでおったのじゃ。このような父を持ったがゆえに哀れなことをした。」

「若く逝くか、老いて逝くか、なべてはみ仏のお計らいでございましょう。定恵さまは、命短くあられても、倭国の平和のために、常人では成しえぬお仕事をなされました。誇りにおもわれ、哀れとはおもわれぬほうがようございましょう。」

「おう、たしかにそうよのう。そう言って頂けば、この胸のつかえが取れる気がする。」

つうっと、鎌足の目から涙がながれている。

道昭から、どのような薬でも治すことはむりと聞いて、天智は嘆き、早速、山科へ馬を飛ばす。

(鎌足なくば、この先どう生きていこうぞ。)

ほかのだれも遠ざけた、病床に侍して、道昭は二人の肉親にもまさる固い絆を見た。

病み衰えた姿に、ただおろおろするばかり、さながら幼児のような天智。

「われを置いて逝くな。許さぬぞ。逝くな。そちがいなくなったら、われはどうしたらよいのだ。そちあってこその倭国ぞ。」

鎌足は、そんな天智をなだめ、あれこれと自分亡き後の政治について、静かに説く。

「大王さまの世継ぎを大友王子さまになさるには、先ず太政大臣に王子さまを任じられませ。そうして大海人太子さまから政治の実権を徐々にうばっていかれればよろしうございましょう。

その際、唐の後ろ盾が肝要でございます。

高句麗ほろびてのち、新羅と唐の関係は悪くなってきております。そこを利用なさいませ。大海人大兄さまらが唐に叛く疑いあり、と新羅に知られぬよう、唐へ信書を出されませ。できたら、援軍を筑紫に置くよう、頼まれるとよろしい。」

「なに、そこまで必要か。」

「大海人大兄さまに拠る勢力をゆめ侮ってはなりませぬぞ。」

はあはあと喘ぎながら、作戦を授ける鎌足。その姿には、鬼気せまるものがある。道昭を信頼しているゆえ、あけすけに傍に置いて話しているのだった。

天智は、次にあらわれたときには、鎌足の功にせめて報いたくて、大織冠（最高の冠位）と、大臣の位を授け、中国風の姓、藤原氏を授けた。

中臣ミケコ・大伴智仙夫妻の長男として、ヤマトに颯爽とあらわれた鎌子は、飛鳥池の東北のサギ山の麓、大原（別称・藤井ヶ原または藤原）に住まいを持った。

若き日の天智が、その邸を訪ねて、蘇我氏打倒の案を練ったこともある、なつかしい地、なつかしい名の〈藤原〉。幽明を分けても変わらない絆に、両者にとってゆかり深い地の姓を、鎌足に与えたのだ。

それに、藤は、ヤマト政権成立前から、列島のあらゆる地に生えている植物。その生命力を鎌足の子孫に授けたかったのでもあろう。

感涙にむせんだ鎌足は、そのあと、道昭を退け、ある頼みを天智の耳にささやいている。

「草薙剣のことでございますが……。」

「おう、あの剣がなにか。」

「先ごろは危うく新羅に盗まれるところでありましたが、なに、もとはといえば、あの剣は、倭国がほろぼした出雲族の宝剣。われらの守りになるかどうか、わたくしは危ぶんでおります。あの剣にまさる剣をわれらは持っておるではありませぬか。」

「なに、草薙の剣にまさる宝剣をわれらが持っているというのか。」

「はい。いつぞやお話なされましたな。道後に寄られたとき、斉明大王さまより、高向王《たかむくおう》さまのお形見の剣を渡されたと。」

「はるか百済より持参された、われのまことの父君の宝剣だと、母君がわれに授けてくだされた、あの剣のことか。」

「さよう、その剣こそ、大王さま、大友王子さまをお守り申す宝剣と申せましょうぞ。」

「おう、そう言われれば、たしかに。」

「おねがいがございます。あの剣を、どうか、鎌足におあずけねがえませんでしょうか。

実は、私にも、加耶より漂流して参った、まことの父が身に着けていた宝剣がございます。

中国の『礼記』に、楽は陽より、礼は陰よりきたる、陰陽和して、万物を得る、とのいわれが記してございます。このいわれに則り、長安の宮殿では、まつりごとの事始に陰陽二つの剣を合わせて儀礼を行うと聞きました。

私が占うに、大王さまの宝剣、私の宝剣、これぞ正しく陰陽の剣、合わせれば限りない力を持ちましょう。

今、私におあずけいただければ、わが子々孫々、必ず必ず、陰陽二つの剣に懸けて、天智大王さまのお血筋をお守り申し上げることができましょう。」

鎌足は、それ以外は、なにも望みはない。民を苦しめることがないよう、弔いもできるだけ簡素にしてほしい。自分の不明ゆえに朝鮮半島で大敗北を喫し、多くの将卒の命を失い、重税で民を路頭に迷わした罪をおもえば、慙愧に堪えない身であります、と詫びた。

たった一つの鎌足のねがいを天智は快く聞きとどけ、父の形見の宝剣、黒作りの佩刀《はいとう》を、秘密裏にとどけてきた。

紫地の錦に緋綾裏の袋に入れられていた、その剣を手にすると、鎌足は、黒紫地の紬に緋綾裏の袋に入れていた秘蔵の宝剣を取り出し、ウム！とうなずいてほほ笑んだ。顔に生気がよみがえる。

やがて、人を遠ざけて、十一歳になっていた次男、不比等《ふひと》を枕もとに呼び、両剣を見せてそれぞれの由来を語った。

「われが観ずるに、大王さま亡きあと、恐らくこの国は乱れよう。そのときは、そちは乱を避け、ひたすら学に励むのだ。身を隠して、この二つの剣を守り、ひたすら学に励むのだ。いずこにか身をさすれば必ず、この陰陽の剣で、大王さまのお血筋をお守りし、わが一族も栄える時が来よう。なに、剣がいらぬ世なら、それはそれでさらによいのだ。」

聡い不比等にも、このときはまだ、父が言う意味はわからない。父の言葉を反芻し、陰陽の剣を、事実上、王位授与の宝剣としていくのは、ずっとのちのこととなる。

『東大寺献物帳』には、「黒作懸佩刀《くろつくりかけはきのたち》一口」として記されている剣があり、但し書きには、日並皇子（草壁皇子）が常に佩持していたもので、皇子から太政大臣（藤原不比等）に授け、大行天皇（文武天皇）即位のとき、太政大臣が献じ、文武天皇が崩じたとき、不比等にまた授け、不比等が薨じたとき、後の太上天皇（聖武《しょうむ》天皇が皇太子時）に献じた、と記してある。つまり、天智の宝剣は、天皇が不比等に授けたときは後見依頼、不比等が天皇または皇太子に授けたときは皇位継承を了解する、私的な神爾の意味を持つ剣となったのだ。

一方、鎌足の宝剣は、元正天皇と皇太子（のちの聖武・不比等の孫）が、不比等邸にまねかれたとき、席上で舞を舞った皇太子に、礼として不比等が贈っている。

鎌足は、剣を不比等に渡すと安心したのか、道昭以下多数の僧たちの手厚い読経のなか、ほどなく死去した。

死去四日後に、天智は山科邸を訪れ、蘇我赤兄《あかえ》に勅を読ませ、死せる鎌足の念願とおりに、兜率陀天《とそつだてん》に上生できるよう、金の香炉を授けた。

勅の末尾で曰く。

「家を出て仏に帰すには必ず法具あり。故に純金の香炉を賜う。この香炉を持し、汝の誓願のごとく、観世音菩薩の後にしたがい、兜率陀天の上に到り、日々世々、弥勒の妙説を聴き、朝々暮々、真如の法輪を転ぜしめよ。」

山科邸の南で、群臣参列のなか、厳粛に、もがりが行われる。

天智は、鎌足を称える碑の建立を命じ、沙宅紹明《さたくじょうみょう》が、碑文を記した。散逸してしまった碑文の一部が、道顕《どうけん》の史書によって、今も残っている。すなわち、

「碑に曰へらく、春夏五十有六にして薨ぜぬといへり。」と。道顕自身は、鎌足の死を、「天はどうして意地悪をして、むりにでも翁を残さなかったのか。ああ、哀しいかな。」と記していた。

鎌足は、道昭にとっても、最後まで謎のひとであった。高句麗王からたたえられるほどの人物、朝鮮語はもとより中国語、〈蝦夷〉語までなんなく自家薬籠中のものにしてしまい、葛城とともに蘇我氏を倒す大クーデターを成し遂げるほどの器量を持った男は、ほんとうにタケミカヅチ大神の神官、中臣ミケコの長男なのだろうか。

倭国の歴史なら掌を指すように掌握している道昭の父、恵釈《えさか》にも鎌足は解きえぬ謎の人物であるらしかった。

「これは、わたしの推測だが。」

珍しくためらったかたちで、道昭にささやいたことがある。

「わが祖は、百済王の末裔、王辰爾《おうじんに》さまだが、鎌足さまもまた、百済人の血を引いたお方ではあるまいかの。どう首をひねっても、鎌足さまの出生には大きな秘密があるとみたぞ。」

驚いて目をみはる道昭に、恵釈は、

「なに、同時代ではわからぬことが、しばしばあるものだ。いずれ、後世の知恵者たちが謎解きにしのぎを削ることになろうよ。」

そう言って大笑したものである。

鎌足の忠告を受け、天智は、新羅の画策にそなえて、筑紫への唐軍の滞在をねがう書簡を、百済に駐留する唐の将軍、郭務悰《かくむそう》にひそかに送っていた。

そこで、鎌足の死去を知るや否や、間髪を入れず、郭務悰は、将卒数百人を筑紫に送ってきた。倭国一の内臣の死によって生じるかもしれない倭国の混乱にそなえたのだ。

このころ、昇る日の勢いの新羅には、唐なにするものぞ、との気運が高まってきており、郭務悰は倭国が新羅と同盟をむすぶことを警戒している。

新羅からいえば、常に危険な前線に立ち、食料ほか軍需物資の大半を唐軍に提供してきたのに、苦しい戦いが終わったあと、甘い汁だけ唐に吸ってほしくない、というのが偽らざる気持ちだ。

六六八年十月、高句麗との戦いに出撃していた新羅の文武王は、凱旋の途上で、高句麗との戦いの論功行賞を行い、高句麗人の捕虜七千人を連れて、意気揚々と都（金城・現慶州）にもどっている。

翌六六九年正月には、群臣を集めて、勅書を発表し、大赦を行う。

その勅書の写しを手中にした恵釈は、山科からの帰り難波の船家に寄った道昭に見せている。

かつて百済・高句麗に侵し侵され、安らかな年月がほとんどなかった、と勅書は記していた。

「戦死者の骨は原野に積み曝され、身体と首とが宮廷と国境に分かれるありさまであった。

先王はひとびとへの残忍な害悪を憎んで、千乗の尊い身分を忘れ、海を越え、唐に入朝し、援軍を唐朝にもとめられた。もともと百済・高句麗を平定し、永く戦闘をなくし、代々の深い仇をそそぎ、ひとびとの残された生命を全うしたいと思ったためである。」

と、先王の偉勲をたたえたあと、勅書は高らかに宣言している。

「立派に統治した遺業を受けつぎ、先王の志を成しとげた。いま両敵国を平定し終わり、四海が平静になった。」

ところが、新羅の勢いをそぎたい唐は、いろいろ難題を吹っかけてくる。磁石をたくさん早く献上せよ、千歩も飛ぶ石弓をつくるという技工を唐に送れ云々。

さらに百済の地に進駐したことを怒り、王の罪を問う勅使までやってきた。

新羅は、謝罪のため、重臣の良図と欽鈍を唐に送ったが、皇帝は、新羅の技工、仇珍川につくらせた弓が、三十歩しか飛ばないのを見て、すぐれた石弓の技術を知らせたくないのだろうと怒る。

材料がよくないせいだ、と欽鈍が、釈明すると、では良い材料を取り寄せよ、と言うので、あらためて新羅から運ばせた材料で石弓をつくらせる。それでも、六十歩しか飛ばない。仇珍川は、海をわたるとき湿ったためではないか、と釈明したが、皇帝は納得しない。

石弓は口実で、百済の地に新羅が侵攻したことが許せないのだった。

結局、重臣、良図と仇珍川は、獄に放り込まれ、欽鈍のみ帰され、良図は、獄死する。

重臣をうばわれた新羅王は、憤激し、唐・新羅の関係はさらに冷えていくのである……。

さて、郭務悰派遣の唐軍の筑紫駐留で、安心した天智は、近江王宮で、しばし、わが世の春を謳歌する。

百済貴族たちの助言のもと、群臣たちがそれぞれに尽くす礼をととのえ、道を行くにあたっての礼も定める。身分の卑しいものが高貴なものと行き会ったときは、路傍に避けるように、年少のものが年長のものに行き交うとき、群臣同士でも、身分の低いものが高いものに会ったときも同様などなど。

全国的な規模で、戸籍（庚午年籍）もつくった。

五十戸単位でまとめ、戸ごとに戸主を定め、戸主のもとにあるひとびと全てに、続柄・性別・良賤・姓名・年齢を記すという念のいれよう。しかも戸籍の氏姓は、子孫に受け継がせたから、まことに徹底した収奪組織がととのったといえる。

盗賊、浮浪者も断固として取り締まり、一方、去ってきた飛鳥の人心が心配で、高安城を修築し、城内にいざというときにそなえ、籾と塩を備蓄した。

大海人大兄がわの勢力をけん制するため、瀬戸内海沿岸各地に朝鮮式山城も建てる。

諸事おちついてきたところで、王宮のそば近い三井寺《みいでら》金堂のほとりの神水に、神々の座を造って幣帛《へいはく》を捧げた。ようよう人心も安定した、と推しはかった天智は、亡き鎌足の忠告にしたがい、大海人大兄の位置はそのままに、わが子、大友王子をまず、六七一年正月、太政大臣に任命した。

左大臣には蘇我赤兄、右大臣には中臣金《かね》。左右大臣とも天智の懐刀として仕えてきた功労者。いずれ大友を次期大王に据えようと画策しているものたちばかり。

百済の官位制度にならって、これまでの冠位の階名をふやしたり足《た》したりして、二十六階の冠位を定める。

近江王宮建立に力を尽くした亡命貴族たち、佐平余自信、沙宅紹明、鬼室集斯《きしつしゅうし》ほかに、正式に高い官位を授け、責任ある地位に置いた。五十人ほどの百済人には、一律に小山下《しょうさんげ》を授けている。

法学、兵学、薬学、陰陽学、天文学、経学、政治学等々に通じたものたちばかり。天智はさぞかし心強かったことであろう。大兄時代、自らが音頭を取って製作した漏刻を、飛鳥の地にともない、鬼室集斯に見せると、

「ほほう、かかる精巧な水時計を、太子時代におつくりなされたとは！　いやはや、驚きいりまする。

同様なものを近江につくり、即刻、実際にお使いなされませ。時を支配してこそ、まことの王者と申せましょう。」

世辞ではなく、言ってくれるのが嬉しい。早速、ここにも漏刻をつくり、役人に時刻を見て、鐘・鼓を打たせる。

唐から帰ってきた黄書本質は、土木・建築に用いる水準器をつくって献上してきた。唐に行ったときには、仏足跡図を写してきたりもした器用人。祖は高句麗から渡来してきている。

筑紫の唐軍に気を使ってか、新羅までも、水牛一頭、珍しい種類の山鳥一羽を天智のもとへ送ってきた。

得意絶頂の天智は、琵琶湖に船を出して、沿岸の風景を楽しみ、しばしば宴を開いては、宮廷に仕える女性たちに、百済人直伝の優美な舞を舞わせる。そばには、常にわが子、大友太政大臣の姿がある。

しかし、在来の豪族たちの大方は面白くない。むりやりの戦で、多くの人びとを失い、あまたの物資を徴発させられたというのに、大王にはその反省があまりない様子ではないか。そんなに浮かれていていてよいのか。

そこへいくと飛鳥におわす大海人大兄さまは、わたしらの不満をよく聞いてくださる。あの方の世に早くなら

ないものかの。それに、ほろびた百済の人らより、勢い増す新羅人らと仲良くしたほうが、交易にも得であるまいか。いくら唐が大国で、今、筑紫におるとはいえ、いずれ帰ってしまえば、あまりに遠い国ではないかや、などなど。

鎌足のもがりを終えると、道昭は、華やかな近江王宮には目もくれず、飛鳥に寄ったのち、再び、利他行の旅に向かっていた。

臨終の席で、鎌足が天智と交わし合った企ては、父の恵釈にも告げていない。

飛鳥では、亡き師、慧隠《えおん》が入寂した森へ入って数日間黙想し、師に、この間の報告を行う。

鬱蒼と生える木々のなかから、〈よう修行して参ったのう、したが、その修行を生かすも無駄にするも、これからのそなたの生き方しだいであろう。励むがよいぞ。〉そんな声が聞こえてくる気がする。

夜明け、木々の葉からしたたり落ちる冷たい露を、口にふくむと心はすがやかになり、近江でのあれこれも、はるか遠くに思えてくる。

法興寺では、先の大戦で戦死あるいは病死したものたちの菩提を弔った。

心をこめた読経が終わると、久しぶりに、豊浦寺へも顔を出す。

「まあ、これはこれは、道昭さま、ようおいでなされました こと。高僧になられてしまわれたゆえ、もうここはお見限りかと思うておりましたぞえ。」

「そうそう、花信尼さまもお亡くなりなされてしまいましたゆえ、老いた尼ばかりでは立ち寄る気もあられますまいと、ほほ、おうわさ申しておりましたが。ようこそおいでくだされました。」

相変わらずにぎやかで飾らない尼たちなのであった。

昔語りを伺くれとしてくれた老尼は、数年まえに極楽往生したという。

「道昭さまがおすわりのその縁板で、縫い物をしておられましたが、こくりこくり居眠りなさるかに見え、もし、お風邪を引きますぞえ、申し上げたところ、何とひっそり亡くなられておいででありました。」

「ほんに有難や有難や、南無阿弥陀仏、南無阿弥陀仏。」

死後の朝廷の行く末を案じ、心平らかでなかったような鎌足の最後にくらべ、これはまた何というすがやかなお最期であられたことか。やはり、慧隠さまが仰せであったとおり、ここ豊浦寺にはまことの信仰があるようだ、と清清しい思いの道昭である。

つい先ごろ、ウマヤト太子が建立した法隆寺が、あらかた焼けてしまったことも話題になる。

「伽藍は焼けましたのに、ふしぎや、止利仏師さまの造られた釈迦三尊像ほかのみ仏は、留守を守るわずかのものがお救い申し上げたとか。み仏は、おん自ら走って伽藍よりお出になりましたとか。」

以前と変わらず、まことしやかにうわさを話す尼たちなのであった。

「難波の大学寮におりました儒学生、ミヤスというものの末路をお聞きになりましたかえ。」

一向に知らないと道昭が答えると、尼たちは生き生きと語りだす。

「ミヤスの母御が、ミヤスに稲を借りたものの、返せなんだのでございます。さあ、ミヤスは返せ返せと母御を責め立てました。地べたにはいつくばって謝る母御に、ミヤスは床に寝そべって応対しているありさまだったとか。

見かねたものが、ミヤスに、父母のため塔を建て、仏像を造り、お経を写し、お坊様を呼んで修行してもらう人もいるというのに、あなたは裕福で稲を返してもらわなくても食べるに困ることなどない。どうして孝養の道を尽くさないのか、といさめても、いっかな聞きません。たまりかねた周りのものたちが母御に代わって稲を返し、立ち去ったそうでございます。」

「さあ、そのあと、母御は、おのが乳房を出して、泣き悲しみながら、申したそうです。昼夜休むときなくおまえを育てたというのに、どうしたことか。わたしが借りた稲を遮二無二取り立てようとしたからには、おまえに飲ませた乳の貸しも返しておくれ。ああ、こんなことを言うようではおしまいじゃ。親子の縁も切れた。天と地の神々もご照覧あれ。なんと情けないことよ。

かように訴えたところ、ミヤスはそれまでの借用証書を取り出し、庭で焼いてしまったかと思うと、髪振り乱し、山へ入ったり出たりうろうろとさ迷い歩き、そのうちに家は焼け、ついに飢えこごえ死んでしまったそうでございます。」

「まこと、み仏は、『父母の恩をおもわず、心、常に悪をおもい、口、常に悪を言い、身、常に悪を行いて、かつて一善もなし。死してのち、神明さらに生まるるを信ぜず。善をなさば善をえ、悪をなさば悪をうることを信ぜず。』と申されました。ミヤスは学びを生かさず、いいときの欲のために永遠の平穏を失ったと、もっぱらの評判でございますよ。」

やがて、問わず語りに、尼たちは花信尼についても語りだす。

「あの年は多くのものが流行り病で亡くなりましてのう、花信尼さまは、汚い小屋に閉じこめられた病人たちを見舞っては労わり、慰めておいでじゃった。」

「華奢なお姿で、薬草を煎じては、少しでも利けばと言うておいでじゃったなあ。」

「病に倒れたものたちは、花信尼さまを阿弥陀さまの再来とばかりに手を合わせ、拝んでおりましたなあ。」

それは、恵釈からの手紙には記されていなかった花信尼の姿であった。

「とうとうご自身も病に倒れてしまわれてなあ、あたら花のお命を、はかないことでありました。」

花信尼と親しかった一人の尼が、道昭が一人、本堂の本尊のまえで静座しているとき、そっとやってきた。

「花信尼さまは、道昭さまのことをそれは気にかけておいででした。病むものたちへの献身も、道昭さまがここへおいでであったなら、きっと同じことをなさるでしょう、とも言われていましたっけ。」

その尼も、どうやら花信尼がみごもっていたことは知らないようである。

（ひとり、秘密を心に閉じこめ、病に倒れたひとびとを看護して、逝ってしまわれたか。愛しいひとよ。許してください。

あなたのことは忘れませぬ。あなたが渡してくれた小さな仏像は、今もわたしの懐中においでです。これからも弱いわたしを、どうか励ましてください。困難があっても、利他行を果たしていけるように。）

道昭は一心に祈る。生まれなかった小さな命のことも。

すると、本尊の阿弥陀仏が、花信尼の姿のようにも見えてきて、〈いつもご一緒におります。ですから、なさらねばならぬことを初一念で、つらぬいてくださいませ〉やさしくささやく声が耳もとにひびいてくるようだ。

再び旅に出るとき、道昭は、法興寺の寺主の許しを得て、渡唐の船で知り合った、かの奴婢のエオルシを譲り受け、供にして連れて行っている。

エオルシは、道昭との再会をよろこび、供にしたいとの誘いに踊り上がらんばかりであった。尊敬する道昭の世話をしながら旅ができるとは！

寺での労働はきびしく、何よりだれからも、人間扱いされない冷ややかな視線に、耐えねばならない日々であったから。

「したが、道昭さま。」

ふいにエオルシは、不安げな顔になって、

「わしは、今も、魚、獣を取って暮らしている森の仲間にも道昭さまを引き合わせたいだが、あなたはお坊様。それはむりですかや。」

道昭は考える。

たしかに、み仏は一切の殺生を禁じておいでだ。

しかし、考えれば、稲も、栗も、青菜も、なべて生きていることに変わりはない。地に生えてうごかないか、走り、飛ぶことができるかどうかの違いがあるだけだ。

一切の殺生を禁じるなら、ひとは死ぬしかないであろう。ひとは何かを食わねば生きていけぬ。つまり生きるということは、どうあっても、獣であれ、魚、鳥であれ、稲であれ、貝、青菜であれ、生き続けようとしているものを殺すこと。そうせねば断食して死を待つしかない。

み仏は、死ね、とは仰せでない。

無益な殺生、強欲、貪りの心が行う殺生をこそ、禁じておいでなのではなかろうか。それが止まないから、わかりやすく、鳥、獣、魚の殺生一切を禁じられたのではなかろうか。

エオルシたちの森の仲間は、暮らしに必要なだけしか殺生せず、自分たちを養ってくれる獣や鳥に、感謝をささげる祭りを丁重に行うそうな。それこそみ仏の心にかなう生き方ではないのか。

エオルシのみちびきで、道昭は森に入り、その仲間とも会った。

だれも、素朴で、飾らないものたちであった。

第一、獲物をもとめて転々と移動する彼らは、およそ余分な物を持たず、獲れた獣は男女平等に分配し、貧富の差がない。言葉も簡潔で少ない語彙で足りている。

感嘆しながらも、だからといって、彼らの暮らしに身を投じるには、どうしても捨てられないもの、文字や経典や天文学、暦学、詩文などもろもろの文化を、持ってしまった身であることを、道昭は感じる。

まこと彼らにとっては、尊い経典も、尻を拭く葉っぱ一枚にも及ぶまい。しかしながら、経典ほかもろもろの文書に心躍る自分まで、否定することはできぬ。ただ、彼らと友好関係をむすぶことはできる。それが、道昭の結論であった。

エオルシには、自分から離れて彼らにくわわってもよいと告げたが、エオルシは道昭に付いていくことを選んだ。奴婢であっても、いつの間にか、身に付いた新しい文化が、森への回帰を妨げたのであろうか。

ともあれ、森の仲間たちは、自分たちだけしか知らない獣道での往来、山岳地での過ごし方を、道昭に教え、ほどなく倭国をゆるがす一大戦争が巻き起こったとき、道昭はずいぶん助けられたのである。

反骨心が旺盛だったカマイソは、寺を逃亡し、行方知れずになったとエオルシから聞いていたが、どうやら、はるか陸奥にいて、倭国の軍隊と戦っているらしいことも知った。


飛鳥から離れ、新たな近江王宮に亡命百済貴族を集め、大陸の新文明を模倣することで、ほろびた白済に代わり、倭国を文の力で生まれ変わらせようとする天智の夢。

その夢のはかなさを予感して、旅立った道昭であったが、道昭だけでなく、巷では近江王宮の崩壊を予言するかのように、だれがつくったともない歌謡が、歌われ、子どもまでが口ずさんでいた。

橘は　おのが枝々　生《な》れれども　玉に貫《ぬ》くとき　同じ緒に貫《ぬ》く

飛鳥から近江に移るとき、額田王が、詠んだ歌も、人から人へ伝えられ、さまざまなうわさを広げていく。

三輪山が奈良の山々の際に隠れてしまうまで、じっくりと目に留めて行きたいのに、無情にも雲が隠してしまうというのか、と歌われた長歌。

味酒《うま》　三輪の山　あをによし　奈良の山の　山の際《ま》に

い隠るまで　道の際《くま》　い積るまでに　つばらにも　見つつ行かんを　しばしばも　見放《さ》けむ山を　情《こころ》なく　雲の　隠さふべしや

三輪山を　しかも隠すか　雲だにも　情あらなむ　隠さふべしや

「額田王さまを、大海人大兄さまは天智大王さまに譲られたとか。額田王さまは、大海人大兄さまのもとにおられたかったというぞ。」

「すぐれた宮廷歌人として、天智さまが望まれたのであろう。額田王さまはきっぱり断ってくだされなかった大海人大兄さまのことを、愛しさゆえに、今は憎まれなされているとか。」

「いや違う、近江に移るにあたり、三輪山のご霊のお怒りを鎮めるために、天智さまの頼みで詠まれた歌と聞いたぞ。」

　背中に〈申〉という字が書かれた大亀を、王宮近くで捕らえたものがあって、これは日をつらぬくかたちだから乱が起こるぞ、というものがあり、背中が黄色で腹が黒いので、天地玄黄（天は黒、地は黄）の逆であり、やはり乱が起こるのでは、とうわさが拡がる。

　そして、実際にも、そのころ、朝鮮半島では、唐と新羅が戦争をはじめるという事態が起きていたのであった。

　百済を直接統治しようとする唐と、そうはさせまいとする新羅。

　衝突はいずれ不可避であったわけであり、六七一年六月には、石城（忠清南道扶余）で、百済の降将を前面に押し立てた唐軍と新羅軍が戦い、新羅軍が大勝利する。

　斬首五千三百人、唐の部隊長六名、百済の降将二名が捕虜となる。

　驚いた唐からは、総管の薛仁貴《せつじんき》が、新羅の文武王へ信書を送ってきた。あらかた次のような内容である。

　かつて両国は魚と水のような関係であり、唐は新羅の頼みにしたがって、ときに声援を送り、あるいは大軍を送ってきた。その戦いで唐は疲弊し、蔵を開いて財宝を売りに出し、秣《まぐさ》をたくわえるゆとりもなく、その日のうちに配給してしまうありさまだった。

　今、ようやく凶悪な賊軍は平定されたのだから、兵器倉を空き部屋にしようとしているのに、王が、唐の臣たる道を踏み外し、陣営を強化しているのは、智恵のあることとはいえない。

今の新羅は、深く迷いこみ、惑い狂っている。昔の忠臣は逆臣になってしまっている。

自分は皇帝から政治を任されているので、あなたが現在の戦いの計画をやめるならば、その旨を奏上し、関係を回復させることができる。もし謙遜な心でしたがうなら新羅国は子々孫々続いていくだろう。

信書は、最後に次のように述べて終わっている。

「戦いを止め、私の助言を受け入れるべきです。いまきびしい警戒のなかながら、まだ旅人は往来しています。そこで今、信書を送り、麻布一、二匹を持たせます。」

早速、新羅の文武王は、返書を送る。

先王の武烈王（金春秋《きんしゅんじゅう》）が、王になる以前、入唐してからの唐との関係をも述べた長文の書であった。

百済・高句麗を平定するまで、ひたすら唐に忠義を尽くしてきたのに、突然、無実の罪を着せようとするのはどうしたことでしょうか。

今、唐が船舶を盛んに修理しているのは、倭国征伐のためと称しながら、実は新羅を攻撃するためらしいと伝わってきています。

総管の信書を読むと、頭から新羅が反逆を起こしていると決めつけておられるが、事実ではありません。

しかるに、唐は、使者をつかわして原因を調べることもせず、数万の軍を派遣し、新羅をほろぼそうとし、二階建ての大船が大海に満ちあふれ、船の艫と舳先が河口でつながっている。熊津にも近づき、新羅を討伐しようとしているとは！

「ああ、新羅は百済・高句麗が平定されなかったころは、指示どおりに走りまわりました。野獣の二国が討伐されてしまうと、唐に料理され、侵略されようとしています。」

賊は百済に残っているのに、かえって報賞され、唐に殉じた新羅は、裁かれている。

「七つの武徳を兼備し、九つの学派を兼学しておられる総管」であるゆえ、どうか、自ら詳しく調べてほしい。

切々たる新羅王の信書への、唐の回答は、占拠している旧高句麗の都城・平壌の守りを固めることであった。

将軍コウカンらが、北方民族の兵四万をひきいて、平壌に到着、堀を深くし、石組みを高くしたのである。黄海南道にも東軍は侵入してくる。

十月六日、文武王は、将軍・当千に命じ、唐の軍船七十余艘を攻撃させ大勝。唐の将軍はじめ士卒百四人が捕虜となり、溺れ死ぬものは数知れず。新羅の意気は高い。

唐・新羅の軋轢《あつれき》は、当然、倭国にも伝わり、ひびいてくる。数百人が詰めている筑紫の唐の館には、緊張した空気がみなぎり、倭国への新羅の働きかけを阻止しようと努めている。天智の異父弟の大海人太子が、新羅とむすんでいることはつかんでいるので、その身辺には殊更目を光らせる。そんなことは先刻承知の大海人は、自重している。

かくてなにかと世情があわただしいなか、六七一年の秋、天智は病み、四ヶ月後には他界した。

大王位についてからわずか三年。享年四十五歳。蘇我入鹿を倒すため、自ら剣をかざして大極殿に乗りこんでいってから二十三年の隠忍の末、唐の許しを得、その護衛のもとに、やっと王位に就いたというのに、たった三年では、天智とすれば、無念のきわみであったろう。

近江を真の都にしたかった無念は、なにがどうしても、大海人ではなく、わが子、大友に王位を継がせたい妄執となって、際《きわ》のときを過ごすこととなる。

病に倒れるや、急ぎ、天智が行ったのは、使者を法興寺につかわし、もろもろの珍宝を献上することであった。

袈裟、黄金の鉢、象牙、外がわが朽ちても木心・枝節が残り、水に入れれば沈む沈水香、倭国では産しない東インドの白檀から取れる栴檀《せんだん》香、種々の宝玉などなど。

蘇我氏の氏寺であった法興寺に、血塗れた剣をひっさげて乗りこんだ若き日の記憶がにわかによみがえり、蘇我氏の亡霊が自分にとりつき、命をうばおうとしているかに思えて、怯えたのではなかったか。

王宮の内裏に設けた仏殿には、百の仏像を安置させ、督促して大掛かりな開眼式を行わせたりもした。

病が重くなるとともに、気になるのは、近江朝の今後だ。

この時を大海人が待っていたに違いないことを思うと、居ても立ってもいられない気持ちになる。

ついに、わが命のあるうちに大海人を殺害するしかない、と決意するのである。

そう、王位を譲ると偽って、よろこばせるのだ。やつは、警戒心をなくし、よろこぶことだろう。その心の隙をねらって、隠しておいた兵士を踏みこませ、一気に殺してしまおうぞ。

十月十七日、苦痛甚だしいなか、天智は、中臣金の情報で知りえた、大海人に心を寄せているという蘇我安麻呂《やすまろ》を呼び、大殿（王の寝室）に大海人を来させるよう、命じる。

自分に忠実な臣下を使者に立てたのでは大海人は警戒し、やってこないであろうと考えたわけだが、策におぼれ、これが裏目に出た。

蘇我安麻呂は、天智によりいわれない反逆の罪を着せられ、殺されてしまった蘇我石川麻呂の甥だ。乙巳の変では、蘇我一族にもかかわらず天智に味方して大きな功績があったというのに、いわれなく反逆者として殺されていった篤実な叔父一家をおもえば、胸が煮えてくる。やむなく天智に仕えながらも、事件にかかわりなかった大海人に何かと情報を提供していたのだった。

で、この日も、天智が寵臣たちを呼び、何かひそひそと相談したあと、屈強の兵士をひそかに呼んだらしいと、天智近くにいる役人から聞き知り、大海人に助言する。

「ご無事で大殿から帰られますよう、応対なされませ。武芸に秀でたものが、どうやら呼ばれたようでございます。」

この一言で、大海人は、さては今日、われの命をうばうつもりであるか、と身構えることができた。

そうとも知らぬ天智は、病床から身を起こし、弱弱しく、依頼する。

「われ亡きあと、王位を引き受けるものは、そなたをおいてない。どうか、われの後を継いでくれぬか。くれぐれも頼んだぞ。」

（ほら、来た。）と大海人はおもい、はっと跪いて激しく首を振る。

「おう、なにを言われまするか。愚かなわたくしめに、とてもとてもこの国をたもつ力などありませぬ。

どうか、ウノ皇后さまに王位は譲られ、大友王子さまを太子となされませ。

わたくしは、今日ただ今、この王宮にて出家いたし、大王さまのご快癒をもっぱらお祈り申し上げる所存でございます。どうかどうか、お許しくださいませ。」

真剣この上ない顔を見て、天智はほっとする。重い病は、聡明な男から判断力をうばったのであろうか。

「そうか、そうしてくれるか。」

「はい。王宮内で、ただちに剃髪いたしたく、どうか、お許しを。」

「そうか。よかろう。そなたが望むとおりにするがよかろう。」

「おう、大王さま。お聞き入れくださいまして、有難うぞんじまする。」

大海人は、うやうやしく再拝すると、するすると引き下がり、王宮内の仏殿に入るや否や、即刻、鬚、髪を剃り、僧となってしまったのであった。

大いによろこんだ天智は、みごとな袈裟を送る。

大海人は、私に所有していた武器もことごとく王宮に献上してしまい、二日後には、法衣姿で自ら王宮へやってきて、吉野に隠遁して天智の快癒を祈りたい、と恭しく挨拶する。

「おう、吉野に行ってしまってくれれば、のちの心配をしなくてすむぞ。行くがよいと伝えよ。」


天智の許しが出ると、王宮からそのまま、大海人は、吉野へと発った。

まこと吉野へ向かうかどうか、警戒のため、天智の腹心、蘇我赤兄左大臣、中臣金右大臣、蘇我果安《はたやす》御史太夫らが、宇治まで送って行く。

その日のうちに、大海人は、島宮離宮（奈良県高市郡明日香村島ノ庄）に着き、翌二十日には吉野に到着した。

吉野に着くと、供にくわわった舎人たちを集めて言う。

「われはこの地にて、仏道修行する所存ぞ。われにしたがい、ともに修行せんとおもうものはとどまれ。現王朝に仕えて名をなさんとねがうものは、咎めたりせぬゆえ、近江にもどるがよい。」

だれ一人、近江にもどるとは言わない。

それでもなお、再度、舎人たちを集め、同趣旨を言い渡すと、半分のものは近江にもどって行った。絶対忠実な舎人だけを、吉野に残したわけで、なかなか慎重な策といえよう。

「虎に翼をつけて放ったようなものだ。」

だれ言うとなく、そんなうわさが、巷には広まっている、と道顕は書き留める。

23　壬申の乱

天智重篤を知った唐は、十一月十日（六七一年）、天智の死後、倭国が新羅がわに付いたら大事と思ったのであろう、郭務悰《かくむそう》に命じ、総勢二千人の大軍を四十七隻の船に載せ、筑紫に送りこんできた。

　道久法師ほか、このたびの戦いで捕虜となり、長安に連行されていった筑紫君サチヤマほか四名までも、もどしてきたところに、倭国を何としても唐がわにつなぎとめておきたい意向がよく見える。

　二千人のうち、百済の重臣、沙宅孫登《さたくそんとう》ら、唐の捕虜となり、その後唐に帰属した百済人が千四百人を占めているのは、近江にいる亡命百済貴族たちと盛んに接触させるためであろう。沙宅孫登などは、法官大輔（式部省次官）となった沙宅紹明《じょうみょう》と同じ一族だ。

　吉野に逃れている大海人は、（やれ危うかった、今少し山へ入るのが遅ければ、われの命はなかったかも知れぬ。）と胸なでおろしていたに違いない。

　筑紫君サチヤマは、よくもどってきたとの大友太政大臣の慰労に、はらはらと涙をこぼしながら、語っている。

「実は、かようにもどってこられましたのは、唐の温情が一番ではありますが、さて返すと言われても、われら三名とも、ぼろぼろの衣服のまま、一行にくわわるにはあまりに恥ずかしく、靴とて穴が開き、路銀とてろくになく、無事に帰っていけるやら甚だ不安でおりました。

　そのとき、筑後の兵士で捕虜となっていた大伴ハカマが、かように言ってくれました。

『わたくしも帰ってよいとのお許しが出ましたが、衣服も路銀もなく、帰るすべがありません。

　どうか、わたくしを売って、みなさまの衣食の足しになさってくださいませ。』

　そこで、泣く泣く彼のものを売り、ようやく帰って参れたしだいでございます。まこと恥ずかしうございます。」

　ちなみに、ハカマがようやくもどってこられたのは、三十年後の、持統（ウノ）四年（六九〇）。まさに今浦島の心境であったろう。

　ウノは、その誠忠をほめ、ハカマに従七位下に相当する位、ふとぎぬ五匹・綿十トン・布三十端・稲千束・水田四町を与え、ひ孫にまで及ぶこと、三等親までも免税している。

十一月二十三日、大友王子は、王宮の西殿に安置してある織物の仏像のまえに五人の重臣を集め、手に香炉を持って、誓いを立てていた。

「われら心を同じくして、大王さまの詔を承る。もし違うことあらば、必ず天罰をこうむらん。」

五人の重臣とは、蘇我赤兄《あかえ》、中臣金《かね》、蘇我果安《はたやす》、巨勢《こせの》人《ひと》、紀大人《きのうし》。

大王さまの勅とは、死に行く天智が、次期大王に大友王子を指名した一事であろう。大友の誓いに続き、赤兄らが、手に手に香炉を持ち、泣きながら誓いを立てる。

「われら五人、殿下にしたがい、大王さまの勅を承りまする。もし違うことあれば、四天王さまに打たれましょう。天神地祇にも誅罰されましょう。どうか三十三天よ、ご照覧あれ。違うことあれば、子孫絶え、家門もほろびんことを。」

実は、この席には、筑紫からやってきた郭務悰《かくむそう》が、誓いをじっと見守っていたのではないか。天智亡きあと、新羅寄りの太子、大海人でなく、大陸の教養を身に付け、唐文明を慕う大友王子を、唐は選ぶ。それには、かつて筑紫で大友王子と会った唐の使節、劉徳高《りゅうとくこう》が、皇帝への報告書に大友を高く評価して書いたことも影響したであろう。

「魁岸奇異、風範弘深、眼中精耀、顧眄煒燁」であり、蛮国の人とは思えない、と劉徳高は記していたのだ。江口孝夫訳注『懐風藻』によれば、「逞しく立派な身体つきで、風格といい器量といい、ともに広く大きく、眼はあざやかに輝いて、振り返る目もとは美しかった」の意。

大友王子と会った郭務悰は、劉徳高の描写は的を射ていた、とうなずく。

王子の周囲には、沙宅紹明らの指導で、詩文づくりに励む文人たちが誕生しており、習いたての漢詩文を楽しげに披露しあっている。

大友は、恥じらいながら、習作ですが、と郭務悰に一篇の詩を見せた。

道徳承天訓

塩梅寄真宰
羞無監撫術
安能臨四海

天の教えをいただいてこの世の教えとし
天の教えに基づき正しく国家を運営する
恥ずかしい事だが私は大臣の器ではない
どのように天下に臨んだらよいのだろう
（江口孝夫訳）

（ふむ、年若くして、太政大臣になってしまった若者の初々しさがあふれている良い詩だわい。）郭務悰は思う。何より大友が、これまでの倭国と違い、武より文に興味を持っていることが好ましい。新羅に対抗する国にしておきたいといえ、やたら武張った強国になられても困るのだ。

西殿での誓いの翌日、近江王宮のひと棟が燃えた。何ものかによる放火らしいとのうわさが、たちまち王宮内でひそひそとささやかれていくなか、二十九日、大友と蘇我赤兄以下五人の重臣たちは、今度は瀕死の天智大王の枕もとに並び、西殿での誓いを報告し、同じ誓いを立てたのであった。

このころ宮殿の大炊寮に置いてある八つの鼎《かなえ》が、同時に鳴ったり、一つ、二つ、三つ、いっぺんに鳴ったりした。中国では、鼎は王室の宝器とされているため、だれも不吉なことだとうわさしあう。

鼎のことは、大友の耳にも入って、不安にかられ、重臣らと相談し、新羅へあまたの贈り物をすることを決めた。

唐軍二千人という心強い味方が、筑紫にいてくれるとはいえ、父王の死が目前にせまっている今、あまり新羅を刺激したくはない。平穏なうちに王位に就き、近江の地で、新しい文化香る国を育てていきたい。

狩猟に明け暮れる大海人叔父上より、われこそが亡命百済人らとともに成し得ることぞ、大友の自負である。

そこで、絹五十匹、ふとぎぬ五十匹、綿千斤、おしかわ百枚という大量の献上品を船に載せ、新羅へと使者が旅立って行った。

五日後、ついに天智は逝った。

天智の后妃たちが、とりどりに挽歌を詠む。

大后のヤマトヒメの挽歌。

人はよし　思ひ止むとも　玉鬘《たまかずら》　影に見えつつ　忘らえぬかも

ヤマトヒメは、天智がほろぼした古人大兄王子の娘。長く后として天智のそばにある間には、父を亡きものにした男への憎しみは消えていったのであろうか。あるいは胸の奥深く、怨みはくすぶり続けつつも、天智の魅力に惹かれ、愛しい男とおもわずにはいられなかったのであろうか。

重態のとき、また、死後、琵琶湖から飛び立つ鳥を見たときにも、ヤマトヒメは夫、天智を偲ぶ切々とした歌を詠んでいる。天智の死によって、胸底に残っていた憎悪も消え、近江王宮で過ごした日々だけが、なつかしく思い出されたのであろう。

額田王も挽歌を詠んでいるものの、いたって儀礼的な歌であり、そこへいくと、『万葉集』に詠み人不詳と記された女性の歌は、いかにも天智への想いにあふれている。

うつせみし　神にあへねば　離《さか》り居て　朝嘆く君　放《さか》り居て　わが恋ふる君　玉ならば　手に巻き持ちて　衣ならば　脱ぐ時もなく　わが恋ふる　君ぞ昨の夜　夢に見えつる

(神となって天に昇っていってしまわれた　あなたよ　離れ離れになってお会いすることもできなくなり　朝夕に　あなたを想い　あなたを慕い　嘆いてばかり　あなたが玉ならば　手に包み　衣ならば　ずっと脱がずにいるでしょうに　でも　そのような恋しいあなたに　昨夜ようやく　夢でお会いすることができました)

この女性は、大友王子の母、伊賀采女宅子娘《いがうねめのやかこのいらつめ》ではあるまいか。天智は、ヤマトヒメのほかに、四人の嬪《ひん》(蘇我山田石川麻呂の娘のオチヒメとメイヒメ、阿倍倉梯麻呂《あべのくらはしまろ》の娘、タチバナノイラツメ、蘇我赤兄の娘、ヒタチイラツメ)と、四名の地方豪族の娘を娶っている。

伊賀采女宅子娘は、身分からいえば、九名中、一番下に位置する。わが子が、太政大臣となり、やがての王位を約束されていても、その子の安全のためにも、だれかれに妬まれぬよう、目立たぬよう目立たぬよう心がけて暮らす女性であった。

天智を恋い慕うあまり、思わず心の丈をぶちまけてしまった挽歌。おそらく公にすることなく邸に置いていたものを、大友の横死以後、彼女を不憫に思うだれかが、氏名不詳のかたちで、世に出したのではなかろうか。

明くる六七二年三月、天智の喪が、大々的に執り行われる。

これには道昭も参加し、他の僧侶とともに読経する。そこには、白い麻の衣に身を包み、哀しい声を上げて哀悼の意をあらわす郭務悰の姿もある。

五月、蘇我赤兄らは、かねての手はずどおり、大友王子を即位させた。

朝鮮半島の情勢が怪しいなか、空位があっては倭国の存亡にかかわると群臣を説いたのである。

大王一代で変えていた王宮は、唐あるいは新羅・百済に倣って、近江王宮をそのまま使うことにする。それは亡き天智のねがいでもあった。

ばたばたと即位の礼が終わると、これで唐にしたがう国が無事成立した、と一安心したか、郭務悰は筑紫から大軍をひきい、引き上げて行った。

朝鮮半島では、新羅が唐軍と一進一退をくり返しているありさま。正月には、文武王が派遣した将軍が、百済の降将が守る泗沘《しひ》城を攻め、落城させ、二月にはカリン城を攻める。唐軍は劣勢となり、二千人の大軍は、新羅と戦うべく、筑紫を去ったのだ。

郭務悰の後押しなくしては、大友はつつがなく即位できなかった、とわかっている蘇我赤兄らは、莫大な品々を郭務悰らに贈る。

太絹　千六百七十三匹
布　二千八百五十三端
綿　六百六十六斤
という具合。

しかし、若い大王が近江王宮で過ごせた時は、あまりにも短かった。

即位からわずか一ヶ月後、倭国をゆるがし、三ヶ月に及ぶ大戦争が勃発するのである。

郭務悰ら二千人の大軍の引き上げは、五月二十八日。

おそらく、郭務悰らの引き上げを、大海人王子らは吉野の地で、隠忍して待っていたのではなかったか。

大海人王子が、公然と近江に敵対する勅を発し、はるか美濃へ向けて、出立したのは、六月二十二日。

郭務悰らが去ったあと、近江がわも、大海人王子の決起を当然警戒している。近江から飛鳥にいたる道々には監視人が立ち、宇治橋には守衛を置いて、大海人王子の舎人たちが兵糧を吉野に運ぶのを妨げようと、昼夜目を光らせている有様。

時が経てば、兵糧も尽き、決起はいよいよむずかしくなるぞ、そう判断した大海人王子は、ついに近江朝廷と戦うことを宣言、近江方に悟られるまえにと、猛スピードで吉野を発ったのであった。

したがうものは、当初、ウノ后、草壁《くさかべ》王子、忍壁《おさかべ》王子、佐伯大目《さえきのおおめ》ほか舎人たち二十数人、女官たち十余人。寥々たるメンバーであったが、先々でしだいにふくれあがり、大人数となっていく。

この間の大海人王子のうごきは、「日本世記」を書き連ねている道顕《どうけん》が、のちに自らの聞き取り、あるいは大海人王子の舎人の日記、配下の僧、恵釈《えさか》など史伝にたずさわるものたちからの情報を突き合わせ、かなりくわしくまとめている。その記録を口訳してみよう。ときに道顕は自身の感想も記している。

六月二十四日
吉野から伊賀に向かおうとする大海人王子は、倭《やまと》古京《こきょう》の留守司、高坂王《たかさかおう》のもとへ、大分恵尺《おおきだのえさか》らを送り、駅鈴《えきれい》(駅馬を利用するときに必要な鈴)を得ようとした。が、高坂王は渡さない。大分恵尺はその場合の命も受けていて、そのまま近江へ、間道を伝って馬を駆け、近江にいた高市《たけち》王子、大津《おおつ》王子に、挙兵を伝え、伊勢へ向かうよう指示した。

駅鈴は得られないまま、大海人王子らは伊賀へ向かう。はじめは徒歩で、間道を行き、途中、犬養大伴《いぬかいのおおとも》が曳いてきた鞍付きの馬に乗ることができてからは、公道を駆けて行った。ウノ后だけは輿に乗せ、宇陀に向かう途中で、ようやく草壁王子らの乗る馬が用意された。

一行は、大海人王子ほか、草壁・忍壁の二王子ほか舎人たち二十余名、后にしたがう女官十余名、総勢わずか三十余名。

近江王宮に仕えていたはずの大伴馬来田《まぐた》、黄書大伴《きふみのおおとも》らは、大海人王子に味方しようと一路、馬を飛ばしてはせ参じ、大海人に追いつく。

一行は、まず宇陀の吾城《あき》に着き、さらに甘楽村へ。ここでは、大伴エノモト大国が、狩猟民から引き抜いて組織した屈指の騎馬軍団をしたがえ、出迎え、一行を警護する。天智大王の世のあいだ、もっぱら狩りに呆けていたかに見えた大海人王子は、山深い宇陀の地の王室の狩り場で、エノモト大国に命じ、蜂起にそなえた騎馬軍団を育成していたのである。

もう安心というところへ、美濃の豪族ミノ王も将卒をひきいて駆けつける。

山道にくわしい彼らに警護されて勢いづいた一行は、途上、折しも大海人王子らのための米を吉野へ運ぼうとしていた、伊勢国の荷馬五十四に行き会った。そこでこれ幸いと米を捨てさせ、歩いていたものたちも馬に乗ってすすんで行く。

日暮れ、室生《むろう》の大野（室生寺付近）へ到着。とっぷり日が暮れて山道は真の闇、そのままでは先へすすめないため、大野の村の家々の垣根を壊し、燈火にし、さらにすすむ。

夜半、名張《なばり》に着き、駅家《えきか》に火を放つ。そののち、舎人たちが叫ぶ。

「大王さまが東国へお入りになるぞ。みな、出でよ、お仕えせよっ。」

だが、しいんとして一人もあらわれない。

伊賀は大友大王の母の出身地であるからむりもないのだ。

さらにすすみ、横河（名張川）のほとりに着く。

時に黒雲が広く長く空を覆い、ひとびとは怖れ惑った。前途を危ぶむひとびとを見て、新羅人から天文学・易学も学んでいた大海人王子は、（おう、易が役立つは、まさにこのときぞ。）と厳粛に占いを行う。

燈火を高く掲げ、自ら式《ちく》（陰陽道の用具）を持って回転させ、占って言われた。

「黒雲は天下が二つに分かれるしるしだ。されど、最後にはわれが天下を得る、との卦《け》が出たぞ。」

一同、たちまち意気上がり、夜半急行して伊賀に着くや、ここでも駅家を焼き払い、燈火をかかげ闇のなかをえいやえいやと進軍する。

伊賀の中山（三重県伊賀市）にいたったところで、伊賀国の郡司たちが、数百の役人をひきい、迎えに出る。

六月二十五日

タラノ（三重県伊賀市荒木付近）に着いたところで、夜が明け、小憩、食事を取る。さらにすすみ、ツゲ（伊賀町柘植）に着いたところで、甲賀を越えてきた高市王子らと合する。高市王子は、勇猛な豪族たちをしたがえてきている。いずれも、渡来人を祖に持つものたち。

伊賀・伊勢国境の鈴鹿山地を越えて、鈴鹿に着くと、伊勢国司《くにのみこともち》守《のかみ》三宅石床《みやけのいわとこ》をはじめ、伊勢の豪族たちが将卒をしたがえ、出迎える。三宅石床の祖は、新羅の王子、アメノヒボコの末裔である。

大軍となった大海人軍は、大和から東国にいたる官道、鈴鹿山道をおさえ、意気高く、日暮れには川曲《かわわ》坂の麓に着いている。

ウノ后の疲れが激しいのを見て、一休みしたものの、雨が降り出す気配に、また先へすすむ。雷が鳴りひびき、雨は盛んに降り、耐え難い寒さ。だれの衣も濡れそぼれ、震えが止まらない。

ようやく三重の郡家《ぐんけ》（四日市市采女町付近）に着き、家一つ焼いて、その火で暖を取る。

深夜、鈴鹿の関司の使者がやってきて、大津王子が関に着いたと知らせてきた。早速、迎えに行かせる。

六月二十六日

辰の刻（午前八時ごろ）、トホ川（朝明川《あさけがわ》）の河原に全軍を整列させ、対岸の森の奥にあって見えないながら、倭国建国の英雄だと伝わる、雄略《ゆうりゃく》大王が祀った軍神タカミムスヒ神の祭場に礼を尽くす。

（これより新たな国を建てまする。あなたの胆力をお貸しくだされよ。されば、伊勢にみごとな神の宮を建てましょう。）

原料の麻・絹を船で移入し、質のよい衣服や織物を縫い水銀も産する、ゆたかな地が伊勢。

天智大王が目をつけ、神領の四郡を割いて朝廷領にしてしまったため、地元民らは恨みを持っている。加えて、朝鮮半島出兵による重税や徴兵。民たちは、天智大王の世を恨み、大海人王子の挙兵をもろ手を挙げて歓迎していたのだ。

わけて伊勢海人族は、母（後の皇極女王）に疎まれた幼少期の大海人王子を養育してくれたひとびとでもある。

大海人王子とともに礼拝しながら、このとき、ウノはひそかに次のように思っていたといわれる。

（タカミムスヒ神は倭国の神。新しいわれらの国神は、彼を抑える神でありたい。そう、彼に仕えるヒルメ神をこそ、新たな国神にしたいものよ。）

とこうするうち、大津王子が、到着、これまたヤマトの豪族をあまた連れてきており、大海人王子のよろこびは限りない。

朝明の郡家（三重県朝日町縄生）に向かう途上、美濃国に先発していた村国オヨリが、駅馬に乗ってやってきた。

「およろこびくださいませ。美濃の軍勢三千人をしたがえ、不破《ふわ》の官道を押さえましたぞ。」

不破の官道は、近江・美濃両国の国境にある要路、そこを押さえたのだから、オヨリの功績は大きい。朝明の郡家に着くや、大海人王子は高市王子を不破に送り、不破の情勢をさぐらせる。

さらに、東海、東山にもそれぞれ将軍を送り、挙兵させる。

夕方には桑名の郡家に到着。宿る。

挙兵してからわずかに三日。何ともすばやいうごきだ。

対するに、近江方は、どうしていたか。

大海人王子の挙兵に、群臣たちは動揺し、さまざまな行動を取る。大方が武より文に長けたものが多く、いつ大海人王子の軍勢が近江に押し寄せるかと怖れ、東国に逃れようとするものもあれば、山の奥に隠れようとするものもあっててんやわんやの騒ぎ。

本来、朝廷の親衛隊をひきいる役目を受け持ってきた大伴馬来田・吹負《ふけい》兄弟に至っては、かねて大海人王子に心を寄せていたので、病と偽り、さっさと倭古京近くの家に帰ってしまう。無謀な朝鮮出兵、負けてのちも亡命百済人以外には目もくれない天智や大友の施策に、かねて不満を持っていたから、兄弟相談しあい、兄は、大海人王子のもとへ、弟は古京で大海人王子のために挙兵、大働きしようと誓いあったわけで。

天智の大王即位からわずか四年、唐軍二千人に守られて成立した近江朝廷は脆弱なのであった。

どうすべきか、群臣を集めた軍議でも、武略にくわし

い将軍が、

「戦は勢いです。もたもたしておりますれば、相手にやられましょう。一刻も早く、兵馬をととのえ、相手を追うが上策と存じます。」

進言したのに、大友は、もっと大軍勢をととのえてからでなくては、と退ける。軍書は読んでいても、なにぶん机上の勉学に過ぎないのだった。

とにかく各地の官軍に檄を飛ばさねば、と東国へ、大倭へ、吉備へ、筑紫へ、使者を送る。

筑紫の栗隈王《くりくまおう》と、吉備の国守・タギマ公の去就が心配になってきた大友は、腹心の佐伯男《おのこ》と樟磐手《くすいわて》に命じる。

「磐手、そちは吉備へ。男、そちは筑紫へ行け。栗隈王もタギマ公も、大海人王子に付いているのではないか、危うく思えてならぬ。怪しき節あらば、即刻殺せ！」

吉備に入った磐手は、タギマ公が果たして大海人王子と通じている証拠をつかみ、作戦を立ててからタギマ公に会う。大友大王の勅書を授けるとき、剣を帯びずに受け取るのが礼だと主張し、タギマ公がやむなく剣を放した途端、瞬時におどりかかり、殺害してしまった。

かたや、筑紫に行った佐伯男は、そううまくはいかなかった。なにしろ、はじめから栗隈王の両脇に、二人の王子が剣を帯びてすっくと立ち、いささかの隙もない。

勅書を読み終わった栗隈王は、外敵を防ぐことこそ筑紫率の役目であり、近江に援軍を送っている間に、外敵が攻めてきたらたちまち倭国はほろびよう、その罪で、のちに私を百回殺害したとて何の益があろうか、と理詰めで主張する。

二王子はじめ周囲から立ち上る殺気に、さしも勇猛な佐伯男も、なすところなく這々《ほうほう》の体で逃げ帰るしかなかった。

この非常事態に、大友が、亡命百済人たちに頼らなかったのは、感心といえた。

戦への参加を申し出るものもいたが、

「これは倭国のなかの争い。あなたがたは、どちらが勝とうとこれからの国造りに大事な方たち。戦が終わったところで、充分、お知恵を頂きましょう。」

そう言って断っている。

ではまた、道顕の記録にもどろう。

六月二十七日

桑名の郡家にいた大海人王子のもとへ、ワザミ（関ヶ原一帯）にいる高市王子の使者が来て、桑名は近江に遠過ぎ、便がよくないゆえ不破の郡家に軍をすすめてほしい、と進言する。

　大海人王子は受け入れ、ウノ后を桑名に残して、不破へと入っていく。尾張国司が、二万人をひきいて駆けつける。

　野上《のがみ》（関ヶ原・野上）にすすんだところで、高市王子が迎えに出て、近江方の状況を報告する。

「近江の駅使《えきし》が、馬に乗って駆けてくるところを待ち伏せし、捕らえました。尋問しましたところ、東国の挙兵をうながす韋那公《いなのきみ》イワスキの一派でしたが、イワスキは大王さまの挙兵を知って逃げ帰ったそうでございます。」

　大海人は、その高市に嘆いた。

「近江には左右大臣はじめ智謀にすぐれた群臣たちがあまた居り、はかりごとを定めておる。われには、さようなものたちがおらぬ。ただ、いとけなき子どもらが居るばかりぞ。どうしたらよかろうか。」

　十九歳の高市は、ぐいと肘をむきだし、剣を取り、父を励まして言う。

「近江の群臣がいかに多かろうと、どうして敢て父君に逆らえましょうや。父君、お一人におわしますとも、やつがれ高市は、神祇のお力を得て諸将をひきい、敵を必ず討ちほろぼしまする。ご安心なされませ。」

「おう、ようこそ言うた！」

　大海人はよほど嬉しかったらしく、高市王子の手を取り、背を撫でて、

「ゆめ油断するでないぞ。」

と言い、鞍付きの馬を与え、ワザミでの司令官に命じ、こまごまと作戦を授ける。


　高市王子は、大海人の王子中、もっとも年長たが、母は胸形君徳善《むなかたのきみとくぜん》の娘、尼子《あまこ》イラツメ。王子の序列からいえば八位。このときの高市王子の頼もしさに、大海人は母の出自で王子の地位を云々することの愚かさを胸に刻み、（母の出自がどうあろうと、どれもわれの子。公平に目をかけよう。）と心に決める。

　桑名にとどまり、その場にいなかったウノ后は、のちに父子の対話を聞き知り、ちりりと胸にトゲが刺さる思いがあった。

大海人との子、草壁は、十一歳。大事に育てたせいか、ひよわで心優しい。行軍に遅れまいと泣きそうになりながら従者に励まされ、付いていくのが精一杯で、戦にくわわろうなど夢にも思っていない。

（やがて大王になるものはそれでよいのだ。）と、ウノは肯きながら、強いものを好む夫の思惑が気にかかる。

（なんであろうと、卑しい出自の高市ごときに、やがての大王の座をうばわれてなろうか。）

さて、高市はワザミに帰って行き、大海人一行は、にわか造りの野上の行宮《あんぐう》で、一夜を明かした。

深夜、雨が激しく降り、雷鳴がとどろく。怖れおののくひとびとをおちつかせるため、大海人は衣服をととのえ、うやうやしく低頭して天神地祇に祈願する。

「おう、天よ、地よ、われを助けたまう御心あらば、たちどころに雨を止めさせたまえ。」

祈願が終わったとたん、雨が止んだ。

「見よ、雨が止んだ。雷も遠のいたぞ。なんとわれらの大王さまは神にも等しいお方ではないか。この戦は必ず勝利するぞ。」

それまで怖じ恐れていたものたちも、にわかに勢い付く。大海人自身もわが霊力の力に奮い立ったことであろう。

それまで、女性にこそあった霊力は、大海人が新羅人から学び、身につけた易学により、男性がわがうばっていったといえようか。

六月二十八日、大海人は、ワザミに出かけて、高市と作戦を立て、野上にもどる。

六月二十九日、大海人は、昨日と同じく、ワザミにおもむき、高市王子ひきいる軍隊の謁見を受け、野上にもどる。

一方、大倭《ヤマト》での戦はどうなったか。

これも、道顕の記録に頼ろう。

六月二十九日

倭古京にもどっていた大伴吹負は、留守官の坂上熊毛《さかのうえのくまけ》と作戦を練る。

近江方は、留守司の高坂王と、挙兵をうながしに来た穂積モモタリが、法興寺の大槻の木の下に本営を置き、戦いにそなえている。

吹負らは、モモタリが近江に送る兵たちに武器を授けるため、小墾田《おはりだ》の武器庫に出かけた留守をねらった。

吹負の作戦は次のとおり。

モモタリが、本営にもどらぬうちに、高市王子だと偽り、法興寺の北の道からふいに本営を襲おう。

その際、あらかじめ内応の約束を取り付けている漢《あやの》直《あたい》らに内から乱を起こさせよう。

近江方を動揺させるため、秦造熊《はたのみやつこくま》という男を、ふんどし一枚のあられもない姿で、馬に乗せ、本営の西で大騒ぎさせる奇策も行う。

「大変だ、大変だっ。高市王子さまが不破より出陣なされたぞうっ。大勢の兵をひきいておいでだぞうっ。」

作戦は成功した。

大声を出すのが得意の、熊の逼迫した叫びに、本営は騒然となり、大方の兵たちはたちまち逃げ散ってしまったのだ。そこへ、吹負ら数十騎が、どっと押し寄せ、内応している漢直らが、ともに近江軍に向かって暴れだしたから、高坂王はじめ残っていたものたちは戦意をなくし、たちまち吹負に降服してしまった。


そうとも知らず、武器庫からモモタリが、馬に乗って帰ってくる。

法興寺の西の大槻の木の下に到着するや、吹負軍に「下りろ」と命じられ、逡巡しているうちに、襟首をつかんで引き落とされる。そこへ矢を射たものがあり、倒れかかるところを斬られ、たちまち殺されてしまった。

意気天を突いた吹負は、不破の大海人王子のもとへ、勝利を告げる騎馬の使者を送る。大海人王子は、よろこぶこと限りない。


法興寺は、先の葛城と鎌足のクーデターのときと同じく、権力を奪取するがわの手に落ちたわけで、法興寺一帯をだれが占領するかで勝敗が決まるともいえた。

その地が（聖地）であること、それは、なお、ひとびとの心中に消えずに深く残っているのだった。

この功績で、大海人は吹負を将軍に任ずる。倭古京の本営を吹負があっさり占領したとの情報は、たちまち知れわたり、三輪君高市麻呂《みわのきみたけちまろ》ほか、近辺の豪族たちがぞくぞく吹負のもとへ駆けつけ、助力を申し出た。

吹負は、これら豪族ひきいる軍をよく編み、近江攻めをめざし、奈良へと向かって行く。

奈良に向かう途中、河内から近江軍が大挙、せまってくることを知らせるものがあり、急きょ吹負は、坂本タカラら三名の将に三百名の兵士を付けて、龍田《たつた》（奈良市三郷町、河内に通じる交通の要衝）で防がせる。また、数百人を派遣して、大坂（奈良県香芝市）、石手道《いわてのみち》（竹内峠）にも陣を布く。このあたり、吹負は、臨機応変に作戦を立てられる将軍であった。

タカラたちが平石野（生駒郡斑鳩《いかるが》町竜田か）で一泊していると、近江軍が高安城に立てこもったとの情報が入り、ただちに城へ向けて出立。

近江軍のほうは、タカラたちの軍がやってくると知ると、蓄えておいた米穀や塩などを焼いて、逃げ散ってしまう。このような場合にそなえ、民を苦しめての城づくりであったはずが、少しも役立たなかったわけだ。

で、タカラたちは、戦うことなく、高安城に入った。

七月二日

夜明け、タカラたちが西方を見ると、長尾・竹内両街道を、壱岐韓国《いきのからくに》ひきいる近江軍がびっしり埋め尽くしている。

タカラひきいる大海人軍は、城を降り、川のほとりで韓国の軍と戦ったものの、衆寡敵せず、カシコ坂（柏原市）に一旦退いた。

両軍は、二、三日、対峙したままとなる。

この日、大海人王子は、軍を二つに分け、一隊は、伊賀・伊勢国境の鈴鹿山地を越えてヤマトへ、一隊は、不破の関を破って近江へ攻め入るように命じた。いずれも数万の軍勢にふくれ上がっている。

混戦となったとき、敵を見分けるため、衣服の上に赤い布を巻かせ、旗も赤い布をはためかせたことも、大いに士気を高めた。漢の高祖が、赤帝（道教で天帝を守る七帝の一人）の子であると称し、旗や幟に赤を用いたのを模したのであろうか。

大海人王子は、さらに伊賀のタラノへ、伊賀・近江国境の要地、クラフ道にも兵を送り、守らせる。

一方、不破の関を守るため犬上川（彦根市を貫通、琵琶湖に注ぐ）のほとりに、数万で陣取っていた近江軍に混乱があった。山部王《やまべのおう》が大海人王子方に内通しているとわかり、蘇我果安らに殺されてしまうわけで。大海人軍にくわわろうとして果たせず、やむなく近江にもどったことが露見したのだった。

この間に、形勢不利とみたか、近江の将軍、羽田矢国《はたのやくに》が一族をひきいて大海人王子軍に投降してきた。よろこんだ大海人王子は、斧・鉞《まさかり》を授けて、越前掌握を命じる。

七月三日
ヤマトでは、吹負が、平城山《ならやま》に陣を張る。また、赤麻呂らに命じ、法興寺周辺を守らせる。赤麻呂らは、橋板を壊し、盾にして、要所要所に兵を置く。

この日、果安と吹負との間に大きな戦があり、このときは近江軍（果安軍）が勝利し、大海人軍は散り散りに逃げ散った。

危うく逃れた吹負を果安は追ったものの、彼方のいたるところに盾が立っているのを見て、伏兵がいるかもしれないと思い、あきらめてもどっている。

果安軍が、このとき、逃げる吹負をあくまで追いかけ、捕らえたならば、戦況は変っていたかもしれない。それも天の定めと言うべきか。

七月七日
伊勢から鈴鹿を越え、ヤマトへ進軍していた大海人王子軍の将軍、紀《きの》アヘマロは、吹負の敗北を知り、急きょ軍を分けて、置始《おきそめの》ウサギに千余騎をあずけ、吹負のもとへ送った。

ウサギ軍は、墨坂（奈良県宇陀市・旧宇陀郡榛原町西方）で吹負に合流。吹負は金綱の井戸のほとり（橿原市今井町付近）で散り散りになっていた軍を再編成し、近江軍がせまってくるのを知って、西方へ向かう。

近江軍をひきいるのは、壱岐韓国。

タギマ（葛城市当麻町）で両軍は激しく戦う。

このとき、大海人方で、目覚しい活躍をした兵士が、クメ。抜刀して敵陣に駆け入り、あたりかまわすなぎ倒していく。勇気付けられた騎馬兵が後に続き、近江軍は怖れおののき、逃げ散るのみ。クメは、それを追いかけ、斬り尽くして止まない。

見かねた吹負が、

「戦は、近江朝廷を倒すことで、兵卒をむやみに殺戮するためではないぞ。みだりに殺すな。」

と軍令を発したほどである。

韓国は、やむなく落ちて行った。（あのクメ一人のために！）と口惜しく、従卒にクメを射させたが、どの矢も当たらなかった。

吹負は、意気揚々、平城山の本営にもどった。

この間、大海人軍はふえ続け、上つ道（桜井市から奈良市東部）、中つ道（明日香村から大安寺）、下つ道（橿原市八木から北上）の三ヶ所の道へそれぞれ軍を送り、吹負は中つ道を指揮する。

日にちは不明だが、近江の将軍、五十君《いそきみ》は、村屋（磯城郡田原本町蔵戸）に陣取り、廬井鯨《いおいのくじら》に二百人の兵士を付けて、吹負の本営を襲わせた。

吹負のそばの兵士は少なく、危うく見えたが、徴兵した大井寺の奴婢トクマロほか五名が、めざましい働きをして、鯨の軍は本営に近づけなかった。

一方、上つ道では、大海人軍が、箸墓のほとりで近江軍を破り、鯨の軍の後方を押さえたから、鯨の軍は敗退、多くのものが死んでいった。

灰色の馬に乗って逃げて行った鯨は、泥田に落ちてしまい、足を取られて先へどうにもすすめない。それを見た吹負が、騎馬が得意の甲斐の勇士に、追いかけ、射るよう命じる。あわやというとき、鯨が馬に鞭打ち、馬の足が泥から抜けてなんとか逃れることができた。

吹負は平城山の本営にもどり、近江軍はついに攻めることができなかった。

大井寺の奴婢や、甲斐の勇士など、吉野方は巾広く兵士を集めており、これも勝利の大きな理由ではなかろうか。

その後もさまざまな戦があったが、吹負軍は、七月二十二日には、完全にヤマト一帯を掌握し、二上山《にじょうざん》の北方の大坂を越え、難波に進軍したのだった。

上中下の道をすすんだ将軍たちも、おのおの勝利し、淀川の南に陣取った。

吹負は、西方の国司たちに服従のしるしとして、近江朝廷の食物倉庫や武器庫のカギ、駅鈴、駅馬利用のさいの割符を提出させる。

かたや、七月二十二日、不破の関を破り、怒濤のように瀬田（滋賀県瀬田町）にすすんだ大海人軍は、瀬田橋で、大友大王ひきいる近江軍と最後の合戦を行う。

勢いに乗る吉野方のオヨリが、瀬田川に着くと、近江方は、大友大王以下、橋の西に大軍勢で陣を張っている。

ここは、道顕の名文を、そのまま記しておこう。

「大友王子及び群臣ら、共に橋の西に営りて、大きに陣を成せり。その後見えず。旗幟野を隠し、塵埃天に連なる。鉦鼓の音、数十里に聞こゆ。つらなれる弓、乱れ発ちて、矢の下ること雨の如し。」

近江軍の勇将は、智尊《ちそん》。精兵をひきい、先鋒をになって大海人軍を防ぐ。

橋の真んなかを切断し、三丈ほど空けて、そこに長い板を置いた。板を踏んですすもうとするものに対しては、板を引いて川へ落とそうとするため、先へすすめない。

ところが大海人方もさるもの、大分稚見《おおきだのわかみ》というものが、この局面を打開する。

「(稚見)、長矛を捨てて、甲を重ね着て、刀を抜きて急ぎて板を踏みてわたる。すなわち板に付けたる綱を切りて、射られつつ陣に入る。(近江)衆、ことごとに乱れて散り走る。

智尊、刀を抜きて逃ぐる者を斬る。しかれども止むること能はず。とどむべからず。」

かくて、ついに智尊も、橋のほとりで吉野軍に斬殺される。

同日、近江方が拠る三尾城(滋賀県高島郡)も、大海人軍の手に落ちる。

同日、先述したように、吹負は、ヤマトを完全に制圧し、難波にすすみ、他の将たちも、三道をそれぞれすすみ、淀川の南に陣取っている。

ここに大海人を主と仰ぐ軍は、近江軍に完全勝利したのであった。

七月二十三日、オヨリ軍は、粟津丘(大津市膳所)に整列、剣を高々と掲げ、勝利の雄たけびをあげた。

捕らえた近江方の将軍、犬養イソキミ、谷シオテ二名を、粟津の市で斬殺。

左右大臣も逃げ散るなか、大友大王は、逃れる場所を失い、山前で自ら縊れ死んだとの情報が、大海人王子方にもたらされる。

道顕の記録にもどろう。

七月二十四日
　逃げ隠れていた左右大臣らをことごとく捕らえる。

七月二十六日
　大海人王子方の将軍らは、野上の行宮にじっと待機していた大海人王子のもとへおもむき、勝利の報告を行った。

　このとき、大友大王の頭を、大海人王子に捧げた。ただし、その頭は本人でなく、大友大王は、鎌足の娘で妃の耳面刀自《みみものとじ》のみちびきにより、中臣金らとともに東の地まで逃れたものの、大伴馬来田らが大軍をひきい追跡、ついに討ち取った、とのうわさもある。

八月十五日
　高市王子に命じ、近江群臣らの罪状を報告させる。

　右大臣、中臣金ほか八名は、斬刑。

　左大臣、蘇我赤兄ほか、子孫もふくめ、流罪。

　他のものたちはことごとく許した。

八月二十七日
　功臣たちに、贈位、賜り物、功田など。

九月八日
　桑名に宿した大海人王子は、鈴鹿、阿閉（三重県伊賀市印代か）、名張を経て、十二日、意気揚々と古倭京に到着。

　とりあえず、天智の離宮であった島宮（明日香村島ノ庄）に陣取ったが、三日後に、父母の舒明・斉明大王の王宮であった岡本宮（明日香村雷）に移った。

（天智をもっぱら愛し、われを疎んじた母よ。百済はほろび、天智の世は終わった。近江王宮は、はかなく灰と化しましたぞ。われは、新羅と親しくしつつも、亡命百済人の智恵は生かし、この国をどこにも服従せぬ、みごとな国にしてみせましょうぞ。どうか、ご覧あれかし。）

　同年冬、大海人王子は、岡本宮を南にひろげ、沼地に石を敷き詰め、みごとな飛鳥浄御原宮《あすかのきよみはらのみや》を急ピッチで建立する。

　近江で息をひそめていた亡命百済人らも、呼び寄せられ、建立に尽力することをもとめられたことだろう。

　勝利に貢献した一員、大伴御行は、次のような歌を捧げる。

大君は　神にし座せば　赤駒の　腹這う田いを　都となしつ

近年、奈良県明日香村役場の北約百メートルの水田跡から、自然石二千個が整然と並ぶ石敷き広場が出土、飛鳥浄御原宮の庭先とわかった。

それぞれ敷き詰めた石の上に建てられ、しだいに高くしてある板塀が、最も高いところにある正殿と、外の前殿をきちっと分けている。石敷き全体は、甲子園球場の半分に相当する約二万平方メートルに及ぶとか。（その後、正殿と推定される高床式建物も発掘された。）

大宮人、内裏にかかる枕言葉、百敷《ももしき》は、まさにこのときに生まれたわけだ。

大海人は、いわば〈神〉の座を獲得したわけで。全てが終わった十一月、大海人は、勝利を祝してやってきた新羅の官人、金押実《こんおんじつ》らを筑紫で丁重にもてなす。帰るときには、船一艘を送っている。

これからの外交は、近江朝廷と打って変り、唐に服属することなく、隣国の新羅と協調していくことを、新しく誕生した政権は、高らかに宣言したといえた。

翌年（六七三年）正月、大海人は、群臣を王宮に集め、大々的な豊明《とよのあかり》、すなわち大宴会を催す。

二月、大海人は、群臣に命じ、できたての宮殿に壇場《たかみくら》（三層の黒塗り継壇の上に、八角形の黒塗り屋形を据え、なかにしとねを置く）をつくらせ、重々しい儀式のなかで、即位し、〈あまのぬなはらおきのまひとのすめらみこと〉と名乗る。

天命により翡翠《ひすい》を産出する沼のはるか彼方から生まれた貴人、というような意味であろう。

大王から天皇へ。

唐に干渉されることなく、わが手でもぎとった革命政権。天武天皇の誕生だ。

そばには、吉野以来、自分を励ましてくれたウノが、正后として紅潮した頬で立っている。

そのウノに、天武はささやいたことであろう。

「われが開いたのは、新しい国。もう倭国ではない。われは大陸より蛮国と蔑まれたこの列島を、新しい国に変えていくぞ。」

ウノは、うなずきながら、思っている。（わが父、天智が唐の助けを得て近江ではじめようとし、今、その後を継いだわが夫が、祖霊の助け、諸豪族の助けを得て、唐にも新羅にも頼らず、栄えさせようとしている国、おもうだに胸おどる！　新しい国の名も考えていかねば。おう、どんな名がよかろうか。そして次の天皇は何としても草壁に継がせねば！）

ちなみに倭国が、遣唐使を派遣して「日本」と名乗り、武則天に認められたのは、七〇一年（大宝元年）のこと。ウノの孫、すなわち草壁の長男、カル（文武天皇）のとき、道昭が没した翌年のことであった。

24　道昭の禅院

一つの国がほろび、一つの新しい国が誕生するという一大戦争に、道昭はどうしていたろうか。

このとき、道昭は四十三歳。一番油が乗り切った時期だともいえるだろう。

三十一歳で帰国してからの彼の業績については、彼が七十歳で死去したとき、『続日本紀』が、次のように記している。

「道昭和尚は元興寺（飛鳥寺）の東南の隅に、禅院を建てて住んだ。この時、国中の仏道修行を志すものたちは、和尚にしたがって禅を学んだ。後に和尚は天下を周遊して、路の傍に井戸を掘り、各地の渡し場の船を造ったり、橋を架けたりした（船連の出の故に）。

山背国《やましろ》の宇治橋は、和尚がはじめて造ったものである。和尚の周遊はおよそ十余年に及んだが、寺に還って欲しいという勅があり、禅院にもどって住むようになった。」

この記事だと、帰国後すぐに法興寺の東南に禅院を建て住んだとなっているが、そうではあるまい。先に述べたように道昭らの帰国は、百済再興のために援軍を送ることで、葛城らは必死の時期。そしてほどなく敗戦、敗戦処理、近江遷都となっていくわけだから、とても道昭のために禅院を建てる暇など、朝廷にも法興寺自体にもなく、道昭自身が行うこともむりであったろう。

しかし、それは道昭にとってはむしろ好都合。こまかい規制にしばられることなく悠々とおのれがしたいことを行った得がたい時期であったともいえよう。

これまで記してきたように、国の騒ぎにかかわりなく、諸国を巡り、諸国の実情を知り、民の病を治すなどの利他行に専念できた、十余年間であったのだ。

その間に、道昭の慈徳は、水が地に浸み込むようにひとびとの間に広まっていったことであろう。

そして、壬申の乱が起こるや、戦で怪我したものや、家を焼かれ逃げ惑うひとびとに温かい手をさしのべ、あれこれと走りまわり、世話していたのではなかろうか。

その傍らには、いそいそと道昭の手伝いに励む、かの田麻呂とエオルシの姿が常にあった。

またもや法興寺一帯が、両軍の決戦場となったことを知りながら、葛城が血刀をさげて乗りこんできたとき、顔色一つ変えず、経文を読んでいた亡き師、慧隠《えおん》を思い浮かべると、寺にもどることなく、権力者たちの争いに巻きこまれ、ただ右往左往して苦しむひとびとに寄り添っていたかった。

ただ、大海人が即位し、これまでよりはるかに王権が強い国家を建てたとき、もう、そう気ままにはいかなくなってくる。

即位後すぐに（六七三年三月）、天武は、飛鳥の川原《かわら》寺《でら》に写経生を集め、「一切経」（経蔵・律蔵・論蔵の三蔵及びその注釈書をふくめた仏教聖典の総称）の書写をさせる。斉明大王十三回忌追慕というふれこみである。

川原寺は、元来、天智が、母の斉明大王追善のために建立した寺だ。

天武にとっても斉明は母ながら、彼のほうはその母に屈折した思いがある。母が生涯かけて愛した男は、天智の父、高向王《たかむくおう》であり、父の舒明とは違うことを知ってから は、やや冷ややかに母に接するようになっていった天武であった。威厳あり、いつまで経っても、ふっくらと天女のように香り高い母に焦がれればこそ、異父兄にだけ注がれているかに見える母の愛が、恨めしく、憎くもあったのだ。

その母に、

（あなたが世々、大王位にと望まれた高向王の血を、われはぷっつり絶ちましたぞ。われこそは正統。

ご覧あれ。あなたが天上から見ておられたかもしれぬ近江王宮は幻となって消え去りました。

その近江王宮よりはるかに麗しい王宮を、われは建てましたぞ。

もはや妄執をお断ちくださりませ。そして、われが開いた新しい国、日本を、どうか見守ってくださりませ。）

天武は祈る。

すると、まだ幼かったころ、転んだ自分にさっと手をさしのべてくれた母の面影が浮かんできて、今は、母のことも許せる気がするのだった。

各寺院に納めてある経典を提出させ、一段落したかと思うと、

「法興寺には、道昭和尚が唐から持参したおびただしい経典がございます。あれも書写せねば、一切経とはいえ

ますまい。」

　そう進言した僧がある。

「では道昭を呼ぼう。」

「道昭さまは、唐からもどられてから、法興寺に常住されず、旅から旅の修行をなさっておいででございます。今どこにおられるやら。」

　天武はいらいらする。

僧といえど、臣下ではないか。公費で唐に留学しておきながら、在り処も不定とは何たることか。

　道昭は船氏の出であり、父の恵釈《えさか》は年老いたが、まだ存命ゆえ彼に聞いたら在り処はわかる、との情報が入って、恵釈が呼び出された。

　天武としては、船にくわしく、経理にも明るい船氏一族をわが陣営にとりこむ、良い機会でもある。

　年老いたものの、恵釈は智恵者だった。わが自慢の息子、道昭の今後のために、巧みに天武を操った。

　恵釈は言った。

「道昭は、〈禅〉という仏道を修めてきております。詳しいことはわたくしにはとんとわかりませぬが、その修行のために法興寺に常住することはできぬかと存じます。」

「なに、ゼンだと？　そのようなものを、そちの息子は習得してきておるのか。」

「はい、左様でございます。玄奘さまというはるか天竺まで旅された高僧に、甚く気に入られ、直接に薫陶《くんとう》をえたようでございまして。」

「したが、唐より持って参った経典の読み解きを写経《しゃきょう》生《しょう》になすは、道昭の仕事ぞ。」

「いかにも、承りました。早速に呼び、それはいたさせましょう。ただ、〈禅〉修行者として、ご用を務める以外は、一所不住で過ごすことがありますことをお許しねがいたく存じまする。」

「ふむ、ゼンと申す修行がそのようなものであれば、いたし方あるまい。許そうぞ。」

「おう、まことに有難きしだい。よくよく申しつけましょう。」

　道昭の知らぬ間に、そのようないきさつがあって、以後も、思い立ったとき、気ままに諸国をまわることが可能となったのであった。

　父の知らせで、ヤマトにもどってきた道昭は、法興寺に宿して、川原寺に経典を貸し、写経生たちに、経文の読み解きなどを指導する。

しかし、十余年も一所不住で過ごした身には、法興寺での日々が窮屈に感じられてならない。

そこで、田麻呂、エオルシたちとともに自分たちが細々と住める小院を建てようと、適当な地を探しもとめた。

幸いに、法興寺の東南に疎林があり、一部の木々を切り倒しただけで、小院なら建てられることがわかった。

法興寺、また、天武の許しも得て、早速に自分たちで小院建立に取りかかる。（かつて、玄奘さまはあの大雁塔建立のために、おん自ら、もっこを担がれたと聞いたなあ。）などと思いながら、木材を運ぶのも楽しい。

「道昭和尚さまの小院になるげな。わしらの娘が重い病に倒れたとき、よう治して頂いた。わしらも手助けしようぞ。」

「そうじゃ、そうじゃ。それに、こちらになら、法興寺にはお参りできんでも、有難いお説法を聞きに伺うこともできようぞ。」

「おう、長くもどって来られなかった和尚さまが、おちつきなさるは何と嬉しいことよ。それ、しっかりと土を固めようぞ。」

少しの暇があると、あまたのひとびとが手伝いにやってきて、楽しげに小さな院の建立に手を貸した。僧たちの姿もある。一仕事終わると、歌を歌い、踊るものもいた。（このひとたちが入れる場所も設けることが、み仏の心にかなうようだ。）

はじめは自分と田麻呂、エオルシ三人だけが暮らせ、小さな仏像を安置した、ごく小さな堂があればよいと思っていた道昭も、小院がひとびとにとっての希望であるらしいと気づくと、堂の一間を思いきって大きくした。そこで、み仏について語り、あるときは一人で、あるときは訪ねてきたものたちとともに静座し、時には唐から持ち帰った経典について若い僧たちに語ろう。

そうして、小院が完成した。

その日には、老いた恵釈が、妻に伴われ、はるばるやってきて、嬉しそうに簡素な持佛堂にすわり、手を合わせた。

「なんとこのみ仏は、あの秦氏の氏寺にあった弥勒菩薩にそっくりのお顔じゃのう。」

「はい、あのお顔の慈愛深さが忘れられず、その話を新羅の僧の慈通さんという方に話しましたところ、よろこんでくださり、小さな一木にご自身で自ら刻まれた、この弥勒菩薩像を頂いたのでございます。」

「それは何と有難いことかのう。」

実は、道昭が渡唐中に、船氏は、自分の氏寺を領地内に建てている（羽曳野市野上の野中寺）。その寺にくらべれば、道昭の禅院は、可愛らしいほどの小ささで素朴ながら、そこに、かえって有り難さを感じる恵釈であった。

慈通からもらった弥勒菩薩像の脇には、花信尼からもらった掌に乗るほどの釈迦誕生仏がひっそり立っている。

恵釈が、その仏像については訊ねなかったのは、何か感じるものがあったからであろうか。母はといえば、誕生仏をそっと掌に載せ、

「あなたが生まれたときのことを思い出してしまいましたよ。お釈迦さまも、こんなにいじらしい子ども時代があったのですね。すくすくと育って、結婚までしたというのに、お城を出て行かれたのだねえ。そなたは一生独り身だけれど、この禅院がそなたの子どものようなものなのかしらん。きっとそうなのだろうねえ。」

一人うなずいて涙をながすふうであった。

長いこと世話になりっぱなしであった父母に、この木の香新しい禅院に来てもらったことで、何がしかの恩を返せたような気がしている。

事実、禅院を訪ねたことで、やっと安心したのか、ほどなく恵釈は、この世から旅立って行った。元気に見えた母も、後を追うかのように逝き、道昭は二人の菩提を丁重に弔った。

「法興寺東南の禅院に行けば、道昭さまの有難いお説法が聞けるそうな。」

「玄奘三蔵さまという、天竺まで行かれたお方が漢訳なされた、新しい経典についても教えてくださるとか。」

「かた苦しいことは抜きで、身分の上下にもかかわりなく、仏堂に上がらせて頂けるというぞ。」

うわさが飛び交い、禅院を訪ねるものは日増しに多くなっていく。道昭は、疲れていても、若い僧たちがやってくれば歓迎し、問われるままに、持ち帰ってきた経典について語り、玄奘三蔵が行ったきびしい行脚について語った。あるときは、ただだまって弥勒菩薩像のまえで

ともに静座するよう、手まねきでしめしてくれるのが人びとには尊くおもわれる。

まだだれも訪れぬ夜明けまえ、堂に静座して、経を唱えることもあれば、達者な足で、祝戸《いわいど》のミハ山にまで登っていき、山頂近くから飛鳥盆地の東方の山々から上がってくる日輪を拝することもある道昭であった。

鳥の声が聞こえ、木々の葉が光りを帯びて輝く。

(この世はかくも美しいのに、人の世はそういかないのは何故だろうか。わずかの間しか、この世に人はいられぬというのに、何故その間にも、人は苦しみ、争わねばならぬのか。そして、この心貧しいわたしに一体なにが出来るというのだろう。)


やっと大乱は終息したとはいえ、朝鮮半島では、新羅軍と唐軍が一進一退の戦いを行いながら、しだいに新羅が優勢になってきている。

唐が建てたとも言ってよい近江朝廷が、はかなくほろんだため、よろこんだ新羅は祝いの使節団を送ってきた。唐に代わり、あわよくば配下におさめようと目論んでいるのを察知した天武は、丁重にもてなしながらも、大半を筑紫に止め、わずかな使者しかヤマトには入れずにいる。

新しく建てた国を唐にも新羅にも従属させまいとする天武の意気ごみは、即位三年目(六七五年)正月に、王宮の敷地内に占星台を建てたことにも見てとれる。

天文を観察し、吉凶を占う占星術を、大海人王子時代に渡来新羅人からひそかに学んだ天武は、先にも記したとおり、壬申の乱でも大いに役立てたのだった。

占星台は、新羅が善徳女王の時代、首都の慶州に築いた瞻星台(チョムソンデ)を手本にしている。

現在、東洋に現存する最も古い天文台として知られ、韓国の国宝第一号に指定され、夜はライトアップもされている瞻星台。瞻星とは、星を見上げるという意味だ。

内部は人が入れるように空洞になっている、とっくり型の占星台は、高さ九・一七メートル、下部四・九三メートルの二重基壇の上に一段の高さ三十センチの花崗岩が円筒形に二十七段積み上げられ、十三〜十五段目の部分に、南に向かって小窓がつくられている。小窓の部分には梯子をかけた跡があり、ここから出入りし、天体観測したわけで。

瞻星台に使われている石の数は、三百六十二個。一年を太陰暦で計算した場合の日数と一致している。最上段には石が「井」の字に組んであり、正確に東西南北の方位を指している。さらに石壇の中間は、正確に南を指し、春分・秋分のときには、日差しが瞻星台の底まで照らし、夏至・冬至には、底に日差しがとどかないため、春夏秋冬を分ける役目も果たしていたらしい。ここでの天体観測によって、農作業の時期を定めたり、豊作・凶作を占ったり、国の行く末を占ったりもしていたようだ。

天武の請いにより、新羅から占星に長けた学僧や、占星台の設計・建立を指揮する技術者たちがやってくる。彼らは、善徳女王が大層な知力を持っていることを、憧憬のまなざしで天武やウノ后に語ったろう。

「唐の太宗皇帝が、紅・紫・白三色で描いた牡丹の絵とその種三升を送ってこられたことがありました。そのとき、王さまは、絵をご覧になって、この花は香りがなかろう、と言われましたが、種を撒き、やがて化が咲いてもまこと、香りがありませんでした。

花を描きながら蝶が描いてないゆえ香りはないはず、独り身の女王を唐の皇帝がからかったのだと悟られたのでした。

また、王宮の西の玉門池に、冬、ガマがいっぱい群がり、鳴き続けていましたところ、王さまは、ガマの怒った目は兵士をあらわすゆえ、西南の国境地帯の玉門谷に賊兵が潜入したのであろう、と仰せになり、二人の将軍に命じ、精兵二千人ひきいて玉門谷を捜索させたところ、果たして賊兵五百名がひそんでおりました。将軍らは彼らを急襲し、ほろぼすことができました。」

（ふむ、群臣らに敬慕されるには、彼ら以上の知力を持つことが要るわけだな。それには、新羅人の技術者はもちろん、亡命百済貴族らの知力も大事に使わねばならぬて。）と天武はうなずく。

傍にしたがうウノ后は、（何と賢い女性が新羅にはおられたことよ。聞けば、唐の高宗の后、武后さまは、皇帝とともに朝政を行い、皇帝をむしろ引っ張っておられるとか、わたしもうかうかとしてはおられぬ。）胸の内でつぶやいている。

天文学、陰陽学に秀でた夫を尊敬しつつも、理知的な自分ゆえに、霊力によりこれまで高かった女性の地位が下がっていくだろう口惜しさから、（われの代わりになるものは）と考えたとき、浮かんだのは、伊勢のタカミムスヒ神のことであった。

（わが祖、敏達大王さまは、軍神タカミムスヒさまの憑代《よりしろ》の大樹近く、祠を伊勢につくられ、祭りの折には、仮ごしらえの神舎を建てて、王女をヒルメ神さまの代わりとして仕えさせたと聞く。

伊勢の海人たちに信仰されていた土地神さまとタカミムスヒさまのおわします地を、はるかに拝み、必勝を祈ったわれらであったが、大神は聞こし召し、平安の世をお与えくだされた。

したが、タカミムスヒさまは、猛々しい軍神、それにもとはと言えば、倭国の守護神。

太平の世が続くこれからは、豊穣を約束するヒルメ神さまこそ、タカミムスヒ神をおさえ、主神となるべきでは。）

その胸の内は天武にも告げず、ただ伊勢の祠を常設の神舎にし、姪の大来《おおく》ヒメを神舎に送ることを進言する。

天武も、タカミムスヒ神がもし邪魔すれば、事はならなかったかもしれず、海人族が信仰する土地神にも感謝したく、神舎建立に否やはない。

天武が承知すると、ウノは、てきぱきと動いた。潔斎《けっさい》が必要だとして、早速仮宮（現・桜井市初瀬）を建てて、大来ヒメを住まわせ、翌年十月には、忌部氏につくらせた鏡を持たせて、伊勢へ送った。

（女神さまには、鏡が要ろう。）

天智のとき、鏡をつくったのは、中臣氏だったのを、このさい天武に忠節を尽くした忌部氏に鋳造させたわけで。

大来ヒメは、ウノの実姉であり、ウノと同じく天武の妃となった太田ヒメの娘。早世した太田ヒメの遺児姉弟、大来ヒメと大津王子は殊のほか仲良く、互いに労わりあって暮らしている。

病弱で心やさしいわが子、草壁王子にくらべ、文武両道にすぐれて見える、甥の大津王子。彼が、とかく気になるウノからすれば、大来ヒメを伊勢へ送ることは、大津の心の拠りどころをひそかにうばうことでもある。

（太田、ウノ姉妹の母は、夫、天智により、反逆者にされ、非業の死をとげた蘇我石川麻呂の娘、オチヒメ。早世した太田ヒメは、オチヒメのＤＮＡを多く受け継ぎ、ウノは父、天智のＤＮＡを多く受け継いだのではないか。）

ちなみに、伊勢大神の主神が、アマテラス大神に確定するのは、ウノの孫、文武天皇のとき。天武の死後ほどなく大津を粛清したことで、大来ヒメは伊勢を追われ、ウノ統治の間は、伊勢は斎宮なしになってしまう。

「天つ神のみ子」として、臣下に文武を崇めさせたいウノのねがいを戴して、多家《たけ》にあった神宮を度合《わたらい》郡に移し、ヒルメ神を天つ神・アマテラス大神に格上げし、みごとな大神殿を建立するように計らったのは、藤原不比等である。

そのおり、ちゃっかり自分たちの軍神・鹿島大神をタケミカヅチ神として、天皇家の神話にすべりこませるという離れ業もやってのけたのだったが……。

ところで、天武にとって、伊勢大神が政策的な扱いだったとすれば、これからの王権を第一に支えてくれる畿内一帯の農業をこそ、栄えさせねばならない。

で、風水の害をふせいでくれる風の神を、龍田（奈良県三郷町立野）に、山谷の水を甘水にして水出をうるおし、五穀を稔らせてくれるという大忌神を、広瀬の川曲《かわわ》（川の折れ曲がってながれるところ）に祀り、年々祭りを行うこととする。

さて、たしかとなった王権を祝って、諸国の国守は盛んに珍奇な贈り物をしてくる。珍しい羽や尾をした鶏、白鷹、トビ、という具合に。

勢いづいた天武は、王権をさらに強める改革を、次々に行う。

かつて天智は、氏上《このかみ》をそのまま認め、民部《かきべ》（豪族の私有民）、家部《やかべ》（家々で所有した隷属民）について、表向き、朝廷の公民を授けるというかたちで公認していた。

その際、大豪族には太刀を授け、小豪族には小刀を授け、伴造《とものみやつこ》（朝廷に隷属する各特殊技術集団の長）には、盾と弓を与えたりしていたのに対し、天武は、各氏が私有する民部を廃止する勅を発する（六七五年二月）。

親王、諸王、諸臣、諸寺が私有していた山沢・島浦・林野・池なども占有を認めないと宣言。（大王を天皇の称号に変えたように、王子も、親王と呼ぶように定めた。）

私有地、私有民を認めない代わりに、王族・高官などに位階に応じ、俸禄（食封《じきふ》）として封戸《ふこ》を与え、封戸からの租の半分、庸調全て、もろもろの雑役を行う仕丁《つかえのよぼろ》を給付する。

それまでは、封主が直接に徴収していた租庸調も、天武は官人を通じて徴収する制度に変え、万事、天皇独裁のかたちにしてしまった。

制度が実際に機能し、封戸を封主が直接統治できなくなるように、翌年（六七六年）には、諸王・諸臣の封戸を、ヤマト以西から東国に移すことも行う。なかなかに芸が細かいのであった。一方では、朝廷の兵士・武器をしばしば強化している。武力で建った国であれば、当たりまえではあったが。

天武の立国を祝いに、新羅からは、金承元《こんしょうがん》（官位十七階の第五）以下の使者団が大挙してやってくる。新羅にとっては、唐が建てたといってもいい近江王朝が倒れたことは慶賀に値するわけで。

新羅の使者は言う。

唐の劉仁軌が大軍をひきいて北部から攻めてきたが、新羅軍が勝利し、唐軍の首級千四百と軍船四十艘を討ち取ったこと。敗走した唐軍から、さらに軍馬千匹を分捕ったこと。

江原道では唐・契丹《きったん》・靺鞨《まっかつ》連合軍が攻めてきて、県令は必死に戦ったものの、力尽き落城したこと。

それでも結局、唐軍とは大小十八回戦い、斬首六千四十七を得、馬二百匹を捕獲した、などなど。

やがて王宮にやってきた使者団（一行中、二十七名）にくわわっていた僧、行心《こうじん》から、新羅の高僧、義湘《ぎしょう》が浮石寺《ふせきじ》を創建したことを、道昭は聞いた。

（そういえば、唐へ向かう途中、悟ることあって新羅にもどってしまったという破天荒な元暁《がんぎょう》さまについて、慈通さんが語られたとき、同行していた義湘さまは、唐に向かわれたと聞いたなあ。いずれお訪ねすると、慈通さんは言われていたが、終南山においでだったというのに、私はお会いする機会は得なんだなあ。）

占星をよくする行心が語るには、義湘が新羅にもどったのは六七〇年。唐が新羅に軍を出そうとしているのを知り、急いで帰国したとのこと。

義湘の知らせにより、文武王は、高僧に命じて、仮の密壇をつくり、盛んに祈祷を行って、国難を避けることができたという。

「以来、文武王さまは厚く義湘さまをもてなされ、浮石寺建立を命じられたのでございます。

なんでも、義湘さまが唐で修行のおり、高僧で名高い智儼《ちごん》さまを終南山に訪ねられたそうでございます。

智儼さまはその前日、夢を見られました。朝鮮国に大樹が生えていて、その枝葉が中国を覆い、その上に鳳の巣があるので、昇ってみると竜王の脳のなかにあるという清らかなマニ宝珠が一個置いてあって、遠くまで光り輝いていたそうです。

智儼さまは感ずるところあって、きれいに部屋を掃除して待っておられました。そこへ義湘さまがやって来られましたので、特別な礼で迎え入れ、あなたがやって来る兆しを夢に見たと話されたそうです。義湘さまが華厳の真髄について語られると、智儼さまは、これまで見えなかった奥義や真理を知った、大いによろこばれたと申します。

義湘さまは、みめかたち麗しくあられましたゆえ、唐においでの際、山東半島・登州で、遊女の善妙が懸想してしまったそうでございます。道心強くあられる義湘さまは見向きもされませんでしたが、善妙の思慕は強くなりこそすれ一向消えることなく、義湘さまが帰国の折には海中に身を投げ、竜となって船を守られたそうでございます。

このたび浮石寺建立にさいしても、妨害がありましたが、遊女善妙の化身である竜が、霊力で巨石を空に浮かべ、邪悪なものたちを追い払ってしまいましたとか。ゆえに、浮石寺と申すのでございます。」

「ほ、何と！」

道昭は、木蘭への妄執を思い出し、ひそかに恥じ入るばかりである。

それに、と行心は言う。

「王さまは、義湘さまの業績に感銘され、田と奴婢を与えようとなされましたが、義湘さまは固く辞退なされました。

『仏法によれば、人は平等であり、貴賤の別とてございません。財とて用なきもの、田を拙僧が何に使いましょう。僧は、真理の法界を家に定め、鉢をもって農耕をいとなみ、生きてまいるのみ。』

かように言われ、さらに、いかに鉄の城を築いても、政が正しくなければ、災禍は絶えますまい、とずばり王さまに説かれました。さすが義湘さま、とわれら僧たちも頭が下がるのみでございました。」

何と新羅にはすぐれた坊さまがおられることよ。わたしも精々励まねばなるまい、道昭は一人うなずく。

なお、終南山で義湘と肩を並べて修行に励んだ唐僧の法蔵は、義湘が帰国してから二十年後、捜玄疏《そうげんしょ》の副本を、ねんごろな手紙を付けて、はるばる義湘に送っている。次はその一節。

「一度、別れてから二十余年、傾望する誠がどうして心の底から離れましょうや。まして雲烟万里《うんえんばんり》、海陸千里のへだたり、この身がふたたびお会いできないのが恨めしく、恋々たる懐抱はどうしてもいいつくせません。

夙世《しゅくせ》（前世）には因縁を同じくし、今生には業を同じくしたために、この果報を得て、ともに大経に浴し、先師からこの奥典を受けたのであります。

仰いで承りますと、上人は帰郷後、華厳を開演して法界の無碍《むげ》の縁起を宣揚し、帝網《たいもう》は重々、仏国は新々、ひろく世を利しておられると聞き、よろこびの心がいや増すのであります。」（『三国遺事』五頁より）

国は違っても、志を同じくする二人の僧の交流は、清清しい。

（そういえば慈通さんはどうしておられるであろう、気になって行心に尋ねると、なんと数年まえに帰国した慈通は、病におかされており、ほどなく死去したというではないか。ああ、なんと無情な。

南無阿弥陀仏、南無阿弥陀仏……。）

自分をやさしく励ましてくれた慈通のあたたかな笑顔を思い出し、今、自分がこうして禅院を建て、生きて在るのは、慈通をはじめ、なんと多くの有縁のひとびとに支えられていることか。たとえようない有難さよ、合掌せずにはいられない道昭である。

天武はといえば、新羅の使者から、唐との度々の合戦に骨身をけずっている文武王の労苦を知り、日本国が唐と海をへだてていることの有難さを、つくづく感じている。（新羅とは深い交流をたもち、かの文明に学びつつも、一方、新羅が唐との戦闘に四苦八苦しているうち、わが新しい国を強固なものにしていくぞ。）そう、心に誓うのだった。

天智の施政を踏襲し、大倭・河内・摂津・山背四カ国に分けた畿内をはじめ、各地域の国々を定め、そこに〈くにのみこともち〉を派遣し、公民となったひとびとを、五十戸一里でまとめるよう指示する。

隋・唐にならい、太政官・納言・大弁官・六官を新設、ただし、納言には国政に対する発言権をもたせず、天武自身が全行政を掌握する独裁体制だ。

もちろん、壬申の乱のとき、よく働いた豪族たちは重く用い、正月には位階に応じた礼服や、脇息《きょうそく》、杖などを群臣たちに与えた。

但し、大戦時、よく活躍したというのに、東漢《やまとのあや》一族に対して、天武の扱いはきびしかった。

「なんじらやからは、これまでに七つの大罪を犯しておるぞ。」

と、蘇我入鹿に与したことなどを挙げ、

「世々の朝廷は、なんじらを操るのに苦心して参ったのだ。

われは、さように姑息な手段は取らぬ。なんじらの悪しき行状はそのまま責め、罪のままに罰する。とはいえ一族を絶やすつもりはない。大いなる恵みにより許してつかわそう。もし今後、罪を犯すものがあらば、決して許すまいぞ、しかと心得よ。」

ヤマトの地にいくつもの枝族をもち、大きく根を張っている渡来族、東漢氏を脅すことで、他の豪族たちをけん制したわけで。

豪族たちの力を削ぐことで新しい国を千年千国にしたいと望む天武は、それには王子たちの結束こそ大事だと考え、ウノ后、諸王子を引き連れ、決起の地、吉野に連れて行った（六七九年五月）。

異る母を持つ王子たち。

母の出自順にならべると、次のようだ。

ウノ后が、皇太子にと望む草壁王子。

ウノの亡姉、大田ヒメの子であり、才ゆたかな大津王子。

同じく天智の娘、大江ヒメとの子、長《なが》王子と弓削《ゆげ》王子。

同じく天智の娘、新田部ヒメの子、舎人王子。

鎌足の娘、五百重《いおえ》ヒメの子、新田部王子。

オオヌヒメ（父は蘇我赤兄）の子、穂積王子。

尼子ヒメ（父は胸形徳善《むなかたのとくぜん》）の子、最も年長の高市王子。

カジヒメ（父は宍人大麻呂《ししひとおおまろ》）の子、忍壁《おさかべ》王子、磯城《しき》王子。

なべて十人の王子。天武には、彼らの母の出自にかかわりなく、それぞれに愛しく思え、この王子十人が束になれば、豪族たちも手が出せまい、われの王国は世々、安泰だ、と嬉しくなる。

長王子と弓削王子、新田部王子、穂積王子は、まだ幼いため、草壁、大津、高市、忍壁、磯城、舎人の諸王子、六名を連れて行った吉野の王宮で、六人の王子たちに天武は言う。

「われは、ただ今、そちたちとこの庭で誓い、わが日本国を千年のちにも安泰であらせんと思うぞ。どうじゃ。」

王子一同、うなずくなか、さっとすすみ出たのは、王子たちのなかで最も年長であり、壬申の乱で華々しく戦った高市王子。

「天神地祇、すめらみことさまにもご照覧あれかし。われら兄弟、長幼あり、異なる母の腹より生まれでたとはいえ、お言葉にしたがい、ともに助け合い、われら王国の栄のため、日々励むことでありましょう。もし、この誓いを裏切るならば、身命ほろび、子孫は絶えましょう。決して忘れず、過ちは犯しません。」

他の五人も同様に誓い、次にウノに対しても誓う。

感激した天武は、言う。

「汝らは異る腹から生まれ出たといえど、等しくわれの子ぞ。おう、一つ腹より生まれでた子のごとく、一様に愛しく思うぞ。」

壇を下り、襟を開き、両手を大きく広げ、六人の王子をはっと抱き寄せる。そのまま、天にとどけとばかり大声で誓った。

「もしこの誓いに違うことあらば、われの身はたちまちほろびることであろう。天神地祇もご照覧あれかし。」

しかし、同じ場にいても、異なる思いのウノ。

わが子、草壁に次期王位をどうあっても継がせたいウノには、壬申の乱で大活躍した最も年長の高市王子はもちろん、亡姉の子、大津王子までが、邪魔に思える。

ウノの感情を、聡い大津はもちろん察知し、いずれ彼女との間に起きる軋轢を予感している。

高市王子は、ウノの表情から、自分が天武のためにいかに尽くそうと、母の出自の低さゆえ、次期王位を手中にすることの難しさをひしひしと感じ、ウノに粛清されない道を探らねば、と考えている。

それぞれの思惑のなかで、天武だけが、能天気であるともいえた。

ところで、天武の支配は、当然、仏教会にもおよんだ。

舒明大王が建立した百済大寺が、伽藍の大半が焼けてしまっていたのを、高市に移し、名を改め、大官大寺として諸寺のなかで最高の寺に格付ける。

六七五年四月には、大官大寺に僧尼二千四百余人を集めての、大法事。

一方、六七七年には、法興寺の南門に出向いて、恭しく礼拝し、一切経を読ませる仏事を行う。蘇我氏の氏寺であった法興寺ながら、倭国にはじめて建立された寺がしめす威力は、天武をも圧するものがあるのだった。

六七九年には、僧尼の法服を定める。色は、木蘭色、青碧色、黒色、黄色、灰色のみで、他の色は使ってはいけない。綾、羅《ら》（薄く織った絹）、錦、綺《き》（曲がった織物を織り出した絹織物）は着用してはいけない。違反したものは、十日の苦役。俗人の服を着用したものは、百日の苦役。僧尼が、道で三位以上の官人に会ったときは、隠れ、五位以上のものには、馬を下りて挨拶してからすすみ、歩いているときには隠れよ、などの決まりもつくられた。

法令づくりの際には、道昭も、相談を受けた。僧だからと俗人を見下し、華やかな僧服を着て悦に入り、出世をめざす僧たちが増えているのを、好ましく思っていない道昭は、清涼山で修行する僧たちの峻厳な姿を思い出し、（仏教伝来からわずか百年少々しか経っていないのに、この堕落は！）と嘆かわしい。法令の力を借りることには抵抗もあるが、この際、僧尼たちが、初心にもどってくれたら、とねがうのだった。

また、それまで、僧は、老い呆けたり、病んだりすると、寺の汚れた狭い一室に押しこめられ、薬一つもらえずに、苦しみ悶えながら死を待つのが、常であり、かねて嘆かわしく思っていた道昭は、この件についても提案する。

六七九年十月の勅。

「およそ僧尼は、常に寺の内に住み、三宝を守れ。また、老人、病人が、長く狭い場所に起き伏ししているのは、進止もままならず、清らかな場所も穢れる。今以降は、それぞれ親族や、信仰厚いものが、空いた場所に小屋を建てよ。その小屋で、老人はゆったり過ごし、病人は薬を服するなど、世話してもらって過ごせ。」

僧尼社会も、格差ができつつあり、かたや冬の衣服がととのえられず、裸同然の姿で、冬を過ごすのが難しいものもいる。これも、道昭の進言であったか、天武が、諸寺の修行中の貧僧たちおのおのに、ふとぎぬ、綿、布などを与えることもあった。

六八〇年四月、天武は、さらに寺に関する勅を発した。

「およそ諸寺は、国の大寺二、三を除いては、役所が治めてはいけない。食封を所有しているものは、三十年に限り、認めるが、以後は止めよ。

飛鳥寺は、官寺ではないが、大寺として役所が治めていたので、かえって都合よいこともあった。そこで、官が治める寺のなかに入れておくように。」

〈国〉の大寺は、大官大寺、川原寺。

飛鳥寺すなわち法興寺は〈私〉寺ながら大寺。そう位置づけなければならない力を法興寺（以後、飛鳥寺）は持っていた。寺そのものだけでなく、大槻の木を中心とする広い寺域は、蘇我氏以後も、〈聖地〉であり続ける。

種子島から、あるいは隼人が南九州から朝貢に来たおりにも、彼らをもてなす宴は、飛鳥寺西の川辺で、あるいは大槻の木の下で行われ、ウノが即位してからは、東北の「蝦夷」をもてなす場となる。異民族の民を感化できる〈聖地〉であると信じられていたのであろう。

経典のなかで、天武は、特に金光明経《こんこうみょうきょう》の普及に努めた。使者を各地の諸寺に送って、この経を置かせ、六八〇年には宮中や諸寺で、僧多数に読経させている。

金光明経は、国王向けの経典といってもよい。

正法をもって国王が施政すれば国はゆたかになり、四天王はじめ弁財天、吉祥天などの諸天善神が国を保護し、災厄から守られるという。のち唐の義浄訳が入ってきて、聖武天皇はこの経に拠って国分寺を開く。天武が見ていたのは、隋の宝貴訳の経典であろう。

六八〇年、ウノが病み、天武は彼女の本復をねがって、薬師寺を建立する。

道昭が写本して持ち帰った経のなかには、玄奘が訳した「薬師如来本願経」があった。その経によれば、薬師如来は、菩薩のとき、ひとびとの困苦を救う仏になって、東方の浄瑠璃世界、あるいは西方の極楽世界への往生をそれぞれねがうひとびとをみちびくため、十二の誓願を立てている。そのみちびきの手助けをするのは、日光・月光の二菩薩。

十二誓願の一つに、「除病安楽」、病を治して安楽にするとの誓いがあり、恐らく、天武から相談を受けた道昭が、薬師如来と日光・月光二菩薩を祀る寺の建立を進言したのではなかったか。

白大理石の須弥檀上の三尊。薬師寺縁起（長和四年・一〇一五年撰述）には、内陣は「瑪瑙を以て鬘石《かつらいし》となし、瑠璃を以て地となし之を敷く、黄金を以て縄となし、道を境し蘇芳《すおう》を以て高欄をつくり紫檀を以て内陣天井障子となす」と記されている。浄瑠璃世界を彷彿させる、この内陣や、インド、ギリシャ、ペルシャ、唐など世界の文様が集約されている如来の台座は、おそらく奈良に遷都、寺も移してから制作されたものであろう。

天武はこのとき、同時に百人の僧を出家させた。その甲斐あってか、ウノの病は癒える。

ただ、病中、ウノはもしこのまま自分が死んだら、天武の後継者はだれがなるのか、群臣に声望ある大津王子が推されるのではと思うと、居ても立ってもいられない気持ちになった。

天武の様子を窺うに、どうやら早く母を亡くした大津王子を殊のほか、慈しんでいるように見えてならない。あるいは母の出自が卑賤ながら、壬申の乱で、活躍した王子中最も年長の高市王子を、天武は指名しまいか。

ウノにとって、次の大王が、草壁以外になるなら、吉野での挙兵以来の自分の苦労は泡と消えてしまう気がする。

思い悩んでいると、なんと今度は天武が病に倒れる。あわてたウノは、自分のときと同様に百人の僧を出家させ、平癒を祈る。幸い、天武は本復したが、（これはもう一刻も猶予はならぬ。）ウノは、決心し、草壁王子を皇太子にするよう、天武にせまったのだった。

草壁王子は、当時十八歳。壬申の乱のときはわずか十歳。以後、ウノ后の長男として大事に育てられ、おっとりした心優しい若者に育った。天武からすれば、高市にも譲りたく、大津にも譲りたい。だが、挙兵の折り、けわしい山路を女性の身で文句一つ言うことなく、自分にしたがって歩き、励ましてもくれた、后というよりむしろ同志ともいうべきウノの懇願を退けることは出来なかった。断れば、血の雨が降るのはまちがいないだろう。病んでいるうちに、ウノの力は侮れないものになっていたのだった。

六八一年（天武十）二月、天武は、ウノとともに大極殿に親王、諸王、群臣たちを集め、草壁王子を〈ひつぎのみこ〉に定めると宣言する。

三月には、河島王子、忍壁王子以下諸王、ほか諸役人に、自分が日本国を築くまでの大王の歴史や古代の説話を調べまとめ、記述するよう命じた。中臣大嶋《おおしま》、平群子首《へぐりのこおびと》が、筆を執って記録していく。

河島王子は、天智の第二子だが、壬申の乱時には幼かったため、罪を免れた。母方の祖父は、忍海小龍《おしぬみ》、母は大江ヒメといい、近江王宮の采女《うねめ》だったようだ。忍海氏は、武をもって朝廷に仕えた東漢氏に属する氏族だったようで、その忍海氏への配慮から生かされたところもあったろう。

いつどんな目にあってもおかしくない立場にいることを知り抜いている河島は、文の道をきわめることで、父の国を倒した天武の世をこわごわ生きている、と言ってもよい。それでも、豪放でいてみごとな漢詩もつくる、文武両道の大津王子とは馬が合い、つい心を開いてしまうのだった。左の詩は、山林にある大津の別荘で、宴を開いたとき、河島が詠んだもの。

山斎
塵外　年光満
林間　物候明
風月　澄遊席
松桂　期交情
(山中は　春の光に満ち
林間は　ものみな明るい
清らかな宴を照らす月　吹いていく風
松桂のようにも　変わらぬ交友であらんことを)

六八二年には、古語を正確に漢字に表記した書、四十四巻が完成した。境部石積《さかいべいわつみ》が、ほとんど独力で地道に行ってきた仕事に、天武が国家事業として協力、仕上がったものだ。

境部石積は、かつて道昭と同じ船で、唐に留学した学生であり、完成のよろこびを伝えに、道昭の禅院にやってくる。

「大きなお仕事を果たされましたなあ。」

感嘆する道昭に、石積は、幼児のように顔を輝かせ、

「今の天皇さまをとやかく言うものはありますが、どうしてどうして新しい文化香る国づくりに精魂かたむけておられる。私の途方もない仕事に、よく力を貸してくだ

さいました。

　それにしても、古語をどんな漢字に当てはめたらよいか、それは苦労いたしました。

　たとえば、

　居明かして　君をば待たむ　ぬばたまの　わが黒髪に
　霜はふれども

という古歌がございましょう。あの、ひおうぎに付いた黒い実、ぬばたま。それをさて、どんな漢字を当てるか、私は、〈奴婆珠能〉としたのですが、はて、後の人たちは何といいますやら。

　天皇さまのお歌、

　よき人の　よしとよく見て　よしと言ひし　芳野よく
　見よ　よき人よく見

など、よき人の〈よ〉は〈淑〉に、〈よし〉は、〈良〉に、〈よく見て〉は、〈吉見而〉に、〈よしと言ひし〉のよしは、〈好〉に、〈よしの〉は、〈芳野〉に、〈よき人〉は〈良人〉を当てるなど、それはそれは苦労いたしましたが、その苦労もまた楽しいものでして。」

「僧は、つい中国語か、朝鮮語、あるいは梵字に頼ってしまいがちです。おう、言葉も、歌も、字になるまえから、このくにに在ったわけですから、それを書き文字にしていけば、文字を知らないひとびとが詠んだ歌の数々も、歴史に残していくことができますね。のちの人たちは、古代のひとびとの哀楽を、あなたがつくられた文字によって、読み取り、きっと大きな感慨を持つことでしょう。立派なお仕事をなされました。」

　ともに唐で学んだ石積の地道な仕事が果たした大きな成果に、道昭は嬉しく、（ああ、定恵さんも、生きてあれば、立派な仕事を成し遂げられたことであろうなあ。）と、つい回想してしまう。

25　大津皇子と草壁皇子

道昭が、長い利他行の旅に出るのは、天武の死後であり、天武在世中は、おおよそ禅院にいて、弟子たちを教導し、時に天武に呼ばれ、助言する、といった日々であったようだ。

仏教界も、国の支配下におきたい天武ながら、自分にすりよろうとはしない道昭の徳性には一目置いていて、何やかや相談してくることが多かったのだった。

官寺である大官大寺、川原寺と違い、蘇我氏の氏寺であった飛鳥寺を、天武が、これまでに功があった寺との名目で、官寺に準じるかたちで認め、封戸と墾田を授けた影にも、道昭の口利きがあったろう。

その分、高僧、功臣の弔いには、くわわることとなり、それが案外に多い。

ざっと挙げただけでも、大分君恵尺《おおきだのきみえさか》（六七三年）、栗隈王《くりくまおう》（六七四年）、物部雄君《おきみ》（六七四年）、十市《とおち》ヒメ（母は額田王）、ワカサ王（六七八年）、大分稚見《わかみ》、大伴杜屋《もりや》、葛城王、大宅王（六七九年）、飛鳥寺・弘聡、百済寺・恵妙、舎人王（六八〇年）、上毛野君《かみつけののきみ》三千《みちぢ》（六八一年）、氷上夫人《ひかみのぶにん》、士師真敷《はじましき》、膳臣《かしわでのおみ》マロ（六八二年）、鏡ヒメ、大伴吹負《ふけい》（六八三年）という具合。これにウノ、天武の病気平癒の祈祷などもくわわるわけだから、なかなかに忙しい。

（こういうときには、いっそ外での利他行はあまり考えず、後進のものたちのみちびきをしよう。）

道昭を慕い、禅院にやってくる若い僧は、ふえるばかり。なかには帰らずに、林に野宿するものも出てくる始末。思いきって道昭は、彼らが寝泊りする僧房を新築することとした。

「わたしらが住むところじゃ。わたしらで建てねば。」

「おう、そうよ、そうよ。」

再び、木を伐る音、運ぶ音、槌の音、小休止した僧たちのざわめき、禅院一帯はにぎやかな場となる。

完成した僧房には、道昭を慕う若い僧が、遠い地からもやってきて、寝泊りし、禅院の雑事を手伝いながら道昭から各種の経典を学び、静座する。そのかたわら、本院である法興寺にも行き、講堂で講義を受けたりもする。

六八二年、禅院に、十六歳の若者が出家をねがってやってきた。この若者こそ、のちに奈良時代、民衆のために尽くし続け、〈行基《ぎょうき》さん〉の呼び名で慕われる僧、行基である。

彼の出自は、彼の死から四百八十六年後（一二三五年）、生駒山竹林寺の境内にある行基の墓を度々の託宣によって掘ったところ、行基の墓誌と舎利を納めた胴筒が発見されて明らかになった。彼の死の翌月に、弟子の真成が刻んだ墓誌の文面は次のとおり。

「和上、法諱《ほうき》は法行、一に行基と号す。薬師寺の沙門なり。俗姓は高志《こし》氏、その孝（父）の諱《いみな》は才智、字は智法君といふものの長子なり。本は百済の王子王爾《わに》の後なり。その妣（亡母）は蜂田《はちだ》氏、諱は古蟹比売《こにひめ》といひ、河内国大鳥郡の蜂田首虎身《とらみ》の長女なり。近江大津の朝の戊辰の歳に、大鳥郡に生まる。飛鳥の朝の壬午の歳（六八二）に至りて、出家して道に帰し、苦行精勤し、誘化して息《や》まず。」

高志氏は、西文《かわちのふみ》氏（河内書氏）の枝族であり、西文氏の祖は、『論語』『千字文《せんじもん》』を持ってきたといわれる王仁《わに》だ。ちなみに『千字文』とは、南朝・梁の武帝が、子どもに漢字を教えるため、文官として名高い周興嗣《しゅうこうし》につくらせた一千の異なった漢字でつくられた長詩。周興嗣は命を受けて一夜でつくり、朝には白髪になってしまったというが、六世紀前半、よくもそのような詩がつくられたものだ、とため息が出てしまう。正倉院文書には、『千字文』で習字した断片があり、奈良時代には文字を習うための役人の教則本になっていたのだろう。

行基の母方の祖父、蜂田首虎身も、百済からの渡来人薬師だった。

道昭もまた百済人・王辰爾《おうじんに》を祖とし、船氏はその枝族だ。ともに百済人を祖にもち、倭国に文官として根を張ろうとしており、住居も近かったようで、蜂田首虎身と恵釈《えさか》とは親交があったとおもわれる。

道昭が、唐で医学も学んできていることも、より親しく思え、はるか唐の玄奘三蔵に直接教えを受けてきて、当代並ぶものない学識僧との評判に、傲慢なところもあるわが孫をあずけるにはふさわしい人物、と考えたのであろう。

がっしりした体軀に、どっしりした鼻、やや生意気な目つきをした行基少年を、〈おう、この少年は、育て方によっては、将来なかなかの仕事をなす仁になろう〉と、道昭は見てとり、可愛がりながらも、時にきびしく指導する。

沙弥《しゃみ》（出家して正式の僧になっていない男子）のなかでは、群を抜いて経典の覚えが早く得意顔の行基を見て、

「そなたは、まだまだ元海にかなわぬの。」

一言、言ったりする。

（なんで元海なんぞを和尚さまはほめられるのか。）

行基は、口惜しい。元海は、彼より二歳年長で、まえから禅院にいるというのに、経文を覚えるのが苦手で、

「わしには、このほうが向いておるよう。」

と、一同の衣服の洗濯を引き受けて、川辺の石の上で、汚れた衣服が真っ白になるまで、気長にいつまでも棒で叩いていたりする。薪用の小枝取りに、森へ出かけて行き、腰が曲がるほど山と背負って、うんうん言いながら、もどってくることもある。

「あれでは、いつになったら僧になれることか。」

などと、飛鳥寺の僧たちからは、陰口を叩かれているというのに、その元海に、何で利発な自分が及ばぬと、和尚さまは言われるのか。

「どうしてですか。あの元海さんにわたしが劣るとそう言われるのですか。」

つい口を尖らせ、頬をふくらませる行基に、道昭はほほ笑みながら、

「よくよく元海のやることを見ていなさい。それが、そなたの修行です。」

などと言うのだ。

（全くおかしな話よ。ようし、元海のろくでもない一日をつぶさに見とどけて、和尚様をぎゅうと言わせてやろうぞ。）

仲間の沙弥たちに、

「われは何日も、元海の跡をつけるぞ。講義には出ぬぞ。和尚さまのご命令だからな。いかに高僧であられようと、和尚さまがまちがっておられれば、われはおとなしく引き下がってはおらぬつもりじゃ。」

そう言って肩を怒らして出て行く行基を、同輩たちは、はらはらしながら、見送ったものだ。

だが、幾日か経ったある日、行基は、日暮れ近く、何故か、しょぼんとして帰ってきた。どうしたのだろうといぶかる同輩たちは、書き物をしている道昭の小室のま

えでひれ伏し、行基が謝るのを聞いた。

「和尚様、お許しください。たしかにわたしは、元海さんの足もとにも及ばぬ情けない沙弥でございます。今日やっとそのことがわかりました。」

するると、なかから道昭のやさしい声が聞こえてきた。

「ほう。では、本堂で待っていなさい。それから立ち聞きしているものも、本堂に行くがよい。」

やや、立ち聞きしていることまで道昭さまはお見とおしなのだな、それにしても、あんな殊勝な行基をはじめて見たぞ、それでも講義に出なかったことで、み仏のまえでお叱りを受けるのかしらん、首をひねりながら、同輩たちは、行基の後に付いてぞろぞろと本堂へ行き、行基に習って般若心経を唱えながら、道昭があらわれるのを待つ。

行基は、おもむろにあらわれた道昭に、改めて叩頭し、畏まって語った。

「和尚さまの言われたとおり、幾日か、元海さんの跡を付けていってようやくわかりました。あの人は、邪念というものが全くない人です。わたしなど、いくら静座し、呼吸を鎮めても、次々邪念が沸いてきて、それを振り払おうとすれば、よけいに息苦しくなって参ります。

元海さんが、林に散らばる小枝を集めるとき、鳥の声に耳かたむけるとき、キノコを採るとき、あの人は無心にそのことに集中し、その顔は、さながらながれる雲のごとく安らかです。

キノコを採るとき、わたしたち禅院のものにおいしい食事を与えたいことだけで、元海さんの心は一杯です。でも、片方、折角生えてきたキノコを採ってしまうことに申し訳なさを覚えるのでしょう。採るまえ、採ってから、元海さんは合掌し、キノコに語りかけていました。

『許しておくれ。おまえを食べてしまうことをねえ。わたしたちは、何か食べずには生きていかれないのですよ。おまえが大地から良い滋養をもらうように、わたしたちは、おまえから良い滋養を頂くんだ。すまないねえ。南無阿弥陀仏、南無阿弥陀仏。』

はじめ何て愚かな！と笑っていたわたしですが、あまたの経典を諳んじてはいながら、出されたキノコ一つに感謝する心を持っていなかったことに気づきました。和尚さまが言われたとおり、わたしよりはるかに元海さんのほうが、み仏に近いことに気付きました。」

ははあ、と同輩たちは今更のように感心する。

道昭は、ほほ笑んでうなずき、利発な行基が、邪心を一切持たない元海の在りようの尊さに気づいてくれたことが何より嬉しい。

「大事なことによく気づいた。いや、わたしなどもね、そのことがわかったのは、実は唐へ行く途中の船で、あのエオルシに教わったからだったのです。

どんなおいしい木の実や若草も、他の動物たちの食べる分、明くる年に食べる分を必ず残しておいて、決して採りつくさない、それが獣たちとともにつつましく生きる道であり、智恵であると、エオルシたちは遠い先祖から世々伝えてきたのですね。」

いつも何やかや道昭のために、まめまめしく働いている中年の奴婢、エオルシ。道昭が友人のように接しているのがふしぎでならなかった沙弥たちは、仏徒でもないエオルシから学んだという道昭の言葉に、目を見張るばかりである。

(元海さんだけでなく、わたしが学べる相手は、あのエオルシさんでもあったのか。ああ、さすが道昭さま、学びの道は奥深く、道昭さまでなければ教えてくださらない学びがどれだけあることか。)行基は思い、傲慢なところもあった少年は、しだいに謙虚に、口数少なく、思慮深くなっていくようであった。

遊びに来た行心《こうじん》は、行基の骨相に注目したようで、

「この少年は、和尚が極めていられる道の後継者となる仁に見えますな。」

大きくうなずいて言ったものだ。

そういう行心は、政治世界に関心があり、天武の後継者についても、一家言持っていて、

「次にはお連れして参りますが、どう占ってみても、次代のスメラミコトにふさわしい王子さまがおられます。道昭さまにも、ご紹介したくて。ええ、大津王子さまですよ。」

と言うのだった。

「母妃は、ウノ后の姉に当たるお方。早くに亡くなられました。そう、その母君は、天智大王さまの妃で、乙巳の変に功績高かった蘇我石川麻呂さまの娘御、オチヒメさま。石川麻呂さまは謀反の罪で自死をせまられたそうですね。そして大津王子さまの祖母に当たるオチヒメさまは、そのため心を病まれ、池にはまって亡くなられた

とか。」

行心の話に、道昭は、思わず花信尼のことを思い出していた。オチヒメに仕え、ヒメの哀れな菩提を弔うために尼となった花信尼。尼になりたてで、つるつると頭が光っている可憐な花信尼は、オチヒメの話をしてはらはらと涙をこぼしたのであった……。

天智とのあいだにオチヒメは、オオタ、ウノ、二人の美しいヒメを遺していて、どちらもやがて天武の妃になった。がっしりとした体軀で、健康なウノにくらべ、オオタは病がちで、早くに世を去った。

母を亡くした大津王子は、後ろ盾とてない境遇ながら、文武両道の英邁さは天下に聞こえ、群臣からは、あの方こそスメラミコトと仰ぐにふさわしい方ぞ、うわさが広がっていることは、道昭も知っている。

行心は、膝をすすめ、

「近ごろお会いする機会がありましたが、うわさ以上のすばらしい王子さまであられました。拙僧などにまで、親しくお声をかけてくださいます。」

手放しで賞賛し、何回占っても、王者の位置に納まる人との卦が出たのだと言う。


やがて、行心は、禅院に、大津王子を伴ってやってきた。単に行心が誘ったばかりでなく、父、天武の信頼も厚く唐の高僧に寵愛されたと聞く道昭に、大津自身も会ってみたかったのだろう。

大津王子については、後世、『懐風藻』の編者が、次のように記している。

「丈高くすぐれた容貌で、度量も秀でて広大である。幼年の時より学問を好み、知識が広く、詩や文をよく書かれた。成人すると武を好み、力にすぐれ、よく剣を操った。性格はのびのびとし、自由に振舞って規則などには縛られなかった。高貴な身分でありながら、よくへりくだり、人士を厚く待遇した。このためにつきしたがう者は多かった。」（江口孝夫訳）

十九歳だという大津王子の顔は、父の天武よりも、母方の従兄に当たる大友大王に似ていた。それゆえか、道昭は、光り輝く目をした大津の全身から、ふと揺曳する暗い影を見たように思った。

（このお方は、非業に世を終わられるのではなかろうか。）という予感がする。

大津は、師にお会いするとき、一首漢詩をお見せしたかったのですが、残念ながら前半しかできなかったのです、と言い、吟じてみせる。

「天紙風筆画雲鶴
　山機霜杼織葉錦」

「はて、はてしない大空に　風を筆として雲翔る鶴を描き、山容の機に霜の杼《ひ》で紅葉の錦を織る、とでも解したらよいでしょうか。いや、おみごとです。」

行心は手を打ってよろこび、道昭も、何と壮大な詩だろうと感嘆しつつも、

「これは後の二行を付けるのは、よほど難しく思えますな。」

やはりみごとな詩二行を読んだまま、後の二行を付けるものがないまま、非業に死んだ定恵をなぜか思い出していた。

大津は、もう十九歳でありながら、国の政治に何一つかかわれず、無為に日々を過ごしている味気なさをこぼした。

「やむなく剣を振りまわし、あるいは狩猟に明け暮れる毎日ですが、信濃や吉備では五穀が実らないとか。朝政にたずさわれない私には、どうしようもありません。」

なだめるように、行心が言う。

「先ごろは、法令を編さんしている造法令殿に、大きな虹がかかり、昨日には、日暮れ近く、大きな虹が空の中央にかかりました。造法令殿の虹は、浄御原律令が首尾よくできつつあるのをしめしておりましょう。

空の中央にかかった虹は、どうやら大津王子さまが朝政にかかわる日が近いことを告げております。ご安心なされませ。」

大津はぱっと明るい顔になり、

「おう、さようか。そちの占術はよう当たる。信じて待っていようぞ。」

大津が帰って行ったあと、道昭は心配になって、行心をたしなめずにはいられなかった。

「たとえ、あのような卦が出たとしても、王子さま本人に告げることは如何でしょうか。」

「道昭さん、私はこの卦を天武天皇さまに申し上げる気でおります。わたしの占術を買っておいでですから、大津王子さまが朝政にたずさわるお姿をみるのも、そう先

ではありますまい。」

（でも、それでは、ウノ后さまは、ますます大津王子さまを警戒なさるようになりませんか。さすれば、大津王子さまのお命が案じられます。）

道昭は、そう思いつつ、口にはしなかった。行心も、大津も切に国政参加を望んでいるようであり、かつ自分の占術に絶対といってよいほどの自信を持つ行心は、いくら危険を告げたとて、耳をかたむけまい。

それに天武さえ長寿をたもてれば、ウノ后がいくら大津を消そうとしても、大津は無事でいられるだろう。

のちに、それでももっと強く、行心をいさめるべきではなかったかと、道昭は悔いたのだったが。

行心は、天子の心得として、先ごろ死去した（六八一年）、新羅の文武王のみごとな遺言も、王たるものの取るべき道として、大津に教えたのだ、とも話した。

「新羅の王さまはどのような遺言をなされたのですか。」

「おう、その写しを今度持って参りましょう。ご覧なさるに足る遺言ですよ。少しの間、お貸ししますから、写されてもかまいません。」

文武王の遺言は、なかなかに胸を打つものがあり、道昭は謹んで身を清め、深夜、写していった。

遺言は、自分の時代は争乱の時代であったが、ついに各地を平定しえて、生存者も物故者もなべて追賞したことを挙げ、さらにその後について、次のように続けていた。

「兵器を鋳つぶして農機具にし、国民全てに仁徳と長寿とをもたらそうとして、貢物を少なくし、徭役《ようえき》を省き、家々に人手を与えたので、国民は安堵し、城内にはなんの憂いもなかった。

米倉には山のように穀物を積み上げ、牢獄には草が生い茂り、幽界にも現世にも、なんら恥じるところなく、ひとびとに負担をかけなかったといえましょう。」

しかるに病におかされ、死を迎えることとなったが、長男の太子が王となる修行を積んでいるので、何の心配もない。太子は、柩のまえで即位し、王位を継承するように。

山や谷さえ移り変わるのに、万機の英雄も、最後には一塊の土となってしまい、樵夫《しょうふ》や牧童がその上で歌を歌い、狐や兎がかたわらに穴を開けるだけである。だから、と王は記す。

「いたずらに私財をついやして、その謗《そし》りを書物に書きとどめられ、空しく人力を使っても、幽魂を救うわけではありません。死後は傷つき痛むことがすでになくなっているので、立派な葬儀は楽しみとするところではありません。」

で、王は、指示していた。

死後十日後に、庫門の外庭で、西国の方式で、火葬の準備を行い、喪の制度も努めて質素にするように。

（おう、この王さまは、何と敬虔な仏徒であられることよ。）道昭は感嘆し、新羅文化の深さを改めて知らされる気がする。

文武王が火葬を命じたことは、やがて道昭にある決意をしめす道標となったのであった。

「文武王さまは、先にも申したように、高僧義湘《ぎしょう》さまを厚く敬重され、都を新しくつくろうと思われたときにも、義湘さまに相談なされました。すると、義湘さまは、『茅葺き屋根の家にいても、行いが道にあっていれば、福業は長く続きます。重税をかけ、民に労苦させて新都を建てることは、果たして正しい行いになるでしょうか。』かようにいさめられ、王さまは、新都建設を断念なされたと聞いています。」

それに、もちろん義湘が一番だが、野にあって諸国を行脚する元暁《がんぎょう》の行いも、文武王へ影響を与えているだろう、と行心は言う。

「おう、そのお方のことは、唐へ参る途中、慈通さんから伺ったことがあります。戦乱がせまっていなければ、帰途、新羅へ寄る際、是非、お会いしたいと思っていた方です。」

元暁は、武烈王のもとめに応じ、国の柱となる賢人を生みたいとねがう女性に精をほどこすのも、仏の教えにかなう、と言い、敢て破戒の道を選び、王のヒメと交わり、ヒメは男子を産んだ、と行心は、語り、その後は俗服に着替え、小姓居士と名乗って、諸国を巡ったことなども道昭に告げた。

「その男子が、薛聡《せっそう》さまで、経学に詳しく、新羅十賢の一人とうたわれております。

元暁さまは、あるとき、芝居役者が使う大きなフクベの面を手に入れられ、奇怪な形を大層気に入られて、その形をまねて〈無碍《むげ》〉と名づけた遊び道具をつくられました。

そのフクベを持って、村々をまわられ、歌を歌い、踊り舞いながら、み仏の道を広められました。無碍とは、華厳経の一句、〈あらゆるものにこだわらないものは、生死を抜け出る〉から取られましたとか。

元暁さまと楽しく歌い舞ううちに、文字一文字も読めぬ民たちも、み仏について知り、南無阿弥陀仏と念じるようになっていったと聞きました。」

どうやら僧がすすむ道は、義湘のように君主のよき助言者となるか、元暁のように民衆のなかに分け入って教化していくか、二つに分かれるようだ、と今さらながら道昭は考える。

帰国してからのおよそ十年間は、もっぱら民の間に入って行った期間であり、天武になってからの十年近くは君主のそばにいて助言する立場になってしまったように思える。だが、本来、自分は民の間に身を置く僧ではなかろうか。かたや、行心は、俊英の大津王子が王位についたら、自分が助言するなかで、文武王のようなすぐれた王に育て、天武が立てた日本国を、より立派な国にしていく望みを持っているようだ。

行心の建言が利いたゆえか、六八三年二月、天武は二十歳になった大津王子に、国政にくわわることを許した。

大津より一つだけ年長ながら、おっとりして、父、天武にただしたがうだけの草壁皇太子が、大津の国政参加により存在が霞んでしまわないか、ウノが胸を痛めている、とのうわさも聞こえてくる。

大津の国政参加をよろこび、満面笑顔で報告に来た行心の話を聞きながら、道昭は、（そういえば、玄奘三蔵さまも、そのような望みを抱かれて王宮に深入りし、それが愚かな行為であったと恥じておいでであったな。）と、故郷の両親の墓のまえで慟哭した玄奘のことを思い出している。

（禅院に長く居過ぎたのではあるまいか。）と考えている矢先、僧正・僧都・律師を任命し、「僧尼を統べ、領《おさ》むること、法《のり》の如くせよ」との勅令（六八三年三月）が出た。律師には、道光が任じられる。

律とは、僧尼が日常守るべき戒めであり、律師とは、仏律によって衆僧を教えみちびく師僧である。僧尼の衣服の乱れに道昭も進言し、六七九年、衣服の色などを定めたが、あまり細かな決まりまで決めては、かえってみ仏の道から外れていかないだろうか、と道昭は危惧し、律に明るい道光を、行心が巻きこんで、大津王子朝政の初仕事となるよう天武に上申し、出された勅令ではなかろうか、と推しはかる。

道光は、道昭とともに唐入りした僧だ。唐においては、もっぱら律に詳しい道宣の弟子たちについて律をきわめ、道宣の書を持って帰ってきている。

帰国したのは天武七年（六七八）。二十三年間、唐に留学していた道光は、白村江の敗戦も、壬申の乱も知らない。戦い治まり、新しく門出した国家を見て、学んだものを生かすに足る国がようやくできた、と勇んでもどってきたのであろうか。

道昭は、峻厳な道光には近寄りがたく、船中でも、唐にいるときも、あまり言葉を交わさずに終わった。

帰国したさいの歓迎の宴に出ただけで、親しく話すこともないままでいる。

六八三年の夏は、日照りが続き、稲も枯れた。

暑さのなか、倒れるひとびとも多く、道昭は、救いをもとめるひとびとのもとめに応じ、薬箱を抱え、めっきり腕の上がった田麻呂と手分けし、飛びまわる日々となる。道昭の後に付いてまわる行基少年の姿も、そこには見られる。

行心はじめ僧たちの必死の雨乞いも効き目がないなか、百済からの亡命僧、道蔵が、自分が雨乞いいたしましょう、と申し出、丁度降る時期に来ていたのかどうか、雨乞い三日目で、雷声とともに土砂降りの雨がにわかにざんざんと降り出し、干からびた大地をみるみるうるおしていったのであった。

道蔵は、大いに面目をほどこし、壬申の乱以後、何となく小さくなっていた百済人たちが、自分が雨を降らせたわけでもないのに、にわかに肩を張って大路を往来していくのも面白い。

その道蔵が呼び寄せたのか、六八四年には、百済の僧尼二十三人が大挙してわたってきて、天武は彼らを武蔵国に置く。

天武が死去するのは、六八六年九月。

近づいてくる死を予感していたのかどうか、精力的に天武は、新しい国のかたちづくりに精力をかたむけ、次々法令を定めていった。

軍事にも力を入れ、文武いずれの官人も武術を学び、馬に乗れるよう練習するように、いつ召集されても大丈夫なように武具をととのえておくように、などの勅を出す。これなど、軍事が好きな大津王子の具申だったかもしれない。

旧来の臣《おみ》・連《むらじ》・伴造《とものみやつこ》・国造《くにみやつこ》に対し、真人《まひと》・朝臣《あそん》・宿禰《すくね》・忌寸《いみき》他を定める。

真人になれるのは王族のみで、これは新羅の骨品制《こっぴんせい》にならったのであろう。新羅では、王族が出自に応じて、聖骨、真骨に分かれ、聖骨は双方の親が王族出身の場合、真骨は片方が王族、もう片方が貴族の場合。ちなみに聖骨出身者は真徳女王が最後で、武烈王からは真骨出身者が王位についている。

何としても自分の目が黒いうちに千年王国を確立しておきたい天武のねがいとは裏腹に、日照りの翌年（天武十三年・六八四）秋には、大地震が起きる。

山は崩れ、川は沸騰し、庶民の粗末な家屋はもちろん、官舎も穀物倉も寺塔も神社も、ものみな倒壊し、死傷者は数知れない。

「国こぞりて男女叫びよばひて東西を知らず」「人民および六畜、多く死傷す」と、『日本書紀』は記している。

土佐国では、押し寄せた津波に、なんと一千町歩が埋まり、海となってしまった。貢ぎ物を運んでいたあまたの船も、どこへやらながれていってしまった。名高い伊予の湯も地中に埋まる。こんなことは未だかつてなかった！とため息をつく古老。

冬近くなると、毎夜、おびただしい星が、さながら雨のようにながれる。

葛城郡から、四本足の鶏が生まれたと報告が来たかと思うと、丹波国からは、十二も角のある子牛が生まれたとの知らせ。

どれも、天武の死が近くなったことの予告だと、行心はじめ占術僧たちは気づきながら、だまっている。

弱ってきた天武は、王子たちが団結し、豪族に対抗することこそ王国の繁栄、と藁でもつかむように考えるのか、草壁以下の王子たちに、それぞれ順位にふさわしい爵位を授ける。ウノの動向が不安であり、その不安を打ち消したくて、飛鳥寺に珍しい宝物を捧げ、そうかと思えば大安殿に王子・王族・重臣たちを呼び集め、賭け双六を競わせたりもした。新羅王が贈ってきた、みごとな馬と犬、鸚鵡、カササギなどに、わずかに心安らいだりしたようであった天武は、六八五年九月、ついに倒れる。胃がんだったようだ。

大官大寺、川原寺、飛鳥寺で、三日続きで、経が読まれる。

百済僧法蔵らを美濃につかわし、胃の薬となるオケラ（キク科の多年草）を煎じさせ、献上させる。信濃の浅間温泉に重臣をつかわして、行宮を造らせる。これらを取り仕切るのは、天武のそばを一時も離れないウノである。

天武の病状はいよいよ重く、十一月二十七日には、魂が肉体から遊離していかないよう、招魂《みたまふり》式がなされる。その甲斐あってか、病状はやや持ち直し、六八六年正月には、天武はウノに支えられて大極殿にあらわれ、諸王、諸臣たちのために宴を開き、例年と同様に朝服を授けている。

この日、奇妙なことがあった。

一見何の変哲もないなぞなぞが出て、解いたものには褒美をやるという。

おのおのが自分の解きを提出したが、高市王子と諸王の第一席を占める伊勢王が、みごとに解いたので、褒美をやるとの発表があった。

高市王子がもらった褒美は、次の品々だ。

ハンノキの実で摺って染めた衣服三着、錦の袴二具、ふとぎぬ二十四、糸五十斤、綿百斤、布百端。

伊勢王には、栗の実で染めた衣服三着、紫の袴二具、ふとぎぬ七匹、糸二十斤、綿四十斤、布四十端。

どうやら、なぞなぞは、天武の死後、ウノに忠誠を誓うかどうか尋ね、なぞを読み解いて絶対忠誠を誓った両者に、ウノが与えた褒美ではなかったろうか。

高市は最年長の王子、伊勢王は諸王のトップにいる。両者の自分への忠誠をウノはこのようなかたちでたしかめたものであろう。

実は、草壁を守ろうと四苦八苦しているウノに、このころ、強力な助っ人があらわれていて、なぞなぞも、その人物が考えだしたものであった。

その人物こそ、ウノのあとの天皇、文武、元明《げんめい》、元正を牛耳って君臨した藤原不比等（鎌足の次男）である。

ふしぎなことに彼が正史である『日本書紀』に顔を出すのは、ウノが天皇位を継いで三年目の六八九年（持統三）二月のことであり、それも、新たに任命された九人の判事（ことわるつかさ・裁判を司る）の一人としてで、不比等はそのとき、すでに三十一歳（六五八年生との定説にしたがえば）。

鎌足が死去したとき、十一歳だった不比等。壬申の乱時には十四歳。当然、近江方とみなされた少年は、危険を避けて身を隠していたのだろう。

それからの二十年間、彼は何をしていたのか。『尊卑文脈』（南北朝時代に、洞院公定著、諸系図のなかで信頼性が最も高い）に、「公、避く所の事あり。すなはち山科の田辺史大隅《たなべのふみとおおすみ》らの家に養ふ。それ以て史《ふびと》と名づくなり」との伝承があるだけだ。

ほかには、二十一歳（天武九年）のとき、蘇我臣連《むらじ》子《こ》の娘、娼子《しょうし》との間に、長男の武智麻呂《むちまろ》が生まれ、翌年に次男の房前《ふささき》が生まれたこと、時期ははっきりしないが、賀茂小黒麻呂の娘、賀茂ヒメとの間に、長女、宮子が生まれたことがわかっている。

宮子は、やがて文武天皇（軽《かる》王子）の夫人となり（六九七年）、二人の間に誕生した首《おびと》王子が、聖武天皇となるわけだが、それはのちのこと。

『尊卑文脈《そんぴぶんみゃく》』が記す「避く所あり。」とは、何か。

恐らく八歳ごろから、父、鎌足の命により、不比等は、田辺大隅のもとにあって、大隅を師と仰ぎ、彼が所蔵するぼう大な史書をもとに大いに学んでいたのではなかったか。

十一歳の定恵をはるか中国へ送ったように、鎌足は、可愛ければこそ、早くに他家へあずけることで、少々のことにはびくともしない、強さと教養と忍耐を身につけた人物にしたかったのであろう。

壬申の乱では、田辺小隅《おすみ》が、近江方の将軍として活躍している。不比等が養ってもらっていた田辺大隅と、小隅は、恐らく兄弟ではあるまいか。

そうだとすると、不比等も山科にいることは危ういだろう。

壬申の乱で敗れた大友天皇は、妃の耳面刀自《みみものとじ》（鎌足の娘）の発案にしたがい、鎌足の故郷である房総半島に逃れていったとの異説があり、ここではその異説にしたがおう。

房総での再起挽回をはかった大友ながら、おびただしい軍勢をひきいて追撃してきた天武方の大伴馬来田《まぐた》は、この地の出身であり、大友以上に故郷の地勢を知り尽くしていたから、大友軍はあっけなく敗れ去り、人友は自害する。

今、久留里線の小櫃《おびつ》駅近くに、海抜百メートルほどの〈壬申山〉があり、〈御腹川〉が麓へ向かってながれている。大友が近くで腹を切って自決したゆえの名であるといい、〈小櫃〉の名も、遺骸をほうむった〈御櫃〉に由来するといわれている。

久留里線には、馬来田《まくた》駅もあり、また、『万葉集』巻十四に以下の歌があることから、馬来田が古くからの地名であったとわかる。その名のとおり、朝鮮半島から騎馬用の馬を船に乗せてわたってきた大規模な渡来人たちがいたのだろう。

馬来田《うまぐた》の　峯《ね》ろの篠葉の露霜の　濡れてわ来なば　汝《な》
は恋ふばそも（万葉集　三三八二）
馬来田の　峯ろに隠り居かくだにも　国の遠かば　汝
が目欲りせむ（万葉集　三三八三）

大友の妃、耳面刀自は、先発したのだが、船が遭難し、九十九里浜に打ち上げられ、命は取り留めたものの、大友との再会はかなわずに終わった。

耳面刀自と不比等は、異母姉弟。十四歳の不比等は、大友一行とともに房総に向かい、耳面刀自の行方を尋ねることを、大友に命じられて鹿島方面に向かったのかもしれない。

結局、耳面刀自には会えず、大友は自害したとの知らせを聞き、父の実家ともいうべき鹿島の大神に仕える卜《うらべ》氏（中臣氏と同族）の家に、身を隠したのではなかろうか。

タケミカヅチ大神の守護のもと、蘇我氏を倒した鎌足は、天智が即位した時点で、かねての念願どおりに大神の宮殿を鹿島に建立している。

不比等の三男、藤原宇合《うまかい》が、常陸国守だったときかかわったらしい『常陸風土記』には、卜氏の住まいについて次のような記述がある。

「神の社の周囲は，卜氏のすむところである。くにの形は高く平らかで、東西とも海に臨み、峯谷は犬の牙のように村里と入り交じっている。山の木と野の草とは、おのずから内庭を囲む垣根のようで、谷のながれと岸の泉が、朝夕の汲み水を提供している。

峯の上に家屋をつくってあり、松と竹が垣の外を守り、谷の腰に井戸を掘り、ツタカズラが崖の上を隠している。春、その村をとおれば百の草が美しい花を咲かせ、秋、その道を過ぎれば、千の樹に葉が錦のように紅葉している。神仙の隠れ住みたまう境であり、霊異の誕生するところといえよう。」

恐らく勝利した天武の世の動向を見極めるまで、若き日の父がかつて読んだであろう内外の書を学びつつ、不比等は鹿島の地にひそんでいたのではあるまいか。

かつて少年時の父が、隠れ住んでいた峯の上の卜氏の家屋を尋ねて感慨深く、興に乗って筆を走らせる宇合の姿が目に浮かぶ。

天武の施政をさぐってきた部下から、草壁をなんとしても次期天皇にしたいウノの画策を知って、(時来たる!)と腕をさすった不比等青年は、父からあずかった二ふりの宝剣をたずさえ、ヤマトへ向かい、同族の中臣大嶋《おおしま》を頼ったのであろう。

大嶋は、天智の寵臣、中臣金《かね》の弟コメの息子だが、乱にはタッチしなかったため、神事・地理・歴史にくわしい能力を買われて、六八一年(天武十年)には、他の有力豪族とともに河島皇子・忍壁《おさかべ》皇子らを助けて「帝紀および上古の諸事」の記録を命じられている。草壁が皇太子となった翌年のこと。

ういういしく、かつ野望あふれる二十二歳の不比等に、大嶋はたちまち魅せられる。

新羅の使者、金智祥を筑紫で饗応する役目を他の数人とともに仰せつかったとき、朝鮮語は堪能だといった不比等を伴っていった。不比等の言に偽りはなく、万事に機転が利き、諸事助かって、そのため天武の覚えもよくした大嶋は、ウノに拝謁させてほしい、との若者のねがいを聞いてやり、ウノにひそかにねがい出たのだった。

「ほう、鎌足の息子が成長し、無位でおったのか。」

ウノは目を細め、(ひょっとすれば何かに使えるかもしれぬな。)天武には伏せて不比等を呼んでみたのだった。

ウノに目どおりできた不比等は、(まさにこのときぞ)とばかり、瀕死の父が天智から譲り受けた黒作りの宝剣を持参し、ウノにうやうやしく奉呈した。

「この佩刀こそ、お后さまの父君、亡き天智大王さまのまことの父君、百済王室の血を引く高向王《たかむくおう》さまのお形見でございます。

したがって、この刀を持つものは、必ずスメラミコトとなられましょう。長らく父よりあずかっておりましたこの佩刀、どうか草壁皇子さまにさしあげてくださいませ。」

「なぜ、われのところに持って参った？」

ウノの目が妖しく光る。

「現スメラミコトさまは、お后さまのお力も得て、すでにみごとな新しい国を造られました。佩刀など無用でありましょう。また天智さまに、よい思いはお持ちでありますまい。

ウノ后さまは、天智さまのおん娘。その血は草壁皇子さまにもながれていっております。この佩刀は、草壁皇子様が持たれてこそ、大きな力を持つと考えまする。」

「だれぞやに、この刀のことを言いましたか。」

「いえ、知るものは亡き天智さまと亡き父、鎌足のみ。今はウノお后さまと私だけでございます。」

「そうか。ではあずかっておこう。草壁のために働いてくりゃるか。」

「いかにも。でなければ、この佩刀、こなたに献じはいたしませぬ。」

「頼んだぞ。」

「恐れ入りまする。これから何かと目に触れましたることと、お知らせに参ってもよろしうございましょうか。」

「おう、そうするがよかろう。さしあたり大嶋の従卒として、われのもとへ目立たぬかたちで連絡に来るがよい。」

「有難き幸せでございまする。」

聡いウノには、一度の会見で、不比等の凡でないことがわかった。大津皇子を朝政にたずさわらせはじめた天武の胸の内がわからず、不安にかられていたウノにとって、草壁をスメラミコトにするため尽力してくれそうな不比等も、彼が捧げた佩刀も、頼もしく映る。

ウノは、だれもいないところで、草壁に、由来を話し、佩刀を渡した。病弱な草壁は、佩刀を手にすると、ふしぎな力が湧いてくる気がする。父をはばかって腰には帯びず、大事にしまって置き、だれも見ていないところで、ひそかに腰に差してみたりするのだった。

ウノは、天武に大嶋を推挙し、兵部官の司に当てたが、実は軍事面にも不比等に詳しくなっていってほしかったからであった。

不比等の数々の進言をしだいに頼もしく感じていくウノであり、先のなぞなぞを解かせて、ウノと草壁への忠誠度をはかるなど、中国の史書にヒントを得た不比等ならではの智恵であり、ますます不比等を頼もしくおもえるウノであった。

天武の病状を心配して、新羅神文王（六八一年即位）から、あまたの贈り物がとどく。薬百種類のほかに、良馬一匹、うさぎ馬一頭、犬二匹。黄金の器、金銀、柄を織り出した綾、霞錦、虎・豹の皮などなど。

五月、天武の病状は、にわかに悪化する。

六月、行心に占わせると、熱田神宮にあった草薙剣を宮中に置いているのがよくないとの卦が出て、その日のうちに熱田へ返す。新羅僧、道行が盗み出したのをうばい返したまま、熱田にもどしていなかったのだった。

伊勢王ほかを飛鳥寺につかわし、珍しい宝玉を捧げ、病気治癒の祈願を頼んだり、百官を川原寺につかわし、おびただしい灯火を点して祈願したり、金光明経を宮中で百人の僧たちに読ませたりしても、天武はますます弱っていくばかり。

七月十五日、天武の勅が、群臣にしめされる。

「天下のことは大小を問わず、ことごとくウノ皇后、草壁皇太子に啓上せよ。」

すでに天武の意思ではなく、ウノの企みとわかっていても、天武の傍にはりついたウノは、他の王族を一切寄せつけないので、だれもどうしようもない。

このころ、天武はもう病み衰え、自分と草壁に一切の権限を委譲してほしいとのウノの強いねがいに、かすかにうなずくだけだったろう。

それでも孤立してしまう大津のことが気になり、草壁に、

「大津は、母は違えど、そなたの兄。大津も加え、われが建てた国を、大事に守っていってほしい。」

切々と頼んでいる。傍らで、だまっているウノは、（大津をそのようにも買っていたのか。）と、かえって大津への警戒と憎しみが募るのだった。

八月一日、僧八十人を出家させ、二日には僧尼百人を出家させ、菩薩像百体を王宮に安置し、観世音経二百巻を読ませる。

十三日には、王子たちの食封《じきふ》を増す。草壁・大津・高市三名は特に別格で、おのおの四百戸を同等に増したのは、大津に疑心を抱かせないためのウノの作戦であり、

陰には参謀の不比等がいたであろう。
九月に入って天武の病状はますます重く、草壁以下諸王子・諸王・諸臣ことごとく川原寺で、平癒を祈る。
九月九日、天武、死去。
王宮の南庭に、十一日、もがり宮を造り、二十四日、もがりを行う（二十七日より三十日にかけて）。道昭も、多くの僧たちとともに声を発して哀悼したことであろう。

そして、草壁を王位につけるための障害になると思われる大津へのウノの対処は、実にすばやかった。

十月二日にはもう、謀反があらわれたとして、大津以下を捕らえ、翌日、大津を自死させているのだ。

この件については、道顕《どうけん》がひそかに記していた記録を見てみよう。

「十月二日、大津王子が、謀反を起こしたのが発覚したとして、逮捕される。他に、八口《やくちの》朝臣オトカシ、壱岐連ハカトコ、中臣朝臣オミマロ、巨勢《こせの》朝臣タヤス、新羅沙門行心、舎人の礪杵道作ら、三十余名が捕らえられた。
九月二十四日、南庭で、もがりが行われたとき、大津たちが、草壁皇太子を殺害する計画を立てていた、と発表される。
弁明の機会は与えられず、翌日三日、オサダ宮（現桜井市）で、自死を命じられる。享年二十四。
オサダ宮に向かう途中、磐余《いわれ》池の堤で、涙をながしながら詠んだ辞世の歌は、次のとおり。

ももづたふ　磐余の池に　鳴く鴨を　今日のみ見てや
雲隠りなむ

他に、五言絶句の辞世歌が残っている。

金烏臨西舎
鼓声催短命
泉路無賓主
此夕誰家向

（陽は西にかたむき
夕べの鐘が　わが短い命の果てを告げる
黄泉への旅に　連れ添うものとてなく

闇近く　どこへ向かって行くというのか）

大津の妃、山辺ヒメは、知らせを聞くや、髪を振り乱し、はだしでオサダ宮に走っていき、殉死した。痛ましさに嘆かぬものとてない。

大津王子は、天武天皇の第三子。威儀ある顔かたちで、度量は秀でて広大、長じるに及び博覧強記、詩文をよくし、剣もよく操り、常に自由にのびのびと振舞い、自然にまわりには、王子を慕うひとびとが集まったものであった。

冤罪であると大方のものは察していて、ウノ后をはばかり、声に出さないだけである。

二十九日、大津にそそのかされただけのもの、あるいは大津に謀反を命じられた舎人は、やむなくしたがったゆえ許す、との勅が出る。

舎人の礪杵道作は、ともに謀反を謀ったとして、伊豆にながされる。

（なお伊豆にながされた礪杵道作については、伊豆下田在住の友人、浦畠すみさんが『道作の晩景』という力のこもった小説を先ごろ発表されている。）

新羅僧、行心は、占筮《せんぜい》を操り、王者の相があると言って、大津をそそのかしたものの、処刑するには忍びないので、飛騨の寺に移す、との勅。大津が死んでしまえば、彼を天皇にしようと望んだ行心の野望は潰えたわけで、大后は天武が敬慕していた行心については、処刑はもちろん僧籍剥奪もさすがにためらわれたのであろう。

十一月十六日、伊勢神宮の斎宮、大津王子の姉、大来ヒメが、職を解かれ、飛鳥にもどってきた。

その途上でヒメが詠んだ歌が、口から口へ伝わり、ひとびとの涙を誘う。

見まく欲り　わがする君も　あらなくに　なにしか来けむ　馬疲るるに

生前、わが命が絶たれるのを予感した大津が、ひそかに伊勢にヒメを訪ねていたことがわかり、立ち去る弟を送ったときにも、ヒメは次のような歌をつくっていた。

わが背子を　大和へ遣ると　さ夜深《ふ》けて　暁露に　わが立ち濡れし

二人行けど　行き過ぎがたき　秋山を　いかにか君が
ひとり越ゆらむ

罪人の大津の遺骸は、墓を建てることはかなわない。ヒメの懇願で、ようやく二上山の雄岳山頂に埋めることが許される。その場に立ち会った道昭から聞いた、ヒメが詠んだという絶唱も、書き留めておく。

うつそみの　人にあるわれや　明日よりは　二上山《ふたかみやま》を
弟《いろせ》とわが見む

両人の歌を読んでも、姉弟は、まれに見る文才の持ち主だったとわかる。今は、ひそかに口伝いにささやかれているこれらの絶唱も、いつか時が来れば、世に出ることもあろうか。その到来をねがい、記録しておく。」

飛騨の寺に送られる行心を、道昭は見送りに行った。

冷たい雨が、しょぼ降る日であった。

つい先ごろまで、華やかにあまたの弟子に囲まれていた人が、ほとんど見送るものとてなく、ほとんど罪人の扱いで旅立っていく。

行心は、道昭の手をにぎり、目に涙をためて言う。

「二上山での供養、よくやってくださいました。道昭さん、あなたがいらしてよかった。

わたしの占術の未熟さから、あたら才ある王子を、死なせてしまいました。この罪を懺悔しつつ、飛騨の寺に籠り、み仏に仕える日々を細々過ごそうと思います。」

「飛騨も、飛鳥も、み仏の目からご覧になれば、同じでありましょう。わたしも、近く利他行の長旅に出るつもりでおります。いつの日か、飛騨をお訪ねすることがあるかもしれませんゆえ、どうかそれまでお体を大事になさっていてください。」

数日のうちに、がくっと老いたように見える行心は、それでも道昭に慰められると、少し笑顔を見せ、

「おう、お待ちしております。きっとですよ。そう仰って頂くと、飛騨の冬も何とか過ごせそうな気がして参りました。きっときっとお訪ねください。」

振り返り、振り返り、雨に濡れながら、遠ざかって行った。

白衣の裾が、水溜りの泥に漬かり、黒くなっているの

が見える。

道昭は、合掌し、天武の一連の法要が終わったら、一刻も早く、利他行の旅に出て行こうと心決めしていた。

天武の死後、ウノは、即位することなく、天皇が行っていた政治を、〈臨朝称制〉と銘打って行っている。

十二月十九日、そのウノが施主となって天武のための百か日法会が、大官大寺・川原寺・飛鳥寺・豊浦寺・坂田寺の五寺でいとなまれた。

翌年（六八七年）八月、もがりの宮で、青飯（野菜飯）で直合《なおらい》を行い、老若男女なべて橋の西がわに立って慟哭する。

その月の末には、ウノは、飛鳥寺に三百人の高僧たちを集め、天武の服で縫った袈裟を細かく裂いて、断腸の思いを述べた勅とともに一人ひとりに与えた。

また、寺々に、天武の命日の九月九日には、法要を行うよう、命ずる。

このころ、新羅王子・金霜林以下の使者が筑紫に到着したが、天武の死去を聞いて驚き、ただちに麻の白い衣装に着替え、東に向かって礼拝し、哭泣《こっきゅう》する。

ついでに彼らが持ってきた品々を挙げておこう。

金・銀・絹・布・皮・銅・鉄・仏像・彩色した絹・鳥・馬などなど。

十月、天武の遺骨を埋めるための円墳（大内陵）を、ヤマトの高市郡明日香村に築きはじめる。皇太子の草壁が先頭となって、王族・諸臣・地方役人・農民たちまで、ぞろぞろと鍬を持ち、土を掘り返す儀式を行うわけで。記録によれば、大理石の石室、天武の棺は、乾漆であったと。ウノもやがて同じところに埋まり、ウノの骨壺は銀製であったという。

六八八年正月、草壁は群臣をひきいて、もがりの宮で慟哭、僧たちも別の日に、もがりの宮で哀哭する。

円墳がようやく出来上がり、もがりの宮から遺骨を移したのは、この年の十一月十一日。

天武の遺骨が、大内陵におさまったところで、一連の仏事も終わり、ほっとした道昭は、禅院を発った。

その背後には、田麻呂、エオルシのほかに、二十歳になったたくましい行基の姿もある。

当分、飛鳥にはもどらぬつもりの道昭であった。ときに道昭は五十八歳。

26　持統の思惑

道昭が、行基ほかをしたがえ、長い利他行の旅に足を踏みだしたころ、ウノは、若くやさしい草壁皇太子を擁して、困難な道を踏み出していた。

天武の死の直後、天武の遺言と称して、臨時にすばやく王権をにぎったウノ。

この一事、さらに、いち早く大津を謀反人に仕立て、排除したみごとな手際が、ウノを陰で支えた不比等の智恵にもよることを、だれも知らない。

天武在世中、不比等を大嶋の配下におき、鎌足を快く思ってはいなかった天武には隠してきたウノだ。天武の死後は、大嶋を引き立てることで、不比等をうごきやすくしている。

天武死後約一年経った八月、法興寺に集めた僧侶たち三百人に、天武の着ていた服をばらばらにして縫った袈裟を与える仕事を、大嶋と黄書大伴《きふみのおおとも》に命じ、その半年後、もがりの宮に天女や花鳥をかざった仏具を奉る行事のさいの、誄も大嶋に命じた。

その折、まめまめしく下働きしている不比等の姿が、ひとびとには好ましく映る。生来、人を安心させる力をそなえていて、このころには王宮で下働きするものたちから、慕われているのだった。

帰順している東国の蝦夷人二百十三人を呼び寄せ、法興寺の西の大槻のもとで、歓待し、位を授けたのも、父、鎌足を見習い、鹿島在住中に蝦夷人の懐柔に務めてきた不比等の陰の力だ。

持統三年（六八九）正月、文武の役人たちが王宮用にささげた薪を受け取り、返しに食物を贈ったウノは、吉野宮に出かけていく。

吉野の霊気に当たり、壬申の乱の当初の苦難を偲ぶなかで、（われの子、草壁をのぞいてだれに王権を渡すものぞ。万難を排し、この秋には何としても皇位につけよう！）と固く心決めしている。

そのためにも、不比等の協力がいよいよ要ると考え、吉野から帰ってほどなく、九人を選び、刑部《ぎょうぶ》省の、ことわるつかさ（判事）にする勅を出した。そのなかに、さりげなく不比等を入れている。それまで陰の存在だった不比等は、はじめて表の、でも目立たぬ役職に顔を出したわけで。

三月には、特別のものを除いて罪人の罪を許し、釈放する。

しかし、草壁を王位につけるための数々のウノの努力は、翌月の四月十三日、水泡に帰す。

草壁が、病み、あっけなく死去してしまったのだ。

泣き泣き、真弓《まゆみ》の丘（奈良県高市郡明日香村真弓）にもがりの宮を建てねばならなかった、ウノ。

宮廷歌人、柿本人麻呂が捧げた哀悼の長歌が、『万葉集』に載っているものの、その後に並んだ舎人たちの歌群のほうが、草壁に直接接していただけ胸にせまるものがある。

よそに見し　真弓の丘も君ませば　常《とこ》つ御門《みかど》と侍居《とのい》するかも
東の　滝の御門に　さもらへど　昨日も今日も　召すこともなし
一日には　千たび参りし　東の　大き御門を　入りかてぬかも

しかし、政治をあずかる身は悲しんでいる暇もない。

傷心のウノが、その辛い心を押し隠して政務に励み、権力を守る様子を、また、道顕の記録からのぞいてみよう。

「女性だからと軽んじられてはならぬ、との誇りが、愛する皇太子を失った皇后を強くしているように見える。

五月、天武の弔問にやってきた新羅の使者が、官位十七階第九の位階であることに、皇后は立腹、糾問するよう、役人に命じている。

『天智天皇の死のときには官位十七階第七の位階のものが来たではないか。また、天武天皇の死去を知らせる勅書を新羅に持って行ったところ、官位十七階第三のものが受け取ろうとしたようだが、以前には官位十七階の第二のものが受け取っていたではないか。』

六月二日、故草壁皇太子の遺児、七歳の軽皇子のために、『善きことば』という題の書をつくるための役所を設置、文に明るい志貴《しき》皇子（天智の皇子）以下を充てた。

六月二十九日、亡き草壁皇子が皇太子となった日に着手していた飛鳥浄御原律令一部二十二巻を役人たちに分ち与える。

令には、はっきり、「倭国」でなく「日本国」と記され、大王・王后は「天皇」「皇后」と呼ばれ、諸豪族たちが私有していた土地・人民は国の所有となった。

唐、新羅よりも東、日の出るところだ、と踏ん張ったのだ。「天皇」の「皇」は、神霊を意味するから、「天にも等しい神霊を持った王」と解釈できるだろうか。もともと皇帝にせよ大王にせよ、天の啓示によって王たることを認められる。天は天空、周書には「ブン王が天の有する大命を受け」とあり、自らに「天」を冠するのは不遜であり、一笑に値するともいえる。

七月、陸奥の蝦夷で僧となった自得に、もとめていた金銅の薬師仏一体と鐘・宝帳・香炉・幡などを授ける。

八月二日、百官を神祇官に集め、天神地祇を拝する。

同四日、吉野宮に行幸。

同十六日、摂津・紀伊・伊賀のうちに禁猟区を置く。

同二十三日、軍を謁見する。

閏八月十日、各国のミコトモチ（国司）に、次のことを命じる。

戸籍をつくり、九月いっぱい浮浪者を捕らえよ。

国ごとに青少年の四分の一を兵士にし、武術を習わせよ。

戸籍は六年に一回つくられるそうだ。もちろん班田、租・庸・調の徴収、防人・衛士の動員に使われる。この国の民は、存分に支配されるようになっていくのだろう。

九月十五日、役人たちを筑紫につかわし、城を調査させる。

十月十一日、高安城に行幸。

十一月八日、高田石成《たかたのいわなり》が、武術に習熟したことを誉め、褒美を与える。

（六九〇年）正月一日、皇后、即位。」

草壁を失ったあと、ウノは、とりあえず自分が即位して、草壁の子、孫のカル皇子（のちの文武天皇）に王位を渡さねば、とひそかに思い決めたのであろう。しかし、それは容易なことではない。

このとき、カルは、わずか七歳。母は、天智の第四王女で、草壁の妃となったアヘ。アヘの母は蘇我石川麻呂の娘メイ。ウノの母も、石川麻呂の娘オチヒメだから、アヘは異母妹の娘。

ところでカルを王位に就かせるのがむずかしいというのは、何しろ、天武の皇子たち（カルの叔父たち）がわんさといるわけで。

　后妃の序列により、当時の皇子の順位は、次のようであった。

第一位　舎人　母は新田部妃（父は天智）
第二位　長　母は大江妃（父は天智）
第三位　穂積　母はオオヌ夫人（父は蘇我赤兄）
第四位　弓削　母は大江妃（父は天智）
第五位　新田部　母は五百重《いおえ》夫人（父は藤原鎌足）
第六位　高市　母は尼子宮人（父は胸形君徳善《むなかたのきみとくぜん》）
第七位　忍壁　母はカジ宮人（父は宍人大麻呂《ししひとのおおまろ》）

　后妃の序列は、后、妃、夫人、宮人、となっており、草壁の次に位置していた大津は抹殺したものの、第六位といえ、高市皇子は、最も年長のみならず、壬申の乱での功績は群を抜いており、したがって群臣の厚い支持を得ている。

　さらに、ウノにとって警戒しなければならないのは、天智の第二皇子、河島や、天智・天武両帝の孫に当たる葛野《かどの》。

　いずれも才あり、王位を定めるときに、彼らがだれを皇太子に推すかによっても、情勢は変わってしまう。

　文才ゆたかな河島は、大津皇子と肝胆相照らす友でありながらウノの胸中をおもんばかり、大津に反逆の企てあり、とウノに密告してきたのだったが……（今回は役立ったといえ、いざとなれば莫逆《ばくげき》の友をも裏切る男だから、油断ならぬ。）ウノは思うのだ。

　四苦八苦しているウノ。そのウノにとって天が与えてくれた人材とおもえるのが、不比等である。

　傷心のウノを、力強く励ましたのも不比等で。

「お心強く持たれませ。なに、お后さま自ら、スメラミコトとなられればよろしうございましょう。その間に、草壁皇太子さまの忘れ形見、カル皇子さまがご成長なされましょうぞ。」

「おう、そうするしかあるまいのう。」

「かの中国にても、高宗皇帝亡き後、お后の武則天さまが即位なされ、しっかり群臣を束ねておいでと聞きまする。」

国際情勢にも耳早い不比等は、そんな励まし方もするのだった。

このとき、ウノは草壁が死ぬまで傍らに置いていた、かの天智の佩刀を、不比等に渡している。

「これをそなたにあずける。」

「私が……？」

「そうじゃ。その佩刀をそなたにあずけるゆえ、無事に草壁の遺児カルがスメラミコトになるよう、死力を尽くしてくれぬか。もともとわれの父、天智大王さまのまことの父君、高向王《たかむくおう》さまがお持ちであった佩刀という。されば、この剣はまさしく霊剣に違いなかろう。」

「佩刀をおあずかりせなんでも、死力を尽くしまする。」

「ほほ、孫のカルが無事にスメラミコトになった暁には、カルに渡してやろう。それまであずけておいて、わがために尽くせ。その代わり、万が一うまくいかなんだら、この刀は偽物であったとみなし、そちに死を与えます。」

「仰せのとおりに。」

このような緊張した受け答えがひそかになされていた。

以後、ウノはいわば不比等と二人三脚で、政を行っていくことになる。

六九〇年正月一日、四十五歳のウノは、ついに大極殿で即位した。

物部マロが大盾を立て、神祇伯中臣大嶋が、天つ神の寿詞《よごと》を読む。忌部シコブチが、王位継承のしるしとして神剣、神鏡を奉る。

諸役人はなべて中庭に並び、あまねくウノを拝み、跪き、拍手し、八度、同じ動作を行う。

二日にも、同様な儀式がなされ、三日には内裏で宴会をもよおす。

同年七月、飛鳥浄御原律令の実施。

高市皇子を、太政大臣に任命。ウノの代行を行える役目を、高市に授けたのは、反旗をひるがえされないための懐柔策であったろうか。

無事にカルに王位を渡せるか、ウノの不安は大きく、何かといえば吉野宮に驚くほど頻繁に足を運んで、大願成就、すなわちカルが無事王位に即けるよう、祈るのであった。

唐、新羅どちらの助けも借りず、新しい国を打ち立て、それまでの〈大王〉でなく、〈天皇〉の称号を造った亡き夫、天武は、死んでもなお強力な力を群臣たちに及ぼしている。

ウノは、吉野からの決起をともにした自分と天武は一体なのだから、疎かにすることは許されないぞ、と頻繁な吉野行幸によってしめしたかったのか。

これまでの女帝と違い、理知的なウノは、霊力を持たない。かといって、夫の天武が極めていた卜学を行えるわけでもない。

古からの吉野の霊地にふれ、いささかでも霊力を得たいと切実に望み、（天武の后であるわたしは、天智の娘でもあります。カルの母も天智の娘。すぐれた双方の血を継いだ孫のカルこそ、まことのスメラミコトにふさわしいではありませぬか。どうか、このねがいかなうよう、それまでわたしが健やかでありますよう、お守りくださりませ。）と祈ったろうか。

吉野行宮には、手を入れ、美々しく装わせる。

吉野行きにしたがった、柿本人麻呂が詠んだ長歌を見ても、「吉野の国の花散らふ秋津の野辺に　宮柱太敷きませば　ももしきの大宮人は　船並めて朝川渡り　舟競ひ　夕河渡る」という具合。群臣を連ね、ひっきりなしの、にぎにぎしい行幸。民の費えはいかばかりであったか。

それでも、天武の勝利は吉野からはじまっており、そのときの勇将たちがなお存命であるゆえに、あまりに頻繁な吉野行きに、やれやれと眉をひそめつつ、表立って逆らうものはだれもいない。

ただ、伊勢行幸に対しては、三輪高市麻呂《みわのたけちまろ》が、激しく諫言し、群臣の注目を浴びた。高市麻呂は、農繁期の妨げになるゆえ中止してほしいと、上表を差し出し、それでも強行されると知るや、冠を脱いで王宮に捧げ、さらに諫言する。職を賭して伊勢行幸を止めさせようとしたのだ。

高市麻呂は、諫言に踏みきるまえ、ちょうど飛鳥禅院にもどっていた道昭を訪ねている。

なにごとか悩んでいるふうで、長い間、仏殿で祈っているのを、道昭は何も聞かず、ただ、自分もそばでだまって経を上げていた。

やがて思い余ったふうに、高市麻呂が尋ねる。

「たとえ、すめらみこと様であろうと、まちがった行いに対しては職を賭してもいさめるのが、人の道でしょうか。和尚さまは如何お考えでしょうか。

三輪山の頂きにこもり、神にお尋ねしても、なかなか心が決まりません。」

道昭は、笑って、花信尼がかつて持たしてくれた小さな釈迦誕生仏を高市麻呂の手に持たせた。

「このみ仏をどう感じられますか。」

「おう、何とも可愛らしいお顔ですね。そして何をしても許して頂けるような気がして参ります。」

「これをエオルシというものに見せましたら、赤ん坊のとき病気で亡くなった弟にそっくりだと申しました。」

「それは勿体ないことを。」

「いえ、百人に見せれば百人が違う印象を言いましょう。私にはたくさんの思い出を呼ぶみ仏ですが、それは私だけの記憶。

尊いみ仏でさえ、それぞれの心に違って映り、どれもまちがっているとは言えません。高市麻呂さまのお考えをたとえ非難するものがあっても、それは見方が異なるだけ。気になさらずともよろしいでしょう。」

「おう、すめらみこと様であっても。」

「はい。全てはこの小さなみ仏が見ていられる。そう思われたら如何でしょう。

菩薩さまは、三千世界のどんな小さなところでも、衆生のために身を捨てない場所はない、かように仰せられておいでです。高市さまがなさろうとされていることは、み仏のお心にかなうことと存じます。」

高市麻呂は、ほっとした様子で、深くうなずき、帰っていった。そして、程なく、伊勢行幸をいさめる挙に出たのである。

ウノの伊勢行幸は、吉野行幸よりさらに大掛かりで、近江・美濃・尾張・三河・遠江の大軍団をしたがえ、彼らはもとより、荷役、行宮の造り手たちが納める税の調役も免除した。

伊勢・度会の郡、伊賀・志摩と巡り、行く先々で、みこともちに冠位を与え、志摩では八十歳以上のものに、それぞれ稲八十束を与える。

倭国歴代の大王が、これまで敬意を払い、恐れてもきた三輪山に宿る大物主神。その神に仕える高市麻呂にとっては、伊勢大神が、今後、破格の扱いをされていき、大三輪神がしだいに粗略にされていくのではないか、気がかりでたまらずに取った行動だろう、とささやきあう役人たちもいる。

ウノの度重なる吉野行きで、かさむ出費と労役に、いい加減うんざりしていた庶民も、職を賭してウノに諫言し、野に下った高市麻呂の潔さに喝采した。

三輪山を信仰するものは、ヤマトの豪族たちには多く、心中、高市麻呂に味方している豪族たちは、あまたいるはずで、さすがに伊勢大神へ参詣することは、はばかったウノであった。

高市麻呂の行動は、伝説化され、日照りの時にはわが田の口をふさいで、水を農民の田に施した徳義の大きさから、諸天が感応、彼の田にだけ竜神が雨を降らした、という風説さえ、やがて生まれていった。

『懐風藻』にも、高市麻呂の行動を、「一旦　栄を辞して去る　千年　諫を奉じて消えず」とたたえ、「うらぶれた門前には　車馬のひびきもない　あまねく皆帝国であってみれば、吾が帰る地はいずこにあるだろうか」で終わる、不比等の第四子、藤原万理の一首がある。

吉野行きのたびに、ウノにぴったり付きしたがっていた不比等が存命ならば、高市麻呂をたたえる息子の漢詩に、はてさて、親の心子知らずか、と、さぞ苦笑いしたことであろう。

これらひんぱんな行幸による出費のほかに、ウノはさらに天武が選定した場所に、新たな王宮を建設しているわけだから、税を搾り取られ、労役に駆り出される民の疲弊はすさまじい。飛鳥浄御原律令の徹底により、人民への管理は以前にくらべ、緻密になっていて、租・徴用の魔の手を逃れることはよほど難しくなってきている。

ウノとしては、新たな王宮は、夫の天武があちこち物色した末に定めた（六八四年）悲願の地であり、どうしても完成させたい。

それまで天武は、母、斉明大王の王宮（飛鳥浄御原宮）に手を入れて住んでいた。

余談ながら、前述したように、近年の発掘により、斉明の王宮に手を入れた飛鳥浄御原宮も、なかなかどうしてみごとだったことが明らかになっている。

遺構中、「エビノコ郭」と呼ばれる一郭は、天武が、おのが正統性を主張するための〈大極殿〉であったらしい。〈太極〉は、中国の古典『易経』によれば、宇宙の根源をしめす言葉で、〈太極殿〉は、天帝の代行者として天下に臨む天子の居住地を意味する。

新たに〈日本国〉を建てた天武としては、天智を支持した唐、朝鮮全土を支配した新羅、に対して、おのが新しい国は、両国に服属する国ではない、天の意思による建国だぞ、と主張したかったのであろう。

したがって大極殿は、大事な公務のときに限り、使われた。

天武十年（六八一）二月、天武・ウノが、親王・諸王・諸臣を呼び、浄御原律令の編さん開始を告げたのも、大極殿でであった。

天武十二年（六八三）正月七日には、最近のさまざまな瑞兆、三本足の雀が筑紫で見つかったこと、宵の明星が東から西にわたった等々を寿いで、親王・諸王・諸臣を大極殿のまえに集め、トヨノアカリ（大宴会）を催している。

このときには、官人全てに官位に応じた授け物をしたり、罪人を赦免したり、農民の課役を取りやめる詔を発した。「かかる天の瑞祥は、政の行いが天道にかなうときあらわれると聞いている」と語る、天武のよく徹る声は、人びとの心をつかみ、魅了したのだった。


その後、広場の中央では、倭国舞、高句麗舞、百済舞、新羅舞を、雅楽寮の楽師・学生たちが舞う。倭国・高句麗・百済・新羅と異なる出自のものたちが、これからは一つにまとまり、新しい国をつくっていくのだ、参列したものたちは大いによろこびあったことであろう。

ウノが即位したのも、この大極殿。

藤原京にウノが手をつけるのも同年。まず高市皇子に群臣をひきいて飛鳥浄御原宮の東北の地を調査させ、次には自ら群臣をひきいて出かける。翌年（六九一年）十月には、使者をつかわして地鎮祭を行った。

ようやく完成成った王宮に移ったのは、六九四年も末の十二月。

しかし、最初の条坊制を採用したといわれる大がかりな京が、完成するのは、それから五、六年後になるようだ。（完成ほどなく、住みにくさから平城京建設のプランが出てくるのだが。）

今では藤原京と命名されているものの、当時は〈新益京《あらましのみやこ》〉と呼ばれており、飛鳥の京をさらに広げた京との認識であった。事実、藤原宮に移動後も、飛鳥は使用されている。

耳成山《みみなしやま》、畝傍山《うねびやま》、天香具山《あまのかぐやま》三山を内にふくむ、これまでにない大がかりな京、藤原京。

中心よりやや北寄りに内裏・大極殿・朝堂（天皇が群臣を謁見するほか、日常の政務も行われていた）・朝集殿（百官が朝堂に入るまえに控えていたところ）が配置された王宮は、これまでの王宮と異なり、方形だ。

大極殿・朝堂は、礎石建ちの瓦葺き建物。

いかにも、これまでの倭国とは違う、新しい文化国家なのだぞ、と叫んでいるようだ。

王宮の周囲を囲む大垣の内外には、内濠・外濠が巡り、厳重に警備されている。

王宮の東西には官衙《かんが》を配置。朱雀大路は幅二十四メートルほど。ほかに縦横九本ずつの大路をつくり、南北東西に十坊の区割りをして、四坊ごとに一人の坊令、全部で十二人の坊令を置いた。

中国長安城を真似ながら、城壁・正門はない。

中国のそれぞれの坊は、高い壁でしきられ、坊門を設け、閉鎖的空間であるのに対し、こちらはちょっとした板塀のしきりだけ。開放的だ。

単なる物まねでなく、日本のそれまでの政治の有り様を取り入れた新京。事実上のプロデューサーは、不比等であったろう。

なにしろ歌にも歌われているように（『万葉集』巻一・五〇）、はるばる近江の田上山《たなかみやま》のヒノキの木の角材を宇治川にながし、巨椋池《おぐら》に、そこから今度は木津川をさかのぼらせて、泉津（京都南部）で引き上げ、陸路で下ツ道をとおって藤原宮まで運ぶという大掛かりな造営なのだ。このときの乱伐で、田上山の森林は今なお復旧していないというのだから。

不比等は、このころ盛んに来日あるいは渡来してきた、新羅人、さらには亡命百済人たちの智恵を、目いっぱい活用しながら新京の構想を立てたのであろう。人をおだてて巧みに使う才能の持ち主ではあった。かくて、これまでにない大規模な京が、つくられていったのだ。

この京で、ウノ、文武、元明三代が過ごすこととなる。

『万葉集』には、新京をたたえる、作者不詳の長歌（巻一・五二）が載っている。

やすみしし　わご大王　高照らす　日の御子　荒栲《あらたえ》の
藤井が原に　大御門　始め給ひて　埴安《はにやす》の　堤の上に

あり立たし　見し給へば　大和の　青香具山は　日の経の　大御門に　春山と　繁さび立てり　畝傍の　この瑞山は　日の緯の　大御門に瑞山と　山さびいます耳成の　青菅山は　背面の　大御門に　宜しなべ　神さび立てり　名くはし　吉野の山は　影面の　大御門よ　雲ゐにそ　遠くありける
高知るや　天の御蔭　天知るや　日の御蔭の水こそば常にあらめ　御井の清水
（わが大君が　藤井が原に　新たな京をお建てなさり埴安の池の堤の上で　国見なされば　東がわには　春青々と繁る　香具山　西がわに　おごそかに畝傍山背面には　姿うるわしい耳成山　名も美しい吉野山は雲井のかなた　はるか遠くに
おう　御井の水よ　常しえに　湧き出てあれよ）

土橋寛氏『持統天皇と藤原不比等』によれば「高知るや　天の御蔭　天知るや　日の御蔭の水」の言いまわしは、『万葉集』中でほかに見られない表現である一方、王宮内に掘られた「御井」の神を祭るさい中臣氏が誦《ず》する、祝詞の慣用語であるという。


してみれば、この長歌の作者は、不比等か、不比等が代理でだれかに詠ませたもので、新京をたたえながら、ウノたちを守る決意をのべたのであろう。

これまで上水は自然の浄水で事足りていたのに、大がかりな建物の建立により、それではむりとなって、あちこちで井戸を掘るしかなくなった。長歌は、王宮のみならず、京各所の井戸の無事をねがう祈りの歌でもあったのだった。

〈新益京〉の王宮が、やがて藤原宮と通称されるのは、どうやら〈王宮内に藤原氏が守る「御井」の神が祭ってあるみやこ〉と巷でうわさされていったことがはじまりらしい。

実は、〈新益京〉は、いたるところで地下水が湧き出して沼地になってしまうような地形のため、あまり住み心地はよくなかった。

そこで、役人たちは止むを得ず居を移したが、皇子たちは、それまでの居を変えず、多武峰山系の西麓に散在したままだった。トイレなどの始末も、従前と異なり、汲み取り式、水洗式など種々工夫はしたものの、結局は宅地の外へ排出するだけ。悪臭ただよう京であった。

不比等は、りっぱな居宅を造った。

ウノと不比等がいわば共同制作した京といえる藤原京。

平城京ができたのち、歌人、山部赤人は、廃墟となってしまった藤原京を訪れ、不比等の邸跡を訪ね、一首、詠んでいる。

いにしへの　古き堤は年深み　池の渚に　水草生ひにけり（万葉集　巻三・三七八）

さて、持統十年（六九六）、ウノにとってはよろこばしい出来事があった。

目の上のたんこぶとも言うべき高市皇子が病没したのだ。

（やっと時が来た！）

早速にカルを皇太子に立てたい。

といっても、スムースに事が運んだわけではない。

皇太子をだれにするか、王族、有力群臣を王宮に呼んで衆議させねばならなかった。なにしろ、カルはわずか十五歳。学問好きながら、まだまだヒヨッコでしかなく、高市皇子がいなくなった現在でも、王位に就ける実力者の王族はあまたいるのだ。

ウノとしては、不比等の活躍で王族のあらかたが味方についたことを確信してから、群議を開いたが、そうとも知らず、群臣たちはおのおの利害から、それぞれ、わいわいがやがや、諸王、諸皇子たちを推す始末だ。

そのとき、かの大友大王の忘れ形見、葛野王がウノにとって好い働きをする。ひときわ声を張り上げた葛野は、

「わが国の決まりでは、神代の昔より、直系の子孫が王位を継ぐことになっています。もし兄弟相続であれば、世は乱れましょう。あらかじめ自然に定まっておりますこと。一体だれがごちゃごちゃ言うことがありましょうぞ。」

「え、そんな！」

このとき、若い直情家の弓削皇子が、憤然として発言しようとしたが、いち早く目にした葛野が激しく叱責し、弓削皇子もその威勢に押されて沈黙した。

弓削皇子でなくとも、葛野の主張がデタラメなことは、だれであれ、わかっている。そもそも、直系の子孫である大友を廃して、天智の義弟である天武が、新しい国を建てたのではないか。乙巳の乱のあと、皇極のあと

を継いだのは、弟の孝徳、後を継ぐべき孝徳の第一王子、有間王子は殺され、皇極が斉明大王と名を変えて再即位するなど、ここしばらくの大王の座も、およそ直系が継いだことなどありはしない。

　一同がしばし沈黙したとき、それまでだまっていたウノが、

「おう、さすが葛野王、よく言ってくれました。いかにも神代から定まったことじゃ。

　では天のおみちびきにより、カル皇子を皇太子の座に就けよう。」

　ほがらかな顔できっぱり言い、事は定まった。

　事前に、不比等が葛野を訪ね、智恵を授けていたのだった。何しろ、葛野王の父は、壬申の乱で敗れた大友大王。いわば逆賊の子だ。母が、天武と額田王の娘、十市皇女であるため、危うく罪はまぬかれた。しかし、いつどんな目にあわされるか判らない危険を感じている。

　第一、早世した母の十市皇女の死因も怪しく感じている葛野なのだ。

　というのは、天武七年（六七八）天神地祇を祀るため、天武がこもる斎宮を、倉梯川上流に建て、いつ行ったらよいかも慎重にトし、四月七日寅（午前四時ごろ）の刻に、先払いの従者たちが出発、大勢の群臣を引き連れ、天武ほか王族の輿がうごき出そうとするまさにそのとき、王宮にいた十市皇女がにわかに発病、亡くなってしまったのである。このため行列は中止、神事も取り止めとなった。

　悲運の十市皇女に心を寄せていた高市皇子は、挽歌を三首詠んでいる。

三諸の神の　神杉　夢にだに　見むとすれども　寝ぬ夜ぞ多き
山振《やまぶき》の　立ちよそひたる　山清水　酌みに行かめど　道の知らなく

真からの悲嘆の歌。恐らく二人は契りを交わしていたのだろう。

　高市と十市が正式にむすばれ、もし王子でも生まれれば、強力な草壁のライバルになる。ウノの放った刺客が、行幸のどさくさにまぎれて、十市皇女を襲ったか、毒を盛ったのではなかったか。そう推しはかっている葛

野は、いつ自分も無辜《むこ》の罪で消されるかわからない恐怖感があり、ここはウノにヨイショすることが生き延びる道との不比等の助言に、うなずいたのであろう。

修羅場をしのいだ翌年、わずか十五歳のカルを、ウノは即位させる。文武天皇だ。

即位のさいの勅は、「現御神《あきつみかみ》として大八嶋国をお治めになる天皇」と宣言、「現御神として、大八嶋国をお治めなされる倭根子《やまとねこ》天皇（ウノ）が、お授けになり仰せになる、尊く高く広く厚い大命を、受けたまわり」と、だれにも文句一つ言わせないようにしたのだった。

以後、ウノは、太上《だいじょう》天皇として施政を続ける。

不比等は、ウノとひそかに交わした盟約どおりに、かの高向王の宝剣を、文武にささげた。

不比等が、かねてカルに娶《めあ》わせていた、娘の宮子（母は賀茂ヒメ）は夫人《ぶにん》となる。カルと宮子の間に生まれた皇子が、やがて聖武天皇となるわけで。

27　アズマへ

天武の死去後ほどなく（六八八年）、若い行基、おなじみの田麻呂、エオルシを連れて、旅にでた道昭は、各地を経巡り、あまたの利他行を行っていた。

草壁皇子の死も、持統の度重なる吉野行きも、旅の途上で知っただけであった。

道昭は六十歳近く、行基は二十歳になっている。

里々をまわり、病に苦しむひとびとを診てやるばかりでなく、酷熱の、あるいは雪の、路上で、倒れ死んでいる旅人を見れば、近くにほうむり、念仏を唱えた。防人《さきもり》にかりだされて、帰る途上のものたちが多かった。

防人は、白村江の敗戦により、唐・新羅軍の来襲をおそれた葛城大兄が、対馬・壱岐・筑紫に防衛のため置いたもので、唐占領軍があらわれてからも、黙認され、引き続き行われていた。三年交代で、一家の大黒柱であろうと、結婚したばかりであろうと容赦なく駆り出され、さて、帰るときは一切自力でまかなわせる、庶民泣かせの政策だ。『万葉集』にもあまた見られる彼らの歌。

唐衣裾に取り付き泣く子らを置きてぞ来のや母なしにして（巻二十・四四〇一　他田舎人大嶋）

我が妻はいたく恋ふらし飲む水に影さへ見えてよに忘られず（巻二十・四三二二　若倭部身麻呂）

防人に行くは誰が背と問ふ人を見るが羨しさ物思ひもせず（巻二十・四四二五　不明）

（筆者独白。昭和の防人たちは、このような嘆きを歌に託すことさえ、禁じられていた。家族も、悲しみを抑えて、万歳！と送らねばならなかった。どうやら、歴史はすすむばかりでなく、退歩することもあるようだ。）

とても故郷まで帰りつけないとわかって、豪族たちの邸や、寺院に転がりこみ、下人として働きだすものもいる。

それだけの要領を持ち合わせないものたちは、路傍で倒れ、病み、餓え、死んでいくのであった。

ある冬の日、道昭一行は、道にへたりこみ、今にも息絶えそうに震えている若者を助けたことがあった。

特に病んでいるわけではなく、寒さと飢えによるものとわかって、近くの寺へ運び、持参していた米を糊状の粥にして食べさせると生き返り、常陸・行方《なめかた》の出のイナマロだ、と、聞き取りにくいアズマ言葉で名乗った。

老いた父母が一日千秋のおもいで自分の帰りを待っているので、どうあっても帰らねばならない、どこぞやの下人になってしまうわけにはいかないのだという。

出発のとき、詠んだ歌をイナマロは吟じてみせた。

父母が　頭かき撫で　幸くあれて　いひし言葉《けとば》ぜ　忘れかねつる

心情があふれた歌だ、今ごろどんなにか父母たちは無事の帰還を待っていることだろうか。朝廷の罪の深さよ。道昭は思い、早速書きとめ、いつかだれかに披露することもあろう、大事に保管しておくように、と行基に手渡す。

その夜、考えこんでいた道昭は、供の三人に、この若者を生家まで送りとどけることにしたと告げた。

「えっ、では、はるばる鶏が鳴くアズマの地まで？」

驚く行基に、

「いつか行かねばと思うておりました。いわれなく殺されていった、エオルシたちの先祖の霊を供養する時が来たのでしょう。」

かつて唐へ行く船上で、エオルシから聞いた歌語りを忘れてはいなかった道昭であった。心に釘が突き刺さったまま長い年月を過ごしてきた。自分も年老いてきた今、このアズマの若者と出会ったのは、み仏のみちびきではなかろうか。そうか、そんなことがあったのか、行基は驚くばかりであり、

「おう、和尚さま、ありがたいことですだ。」

合掌して礼を言うエオルシ。

桜の花がぽっちり、一輪、二輪と咲き出すころ、一行五人は、アズマへと下って行った。

道中、病むものを治しながらの旅である。

気軽に貧しいものの病も診てくださるお坊さまが下っておいでる、すめらみことさまの脈も取られたことのあるお方であるそうな。道昭のうわさは、道々広まっていて、一夜、寺に宿れば、ひとびとがわんさと押しかけてくるのだった。道昭の学識と人柄ゆえだろう、迷惑がる

寺はなかった。

　豪族の家で祈祷や治療を頼まれて、たっぷり干し米をもらうこともあり、一人食い扶持がふえても、困ることはない。

　さすが若者だけあって、イナマロはみるみる回復し、田麻呂たちを手伝ってよく働く。重い口で、故郷のなつかしい風景を、彼らに語ることもあった。

「行方は、西も北も、大きなながれ海に囲まれておりましての、へえ。ありとあらゆる魚が取れますで、食うに苦労はせんですだ。緑色の藻も、〈みる〉と言うておりますが、よく採れ、塩が採れる藻もありますだで。藻をよくよく乾かしましての、火にあぶり、からからにしますで。わしらの家では、爺さまの仕事でしたで。」

「そのあたりも、おう、昔はミカボシさまが治めておられたに違えねえ。どこもここも、わしら、アイヌの土地だったでよう。あの憎いタケカシマが、どかどかとやって来るまではなあ。」

　たまりかねたように、エオルシが激しい口調で口をはさむ。驚いて目をぱちくりさせているイナマロに、道昭はいつかエオルシが語った話を聞かせた。

「ほうれ、さようなことがあっただかい。そういえば、タケカシマちゅう大王さまが、わしらの地においでたときに、こらあ山のでこぼこ、海のうねりくねりが、みごとに交じり合った姿だあな、あの峯の上の雲、谷を巻く霧、いずれもみごとよのう、と感嘆なされて、山と海の並び方うるわしき国、〈なめくはし〉と名づけられたと、爺さまが、言うておったなあ。」

「おう、そのタケカシマに、わしらの先祖は、だまされ、土地を乗っ取られ、大方のものが殺されてしもうたのよ。」

「そりゃすまなんだなあ。それなのに、おまえに介抱してもらっただなあ。有りがてえことよのう。すまなんだなあ。」

　大柄のイナマロが、恐縮して身をちぢませて詫びるのに、エオルシはさすがに苦笑いし、

「おまえのせいではないけえ。謝らんでもええよ。」

　言いつつも、謝られたことが嬉しかったらしく、イナマロがいないときに、

「和尚さまよ、わしは、土地をうばったやつらの子孫からはじめて謝ってもらいましたよう。あのイナマロいう

やつはええやつですのぅ。よほど胸がすぅっとしましただよ。」

そう言うのだった。

これらのことどもも、若い行基には、よほど修行になっていったことだろう。旅しなければ、それも輿に乗り威張っての旅であっては味わえぬ体験なのだった。

一行は、常陸国に着き、何はさておき、イナマロの家へと向かう。防人の勤めは三年だが、若いからとイナマロの場合、一年延長されており、かれこれ五年ぶりの帰還となる。

「こおりのいえ（郡衙）近くに、住んでおったで。あっこは、南門に空にそびえるほどの、でっけえ槻《けやき》の木があるで、迷うことはねえだよう。あっこには、よう澄んだ水も湧いておってなあ。よう、わしゃ水汲みに行ったものよ。ああ、おっ母もおっ父も、わしを見て、よろこび跳ねるだろうよう。」

その清水のほとりにようやく着き、道昭たちがはっと喉の渇きを癒している間に、彼方に見える、空にかぶさるように高い槻の樹めざして、イナマロは子どものように走り出して行った。

だが、父母が待っているはずの家は、むざんに瓦解し、どこにも父母の姿はなかったのだ。

遅れて行った道昭たちが目にしたのは、茫然と立ちつくしているイナマロの生気のない姿だった。

近くの竪穴住居からいぶかしげに出てきた白髪の老女が、イナマロを見て、

「なんと、こりゃあイナマロじゃねえかえ。」

声をかけたことで、父母の消息が知れた。イナマロの父母たちは、二、三年まえに病没していたのである。

「おめえのところは、男はおめえ一人だったでよ。どんなにか、おめえを待っていたけんど、まず爺ちゃまが死んでの、おまえのおっ父もおっ母も、それから程なく死んじまっただあな。防人にさえ取られなんだら、といっつもぼやいておったのう。おめえが無事だかどうか、えろう心配したったが、体にひびいたかのう。わしらで野辺の送りはしたっけよう。そのあとの大風で、おまえの家はぶっ飛んでしまっただあね。」

子どものようにおんおん声をあげて泣くイナマロを、だれも慰めるすべはない。

遺体は、ながれの海（霞ケ浦）近くのタブの木のそば

のちょっとした小高い場所に、埋めたという。老女は、一行をそこへ案内してくれた。

聞けば老女の三番目の息子も、昨年、防人に指名され、連行されたという。

「息子には、ちっこい子がおってのう、『おっ父、明日、帰ってくるけえ。』聞くでねえか、だれも彼も泣いてよう。一体何年経ったら帰ってくるだか。それまで、おらは生きておるめえよ。」

供養のため、墓所のほとりで一夜を明かした一行。

折から咲いていたヤマツバキの紅い花三輪、手折った行基が、読経し続けている道昭の傍らからそっと墓所に捧げる。

暗闇のなかで、程近い湖からひたひたと岸に寄せてくる波の音が、さながら共に読経してくれているかのようだ。

明け方近く、それまでじっと墓所のまわりにうずくまっていたイナマロが、意を決した顔つきで、道昭に跪いた。

生前ついに再会できなかった父母を弔うため、出家して沙弥《しゃみ》になりたい、そして、このまま、一行に加えてほしい、と。

得度また還俗が役所の届出によらねば罰せられる「僧尼令」が、法制化したのは、七〇一年（大宝元）。道昭の死去から一年後で、まだ多少、出家も融通が利いた。

道昭は、郡衛に出かけて、郡長に、やんわり交渉し、公民であるイナマロを、沙弥にすることを認めてもらった。イナマロの正直さが気に入り、沙弥になる決意の固さを見てとって、それもまた良し、と思ったのだ。

イナマロの教育は、行基に任せた。

新弟子ができて、はりきる行基。朝夕に熱心に、経を諳んじさせ、字も教える。はじめての弟子が、裕福な豪族の子弟でなく、防人に行っている間に父母を亡くした、アズマの実直な農民であることが、有り難く思われる。

道昭、行基、いつの間にか、山野に生える草木の薬効について道昭以上にくわしいともいえる田麻呂、ときどき山に分け入り、山の民と交流しているエオルシ。

珍妙ともいえる一行は、やがてエオルシがみちびくままに、彼らの遠い先祖の遺体が切り刻んで放り込まれたという、カシマ大神の神宮近くの森へと向かって行った。

エオルシの仲間に、神宮の奴婢となっているものたちがいて、エオルシが母から聞いた歌語りを彼らに聞かせると、涙ぐみ、ひそかにその森のことを知らせてくれたのだ。

「ここから遠くないところに、だれも足を踏み入れてはいけん森があっての。わしらの先祖を束ねたお方が、捕われたあと、めったやたらに切り刻まれ、放られてしまうた森というよう。」

「おう、それがミカボシさまのご遺骸のあるところか。」

「いんや、ミカボシさまは、そのお方をも束ねられたお方と聞いた。ミカボシさまはのう、もうちっと先の、北の海べりに、巨石の下敷きになって、それでもわしらをお守りくださるよう。」

「では、近くの森に埋められなさったは、だれでね。」

「カマイソさまとわしらは教わった。たくさんのタケカシマ族をなぎ倒しなぎ倒した、えろう強いお方じゃったげな。それでいて、女子どもにはやさしいお方だったとも聞いた。」

エオルシの仲間は、神宮のほうを顎でしゃくり、

「連中は、の。そのお方を言うに事欠き、鬼というておるわなあ。鬼、鬼となあ。それでいて、祟りが恐ろしいだか、森へわしらが入ることは許されぬのよう。」

口惜しげに鼻をすすった。

その昼なお暗い森に、道昭一行は、分け入った。だれも、足を踏み入れたものがないようで、鬱蒼と樹林が茂り、じゅくじゅくと地は湿っている。

垂れ下がった枝々を払い避けながらすすんでいくと、格別に巨大なスダジイの樹があって、そのまえで立ち止まったエオルシは、

「おう、ここですだ。この樹木の下に、カマイソさまというお方は、埋まっておられるに違えねえだ。」

きっぱりと言って、跪き、礼拝するのだった。

道昭と行基も、同じく跪き、それまでの平穏な暮らしを荒らされ、やむなく立ち向かったものの、姦計によって殺されてしまった勇士の冤魂《えんこん》に、一心に経を唱えた。

イナマロまで習いたての経を読む。すると経に反応したか、どこからか飛んできたエナガやムシクイ、コガラなどの鳥たちが、おのおの勝手にさえずり、三人の唱える経とエオルシの泣き声と鳥たちの鳴き声が綯《な》い交ざって、いっとき、森にふしぎな音楽がながれた。

「おう、やっとお参りできただ。おじいも、おばばも、おっ母も、よろこんでけろ。」

そう言うと、エオルシは、即興で歌い出す。

道昭にしかわからない、彼らの言語で。

のちに、行基の頼みに応じて、エオルシは次のように倭語に訳したのだったが。

「アイヤアイヤアイアイ
わしらの戦士さまよ
やっと来ましたよう　アイアイ
どれほどの憤りで　この森の　このスダジイの下に
埋もれておわしたかよう　アイアイアー

タケカシマのやつらに命落とされてから　幾星霜
あるものは　北へ　北へと　逃れ
あるものは　捕われて奴婢となり
それでも　戦士さまら　ミカボシさまらの
雄雄しい戦いは　語り継ぎ　語り継ぎ
はるか末の　わしらにまで　とどいておりますよう
これからもまた　語り継ぎ　語り継ぎ
やつらこそ　鬼であり　戦士さまらこそ
天もみそなわす　英雄であることを
いつか　やつらに　気付かせて見せますよう
どうか　そのときまで
天に向かって葉を広げ　この森で
鳥とともに過ごしてくだされよう
アイヤアイヤアイアイ
アイアイアー　アイアイー」

道昭は、瞑目しながら、土地の名の由来を調べているという、行方《なめかた》郡家の一風変わった役人から聞いた話を思い出していた。

「どこの地名にも、昔、この地に住んでいたエミシと侵入者がなした、凄まじい合戦の名残が残っております。」

彼は言い、たとえばと言って、西北に在る茨城郡衛の茨城《うばらぎ》の名の由来について語った。

「あのあたりには、昔、野にも山にもエミシたちであふれ、彼らは大きな岩屋で大勢が暮らしておりました。

そこへ、侵入してきたオオ氏の一族、黒坂ミコトという勇者が、部下もろとも馬に乗って彼らを追ったと申します。エミシも勇敢で、強く、合戦はいずれが勝つともわかりませんでしたため、黒坂ミコトが一計を案じました。

海辺で、楽しげに宴など開いて、彼らを安心させたのです。それを見て、ああ、自分たちと仲良くやっていくつもりになったのだろう、そう思ったエミシらもまた、総出で、野遊びをしたのですな。

そこを見計らい、黒坂ミコトは、部下に命じ、岩屋にトゲのある草木をいっぱい放りこませました。その上で、野遊びしている彼らのもとへ、馬に乗って一斉に襲いかかったのです。不意を突かれたエミシらは、あらかた殺され、殺されなかったものは岩屋へと一目散に逃れていきましたが、岩屋にはトゲがいっぱい。たちまちトゲに突き刺されて折り重なって倒れ、何とか外へ逃れ出たものも、待ちかまえていた黒坂軍に討たれ、あえなく死んでいきました。

その勝利を記念して、あのあたりを茨城と呼ぶようになりましたそうです。はい、古老から聞いた話ですが。哀れなことで。」

語る役人の口調に、ほろぼされたエミシへの哀惜がこもっているのを道昭は悟って、

「失礼ならお許しください。」

と断り、彼の出自を聞いてみた。すると、役人は、和尚さまだけに申しますが、と断って、自分の血のなかには、エミシの血が入っていると告げたのだった。

「攻めてきたものたちは、逃げ遅れた女性を片端から手ごめにしましたからな。なかには、凛とした気風にほれて、きちんと妻にしたものもおります。わたしの祖先はその一人だったとか。ですから、わたしはエミシの血が入っていることをいっそ誇りに思っております。」

この少し南には、伊多久《いたく》の郷が在るが、そこもエミシが沢山殺されたため、〈甚く殺した〉から付いた名である。ふつ（ことごとく）に斬り殺した場所は、布都奈《ふつな》と呼び、たやすく殺したという場所は、安伐《やすきり》の里と呼ばれている。

とりわけ勇猛で姦計も巧みだったタケカシマミコトが、攻めてきたため、エミシの死者も多く出たのだとも語った。

その姦計は、かつて船上でエオルシから聞いた、歌語

りにぴったり一致していた。

（こんなに穏やかで、実りゆたかにひとびとが暮らしている地に、そのような争いがあったとは！　エミシのあまたの死骸と怨念の上に築かれた暮らしであるのか！どうか、もうこの地が、人の血で染まることがないように。）

ただ合掌し、エミシの怨霊の鎮魂を祈るしかない道昭であった。

道昭は、そもカシマ大神の祭神はだれなのか、役人に尋ねてみた。

はっきりした話ではないと断りながら、役人は言った。

「朝鮮半島から大挙してわたってきた、製鉄に巧みなオオ氏の一族中、九州・杵島に根を張っていた一団が、アズマにはよい砂鉄が取れ、精巧な武器類を鋳鉄できるそうだ、との情報を得たことがはじまりだったようです。

では自分が行こうと、勇猛な王子として聞こえていた、タケカシマが、農業、鍛冶、狩猟、漁業、武術、あらゆる技術を持ったひとびとをひきいてやってきたもので、現にここではいたるところで良い砂鉄が取れます。

彼らの奉ずる神が、カシマの大神で、祭りのときには、太刀、矛、鉄弓、板状の鉄、鍛錬した鉄などを捧げます。杵島《きしま》の勇敢な王子なので、猛きキシマの王子といわれ、それがタケカシマとなまっていったのでしょう。

そして、カシマ一族を守るため、彼らの大神が降り立ったといわれる、かしこの高天原《たかあまはら》が、彼らの聖地で、以前は、そこで祭りを行っておりました。その儀式の主宰を、いつからか、カシマの臣下である中臣氏が行うようになり、主であるオオ氏の勢力は衰えていったようです。

鎌足さまがヤマト朝廷で勢いを得られたため、いつからか中臣氏の祭神に成り変わり、ご覧のとおりのみごとな神宮が建てられるようになったわけであります。はい。」

ヤマトでは、軍神タケミカヅチ神と呼ばれているが、神は、どうやら、人間の都合で変身するらしい、伊勢神宮もそうだ、土俗的な信仰を、権力者が巧みに取りこんでいる、といったらよかろうか、などと、首をひねる道昭である。

道昭たち一行は、それから北へ、北へと向かった。

エオルシのねがいに応じて、タケカシマにほろぼされ、巨石の下に埋められたという、ミカボシの在り処を尋ねたのである。

一行は、やがて久慈川河口近く、大甕《オオミカ》と呼ばれている森に分け入り、東アズマ一帯を束ねていたミカボシが埋められたという巨石を探し当てた。

海近いその地もまた、スダジイ、アカガシ、タブの樹木が鬱蒼と茂っていた。

その中央にどっかと置かれている小山のような巨石があり、薄暗い森のなかで、炯々《けいけい》たる光を発していた。

巨石の肌に頬を当てて、エオルシは泣いた。

「こんな岩の下敷きにされてよう、いくら骨になってぃてもよう、さぞミカボシさまは痛かろうよう。それでも、この岩の下からわしらの行く末を見守ってくださるだかやあ。」

巨石の下に埋めたミカボシの祟りを恐れて、やがて巨石のまわりにはタケミカヅチ神の宮が建てられていくが、それはまだ後のこと。

ここでも、道昭たちは心をこめて読経し、エオルシは即興の歌をささげた。

その夜、巨石のそばで、一人過ごしたいというエオルシのねがいを聞き、近くの寺で一夜を過ごした道昭たちであったが、翌朝、もどってきたエオルシは、改まった様子で、道昭のまえにうずくまり、告げた。

「和尚さまよう、いろいろ考えたがよう、お傍を去って、わしは、もっと北の山奥に住む仲間のもとで、暮らそうと決めましただ。」

夜半、北の地からミカボシが埋もれた巨石のもとへ、こっそり祈りを捧げに来た一団のエミシたちに遭遇したのだという。

彼らは、ミカボシのことを忘れず、さらにはその霊気を受けに、はるばる北から、獣道をとおり、山を越え野を越え、毎年巨石のもとへやってきているのだった。闇にもよく目が利くひとびとなのだ。

巨石のまえに木の実、鹿の肉などを供え、厳粛に祈る彼らを見て、エオルシの胸は高鳴った。

奴婢にされて三代目のエオルシが話す、たどたどしい〈エミシ語〉は、彼らを驚かした。

わけて一団のなかの、きりっとした目をした中年の女性は、エオルシが披露した歌語りを聴いて、ほろっと涙をこぼし、うんうんとうなずいた。

エオルシは、彼らが、北の山地で、ペソルンチャシという長老を戴いて、暮らしていることを知った。

子どものとき、奴婢にされるところを大叔父に抱かれ、危うく逃れたという、今は白髪白髯の長老ペソルンチャシは、あらゆる智恵の持ち主で、多くの仲間を束ね、夏は焼畑、冬場は狩りをしながら、北の山中を、自在に移動して暮らしているとか。

「ペソルンチャシの名は、水中に突き出て三方が絶壁に囲まれている要害堅固なとりでという意味で、ことばどおりの、そのとりでみたいなお方だで。何時のころからか、そうお呼びするようになりましたで。もし会われたときには、一目で惹かれてしまうことでしょうの。」

その長老に一目会ってみたいとのねがいに、エオルシは強く突きうごかされた。でも、それだけでは、道昭のもとを離れる決心は容易につかなかったろう。

エオルシの歌語りに涙した、ランコという名だと名乗った女性は、エオルシの背を母親のようにやさしく撫で、

「ようくここまでおいでたなあ。」

と言い、

「わしのおっ母はの、奴婢にされておりましたが、主人に犯されかかったところをな、そやつを石で殴ってぶっ倒れたところを逃げ出し、山へ入ったのです。」

と告げた。

「桂の木のほとりで疲れ果て、死にかかっているところを、長老さまの一団に救われ、仲間に入れてもらったんです。おっ母は、やがて長老さまの三番目の息子の方とむすばれ、わしが生まれました。

桂の木は、わしらの言葉ではランコといいますので、その木のそばで仲間になれた記念に、その名がわしの名になりました。」

その夜、月光がほの照らす森の奥深くで、エオルシは、ランコとむすばれた。

（ミカボシさまのおみちびきだで。）

ランコのゆたかな乳房に顔を埋めながら、こんなにゆったりした気分は、生まれてからはじめてだ、と感じている。

（そうか、森のなかこそ、わしの、まことの住処だったのだ。）

ランコは、夫だったひとは、倭軍に襲われたとき、矢

に当たって亡くなったのだと言い、彼との間には二人の子がいるが、新しい父をよろこんで迎えるだろうと、エオルシの逞しい胸のなかで告げた。

（おう、わしが、こんな凛々しい女子の夫となれるのか。父にもなれるのか。）

そう思ったとき、道昭のもとを離れることにもためらいはなくなっていた。

エオルシは、道昭のまえでは包み隠さず、全てを告げた。

「まだ見ぬ長老さまが、わしには、おじじさまに思えまして、何としてもお会いし、お傍に付いていきたくなってしまったですだ。

それに、よんべ、妻となったランコと、その子らを、これからは守ってやらねばなりませんでよう。ミカボシさまがむすんでくださった縁ですで。

幸い、和尚さまに付いて旅をするうち、病の治療についてもずいぶん詳しくなりましたで、慣れぬ山の暮らしでも、足手まといにならず、やっていけると思いますだ。

どうか、わしの勝手を許してくだされや。」

驚きながらも、道昭は快く許した。

このままでは一生独り身のままであろうエオルシが、妻子を持てたのだ。祝福すべきことであろう。

自分の力では、奴婢という身分をなくすことも、戦をなくすこともできない以上、エオルシの選択をどうして止められようか。まこと、生きるためにのみ、獣を殺す彼らは、つつましく謙虚に、殺生した獣たちを、自分たちを生かしてくれる神と崇め、尊び、祭りを欠かさない。土地は神のものと考え、だれをもこばまず、質素に生きている。

獣を直接殺すこともなく、ただその肉をむさぼり食い、娯楽のために、あるいは戦の練習と称して、狩猟を行い、領土をふやすためには大量の殺人も、平気でやってのける大王統治の国と、いずれが、み仏の心にかなうのか。

これも、それらのことを深く考えよとの、み仏による深いみちびきなのであろう。

実際の扱いとしては、エオルシが道中患い、死んだことにして、奴婢の計帳から抹殺してもらうことにするしかあるまい。さすれば追手もかかるまい。そのような方便は、み仏もお許しくださろう。

「戸籍に死人と記載してしまえば、二度と、わが国にもどることはできません。その覚悟がありますか。」

あえてきびしい顔でたしかめると、エオルシは、大きくうなずいて言うのだった。

「明日からが、わしの新たな門出だがや。狩りで殺生はしても、獣を慈しむ心は、和尚さまにも負けんぞや。わしらの狩りは、遊びではなく、戦のための用意でもなく、ただ命をつなぐための狩りですだで。獣にも魚にも、感謝の気持ちを捧げる行事は、怠ったことはありましねえで。」

旅立ちの夜、道昭たちは、去っていくエオルシのために、ささやかな宴を開いた。

行基が、心に沁みる笛を吹き、笛に合わせてイナマロは、即興の歌を詠み、返礼にエオルシもまた、歌を歌った。道昭は、木の葉一枚をつと取って、草笛を吹いた。

近くまで猿が来て、かしこまって聴いている。

エオルシは、新参のイナマロに、道昭に仕える旅の心遣いをこまごまと教え、発って行った。

道昭は、中国で学び、それに自分の工夫も加えて調合した薬をたっぷり持たせる。もう二度と会うことはないだろう。

(ヤマトの軍隊が、彼らの住むところにまで攻めていけば、やむを得ず、エオルシたちは獣を追う矢で、戦うことになるのか、さらに北へと逃れるのか。)

いずれにしても、可能なかぎり膨張したい〈国〉というものを自分たちの祖がつくってしまった以上、〈国〉を持たないものも、その煽りを受けることになる、なんという罪深さよ、独り言をつぶやく道昭に、なにも言わず、じっと耳かたむけている行基である。

そして、(巨石の下に埋められてしまったものもいれば、生きているときと同様の豪華な飾り物を供えられ、みごとな石棺に横たわっているものもいるのだな。)と、イナマロの故郷の行方で、郡家を牛耳っていた豪族が得意顔に案内してくれた巨大な墳墓を、思い出している。

行方の海の水運を司っている豪族は、約二百年まえにつくられたその墳墓には、自分たち一族の祖先に当たる、若者が祀られてあるのだ、と話した。

「二十歳そこそこではやり病に倒れたと聞いています。それは、すぐれたお方で、もし、生きてあらば。」

と、ちょっと声をひそめ、

「かの中臣鎌子さまにも劣らぬ働きをなされたことでしょう。短命であったのが何としても惜しいと、われらの氏上が、かような大墳墓を建てられました。

棺には、馬形の飾りを取り付けた金銅製のすかし彫り冠や、鉄製の武器、よろいなど、加耶から持参の宝物を、惜しげなく供えてあり、墳墓のまえで、毎年祭りをいとなんでいます。

そのお方が、長命であれば、この地のみならず、ヤマトにも進出していかれたでありましょうに。

おう、道昭和尚さまのご実家も、百済から渡来なされ、往来する船にかける税を徴収なさるお役目でありましたな。わたしどもの祖は、もともとは加耶よりわたって参ったと聞いております。いや、そのころは、ここは未開の地で、穴に暮らしている粗暴な蛮人たちと争わねばならなかったとか。」

行基は、話を聞きながら、道昭が顔を赤らめるのを見て、心中につぶやく。

（はは、お師匠さまの痛いところを突いたのを、この仁は知らないな。いわば好き勝手に利他行をなさることが出来るのも、百済出の船氏の財力と全国に張り巡らされた強固な組織網によるのだから。

でも、いかにお年を召されても、恥部を突かれ、赤面なさるお師匠さまの青年のような純粋さが好きだ。わたしも、一生あのようでありたい。）

道昭らは、朝廷から土地・民・当座の穀物を与えられて住みついた、新羅人集団が暮らす地域、高浜にも行った。

行方の海（霞ヶ浦）に注ぐ信筑川《しつくのかわ》（現・恋瀬川）河口近くの風光明媚な地で、彼らは、精巧な農具により、葦原を、広い田畑に変えようと営々と努めていた。

北西には筑波山がやわらかな姿態でこの地を見守っており、東には霞ケ浦が、のびやかに広がり、光っている。

すらりと高い体に、ゆるやかな衣装をまとい、気品のある顔をした彼らの長は、朝鮮語を流暢に話せる道昭を大いに歓迎し、来たときは、一面の茫々たる葦原だったのだと言い、

「そう遠からず、ここはゆたかな穀倉地帯となりましょう。そうすれば、朝廷にも進物をあまたさしあげられ、頂戴したご恩をお返しできるでしょう。わたしらの子々孫々、この地で生き、この地を栄えさせていくでしょう。」

嬉しげにほほ笑んだ。

「なぜ新羅から来られるお気持ちになったのですか。」

尋ねると、

「一族のなかに、先に貴国にわたったものがおりまして、やって来るようにと便りをよこしました。

こちらは土地が肥沃で、暖かい。現在、この国の大半を牛耳る王は、新羅と密接なかかわりを持ちたいと望んでおり、わが国より文化がはるかに遅れていることもあって、われわれ新羅人を珍重してくれます。適当な土地、当面の穀物さえ与えてくれますから、その間に開墾をどんどんすすめることができます。

蛮国ながら、上級役人や僧侶は漢字の読み書きができますし、朝鮮語が話せる僧侶も多々おりますから、意思の疎通に困ることもありません。そろって渡海してきませんか。与えられた土地を根城に、一小国を築くことができましょう。

かように知らせてきたのを信じ、渡海して参りました。

朝廷の指示で、王都からはるかに離れたところに土地をもらえましたが、来てみれば、ここは実にゆたかで穏やかなところです。冬もさほど寒くなく、雪に閉ざされることもありません。

たとえ日照りが続いても、海にも川にも沼にもいっぱいの魚、森には容易く射止められる獣がいっぱい。やあ、和尚さまはお怒りになりますかな。

民の人柄も、おだやか。よく働いてくれますから、彼らが飢えることのないよう、今まで以上に家族繁栄し、われらに仕えてよかったと、彼らが心底思ってもらえるよう、務めるつもりでおります。」

（わが祖も、道昭さまの祖も、同じ思いで渡海されたのだろうか。）と行基は、推しはかるのだった。

道昭は、今来《いまき》の新羅人の長の人柄が、高潔で、自分たち一族だけでなく、使っている先住の民たちの暮らしにも気を配っているのが嬉しい。

「そのお心なら、きっとこの地は栄えましょう。」

「ただ、防人の制、あれは愚策ですね。こちらの役人にも時おり話してみるのですが、なぜ遠い九州くんだりの守備を、アズマの人間たちがやらねばならぬのか。

アズマの男子は、強くて戦士に向くからだといいますが、どうも、納得できかねます。」

世話になった朝廷の政策をズバズバ批判するのも、

いっそ好もしい。

「おっしゃるとおりです。このものなども、帰る途中飢えのため危うく死ぬところでした。ようやく助かったものの、帰ってみれば、父母は亡くなり、家は絶えておりました。」

「それは気の毒な。」

そんな会話も交わしたことであった。

ちょうど刈り入れの時期で、たわわに稔った稲を、ひとびとはせっせと刈り、干していた。

見れば、田麻呂も、イナマロも、刈り入れの手伝い。行基も、いつの間にか、衣の袖をまくり、慣れない手つきで稲藁を積み、へっぴり腰を、娘たちに笑われて赤くなっている。

一段落したところで、ゆたかな収穫を神に感謝し、寿ぐ宴が開かれる。

夕日が、あたりを金色に染めるなか、一同、陽気に歌い、舞い踊り、娘たちはほがらかに笑いころげている。

道昭たちもまねかれて、ともに踊り、舞った。

「あられ降る　杵島が岳を　峻《さか》しみと
草採りかねて　妹が手を取る」

と、歌い舞うものがあり、何という歌か尋ねると、杵《き》島曲《しまぶり》だと言うので、あのカシマ神宮の役人が言っていた話は、いわれがあるのだな、とひそかに合点している道昭であった。

一年半ほどで、ようやくヤマトへもどっていった道昭ら。そこには、エオルシの姿が消えた代わり、道中も、いそいそと働きつつ、勉学に励むイナマロの姿がある。

28　井戸を掘り、橋を架ける

いよいよ畿内に入ろうとする道中のこと。

暑い草べりにへたりこみ、死相の浮かんでいる男があり、道昭は、これまで同様、持参している水を飲ませ、穀粒を噛んで口にふくませてやった。

もう穀粒を飲みこむ力もない男は、つつっと涙をながし、自分は、父母が草刈りに山に上がっている間に、だしぬけに役人がやってきて、早く早くと追い立てられ、別れも告げず、家を出てきてしまった、それがどうにも悲しく辛い、どことも知れない地の道端で死んでいくかと思えば無念でなりません、かすかな声で言い、言い終わると同時に息絶えているのだった。

イナマロのときのように、命を救うことはかなわなかったのだ。

一同で、草陰に男をほうむってから、じっと考えこんでいた道昭は、行基をかえりみて言った。

「なんと哀れなことではないかの。ここに井戸一つあって、水いっぱい口をうるおしただけでも、死なずにすんだかもしれぬというに。」

（たしかに。）行基たちがうなずいていると、道昭はふいに乾いた土のあちこちに走って行っては、杖でたたき、耳を地につけ、せわしくうごきまわりはじめたではないか。

「お師匠さま、どうなさったのですか。」

声をかけても、答えようともしない。

そのうち、道昭の目がらんらんと輝いてきて、道ばたに生えた大きな椿の樹の後方、やや平らな地面を杖でかんかんと叩き、

「おう、ここには水脈があるようじゃ。ここを掘れば、水が湧き出すに違いない。」

うなずくと、道にもどってあたりをはるばると見渡し、

「ほう、かしこの大きな邸には、病人がいるようだ。悪い気が屋根から立ち昇っている。先ず、あの邸に行ってみましょう。」

そう言ってさっさとその家に向かい、歩き出すのだった。

このときこそ、道昭が地下水を掘り当て、井戸を造る

という利他行のはじめであったから、行基はこのときのことを、あざやかに覚えている。

その日のことを、のちに行基は、弟子たちにしばしば語ったものだ。

「お師匠さまは、なんのゆかりもないその家に案内を乞われ、あらわれた家人に、こちらでは病人がおられ、困っておられるのではありませぬか、とだしぬけに尋ねられた。

やがて長者が、驚いた様子で出てきて、いかにも、妻が病に伏し、だれに診てもらっても治らず、困っています。でも、どうしてそれを?と、やや不審げに答えたところ、お師匠さまは自分の名を告げられ、診させてもらえないか、と頼まれたのじゃ。

道昭さまのお名は、このあたりまで知られておったようで、長者は、それはよろこんでの、早速に女人の病室へお師匠さまを案内したゆえ、わしと田麻呂もイナマロも、薬箱を持って後へしたがった。

ま、閉経の女人にありがちな病が、とりわけ重く長引いておっただけじゃったで、道昭さまはどんな薬を処方したらよいか、すぐおわかりになられた。くさぐさの薬草をわしらに命じて調合させ、一晩中、とろとろと火にかけて練り、病人に飲ませたことであった。

道昭さまご自身は、女人の額に手を当て、一心に薬師如来本願経を唱えておいでであった。さよう、お師匠さまの師、玄奘三蔵さまが漢訳された尊いお経、そちたちも写経したであろう。

十日ほどもかかったかの、女人は回復し、青ざめた顔には血の気がもどり、食事もすすむようになった。声にもすっかり張りが出、目も生き生きし、起き上がって外を歩くまでになっての。

さあ、長者のよろこぶまいことか。何でも言ってほしい、自分ができることなら、何でもいたしますゆえ、とお師匠さまに言われた。

そこで、お師匠さまは、それなら二つの頼みごとがある、と言われた。わしとて、さあて、お師匠さまは何を望まれるのか、皆目わからなんだ。

さ、そちたちはどう思う?」

行基に尋ねられて、おおかたの弟子たちは、首を振ったが、ひとり怜悧な弟子がいて、

「ひょっとして、かの水脈を掘りあてる人手と道具を望

まれたのではありませぬか。」

「おう、よう気付いたの。そうじゃ、まさにそのとおり。往来する旅人のために井戸を造りたい、との道昭さまの頼みを、長者は快諾し、仕えるものたちに道昭さまの指示にしたがうよう命じ、道具もととのえてくれたのであった。

早速、大椿の後方の土地を掘る作業がはじまる。もちろん、わしらも道昭さまも、衣をはしょって大いに働いたぞ。たちまち、うわさが広まって、近在のものたちが、汗を拭き拭き、物珍しさにのぞきにやってくるものが後を絶たなんだ。」

しかし、道昭が、指ししめした場所を、深く、広く、いくら掘っても掘っても、水一滴、出てきはしない。

「こらあ食わせ物の坊さまだあよ。」

「そうよ、ここから水が湧くはずもねえわさ。」

のぞきにやってきたひとびとは、そのうち、あざ笑い、首を振って立ち去っていくのだった。

そんななかに、立ち去ろうとせず、せっせと働き続ける若者がいた。

ちょっと頭が弱いように見えたが、掘り穴のなかに、長者の従者たちとともに入り、一心に、木製のくわを振るい、掘った土を上へ投げ上げる。筋肉隆々として、力はいかにも強そうだった。

若者を連れてきた老人が、これは丁重に、

「グウ、ま、よう働きなや。お坊さま、グウをお頼み申しますで。」

と挨拶し、帰っていっても、グウと言われた男はうなずきもしないで、懸命に土を投げ上げ、投げ上げるばかり。

しかし、水が、噴出しそうな様子は全くない。

日暮れ近くなると、長者が送り出した従者には帰ってもらったので、残ったのは、道昭一行とグウだけとなった。

道昭は合掌し、穴の下のグウに声をかける。

「グウさん、有難う。あなたの働きを見たみ仏は、どんなにかよろこばれておいでです。いつかは水があなたの足もとから沸いてきますよ。」

やがて夕日が五人を真っ赤に染め、それも束の間、暑い夏の日もついにとっぷり暮れてしまった。

（お師匠さまはまだ続けられる気かしら。）

行基がいぶかしんでいると、ぱらぱらと足音がして、薪に火を点して、一人の男があらわれた。

　グウを頼んでいった老人の家のものだといい、今夜は自分のところにどうあっても泊まってほしいので、迎えに来た。長者の家には断りを入れてあるという。

「するとな、お師匠さまは待っていたかのように、かの老人の家へ足を向けられたのであった。

　長者の家にくらべれば、粗末な家ながら、清潔に住みなしておった。

　つましいながらも丁重に用意された食事をいただき終わったころ、かの老人が挨拶にあらわれ、昨夜の夢にふしぎな人影があらわれ、今日、大椿のもとで旅の僧が穴を掘る、それに協力すればよいことがあろう、と告げて立ち去った、かように言うのじゃ。

　そうしましたところ、まことお坊様がござらっしゃり、穴を掘りはじめられた。はい。では、夢は正夢であったか、まことに驚きました、と老人は言うた。」

　老人はグウの身の上についても語った。

「あわれなものでしてな。旅の女があの大樹の陰で倒れておりましての。もう死にかけておりましたが、しなびた乳首にあの子が吸い付いておりましたじゃ。ちょうど、わたしの家の嫁が乳飲み子を亡くしたところで乳があまっておった。その乳を飲んでグウは育ちましたが、いくつになっても言葉がしゃべれん。グウ、グウ、言うばかりでしての。今もそうですて。そのうち、息子が病で亡くなりまして。嫁は、グウとの暮らしに愛想が尽きたか、他へ去《い》んでしまいました。」

　老人の妻もすでに死に、老人はどうやら役所の役人たちに文字を教えたり、グウの畑仕事に頼ったりして、細々と暮らしているらしい。

「ひょっとしてご先祖は百済の方では？」

　尋ねるとうなずき、壬申の乱のとき、戦乱を避けてこの地に移り住んだという。道昭も、行基も、その祖は百済からわたってきているから、なにか祖父にでも会ったようななつかしさを覚えて、夜遅くまで語り合ったことであった。

　老人の夢の話は、だれが話したものやら、翌々日ころには尾ひれを付けてあたり一帯に広まり、穴掘りに協力したいという里人が、わんさとあふれるまでになった。

　老人が見た夢の話が伝わり、手伝えばなにがしかのご利益があるかも、と、やってきたらしい。

道昭は、そんな彼らをも、あたたかく受け入れ、夜明け時には、合掌して日輪を拝み、敬虔に般若心経を唱える。

やってきたものたちも、見よう見まねで、道昭の後に付いて、経を唱え、日輪を拝むようになっていった。

（ふしぎだなあ。欲心でふくれていた人びとの顔が、お師匠さまの唱えるお経にしたがい、わけもわからぬまま、お経を唱えているうち、なんだかすうっと変わっていく気がする。わたしの目の錯覚かしらん。）首をかしげる行基である。

働くものがにわかに増えて、仕事は急ピッチですすんだ。

掘り出してから五日目、道昭が予言したように、グウの足もとからこんこんと清らかな水が湧き出したのであった。

と、湧き出る水を見て、グウが、

「でたぞ！　でたぞ！　みずが！　でたぞ！」

はじめて、はっきり、言葉を発したのである。

だれもかれも泣き、行基の胸もじんとした。

道昭は、唐で学んだ工法で、井戸の造り方を教え、ついに、いつ旅人が立ち寄っても、釣瓶を汲み上げれば、清らかな水が腹いっぱい飲める井戸が完成した。

「うめえのう。こいだけうめえ水はあるめえよ。わしとこも、飲み水はこん井戸の水を使うわさ。」

「大樹の下の近くだで、大きな葉のかげで、ちょっくらお喋りもできるでよ。」

「坊さま、ほんにありがてえことで。」

「グウも、人並になったで。嫁の来手もあろうかよ。」

女たちはキャッキャと笑い、互いに肘をつつきあう。

若い行基の、格好よくつるんとした頭が、好もしいと、ささやきあっていたりした。

「お師匠さまは、風水を学んでおられたので、水が湧く場所も難なく探しあてられたのじゃ。

それにしても、あのとき口にした井戸水のおいしさは、なににも譬《たと》えようがないの。まこと、冷たく、心のなかを洗い尽くすような、清らかな水であったのう。」

老いた行基は、しみじみ若い弟子たちに語る。

「あれからも、お師匠さまは、どれだけあちこちで井戸を掘り、池を造られたことか。終わり近くには、里人たちにやらせ、立ち去られてしまわれるようになっての。里のものたちはお師匠さまがなされたことは忘れ、おのが力で水を見つけたように思うておった。それも、お師匠さまのねがわれたことであったろう。

したが、井戸掘りの間に、だれもお師匠さまが唱える般若心経を覚えてしもうておったのう。意味はわかるまいが、有難いことよの。

わたしが、天平二年（七三〇）、『瑜伽師地論《ゆがしじろん》』を男女七百九人に書写させたも、このときの体験ゆえぞ。」

では、行基の語りに、わたしたちも今しばらく耳をかたむけよう。

「お師匠さまがなされたは、井戸掘りばかりではない。

そうよ、それはいわば序の口。

川によって阻まれた対岸との往来を嘆かれて、おだやかな川には船着場を設けて、渡し船を造られ、荒ぶる川とみれば、橋も造られたぞ。

米づくりに欠かせぬ、ため池をつくられたのも道昭さまじゃった。わたしが行った事業は、それを大きくしたまでじゃよ。」

もともと船氏の出の道昭であってみれば、船氏の一族のだれかに声をかければ、船づくりにも、船着場の選定にも困らないわけで。ただ、道昭の鋭い頭脳は、新しい船づくりにも工夫があり、速く、軽やかに走る船を、船頭のため、里人のために考案したりした。

「お師匠さまの橋造りの手はじめは、それ、おまえらも手伝うてくれた山崎橋よ。

河内国北端に遊行して、淀川のへりに立ち、橋の残骸を見出したときには、胸が震えたぞ。

川の向こうにはさびれた古寺があった。

おう、あの寺こそお師匠さまが、河内の豪族に頼まれ、弟子たちとともに建てられた寺院ではないのか、そして、かの寺への往来に便利なよう、架けられた、と聞いた山崎橋がこの残骸ではなかろうか。

わたしの推測は当たっておった。したが、豪族の衰退とともに寺はさびれ、通うものもないままに、橋も朽ち果てておったのじゃった。」

行基は、弟子たちとともに、残骸のあった場所に新たに橋を架け、古寺を改修して、私度僧の宿泊施設をつくった。

今、京都府大山崎町に寺はないが、山崎院跡の石標が建っている。調査により、跡地から見つかった八世紀の軒瓦のほかに、七世紀後半の軒瓦が出土しており、飛鳥禅院の軒瓦と同じであることから、道昭が建て、のちに行基が整備したことを立証している。

「お師匠さまの偉業は山崎橋ばかりではないぞ。急流で名高い宇治川に、宇治橋を新たに架けられたも、お師匠さまぞ。

乙巳の変のあと、孝徳大王さまらが、主だった川にいる渡し守が、船に乗るものから取っておった手間賃を、取ってはならぬと勅を出された。

怒った渡し守が、船を出すのを怠るようになって旅人たちは困っておったのじゃ。」

「はて、橋を架けられたのは、道登《どうとう》さまと聞きましたが……？」

不審顔に尋ねた弟子がいる。

「はは、道登さまだと？」

「はい、そのお坊さまが、宇治橋を架けられるため、幾たびも飛鳥から宇治を往復なされ、そのおり越えられた奈良山の谷の髑髏《どくろ》にまつわる話も、だれかから聞きました。」

「おう、髑髏の話ならわたしも知っている。わたしは直に道登さまから伺った。」

「まことでございますか。」

「さよう。宇治まで、道昭さまに会いに来られたのじゃ。よう奈良山を越えてこられたものよ。やはり修行できたえたお体。大したものぞ。

道昭さまは大層よろこばれ、労わっておいでであった。なにしろ、大先輩。そう、あのとき九十歳近くなられていたろう。

道登さまと申しても、そなたらは大概知るまいのう。大化元年（六四五）、乙巳の変により、蘇我氏がほろぼされたあと、新政権は新たな僧尼制度を布き、十名の僧を十師《とたりののりのし》に任命された。そのなかのお一人が、道登さまじゃ。

法興寺からは五名の師が任命されたが、わが道昭さまの師、慧隠《えおん》さまは最も徳高くあられたに、十師のなかには選ばれなんだ。政治には一切背を向けた硬骨さが、疎まれたのであろうと、道昭さまは笑いながら言っておられたことがあったの。

そこへいくと、道登さまは、少々ちごうた。」

「どのようにでございますか。」

行基の弟子たちは、さすが彼が育てただけあって、師の行基の話でも鵜呑みにはしない。不審とおもえば、遠慮なく質問してくる。その率直さが、行基にはうれしいのだったが。

「そうよな、法興寺のある僧から聞いてわかったことじゃが、乙巳の変から五年目、大王となられた孝徳大王さまのもとへ、山陽・長門の豪族が、白いキジを献上してきたのじゃ。

大王さまの右腕として政務を束ねていた旻《みん》さまは、もちろん、吉兆であることをるる述べられた。

このとき、法興寺からは道登さまが難波に呼ばれ、意見をもとめられておいでじゃ。高句麗に留学されたことがある道登さまは、白キジの出現がいかに祥瑞であるか、高句麗での例を詳しくあげられたゆえ、大いに大王さまはよろこばれ、キジを輿に乗せての荘厳な儀式が行われたとか。孝徳大王さまの政治に多大に貢献されたわけであった。

慧隠さまには、もとよりお声はかからなんだ。

わかるのう、そこの違いが。

したが、かえってこのことが仇になって、孝徳大王さまのお力が失墜なされたあとは、道登さまも法興寺にお

られてはいても、軽んじられ、鳴かず飛ばずとなられた。」

「なぜ、そのようにお年を召されてから、宇治までわざわざおいでになられたのでしょう。」

「道昭さまはおよそ人を差別することがないお方。風向きが変わって、葛城王子さまたちの天下となり、道登さまが若い僧たちから疎んじられるようになられても、常に先輩の師として道登さまに敬意を表しておいでであったゆえ、命短くなって何やらなつかしく、また、話したいこともあって、道昭さまのお仕事をわざわざ見に来られたのではないかのう。

そのとき、かつて奈良山を越えられたとき、谷川べりにあった、髑髏の話をなされたのじゃった。そう、その話を、道昭さまになされたかったのかも知れぬて。」

道登がそのとき、道昭や行基たち相手にした髑髏の話とは、次のようなものであった。

四十年以上まえ、用があって道登が、奈良山を越えたとき、谷川へりに、髑髏があった。せまい道のため、とおるものは人も馬も、髑髏を踏んでいく。哀れにおもった道登は、従者のマロに命じ、髑髏を近くの大樹の幹の上に置かせ、ねんごろに読経した。

その年の大晦日、寺に、道登大徳の従者であるマロに会いたいと、一人の男が訪ねてきた。

男はマロに、

「道登大徳さまの慈愛をこうむり、平安を得ることができました。そのご恩に報いるには今宵しかありません。」

と言い、マロをわが家に伴っていった。ぴたっと閉めきった家の裏がわにみちびかれ、そこからなかに入っていくと、うまそうな飲食物が所狭しと並んでいる。男はマロにすわるように丁重に言い、思い切り飲み食いしてほしい、と勧めた。

男自身も、大いに飲み食らい、いつしか夜半になるうち、外で男の声がした。

マロに、男が言う。

「わたしを殺した兄が来たようですから、早くお帰りください。」

一体どうしたわけか、怪しんで尋ねるマロに、男は、

「昔、わたしは兄と一緒に商いをしておりました。たまたま、わたしが銀四十斤ほど儲けたところ、妬み憎んだ兄は、家へ帰る途上、あの谷川でわたしを殺し、銀をうばい、わたしの遺体はそのままに放り捨てていったのです。

爾来、髑髏となって、あの地を往来する人びとや馬どもにわが頭を踏みつけられて参りました。

しかるにあなたさまが仕える道登さまが、慈悲の心からわが苦をお救いくださいました。そのご恩に報いるべく、ささやかな宴を催したしだいでございます。」

語り終わったところに、男の兄と母が、その家へもどってきた。と同時に、いつの間にか、男の姿は消えていた。

帰ってきた二人は、見知らぬ男のマロが、たった一人いるのを不審におもい、わけを問うので、マロはたった今、髑髏の男が語った話をした。

聞き終わると、母は胸を打って嘆き、長男を思うさまののしり、外へ追い出した。

「ああ、なんぞ知らん、あの子を殺したのは他ならぬおまえだったとは！　銀欲しさに弟を殺すとは！　ああ、おまえの来世が怖ろしい。」

嘆きがおさまると、マロに改めて礼を言い、亡霊が調《ととの》えていった飲食物を、盛んにすすめた。

帰ってきたマロから一部始終を聞き、道登は髑髏に施した功徳の思わぬ展開に、よろこばしい気持ちでいっぱ

いになったという。

「ま、かような話をそれはうれしげに話されての。」

「殺された弟が、従者のマロにだけ報恩したのはちょっと変ですね。」

小生意気な顔で言う弟子がいる。

「ほかのものはどう思う？」

「髑髏になった身。尊いお坊様にじかにお礼するのは失礼だと考えたのではありませんか。」

「ひょっとすると、髑髏に目を留め、樹上にあげることを、マロが道登さまに申し上げたではないでしょうか。」

「いや、樹上に上げたいと考えたのは道登さまだが、実際に気味悪い髑髏にさわり、樹上に上げる仕事をしたのはマロだから、とりわけマロに報恩したかったのだともいますよ。」

わいわいがやがや言い合う弟子たちを見ながら、行基はおもう。

（あのとき、お体はまだしっかりされていても、少々頭のほうは弱られておられたようだったなあ。

法興寺にもどられてから、さらに弱られ、悪気でなく宇治橋を自分が造ったように話されておられたかもしれぬな。

道登さま没後、法興寺に道昭さまがもどられたとき、「宇治橋を架けたのは自分だと、生前、道登さまが言っておられましたよ。」こう告げ口した若い僧に、にこにこしながら、「そのとおりですよ、たしかに道登さまが架けられたにまちがいありません。」とあの道昭さまなら平気で仰りそうだ。

道昭さまにとって、橋ができればそれでいいので、だれが架けたなど、全くどうでもよいこと。不遇だった道登さまに功をゆずり、もし道登さまの名が残るなら、それも良し、とお考えになられてもふしぎはない。）

ある僧から聞いた、法興寺にもどってからの道昭についての逸話を、行基は思い出す。そのとき、行基は、母親の看病で故郷にもどっており、法興寺にはいなかったのだが。

その僧はいかにも楽しげに話したのだった。

「全く、お師匠さまときたら。

なにをしても怒るお方でないので、一体、どれだけのことをやったら、お師匠さまもさすがに怒られるだろうかと言い合っているうち、粥一杯の賭けになりましてね。

元気者の若い僧が、わたしが絶対怒らせてみせます、こう名乗り出まして。

はは、なにをしたとおもいますか。

こともあろうに、お師匠さまの便器に、そっと穴を開けておいたのですよ。ご存じないまま使われたので、翌朝、便器の穴からお小便が漏れ、寝具がべちょべちょに汚れてしまいました。

はて、とお師匠さまが、つぶさに便器をご覧になると、穴が開けてある、だれかが悪戯に穴を開けたな、とすぐさま悟られて、そこは心眼でしょうね、かの元気者の若い僧を呼ばれました。

さあ、さすがに烈火のごとく怒られるぞ、こちらでは息を呑んで様子を窺っておりました。わたしなぞは、お怒りになるほうに賭けておりましたから、さあ今日はおなか一杯、粥が食べられるぞ、などと卑しい気持ちでおりましたよ。

と、お師匠さまは、

『はてさて悪戯小僧よ、人の寝床を汚して面白かったかのう。』

そう言われ、若い僧の肩をたたいて、いかにも愉快げに破顔一笑されているではありませんか。

絶対怒るぞ、に賭けたほうは、粥一杯奢らされてしまいましたよ。

若い僧が、恐れいって平謝りに謝り、

『どうしてそんなにも、お師匠さまは寛大でいられるのですか。どうすれば、そのように、腹の虫が騒がずにいられるのでしょうか。』

尋ねると、

『はっは、命がうばわれたわけでもないのに、騒ぐ必要などあろうか。

天下の大宝は命。わたしがお仕えした唐の玄奘三蔵さまは常にそう仰っておいでであった。しかも盗賊にその大事な命をうばわれる寸前でさえ、お心を乱されることなどなかったのじゃ。』

このように言われたのでした。」

(そうだ、天下の大宝は命、その命を少しでも多く救うため、貧しいものに薬をほどこし、井戸を掘り、橋を架け、船を川に浮かべられたお師匠さまだ、宇治橋をだれが架けたなど、小さな些事に過ぎなかろう。)

そう考えると、行基は楽しくなり、半ば独り言のように語っていた。

「たしかに、宇治橋はひょっとすると、道登さまが架けられたのかも知れぬの。ふふ。はは。

そうじゃ、そうじゃ。どちらでもよいことじゃ。」

あの日々。荒らぶる宇治川に橋を架けるなど、到底できそうとも思えない一大事業に、道昭の不退転の決意と創意に励まされて仲間とともに取り組み、多くのひとびとも巻きこみ、青春の全てを注ぎこんだ日々をおもうと、老いた行基の胸は高鳴る。

（あの日々があったからこそ、道昭さま亡きあとの利他行、さまざまな弾圧にもめげず、ついには大仏建立の大事業にも立ち向かえたのだ。）と、胸に落ちる気がする。

（道昭さまが遷化されてから、十数年経っていたろうか、養老元年（七一七）、元正天皇は、名指しで、この行基の利他行を糾弾する勅を出されたのだったな。

「およそ僧尼は、静かに寺のなかにいて、仏の教えを学び、仏の道を世に伝えるのがつとめなのに、いま行基とその弟子たちは、道路に散らばって、みだりに罪業と福徳のことを説き、徒党を組んでよくないことを構え、指に灯をともして焼いたり、臂《ひじ》の皮を剥いでそれに経を写したりして、家々を巡り、よい加減なことを説き、むりに食物以外のものを乞い、いつわって聖道であるなどと称して、人民を惑わしている。」

平城宮建立、租税納入の運搬に使役され、疲弊しきった人びとの鬱屈と怨嗟《えんさ》に気付けばこそ、顔を朝廷でなく人民に向け、摂津、河内の道べりに、布施屋の寺を建てていったわたしらの利他行を、朝廷は恐れたのであろう。したが、あらぬうわさを言い立て、取り締まりを強める役人どもに抵抗できたのも、あの宇治橋建立のさいのときめきゆえ、といってもよかったろう。）

そう回想する行基であった。

（おもえば宇治川に橋を架けることを道昭さまが不退転の心で思い立たれたのも、一人の女人の悲劇を聞かれてからであったな。）

道昭一行が宇治川にさしかかったとき、つい近ごろ起きた悲話を、土地のものたちから聞いたことが、事のはじまりであった。

以前、宇治川の渡子《わたしこ》は、米やら野菜やら客がさしだすわずかな品物と引き換えに船を出していたのだが、孝徳大王以後、官人として朝廷に雇われ、その代わり、客から手数料を取ってはならないとのきびしい法令ができる。

渡子は横柄になり、官人・官にかかわる物資の運搬以外、庶民を乗せることは厭うようになってしまった。

波の荒い日に、船を出してほしいと渡子に頼みこんだ女性がいて、渡子が、「今日は川は荒れておる。船は出さんわい。」と承知しなかったところ、ではやむを得ないと向こう岸に泳ぎわたろうとし、あえなく川の藻屑になってしまったのであった。

「なんと愚かなやっちゃ。波の荒い日に女子の身で泳いでわたろうとするとは！」

「何でも子どもが急病で命が危うくなり、向こう岸におられる名医と知られるお方を、どうでも頼みたいとねがったためと聞いたぞ。」

「その望みは果たされず、子どもも母親も、あの世にいってしまったということかの。」

眉をひそめて口々に語る人びとにうなずいたあと、道昭一行は、今は静まっている川に向かい、哀れな女のために念仏を唱えた。

そのあと、川に向かい、じっと黙想していた道昭は、その夜、第二第三の犠牲者を出さぬため、この川に橋を架けようと決めたと、行基らに告げたのだった。

（正直いってあのとき、それは無茶だ、できることではない、と呆れたものだったな。）

「お師匠さま、それにはぼう大な人手とぼう大な資材が要ります。これまでのため池づくりや、井戸造りとは桁違いな。山崎橋よりはるかに広い川幅なのですから。」

「わたしらには手に余ります。」

「渡し船があることですし、それに荒れ川ゆえ、つくってもすぐ壊れてしまいますまいか。」

「いや、壊れたら、また、つくればよい。人手と資材は、橋の必要を説いて、豪族たちに勧進をするのです。なに、こちらに必死の熱意があれば、み仏は必ずかなえてくださるでしょう。」

道昭は涼しい顔で、その計画を撤回しようとはしない。

（あのとき、なんて途方もないことを考え出されるお方だろう、お師匠さまは！とため息をついてしまったものだった。

しかし、一旦決意されるや、だれにであれ、頭を下げることなど、少しも厭わないお師匠さまであった。

ご自身が、唐で学んできた工法だけでは、宇治川に橋を架けるには不足、と考えられ、波止場をつくらせたら当代一、と評判の法師、法鏡さまのもとへ、ひょっとしたら良い智恵があるかもしれぬ、と教えを請いに行かれもした。

法鏡さまは、新羅からわたってきた僧で、波止場づくりの巧みさから、〈船瀬の沙門〉と言われ、はるか年長のお師匠さまにも傲慢な態度。わたしは腹が立ってならなんだが、お師匠さまはあくまで、教えを請う弟子としてつつましく対されたのであった。

さすが法鏡さまも、恥ずかしくなられたような。かつ、お師匠さまの熱意に打たれたのでもあろう、しだいに謙遜した態度に変わっていった。

どうすれば巧みに、橋を架けられるか、真剣に考えはじめ、そこは、さすが波止場づくりの上手だけあって、お師匠さまの工法の不備な点を鋭く指摘された。

と、一を聞いて十を知る、お師匠さまのこと、はっと膝を叩き、「おう、いかにも、いかにも。それなら、かように材と材を組み合わせれば、如何でしょうか。」と、新たな工法を生み出され、法鏡さまも目をまわしたことであった。

橋づくりの委細が、緻密に仕上がると、きちんと紙に記し、さて、その紙をたずさえて、広範囲な豪族らのもとへ、わたしもお供について、勧進に向かわれた。

その間、田麻呂とイナマロは、材木を伐り出すに適当な森を、あちこち下見に行っておったなあ。)

このとき、勧進の仕方を、行基は習ったといってよい。船氏とかかわりある地方豪族の家々から先ず、粗末な衣服を身にまとったまま、粗末な一椀の木鉢を捧げ持ち、尋ねて行った道昭。

面会を許されるや、まことを込めて宇治川橋普請への協力をもとめた。

「この鉢はいかにも小さく見えましょう。しかし、この鉢のなかには、ひとびとが、より安らかに過ごす世界が入っております。この鉢に寄進なさることで、どれだけ人助けになりますことか。必ず、ご一族の安寧と死後の平安も得られましょう。

橋を架けることは、苦しみ多い此岸から、すがすがしい彼岸へ橋を架け渡すことでもあるのです。南無阿弥陀仏、南無阿弥陀仏。」

そう言って、道昭が、鉢をさしだすと、ごく粗末に見えた鉢が、なぜか光り輝くように見えてくるのだった。

（詐術ではない、なぜなら、豪族たちが提供する一切を、決して私なさることはなかったのだから。

そして、資材を提供したものも、もとめて労力を提供したものも、一体となって、ただ一念、橋の完成に力を尽くした。そう、うわさが伝わったか、あのグウまで、はるばるやってきてくれたのだったな。もう達者にしゃべれるようになっておって、妻も得ておった。）

辛苦の末に、宇治橋がみごと完成したとき、一同で味わったよろこび。貴賤の違いも忘れて、だれもかれも抱き合い、はては踊り出したことであった。

（そう、まこと、良き師であられた。また、唐で学び、橋の工法に長けておられたゆえ、大衆を納得させるお力があったのだ。その良き師に学べたわしは、幸せものであったよ。）

憧憬を込めて仰ぎ見る弟子たちに囲まれ、ひとりうなずき、湯をすする老いた行基である。

29　役小角との対話

道昭一行が、長旅を終え、飛鳥の禅院に腰をおちつけたのは、持統七年（六九三）の初秋であった。

もともと、天武が「およそもろもろの僧尼は、常に寺の内にはべりて、三宝を護れ」との勅（天武八年・六七九）を下してから、僧尼は寺に常に居住することがもとめられている。

乞食や山居をする場合には、厳重な手続きを踏まねばならず、道昭の父、恵釈《えさか》が、禅のために遊行が必要と特別の許しを得てくれていたものの、天皇が行う仏教関係の行事には、顔を出さないわけにはいかない。

九月、持統が、亡き天武のために行った、かぎりなきおがみ（無遮大会・国王が施主となり、僧俗貴賤上下の区別なく供養布施する法会）に出るために、急ぎ、浄御原宮へ向かったのであった。

この法会のとき、持統は、昨夜の夢のなかに浮かんだ歌だといって、天武追悼の歌を披露した。

明日香の　清御原《きよみはら》の宮に　天の下　知らしめし　やすみしし　わご大君　高照らす　日の皇子　いかさまに　思ほしめせか　神風《かむかぜ》の　伊勢の国は　沖つ藻も　靡きし波に　潮気のみ　香れる国に　味《うま》こり　あやにともしき　高照らす　日の皇子

（飛鳥の浄御原宮で、天下をお治めになった　わが大君よ　いかように思われてか　伊勢の国　沖の藻もなびく波　潮の香りのなかに　立たれて……　無性になつかしく　慕わしい　日の皇子　わが君よ）

罪人たちは、この日、ことごとく放免された。

十一月には、王宮に百の高座を設け、国家安泰・災難除去に効果があるといわれる、仁王経の講説がなされる。

このころ、不比等の音頭取りで、新益京建設が万難を排して行われており、邪魔が入ることを何より怖れている持統である。

その持統が、帰依している僧は、律にくわしく、「僧尼令」のあらかたを作成した道光。

近江国益須《やす》郡（滋賀県野州郡）に、味のよい鉱泉が湧き出したとの知らせが入り、どうしたものか、持統の相談を受けると、ただちに配下の僧、法興寺の僧・善往以下三名を現地につかわし、味をたしかめさせることもやってのけた。

もどってきた僧たちが、味が美味のみならず、その鉱泉に漬かると病も癒えるため、近隣の益須寺に泊って療養する病人もあまたいる、と報告すると、よろこんだ持統は、益須郡の調役・雑役を取りやめ、益須寺には、水田四町、布六十端を与え、くにのみこともち以下、役人たちの位も上げる。

別に道光にも、贈り物が与えられ、気をよくした彼の進言ゆえか、金光明経百部が、諸国に送られ、次の達しも出た。

「必ず、正月、月が半月になる日に読め。供養の布施は、正税を以て充てよ。」

新京建設に駆りだされ、帰る途上、飢え死んでいったひとびとを見てきた道昭らが、王宮に出入りする僧たちとの雰囲気の違いにとまどううち、ついに新益京は完成し、持統らは、新たな王宮に移っていった。持統八年(六九四)十二月。

ある若い僧が、役民のつくったという歌をどこからか聞いてきて、道昭はじめ禅院のひとびとに伝えたのも、このころだ。

「天皇さまをたたえているようで、一方、労役の苦しさを訴えているようでもあり、奇妙な歌でございます。」

その歌は、近江国田上山(滋賀県栗太郡)から伐りだした良材を、宇治川にながし続け、その材木を取ろうと入り乱れて働くひとびとを、「家忘れ　身もたな知らず　鴨じもの　水に浮きゐて」と形容し、このように新京を造る大君を「神ながらならし」とたたえている。

行基は、はたと膝を打ち、

「これはなかなかの智恵者がつくった歌と思われます。家にいつ帰れるともわからず、川に半身浮かんで、ながれてきた角材を捕まえる役民は、さながら鴨のようにおぼつかないありさま。あまりにも哀れではないか、と心あるものに訴えつつ、すめろぎを神とたたえることで、新益京建設をたたえていると言い逃れもできましょう。」

「ほほう。」

別の僧が、自分は、志貴皇子のつくった歌を聞いてきた、と披露する。

「采女の　袖吹きかへす　明日香風　都を遠み　いたずらに吹く……采女のきらびやかな袖をなびかしていた明日香の風も、王宮が移っていってしまい、今はさびしく吹いている、かような歌でありました。」

「長屋王のつくられた歌もありますよ。

たしか、わが背子が　古家の里の　明日香には　千鳥鳴くなり　島待ちかねて……でしたか。どうやら、皇子さまたちは、新益京がお好きではないようですね。」

「それにしても、柿本人麻呂さまのお歌がないのは、さみしいですね。」

「人麻呂さまも、新益京が、もっぱら高市皇子さまをさしおき、藤原不比等さまの差配でつくられたことを、内心面白くなく思っておいでなのではありますまいか。」

僧たちの勝手なおしゃべりを聞くともなしに聞きながら、（おう、月日のながれのなかで、移ろいゆく人の心のあわれさよ。）老いた道昭は、思っている。

法興寺に血刀をさげて乗りこんできた若き日の葛城皇子。やっと大王となった彼が、千年王国をねがって建てた近江王宮は、栄えたのは束の間、死後ほどなく廃墟となってしまい、倭国はほろびた。

長男の大友大王は殺戮され、六男の志貴皇子は生き延びたものの、政界から完全に外されて、歌に生きがいを見つける日々だ。

（浄御原宮に君臨した天武天皇も、わが治世のときにはひっそり影をひそめていた不比等、天智大王さまの智恵袋であった藤原鎌足の息子が、死後、后の持統と手を組んで朝廷にじわじわと網を張り、ついに新益京を建てるまでに勢力を伸ばすとは、ゆめ思わなんだろう。

才ゆたかな大津皇子さまが、粛清され、壬申の乱で大活躍した高市皇子さままで、生き難くなっているとは、想像もつかなかったことであろう。はても、権力のはかなさ、あわれさよ。

かたや、近江朝廷がほろびて、生き延びるのが精一杯、野心をもつことなど、かなわなくなり、もっぱら歌づくりに精進されている志貴皇子のお歌のなんという清清しさであろうか。

石ばしる　垂水《たるみ》の上の　早蕨《さわらび》の　萌え出づる春になりにけるかも

そう、あのお歌なぞ、まさに絶品といえるであろうな。政界の欲を離れ、達観したお人でなければ、目に留めえない自然の姿を、よくぞ詠まれたものよ。)

七十六年後、志貴皇子の六男、白壁王《しらかべおう》(光仁《こうにん》天皇)のところへ皇位が転がりこみ、天武の血脈がとだえて天智の血脈にもどるなど、さすがの道昭も想像だにしない。白壁王の即位に力を尽くしたのが、不比等の孫、藤原永手《ながて》であることなど、まして。

持統十年(六九六)、持統にとって、頭の痛い存在であった太政大臣・高市皇子が死去する。

このとき、柿本人麻呂が詠んだ挽歌は、壬申の乱の日々の皇子の雄姿、平定後の皇子の治世への献身を、昨日のことのように思い起こさせ、あまたの群臣の胸を打った。その一節は次のようだ。

皇子さまながら　ご自身で　太刀を帯びられ　御手には弓を持たれ　軍人らに　オウ！と声かけられるや合戦を告げる鼓の音は　雷が鳴りとどろくよう。大小の角笛の音は　さながら虎が吼えるかと　ひとびとが怯えるまででありました。

あまたの兵士が　捧げ持つ幡が揺れるさまは　春の野を焼く火が　風とともになびいていくよう。弓弭《ゆはず》(弓の両端の弓弦をかけるところ)の鳴り騒ぐ音は　雪降る冬の林につむじ風が吹き巻きわたるよう。引き放つ矢の繁さは　大雪が乱れ降るかのようでありました。

歌は、そのような激戦を制して、天武の世となり、その下に太政大臣となった高市皇子が、天下を治め、万代までそのようであろうとだれもがおもい、楮《こうぞ》の繊維で造った美しい造花のようにも栄えていたというのに、なんと亡くなられてしまった、と嘆き、百済の原を葬列はとおっていき、はや神となられたといえ、皇子が住まわれた香具山のふもとの王宮は、万代までもほろびることはあるまい、と述べ、次の反歌が添えられていた。

ひさかたの　天知らしぬる　君ゆえに　日月も知らず恋ひ渡るかも

道昭の禅院でも、人麻呂の歌は話題になった。

だれにも、彼の挽歌は、高市の存在を煙たくおもっている持統の思惑を全く気にせず、深い哀傷の気持ちで詠まれている、とわかり、持統の不快も察せられる。

「女王さまは、いずれ、人麻呂さまから宮廷歌人としての地位を、お取り上げになるのではありますまいか。ここまで、高市皇子さまを持ち上げ、慕う歌を詠まれては、内心面白くあられますまい。」

「それも承知の上で、詠まれたお歌ではないでしょうか。」

僧たちのささやきあいを聞きながら、道昭は、思っている。

（いかにこの世に君臨しようと、人は必ず死に、ただの白骨となってしまう。だが、歌は、はるかに永く残り、後の世に伝えられていくだろう。人麻呂歌人は、朝廷での地位を引き換えにしても、敬愛する高市皇子さまの業績を、後の世に遺したかったのであろう。あれは、そういう男だ。）

まだ、新益京ができあがる以前、たった一度だけ禅院に訪ねてきたことがあった人麻呂の、不敵にも見える容貌を、道昭は思い起こしている。丈高く、がっしりした体格ながら、両眼には、少年のような純な炎が点っていた。

「わたくしは、ほろびゆくもの、死にゆくものに、なぜか心惹かれてしまうのです。みごとな現在の王宮より、廃墟となってしまった近江王宮のことをおもうとき、歌がおのずから湧き出てくるのです。

ははは、御世の栄えを寿がねばならぬ宮廷歌人としては失格なのでしょうが。」

そう言って笑った。

「この世にほろびぬものは何一つなく、変わらぬものも何一つありません。それでも、ほろびゆくもの、死にゆくものに、一掬の涙をそそぐのが、み仏の慈悲であり、歌の心でしょう。

なに、宮廷歌人としては欠けていても、み仏の心には、かないましょうぞ。」

道昭が励ますと、莞爾としてうなずき、

「仰せのように、み仏の心にかなう道を、これからは歩んで参ることにいたしましょう。わが心が定まりました。」

深く合掌して帰っていったのであったが。

そのとき、これも、哀傷歌なのですが、香具山のほとりで倒れている男の亡がらを目にしまして、と紙に記していった一首を、取り出してみる道昭である。

草枕　旅の宿に　誰が夫か　国忘れたる　家待たまくに

（人麻呂の歌人としての鋭い感性は、行き倒れの男をも悼まねばいられなかったのであろう。いずれ、朝廷から追われる定めとみた。それは彼の歌人としての栄光であろうよ。）

そう考える道昭。大事に取っておきなさい、詩文が好きな沙弥《しゃみ》の義浄にあずける。行基と同じく河内出身の少年は学問好きで、また、道昭が言ったことを、ひそかに記録しているのだった。

持統十一年（六九七）三月、カル皇子の王宮で、かぎりなきおがみ（無遮大会《むしゃだいえ》）が開かれ、道昭も出席したが、このとき、印象に残る一つの出会いがあった。

貴賤にかかわりなく布施が行われるとあって、貧しいものたちも、王宮の庭にひしめくなかに、鹿の皮を身に付け、大きな樫の棒をがらんがらんと派手に突いてあらわれた男がいた。

炯々と光る目をしている。

「おう、そこのもの、鹿の皮を脱がぬと、布施にはあずかれませんぞ。」

案内の僧が、咎めると、ぎろっと男は目をむいて、

「なに、かぎりなきおがみを行うと聞いたぞ。あれは嘘っぱちであったか。」

と喚く。案内の僧が困って、道昭のところへ相談に来た。

道昭は出て行って、男に告げた。

「不殺生を誓う日でもありますゆえ、あなたの着ている鹿が成仏するためにも供養いたしましょう。」

「はは、はは、くそ坊主めが。この鹿は、長年わしとともに山で暮らし、近ごろ一生を終えて、わたしに皮や肉をさしだしてくれたのだ。食べてやり、剥いだ皮を身にまとってやるのが、一番の供養だわい。」

（はて、この男は、あのエオルシの仲間だろうか？）

道昭が、試みにエオルシたちの言葉で話しかけてみる

と、男の顔色が変わった。

「ふん、おぬし、どこでその言葉を覚えた？」

「今は山のものになりましたが、親しくしていたものから教わったのです。」

「ふむ。」

男は考えこみ、今日は帰るが、明日にでも会えないか、と持ちかけ、道昭は承知した。意外なことに男は、韓国連広足《からくにのむらじひろたり》の邸に寄宿しているので、そこへ来てくれ、と言うのだった。断れば暴れだしそうだ、そう思った道昭は承知した。どうやらエオルシたちの言葉を知っているらしい男と、もう少し話してみたい気持ちもあった。

翌日、広足の邸を訪ねると、たしかに男はいて、よほど広足に敬われているらしく、わが家のように大きな顔で道昭を迎えた。家人たちは、彼のことを「役行者《えんのぎょうじゃ》さま」と呼び、男は、小角《おづの》、と呼んでくれればよい、と言う。日ごろは葛木山《かつらぎさん》に住み、きびしい修行を経て、呪術を身につけたらしい。

「なに、猿も鹿も、空飛ぶ鳥も、わしの友だ。はは、そう、山で暮らすひとびととも、親しくしている。あれらも、日本国の膨張政策に追われ追われ、北へ北へと逃れていっている。いつかあれらの不満は爆発するぞ。」

睨むように道昭を見ながら話したのち、小角は、新益京建設のために税をしぼりとられているひとびとを、仏教は一体どう救うつもりか、と単刀直入に尋ねてきた。

「わたしの力はごく小さなものです。

ただ、病んでいるものをみれば治し、嘆いているものがいればともに嘆き、道ばたで倒れるものを少しでも減らすためにせめて井戸を掘る、それくらいしかできません。」

「おのれはそれで善いことをしているつもりだろうが、大海の水一滴を掬い上げるより虚しい行いよ。わずかな病人を救ってみて、多くの貧に苦しむものたちの嘆きを何とする。ふむ。」

「では、小角さん、あなたはどうなされるのです？」

道昭が尋ねると、小角は、ぐいと拳を突き出し、

「力には力で対抗するしかない。世を変えるのだ。国を操るものどもは、富を蓄え、兵をもち、そのための知識もあまた持っている。

では、孜々として田畑を耕し、そのあらかたを役人どもにさらわれていってしまうものたちの力とはなにか。

数と怒りだ。それが力だ。

田畑で働くあまたのものたちが田を耕す鋤を、竹林の竹を伐り、先を尖らせて武器に変えたとき、すめらみことなど言うてひとびとを苦しめるものどもを倒すことができよう。」

「では、戦を起こすと？」

「そうだ。先ごろ行われた王位をうばい合う戦ではない。貧しく虐げられたものたちの、富めるものへの、義の戦いだ。虐げられたものの怒りと恨みは、どんなにか溜まっている。わしがそこに、ひょいと小さな枝を投げただけでも、火を噴き出すだろう。虐げられたものたちが死を賭して立ち上がるとき、滅法強いぞ。」

「しかしながら、戦になれば、弱いものがさらに苦しい目にあいはしませんか。

唐・新羅との戦、壬申の戦、続いた戦いのなかで、ひとびとはどんなに辛い目にあったことでしょう。いわれなく、ひとびとが家を焼かれ、兵に取られ、あるいは巻き添えで死んでいったことか。まだ、唐に捕らわれ、かの地から帰ってこられぬ兵士たちもおります。待ち続け、白髪になっている老いた親たちはあわれです。」

「では、経を読んで、ただ、おとなしくしたがっていろ、と。すめらみことや役人たちの機嫌を取って？」

小角は、さげすむように道昭を見た。

道昭はおもう。

（もし、万々一、小角が言うように虐げられたものたちが力をつけ、戦に勝ったとしよう。それからどうなるのだ。本当に幸せな世は来るのか。

この小角が、新しい政を行うとして、そのとき、本当に虐げられたものたちの政を行ってくれるのだろうか。鳥、鹿までもしたがわせるという彼の呪術、あまりにもおのれを信じる彼の強さは、その座を得たとき、おのが意のままにならないものを追放し、新たな悪をつくりだしていってしまわないか。）

道昭の心中を小角は早くも見抜いたとみえ、呵呵大笑した。

「戦に勝てば、わしが王にでもなると想像するとは、貧弱で哀れな頭よ。おのれの狭い魂胆でおもうから、愚かなことを考えるのだ。なに、そうなれば、わしは葛木山にもどって二度とあらわれぬよ。はは、猿や鳥たちと遊ぶのが本来わしのしたいことだからな。

まこと坊主というは柔弱で、臆病なものだ。ま、せいぜい、朝廷の機嫌を取りながら、小善をなさるがよかろう。ひょっとして手をむすべるかとおもったが、そうはいかないようだな。」

「なんにしても戦だけは、いけませぬ。殺してよいほどの悪事がこの世にありましょうか。いったんながれ出した血は、さらなる復讐を呼びましょう。」

「おのれは指一つ汚さず、栄華にふけり、民の命は平気で容赦なくうばうのが、今の女王と女王を支える役人たちではないか。

よいか。仮に、戦を起こして百人が倒れるとしよう。したが、今は日々、もっと大勢のものたちが、苛酷な作業に鞭打たれ、死んでいくのを知らぬとでも言うのか。

現にこうしている間にも、あまたのものが飢え、道ばたに倒れ、腐乱していっておるのだ。

かの不比等めら幾人かを倒す殺人と、不比等らがおのれの手を汚さずに行っておるあまたの殺人と、いずれが罪深いか、わからぬとは言わせぬぞ。

ひとは、虐げられたままでなく、明日の命がたとえ危うくても、すくと立ち上がるとき、真に生きたおもいがしよう。戦の勝ち負けなど物の数ではない。」

小角の目がきりりと燃え出すと、道昭もふと心が揺らいだ。

荒々しいようでいて、たしかに小角は、おのれの欲のためでなく、うごこうとしているのだ、とわかった。

自分はといえば、殺生を禁ずるみ仏の教えにしたがっていると言いつつ、新益京をみごと造ってのけた不比等らに逆らうことへの怯えが、実は、根底にあるのではなかろうか。

その怯えゆえに、できるだけ政から遠ざかり、ひとを奴婢にして物のように扱う制度の過ちも見て見ぬふりし、利他行を続けているおのれの弱さ、狡さが、歯に衣着せぬ小角の論鋒にかかって、あらわにされてしまった気がし、道昭はうろたえた。

(しかし、それが、わたしのまことの姿なのだ。

いかに背伸びしても、この小角の、炎のような激しさ、強さを生涯わたしは持てないだろう。

み仏は、そんな弱いわたしを見守り、励まし、お見捨てにはなるまいと思うのは身勝手だろうか。

そのようにおのれをふり返ってみれば、おう、小角を責めることなどできぬ。）

そうおもうと、道昭は、小角への警戒心が消えた。

「あなたはあなたの信ずる道を歩んでいかれたらよいでしょう。

み仏の掌は限りなく広い。あなたがなさることも、その御手のなかのうごきの一つかもしれないとおもえてきました。

わたしは愚かで弱いわたしが成し得る道を、頭を垂れて歩いて参ることしかできません。わたしなりに出来得ることを続けて参ります。」

「ふむ、さすが唐帰りは、口は達者なものだ。」

悪口をつきながら、小角の目も、はじめのときのようにはきびしくなかった。

彼もまた、おのれの強さのなかにある傲慢と独裁への危険性を指摘された気がして、道昭にひそかな敬意を抱いたのであった。

道昭と会ってから二年後、小角は、逮捕され、伊豆にながされる。

朝廷の圧政に憤った浮浪民や奴婢、農民、さらには地方豪族までを束ね、蜂起しようとした企てが、不比等の放った密偵によって事前に漏れたのだ。

この前年、朝廷は、笞の法を定めていた。官有、私有の奴婢が、逃亡し、豪族の邸に逃げ隠れて働きはじめることの多さに困り、とどけ出れば、笞刑にして、かくまった豪族には奴婢の逃亡中の仕事を償わせる、という政策を打ち出したのである。

笞の法とは、木製の笞杖（手元で約九ミリ、先端は六ミリ、長さ約一メートル五センチ）で、でん部を打つ罰で、罪の重さにより回数は、十回から五十回までの五段階に分かれている。

笞で叩かれる辛さに加えて、奴婢にとっては豪族に雇ってもらいにくくなったことが脅威であり、豪族にとっても安価な労働力を得にくくなって、面白くない。

両者の不満、租・庸・調の重いくびきへの公民たちの不満、それらを束ね、朝廷をゆるがす反乱をもくろんだ小角のねらいは、的を射ていた。

しかし、小角のうごきを、不比等はいち早くつかんでおり、彼の巧みな人心操縦術は、小角を上まわって韓国広足をも懐柔してしまっていたから、小角の動向は手に取るように察知できたのである。

答法を定めた文武二年（六九八）には、次のような勅が出ていた。

「藤原朝臣に賜った姓は、その子の不比等に継承させる。ただし意美麻呂《おみまろ》（鎌足のいとこ中臣国足《くにたり》の子）は、氏族本来の神祇のことを掌っているから、藤原朝臣の姓から旧姓の中臣にもどすべきである。」

死の直前の中臣鎌足に、天智が与えた（藤原）姓。持統は、その姓を、鎌足のいとこの意美麻呂が継いでいたのをうばい、不比等に与えたのだ。

かつて持統に誓ったとおりに、カル皇子をみごと天皇位に就けるために画策し、事成って、天智の宝剣をカルにささげた不比等。それのみでなく、おとなしいカル・すなわち文武天皇にまだ国政を牛耳る力が到底ないのを見越して、（太上天皇）という唐制・新羅制にはない制度を創設し、持統をよろこばせたのも不比等であったから、当然の恩賞といえた。

カル王子がいずれ王位を継承することを見越して、娘の宮子を嫁がせていたゆえ、すでに宮子は夫人《ぶにん》となっており、即位四年後にはのちに聖武天皇となる首王子が誕生している。

同年、多気にあった伊勢神宮を度合《わたらい》郡に移し、大規模工事を行って、軍神タカミムスヒは心の御柱として神殿の中央の地下深くに埋めてしまい、彼に仕えていたヒルメ神を「日の神」・アマテラス大神として、日本国を統治する天皇の祖とした。同時に、中臣氏の神、アズマのカシマ大神をタケミカヅチ神として、ヤマトの神話にもぐりこませる。

不比等なればこその二つの荒仕事であった。

ようやく整備されていく新国家をさらに磐石にし、持統・文武を支え、いずれ孫であるオビトを王位につける野心を持つ彼からみれば、小角のうごきはどうあっても邪魔でしかない。

露見ののち、葛木山にこもった小角の呪術を怖れ、なかなか捕らえられずにいたのに業を煮やして、ついに彼の母を捕らえるという手段に出る。

小角は、やむなく山を降り、自首したのであった。

不比等のやり口の卑劣さに嫌悪をおぼえつつ、あれだけ強がっていても、母への情は捨てられなかった小角が好ましくおもえる道昭である。

（はるかな地にながされようとも、あの男であれば、その志を新たなかたちで伸ばしていくことであろう。）

ところで、かぎりなきおがみで、道昭に会い、話を聞いてもらったことで、カル皇太子は胸のしこりが溶けるおもいがしていた。

あまたの叔父たちがいるなかで、幼い自分をスメラミコトの座に何が何でも就けようとしている祖母の執念がなにやら恐ろしく、気が晴れない毎日なのだった。

カル王子の道昭への敬慕は、まだ草壁皇子が存命のとき、天武のためにウノが内裏で開いた、かぎりなきおがみでの出会いからはじまっている。

そのとき、カル王子は、十二歳。祖母であるウノ天皇のそば近くにいても、はるか年配の叔父たちが居並ぶなか、身がすくむ思いがしている自分へ、とびきりやさしい目を向けてくれたのが、道昭であった。

長旅から帰ってきたばかりの日焼けした顔貌ながら、（この方なら心許せる）感じがして、儀式が終わったあと、そっと道昭のところへ寄っていったものであった。

と、道昭はカル王子を膝に乗せんばかりにして、

「アズマで見た面白い話をしましょうかいの。」と言い、ほとんど宮殿のなかばかりで暮らす王子に、あれこれと旅での話をしてくれた。

上目使いにおずおずと自分に接する年配者が多いなかで、臆することなく闊達で、かつ礼儀をわきまえ、一少年として扱ってくれる道昭の品格に、すっかり魅せられたカル。

草壁の死後、東宮でかぎりなきおがみを開いた一因は、その機会に道昭と親しく接したいためでもあった。

皇太子に定まっていくばくも経たないのに、早く皇位をゆずりたい祖母の意向を知るなかで、（いくらお祖母さまや不比等舅さまが控えておられても、われにその大役が務まろうか。またもし、お祖母さまたちと考えが異なった場合、どうしたらよいだろう？）不安であっても、その悩みを打ち明ける相手はほかになかったのだ。

道昭は、莞爾として笑い、言ってくれた。

「皇太子さまのゆったりしたお人柄、そのままが、まだできたてのこの国を安定させることとなりましょう。

皇太子さまは、外に向かってお怒りをあらわさないお方だとだれかれがうわさしておりまする。これぞ良きうわさ。戦がなくなって久しく、もうこの国に恐ろしい権

謀に長けた王者はいりませぬ。

ごむりなさらず、お力をおためになるまで、太上天皇さまにお任せなされませ。

あせらず、ゆったり、今のまま、民に愛される王となられませ。

王となるも、乞食となるも、み仏の目から見れば、大きな違いはありませぬ。はて、どちらが幸せかも知れぬこと。与えられた地位を受け止め、そのなかでなすべきことを、ゆったり、あわてず、なさるがよろしいでしょう。民が孜々として働けばこそ、王宮の繁栄がありましょう。

民あってこその、国。命あってこその、人。この一事のみ、お心のなかで、お忘れなさいませんように。」

この訓戒あればこそ、十九歳になった文武天皇（カル）が送った遣唐使を謁見した武則天が、次のようにほめてくれたのではなかったか。

「しばしば聞いたことだが、海の東に大倭国があり、君子国ともいい、人民はゆたかで楽しんでおり、礼儀もよく行われているという。今、使者をみると、身じまいも大へん清らかである。本当に聞いていたとおりである。」

さらに慶雲三年（七〇六）三月、発せられた次の勅なども、文武自らが発したものであったろう。

「高位高官のものは、自ら耕作しないかわりに、然るべき俸禄を受けており、俸禄のあるひとびとは、人民の農事を妨げることがあってはならぬ。

それ故、昔、召伯は農民の訴えを聞くのに、その仕事の妨げになってはいけないと、甘棠《あまなし》の木の下に憩い、公休は同じ理由で、自分の園の野菜を抜き捨てて、民の野菜を買いもとめるようにした。

このころ、王や公卿・臣下たちが、多く山沢を占有して、自分では農耕や撒種することなく、きそって貪ることを考え、徒に土地利用の便宜を妨げている。

もし農民で、それらの地の柴や草をとるものがあると、その道具をとり上げて大いに苦しめている。

それだけでなく、土地を与えられたのは、わずか一、二畝であるのに、これをよりどころに峰を越え谷をまたいで、みだりに境界を拡げている。

今後このようなことがあってはならぬ。」

（もし道昭和尚さま、ご存命ならば、少しはほめていただけようか。）と思う二十歳を越えた文武であった。

道昭が死去したのは、文武四年（七〇〇）三月十日。

享年七十二。

六七八年冬、薬師寺繍仏の開仏紹介の際、文武のたってのねがいにより、講師を務めたとき、風邪を引いたのが引き金で以後、体調を崩していた。

それでも禅院での日常は変わりなく務め、弟子が心配すると、

「み仏は、過去にいたものも、未来にあらわれるものであっても、一切の生き物は身体を捨てて逝くであろう、大空のなかにいても、山のなかの奥深いところに入っても、およそ世界のどこにいても、死の脅威のない場所はない、かように仰せです。

わたしのようなものでも、天が定めた時がくれば、無上の安穏におちつくことができるでしょう。」

そう言ってほほ笑むのだった。

いつ終焉を迎えてもよい道昭ながら、ゆるがせにできない一事がある。

土葬が当たりまえのこの国で、どうあっても、わが亡きがらは火葬してほしいのだ。そして、白骨はそこらの林に投げ捨ててもらおう。

炎のなかで、わが亡きがらが、たちまち一塊の骨灰となるのを見たひとびとは、この世のはかなさを思い知り我欲にふけり、そのために争うことの愚かさを気付くだろう。

（何があろうとわたしの頼みをやり抜く弟子は？）と思うと、自然に浮かんできたのは、元海の実直な姿だ。

しだいに起きているのが難儀になるなかで、道昭は弟子たちを集め、死後、ただちに火葬にしてほしいこと、骨は林に投げ捨てること。その統領は元海にゆだねる、だれも元海にしたがってほしいと珍しく厳格な顔で言い渡した。

「和尚さま、わたしのようなものが、そんな大役を？」

驚いて目をみはる元海に、

「そう、貴僧こそふさわしい。拙僧も事がすすむよう、力を惜しみませぬ。」

うなずきながら、力強く請け負ったのは、道昭の臨終が近いと聞いて、禅院にやってきていた行基。

「おう、そちたちに万事任せましたぞ。」

莞爾としてほほ笑んだ道昭は、しだいに起き上がるこ

とも難しくなり、三日に一度起ったり、そのうち七日に一度やっと起ったりする状態になっていった。

（長い長い年月だったといおうか、父に伴われ、法興寺の門をくぐった、はるか遠い昔がなつかしく思い出される。海近い難波からはるばるこの飛鳥盆地に連れてこられたときには、なにか息苦しさをおぼえたものだった……。母のもとへ帰りたくて、夕暮れ時、あの甘樫ケ丘に登って母の名を呼び、うっすら涙をながしたものだったな。

　剃りたてのつるつる頭を兄弟子たちにからかわれ、ふむ、乳の匂いがするようだぞ、と真顔で言われて、ほんとうに匂うのかしらん？と本気で心配したりもした。

　でも、その兄弟子たちも、まことはそれぞれやさしかったな。

　そして、尼寺の尼さまたち。み仏の尊さ、ありがたさやさしさを、心で教えてくださった。

　おもえば、慧隠《えおん》さまといい、唐の玄奘さまといい、とびきり高潔な方たちに教えいただいたわたしは、なんと幸せものであることか。

　船中で、エオルシ、カマイソに知りあえたことも、大きな稔りといえよう。そういえば、エオルシは今どうしておるかのう。

　そう、かてて加えて、花信尼、ほろびた高昌国の女性、木蘭というすぐれた女性とも知り合い、すすむべき道を教えてもろうた。

　なんとも有難いことよ。

　おう、慈通さん、基さんから、さまざま教えてもろうたことも忘れてはならぬの。ここ倭国には見かけぬ度量広いお方たちであった。

　そして、戦乱を再び起こさぬため、鎌足さまのお子、まことは孝徳大王さまのお子、定恵さまが身を捨ててなされたお仕事の尊さよ。

　み仏は言われた。学ぶことの少ないものは、牛のように老いる、肉はふえるが知恵はふえない、と。さて、もはや起つことも難しくなったわたしは、果たして牛のように老いたのか、ははは、そうかもしれぬて。それもまた、よかろうか。

　それでも最後になすべきことだけは行って、死んでいこう。

み仏は言われた。「秋に投げ捨てられた瓢箪《ひょうたん》のような、鳩の色のようなこの白い骨を見ては、なんの快さがあろうか」と。

死んだわが身を火に投じて燃やし、顔も手足も胴も白い骨を残して一瞬に灰にしてしまうことで、財を貯め、権力をむさぼるために争うことのはかなさを、少しでもわかってもらえようか。

その愚かさから最も遠いところにいた元海に、全てを託そう。元海ならだれがなんと言おうとやりぬいてくれることだろう。

はは、甘い甘い、権力者がそんなことで考えを変えるかよ。笑っているのは役行者か。許せ、ま、わたしができることはこんな程度でしかないのだよ。）

うつらうつら思っては、自然に笑みが浮かんでくる道昭であった。


道昭が死去すると、彼を慕っていた文武は、甚く悲しみ、史書に彼の業績を懇切に載せるよう命じ、書き上がった文に目をとおし、直すことさえした。

道昭の死の前後についての『続日本紀』の記述は、次のとおり。

「（道昭和尚は）座禅は旧の如く熱心に重ねた。そしてある時は、三日に一度起ったり、七日に一度起ったりする状態であったが、ある時、俄かに香気が和尚の居間からながれ出した。弟子たちが驚き怪しんで居間に入り、和尚を見ると、縄床《じょうしょう》に端坐したまま、息が絶えていた。時に七十二歳であった。

弟子たちは遺言の教えにしたがって、栗原（高市郡明日香村栗原）で火葬した。

天下の火葬はこれからはじまった。

世の伝えでは、火葬が終わったあと、親族と弟子とが争って、和尚の骨を取り集めようとすると、俄かにつむじ風が起こって灰や骨を吹き上げて、何処に行ったかわからなくなった。当時の人はふしぎがった。

のち、都を奈良に移す時、和尚の弟と弟子たちとが、天皇に上奏して、禅院を新京に移築した。今の平城京右京の禅院がこれである。この禅院には経論が沢山あり、それらは筆跡がととのって良く、その上誤りがない。全て和尚が唐から持ち帰ったものである。」

道昭の骨灰は、いずこへ飛んでいったものか。

その行方を追ってもせん無いことであろう。

筆者には、天界にあって、道昭を中央に、静かにほほ笑んでいる二人の観音像が、ほおっと浮かんできてならないのだが……。

発刊にあたって

アジアの端にあるこのくに。

古代史を読み直してみても、アジア、特に朝鮮・中国との密なかかわりは、驚くほどです。中国の玄奘三蔵ほか百済・新羅の僧たちにも学んだ道昭の成長は、そのまま、このくにのひとびとの成長でもあったでしょう。

明治以後、西欧諸国に追いつくことに懸命になった日本は、福沢諭吉の「脱亜論」に代表されるように、長く文化の恵みを受けてきたアジア諸国への尊敬と友好を忘れ、「富国強兵」の道をひた走り、力づくで、朝鮮を植民地にし、中国さらには東南アジアへと侵略していき、夥しいひとびとをいわれなく殺戮したのでした。

それなのに、現在、その負の歴史を認めようとはしない勢力が、幅を利かしているのは、まことに残念です。

アジアの端にあるこのくには、アジア諸国のひとびとと、たがいに学び合い、助け合い、仲良くしてゆくことこそ大事ではないでしょうか（エオルシたちの知恵にも学びながら）。

そう、そう、そうですとも、とうなずいている道昭の声がきこえてくる気がいたします。

詩誌「兆」（林嗣夫氏代表）にほそぼそと載せていただいていた物語を、このたびコールサック社の鈴木比佐雄氏が、目を留めてくださり、出版していただくことができ、同社の座馬寛彦氏には、丁寧な校閲をしていただきました。

詩誌に、いわば場違いの物語をおう揚にも載せてくださった「兆」同人の皆さま（とりわけ小松弘愛氏には毎号、校閲をしていただきました）、連載中、あたたかな励ましをしてくださった読者の方たちにも感謝申し上げます。

――道昭没後千三百十六年・秋に――

石川　逸子

参考文献

宇治谷孟『続日本紀』（講談社）

『日本書紀』（岩波書店）

東野治之『遣唐使』（岩波新書）

玄奘著／水谷真成訳注『大唐西域記』（1〜3）（東洋文庫）（平凡社）

中村元・早島鏡正・紀野一義『浄土三部経』（岩波文庫）

田村圓澄『飛鳥・白鳳仏教史』（吉川弘文館）

『日本仏教の世界1』（集英社）

金富軾・井上秀雄訳注『三国史記1』（東洋文庫）（平凡社）

「日本仏教　起源に迫る」（朝日新聞２００８年4月16日）

気賀沢保規『中国の歴史6——絢爛たる世界帝国』（講談社）

門脇禎二『新版　飛鳥』（ＮＨＫブックス）

林部均『飛鳥の寺と藤原京』（吉川弘文館）

広澤隆之監修『日本の佛教と経典』（青春出版社）

石原武詩集『金輪際のバラッド』（土曜美術社出版販売）

岡百合子『朝鮮・韓国』（岩崎書店）

山折哲雄『仏教とは何か』（中公新書）

Ｒ・Ｓ・シャルマ『古代インドの歴史』（山川出版社）

家永三郎編『日本の歴史・1』（ほるぷ出版）

林部均『飛鳥の宮と藤原京』（吉川弘文館）

『世界の歴史』（中公文庫）

金両基『物語韓国史』（中央公論社）

王金林『奈良文化と唐文化』（六興出版）

『浄土三部経』（岩波文庫）

水谷千秋『謎の豪族　蘇我氏』（文藝春秋）

坂東性純『浄土三部経の真実』（ＮＨＫライブラリー）

秋本吉郎『風土記』（岩波書店）

上田雄『遣唐使全航海』（草思社）

一然著／金思燁訳『三国遺事』（明石書店）

布目潮渢『「貞観政要」の政治学』（岩波書店）

王金林『奈良文化と唐文化』（六興出版）

鎌田茂雄『中国仏教史』（岩波全書）

鎌田茂雄『朝鮮仏教の寺と歴史』（大法輪閣）

布目潮渢『「貞観政要」の政治学』（岩波書店）

原百代『武則天』（毎日新聞社）

礪波護・武田幸男『隋・唐帝国と古代朝鮮』（中央公論社）

陳舜臣『長安の夢』（平凡社）
慧立・彦悰著／長澤和俊訳『玄奘三蔵』（光風社）
安田暎胤『玄奘三蔵のシルクロード――中国編』（東方出版）
桑山正進『西域記』（小学館）
長沢和俊訳注『法顕伝・宋雲行紀』（平凡社）
石田幹之助『長安の春』（平凡社）
前野直彬『中国の名詩6』（平凡社）
横山紘一『唯識で読む般若心経』（大法輪閣）
高木重俊・石嘉福『名勝　唐詩選』（ＮＨＫブックス）
円仁著／足立喜六訳注／塩入良道補注『入唐求法巡礼行記』（平凡社）
松原哲明・田中治郎『図説・三蔵法師の道』（河出書房新社）
中村元訳『ブッダの真理のことば　感興のことば』（岩波書店）
速水侑『行基』（吉川弘文館）
道端良秀『中国仏教史と社会福祉事業』（法蔵館）
和田萃『飛鳥』（岩波書店）
『万葉集』（日本古典文学大系）（岩波書店）
長沢和俊訳注『法顕伝・宋雲行紀』（平凡社）
鎌田茂雄『法華経を読む』（講談社）
由水常雄『正倉院の謎』（中央公論社）
四柳嘉章『漆の文化史』（岩波新書）
松田真平「野中寺弥勒菩薩像の銘文読解と制作年」（『仏教芸術』三一三号）（毎日新聞社）
角田洋子『行基論』（専修大学出版局）
室伏志畔『白村江の戦いと大東亜戦争』（同時代社）
中田祝夫訳注『日本霊異記』（講談社）
「貞慧伝」（『続々群書類従・第3・史伝部』）
上田正昭『藤原不比等』（朝日新聞社）
青木和夫・田辺昭三編『藤原鎌足とその時代』（吉川弘文館）
江口孝夫訳注『懐風藻』（講談社）
関裕二『藤原氏の正体』（新潮社）
斎部広成撰／西宮一民校注『古語拾遺』（岩波書店）
朴天秀『加耶と倭』（講談社）
『古代の日本――関東』（角川書店）
土橋寛『持統天皇と藤原不比等』（中央公論社）
『万葉集』（岩波古典文学大系）（岩波書店）
吉川真司『飛鳥の都』（岩波書店）
崔碩義『韓国歴史紀行』（影書房）

網野善彦『日本社会の歴史』（岩波書店）
川添登『伊勢神宮』（筑摩書房）
武澤秀一『伊勢神宮の謎を解く』（筑摩書房）
茂田愛子・田丸恵・小林弘子『鎌足ふるさとかるたものがたり』（木更津市鎌足公民館・鎌足ふるさと　かるた会）
朝日新聞（2010年3月9日）
辻井喬『生光』（藤原書店）
知里真志保『地名アイヌ語小辞典』（北海道出版センター）
柴田弘武・横村克宏『常陸風土記をゆく』（崙書房）
藤田友治「日本古代碑の再検討」（市民の古代研究会編『市民の古代　第十集』所収）
古関正浩「山崎院とその周辺」（歴史シンポジュウム　総括！交野が原・枚方市立メセナ枚方会館講演）
安川寿之輔『福沢諭吉のアジア認識』（高文研）
金両基監修『図説・韓国の歴史』（河出書房新社）
金達寿『日本の中の朝鮮文化』（講談社）
松本隆『略奪した文化』（岩波書店）
秋吉久紀夫「天山牧歌」（95号）
西野憲一著・監修『河内ふるさとのみち　みちしるべ（その1）』（南河内広域行政推進委員会）
崔晃林『百済古念仏寺の謎を解く』（私家版）
『元暁學研究』第八輯（元暁學研究院）
中田祝夫訳注『日本霊異記』（講談社）
藤能成『信の佛道――元暁と親鸞』（浄土宗本願寺派発行）
浦畠すみ『豆州憧憬』（私家版）

石川逸子（いしかわ　いつこ）

1933年、東京生まれ。主な著書に、『日本軍「慰安婦」にされた少女たち』（岩波ジュニア新書・2013年）、『てこな―女たち』（西田書店・2003年）、『僕は小さな灰になって―劣化ウラン弾を知っていますか』（共著　西田書店・2004年）、『〈日本の戦争〉と詩人たち』（影書房・2004年）、『われて砕けて―源実朝に寄せて』（文藝書房・2005年）、『オサヒト覚え書き―亡霊が語る明治維新の影』（一葉社・2008年）、詩集『狼・私たち』（飯塚書店・1961年／第11回H氏賞）、詩集『定本 千鳥ケ淵へ行きましたか』（影書房・2005年／初版は花神社・1986年／第11回地球賞）、詩集『ゆれる木槿花』（花神社・1991年）など。

石炭袋

石川逸子『道昭――三蔵法師から禅を直伝された僧の生涯』

2016年11月25日初版発行
著　者　石川逸子
編　集　鈴木比佐雄・座馬寛彦
発行者　鈴木比佐雄

発行所　株式会社 コールサック社
〒173-0004　東京都板橋区板橋 2-63-4-209
電話 03-5944-3258　FAX 03-5944-3238
suzuki@coal-sack.com　http://www.coal-sack.com
郵便振替　00180-4-741802
印刷管理　（株）コールサック社　製作部

＊装丁　杉山静香

落丁本・乱丁本はお取り替えいたします。
ISBN978-4-86435-274-1　C0093　￥1800E